国家出版基金项目
NATIONAL PUBLICATION FOUNDATION

抢救出版工程

中国传统评书

康熙三侠（上）

主　编　田连元

执行主编　耿柳

郝赫　编著

春风文艺出版社

·沈阳·

图书在版编目（CIP）数据

康熙三侠：上下 / 郝赫编著. — 沈阳：春风文艺
出版社，2024.8
（中国传统评书抢救出版工程丛书 / 田连元主编）
ISBN 978 - 7 - 5313 - 6390 - 3

Ⅰ. ①康… Ⅱ. ①郝… Ⅲ. ①北方评书 — 中国 — 当代
Ⅳ. ①I239.8

中国国家版本馆CIP数据核字（2023）第007831号

春风文艺出版社出版发行

沈阳市和平区十一纬路25号　邮编：110003
辽宁新华印务有限公司印刷

责任编辑：姚宏越		责任校对：于文慧	
封面设计：黄　宇		幅面尺寸：145mm × 210mm	
字　　数：716千字		印　　张：24	
版　　次：2024年8月第1版		印　　次：2024年8月第1次	
书　　号：ISBN 978-7-5313-6390-3			
定　　价：90.00元（全2册）			

目　录

上　册

镖侠黄三太

盗侠杨香武

下　册

怪侠欧阳德

镖侠黄三太

开 场 白

统一大业，
岂容两分裂？
贼子佞党深作孽，
图谋侵疆犯界！

群魔张牙舞爪，
侠义奉旨征讨。
欲问始末端倪，
书中且见分晓。

——调寄《清平乐》

话说明朝末年，举国混乱，义军蜂起。闯王李自成率大兵数十万，攻洛阳，破潼关，克西安，捣北京，把个明末君主崇祯皇帝逼死在煤山。

闯王传下军令：对于黎民百姓，必须秋毫不犯，对于皇宫内苑，立刻严加封锁。对于文武大臣，准备量才试用；对于皇亲国戚，逐个立案清查。

"启奏大王，"军师牛金星禀报，"按大王吩咐，臣对先明皇室审视完毕……"

"结果怎样？"

"有的生擒，有的自尽。唯有三太子朱慈炯活不见人，死不见尸，至今下落不明！"

闯王听罢，浓眉双锁："继续严拿！"

书中交代：崇祯皇帝朱由检共有七名皇子，以三皇子朱慈炯最为贤达。按照明例，皇子要在十二岁至十五岁时才能封王。由于崇祯深爱三皇子，在三皇子十岁这年，便提前封他为"定王"。群臣议论：将来的皇位，非定王莫属。更有些宫娥、太监，不惜重金贿赂总管，谁要是能调去侍候三皇子，便觉得无比荣耀。三皇子的生母田贵妃也是"母以子贵"，常常与周皇后平起平坐，虽说违反了礼节，崇祯皇帝却故作不知。种种迹象表明，朱慈炯肯定是未来的皇帝。此时偏偏少了这个重要人物，闯王李自成岂能不虑？

定王失踪，传言四起，并且愈演愈烈。

有人说：三太子被宫中的一位老太监救走了，将来太子走国，有戏可看；有人说：三太子被几位武林奇侠背上昆仑山，太子学艺，将来收复天下；有人说：闯王封闭宫门时，天上飞落一条赤龙，驮起太子，直跃天庭，将来，天兵天将降落人间，必有一场血战！

议论纷纷，人心不稳。

朱三太子失踪，成了千古之谜！

有分教：

> 正义邪恶，击出火花飞迸，
> 宝剑钢刀，杀得地暗天昏！

第一回　神镖将误伤秦天豹
飞天鼠暗害胜子川

　　明末清初，各地有许多武林豪杰。最著名者有八人：镇九江屠灿、火德真君赵华阳、神镖将胜英、神刀将李刚、神枪美髯公华子然、登山豹子杨小石、钻云太保贾斌久、阴面鬼秦天豹。这八人义结金兰，纵横无敌，被武林群雄称作"明清八义"。

　　明清八义各有所长。论本领、论品德，首推三爷胜英。胜英，字子川，人送美称"神镖将"。他手使一口鱼鳞紫金刀，怀揣三支飞镖，号称"一口金刀压武林，三支飞镖震乾坤"，那真叫打遍天下，未逢对手。胜英的武功好，品德更好，侠肝义胆，济困扶危，为朋友两肋插刀，毫无怨言，因而，深得武林敬重。到了康熙初年，胜三爷功成名就。他与诸位弟兄叹道："唉，闯荡天下数十载，总算未出大错。如今年过半百，人老不讲筋骨为能，我再也闯不动了。为此，打算回归原籍直隶宣化府，隐遁行踪，颐养天年。"

　　钻云太保贾斌久问道："三哥，您闯荡天下时，或街头卖艺，或为官家捉贼，或替富户追赃，由于您声誉很大，也曾挣过无数钱财，又据小弟所知，您把挣来的钱财，大多分散出去。或赠节妇孝子，或送武林朋友，身边所剩无几。归隐之后，您又以何为生计呢？"

　　"七弟，我已经做了安排。宣化府城北，有我家祖传的一套宅院。我想修整之后，在那里开设一家镖局。手下有黄三太、贾明、贾亮等几个晚辈帮忙，足可混碗饭吃。"

　　"好主意。凭三爷的名声，镖局一定会兴旺发达。"诸弟兄一致赞成。

什么叫"镖局"呢？

康熙年间，尚未建立邮政部门。一些达官显宦、财主商人，又要往全国各地寄银寄物，就连平民百姓，也要给远方的亲属送些礼品。这项工作由谁来完成？既然官府不管，民间便有人出头，专门以押运为业。经营此业的部门，被称作"镖局"。他们根据物品的多少，价值的贵贱，征收运输费。万一物品丢失，则负责赔偿。当时，政局混乱，盗贼蜂起，拦路抢劫者比比皆是。这样一来，敢开镖局者必须是武林高手，尤其是"镖头"，更得有很高的声望。否则，物品常常被劫，谁能赔偿得起？

闲话带过，书归正传。诸弟兄闻听胜英要开镖局，皆很赞同。唯有八爷阴面鬼秦天豹默默无语。这位秦八爷刚刚三十岁，出身于武当派，授业恩师乃武当派第六代掌门人、玉面如来蒋黑龙。蒋黑龙山门很窄，只收下秦天豹一名弟子，传艺八年，使秦天豹的钢刀、袖箭堪称"双绝"。他自下山以后，闯荡北六省，尽管连胜数百战，却从未露过一次笑容，因而得了个"阴面鬼"的外号。三年前，他被胜英降服，经二爷火德真君赵华阳提议，又将他收为八弟。从那时起，跟随七位兄长遍走江湖，还算勤勤恳恳，兢兢业业。

贾七爷的性格与秦八爷恰恰相反。他离开说笑话，简直活不了。不仅他爱说笑，就连他那两个儿子，贾明、贾亮也爱开玩笑。小哥儿俩管贾七爷从来不喊爹，只喊"小老头儿"。小哥儿俩若是喊爹，除了胜英、秦天豹，别人都答应。爷儿仨的脾气禀性，由此可见一斑。这时，贾七爷见秦天豹无语，摇头笑道："老八，你这老阴脸啥时候放晴？上个月我教你学笑，把腮帮子都累木了，你还是学不会。天生笨蛋。我说，咱三哥要回家开镖局，你怎么办？是陪三哥一块干，还是另寻出路？"

"七哥，三哥要开镖局，是老糊涂了！"秦天豹一句话能把人噎死。幸亏诸兄长深知他的脾气，也就不加责怪。他停顿片刻，又道："开什么镖局？丢了镖去不去找？凭三哥的武艺，倒是不会吃亏。可是得操多少心、费多少力？自寻烦恼，不干，不干！"

"八弟，"胜英问道，"不干镖局，让愚兄以何为生？"

"好差事很多，都比镖局强！"

"唉。"胜英又叹一声,"人各有志,不可强求。咱北国八义,除了老八,别人都已年迈,总不能长聚不散。依我说,晚散不如早散,应该尽快各寻出路。"

大爷屠灿点头称是:"尤其是我,年近花甲了,家中还有几亩薄田,勉强糊口。三弟之言,甚合我意。不过,我既是长兄,还要多说一句,无论何时何地,咱北国八义都要保持自己的名声,不要做出有负天下的事情。"

"大哥言之有理。"众人附和。

"可是,可是我总觉得放心不下。"屠大爷说着话,瞟了秦八爷一眼。

阴面鬼秦天豹哪能吃这个?他把阴面一沉,扬眉冷对:"大哥,我是后续第八义,入门才三年,您所不放心的,大概指我吧?也好,今天当着七位兄长,我愿对天盟誓,若干出有负天下之事,让我死在自己的钢刀、袖箭之下!怎么样?您放心了吧?"

"八弟,言重了!"屠大爷二目发红,老泪欲坠。

"老八,"贾斌久上前一脚,"你这是跟谁怄气?大哥的年龄比你高一倍,长兄如父,你怎么这样无礼?"

"大誓盟罢,小弟告辞了!"秦天豹扭头而去。

七义面面相觑,不欢而散。

单说神镖将胜英胜子川,领着黄三太、贾明、贾亮等一班晚辈小英雄,回到原籍宣化府。四十年前,胜英的父亲胜忠贤曾任宣化府总兵。老人家为官清廉,死后未留金银,只留下二十几间房产。这些房产多年失修,已尽毁坏。胜三爷归来之后,请来泥瓦匠,重整宅院。然后又办理执照,开设一家"飞虎镖局"。由于他武艺、人品都属上乘,生意渐渐兴隆起来。至于江湖响马,感恩惧威,也不与他作对。这些情节,不必一一细表。

转眼五年,胜英的三名弟子艺成出师。贾明、贾亮的武功虽说不错,比起大师兄黄三太来,却差之千里。这黄三太不仅学来了师父的刀法、镖法,而且还学来了师父的品行。胜英对他爱如掌上明珠,时常对贾明、贾亮及自己的儿子胜奎说道:"青出于蓝而胜于蓝,你们的黄师兄将来可超老夫数倍。待老夫百年之后,你们一定要尽力扶保师兄，扬我门威。"

"师父，"三太满面羞红，"看您说的，小徒何能，蒙您老人家这样夸奖？今生今世，能把师父的武功、品行学来万一，小徒也就知足了。"

"三太，你不必谦逊。你现在的功夫，不比我差。尤其是镖法，已超过为师。昨晚月夜练镖时，我仔细观察过，你发镖的速度比我更快。为此，我想了一夜，打算送你个外号，叫作'飞镖'。"

"啊？恩师，您，您这是何意？"

原来，武林规矩极为严格。徒弟出师以后，只要不离开师父，一律不准有"外号"。只有独闯天下时，才能"贺号戴花"。此时，胜英为黄三太取号"飞镖"，使黄三太惊愕不止。

"三太，"胜英笑道，"我闯荡天下时，你已随我四年；开设镖局后，你又随我五年，前后九载，武功学成。俗话说，一辈子不出马总是个小卒，你也该独闯去了。我打算……"

"师父！"三太双膝跪倒，"您怎么撵我走哇？徒儿若有过错，请师父门规处置……"

"哈哈，起来，快起来。天下英雄，谁能跟随师父一辈子？再过一年半载，贾明、贾亮也得走，你只是先行一步。据为师所知，浙江绍兴府还有你的老母亲，你也该回去照料。"

"这……"黄三太见师父态度坚决，便不敢违命。

次日，胜英请来各路武林豪杰，当众与徒儿贺号戴花。从此，飞镖黄三太便被社会公认了。至于他如何成名露脸，皆是后话。

自从黄三太走后，胜英深感孤寂。虽有贾明、贾亮、胜奎在自己身边，总不如见到黄三太爽快。事出凑巧，这日，宣化知府派人通知胜英，自己有三万两银子，准备运到原籍浙江萧山县，并指名要胜老镖头亲自押镖。胜英满口应承，立即着手准备。

"爹，"胜奎忧心忡忡，"您老人家隐居了几年，很少出头露面。如今年近花甲了，更不宜远行。萧山县千里迢迢，还是派达官、趟子手去吧。您若实在不放心，我和贾家两位师弟也可以押镖。凭咱们飞虎镖局的镖旗，料无人敢劫……"

"不然。"胜英摇头微笑，"奎儿，这趟镖非我不可。第一，镖银三万两，数目巨大，万一有失，咱家砸锅卖铁也赔他不起。第二，镖主乃本府黄堂，千万得罪不得。俗话说：抄家知县，灭门知府，若得罪于他，他会对咱抄家灭门。如今他亲自点名要我押镖，我怎敢推辞？第三，萧山县隶属绍兴府，你黄师兄现在绍兴开设'三太镖局'，正好借此机会，我去看看三太。一举三得，何乐不为？"

"话虽如此，孩儿总不放心。"

"好了，你在家经营业务，让明儿、亮儿跟我同去。有他俩照顾，料无大错。"

"是。"胜奎只得服从。

第二天，胜英又请来一群豪杰。当众说道："老朽受知府大人委托，要往浙江亲自押镖。由于路途遥远，我又年迈，所以想带贾明、贾亮同往。他二人既然走进江湖，不能没有外号。请诸位看看他们的武艺，与二人贺号戴花。"

"不必看了。二位的武艺我们都知道，还是立即贺号吧。"

"也好。"胜英谦让了几句，点头应承。

贾明生得虎头虎脑，力大无穷，为此贺号"金头虎"；贾亮却身材瘦小，他从不骑马，亲自驯了一头山西小花驴儿。这头花驴儿十分灵巧，竟会上房跃墙，足踢口咬，一般武士非它对手。因它得名，贾亮闹了个"花驴儿"外号。又在群雄提议下，也为胜英之子胜奎贺号。这胜奎天生的少白头，因而人称"银头皓首"。三少年贺号之毕，排宴庆贺。

胜英公务在身，不敢耽搁。他命趟子手将三万两镖银装入镖车，又插上"飞虎镖局"的小镖旗。小镖旗上加盖宣化府官防大印。它有两种作用，一是代表营业执照，二是给绿林响马暗打知会：这是胜英的镖车，谁也不准阻劫。诸事完毕，师徒三人带领十名趟子手，两名达官登程上路。

饥餐渴饮，夜宿晓行。这天正往前走，进入山东地界。前方闪出一条大河，波涛滚滚，水流湍急。河边上站着二十来个人，有男有女，有老有少。这些人衣襟褴褛，面黄肌瘦。尤其那几个孩子，全都是皮包骨头，只剩下一双大眼。有位老者哭道："我活了六十多岁，死也够本了。可是孩子还小哇，让他们也跳河，这不是作孽吗！"

"二大爷，"一女人哭道，"反正是死，还不如死到一块，到了阴曹地府，大伙也能有个照顾。"

"唉，你们站好了，我喊一二三，咱们一块往河里跳！"

"新鲜，怪事！"金头虎贾明跟他爹贾斌久一样，离开玩笑活不了。他甩开小短腿，紧走几步，来到老者跟前，小嘴一咧"老头儿，你昨天晚上吃了几斤咸盐？"

"这，小壮士，你这话是什么意思？"

"你把咸盐吃多了，觉得太渴，渴了就想喝水，所以才要跳到河里去灌个够，一边喝水一边撒尿，连水带尿一块喝，把你个老王八蛋灌糊涂了！"

"你，你凭什么骂人？"

"骂你是便宜的，我还要揍你呢！那孩子才几岁？让他们陪你一块跳河？你个老王八蛋不怕做损，不怕报应？"

"唉，别骂啦！"妇人一推贾明，"我是孩子的妈，我让他们跳河，与你有什么关系？"

"小泼妇，你准是后娘！"

这时，胜英也过来了。他拦住贾明，扭头问道："老人家，这是怎么回事？"

"一言难尽。眼前这条河名叫马颊江，过了马颊江便是平原县。平原县有位王爷，名叫阿必隆，我们都叫他阿王爷，听说是皇上的哥儿们弟兄。阿王爷的田地没边没沿，连他自己都数不清楚。这些田地都是阿王爷跑马占荒抢来的。他根本种不过来，早都变成了荒地。前些日子，康熙老佛爷传下旨意，让阿王爷他们把田地退给百姓。我们这个乐呀，总以为能把田地领回来。天天去县里、府里打听消息。可是县衙、府衙一拖再拖，根本不理我们。老百姓脑瓜皮薄，只得忍耐。前些天，平原县来了位新任县太爷，听说姓彭。这位彭大老爷是位清官，敢替民做主。他亲自去找阿王爷论理，劝阿王爷退田。谁料阿王爷没有人心，不但不退田，反而把彭县令押起来了。哑巴逼急了还会说话呢，我们这些老百姓实在忍不住了，便成群结队去王府闹事。我们寻思，退田是皇上的旨意，你阿王爷再大也大不过皇上！结果呢，唉，我们想错了。阿王爷竟然不怕皇上。他派出一批打手，杀了十几个人，剩下的百姓都吓跑了。第二天，那批打手各骑高头大马，再次跑马占荒，把我们仅剩的一亩半亩田地也霸占去了。我家老少三辈，二十口人，吃啥喝啥？草根、树皮吃光了，衣裳穿碎了。眼看就是冬天，与其饿死冻死，不如一家子淹死。用我侄媳妇的话说，全家人到了阴曹地府，也能有个照应。"老人边说边哭，旁边的女人、孩子也泪流不止。

胜英听罢，心中愤怒："老人家，天下没有王法吗？阿王爷违抗圣旨，扣押命官，杀害百姓，这么大的罪恶，难道无人敢管？"

"我们老百姓不知详情。听人说，县里的差官去救彭县令，可是阿王爷手下有位护院教师，武术特别高，他把差官全打跑了。还听人说，那位教师爷不用梯子能上房，衣裳袖子里边会射箭……"

"那叫袖箭。"金头虎贾明一旁插言，"老头儿，你别替他吹啦，狗屁教师爷，不用梯子能上房，连驴都会！"

"这话不假。"贾亮是他哥哥的应声虫，何时何地都不忘捧场。他拍了拍山西花驴儿的脸，说道："驴兄弟，蹦几下让老头儿看看。"

"嗷——"花驴儿果然听话，怪叫一声，纵起四尺多高，把那群百姓吓了一跳。

胜英摆手："徒儿，不要闹了。眼前这场是非被我们碰上，怎么办，咱们管不管呢？"

"当然得管！"贾氏小哥儿俩初入江湖，年轻火气盛。

"师父，这事不用您伸手，我们去一趟就行了。没别的，先杀那个教师爷，再杀那个贼王爷。最后放一把火，烧掉王八窝，看他还敢不敢欺压百姓。"

"不可莽撞。"胜英沉思片刻，"徒儿，阿王爷违犯国法，应由国家处理，我们不必惹他。至于那护院教师，肯定是绿林人，他助纣为虐，为非作歹，倒应该教训他一番。这样吧，平原县内有座三合客栈，店主东是我的朋友，名叫白玉祥，人称外号'双头太岁'。今夜晚间，你二人去王府，想方设法将那教师爷引到三合客栈，由我和他面谈。如果谈通了，我劝他远走高飞。如果谈崩了，免不了一场恶战。你二人要小心从事，不可大意。"

"师父，您不嫌费事啊？"贾明摇头晃脑，"干脆，我们哥儿俩结果他算啦。”

“对呀，”贾亮赶紧捧场，“还有小花驴儿，三掐一，跑不了他。”

“先礼后兵，武林之道。”胜英说罢，又给那户灾民三十两银子，劝他们莫寻短见。那户人家千恩万谢，告辞而去。

单说胜英，打发了两个徒儿后，自己押着镖车走进平原县。三合客栈在县城中心，生意还算兴隆。店主东白玉祥原先曾是武林人，刀法平常，两手会打暗器，外号双头太岁，现已年迈，退出武林，以开店为业。他一见胜英，又惊又喜：“三弟，什么风把你刮来了？咱弟兄多年不见，听说你也退隐，开了镖局，这是真的吗？”

“大哥，咱们老了，闯不动天下，总得有个归宿。你看，这是我的镖车。小弟往南方押镖，路经此地，特来打扰。住店吃饭，资金照付。”

“哪的话？我的店房就是你的家。三弟不用客气。”白玉祥命伙计招待趟子手，又将镖车赶到后院。他自己亲自将胜英领到上房，热情款待。

胜英摆手：“大哥，小弟有言在先，只吃饭，不喝酒。”

“什么话？咱弟兄多年不见，理当一醉方休。”

“不行啊。小弟今晚要见一个人，这人是敌是友，尚难定论。如果是朋友，还不要紧；如果是敌手，将有一场恶战。你想，喝醉了怎么交锋？”

“啊？”白玉祥不由得一愣，“三弟，你已退出武林，怎么还要比武？”

“退出武林，不等于丧失正义。该管的事情，我还得管哪。”胜英叹了口气，把白天所闻所见讲述了一遍。白玉祥听罢，点头称是。“碰上这种伤天害理的事情，当然得管，尤其是你——神镖将胜三爷，更得非管不可。不过，这件事情不太好管哪。”

“听大哥话外之音，莫非知道一些内情？”

“我到平原县已经整整十年了，对这块地方不敢称了如指掌，也算略知一二。阿王爷是皇亲国戚，地方官府当然不敢惹他。于是他欺男霸女，无恶不作。本地有句民谣，‘碰上阿王爷，脖子折半截’。其凶险程度由此可见。”

“大哥，禁止圈占土地是皇上的圣旨呀。阿王爷抗旨不遵，地方官府也不过问吗？"

"知县彭大人有些胆量，曾亲自去王府查办，不料被阿王爷扣下。这是杀鸡给猴看，知府、巡抚果然不敢过问。县衙门丢了县官，着急了。县丞唐大人派几名差官去王府哀求，请阿王爷放回彭县令。你猜怎么样？阿王爷不但不放人，反而勃然大怒。他派出手下的护院总教师殴打公差。那天，愚兄恰在王府路过，看到了这场热闹。那位护院教师好厉害，轻功出众，刀法骁勇，把一群公差打得狼狈不堪，四处奔逃。"

"噢？"胜三爷急忙问道，"大哥，那护院教师是谁？"

"愚兄退出江湖十余年了，对后起之辈不太熟悉。我不认识他，也不知他姓甚名谁。"

"他有多大岁数，生得什么模样？"

"看年龄不满四十岁，中等身材，五官端正。青虚虚的一张阴沉脸，不露半点笑容。穿一身宝蓝色短裤，使一口金背朴刀……"

"啊？"胜英大惊，"他的右额头上可有一块朱砂红记？"

"这，我没看清，似乎有吧。贤弟，你认识他吗？"

"如果真是他，"胜英有些震怒，"哼，我就不客气了。"

正在此时，忽听客房门外有人喊道："师父，我把您要找的人领来了，您看他是谁？"随着话音，金头虎贾明、花驴儿贾亮一挑帘笼，走进屋中。小哥儿俩身后跟着一人，这人紧走几步，大礼参拜："三哥，数年不见，您一向可好，小弟有礼了。"

"八弟，果然是你！"

来者不是别人，正是八义之末，阴面鬼秦天豹！

书中交代：贾明、贾亮奉恩师之命，前往王府搬请护院教师。小哥儿俩艺高人胆大，面对森严的王府，视如儿戏。贾亮笑道："哥哥，咱师父上了年纪，胆子越来越小，对一个狗屁教师爷，竟要请他面谈。咱哥儿俩又不敢违抗师命，怎么办，是明请还是暗请，哥哥定夺。"

贾明把大脑袋一晃："啥叫明请，啥叫暗请？"

"如果暗请，得等到二更天。咱哥儿俩夜入王府，寻找教师爷，将他引到三合客栈。如果明请，您看我的，跟他们开个玩笑，戏要他们一回。"

"好极啦！咱就来个明请。兄弟，你可得弄热闹点，别怕出事，出了事有我呢！"小哥儿俩离了玩笑活不成。

贾亮拍了拍驴脑门："驴兄弟，往那个大门口里闯，谁敢拦咱，你就可劲踢他、咬他。只要能闯进院里，我给你吃五斤黄豆加二十个鸡蛋。要是闯不进去，我扒你的皮熬阿胶！懂了没有？"

"嗷——"花驴儿怪叫一声，点了点驴头，似乎明白。你看它四蹄蹬开，如飞似箭，向王府大门闯去。

府门差人哪见过这种阵势，急忙上前阻拦。花驴儿心说：我要被你们拦住就不姓"驴"！它把大嘴一张，将一名门差的胳膊咬掉半截，又把驴蹄子一抬，将另一名门差踢出两丈多远。其余的门差吓傻了，谁也不敢上前。花驴儿乘此机会将后腿一点地，飞身纵入院中。喜得贾亮眉开眼笑："驴兄弟，真是世外高驴也！"

王府大乱，早有人报与阿王爷。阿必隆惊疑不止，带领护院教师来到前庭。护院教师手扶刀把，却未抽刀："不得无礼，莫非是贾亮侄儿吗？"

"你叫我侄儿，我叫你孙子！孙……"贾亮刚要骂街，抬头一看，眼前乃是秦天豹！吓得他慌忙下驴，上前施礼："八叔，原来是您老人家。大人不把小人怪，八叔肚子种白菜。何况我只喊孙，没喊子……"

"胡闹，快快见过王爷千岁！"

"参见王、王八。"

"你说什么？"

"王爷、八叔，合称……"

"哼！"秦天豹心想：贾明、贾亮与七哥贾斌久一样，从来没正形。我快点把他打发走吧。"贾亮，此乃王府，国家禁地，岂容你胡作非为。看在你父亲和你师父分上，我不怪你，快快离去！"

"行，请您老人家跟我们一块走吧。我师父在三合客栈等您呢。"

"怎么？我三哥来了？"

"师父往南方押镖，路经平原县，听说您老人家在这儿，特让我来请您。"贾亮心眼灵活，当着阿王爷的面，没敢说实话。

秦天豹乃胜英的拜弟，既敬盟兄品德，又惧盟兄武功，只得向主人请假，随同贾氏兄弟来到三合店。

"八弟，"胜三爷扶起秦天豹，"听说你在阿王府当差，果有此事吗？"

"三哥，学会文武艺，总得找碗饭吃。"

"良禽择木而栖，良臣择主而保。你不准再回去了，跟我一道押镖吧，愚兄供你吃穿。"

"这，这是为什么？"

"阿王爷是什么人品？你应该懂得。"

"哈哈，三哥差矣！端人碗、受人管。阿王爷是我的主人，他干什么我不管，只知听从命令，更何况阿王爷待我恩重如山，我岂能随便离去！"

"此话怎讲？"

"从前，我曾对您说过，小弟发妻早丧，膝下只有一子，名唤秦尤。这孩子跟我学过几招武功，外号人称'飞天鼠'。那年，秦尤孝满，北上寻父，恰在平原县一病不起。店家黑心，将我儿扔在荒郊野外。多亏阿王爷狩猎归来，将秦尤抬回王府，请医吃药，救了秦尤一条性命。没有阿王爷，我秦家便断了烟火，后来，咱八义解散，小弟回归原籍，得知此事，便带着秦尤去王府谢恩。经王爷再三挽留，我与秦尤便在王府当了教师。三哥，您是位最重义气的人物，如果将心比心，该不该走？"

"别说了！"胜英打断盟弟话，"你是精明人，办了糊涂事。阿王爷待你有恩，只是你一家一户的小事；而他强占土地，逼得百姓走死逃亡，全家跳河，连几岁的孩子都难幸免，这却是千家万户的大事！八弟，练武人讲究武德，你不能凭着一身功夫，助纣为虐。这样下去，你会骂名千载，遗臭万年！"

"我为报恩，不怕挨骂！"

"你对不起千千万万黎民百姓！"

"哼，黎民百姓算得了什么？三条腿的金蟾难找，两条腿的活人不缺。他们又不供我金银，我凭什么管他们？"

"你，你良心何在？"胜英大怒。

"良心喂狗了！"贾明小声嘀咕。

"大胆！"秦天豹不便与三哥翻脸，正好拿贾明开刀，"混账东西，我是你八叔，以小犯上，竟然骂我，你活够了吗？"

"嘻嘻，哈哈，"贾明咧嘴冷笑，"你干好事，我叫你八叔。你伤天害理，给我当八孙子我也不要！贾亮，你说对不？"

"对得没法再对了！"贾亮为哥哥捧场。

"小奴才，气死我也！"秦天豹指桑骂槐，大声吼道，"你算什么？想强霸武林吗？哼，管得倒是挺宽。我明白了，皇上传旨禁止圈地，你想给皇上拍马，进而捞得一官半职？可惜，皇上并不认识你，拍马也没用！"

"八弟！"胜三爷银须颤抖，老眼湿润，"离别几年，你变成这样。有话直对我说，不必在孩子头上找借口！"

"明白更好！"秦天豹怒容满面。

旁边的双头太岁白玉祥实在看不过去了，只得搭话："秦壮士，你我虽不相识，总算武林一家。按理说，你们'北国八义'内务，老朽不该多问。但是，我乃店主东，在我的客栈里，我又不能不管。胜三爷是什么人物？你竟敢对他口出不逊？"

"哥哥，我也懂了，这小子骂咱师父呢！"贾亮冲贾明一努嘴，贾明心领神会，抽出小单刀，向秦天豹刺去。秦天豹正无处撒气，见贾明动手，不由得三声冷笑，纵到院中，喊道："好，想来真格的，出来吧！"

"出来怎么样？"贾明、贾亮不知深浅，准备双刀会敌。

胜英向徒儿一摆手："退下，他是你们的八叔，你们不得无理。再说，你们的两口刀也胜不了他。"话到此处，扭头又道，"八弟，愚兄句句良言，你真的不听劝告，继续作恶吗？你别忘了，数年之前，你曾败在我的刀下。"

"姓胜的，那时你正血气方刚，我功夫还不成熟，才被擒归顺。你也别忘了，如今我未满四十，你却须发皆白！看在结义之情，我劝你少管闲事。不然，别怪我刀上无眼……"

"唉，八弟呀，咱'北国八义'解散时，大哥镇九江屠灿曾对你不放心。你在当时说过一句话，这话你大概忘了吧？我要提醒你，你说'若干出有负天下之事，死在自己的钢刀、袖箭之下！'如今，你为了私情，为了名利，已有负天下，我劝你三思，以免悔恨！"

"哼，当初你们欺侮我，我留个心眼。什么叫'死在自己钢刀、袖箭之下'？我总不能自杀吧？实话告诉你，盟誓是假的，动刀是真的。胜英，看刀！"说罢，金背刀劈风而落。

"好刀法，果胜从前。"胜英连让三招，举架相还。二人打了十个照面，秦天豹心想：胜英虽老，雄威不减，何况鱼鳞紫金刀利刃吹毛，我不敢和他硬碰。干脆，用袖箭射他吧！想到此处，借转身之机，抬起左臂，手按绷簧，袖箭发出，直取对方咽喉。胜英深知秦天豹的功底，暗中早有防备。他见袖箭射来，不躲不闪，只用宝刀刀背往外弹击。这位"神镖将"是使用暗器的祖宗，他竟让袖箭反射回去。按理说，秦天豹射他咽喉，已下狠手，胜英本该以牙还牙，可是胜英性情宽厚，又念结盟之情，只让袖箭反射对方肩头。秦天豹不知就理，以为胜英不会饶他，为此，连忙闪身。糟了，袖箭不偏不斜，恰中哽嗓！疼得秦天豹怪叫一声，抖身上房，意欲逃走。您想，嗓子上带着袖箭，疼得浑身发颤，岂能站稳？他在房坡上摇三摇，晃三晃，一头栽倒，顺房坡滚下。又是凑巧，当他落地时，手中还握着金背刀，刀尖恰恰朝上，"扑"的一声，刺进胸头！也许是巧合，也许是报应，秦天豹正是死在自己的钢刀、袖箭之下！

胜英大惊，紧跑几步来到死尸旁边，口中叫道："八弟，八弟，你怎么样了？"叫了几声，才知八弟气绝身亡。老英雄大恸，泪流不止。贾明、贾亮不敢上前，白玉祥劝道："三弟，这种人死就死了吧，何况是自杀，你也不必过于难受。"

"大哥，他虽是自杀，也因我而死。我与秦天豹曾经义结金兰，弟兄磕头在五伦，好比同胞一母亲，何况他还年轻，满身武功，实在死得可惜。"

"这不怪你，全怪他不仁不义。"

"唉，只能这么说了。"

"师父，"贾明、贾亮见师父缓解，这才上前搭话："死得活该，我们把他抬出去，任凭狼拉狗拽吧！"

"不行。他是你八叔，许他不仁，不许你们不义。据你八叔说，他父子都在王府当差，你们立刻去王府，把飞天鼠秦尤找来，让秦尤料理后事。"

"何苦自找麻烦。"小哥儿俩嘟嘟囔囔，又不敢违命，只得二往王府。

胜英与白玉祥将死尸搭到上房，心中又难过，又着急。将来见到大哥屠灿等人，怎么交代呢？见到武林朋友，怎么解释呢？"明清八义"乃江湖典范，三爷杀死八爷，好说不好听啊！老英雄年届花甲，上了岁数，长途押运镖车，身子劳累，又误杀八弟，伤心难过，三合一，病倒在床，昏迷不醒。直到天亮以后，才听耳边有人呼唤："三伯父，您好点吗？"

"啊？你是谁？"胜英睁眼观看，见床头跪着一名少年。这少年十七八岁，眉目端正，脸色阴沉沉，不露内心，活脱的一个小阴面鬼。

"三伯父，侄儿秦尤，人称飞天鼠。昨晚，贾家兄弟令小侄前来，言说您找我有事。到了三合店，才知我父自杀身亡，又见伯父昏迷不醒。伯父，我爹已故，小侄全靠伯父照管，您再有个好歹，让小侄依靠何人？"

"好懂事的孩子！"胜英见秦尤这样通情达理，心中更加难受，再度昏迷，多亏店东白玉祥请来大夫，及时救醒。

"三伯父，"秦尤又道，"这事不怪您。阿王爷所作所为，我早就看不惯了，曾几次劝我爹爹另寻出路，怎奈我爹报恩心盛，始终未能走成。您劝他是对的，他死在自己刀下，也是命中注定。只有一条，小侄武艺尚未学成，我爹一死，让我跟谁学艺？我想，我想伯父若不嫌弃，就收小侄为徒吧。"

"可以，可以！"

"师父在上，徒儿跪拜。"

"起来，快起来。等为师病愈之后，立刻为你摆香案。按说，我山门已闭，不再收徒，你算特殊。"

"多谢师父。"

"把贾明、贾亮叫来。"

"是。"秦尤请来二位师兄。贾明、贾亮听罢恩师吩咐，十分高兴。哥儿俩背后多次议论过，这秦尤比他爹胜强万倍，不仅通情达理，而且忠厚老实、是非分明。胜英昏迷时，他眼睛都哭肿了。只是少言寡语，不爱说笑。如今他成了小师弟，关系又近一层。

"师弟，"贾亮笑道："没别的，我那头花驴儿是个宝贝，你可以随便骑。"

"多谢二师兄。"秦尤唯唯诺诺。

"错了，我是三师兄。咱大师兄名叫黄三太，外号'飞镖'。他在浙江一带独闯江湖，武功胜过我们万倍，久后见到，你要敬重他。"

"记住了。"秦尤在白玉祥的协助下，替父亲料理丧事。由于秦天豹死得不光彩，秦尤主张一切从简，停尸三天，草草葬埋了。

病来如山倒，病去如抽丝，胜英年迈，抵抗力不强，一连数日卧床不起。贾氏兄弟要照顾那三万两镖银，侍候胜英的差事便落在秦尤的身上。幸喜秦尤孝顺，众人才得放心。

这日傍晚，秦尤将药碗端进卧房，只见胜英又处于昏迷状态。他轻轻放下药碗，关严房门，听了听胜英的呼吸，低声叫道："师父，起来吃药吧。"连唤数声，胜英未醒。秦尤脸色骤变，将微笑换成狞笑："哼，老天有眼，该报仇了！"说罢，双手向胜英咽喉掐去！

第二回　白五峰扬名西湖擂
黄三太贺号南霸天

　　飞天鼠秦尤貌似憨厚，内藏大奸。他为了替父报仇，堪称"忍辱负重"，因而取得了胜英师徒的信任。今日黄昏，他乘神镖将胜英昏迷之际，伸出魔爪向老英雄咽喉掐去。胜英重病在身，又是风烛残年，已毫无反抗能力。他微睁二目，面带苦笑，却说不出半句话来。可怜，可叹，这位厮杀了一生的武林豪杰，今天气绝身亡！

　　秦尤大功告成，心中却也十分紧张。虽说报了杀父之仇，他深深知道，这段公案并未了结。胜英有许多朋友，"明清八义"死了两义，余下的六义会找自己算账。除此而外，胜英还有三名弟子，贾明、贾亮自不必说，那飞镖黄三太绝不会轻饶自己！怎么办？自己的武功平常，若靠力敌，保不住性命。只有死心塌地地投靠阿王爷，凭借他的势力，方可安宁。想到此处，秦尤不敢久留，忙将胜英的尸体盖好，逃之夭夭！

　　次日清晨，三合客栈乱成一团。金头虎贾明、花驴儿贾亮发现师父已死，不由得大惊。他俩忙喊秦尤，又不见秦尤下落。只得请来店主东白玉祥，白玉祥吓得手足无措。他心中暗想：胜三爷在武林之中敢称头号人物，今日死在三合店，我跳到黄河也洗不清啊！于是他派出全部伙计，把平原县的名医请来十六位。这十六位名医经过验尸检查，推举刘高手向白玉祥等人报告："胜老镖头患的是心衰病，虽说严重，尚不至于死亡。我们经过详细检验，发现胜老镖头的咽喉处有一道环形深沟，由此可见，他是被人用手掐死的！"

　　"什么？"贾明、贾亮此时也不敢再说笑话了。他们紧盯着刘高手，惊疑地追问："先生，你这话可靠吗？"

"不瞒壮士，小老儿年轻的时候当过仵作，专管验尸，年老之后才改作行医。他们十五位公推我来报告，就是这个缘故。您想，人命关天，没有万分把握，小老儿怎敢胡说？据我观察，胜老镖头不仅脖子上有深沟，而且双睛外突，面色黑紫。这都是被掐扼致死的现象。据法律经典《洗冤录》所述……"

"行了，行了。"贾明一摆手，派达官赏谢了医生。医生们领银散去。

双头太岁白玉祥听说胜英在自己的店房被害，更加紧张起来："贾家贤侄，是谁这样胆大，竟敢对胜三爷下此毒手？"

"白老伯，咱们都错了！"贾明心眼机灵，头脑敏锐。

"唉，你我爷儿仨全被假象蒙蔽，上当受骗。将来见到师兄黄三太，让我可怎么交代呀！"

"此话怎讲？"

"白老伯，眼前缺少一人，难道您老人家没发现吗？"

"噢？飞天鼠秦尤？"

"正是！"

"赶紧找他，他也算胜三爷的徒弟。"

"恐怕找不到了。"

贾亮半信半疑："哥哥，秦尤挺忠厚的，您怎么会怀疑到他的头上？"

"兄弟，师父常说'大智若愚'，咱们不理解。你别忘了，秦天豹虽属自杀，也算死在师父之手！"

"报仇？我去找他！"贾亮去不多时，领来几名趟子手。

头目说道："贾大爷，昨夜我们值班，在后院看守镖银。二更天左右，发现一条黑影。起初，我们以为是盗贼，追到跟前一看，原来是秦爷。他神色很慌张，对我们说'奉师命巡夜'，可是他没进库房，跳后墙走了。"

"啊？"贾明、贾亮更加肯定了是秦尤作案。于是咬牙切齿，痛骂起来，接着又大哭不止。

白玉祥劝道："二位贤侄，且止悲止怒，想想后事吧。"

"怎么办?"小哥儿俩方寸已乱。

"依我说，"白玉祥思考片刻，"第一，赶紧派人买冰，把胜三爷尸体先冻起来，以免腐烂。第二，派人回归京西宣化府，与银头皓首胜奎报信，让他急速赶来治丧。第三，再派人去浙江绍兴府通知黄三太。他是胜三爷的大徒弟，名望又大，请他来有两个目的，既是为师父奔丧，丧事过后，又能将三万两镖银捎回浙江。这是官银，数目巨大，除了黄三太，别人押不了它。"

"白老伯，凶手秦尤怎么办?"

"老朽退出武林十余年，秦尤之事我管不了。等胜奎、黄三太赶来之后，你们弟兄四人再做商议吧。"

"就依老伯。"贾明深知，白玉祥乃局外之人，能如此帮忙已经不错了。于是他当即吩咐："金六爷，你速备一匹快马返回宣化府，见到我师兄胜奎，就说我师父病危，请他日夜兼程赶来。至于死讯，暂时不对他说。"

"是。"金六爷本名金大力，是飞虎镖局首席达官，地位仅次于镖头。他身材高大，力有千钧，手使一根镔铁大棒，英勇无敌，在武林之中也称一条好汉。胜英在世时，很敬重他，算是一半雇用，一半朋友。此时贾明派他去送信，金大力自然尽力而为。他乘上快马，顾不得劳累，日行四百里，飞驰而去。

"兄弟，"贾明派走金大力，又对贾亮说道，"我留在平原县照管师父后事，你赶紧骑上花驴儿去浙江绍兴府见咱师兄黄三太，把师父被害之事对他详细讲明。为了报仇，让师兄多请几位武林朋友，人越多越好!"

"哥哥，"贾亮有些不解，"一个小小飞天鼠，值得这样兴师动众?前天，我看过他的武艺，稀松平常，我的花驴儿也能踢他一溜跟头。"

"你不懂。"贾明比贾亮深谋远虑，"正因为秦尤的武功不行，他闯了这么大的祸，还敢在江湖上独往独来吗?据我估计，那小子肯定投靠了什么狗屁阿王爷。阿王爷是皇亲国戚，权势无边，咱们人单势孤斗不过他。为此，要请黄师兄多带人马。"

"我明白了。"贾亮很佩服哥哥的韬略。他辞别众人，乘驴南下。

这匹花驴儿的个头比马小，脚程却比快马还要快。日行六百里，可以不吃不喝，不歇不睡，堪称是一匹"神驴"。贾亮对它说道："驴兄弟，咱哥儿俩去请黄三太，这可是件急事。由这儿到绍兴府足有三千里，七天之内你能不能跑到？"

"嗷——"人有人言，兽有兽语。花驴儿告诉贾亮：你放心吧，关键时刻，哥儿们给你露两"蹄子"。叫罢，飞奔南下。

有书则长，无书则短。贾亮日夜兼程，过山东，穿安徽，越江苏，这日进入浙江境内，夜宿湖州府，再往南走便是杭州，过了杭州就是绍兴了。屈指算来，刚刚五天，贾亮心中很是高兴。他对店房伙计吩咐道："你给我煮上五斤黄豆，再拌里二十个鸡蛋，把我的花驴儿喂足了，我多给你赏钱。"

"是。"伙计贪财，闻听给他赏钱，连忙奉承："小爷，我爹是牲口贩子，专会相驴相马，人送外号'二伯乐'。小人虽然不如我爹，多少也懂点骡马经。据我观察，你那匹花驴儿是正经山西货，个头虽小，背生龙骨，准是一匹宝驴。不过，它满身是泥，满身是汗，准是从远路急跑而来的。过一会儿，我替您刷洗刷洗，明天到了杭州，这匹驴就能把他们镇住，您要是一出头，五千两银子就到手了！"

"你胡说些什么？乱七八糟的，我一句也没听懂！"

"怎么？您不是练武的吗？"

"这与练武有什么关系？"

"误会了。"伙计一笑，继续说道，"您歇着吧，我给您喂驴去。"

"回来，杭州府出了什么事？"

"嘻嘻，您要想问，得赏我五百钱。"

"哼！"贾亮哭笑不得，给了伙计半两银子，伙计千恩万谢，讲了起来。

清朝初年，郑成功之子郑经在台湾作乱，欲分裂疆土，独立为国。康熙皇帝亲政不久，便派大臣施琅为水军元帅，东征台湾。施琅不辱王命，经过两个多月的水战，取得了辉煌胜利。康熙传旨，将宝岛分为一府三县，隶属福建省管辖。从此，海峡两岸平静起来。

反叛郑经死后，他手下余党不愿投降，更不愿当清朝臣民，于是乘船北上，占据了舟山群岛中的几个小岛，成了海上强盗。这些海盗不打鱼，不种田，全靠掠夺为生。因而，东南沿海的居民常常受到骚扰，浙江、江苏受害尤深。浙江巡抚是位旗人，名叫特尔恭额，为官十分清正。这天，他亲往金陵府，找到江苏巡抚陈正人说道："陈抚院，当官应为民做主，你我地处沿海，边民屡遭海盗洗劫，苦不可言。咱们身为二品大员，不能坐视不管哪！"

"特抚院所言极是。"陈正人也是一位清官，沿海骚乱，扰得他日夜不宁。为此答道："为防海盗，下官已拨出白银五万两，在沿海诸县招募军队。如今，应征入伍者为数不少，可惜的是，他们多为渔夫和农人，根本不懂武功，更不会打仗。唉，千军易得，一将难求哇。"

"处境相同。"特巡抚叹道，"下官也曾拨银招兵，三千人马中，只有七个会武术的，还都是平常之辈。为了这事，我一筹莫展。思来想去，只有一条办法……"

"特大人请讲。"

"我想在杭州西湖岸边开设一座擂台，你我联名行文各地，请武士擂台较量。若出现高手，不仅重赏，而且还要委以重任。咱可向皇上保奏，封他为边防将军。"

"妙！"陈正人拍案叫绝，"特抚院，难为你想出这条良策。开擂之后，必能引来许多武士。对于一流高手，可请皇上加封，余下的武士，咱还可以量才使用。最不济者，也比那些渔夫、农人胜强百倍！"

两位大员经过协商，事情就算确定下来。谁料这个消息传到南昌府，江西巡抚庆保有点不乐意了。庆保已经六十多岁，武将出身，年轻时曾扶保顺治皇帝带兵入关，军功累累。如今年迈，由武职改任文职。人若是老了，脾气就不定性，俗话"老小孩儿"，就是这个道理。庆保闻讯之后，立刻给特尔恭额、陈正人各发一份公文。公文前边说了几句官话，无非是江西紧靠浙江，唇亡齿寒，防御海盗，我们也有责任。公文后半部大发牢骚：自古以来，江苏、江西、浙江统称"三江"，三江地带，应一致行动。如今"两江"设擂，分明瞧不起江西，我江西有人有钱，甘愿拿出白银五万两，支援海防，参加西湖擂，云云……特巡抚和陈巡抚看到这份公文，真是哭笑不得。老将军好大喜功，他们早有耳闻。人家挑理啦，根据人家的资历和威望，咱们惹不起他。从桌面来讲，人家是支援海防；从私下来讲，白得五万两军费，何乐不为？于是二位巡抚又联名发出回文，向庆保赔礼道歉，同时邀请老将军主持擂台。庆保一见二位巡抚把他推到首席，顿觉光彩荣耀，喜得他眉开眼笑，立即备马赶往杭州。

三位巡抚杭州聚会，共同制定擂台方案，由于擂台摆在西湖畔，取名"西湖擂"。庆保最爱热闹，他又提议："西湖擂倒是挺雅致，但名声太小。我再取个别名，叫他'三江擂'吧，把三省的'江'字都包括进去！"

"好个'三江擂'。"二巡抚极力赞同。

"还有，"庆保见二人喝彩，兴致更高，"既称'三江擂'，声势就得搞大点，省得人家骂咱们小抠。请问二位大人，对第一名武士，你们准备赏银多少？"

"原定每省出银一千两，共赏他白银三千。"

"太少了，凑个整数，给他五千两吧。"

"这……"二巡抚相互观望了几眼，又不敢让庆保扫兴，只得说道，"就依老抚院。"

"嘿嘿，别心疼钱哪！老朽是武将出身，对武林人物有点偏爱。三省夺第一，容易吗？看你们哭丧个脸，准是怨我大手大脚。"

"不敢，不敢。"二人笑了起来。

"其实，我们江西省不靠海边，这是为你们两省选拔人才，多破费几个钱，有好处，把他抬得越高，他才越肯出力。"

"高见，高见。"二人心说：这老头儿虽然好大喜功，却不糊涂，他很懂用人之道。

庆保见二位巡抚唯唯诺诺，更加倚老卖老："你们是文人，不懂练武人的心情。练武人重名不重利，五千两银子，小事一段，咱还得给他名、给他荣誉，让人家名利双收！"

"老抚院，一切由您做主。"

"我已想妥了，咱给他一块金匾，上写'威震三江'四个大字，再由咱们三人联名落款，这比什么都强。哈哈，这块金匾挂出去，他要不卖命干，我庆保二字倒写！"

"好主意！"二位巡抚受庆保感染，也来了激情。三大员拍板定局，决定在九月初九重阳节开擂比武。擂期十天，全胜者披红戴花，领银挂匾。

消息传出，三省武士人人奋勇当先，个个跃跃欲试，谁不想借此机会扬名露脸？

书归前言。湖州距杭州不足二百里，擂台比武之事早已传来。店房伙计虽然不知详情，却也道听途说，双耳灌满。他收了花驴儿贾亮半两银子，便滔滔不绝，讲述起来。最后笑道："小爷，我见您背插单刀，又把花驴儿累成这样，以为您也是赶赴西湖擂呢。闹了半天，您是假装练武的，根本不知擂台之事啊。"

"哼！"贾亮气大了，什么叫"假装练武的"呀？可是又不能跟一个堂倌动真气，只得笑道，"照你这么说，我舅舅肯定也在擂台。"

"您舅舅是谁？"

"就是你们浙江巡抚特大人。"

"特巡抚是您舅舅？"伙计有点惊慌。

"没错。我得告诉他，腰里只剩下半两银子，还被你骗去了，让我舅舅支援我俩钱……"

"小爷饶命！"伙计差点吓趴下。

"跟你闹着玩呢。我再问你，擂台开设几天了？"

伙计心想：这位小爷不好惹，我得好好侍候："九月初九开擂，今天是九月十七，已经九天了，明天是最后一场。"

"好吧，喂驴去吧。明天早点叫我，我得去扛那块金匾。"

"对，那块匾就是给您预备的。"伙计奉承了几句，退出客房。

贾亮吃罢晚饭，躺在床上却难入睡，心中暗想：西湖擂非比寻常，这么大举动，肯定是群雄聚会。师兄黄三太祖籍浙江绍兴府，他岂能不去？若在擂台见到师兄就好了，既减少了路程，又能结识许多英雄。这些英雄如果肯帮忙，就请他们同往平原县，大破阿王府，捉拿秦尤，替师父报仇。他越想越高兴，不知不觉，天色明亮。伙计已将花驴儿喂饱、洗净，贾亮付了店钱，急奔杭州。

花开两朵，各表一枝。

西湖擂果然与众不同，只见这座擂台：

玲珑八角，光冽四方。头顶上俱用芦席遮盖，脚底下都是松板拼成。两边庭柱用丝绸包裹，外皮均由彩笔描画。黄金大字分列两旁，左边写：拳开惊猛虎；右边写：脚动吓凶龙。台面不算太高，离地约有一丈五。横额悬挂，上有三个大字"西湖擂"，又有五个小字"别名'三江擂'"。基地平坦，足有四丈方圆。这真叫，上生下死，分明森罗殿；进易退难，俨然酆都城！

九月初九开擂的当天，便有许多武士从四面八方赶来。他们有的为名，有的为利，各怀目的，都想登台较量。江西巡抚庆保最爱出风头，他当仁不让，首先登台讲话："各路豪杰们，西湖擂又叫三江擂，顾名思义，聚集了三江高手。对于头条好汉，不仅国家要重用，我们三江巡抚还要为他赠银、挂匾。这是何等荣耀哇！可惜我老了，不然的话，我也想参加比武。但有一条，这块匾、这五千两银子，都不太好拿呀。没有真本事的，我劝你别上来。丢人现眼，何苦呢……"

"嘻！"特巡抚对陈巡抚苦笑一声，"这位老人家太直爽了。比武还没开始，他就说泄气话。就冲这番话，谁还敢首先登台？"

"哈哈，"陈巡抚笑道，"快让旗牌官把他请下来吧，再过一会儿，老头儿更得走板。"

"谁敢叫他？万一把他惹火了，咱俩也难下台。"

"我倒有个主意。"陈巡抚一摆手，传过来一条大汉。他向特巡抚介绍道："此人姓林名泽平，是我手下的中军官。论武功不算很高，却有一把子力气，外号叫'二罗汉'。我看就让他先上擂台，抛砖引玉嘛。打擂的上台了，老头儿自然得下来，他便挑不着什么了。"

"也好，就请林中军辛苦一趟吧。"

"让我上台？"林泽平自知不行，急得满脸发红，却又不敢惹二位巡抚。只得低声说道："陈大人，我要是败了，您可不许辞我的差事。"

"去吧，去吧。你只要把庆大人叫回来，就算完成任务。"

"我听您的。"林泽平换上短裤，走下看台，顺着云梯爬上擂台。他对庆保假装不识，抱腕禀手："台官，您别说了，我陪您先走几招，请吧。"

"噢？"庆保大悦，"哈哈，我还没讲完话呢，就有人登台打擂。

由此可见，三江武士来得踊跃。可是你弄错了，老朽并非台官，而是江西巡抚。"

"这……老抚院恕罪。"林泽平暗笑。

"没事，没事。这位壮士，你既然首先登台，也算有点勇气。干脆，我就任命你当台官。如果大获全胜，就赏银、挂匾。如果失败，也赠你一百两银子。"

"多谢老抚院。"林泽平心说，今天捞着了便宜。既完成了陈大人交给的差事，又白捡一百两银子。至于那五千两银子和金匾，该给谁就给谁，我连想都不敢想。

"祝你旗开得胜，马到成功。"庆保扬扬得意，回归了看台。

且说二罗汉林泽平拿鸭子上架，只得装腔作势。好在西湖擂不设"擂主"，谁有本事皆可自由发挥。他只好硬着头皮喊道："三江武士，庆大人命令我当台官，我就不客气了。谁要是不服，请上台比试！"

俗话说"开头难"，半点不假。尽管三江武士都为打擂而来，却谁也不愿打头阵。这有两个原因：第一，台官的武功尚未显露，能否胜他，众人心里没底。第二，今天是头一场，登台过早会消耗体力。这样一来，众武士面面相觑，皆表沉默。他们沉默，林泽平却沉不住气了。心中暗想：你们都不上来，我怎么下去呀？我根本不图取胜，哪怕把我踢下擂台，也算有个结果。这样耗下去，何时是了？他急得转了三圈，拿定主意："诸位武士，你们为什么不上擂台？肯定是嫉妒我了！江西巡抚庆大人任命我当台官，并且赏银一百两，你们以为我捞到了便宜。其实，这一百两银子算不得什么。谁敢和我比武，打我一拳者，我分他十两，踢我一脚者，我分他二十两。拽我一溜跟头者，我分他五十两，把我踢下擂台者，一百两全归他！怎么样？谁想发财，快上擂台！"林泽平豁出去了，宁可不要银子，也想脱离是非。

重赏之下，必有勇夫。台下有人窃笑，他把腰一哈，头一低，悄悄走出人群，绕到云梯处，拾级而上。偷偷来到林泽平身后，上打一拳，下飞一脚，口中喊道："给钱吧，一拳加一脚，共计三十两！"

林泽平气大了："你怎么暗中下手？"

"什么明中暗中，给钱！"

"看样你不是练武的吧？"

"说对了，我是杭州西门脸儿卖切糕的，姓赵，外号'赵切糕'便是！"

"嘻！"林泽平心想：再不济吧，我也是个中军官。让卖切糕的拳打脚踢，多丢人哪！我得教训教训他。"朋友，咱说话算数，我给你三十两银子。不过，你再把我踢溜跟头，又多得五十两，岂不更好？"

"也行。"赵切糕不知深浅，依仗练过三天"弹腿"，便向对方扑去。林泽平的武功虽然平常，胜一个卖切糕的还不在话下，三招两式，他飞起一脚，便把赵切糕踢下擂台。赵切糕叫道："快接着点！"谁接呀？众人一闪，赵切糕摔倒在地，全仗着皮糙肉厚，并未受伤。他拍了拍屁股："这银子还不太好得呢！"一句话，惹得众人大笑不止。

"胡闹！"江西巡抚庆保骂道，"三江擂声势浩大，怎么竟出怪物？连卖切糕的都敢上台，成何体统？"

"老抚院，"特尔恭额笑道："您不必着急，擂台刚刚开始，好戏还在后头嘛。"

"哼！"庆保余怒不息，"全怪我瞎眼，我见那个姓林的身高膀大，以为他有些功夫，便封他当了台官。其实，他也是饭桶。大英雄讲究眼观六路，耳听八方，他竟被一个卖切糕的拳打脚踢，事先毫无察觉，笨蛋！这种人怎么会头一个上擂？"

"嘻嘻，哈哈……"二巡抚暗笑：怕你说话走板，才派他上去的。你倒挑理了？

行家一伸手，便知有没有？林泽平虽胜赵切糕，功底却暴露无遗。台下叫道："我来会你！"这人不走云梯，双脚一碾地，飞身纵上擂台。"朋友，你首先上擂，全凭勇气。庆大人赏你纹银百两，理所当然。我不想分你的银子，只想打擂，请动手吧。"

"壮士，快通名姓。"林泽平懂得，真正武林人物开始露面了。

"在下孙开泰，人送外号'左丧门'！"

书要简捷，左丧门三拳两脚便战败林泽平。林泽平心服口服，甘愿纳银，孙开泰谢而不受。接下来，他又连胜几阵，直至天黑。庆保心中高兴，宣布今日休擂，并将孙开泰请进驿馆，热情招待。

清朝初年，武林共分八家门户。即：少林、武当、峨眉；他们被列为"上三门"，门人弟子皆自食其力，或为国效劳，或保镖护院。最不济的也靠打把式卖艺为生，绝不干伤天害理之事。另外又有：黑虎、白猿、玄狐、鹌鹑、蝴蝶；被列为"下五门"，他们分别以抢劫、偷盗、拐骗、赌博、采花为业，被"上三门"所不齿。因而，上下门之间毫无来往，各行其是。如今摆设"三江擂"，上三门、下五门均来了许多高手。左丧门孙开泰便是峨眉门门人，不仅他来了，本门师兄弟还来了十几位。其中包括锦毛虎张柄承、乌云豹李世雄、小霸王郭龙、赛燕青郭虎、金塔将萧景芳、五方太岁常万雄等。这些人物中，孙开泰武功最差，所以他才首先上擂，万一败下来，身后有人顶着。谁料第一天开擂，真正的高手都冷眼旁观，孙开泰才连连获胜，被捧为上宾。

闲话带过。两天过去，就显不着孙开泰了。各路英雄纷纷登台，你争我夺，各显身手。到了第四天，形势又有变化。玄狐门第三掌门人、恶法师马道玄独占鳌头，连伤七将。台下武士人人心惊胆战，不敢上前。

这个马老道外貌不错，头戴九梁道巾，迎门镶着一块美玉，身穿八卦仙衣，腰扎丝绦，水袜云履，背后斜插一口宝剑，年龄在四十多岁，面如银盆，鼻正口方，三绺长髯飘洒在胸前，冷眼看来，真有几分仙风道骨，仔细瞧他，飘飘然带有煞气。他是玄狐门的领袖，专干坑蒙拐骗之事，武功虽属上乘，却落了个"恶法师"的外号。今日参加西湖擂，并非要为国报效，也不想夺银争匾，只想在武林群雄中显示一下玄狐门的威风，由于他连胜七阵，更加趾高气扬："诸位豪杰，擂台要摆十天，今日才是第四天，你们就不敢上台了，余下的六天怎么办？难道让贫道一个人耍把戏吗？下五门的朋友为贫道捧场，不来比试，情理可谅。上三门的英雄都到哪里去了？莫非都回家为老婆侍候月子吗？"他口出狂言，有点伤众。这时，台下有人喊道："马道爷，比武归比武，扯的什么门户？就冲你这句话，我不能为你捧场了，倒要与你比个高低！"说罢，一位壮士纵上擂台。这人只有二十多岁，头戴马尾过梁巾，慈姑叶高拉，鬓佩美绒球，身穿青色短裤，足蹬薄底快靴，背插单刀。脸上看，姜黄颜色，细眉毛，大眼睛，一团精神。他冲马老道抱腕禀手："您还认识我吗？今日特来领教。"

"噢？原来是杨壮士。据我所知，你是直隶人，因何也赴三江擂？"

"你记性不错，我确系直隶人。不过，出师之后，又与飞镖黄三太结为弟兄。近两年来，一直活动在绍兴府，绍兴府隶属浙江，我也有资格打擂。"

"既然如此，请杨壮士进招。"

"好，不恭了！"

书中交代：这人名叫杨香武，人送外号"赛毛遂"。他乃白猿门弟子，专以偷盗为业。两年前，他曾在皇宫内苑三盗九龙杯，名扬天下。后与黄三太结为生死弟兄，金盆洗手，放弃偷盗。现任三太镖局达官，声誉不错。今天，马道玄扯起门户之争，杨香武甚为不满，于是登台打擂，比武交锋。论武艺，杨香武的轻功高人一头，拳脚却属于中等。二人走了十几个照面，杨香武便渐渐不支了。恶法师马道玄三声冷笑："杨壮士，你们白猿门和我们玄狐门同属下五门，又何必自相残杀？我劝你快快下去，让上三门派人比武。"

"少说废话！"杨香武拼死力敌。

这时，台下有人喊道："杨壮士，马道爷既然要会上三门，请你下来，我愿陪他走上几招。"说罢，这人纵身上台，让过杨香武，拦住马道玄。

"无量佛，"马道玄打量来人。这人年近三十，穿白挂素，剑眉朗目，一派精神。老道心想：武林人物我认识的不少，却从未见过他。不由得问道："听你话音，肯定是上三门子弟，请通报姓名，再交手不迟。"

"不瞒道爷，在下乃武当山门徒，姓白名五峰，人称外号'圣手昆仑侠'。"

"啊？"马道玄大吃一惊，倒退了几步，"你，你就是那位名扬四海的'南霸天'？"

"不，我只称'圣手昆仑侠'，对于'南霸天'三个字，现在还担当不起。"

话外有音，这位白五峰非同小可。据说，他出身高贵，祖上当过什么"王爷"。父亲白国梁，一代奇才，刀法绝伦，却从来不对任何人谈论自家的身世。白五峰从小与父亲学艺十二年，父亲死后，他闯荡南七省，敢说打遍南天，未逢对手。这人武功好，品行也好，常常济困扶危，行侠仗义。因而落了个"圣手昆仑侠"的外号。前不久，是他三十岁整寿。按当时的说法，进入了"而立"之年。一大群武林朋友为他做寿，宴席之上，有人提议：白大侠打遍南七省，从无敌手。咱们再给他贺个外号，就叫他"南霸天"吧。

诸位读者：现代电影《红色娘子军》中有个"南霸天"。由于他多行不义，人们便对"南霸天"这三个字产生了厌恶。其实，"南霸天"并非贬义词，只不过是个称号，而且还是个了不起的称号。您想：独霸南天，必是武林中超一流的高手。得到这个称号，又是何等荣耀！

闲话带过。白五峰自恃武艺高强，又多贪了几杯水酒。只觉得"南霸天"很顺耳。却不顾它有多大分量。于是含笑点头，表示默认。

有人说话了："唔呀，白大侠客，依吾老人家看来，你只能称'侠'，而不能称'霸'。"

"噢？"白五峰有些不满，顺声音看去。见说话这人年纪在二十六七岁，身穿老羊皮袄，板朝里，毛朝外。腰扎一条黄麻绳，绳上别着一根旱烟袋，风磨铜做杆，有三尺多长，白金锅子，有碗口大小。紫微微的脸膛罩着一副头号眼镜。书中交代：此人复姓欧阳单名德，乃正宗峨眉派出身。他武功很高，以烟袋当兵刃，加上"点穴法"和寒暑不侵，堪称"三绝艺"。什么叫"寒暑不侵"呢？就是冬天穿单衣不冷，夏天穿皮袄不热。由于他打扮怪，办事怪，武林人为他贺号"怪侠"。今日怪侠又说怪话，引得白五峰心中不悦："欧阳大侠，照你的说法，这'霸'字比'侠'字还要高吗？"

"唔呀，你不要生气呀。"欧阳德是南方人，满嘴南方口音，"白大侠，当'侠'容易，你是侠，吾也是侠。只要有武功，走正路，人人可以称侠。至于'霸'字就不同了，若敢称'霸'，便是打遍天下无敌手。你有这么高的本领吗？"

"我，我只称南霸天，敢打南七省！"

"南七省也轮不到你。几年之前，由直隶宣化府来了一位黄三太，他乃神镖将胜英的门徒，正宗少林派，人称'飞镖将'。我与这人十分熟悉，看过他的功夫。说句让你伤心的话，你再练十年，也许能赶上他一半！"怪侠天生的怪脾气，说话从来不管轻重。您想：白五峰号称"圣手昆仑侠"，能吃这个吗？他不由得拍案而起："哼，就冲你这句话，我倒要会会黄三太。若能胜他，我偏叫南霸天，他若胜我，南霸天的称号就归黄三太！"

群雄劝道："何苦呢！一个少林派，一个武当派，何苦结仇结怨？这事都怪欧阳大侠，即使黄大侠比白大侠高，你也不能明说呀！"

"气死我也！"白五峰心想：有这么劝架的吗？简直是激我呢！白五峰对黄三太也早有耳闻，总想会一会。不过，我若无缘无故找黄三太较量，必被武林耻笑。私打殴斗，也不是侠客风度，得了，暂忍一时，以后见机行事。这回机会来了。三省巡抚摆设"西湖擂"，冠冕堂皇。擂台上与黄三太比武，光明正大。为此，白五峰很早就赶到杭州。由于黄三太一直没露面，他也不便出头。今天，玄狐门领袖马道玄无故向上三门挑衅，白五峰忍无可忍，这才登台比武。

书归正传。马道玄久闻白五峰大名，今日相逢，加着万分小心。他胜别人容易，碰上圣手昆仑侠，便差一大截了！没出十个照面，白五峰虚晃一拳，下边使了个"鸳鸯腿"，便将恶法师踢出一丈多远。老道心想：名不虚传，今日丢人现眼，活该倒霉。他一瘸一拐，走下擂台。

看台上的三位巡抚无比兴奋。尤其是庆保，他武将出身，对功夫十分内行。大声喊道："好！好位高手！我在疆场厮杀了数十年，从未见过这么漂亮的拳脚。人才难得呀，快，快为他挂匾！"

"老抚院，"陈正人笑道，"您过于性急了，今日才开擂四天，挂匾为时过早哇。"

"早什么？我说句预言，后六天全白搭，谁要能胜白五峰，我庆保二字倒写！"

"哈哈，您倒写好几回了。"特尔恭额劝道，"擂期十天，咱不能言而无信哪！老抚院，还是那句话，好戏在后头呢。"

"后头没好戏了！"庆保虽说不服，也只得忍耐。

九天过去。白五峰不愧是高手，一路闯关，锐不可当。喜得庆保眉开眼笑："白壮士，不，白英雄，提前收场吧，金匾归你了。"

"老抚院，"白五峰连连摆手，"不行，别说还剩一天，就算十天圆满，我也不能挂匾，更不想当官！"

"啊？你干什么来的？"三巡抚大惑不解。

"因为三江地带还有位高手，他若不出头，西湖擂等于空设！我夺了第一，也是假的。三位大人，一个假头衔，有什么脸面挂匾？"

"噢？白英雄，那人是谁？"

"浙江绍兴府三太镖局总镖头，飞镖黄三太！"

"真的吗？"特尔恭额倍加关注，自己的省内有这类著名人物，自然光彩。他扭头向中军官吩咐："来呀，拿我金皮大令，乘快马赶往绍兴府，传黄三太今日必须赶到！"

"大人，"中军官名叫樊成，外号"大斧将"。他原为绿林人，后投靠了官府。由于马上、步下都会几招，半年前被提升了中军官。如今，他与武林人仍有往来，朋友相处。此时见巡抚传令，慌忙答道："不用去绍兴府了，那位黄大侠就在杭州。"

"你怎么知道？"

"下差与黄大侠是朋友，昨天晚上还请黄大侠喝过酒呢。"

"嗯。他既来杭州，为什么不登擂台？"

"这……"樊成犹豫片刻，"大人，黄大侠有难言之隐……"

"说！"

"是。其实，黄大侠再三叮嘱，不让我外传，怕的是伤了武林朋友的和气。"说到此处，樊成看了白五峰一眼，继续又道，"请问白大侠，您来西湖擂的目的是什么？为了争银挂匾，还是为了那个'南霸天'？"

"我……"白五峰有点纳闷，"中军官，这些内情，你怎么会知道？"

"实不相瞒，如今欧阳大侠等人均在杭州，他们把您祝寿贺号的经过全都告诉了黄大侠……

"好！"白五峰兴奋起来，"黄三太既然知道了内情，他肯定会来找我算账。也罢，我二人借助西湖擂，少不了一场恶战，看看谁是'南霸天'？"

"恰恰相反！"樊成冷笑一声，"黄大侠与您的想法根本不同。他认为，一个外号，区区小事，朋友的交情才重有千斤。他还埋怨欧阳大侠惹是生非。并说，根据白大侠的功夫、名望、资历，足可称为

'南霸天'，何必让人家扫兴？"

"噢？"白五峰沉思起来，"中军官，黄大侠还说什么？"

"他还说：西湖擂是成名露脸的大好机会，自己本应参赛。由于涉及'南霸天'之争，只得放弃打擂，准备回归绍兴府。"

"仁义之士，名不虚传！"白五峰内心敬佩起来。

三巡抚越听越糊涂。庆保叫道："什么事啊？乱七八糟的！怎么又弄出个'南霸天'来？樊中军，快把详情禀报。"

"是。"樊成把白五峰做寿，有人贺号"南霸天"，欧阳德反对，推出黄三太等经过一一禀明。

庆保问道："这些事情，你怎么会知道？"

"老抚院，下差曾是绿林人，朋友们聚会杭州，我尽地主之谊，摆酒款待。这些经过，是众人在席面上说的。您若不信，可以问白大侠。"

"他说得全对。"白五峰连忙回答。

"有意思！"庆保来了兴趣，"一白一黄两位大侠，若不比武，难见高低。干脆，本抚院再加一条，除了赏银、挂匾，他俩谁胜了，谁就贺号'南霸天'！"

"不行啊，"樊成叹道，"黄大侠不想打擂，他怕……"

"怕什么？"庆保的武将脾气又上来了，"来人，为本抚院鞴上快马，我亲自去请黄三太，看他赏不赏脸！"

"热闹了！"特巡抚望望陈巡抚，二人啼笑皆非。一位二品大员亲自去请一个普通侠士，旷古未有。怎么办？陈巡抚苦笑一声："特大人，老头儿好胜，咱也不敢拦。人家的资历比咱们深，又是为了咱们两省办事。干脆，陪他一块去吧。"

"也好。"特巡抚心想：黄三太是我浙江属民，给他点光彩，也显得我礼贤下士。

大发了！三巡抚亲请黄镖头，震惊整个杭州府！

再说黄三太，他与欧阳德、杨香武等人住在城西鸿运客栈，本想今日午后回归绍兴。忽见三巡抚亲来，吃惊非小，连忙参拜。特尔恭额双手扶起，上下打量。只见他年近三十，光头不戴帽，一把抓的大辫子垂在脑后。身穿素白缎子短打，红绒绳双勒十字襻，腰扎皮挺大带，足蹬牛皮快靴。肋佩一口金吞口、金饰件、绿鲨鱼皮鞘、削铜铁、切金玉的银龙闪光刀。刀下斜挂镖囊，鼓鼓蓬蓬，内装三支单龙头、双凤尾，百发百中的紫金镖。外罩英雄氅，白大领、白甩袖，素白缎子挂面，上绣红梅花。再往脸上看，白净净，红润润，眉分八彩，目似朗星，鼻正口方，大耳垂轮，浑身上下一团正气，正气之中还透着风流潇洒。喜得特巡抚眉开眼笑，口中却不断埋怨："黄壮士，你既是我的属民，本抚院对你就不客气了。有关西湖擂的布告早已贴出，立擂目的是为国家挑选英才，以保海防。可是你，你只顾了江湖义气，竟想弃擂而归，这是因小失大，很不应该呀。"

"这，草民无知，大人莫怪。"

"怪什么？"庆保又发话了，"学会文武艺，货卖帝王家。你们浙江的边民屡屡遭难，你却把武艺藏着不用，哼，还让三巡抚一块来请你，脸也露足了吧？走，赶快打擂去，把真功夫全拿出来！"

"这……谨遵台命。"

当天已晚，只得收场。第二天，也就是擂台的最后一天，一黄一白二位大侠，要决分胜负。

消息传出，观众如潮，各路英雄，铺天盖地聚集在西湖畔。天到辰时，二大侠奉命登台比武。

黄三太抱腕当胸："白大侠，咱们既是朋友，又是对手。我是浙江人，你是客。请白大侠提出比武条件。"

"噢？"白五峰心想：他倒是很讲礼数。怎么办？他师父胜英乃正宗少林派，号称"一口金刀压武林，三支飞镖震乾坤"。由此可见，他的门户以刀法、镖法见长。而我却不同，外号"圣手昆仑侠"，拳脚最好。干脆，以我之长，对他之短吧。他若在拳脚上也能胜我，那刀法、镖法准比我更高，也就用不着比了。想到此处，白五峰笑道："黄大侠，刀枪没眼，咱既是朋友，就只比拳脚吧，省得误伤对方。"

"就依白大侠，请先进招。"

"不恭了！"

但只见：

　　二侠打拳比武功，

斜身绕步转身形。
鹞子抓肩龙探爪。
猿猴伸臂凤抖翎。
金蝉脱壳退三步。
白蛇吐芯五步冲。
苏秦背剑双掌落，
霸王举鼎两膀擎。
太公追魂布八卦，
孔明求命设七灯。
上山虎遇见下山虎，
云中龙碰上雾中龙。
棋逢对手二良将，
你来我往两英雄！

台下尽是武林高手，他们看得眼花缭乱。由于二侠都穿白挂素，恰如两朵白云飘摆，哪里还见人影！

黄三太暗中钦佩：不愧是"圣手昆仑侠"。除非施展绝招，实难胜他。想到此处，他双峰贯耳，两拳平摊。其实，这是虚招，与此同时，飞身腾起，犹如云燕展翅，又似大鹏俯冲，双足踢向对手后胯。这招法乃胜英独创，黄三太精心提炼，并用唐诗命名为"忽见千帆隐映来"。顾名思义，双足如同帆船，明中两只，暗中千艘，千变万化，躲了后胯难躲后腰，躲了后腰难躲两肩，躲了两肩难躲头顶，就算你达摩重生，金仙下界，也休想逃离！

白五峰不愧高手，他大叫一声，忙扭开后胯，谁料黄三太双足向上提，又踢后腰。白五峰腰向前挺，躲了第二招，难躲第三招，黄三太再提双足，恰落白五峰肩头。双足千钧力，踢得白五峰向台口栽去。黄三太犹如流星抢落，扶住对方："白大侠，受惊了。"

"惭愧，惭愧！"

台下开锅了，谁见过这么高的武功？大伙不夸黄三太，反赞白五峰："还得说人家白大侠，能挡三次。要搁别人，早完啦！"

三巡抚更加高兴。庆保喊叫："来人，快把五千两银子、威震三江金匾抬来，为南霸天黄三太披红挂彩，贺号扬名！"

"庆大人，"黄三太连连摆手，"为国效力，理所当然。受银、挂匾是事先决定，在下也不推辞。只有这'南霸天'三字，我绝不敢承当。"

"你不当谁当？"庆保假装生气，他冲白五峰一摆手，"你也过来。实话告诉你们，本抚院是武将出身，年轻的时候，跟随老皇上征杀了半辈子，也算大英雄。对武功的好坏，一看便知。今天，白壮士虽然输了，你的武功也算天下难得。干脆，黄三太当正的，你当副的，一块为国家效力去吧。"

"我……"白五峰正要说话，忽见场地大乱。有一头小花驴儿穿过人群，奔向看台。

黄三太纳闷："哎呀，这不是师弟贾亮吗？他如此风风火火，准是发生了大事。"

来者正是贾亮。他今日清晨离开湖州，紧赶慢赶，赶到西湖擂。一到这儿就听说了黄三太力胜白五峰之事，为此催动花驴儿，赶到主看台："师哥，快跟我走吧，师父死了！"

"啊！"黄三太大惊失色。

"您听我说，"贾亮简单讲述了经过。

"哎呀！"黄三太昏痛欲绝，"三位大人，师父待我恩重如山，在下要去吊丧，并追拿凶手……"

"这，"三巡抚面面相觑，"为师父尽孝，乃人伦之理。可是海防之事……"

"大人，请白大侠暂时代理。"

"行！"白五峰很痛快地应承，"只是，我有个条件，黄大侠必须答应。"

"请讲。"

"赏银、挂匾乃官府之事，与我无关。只有这'南霸天'称号，由我而起。黄大侠，你若让我代职，就必须应下这个称号。否则，在下立即远走高飞！"

"我，我应下就是。"

"妙！"庆保传令，"立刻为黄大侠挂匾、贺号，然后送他起程！"

第三回　断虎爪镖头告御状
赐龙衣皇帝震天威

　　且说西湖擂轰轰烈烈，圆满成功。按照事先安排，本应该大肆庆祝一番。由于贾亮报丧，擂主黄三太方寸已乱，哪还有心思参加庆典？他勉强接受了"南霸天"的称号，辞别了三位巡抚，率领欧阳德、杨香武、贾亮等一帮弟兄，急速回归绍兴府。

　　三位巡抚对黄三太的这一行动既很称赞，又很惋惜。称赞他为师尽孝，心地质朴；惋惜他夺了三江魁元，却不能立即赴任立功。幸喜留下了圣手昆仑侠白五峰，也算一位难得的豪杰。经过商议，三巡抚联名上奏，保举黄三太为"靖海参将"，实授正四品武职；保举白五峰为"宁海游击"，实授从四品武职。奏折写罢，派人以八百里加急形式，送往首都北京城。由于清初尚无电信设施，传递文件便全靠马匹。日递四百里者为慢件，封筒上插一根鸡毛；日递六百里者为快件，封筒上插两根鸡毛；日递八百里者为加急，封筒上插三根鸡毛。鸡毛多少，代表速度快慢。

　　闲话带过。由于海盗屡屡进犯东南沿海，扰得江浙两省日夜不宁。巡抚们都是清官，忧国忧民，心急如火，恨不得立即平息动乱，所以才用加急形式送走奏折。康熙皇帝乃是圣主，对国防大事十分关心，他看罢奏折，当即批准，并且记住了黄三太的姓名。后来君臣巧遇，又有一段故事。此处埋下伏笔，暂不赘述。

　　送走信使，特巡抚又派中军官樊成代表三省官府将白银五千两、金匾一块、美酒十坛、花红五匹押往绍兴。并再三嘱托："黄大侠急于奔丧，庆祝活动在杭州没有搞成。你到绍兴之后，通知四品知府徐大人，要多多造些声势，让全城男女老少都知道有个黄三太！"

"请抚院放心，下差尽力而为。"

樊成是黄三太的好朋友，既受过黄三太的恩惠，又学过黄三太的武艺，更敬佩黄三太的品德。他恨不得将黄三太举到天上。今日有了巡抚的命令，正可谓"有恃无恐"。他来到绍兴后，立刻去拜见黄三太，并将礼物送到黄宅。谁料黄三太等人已于昨晚动身，北上奔丧去了。樊成只好去见徐知府，添油加醋，大吹大擂。自古以来，"官大一级压死人"徐知府是特巡抚的属员，听罢指示，慌乱起来。心想：黄三太被推荐为四品武职，一待批准，便与我这四品文职平起平坐。不仅如此，人家现在正在走红，用不了二三年，准比我官大。趁他现在飞得不高，我提前"奉承"，否则晚矣。再者说，黄三太是绍兴人，本地出了头面人物，我这当知府的脸上也光彩。干脆，大点干吧！

由于知府和省城代表同心协力，这庆贺规模可想而知，堪称空前绝后，浩荡无边！

糟了，树大招风，名大有险！庆祝活动中，不仅宣扬黄三太，而且还宣扬"上三门"。这样一来，引起"下五门"各路高手的嫉妒与不服。他们联合起来，决心与黄三太比试高低。由此又惹出一系列的格杀。可叹，黄三太在不知不觉中，得罪了武林人。这些故事又是后话，暂莫多说。

书归正传。单说飞镖南霸天黄三太那日离开西湖搐，回到绍兴府。他首先拜见了高堂老母，只说师父病逝，自己要去奔丧。然后又见过夫人陈氏，说道："师父含冤而死，一去奔丧，二去报仇。凶手秦尤并不足挂齿，他的后台却是一位王爷，乃当今皇上的本家兄弟。若捉秦尤，必得罪王爷，得罪了王爷，等于得罪皇上。这次行动的结果究竟如何，是很难预料的。夫人哪，你要事先有个准备。"

"啊？"陈氏夫人乃大家闺秀出身，闻听丈夫所述，有些惊慌害怕，"夫君，莫非会有性命之忧吗？"

"万一这样，就苦了你了。上有高堂老母，下有幼子黄天霸。尽孝尽义……"

"不要讲了！"夫人眼圈发红，却又深明大义，"夫君，我虽然没见过师父，也知道他老人家待你恩重如山。为师父报仇雪恨，理所应当。你去吧，处处小心，自我珍重。家中之事，全由我来承当。"

"多谢夫人。"

"谢我？"夫人苦笑一声，"唉，我应该谢你呀。夫君，你也知道，妾身祖籍并非江南，而是直隶河间府。我先祖在世时，曾考取过明末进士。他老人家不愿做官，守着几亩薄田度日。后来，朝廷下了'圈地令'，我家田地则被'圈占'去了。祖父一怒暴亡，父亲只身逃到江南，入赘岳家。父亲常对我说：'圈地令'把人害苦了，千家流离，万家怨恨！夫君哪，胜师父表面是被秦尤杀害，实际上是死在'圈地令'下。你去追杀秦尤，大破阿王府，表面是替师父报仇，实际上是在破除'圈地令'。我祖父泉下有知，他就瞑目了。为此，妾身应该谢你才对。"

"夫人！"黄三太肃然起敬。

辞别夫人，来到前厅。传来徒弟季全，当即吩咐："我走之后，镖局之事由你全权料理。不图赚钱，只图平安无事。"

"孩儿记下。"季全今年才十八岁，聪明伶俐，机警过人。他进门学艺三年有余，功夫还不算高。但他有种"特异功能"，就是眼睛与常人不同，能在夜间视物。为此，虽然还没出师，却有了外号，被人称作"神眼"。今日师父以重任托付，神眼季全有些紧张。"师父，不知您老人家几时动身？"

"我心急似火，今夜就走。"

"太对了！"贾亮立刻赞同，"师兄，我哥哥贾明让我告诉你，阿王爷势力挺大，请你多带几位朋友。"

"唔呀，"怪侠欧阳德说道，"吾老人家正闲得难受，跟随黄大侠一同去吧。"

"我也去。"赛毛遂杨香武随声附和。

"多谢二贤弟帮忙。咱们立即动身。"

弟兄四人吃罢晚饭，乘上三匹大马、一头花驴儿，夜出北门，赶往山东平原县。

晚上赶路有个好处，想走多快就走多快。不像白天，遍地是人，赶路太急会引人注目。怪侠欧阳德说道："唔呀，黄大侠，胜老前辈停灵待葬，迫在眉睫。依吾说来，咱们白天住店，晚上赶路吧，这样会加快进程。"

"就依欧阳大侠。"

四位英雄饥餐渴饮，夜行晓宿，疾驰了五个晚上，第六天清晨，赶到黄河南岸。由于他们是"夜行军"，来到黄河渡口时，天色刚刚破晓。黄三太勒马张望，见渡口处停泊着许多大小船只，便口中喊道："船家，我们要渡过黄河，快将渡船拢岸。"他连呼数声，却无人答话，"奇怪，怎么送上门的买卖，都置之不理呀？"

"师兄，"贾亮答道，"我在十天之内，跑了个来回。南下的时候听说，黄河正在秋汛，水势猛涨。为此，每天只有辰、巳、午、未四个时辰才能摆渡，其余的时候渡河危险。现在刚刚亮天，咱们只有等待了。"

"急死人也！"黄三太唉声叹气。

欧阳德劝道："唔呀，黄大侠，急也无用啊，渡口风大天寒，咱们找个地方休息吧。"

"只好如此。"

四人掉转坐骑，就要离去。突然，赛毛遂杨香武高声喊道："你们快看，渡船来了！"他用手一指，果然见河心漂来一艘大舟。这船由北向南，越驶越近。船头上立着一匹战马，这匹马浑身雪白，连一根杂毛都没有。鞍鞯鲜明，得胜钩挂着一杆虎头亮银枪。白马旁边站着一条豪杰，这人年龄在二十七八岁，面如美玉，五官端正。他双眉微皱，对着滚滚黄河，若有所思。黄三太不由得大喜："哎呀，那可是七侯贤弟吗？你这是到哪里去呀？"

"噢？"船上这人也见到黄三太了，惊喜万状，"原来是黄大侠，你来得好快呀！"

渡船渐渐拢岸，船上那人急忙跳上岸来："黄大侠，我估计您还得几天才能赶到，万没想到在此处相逢。"他正说话间，向其他几人看了几眼。见欧阳德反穿皮袄，腰别大烟袋，不由得问道："根据您的穿戴，可是江湖路上著名怪侠欧阳德吗？"

"唔呀，正是吾老人家，请问你老人家贵姓高名？"

黄三太连忙介绍："这位英雄名叫李七侯，外号'白马将'，乃武当派著名高手。一年之前，他本门师弟劫了我的镖车，触犯武当派门规。七侯大义灭亲，押着师弟到绍兴请罪还镖，是位很难得的朋友哇。"

"黄大侠，您过奖了。是您的武功、人品使我们慑服，否则的话……"

黄三太连连摆手："过去之事，何必提它。"

原来，李七侯的师弟名叫左天篷，外号"吹破天"。他一时缺钱，劫了黄三太的镖车。七侯闻讯赶来，申斥了左天篷一顿，并让他把镖银奉还。左天篷脸上无光，挑拨是非："师兄，咱们武当派不准拦路抢劫，我也深深懂得这个规矩。可是黄三太瞧不起咱们，他说什么：别看都是上三门，少林派应该是上三门之首。小弟听了来气，才劫他镖银……"

"真的吗？"李七侯艺高火气盛，押着镖车和左天篷去绍兴找黄三太论理。黄三太再三解释，七侯不听，誓必比武。结果，黄三太点到为止，没让李七侯栽跟头。七侯心中敬佩，二人遂成好友。今日相逢黄河岸，使黄三太深感意外。他又将杨香武、贾亮做了介绍，随后问道："七侯贤弟，你这是到哪里去呀？听你话里话外，似乎知道我要来山东？"

"我当然知道：您的恩师胜老前辈在平原县遭难，黄大侠岂有不来之理？"

"噢？这事你也听说了？"

"唉，说来惭愧。咱们上三门弟子讲究自食其力，不准无功受禄。为了谋生糊口，小弟便投靠了山东阿王爷，充当武功教师。"

"什么？"花驴儿贾亮有些不满，"如此说来，你也是阿王府的差官？"

"正是。阿王见我武功还算可以，便封我为武术馆副馆长。正馆长名叫秦天豹，外号'阴面鬼'，乃明清八义之末，是黄大侠及贾壮士的师叔，我也就不必多说了。后来，阿王爷坑害百姓，继续圈占土地，我见他不仁，便欲离去。馆长秦天豹却再三挽留，碍于情面，他又是长辈，我只好暂且住下。直到前些天，胜三爷误杀秦天豹，飞天鼠暗害胜子川，我更觉得事闹大了。正想走脱之际，阿王将我传去。他向我吩咐两件事，第一，秦馆长已死，提升我为正馆长，秦尤为副馆长，还让我们携手合作，共创大业。第二……"

黄三太眼珠起红线，血灌瞳仁。他打断李七侯话音，紧紧追问："贤弟，你可曾见到那飞天鼠秦尤？"

"见到了。秦尤掐死胜三爷，心情十分紧张。他怕有人找他复仇，便向阿王建议：府门外多设官兵，院墙下增派岗哨。只要有武林人在此经过，便以谋害皇亲论处，一律乱箭射死，绝不留情。"

"哼，这贼子好狠毒！"

"阿王比秦尤更加老谋深算。他在提升我为武术馆正馆长的同时，还让我将平原县县令彭大人秘密处死……"

有关彭公的情况，黄三太在贾亮那里听说过不少，此时惊疑问道："彭县令是国家的命官，为什么随便杀害？"

"阿王认为：武林人物并不足惧，你们功夫再高，也不敢私闯王府。而彭大人则不然，他对阿王强占土地之事，了如指掌。这位县令职位虽低，却有铮铮铁骨，一旦走脱，必定进京告御状。废除圈地，是当今皇上的圣旨，阿王抗旨不遵，皇上得知，必然恼怒，后果则不可收拾。为此，先下手为强，才令我杀害彭公。"

"贤弟，阿必隆很穷吗？"

"金银满库，财宝如山。"

"奇怪，他既然不穷，为什么还敢抗旨圈地，杀害命官。冒天下之大不韪，目的何在？"

"鬼才知道！"李七侯无可奈何。

"贤弟，你是明白人，且不可助纣为虐！"

"当然。我告诉阿王，彭县令若是死在王府，尸体迟早会被发现，不如在他腰间拴上一块巨石，沉死黄河，消尸灭迹。阿王采纳，连夜派出官船将彭县令载上黄河。我已经向水手们陈明利害，一致同意放彭县令逃脱。我将白马、银枪也一道带来，准备扶保彭县令暂且隐蔽。据我猜测，你黄大侠肯定会来山东奔丧，本想见到你之后，再共同商议对策。不料在此地相逢，也算是天凑良缘哪。"

"好！李贤弟，你保护清官，立了大功。不知彭县令现在何处？"

"他就藏在船舱之中，待小弟请他来见。"

书中交代：彭县令名叫彭朋，字友仁。两榜进士出身。他为官清廉，足智多谋，由于不懂奉承拍马，不会讨好上司，当了二十年知县，一直未能升迁。三个月前，他从外县调到平原。上任伊始，便接到一百二十份状纸，状状控诉阿王"圈地"，逼得穷人家破人亡。彭县令大怒，立即将案卷上呈知衙。他原来以为：阿王继续"圈地"，上抗圣谕，下害黎民，国家不会饶他。谁料上司接到案卷后，却支支吾吾，装聋作哑。彭公明白了：阿王是皇亲国戚，你们不敢惹呀！也罢，你们不管我来管，哪怕是丢了这七品顶戴，也要为民做主。他拿定主意，着手准备，或化装成平民深入调查，或把受害者请到县衙交谈，一来二去，掌握了大量的材料，凭着这些证据，去找阿王论理。谁料阿王无视国法，竟将彭公押下。多亏白马将李七侯胸怀正义，才将他救出虎口。

黄河岸边，彼此相见。彭公打量了黄三太几眼，从他那言谈话语，精神气质上，断定黄三太是位人物，为此十分敬重："黄大侠，你这次来到山东，不知有何打算？"

"大人，无非要办两件事：第一，为恩师治丧；第二，捉拿凶手秦尤。"

"这……"彭公稍有犹豫，半晌又道，"黄大侠，初次见面，恕下官言语不恭。据我看来，杀死胜老英雄的真正凶手，并非秦尤！"

"啊？"黄三太一愣，"大人，莫非您有新的发现吗？"

"真正的凶手，应该是'圈地令'啊！"

"此话怎讲？"

"论武艺，你们也许能捉到秦尤，并将秦尤碎尸万段。结果如何？只不过死了一个无名小辈，阿王帐下，少个差官而已。你们几位都号称'侠客'，什么叫'侠义之举'？据下官判断，应该是除暴安良，济困扶危，上为国家，下为黎民。只有这样，才不辜负那个'侠'字，胜老英雄很够这个称号，他是位著名镖师，只要镖银安全，不被抢劫，对于其他闲事，他完全可以不管不问，谁也无权责怪于他。可是胜老英雄则不然，为了匡扶正义，为了解除百姓的疾苦，他却挺身而出，与阴面鬼秦天豹评理，结果才被秦尤谋害，命丧身亡。诸位侠义，若没有'圈地令'这件事，胜英能死吗？"

"这……"诸侠义深思起来。

彭公又道："如果'圈地令'不加废除，死了一个胜英，还会死第二个、第三个胜英；你们杀了一个秦尤，还会出现第二个、第三个秦尤。这些秦尤依仗权势，还要坑害百姓，迫使百姓投河上吊、卖儿卖女。身为侠义，除却秦尤乃是你们的私仇，而协助国家废除'圈地令'，才是壮举。这乃本末大事，望诸位三思呀！"

飞镖南霸天黄三太听罢彭公这番道理，半晌无言。心中暗自想道：这位彭大人不仅目光长远，而且很有才智。他因势利导，深入浅出，把成破利害件件摆了出来，真是一位难得的清官。照他所说，那"圈地令"不仅是我恩师的仇人，而且还是普天下百姓的仇人。离家之时，夫人陈氏也讲过类似道理，只是没有彭公这样透彻。如何是好？眼前有这样的清官大人，应该听从他的吩咐。于是说道："彭大人，金玉良言，感人肺腑。如今看来，只要废除'圈地令'，贼子秦尤不攻自灭，既报家仇，又雪公恨，可谓一举两得！但有一条，废除'圈地令'早有皇上圣旨，那阿王等人连圣旨都不惧，还能惧我这一介武夫吗？"

"黄大侠，阿必隆不义之举，有两个依靠。第一，他开设武术馆，帐下有许多武林人物替他效力。第二，他用重金买通山东各路官府，官员们对他的行为匿而不奏，因而使他更加猖狂。黄大侠若肯帮忙，这两件事情便迎刃而解。"

"请大人明教。"

"下官欲进京告御状，途中唯恐有人阻劫，请黄大侠陪我入都；万岁一旦传旨讨伐，再请黄大侠协助国家破他武馆，杀贼立功。"

"大人如此器重，黄某万死不辞。"

主意拿定，彭公也不必躲了，众人一道登上大船，水手摇橹搬桨，驶向对岸而去。拢岸之后，李七侯对水手吩咐："你们转告阿王，就说我李七侯把彭县令劫持而去，事情与你等无关。"

水手们战战兢兢："李爷，阿王爷得知彭大人逃走，不会轻饶我们。干脆，我们也不回去了，自谋生路吧。"

"让你们吃苦了。"黄三太从战马褥套中取出二百两银子，交付水手。水手们千恩万谢，告辞而去。

单说诸侠义簇拥着彭公离开黄河岸，直奔平原县三合客栈。来到客栈门口，只见金头虎贾明正在四处张望。原来，胜英之子，银头皓首胜奎早已赶到了。他对老父之死，悲恸万分。依他本意，想找秦尤拼个死活。大家再三劝阻，让他等候黄三太，胜奎只好应承。贾明心急如焚，天天到店门接迎，此时一见黄三太来临，又惊又喜。急忙抢行几步，抱腕禀手："师兄，您可算来了。再不来，就把我急死了！"

"师弟，快领愚兄灵前参拜。"

虽说时入深秋，又用凉冰浸镇。胜英的尸体也很难保存，将近半个月了，尸体的某些部位已经开始溃烂。黄三太见状，抚尸痛哭，几度昏迷过去。三合店店主东、双头太岁白玉祥上前劝道："黄大侠，咱们爷儿俩虽未见过，我也久闻你的名声。你是大伙的主心骨，现在全靠你了。应该节哀止痛，操料后事。"

"白老前辈，数日以来，全凭您的关照，容黄某将来重谢。"

"说远了。都是一家人，不必客气。"

"唉，恩师暴卒，黄某方寸已乱，请白老前辈多加指教。"

"黄大侠，你是明白人，我本不该指手画脚。可是年龄长你几岁，只好倚老卖老了。依老朽之见，当务之急就是处理丧事。胜三爷亡故半月，应早日扶灵回乡，让他入土为安，说句难听的话，再让他暴尸几天，恐怕……"白玉祥心想：恐怕尸体就全烂了！可是这句话又不便出口。

黄三太点头称是："白老前辈，您不必往下说了，就依您老人家。"

银头皓首胜奎双眉紧皱，二目圆睁："黄师兄，扶灵回籍倒很容易，杀父之仇怎么办？何时何日活捉秦尤，祭奠亡灵？"

"师弟，"黄三太叹道，"替师报仇，我也是心急如火。可是，捉拿凶手非一日之功，事情总得有个轻重缓急呀。"

"哼，把你盼来了，却如此胆小怕事！好吧，你扶灵回归宣化府，我去找秦尤算账！"

"师弟！"黄三太二目发红，"咱弟兄相处十余年，我是胆小怕事之人吗？你呀，应该有些度量，快三十岁的人了，办事应该前思后想。凭你的武功，能杀死秦尤吗？即便杀死秦尤，就算报了大仇吗？"

"啊？"胜奎发愣，"师兄，除了秦尤，还有别的仇人吗？"

"等我慢慢告诉你吧。你是师父的独生子，赶紧为师父操办后事。"

弟兄们这一争论，引起了店主东白玉祥的注意。他低声问道："黄大侠，胜三爷死在敝店，听你话音，莫非另有凶手？"

"这……白老前辈，我不敢瞒您。此乃平原县县令彭大人的高见……"

"彭大人？据我听说，彭大人被押阿王府，你怎么会见到他？"

"如今，他就在您的三合店。"

白玉祥紧张起来：三合店死了一个胜英，已经闹得天翻地覆。若是彭县令再出差错，我就得关门大吉！黄三太见白玉祥默默无语，心中明白了八九："请您放心，我们只住一夜，明晨就离开此地。"

当晚，黄三太吩咐贾明、贾亮买来一口薄皮棺材，暂且将胜英的尸体入殓。这种棺材体积小、分量轻，易于搬运。等回到宣化府，另行厚葬。接着，他又对欧阳德、李七侯说："二位贤弟，我与胜奎、贾明、贾亮要替老人家治丧，杨香武为人机灵，得帮我们跑跑道，这样一来，我们都脱不开身。飞虎镖局现有镖银三万两，需要运往萧山县。这是官银，数目巨大，派别人我不放心，只有请你二位辛苦一趟。亲是亲，财是财，酬金加倍。"

"唔呀，黄大侠不用客气。"欧阳德点头应承，"只是，对押镖这活，吾一概不懂啊。"

"让我们的首席达官金大力陪同。他武艺平常，对保镖十分熟悉。你二位只管保镖，别的事情由他处理。"

"听从吩咐。"李七侯也点头答应。

次日清晨，兵分两路。南路由欧阳德、李七侯率领，金大刀陪同，押运三万两镖银，奔赴萧山县；北道由黄三太为首，将棺木装上马车。胜奎、贾明、贾亮、杨香武各佩刀剑，暗中还要保护彭公。两路人马辞别店主白玉祥，分头而去。

不表南路人马，单说黄三太一伙出离平原县，兼程倍路，赶往宣化府。这日正往前走，来到京郊大兴县。由大兴县向北，便是南苑。南苑又称"南海子"，方圆四十里，草木葱茏，却无一户人家。原来，清代历代帝王均爱骑射，他们认为，骑射有两种好处：既可练武，又能强身。尤其是康熙皇帝，对骑射兴致最浓。据史书记载：康熙一生，共射虎一百三十五只、熊二十只、豹二十五只、猞猁十只、麋鹿十四头、狼九十六只、野猪一百三十二头，小动物不计其数，并且还创造过日射野兔三百一十八只的"超前纪录"。这些数字出于正史，绝非笔者胡编滥造。由此可见，骑射打猎是帝王生活中不可缺少的重要项目！

闲话少叙。康熙皇帝几乎月月都要骑射，单是重大活动，每年就搞两次，每次为期十二天。打猎又称"打围"，第一次在四月初，称作"春围"，第二次在十月初，称作"秋围"，围场就设在南苑。由于这块地方成了"御用"场所，便不准百姓居住了，久而久之，草木葱茏，郁郁满地。

有人若问：如此大量扑杀，动物肯定绝迹了吧？不然，每次重大活动后，全国各地都派专人、专车运来各种野兽，让它们在南苑繁殖生息，供下次扑杀。周而复始，动物不仅不减少，而且还渐渐增多。人说"富贵帝王家"果然不假。如今正是十月初，康熙皇帝率领一批亲王、郡王、贝勒、贝子、国公、骑尉等皇族及文武大臣们正在南苑打"秋围"，那真叫车水马龙，嘶喊连天，热闹场面，实难描述。

再说飞镖南霸天黄三太一伙，穿过大兴县便进入南苑。过了南苑，再向西北而行，便可达宣化府。正往前走，忽听锣鼓震荡、叫喊声高。这种项目称作"喊围"，就是把各种动物轰向围场中心，供人扑射。黄三太心想：糟了，如今正是十月初，皇上赶秋围，南苑封锁，不准通过。这便如何是好？如果绕行，得多走两天的路程。空行人不怕，棺木中的尸体怎么办？多停两天，会加快腐烂。唉，此时此刻真让人束手无策呀！

贾亮见黄三太为难，凑到跟前说："师兄，为了练习花驴儿的脚力，我经常骑着它各处奔跑。南苑是一马平川，天下少有的跑驴场，因而我数次来过，对这一带的地形也极为熟悉。由此往西北方向，有一条羊肠小路，平时很少行人。咱若是由这条小路奔向宣化府，既不用穿过围场，又不用绕远道，保证极为方便。"

"噢，"黄三太大喜，"师弟，小路往哪儿走？那里没有官军把守吗？"

"小路在围场之外，请随我来。"

"咱俩同行。"黄三太令贾明与杨香武护押灵车，自己与贾亮前头引路，向西北走了十余里，果然闪出一条小路。这条路弯弯曲曲，坎坷不平，路面上长满了黄白草，不论如何，终究算是一条路。他们顺着这条小路又走了五里多远，天色就过午了。黄三太说道："这条路颠簸得厉害，如今人困马乏，咱们休息一会儿吧。大伙吃点东西，马匹喂些草料，在天黑之前，必须走出去。否则，前不着村、后不着店，困难就太大了。"说罢，甩镫下马，奔向后面的灵车。

正在此时，忽听所有的马匹与那头花驴儿一齐发出怪叫，叫声惊哀、恐怖，令人听来毛骨悚然。黄三太大惊，估计要发生意外之事。他连忙停下脚步，四处观望。只见东南方向尘土飞扬，由远而近，跑来一哨人马。最前边这匹马又高又大，耀武扬威。马上端坐一人，虽说看不清面貌，却看出他身穿黄袍，头戴红缨冠。根据装饰，最小也是亲王。这人马前，奔跑着一只白额吊猛虎。这猛虎如飞似箭，向小路冲来。黄三太脸色骤变，心想：猛虎若冲上小路，必要伤人。此时此刻不容多虑，好一位飞镖南霸天，说时迟，那时快，立刻从怀中掏出紫金镖，抖手向虎口射去。这金镖又准又狠，老虎正张着血盆大口，金镖顺着老虎的嗓子就钻进去了，疼得老虎就地翻滚，吼啸不止。人有人言，兽有兽语，老虎的意思是说：我被那个穿黄袍的追蒙了，才往小道逃跑。谁知小道有位活爷爷等我，他比那穿黄袍的更厉害，给我一块铁疙瘩吃。这玩意儿不好消化，疼痛难忍，看样惹不起他，往回跑吧！老虎吼罢，掉头冲去。糟了，对面那匹高头大马正在紧追猛虎，此时难收丝缰，距离猛虎近在咫尺。他的随从队伍都在后边，一时很难赶到。马上这人大惊失色，高声喊道："快来救驾！"

"啊？"黄三太明白了，这人必是皇帝。如今，只有我离他最近，豁出性命，也要保护圣主。想到此处，美豪杰足尖点地，飞身跃起，好迅速、好利落、好漂亮的身法，眨眼之间，落在马前。他在起飞同时，已将银龙宝刀抽出来了，擎刀在手，劈向猛虎。这口刀带着风声，力有万钧。老虎有三绝能，一扑、二胯、三尾扫。它前爪一抬，扑向黄三太。按说，这一扑的力量不小，能扑倒山、扑碎树，怎奈老虎肚子里金镖蠕动，使它的力量减去了大半，速度也慢了下来。黄三太借此良机，宝刀横扫，这刀太快了，唰的一声，将猛虎前边二爪一同斩断，猛虎失去前爪，威风大减。黄三太乘胜向前，宝刀劈向猛虎脑门儿。只听"咔嚓"一声巨响，虎头裂成两半！好险，好险，黄三太额角冷汗淋漓。他在虎皮上蹭净刀头血，转身施礼："草民黄三太参见万岁圣驾。"

这时，后边的人马也上来了。那些亲王、郡王、贝勒、贝子、文武大臣们看看黄三太，又瞅瞅死虎，一个个瞠目结舌，惊呆不止。

康熙皇帝也愣住了。心想：用火枪、飞箭射死老虎不足为奇。而这人用钢刀与老虎拼命，最终将老虎劈死，没见过，从来没见过！他光顾思考，并未答话。直到黄三太第二次见驾，他才反应过来："请起，请起，请到朕前回话。"在封建社会，皇上连搭三个"请"字，这是难得的殊荣。文武大臣们心中明白：这位壮士打虎救驾，深受皇帝赏识，看样必受重用。想到这儿，众人列在两旁，个个抱腕禀手："壮士，万岁爷请你过去呢，你怎么还愣着呀！"

"草民不敢当。"黄三太摘下宝刀，解下镖囊，再次见驾。为什么除去刀、镖哇？按当时的规矩，皇帝面前，不准带寸铁，以避刺王杀驾之嫌。康熙见黄三太这样懂得礼节，心中更是高兴："壮士，练武人佩刀佩剑乃是常情，你把兵器带上，朕绝不怪你。你若想刺王杀驾，哈哈，朕早就没命了！"

"多谢万岁。"

"你叫什么名字？家住哪里？以何为业？"

"草民黄三太，浙江绍兴府人氏，以保镖押运为业。"

"黄三太？"康熙自言自语，沉思起来：这个名字好耳熟，似乎在哪里见过。噢，想起来了。前不久，三江巡抚联名上奏，要保举一位武林高手任四品靖海参将。被保举之人，好像就叫黄三太。朕见到加急奏折，当即批复，料那黄三太已经走马上任，他怎么又在这里出现？莫非同名同姓？不对，根据他的武功和籍贯，肯定同是一人。想到此处，康熙问道："黄壮士，你可曾参加过杭州西湖擂吗？"

"是的，三省巡抚大人设擂招贤，草民曾去比武……"

"哈哈，"康熙大笑起来，"黄爱卿，你已经不是什么草民了。根据三江巡抚推荐，朕已加封你为四品参将。批文早已传下，看来，你还没有见到哇。"

"这……谢主隆恩。"

"不必过谦。黄爱卿，打虎救驾，功比天高。根据你的武艺，只封四品武职，似乎太低了。朕欲封你为三品京都参将，留在殿下听差，不知黄爱卿意下如何？"

"我……我对圣恩，万分感激。不过，留在京师任三品参将，实非心愿。"

"噢？"皇帝纳闷：提升一级，又当京官，他却不愿意，这是为什么？

"万岁，"黄三太急忙解释，"学会文武艺，货卖帝王家，此乃常情。但有一条，我这人性情散淡，不会当官，更不想当官……"

"奇怪，你既然不想当官，为什么去打西湖擂？"

"我是浙江人，东南沿海父老乡亲屡遭海盗杀害，我心中实在难忍。参加西湖擂，目的是为国家擒拿海盗，为父老乡亲尽微薄之力。我原本设想：一待海疆安宁，我便立即辞官，继续以保镖为业。万岁若将我留在京师，与我愿望相违，我实不敢遵命……"

"难得！"康熙大喜，"黄爱卿，不贪位禄，一心为国，真英雄也！朕不勉强你，虽不能强迫你升官，却得有些赏赐。"说到此处，康熙又觉得为难：赏他什么呢？他打虎救驾，功劳无比，为人品德又很清高。若赏他金银，他未必看重，赏他御用品，身边又不曾携带。低头思考起来。由于时值深秋，皇帝龙袍外边罩了件黄马褂，马褂是缎子的，上边绣着一团金龙，官称团龙衣。康熙心想：干脆，把这件黄马褂赏给他吧。想到此处，命太监帮他脱下龙衣，笑道："黄爱卿，朕身边未带赏物，这件马褂就赏给你吧。"

"啊？"黄三太大惊，"圣上的龙服，臣万万不敢接受。"

"拿去，拿去。你不但要接受，而且还应该穿上。朕很喜欢你，你只要穿上黄马褂，便可以随时入宫，与朕交谈。"

"这……"黄三太心中一动：万岁让我与他交谈，这正是告御状的好机会。机不可失，时不再来，于是连忙奏道："万岁，臣正有一件要事，想向圣上禀奏。"

"说来。"康熙满面含笑，并未注意。

"万岁容禀。"黄三太将阿王圈地、百姓流离、师父受难、自己护送灵车之事讲述了一遍，堪称有理有据，疏而不漏。

康熙又惊又怒："黄爱卿，你所奏这些情况，完全属实吗？"

"现有山东省平原县县令彭大人在此，万岁不信，可传他一问便明。"

康熙皇帝天威怒震："好一个阿必隆，身为朝廷郡王，竟敢抗旨不遵，继续圈占土地。哼，山东省各堂官员蒙君作弊、匿而不奏，这还了得！如果这些情况都是真情，朕绝不轻饶他们。来呀，传平原县县令彭朋马前见驾！"

第四回　康熙帝私访山东界
多罗王败逃临海洲

山东省平原县七品县令彭朋闻听万岁召见，急忙正冠束带来到驾前："臣彭朋参拜圣上，特来请罪。"

"噢?"皇帝不解，"彭爱卿，你罪在何处?"

"万岁，臣，身为平原县县令，不该擅离职守，私自进京。乞陛下宽恕。"

"过虑了。"皇帝说道，"你是被阿必隆逼得走投无路，才进京告御状的。如果所奏完全属实，不仅没罪，反而有功。朕能有你这样的贤臣，心中甚为高兴。"

"多谢万岁。"

"慢来。你所奏属实，才算有功。若弄虚作假，沽名钓誉，嘿嘿，你可知我大清王法的厉害吗?"

"臣知道。此次进京，早把生死置之度外。望陛下明察秋毫，判断是非。"彭公沉着冷静，不卑不亢，既无俗态，又不失大礼。康熙皇帝暗中称赞：这个县令很有胆量，在他身上看不到媚骨，却从里往外透着一团正气。只是不知他才干如何，估计不会很高，他四十多岁了，若有才干，不会当这"老县令"。想到这里，含笑问道："彭爱卿，你是慕府出身，还是拔贡出身哪?"

原来，清朝的仕途共有三种，一是科举出身，县里考秀才，省里考举人，中央考进士。再由进士中选出前三名，为"一等甲"，即状元、榜眼、探花。他们在翰林院效力之后，一待放官，便在五品之上。这种出身称作"科班"，又叫"老虎班"，牌子最硬，颜面上也最有光彩。第二种称作"拔贡"出身，凡是考中了举人，又屡屡考不中进士者，可由本人申请，再由本省学政选拔，成绩优秀者，保送京都，入国子监继续深造。毕业后可当县令一类的小官吏。清朝初期，六年拔贡一次，后改为十二年拔贡一次。每县学府只准选拔一名。这种出身的人也不容易，所以称作"正途"。虽然赶不上"老虎班"硬气，倒也无人小瞧。最后一种称作"幕府"出身。这种人的学问也算可以，由于种种原因，始终考不上学位。为了谋生，只得给大官当"幕府"，也就是"参谋""秘书"一类的职务。干上个十年八载，上司见他不错，便保举他独立做官。级别很低，一般都在七品以下。这种出身的人往往低声下气，明哲保身，也不为人重视。至于花钱买官的人当然不少，他们虽然财大气粗，却无本领。由于花钱买官是非法行为，社会上根本不予承认，他们更不敢公开自己的出身。

再说康熙皇帝见彭朋四十多岁还当知县，便以为他出身低微，起码不是"老虎班"，最高不过"拔贡"而已。

彭朋答道："臣不才，顺治十八年辛丑科应试，侥幸考取二甲传胪……"

"什么？"康熙一愣，心想：状元、榜眼、探花算"一甲"，传胪是"二甲"第一名，也就是全国第四。这么高的名次，怎么只授七品县令？屈指算来，顺治十八年到现在已经二十多年了，他竟一步未得提升，这是真的吗？于是问道："彭爱卿，你所说属实吗？"

"万岁，历朝考卷，有案可查。"

"对，朕当然要查。你既是二甲传胪，为什么不进翰林院？"

"当时，恰逢奸相鳌拜当权。有人劝我给鳌拜送礼，便可轻而易举地步入翰林院。怎奈臣家清贫，无能为力。发表官职时，便当了实授县令。"

"原来如此。彭爱卿，你当了二十几年县令未得升迁，不觉得冤枉吗？"

"县令虽小，亦能为国为民尽责。"彭公苦笑了一声，"唉，全怪臣无能，屡屡得罪上司，未能升迁，也是命中注定了。"

"朕明白了。"康熙心想：他话外有音，是不肯同流合污哇！如果真是这样，我应该破格提拔他才对。想到此处，回头问道："吏部尚书明珠何在?"

"奴才听旨。"明珠是满洲正黄旗人,本名那拉端范。他乃御前侍卫出身,在平息吴三桂叛乱时,立过大功,因而晋升为吏部尚书,官拜从一品,声誉还算不错。根据清廷规定,汉官称"臣",满官自称"奴才",这算是内外有别。此时,他见万岁传唤,急忙上前见驾。

"明珠爱卿,你掌管吏部,可知彭朋科举状况吗?"

"陛下,奴才接管吏部刚刚七年,对二十年前的科举状况不甚清楚。待回京之后,奴才查出彭朋的案卷,奏龙目御览。"

"你要尽快办理。"

"奴才遵旨。"明珠心中暗想:彭朋若真是传胪出身,连当二十年的县令,他可冤出大天来了。我是吏部主管大臣,不能让读书人寒心哪。一待查出结果,得千方百计保举彭朋荣升高职。明珠是这么想的,康熙也是这么想的:彭朋出身很高,有胆有识,又很清廉。如果再有才华,我得另眼看待。怎么办呢?有了,我让他写篇文章,从文章中可以看出他文采如何。想到此处,再次传旨:"彭爱卿,你暂且不必返还山东了,跟随圣驾一同回京。入都之后,你将阿王圈地及山东状况写份奏折呈上,朕御览之后,自有主张。"

"遵旨。"

看官:编书讲理。彭公见皇帝这段书,为什么写得这样详细?原来,彭朋入京不久,便被皇帝加封为都察院左都御史,后又任命为钦差大臣,官拜从一品。由正七品跳到从一品,空前绝后。此处若不详细交代,看官会觉得突然,也难以相信。好了,评书虽然讲究评论,评得太多,影响主题,还是书归正传吧。

再说南霸天飞镖黄三太见彭公有了结果,心中大悦:"万岁,阿王圈地之事,望国家秉公处理。至于秦尤,我等自有安排。若无他事,在下准备告辞了。"

"且慢。黄爱卿既是国家四品武职官员,就该听从国家调遣。东南沿海之事,你应该管,阿必隆圈地之事,你也应该管。谁先谁后,朕自有安排。"

"这……臣是浙江人,应为浙江效力。"

"你不仅是浙江人,而且还是大清子民,要从全局着想。那个

'圈地令'一日不除，祸害无穷，你恩师胜英，也是因它而死。朕原先以为只要传下一道圣旨，便能万事大吉。如今看来，废除'圈地令'并不容易，我皇家贵族捞到好处，不肯轻易撒手哇！"康熙不愧是位英主，此时很动感情，几乎声泪俱下，"不过，朕决心已定，'圈地令'非除不可。这事要依靠国家，也要依靠你们这些武林豪杰。朕想请你出面，聚结一批英雄壮士，为国效劳，不知黄爱卿能否首肯？"

"臣，万死不辞！"

"好！黄爱卿深明大义，快人快语。如今，你为恩师尽孝，朕不拦你。待你办完丧事，望尽快入都见驾，朕再与你详谈。"

"遵旨。"

"还有，胜英之死，实为国家。朕追封他为安平将军，享受三品武职祭祀。葬仪由宣化府官方操办，礼遇从丰。"

"臣替恩师谢主隆恩。"黄三太内心感激，辞别圣驾，押灵柩回归。由于有了皇帝圣旨，胜英的丧仪倍加隆重，此处一笔带过，不必细说。

且说康熙皇帝，由于彭朋告状，他再也无心打猎了，传下口谕，起驾回京。入都之后，将彭朋交与明珠照管，暂居礼部衙，书写奏折。紧接着，他又连续召开御前会议，同大臣们一道商讨对策，开会之前，他向内务府总管保善吩咐："想那阿必隆久居帝外，他的状况，诸爱卿未必知晓。你把阿王的履历简单介绍一番，诸爱卿心中有数，再各抒己见，制定方针。"

"遵旨。"保善年届七旬，是朝中老臣。他摊开一堆卷宗，讲述起来。

老罕王努尔哈赤共有十六位皇子，第十五皇子名叫舒博，他与四皇子、后来的太宗皇帝皇太极为一母所生。舒博性情憨厚，勇猛善战，二十岁时死于沙场。后来，顺治称帝，为了抚恤这位战功显赫的皇叔，便追封他为多罗亲王。可是皇叔已死，这顶桂冠便落在其子济禄的头上。济禄是个浪荡公子，既无雄心，又无野心，凭空捞了个亲王，美不胜言。谁料好景不长，在袭位的第二年，他便一命呜呼了。根据清廷法规，承袭位禄分为两种：一种叫作"世袭罔替"，俗称"铁帽子"，爵位永久不变。另一种就不行了，一辈降一级，亲王、郡王、贝勒、贝子、国公、将军、骑尉……用不了一百年便降为平民百姓了。舒博这一支派，当然属于后者。济禄死后，他儿子阿必隆便成了多罗郡王。按理说，依靠祖荫当上了二等王爷，也该知足了。谁料人心无举，阿必隆的性情与他老爹恰恰相反。他野心勃勃，胸怀异志：哼，我祖宗也是老罕王亲生的儿子，且立下汗马功劳，凭什么你们那支当皇上，而我们这支当王爷？当王爷我也忍了，起码得有一顶"铁帽子"吧，可是爹当亲王，我当郡王，下辈子就是贝勒，王爵丢了！再过几辈，老百姓一个！不行，这口气吞不下去，我得快拿主张。当时，康熙皇帝尚在幼年，并未亲政，朝中一切大权都掌握在奸臣鳌拜手中。阿必隆私欲熏心，有奶就是娘，他很快便投靠到鳌拜门下。这个鳌拜职位极高，除了摄政王、大学士，他还兼任着镶黄旗统领。清朝，中央政府下设"八旗"，即：正黄、镶黄、正红、镶红、正白、镶白、正蓝、镶蓝。其中，正黄、镶黄、正白为"上三旗"，直接由皇族掌管，权势均很大。这上三旗统领各怀异心，乘皇帝年幼，都想为本旗多圈些土地。可是，京郊及直隶的土地已经圈占得差不多了，他们便将目光都投向山东。鳌拜依仗掌权，先下手为强，向山东派出大批人马，怎奈这批人马数量虽多，却没有达官显宦。为此，正黄、正白两旗并不把他们放在眼里，山东省地方官员对他们也不够重视，圈占土地成效甚微。鳌拜心中焦急：我得尽快物色一个既有身份又愿意为我效劳的头面人物。否则，让那两旗抢到前边，我就枉费心机了。天缘凑巧，恰在此时此刻，阿必隆找上门来。

"阿王爷，"鳌拜面含奸笑，说明心意，"我把山东圈地这件事就交给你了。凭着王爷的出身和地位，一定能够大展宏图。等事成之后，你那顶'铁帽子'包在我的身上。"

"摄政王放心吧，我将尽力而为。不过，"阿必隆话音一转，"如今，上三旗对山东土地都在虎视眈眈，我替摄政王效力，若是做得太露骨，势必引人防备。因而，我想含而不露，暗中行事，不知摄政王意下如何？"

"这……也好。"鳌拜明白，他这是为自己留后路呢，真是狡兔三窟，我也不便说破。

次日，阿必隆送上一道奏折，声称自己体弱多病，想去山东调养。其实，他什么病也没有，不过以此为借口罢了。康熙年幼，不明真相，又经鳌拜从中周旋，很快就批准下来。阿必隆来到山东，果然无人敢惹。他肆无忌惮，横行霸道，为镶黄旗圈占了万顷良田，并逼死了无数条性命。依他本意，只要按鳌拜意图行事，不愁一顶"铁帽子"。谁知天有不测风云，康熙亲政不久，智除鳌拜，并剪其余党。幸喜阿必隆早有防备，他与鳌拜的勾结无人知晓。于是他岿然不动，继续称霸山东。

又过数年，康熙皇帝颁发圣谕，令王公贵族退田于民。阿王见到圣旨，犹豫不决。为了圈占这些土地，他费尽了心机，一旦退还，难割难舍。可是不退田地，又大罪弥天，不会有好下场。怎么办呢？他正在左右为难之际，有人登门求见。阿必隆一见此人，不由心头颤抖，他急忙屏退左右，抱腕禀手："原来是二王千岁，多年不见，有失远迎，乞二王莫怪。"

"阿王爷过谦了。"

书中暗表：这人名叫额尔起，他乃权奸鳌拜的胞弟。当年，额尔起依仗权势，无恶不作。鳌拜倒台之后，他本该处斩，谁料在搜捕罪犯时，额尔起巧妙地逃脱了。皇帝只好传下圣旨，天下搜捕，这一重要钦犯突然登门，阿必隆岂能不紧张？

"二、二王千岁，这些年，这些年您到哪里去了？"

"阿王，您是自己人，我不敢隐瞒。那年逃出京都，颠沛流离，谁也不敢收留我。我万般无奈，只得逃向海外。那日到了连云港，正想乘船东渡。哈哈，老天有眼，您猜我碰上谁了？"

"本王不知。"

"我碰上了云南大理伯吴楚凡！"

"啊！"阿必隆又是一惊。

明朝末年，辽东总兵吴三桂引清兵入关，受到顺治皇帝的重用。立国不久，便加封他为平西王，镇守云、贵二省。后来，吴三桂自恃功高权重，公开叛反，建立大周帝国，自称昭武皇帝。康熙大怒，派兵讨伐，经八载征杀，清兵大获全胜。

吴三桂称帝时已经七十四岁，他的独生儿子早逝，膝下只有一孙，名唤吴世璠。世璠年幼，难理政事。吴三桂另有一个侄儿，名叫吴楚凡，曾被清廷封为大理伯。吴楚凡见伯父起事，心中窃喜。他以为：侄儿世璠年幼，伯父又逾古稀，将来的皇位，非己莫属。于是他筹粮筹饷，跟随吴三桂大闹起来。

吴三桂兵败之后，吴楚凡被列为叛首，理当剐罪。可是这人在乱军中失踪了，康熙便下了通缉令，全国严拿。一晃多年，并无消息。今日额尔起却提到此人，阿王岂能不惊？他心中暗想：不得了，两名钦犯碰到一块，非出大乱不可！

额尔起看出了阿王的心事，不由得笑道："阿王爷，您以为我们二人罪大弥天吧？其实不然，另外还有一人，比我们俩厉害十倍！"

"什么？"阿必隆不仅吃惊，而且害怕起来。

"请您坐下，我慢慢告诉您。"

"二、二王爷，还有谁，谁这么厉害？"

"明朝末代皇帝崇祯爷吊死在煤山之前，曾杀妃诛子，以免皇族落入闯王之手。可是经过现场验看，三太子朱慈炯却下落不明，这段传说，阿王想必早有耳闻？"

"知道，知道。千古疑案，尽人皆知。"

"其实，朱三太子没死，被人救往舟山群岛，保护起来。太子离京时才十五岁，如今快六十岁了！"

"越说越玄！"阿王毛骨悚然。

"不玄。数年之前，施琅奉旨打下台湾。郑氏旧部不愿归附大清，便流窜到舟山一带，继续与朝廷作对。可是群龙无首，难成大事。他们访来访去，终究访到朱三太子。人家可是正宗正派的金枝玉叶。于是，众人称臣，扶保朱三太子当了舟山小皇上……"

"这，这是真的吗？"

"谁能骗你？实话对你说，吴三桂再闹腾，他也是假皇上，人家老朱家才是真龙天子。那个吴楚凡逃到舟山，自以为出身高贵，可是跟朱三太子一比，牌子立刻就软了。他伏地称臣，甘心效力。朱三太子很会用人，加封吴楚凡为大元帅，常到东南沿海抢劫骚乱。命里该着，我正走投无路时，碰上他了。"

"这么说，你，你也投靠了朱三太子？"

"不错，朱三太子知道我是鳌拜的胞弟，贵族出身，便加封我为定海王。这回，我可是真正的王爷，不是什么'二王爷'了！"

"你、你找我做什么？"阿必隆浑身有点发抖，说话结巴起来。

"没别的。阿王是我哥哥鳌拜的亲信，这事能瞒住皇上，却瞒不住我。您曾给我哥哥写过十几封亲笔信，我家被抄时，这些信件被我带了出来。朱三太子对您很关心，他让我转告您，第一，加紧圈地，广聚钱粮，派亲信押往舟山群岛，充当军饷。第二，里应外合，抓紧时机，一举夺下清朝江山，重建大明社稷。这两件事都很艰难，你只要答应，将来封你为"铁帽子"亲王；您若拒绝，我就将你那十几封密信转交康熙皇帝。你是鳌拜的余党，后果不用多说，阿王自然明白！"

"嘻！"阿必隆又急又怕，险些昏倒。他想：投靠朱三太子，眼下没危险，将来也许封王，也许被诛。拒绝朱三太子，立刻就得抄斩。权衡利弊，还是投他吧。这样一来，阿王暗中成了反叛。送走额尔起，他立即行动，扩大圈地，加紧搜刮，将所得财物源源送往东南沿海，这些细节不必多说，后文还有交代。

话归前言。再说内务府总管保善奉了皇帝圣谕，介绍阿必隆出身履历。他照本宣科，只讲了表面现象，对阿王投靠鳌拜，以至于投靠朱三太子的内幕，他当然一概不知，也就无法谈起。康熙见他讲完了，把手一挥："你且退下。"然后又向各位大臣问道："诸爱卿，从卷宗看来，阿王的祖父与朕的祖父为一奶同胞，论辈分，他是朕的皇兄。唉，这种出身的人，往往更加目无国法。你们说，应该怎么处理？"

"陛下，"工部大臣梁清标抢先跪奏，"依臣所见，阿王爷远在京外，消息闭塞，对于退田的圣谕可能不太清楚。念他是皇族，祖上有功于国，就赦免他的过错吧……"说罢，察言观色，等待皇帝动静。

清初，中央政府下设六大部，兵部管国防、刑部管司法、工部管工农业生产、吏部管官员、户部管民政、礼部管文教。这六部正堂皆称"尚书"，官拜从一品，梁清标是进士出身，已经年近花甲了。他为官宗旨只有一条，无论何时何地，都得讨好上司！这条经验果然灵，职务一升再升，终于戴上了头品红顶。今天，六部阁员参加御前会议，梁清标心中早有打算：皇上的意图，就是我的行动。只要让皇上高兴，我这从一品就能变成正一品，刚才，康熙说了句"阿王的祖父与朕的祖父为一奶同胞，论辈分，他是朕的皇兄"。听话听音，梁清标心中明白：皇上想祖护阿王，只是不便明说。干脆，你不说，我替你说吧。于是他高谈阔论，有意为阿必隆解脱，并把罪行说成"过错"。依照他的想法，皇上肯定会赞赏。谁料等了半天，康熙却一言不发。皇上不说话，有人说话了。吏部尚书明珠奏道："陛下，奴才对梁大人的高见，实在不敢苟同，据梁大人说，阿王爷是皇族，祖上有功；单凭这些就该免罪吗？根据我大清王法，有功当赏，有罪当罚。如果是皇族就该免罪，如何取信于民？除此而外，阿王爷虽然远离京都，却是国家的郡王。由于他身份高贵，凡属朝廷重要文件，我们吏部一律抄送，从来不敢耽搁。退田于民是万岁的圣旨，在颁发的当天，奴才便派专差将副本送去，并有回执为证。这且不论，即使阿王爷没见到文件，山东省平原县县令彭朋也曾亲自登门拜见，向他转达了圣意，阿王爷总该心中有数。可是不然，阿王爷竟然扣押命官，并欲置其于死地。这些事实，能说阿王爷无罪吗？依奴才之见，应调阿王爷立即进京……"

"嘿嘿，"康熙冷笑，"将在外不受君命，何况他是王爷。明珠，他若是不听调遣呢？"

"这……"明珠心想：不来就该杀！可是这话又不敢随便出口。

梁清标见明珠尴尬，自以为得势："陛下，彭朋只不过一个七品小官，他擅离职守，私自进京，人微言轻，岂能轻信？依臣之见，有罪的不是阿王爷，而是彭朋！"

"梁大人差矣！"明珠对彭朋十分赞赏，决心保护这位清官，"正如梁大人所述，彭朋仅是七品小官，他胆量再大，也不敢无中生有，陷害国家的郡王。"

"嘿嘿，自古以来，邀宠买功的小官可太多了。远的不说，前朝魏忠贤最初就是一个小小的太监！"

"这，梁大人将彭朋比作魏忠贤，简直是，简直是不伦不类！"

"身为一品大员，你不该口出不逊！"

二人越争越激烈，都说了几句与身份不符的言语。其他大臣见此场面，谁也不便再搭话了。康熙冷眼旁观，微微摆手："二位爱卿，你们不必再争议了。等彭朋将奏折呈上以后，朕自有主张。散朝!"

明珠回到吏部衙，心中气愤。可是御前会议事关重大，又不能告诉彭朋。只有催促他快写奏折，争取早日呈上。

转眼三天过去，彭朋的奏折由明珠转呈康熙。这份奏折文理通顺，有依有据，深入浅出，言简意赅，康熙读罢，称赞不止。当天傍晚，他传出口谕，让明珠与梁清标秘密进宫，于养心殿见驾。二大臣不敢耽搁，又不知皇上的用意，天黑时分，来到驾前。

"二位爱卿，"康熙笑说，"那日御前会议，你们争论不休。虽说见解上存在差异，却都是为了国家。"

"臣等不敢当。"

"朕自登基以来，最讲究'求实'二字。为了弄清阿必隆的真相，朕想带你二人微服出访，密往山东。"

"啊?"二大臣面面相觑，同声奏道，"万岁私访，非同小可。臣等虽不敢阻拦。只是……只是为了这一件小事，惊动圣驾，有些得不偿失呀。"

"你们说错了。从表面看来，阿王圈地是件小事，而实际上，它却关系到国计民生，千秋大业。你们想想，朝野上下，如今仍在暗中圈地者，仅仅是一位阿王爷吗?"

"这……恐怕不止一人。"

"对呀，如果那些王公贵族都在圈地，必然逼得全国百姓流离失所。国以民为本，民以食为天，黎民伤亡，田地荒芜，我大清江山岂不断送!"

"万岁圣明。"

"这是常理，你等不敢直说而已。"话到此处，康熙瞪了梁清标一眼，"尤其是梁爱卿，身为国家一品重臣，不从全局着想，只会察言观色，讨好朕躬。照你言行，本该撤职查办，姑念你老迈年高，为宫数载，尚无大错，所以暂且饶恕。你二人赶紧回去准备，明日五更时分，在宣武门聚齐，一道出京。"

"遵旨。"二大臣不敢多说，辞驾回府。

单说康熙皇帝，连夜下了两道圣谕。第一，自己身体欠安，暂去西山碧云寺休息。碧云寺建于明朝正德年间，古柏参天，风景如画，每年盛夏，康熙常常去那里避暑。如今虽是深秋，为了掩人耳目，仍说去碧云寺，省得引起怀疑。第二，皇帝休息期间，暂由四太子、雍亲王胤禛监理国政。合朝上下，要服从雍亲王指挥。

原来，康熙共有三十五位皇太子，这些皇太子对于帝位皆垂涎三尺。他们各自扶植自己的势力，暗中跃跃欲试。而皇帝所器重者，唯四太子胤禛，并准备让他继承大位。此次令他监国，也是想考察一下胤禛的能力。又恐怕其他皇太子不服，才传出"合朝上下，要服从雍亲王指挥"的圣谕。雍亲王果然不负所望，监国有方。后来，他入统主位，成了雍正皇帝。至于有些野史说部传闻胤禛将遗诏上的"十四皇子"改为"于四皇子"，纯属无稽之谈，不足为证。这些事情与本书无关，笔者不必赘述了。

且说康熙乃是一位马上皇帝。他精于骑术，长于弓箭，坐下一匹日月追风驹，威武高大，日行千里。不过，此次微服私访，行动机密，若骑这匹宝马，势必引人注目。因而，他将坐骑换成一头毛驴。这头毛驴也不是普通牲口，乃是陕西豪富韩百万进贡的"宝物"。驴身高大，上下漆黑，只有嘴巴和四个蹄子却是雪白，更有奇处，尾巴也是白色，实为人间罕见。康熙对这头神驴极为喜爱，根据它的嘴、尾、四蹄颜色，取名"六出齐飞"，含有雪花之意，这头驴日行六百里，堪称追风赶月。

闲话带过。皇帝扮成商人模样，骑上毛驴，走出紫禁城。后跟四名御前侍卫，他们扮成奴仆，各骑大马，紧紧相随。君臣五人，神不知、鬼不觉来到宣武门。此时，工部大臣梁清标、吏部大臣明珠早已扮成管账先生，停马路旁，恭候圣驾："参拜万岁、万万岁！"

"嘘——"康熙一摆手，"从现在起，你们称我'东家'，千万不准再叫'万岁'。"

"臣，记住了。"

"自己也不准称'臣'。走吧。"说罢，将鞭子一晃，七口脚力顺路南下。

途中，饥餐渴饮，夜宿晓行，非止一日，这天近午来到平原县。

"东家，"明珠问道，"已入平原境界，咱们继续赶路，还是暂且住下？"

"住下吧。这地方人烟稠密，正好做些买卖。"康熙皇帝故弄玄虚。

"是。"明珠与梁清标头前引路，侍卫尾随，君臣七人走进大街。前边闪出一家店房，横匾上书：三合客栈。店主东正是双头太岁白玉祥。他见这几个人气质不凡，连忙请到上房，亲自招待："客爷，听您口音，是从京城来的吧？"

"正是。"梁清标连忙搭话，"店主东，我们自备茶叶，你先送两壶开水来。"

"开水现成。"白玉祥心想：这个东家派头挺足，他一个人坐着，那六个人都站着，看样准是位大商富贾，且莫慢待。俗话说"店大压客，客大压店"。半点不假，对于这样的客人，令人畏惧三分。白玉祥围前围后，事事躬亲。"客爷，敝店配备厨房，您想吃点什么，尽管吩咐。"

康熙笑道："你很会做生意，请问贵姓？"

"免贵姓白，小号玉祥。"

"原来是白店东。我来问你，贵宝地哪家最富哇？"

"您，您……"

"不必多疑。我是个贩卖珠宝玉器的商人，随身携带一批贵重物品，打算在此地出售。这批物品价值连城，除非大富户，别人也买不起呀。"

"原来是这样。"白玉祥信以为真，"客爷，说句让您不高兴的话，类似您这样的大商家，不该到我们平原县来。我们这块地方实在太穷啊，谁也买不起珠宝玉器……"

"不对吧？"康熙话入正题，"据我听说，贵县境内有位王爷，家趁万贯，地有千顷，他若买点珠宝，一定不在话下。"

"客爷消息好灵通。您说的那位王爷名叫阿必隆，确实有钱。不过，他未必能买您的珠宝。"

"为什么？"

"阿王爷是皇上的哥哥，经常去皇宫见驾。每去一次，皇上都领着他到宝库游逛，库中的宝贝任他随便挑选。说句难听的话，您的珠宝再贵重，恐怕也赶不上皇上的……"

康熙听罢，啼笑皆非，表面却不动声色地问道："白店东，这是真的吗？"

"当然是真的。阿王爷手下的总管们常来敝店吃喝，是他们亲口告诉我的，一定不能假。"

"未必，"康熙步步深入，"白店东，当今皇上有许多本族兄弟，如果都去挑选，他有多少宝贝也不够分哪！"

"您这话可不对。"白玉祥为了笼络眼前的富商，便滔滔不绝，讲了起来，"皇上也是人，他哥儿们弟兄虽多，跟老百姓一样，有远有近。阿王爷虽说不住北京，却跟皇上的关系最密切。远的不说，就说'圈地'这件事吧，别人都得退还，阿王却继续圈！为什么？因为皇上批准他圈的。"

"噢？"康熙心中窃喜，兴致盎然，"白店东，这乃国家大事，你怎么会知道？"

"是，是王府总管说的……"

"哼！"康熙自言自语，"都说'拿着鸡毛当令箭'，他可倒好，没有鸡毛，自己却制造令箭！"

"您，您这话是什么意思？听您这语气，好像不是商人？"白玉祥惊疑不止。

康熙一愕，也觉失言。忙道："天色不早了，快与我们准备些吃食吧。"

白玉祥虽有怀疑，却万万不知他是皇帝，若知皇帝在此，早吓蒙了。

次日清晨，皇帝带上两名侍卫、明珠与梁清标各带一名侍卫，兵分三路，出离店房。他们或城或乡，明察暗访，经过几天调查，渐渐掌握了一些材料。这些材料虽然支离破碎，却有一个核心，那就是：阿必隆正在竭尽全力，广聚金银。

明珠见"东家"不在，便对梁清标愤愤地说道："这位王爷太贪了，几乎是明火执仗，公开抢劫。他背着官府，巧立名目，派出大批人马，什么人头税、房产税、牲畜税，就连谁家女人养活孩子也要上税，逼死多少人！老百姓怨声载道，又不明真相，私下里大骂朝廷……"

"谁在大骂朝廷?"康熙从外边走了进来。

"这……陛下,奴才在讲阿王之事。"明珠将所见所闻,一一奏上。

"唉,"康熙叹道,"这些事情,朕也都听说了。据传,山东北半省的田地都归他有,良田万顷,谁替他耕种啊!"

"陛下,"梁清标是工部尚书,虽说为官昏昏庸庸,毕竟对工农业生产有些经验。他这次陪君私访,已经看出了圣上的决心,估计阿王要受惩处。为此,他在调查中也很卖力气,想弥补前过,讨万岁欢心。此时答道:"据臣在乡间调查,阿王爷的那些土地,并非自己耕种……"

"为什么?"

"那些土地名义上被阿王圈占,而实际上,他已经卖掉了三分之二……"

"卖地?哼,朕明白了,一定是索取高价,强行卖与他人!"

"恰恰相反。根据山东地价,每亩良田可卖足银二十两,而阿王只卖十四两,算是七折出售。这样一来,山东土地成了抢手货,许多外省财主,都来山东争购。"

"怪事!"康熙百思不解。

"是件怪事!"明珠深谋远虑,"陛下,阿王巧立名目,搜刮了许多钱财,按理说,他不需金银。如今,他又迫切地降价售地,好像又急需金银。他究竟想干什么呢?"

"是呀,他想干什么呢?"

君臣们哪里知道,沿海反叛朱三太子一再派人来催款,那催款的伪钦差,此时就在平原县!

转眼又过了两天,明珠与梁清标同时奏道:"万岁,离京已有半月了,再住下去,也不过如此,还是早日起驾还京吧。"

"就依你们,明日清晨动身。"康熙掏出西洋金表看了看,已经近午了。于是说道:"来到平原,都是分散行动。今日朕躬请客,咱们上街吃酒。"

"这……街面杂乱,上街饮酒不太相宜。"

"哈哈,在屋里朕是天子,到街上我是商人,怕什么?来呀,鞓驴——"

"是。"侍卫鞴上御驴，请皇帝骑乘。余下的人一律步行，出离三合店，走上街头。正往前走，忽听后边"嗷嗷"怪叫，跑来一头花驴儿，驴上端坐一人，身材瘦小，却很精神。他嘴里骂骂咧咧："驴兄弟，你犯的什么病？快站住，别跑啦！"

"嗷——"花驴儿平素听话，今日反常。

书中交代：这人正是胜英的老徒弟，花驴儿贾亮。

原来，飞镖南霸天黄三太奉圣旨为恩师治丧，礼仪十分隆重。治丧过后，他要进京参拜皇帝，这样一来，就不能回原籍了。江浙两省的沿海事务，由国家料理，不必自己操心。可是家中的老母、妻子让人放心不下，应该回去报个消息。既然自己脱不开身，就委托师弟贾亮前往。贾亮来到绍兴府，说明黄三太打虎救驾、御赐黄马褂之事，黄家婆媳各自高兴。凑巧，欧阳德、李七侯、金大力往萧山县送镖完毕，也来黄家探望。众人聚会，喜庆十分。他们住了两天，一同北上。这日来到平原县，正往前走，花驴儿看见了皇上的御驴啦。因为这御驴是头骡驴，而贾亮的花驴儿恰是一头叫驴。平常素日，这头叫驴还挺"稳重"，此时可控制不住了，心中暗想：走遍天下，从来没见过这么漂亮的"大美驴"！若能和它结为夫妻，也不算白披这张驴皮。我得追它，不能错过机会。于是驮着贾亮，冲上前来，驴嘴一张，"嗷嗷"怪叫。

"嗷——"御驴目空一切，岂把花驴儿放在眼里？它四蹄翻飞，向前跑去。两头驴一前一后，来到东大街。东大街路南有座酒楼，门脸儿挺漂亮，横额高挂，上写三个烫金大字：秘香居。康熙皇帝一勒丝缰，翻身下驴。早有当值的伙计接过缰绳，将御驴拴在槽头之上。这时，明珠、梁清标及御前侍卫们也赶上来了，他们有些惊慌："东家，发生了什么事？"

"我哪里知道？这驴突然快跑，几乎勒不住它。走吧，咱们就在这秘香居饮上几杯。"君臣七人登上酒楼。

再说贾亮的花驴儿一见御驴拴在槽头，它再也不走了。一双驴眼"暗送秋波"，怪叫不止。贾亮无奈，只得下驴。过了片刻，欧阳德、李七侯、金大力也上来了。欧阳德骂道："这驴王八羔子，跑得好快呀，吾老人家追出一身臭汗。"

贾亮笑道："欧阳大侠，我这神驴知道咱们要喝酒，才把咱们领到秘香居。您就别怪它了。"说罢，也把缰绳交给伙计，众侠义说说笑笑，一同走上楼来。

这座秘香居是平原县第一大酒楼，房间、设备皆数上乘。北边是楼梯，南边是窗户。西边是账房、厨房，东边是一排雅座，共有六间。每间雅座都挂着半截白布软帘。正中间是大厅，宽敞明亮，摆着二十张高桌。时近中午，已有十几张桌坐满了饭客。伙计二十多岁，肩头上搭着一条白手巾，穿梭往来，照顾八方。他见诸侠义登楼，连忙上前招待："客爷，里边请。"说话间，看了怪侠欧阳德一眼，心想：刚进初冬，他就把皮袄穿上了，也不怕捂出热病来。

"唔呀，混账王八羔子，吾老人家又不是贼，你怎么紧盯着吾哇？"

"嘻嘻，我看您这皮袄挺值钱。"

"少说废话，给吾们开个雅座。"

"客爷，实在对不起。现在正是饭口。六间雅座都占满了。刚才那几位——"他用手一指康熙皇帝，说道，"他们比您来得早，也没摊上雅座，您也将就一点，请到这边吧。"说着话，将诸侠义引到皇帝身旁。欧阳德看了看康熙，心想：这人派头好大，自己坐着，别人都站着，让人家站着怎么吃饭？怪侠天生的怪脾气，专爱管闲事。他好像自言自语，又好像讲给人听："唔呀，要想摆谱，应该回家去摆呀，在茶楼酒肆充什么大爷？"

康熙皇帝极为聪明，立刻听出弦外之音。他低声吩咐说："你们都坐下吧，省得引人怀疑。"

"多谢万……东家。"明珠与梁清标拉过椅子，左右坐下。其实，坐着比站着更难受，他们谁也不能坐稳。至于那四名侍卫，却连坐也不敢坐，仍旧站在一旁。

由于康熙皇帝与欧阳德一伙是前后脚上楼，所以两桌同时上菜。那四名侍卫给主子斟酒之后，又垂手而立，一动不动。怪侠看着更不顺眼："唔呀，为人别当差，当差不自在。几位弟兄，你们太窝囊了，请到这桌来饮酒吧。"

侍卫们看了看欧阳德，暗中怪他多事，却又不敢言语。工部尚书梁清标时刻不忘讨好皇帝，他横眉立目，向怪侠斥道："你算个什么东西？我们内部的事情。用不着你管！"

"唔呀，好个奴才相！"怪侠笑了起来。

他们这一闹腾，惊动四座。只见二号雅座的软帘一挑，从中走出一个人来。这人面含冷笑，刚要说几句风凉话，猛然看见了康熙皇帝，吓得他脸色突变，急忙缩回身去。

明珠一惊："东家，您快看他是谁？"

"啊？"皇帝反应极快，"他，他好像鳌拜的胞弟、在拿钦犯额尔起！"

"正是他！"

书中交代：额尔起奉了叛首朱三太子的命令，以钦差身份，来到平原县，向阿必隆催钱催粮。阿必隆一时未能凑齐，让他等候几天。额尔起便依仗着手中握有把柄，作威作福，日日吃喝嫖赌，胡作非为。今天，他在飞天鼠秦尤、花面太岁李通、白眼狼冯豹、小蝴蝶张宏等教师的陪同下，来到秘香居饮酒。此时，他已有几分醉意，闻听大厅吵闹，便想出来寻寻开心。谁料他第一眼就发现了皇上。当初，额尔起日日陪王伴驾，对皇上十分熟悉。尽管皇上化装成商人，还是被他立刻辨认出来。吓得额尔起酒劲全无，急忙退回雅座。

秦尤问道："额钦差，您的颜色不对呀。"

"皇，皇上就在外边。"

"您，您说什么？"

"没错，工部、吏部两位大臣左右陪伴……"

"糟了！"秦尤心想：额尔起是钦犯，被皇上发觉，他肯定没有好下场。一旦事败，必然牵连阿王爷，这样一来，谁也跑不了，怎么办？想到此处，吓得他脸色发白，冷汗淋漓。

"量小非君子，无毒不丈夫！"额尔起把牙一咬，把心一横，"各位教师，先下手为强，后下手遭殃。明珠与梁清标都是文官，那四名侍卫也平平常常。干脆，咱把康熙杀了，迎请朱三太子恢复大明江山！"

"什么？"众贼大惊失色，"额钦差，您想刺王杀驾？那得户灭十族哇！"

"不杀他，他也得杀咱们!"叛贼破釜沉舟，高声喊道："众位弟兄，快去杀皇上啊!"喊罢，手提鬼头刀，向大厅杀来。

秦尤叫苦连天：他这么一喊，堵死了我们退路。油锅也得跳，刀山也得上，除了听天由命，别无选择! 万般无奈，提刀随出。

秘香居一阵大乱! 怪侠欧阳德恍然大悟：唔呀，难怪他派头这么足呢，原来是当今皇上。"皇上不必害怕，吾来保驾呀。"说罢，从腰中掏出大烟袋，烟袋锅朝后，烟袋嘴朝前，照准额尔起的穴位，猛劲点了下去。怪侠有三绝艺：寒暑不侵、五星连珠、点穴法。所谓"寒暑不侵"，就是夏天穿皮袄不热，冬天光膀子不冷;"五星连珠"则是烟袋锅子里藏有五枚钢球，每枚净重二两七钱，必要时，可当暗器发射。至于点穴法，更是百发百中，只要让他点中，谁也动弹不得。额尔起碰上欧阳德，活该倒霉。你看他瞪着眼、张着嘴，举着刀、抬着腿，活像一尊泥胎，寸步难移。他身后众贼大惊失色，未及动手，白马将李七侯、花驴儿贾亮、达官金大力各操兵器，包抄上来。

此时，只有飞天鼠秦尤最为冷静：这个穿皮袄、拿烟袋的，肯定是著名的怪侠欧阳德。论起武艺，我十个秦尤也打不过他，干脆，快逃活命："弟兄们，风紧，扯乎!"这是绿林黑话，意思为：形势不好，快跑! 花面太岁李通、白眼狼冯豹、小蝴蝶张宏都是蟊贼草寇，他们根本不敢杀皇上，一个个如丧家之犬，由南边窗户跳下，鼠窜而逃。

"秦尤!"花驴儿贾亮怒火中烧，"你往哪里走，还我恩师命来!"喊罢，就要追赶。

白马将李七侯将手一摆："贾二爷，君子报仇，十年不晚。眼下，保驾要紧。"

他们这一耽误，秦尤等人早已跑远。三贼顾不得车马行人，如飞似箭，逃回阿王府。

"秦馆长，"阿必隆日日提心吊胆，一见三贼神色，就知有事，"你们，你们这是怎么的了? 额尔起呢?"

"王爷，一言难尽!"秦尤简要说明经过。

阿王大惊："皇上私访平原县，定是为我而来! 额尔起被捕，他若说出朱三太子之事，本王必被抄斩。哎呀，这便如何是好?"

"王爷，现在只有一条路，咱们一同投奔朱三太子吧。"

"朱三太子行动诡秘，他在哪儿啊?"

"昨夜，额尔起喝醉了。他无意之中露出了朱三太子的活动基地。这也是苍天有眼，该咱们活命……"

"别啰唆了，快说朱三太子何处安身?"

"东南沿海舟山群岛，临海洲三皇镇!"

"事不宜迟，即刻起身!"

阿必隆顾不得房产地业，忙将细软之物装进五辆大车，又带上妻妾儿女，即刻登程。他们不敢歇脚，连行几天几夜，进入江苏省。这夜正往前走，对面闪出一片松林。林中有人断喝:"哒，此路是我开，此树是我栽，若想从此过，留下买路财!"喊罢，林中走出几个人来。飞天鼠秦尤借着月光抬头细看:哎呀，原来是你!

第五回　彭钦差挂印讨叛逆
　　　　黄将军提刀斩凶僧

　　松林中走出七人，为首者是名老道。

　　秦尤高喊："原来是马道爷，多日不见，道爷一向安好？"

　　"噢？"老道顺声观看，"哈哈，大水冲了龙王庙，一家人不认一家人。原来是秦尤贤弟。深更半夜，你慌里慌张，莫非是犯了大案，被官府追踪吗？"

　　"马道爷，您这话可说错了。秦某不才，也算是上三门出身，从来不作案……"

　　"嘿嘿"，老道冷笑起来，"你我既是朋友，就该以诚相待。秦尤贤弟，你若是不作案，这几车财宝从何而来？"

　　"这……道爷取笑了，我哪有什么财宝？"

　　老道宝剑还匣："秦尤贤弟，不瞒你说，我手下人跟了你两天两夜，对你车上的物品，早已调查清楚。你不必遮遮掩掩，躲躲藏藏了。也罢，按我们原先的计划，本想把这几车财宝全部劫下。既然碰上你，都是武林朋友，就得照顾点情面。得了，留下四车，剩下的那一车我们不要了。"

　　"我……马道爷，这些财宝可不是我的，请您高抬贵手。"秦尤明白：凭自己的武艺，惹不起人家。只有低声下气，苦苦哀求。

　　老道一笑："这些财宝是谁的？请他上前搭话。"

　　阿必隆浑身发抖，再也躲不过去了。只得催马上前，抱腕禀手："仙长，您留下四车，未免太多了。本王这点财产还有大用，你分一半吧，放我们过去……"

老道一愣："这位先生，你自称'本王'，看来身份不低，请报上名来。"

"我，我乃当朝多罗郡王阿必隆。"

"原是阿王千岁，贫道不知，多有冒犯。"

阿王见他有缓，得寸进尺："仙长，本王这点财产来之不易。如今告老还乡，全靠它维持生活。给您一车怎么样？"

"哈哈，刚才还给我一半，如今就变卦了。阿王千岁，您的财物，贫道分文不取……"

"多谢仙长。"

"无量佛，朱三太子让我向王爷问候！"

"这，这话怎讲？"

"王爷不必惊疑，容贫道讲来。"

书中交代：这老道不是别人，正是玄狐门第三门长、恶法师马道玄。余下的六人是：金眼骆驼唐治古、火眼狻猊杨治明、青毛狮子吴太山、双麒麟吴铎、采花蜂尹亮、吊死鬼尤四虎。

这七个人都是"下五门"子弟。按武林规矩，"下五门"与"上三门"井水不犯河水，各行其是，很少往来。前不久，飞镖黄三太曾在西湖擂夺魁，名震天下。为了这件事，"下五门"中有许多人不服，可是又挑不出人家的差错，只得无可奈何。谁料，黄三太的好友、浙江巡抚衙中军官樊成为了替黄三太扬名，便在绍兴府隆重庆祝。庆祝活动中，不仅抬高"上三门"，而且还贬低"下五门"。这样一来，惹得"下五门"弟子大为不满。正好以此为口实，准备找黄三太算账。他们一打听，得知黄三太打虎救驾，受到皇帝器重，便为难起来：皇上的大红人，谁敢碰他，正在束手无策之时，玄狐门第一门长、金刀道人贾量天突然出现在众人眼前："无量佛，诸位豪杰，若想扳倒黄三太，先得扳倒康熙皇帝。如今，大明朝朱三太子招兵买马，准备推翻清朝，恢复祖业。诸位若随他反清复明，不仅能扳倒黄三太，而且还能封侯拜相，富贵无边。诸位若是同意，贫道愿意引见。"

"下五门"本是乌合之众，闻听封侯拜相，全都雀跃起来。很多人跟随贾量天去见朱三太子。朱三太子从他们中间选出马道玄等七人，吩咐他们去山东平原县拜见阿王，不料途中相会，各自欢欣。

阿王笑道："马仙长，如此说来，我们都是自家人了。"

"正是。"马道玄用手一指吊死鬼尤四虎，含笑说道："我派他打前站，比我们先行了一步。今日午后，尤壮士突然返回。他告诉我，途中碰上个'肥票'，劫了之后，可为阿王送点见面礼。哈哈，你说巧不巧，劫的正是王爷。"

"是呀，不打不相交嘛。"

"王爷，您这是干什么去呀？"

"逃难！这几车财宝正是送给朱三太子的礼品……"阿必隆讲述起来。

"糟透了！"马道玄惊慌失措，"王爷，那怪侠欧阳德非同小可。他若带领官军追来，贫道也胜不过他。事不宜迟，咱们尽快赶路！"

"道爷说得对。"阿必隆传令，车马继续南行，急奔舟山群岛三皇镇。途中，由于有了马道玄等七人保驾，一路平安无事，很快与朱三太子会合。此乃后话，暂且不提。

花开两朵，各表一枝。

再说康熙皇帝，私访秘香居，险些遇难。多亏怪侠欧阳德保驾，才算转危为安。他问了欧阳德等人的姓名，点头赞道："众侠士救驾有功，朕自有封赏。"

"万岁，"工部大臣梁清标见酒楼人多杂乱，低声奏道："此处不是讲话之地，请驾回归三合客栈吧。"

"头前带路。"

皇帝出现，惊天动地。秘香居的顾客很多，一传十，十传百，立刻轰动平原县。平原县县令彭朋失踪之后，暂由八品县丞唐涛主政。唐涛是拔贡出身，为官谨慎。他得知皇帝私访消息后，吓得浑身发抖，顾不得坐轿，忙骑快马赶到秘香居。他从来未见过皇帝，当年在国子监读书时，曾见过吏部大臣明珠，此时，见明尚书保护一人走下酒楼，便猜他定是圣上。翻身下马，抢行几步，双膝跪倒："臣，平原县八品县丞唐涛接驾来迟，望陛下恕罪。"

"平身，朕微服私访，尔等不知，不知者不怪。"

"谢主隆恩。"

"你令差人将反叛额尔起搭往三合店。"

"遵旨。"唐涛亲自指挥，差人连背带扛，架着额尔起，奔向三合店。此时，额尔起的穴道尚未解开，他心里什么都明白，只是不会说话，更动弹不得。

来到店房，早有公差和城兵四处把守，戒备森严。康熙皇帝步入上房，当即传旨："带额尔起见驾。"

"遵旨。"侍卫带来额尔起。欧阳德先将他绑好，然后才为其解通穴道。

"哼！"康熙冷笑，"天网恢恢，疏而不漏。当年，鳌拜被除，你侥幸逃脱，如隐居山林，洗心革面，朕也就不予追究了。可是你这反叛野心不死，竟敢刺王杀驾，真是罪大弥天，罄竹难书！"

"昏君！"额尔起自知必死，强逞威风，"你八岁登基，全靠我胞兄鳌拜辅佐。谁料你这昏君恩将仇报，竟诛我满门……"

"打嘴！"梁清标喊了起来。

"打嘴有什么用？快杀我吧！"额尔起速求一死。

康熙皇帝雅量超人，面对叛贼的嘲骂，他并不恼怒："额尔起，鳌拜误国，理当诛之。此举是对是错，天下自有公论。似此陈年旧案，朕不欲纠缠。只来问你，逃到平原县，目的何在？"

"哼，我什么都不知道！"额尔起破锣破摔，豁出了一切。

旁边，花驴儿贾亮眼珠通红。按照常规，在皇上面前，没有他说话的资格，可是贾亮为了替师父报仇，心情急切，大声叫道："你这个王八蛋，在万岁面前，耍什么无赖？刚才，秘香居陪你喝酒的那人名叫秦尤，他既是杀我恩师胜英的凶手，又是阿必隆的亲信。你跟秦尤在一起，肯定也是阿王的帮凶！"

贾亮这句话，如同重锤，敲醒了康熙皇帝。他看了看平原县县丞唐涛，连忙问道："唐爱卿，你县中有多少兵马？"

"万岁，按国家规定，县城没有正规军，只有城兵五百名。"

"好，你立刻调齐兵马，围抄阿王府！"

"遵旨。"唐涛转身而去。

"诸位侠士，"康熙又道，"秦尤逃跑，定为阿王报信。为了捉拿反叛，请诸位侠士再辛苦一趟，擒住阿必隆，朕另有封赏。"

"唔呀，"怪侠欧阳德答道，"事不宜迟，赶快行动吧。"

侠义英雄在吏部大臣明珠率领下，急奔阿王府。可惜，他们晚来了一步，阿必隆在秦尤保护之下，早已逃之夭夭！

康熙无奈，只得传旨："将额尔起押入囚车，起驾还京。"

这日清晨，圣驾入都。皇四子胤禛交还了国玺。皇帝又传圣旨：钦命平原县七品县令彭朋在吏部衙密审额尔起。似此等大案，本不该由一名县令审问。皇帝指派彭朋，也是想考察一下他的才能。彭大人深知皇爷的用意，他即刻升堂，三推六问。怎奈额尔起咆哮公堂，拒不认罪。

彭公大怒："额尔起，你与秦尤在一起饮酒，乃当今圣上亲眼所见。那秦尤乃是阿必隆的武馆教师，你们相互勾结，这总是事实吧？"

"对……对极了！"额尔起心想：看来，他们只知阿必隆，并不知朱三太子之事。怎么办？我反正得死，何不避重就轻，招认假供。这样一来，把他们的注意力引到阿必隆身上。将来，朱三太子一旦成事，还能为我们家族报仇雪恨。如果守口如瓶，拖延下去，他们必用重刑，万一挺刑不过，露出朱三太子，那就永远别想报仇了。这叫"留得青山在，不怕没柴烧"。想到这步，额尔起不由得面带冷笑："彭官，你一个小小县令，也不容易。我不让你为难，成全你的功劳吧。"

"少说废话，快快如实招来！"

"数年之前，家兄鳌拜遭难。我逃出京都，便投靠了阿王。阿王也是金枝玉叶，对皇位十分向往。他让我们招兵买马，聚草囤粮，一待时机成熟，反入北京，夺取天下。不瞒你说，我被阿王封为兵马大元帅，主管一切！"叛贼胡编乱造，越扯越玄。

"噢？"彭公纳闷，"本官在平原县为县令时，曾被阿必隆扣押在王府。当时，并没有见过你呀？"

"这……"额尔起有点慌乱，"当时，我为阿王征粮去了，没在王府。"

"来呀，暂且将他押下去。"彭公退堂，来到后衙。

吏部大臣明珠一直在屏风后边听堂。他十分不解地问道："彭大人，叛贼刚刚招供，你怎么退堂了？"

"启禀明尚书，他的口供全是假的！"

"你怎么知道？"

"第一，叛贼已将生死置之度外，他几次咆哮公堂，拒不认罪。而今天主动招供，过于反常，也过于突然。第二，下官在平原县时，对阿王府的情况进行过详细调查。凡是头面人物，均了如指掌。额尔起自称兵马大元帅，我对他却一无所知。由此可见，他讲的并非真话。第三，他在招供时，眼珠乱转，神色慌张，很可能是现编现卖……"

"这……言之有理。他目的何在？"

"据下官分析，阿王身后，可能还有重要角色……"

"额尔起要丢卒保车吗？"

"正是这个道理。"

"彭大人，你想怎么办？"

"我……难哪，容下官再拿主意。"

明珠心想：他是奉旨主审官，自己不便多问。只得说道："彭大人，若有用我之处，本尚书将尽力而为。"

"多谢大人。"彭公略思片刻，说道，"大人，我想跟您借用一名差官，不知大人肯否？"

"需要什么条件的？"

"年龄在二十多岁，既要忠诚可靠，又要聪明伶俐。"

"好吧，我手下有个书童，名叫侯三多。他今年十九岁，从小跟我长大，很符合你的要求。"明珠说罢，令人传来侯三多，与彭公见面。彭公考察了他几句，见他果然聪明，不由得满心欢喜。

话分两头，再说反叛额尔起。他本想招认假供，以求一死。谁料彭公突然宣布退堂，倒让他疑惑不解。回到牢房，冥思苦索，仍旧理不出头绪。天色渐晚，牢门外走来一名狱卒，他手拎食盒，恶声恶气："囚徒，快吃饭！"说罢，将食盒往里一摔，站在旁边认真守候。额尔起暗道："狱卒怎么换人了？中午还是个老头儿，现在成了青年人。明白了，我是重要罪犯，恐怕老年狱卒看守不住哇！嘿嘿，这么高的铁栏，这么厚的院墙，我有天大本领，也跑不了哇，真是多此一举！"他光顾了想事，没碰食盒。青年狱卒生气了："囚徒，你吃不吃饭？我可没工夫总陪你呀！"

"哈哈，"额尔起大笑起来，"小兄弟，对一个要死之人，你何必发火呀?"

"哼,"青年狱卒把嘴一噘,"老狱卒对你太客气了,才撤了他,派来我。唉,我们当狱卒的最忌讳侍候斩犯,你们脑袋一落地,我们准做噩梦。得啦,你快吃饭吧。"

"好,我不难为你。"额尔起打开食盒,不由得一皱眉头,"这叫什么饭? 能吃吗?"

原来,盒中装着一堆半生不熟的高粱米,往外直冒馊味。两块老咸菜都长毛了。青年狱卒面带冷笑:"一个死囚,还想吃大鱼大肉吗?实话告诉你,老狱卒心眼最软,总给死囚弄点好吃的,他不但撤职,而且还挨了板子。我不想学他,你凑合点吧。"

"我偏偏不吃,宁可饿死。"

"真把你饿死,我就省事了。"青年狱卒捡起食盒走了。

次日,照就是馊饭、咸菜。额尔起心中明白了:他们这是施展诡计,逼我招供啊! 哼,痴心妄想,我早将生死置之度外。若真的饿死,还能留下整齐的尸首呢! 从此,恶贼开始绝食,有意自尽。

第三天晚上,青年狱卒又来送饭。他换上一副面容,诚惶诚恐地小声说道:"二王爷,连日不周,请您莫怪。快吃饭吧,身体要紧哪。"说罢,放下食盒,轻轻打开。盒中有四碟菜:酱牛肉、焖肘子、烧鸡块、干炸鱼,另有两壶老白干,四个白面馒头。虽说不是什么精品,对于一个绝食两天的人,胜过山珍海味。更让额尔起惊奇的是,青年狱卒管自己叫"二王爷"。这个称呼已经多年没听到了,今日出自狱卒之口,令他十分纳闷:"你,你这是怎么回事? 莫非我要处决了吗?"

"二王爷过虑了。"青年狱卒凑到牢门跟前,轻声说道,"您两天不吃不喝,万一饿坏了,我恐怕担罪不起。"

"你这样优待我,不怕担罪吗?"

"二王爷,"青年狱卒把声音放得更低,"小人是镶黄旗旗丁,属于您的子民哪!"

"什么?"额尔起更加不解,"你既是镶黄旗旗丁,怎么会当上狱卒?"

原来,清朝八旗之中,正黄、镶黄两旗直接隶属皇帝管辖。后来，睿亲王多尔衮获罪，他所掌管的正白旗也被皇帝收回。这样一来，正黄、镶黄、正白便成了"上三旗"，社会地位十分高贵。康熙皇帝八岁登基，不谙政务，国事全凭顾命大臣鳌拜掌管。鳌拜欺天子年幼，任命自己当上了镶黄旗统领。于是，镶黄旗的地位更高于一切，旗丁不论男女，只要生下来，就有一定的俸禄。

再按当时的规定，狱卒和倡优、戏子、剃头匠、修脚夫一样，属于"下九流"。他们的子弟一律不准参加科举，更不准当官，算是"贱民"，为社会所歧视。此时，眼前这个青年狱卒却是镶黄旗出身，难怪额尔起大惑不解。

狱卒又道："二王爷，您绝食两天，小人挺着急，回家之后，便将您的情况告诉了我爹。我爹原先也是狱卒，如今年老在家。他听了我的介绍，把小人臭骂一顿……"

"噢？为什么骂你？"

"我爹告诉我，老王爷鳌拜是咱们的旧主人，您老人家是我们的二王爷。自从您家事败，咱们镶黄旗一落千丈，我爹被贬为狱卒，逢人低三下四，不敢抬头。为此，他总是怀念旧主人的恩情。如今，我给您老人家送剩饭、剩菜，我爹才骂我没有良心……"

"原来如此。唉，"额尔起眼珠一转，计上心头，"狱卒，俗话说'树倒猢狲散'，真是半点不假。我们家连累了全旗弟兄，真是对不起你们。可惜，我如今身陷囹圄，有天大的本领也不能施展。若是放我出去，我一定重整旗鼓，再振雄威，让咱们镶黄旗横行天下！"

"二王爷，您小点声。若让别人听见，我这小命就完了。"

"狱卒，你读过书吗？"

"咱们镶黄旗旗丁，哪有不读书的？我不仅读过书，还练过骑射……"

"文武双全。我若重掌天下，一定封你高官！"

"真的吗？"青年狱卒面带喜色。

"可惜，我出不去呀！"额尔起步步为营，欲设圈套。

"二王爷，"狱卒有几分惊慌，"我爹吩咐我，就算豁出性命，也要搭救主人。我想在今夜三更天放您逃走，不过……"

"快说，要什么条件？"

"您走之后，小人也不敢久留了。将来我到哪里去找你呀？"

"这……"额尔起犹豫起来。

"您对我不放心吧？"青年狱卒看透了他的心思，"二王爷，此时我也不敢多问，等咱们分手的时候，您再说不迟。现在快吃饭吧。"

当夜三更，额尔起不敢睡觉。忽见牢门轻开，青年狱卒走了进来。他掏出一串钥匙，打开牢门，低声说道："二王爷，值夜班的人都被我灌醉了，咱们快走吧。"

"救命之恩，天高地厚。"额尔起随同狱卒走到外屋，果然闻到酒气熏天，几个牢头东倒西歪，昏昏睡去。二人高抬脚、轻落步走向街头。来到胡同口，额尔起迟疑片刻，低声说道："将来，你可去舟山群岛临海洲三皇镇找我。我若不在，你可投奔大明朝朱三太子，他肯定会收留你……"

"唔呀，混账王八羔子，你上当了！"随着话音，墙头纵下一人，正是怪侠欧阳德。怪侠笑道："吾老人家在此等候多时，快随吾去见彭公！"说罢，大烟袋一点，封闭了恶贼的穴道。

原来，青年狱卒正是明珠的书童侯三多，他根据彭公设下的巧计，套出了额尔起的真情实话。

彭大人升堂夜审："额尔起，你还想抵赖吗？快快述说详情，免遭皮肉之苦。"

"天灭我也！"额尔起只得招供。

次日清晨，彭公将口供上呈明珠，明珠看罢，不敢耽搁，立即带领彭公金殿见驾。

康熙皇帝闻讯，大吃一惊。他既称赞彭朋的才干，又对朱三太子一案无限忧虑。心中想道：自我大清入关立国之后，前明遗孤朱由崧、朱由榔、朱聿键、朱聿锷、朱常洪皆曾先后称帝，与朝廷作对。这些人虽是皇族，却非正枝正脉，因而号召力不强，难成大事。唯有这朱三太子，乃崇祯皇帝的嫡系血脉，他失踪以后，为我朝心腹大患。皇父在位时，曾派出大批密探寻访这个朱三太子，结果一无所获。朕继位以后，也曾派人寻访了十余年，照样毫无消息。后来，宫廷铲除鳌拜，紧接着又发生了平息三藩、收复台湾、抗俄罗斯、除噶尔丹等一系列大事，便将朱三太子一案暂且放下了。谁料事隔数十年，朱三太子又冒了出来，这让朕岂能不忧？想到此处，双眉微皱："哼，天下刚刚平定，又有叛匪作乱，朕岂能容你？明珠爱卿听旨。"

"奴才在。"

"朕封你为钦差大臣，立即带领人马赶赴山东。山东官员多为阿必隆的亲信，你去之后，该撤的撤，该杀的杀，一切事情由你全权处理，不必上奏朝廷！"

"奴才明白。"明珠领旨而去。至于他如何办理此案，不必细表。

康熙再传圣旨："彭朋上跪。"

"臣，听旨。"

"彭爱卿，你乃传胪出身，屈尊县令二十余年，乃朕失察之过。朕看过你的奏折，极有文采。夜审额尔起，办案有方，为国家立下大功。为此，朕要破格提拔你。彭爱卿听封。"

"臣，不敢当。"

"朕加封你为都察院左都御史，官拜从一品。望爱卿今后为国效力。"

"臣，愧对当朝，谢主隆恩。"

满朝文武大臣面面相觑，暗想：从正七品跳到从一品，旷古未有。这位彭大人算是捞着了！他们暗中羡慕，又有几分嫉妒。谁料这事不算完，皇帝又道："彭爱卿，朱三太子一案，涉及国家安危。朕再加封你为奉旨钦差，挂印南征。待讨伐叛逆之后，回朝另有封赏。钦此！"

"臣，遵旨。不过……"

"有话奏来。"

"据额尔起所述，朱三太子手下尽是些江洋大盗。这些人武功很高，又各怀阴谋诡计。臣乃文职官员，虽说带领大批人马，亦难对付飞贼。因而，臣想请一人协助，共剿敌巢，还望万岁恩准。"

"彭爱卿，你想请的这人，莫非是黄三太吗？"

"万岁圣明，正是黄三太。"

"卿与朕不谋而合。想那黄三太，打虎救驾，武艺高超，朕正想让他为国立功。即便你不提此事，朕也想派他与卿同往。"话到此处，康熙扭头传旨，"来呀，宣欧阳侠士上殿。"

原来，怪侠欧阳德等人从平原县保驾还都之后，一直随同彭公住在吏部衙内。他闻皇上宣调，急忙随太监来到金殿见驾。康熙吩咐："欧阳侠士，你速去宣化府，传黄三太立刻进京，朕要委他重任。"

"唔呀，吾马上就去呀。"欧阳德领旨下殿，即刻登程。北京距宣化府三百余里，按照路程，来回得五天。谁料在第二天中午，欧阳德便将黄三太、杨香武、贾明等三人带入京都。

原来，黄三太为恩师胜英办完丧事之后，本想守孝百天。可是胜奎劝道："师兄，你与我们不同，我们是平民百姓，你却公务在身。自古以来，忠孝不能双全，你快进京见驾吧，也许皇上要派你差事呢。"

"也罢，国家事大，愚兄只好告辞。"

"师兄，您把贾明贤弟也带去吧。他与贾亮已经出师，应该随您去闯荡江湖。"

"好吧，为师守孝，全靠贤弟了。"

"身为人子，理所当然。"

就这样，黄三太领着贾明、杨香武离开宣化府，奔往北京。凑巧，途中又遇欧阳德，各自说明来意，一同回京上金殿面君。

康熙笑道："黄爱卿，你来得好快。胜老镖头的丧事办得如何？"

"承蒙皇恩，一切如意。"

"朕派你跟随彭钦差征讨叛道，不知黄爱卿意下如何？"

"为国效力，责无旁贷。"

"黄爱卿，当初，你曾力胜西湖擂，三江巡抚保举你为四品参将。如今，你又为国南征，精神可嘉。朕提升你为三品副将。欧阳德加封为四品参将，杨香武、贾明、贾亮、李七侯等人均为五品都司。望众爱卿为国立功。钦此！"

"谢主隆恩。"诸侠义有的愿当官，有的不愿当官。可是国家用人之际，谁也不好推辞。他们在金殿谢恩之毕，随同左都御史彭大人一道回衙。又经过三天准备，离京南下。

根据皇上的圣旨，彭公此次出使，只带将领，不带军卒。他文官挂武衔，有权调动三江兵马。这样一来，队伍十分精悍。除了黄三太、欧阳德等侠义英雄，只有二百名卫队和十几名公差。尽管如此，却也是"钦差出朝，地动山摇"，途中，各州城府县都少不了热情接送。饥餐渴饮，夜宿晓行，这日来到江苏金陵府。过了金陵府，便是秣陵关。出了秣陵关，往东二百里就到了太湖。太湖北岸有座惠山，惠山虽说不高，却也险峻。山脚下有座集镇，名叫飞雪桥。飞雪桥只有百余户人家，由于紧靠太湖，均以捕鱼为业。钦差大队来到飞雪桥时，天色已近傍晚。黄三太禀道："彭大人，下差祖籍江南，对这一带的地理十分熟悉。若奔舟山群岛，有水路，也有旱路。旱路绕远，水路很近，只要穿过太湖，便可进入浙江。不知大人想走哪条路呢？"

"黄将军，当然是越近越好。反正咱们的人马不多，只要有两只官船，便可渡过太湖。"

"既然如此，咱们就夜宿飞雪桥吧。今晚预定船只，明晨渡湖南下。"

"全由黄将军做主。"

事情商定，黄三太命李七侯去找地方官府，联系渡船，自己陪着钦差打店吃饭。若在大城市，食宿早有人安排了。飞雪桥是座小集镇，谁也想不到会来钦差。这样，一切事务全得靠自己去办。幸亏这座小镇是渔业中心，常有各地渔商前来贸易，因而店房很多。钦差道队分住两处，黄三太等人陪同彭公住在东桥老店。这店很大，共有三十多间房屋，被彭公全部包下。店主东姓马，大号马六。他并不知道钦差的身份，只以为是过路的官员，若知是钦差，早吓蒙了，上前笑道："大人，您这是到哪里赴任哪？"

"浙江。"

"不远了，过了太湖就到。"马六心想：他没戴顶子，看不出职位高低。不过，从派头来看，最小也是三品以上。我千万不能得罪："大人，我们飞雪桥是小地方，没什么山珍海味，要吃鱼现成，灶上的厨子是烧鱼的高手……"

"好吧。"黄三太吩咐，"上八个菜，二斤烧酒。鱼要鲜的。"

"放心，不是活鱼不收钱。"马六去不多时，酒宴摆上。

花驴儿贾亮有个毛病，他滴酒不沾，见酒便醉。此时见众人饮酒，他便三口两口吃了几个馒头，禀手笑道："你们慢慢喝吧，我先告退了。"

众人知道他不喝酒，也不强留。

此时，天色还没黑，晚风徐徐，令人清爽。贾亮心想：都说太湖景色美，我何不上街转转，观览一下太湖美景。主意拿定，他便走出店门。只见店门外边围着一伙人，吵吵喊喊，好像在打架。贾亮爱凑热闹，于是挤了进去，冷眼旁观。见人群中间站着七八个鱼贩子，个个身材彪悍，立目横眉，好似凶神恶煞一般。另外还有几个买鱼的，也是高高大大，面貌狰狞。买卖双方，剑拔弩张，大有一触即发之势。一个鱼贩子骂道："他妈的，老子贩鱼全凭力气赚钱，从不投机取巧。你们是什么东西？竟诬赖我秤上耍鬼？睁开狗眼看看，这秤准不准？"

"哼，"卖方不甘示弱，"秤准不准，你心里知道。我们挑来五百斤鱼，到你这屁大的工夫，就变成四百二十斤了。欺侮别人行，老子可不吃这套！"

贾亮心中暗笑：今天有热闹看了。双方都不是善碴儿，再过一会儿，准得动手。太湖不用看了，看打架的吧。

果然，双方抽出扁担、鱼叉，就要血战。

这时，从人群中走出一位老者。这老者年届七旬，须发皆白，模样长相可太怪了，身高不足四尺，横宽二尺有余，大脑袋，前"奔儿头"探出很高，后脑勺多出一块，如同前出檐后出厦，两道寿眉长有一寸，一双眼睛半闭半开，身穿土黄袍，宽宽大大，脚蹬大尾巴靰鞡鞋。他摇摇晃晃将手一摆："列位，买卖不成仁义在，别为几十斤鱼伤了和气呀！"

"你少管闲事！"双方都冲他来了。

"嘻嘻，天下人管天下事，路见不平，人人当管。我老头儿天生好事，非管不可。"

"好，既然你要管，你评评这事怨谁？"

"我看了半天啦，哈哈，瞒别人行，瞒不住我老头儿。你们双方都在弄鬼！"

"胡说八道！"双方都冲老头儿喊叫起来。

"别喊，别喊。"老头儿不慌不忙，走到中间。他将双方的秤杆分别擎在两手。这两杆秤都是头号大秤，铜秤杆足有一寸多粗。老头儿将两根秤杆往一块一碰，口中喊声："开！"只见两秤杆裂为四截，秤杆芯儿里各自淌出了白花花的水银。老头儿笑道："怎么样？你们都在弄鬼吧？卖鱼的让水银往前淌，分量增多；买鱼的让水银往后淌，分量减少。哈哈，真是贼吃贼，越吃越肥！"

"老东西，你想死吗？"买卖双方全都恼羞成怒，准备向老者动武。

"慢来，慢来。"老者将手一摆，"醉翁之意不在酒，你们双方都不在乎这几斤鱼，只不过以此为借口，另有目的，我没猜错吧？"

"你，你是谁？"

"我老头儿不报名，若要报名，怕把你们吓死。都给我快滚！"

"好大的口气！"买卖双方不吵架了，一同向老头儿冲来。老头儿用手一划拉，立刻倒下四五个。其余的人见势不妙，顾不得鱼筐鱼篓，四处逃命去了。老头儿也不追赶，捡起几条大鱼，口中笑道："今晚有酒菜啦。"说罢，扬长而去。

贾亮眼睛发直：有意思！买鱼卖鱼的原来是同伙，他们故意在店门吵架，目的何在？有心追问老头儿，老头儿已经走远了，万般无奈，返回店房。

这时，彭公等人已经吃喝完毕。欧阳德问道："唔呀，贾二爷，你满脸疑惑之相，莫非碰上什么事吗？"

"您猜对了。"贾亮述说经过。

黄三太一惊："师弟，那位老人家到哪里去了？"

"他捡了几条大鱼，回家喝酒去啦。"

"嗐，你怎么不请他进来？"

"我？我平白无故的，请人家进来算怎么回事？师哥，莫非您认识他吗？"

"据你刚才所说，老人家的外貌十分奇特，除了咱师伯，还能有谁？"

"师伯？哪位师伯？"

"你学艺较晚，入门的时候，师伯已成隐士。我曾见过师伯一面，他长相奇特，令人难忘。"

"唔呀，"欧阳德问道，"莫非是夏侯老剑客吗？久闻其名，只是无缘相见哪。"

"估计是他。"黄三太也不敢十分肯定。

原来，早在数十年前，武林中有三剑三侠。这六个人名震江湖，横行一世。所谓三剑，即是艾莲池、红衣道姑、夏侯商元；所谓三侠，即胜英、孟凯、萧杰。如今，三剑三侠之中，已有五人作古，唯有夏侯商元健在。此人外号"万丈翻波浪"，又叫"鬼见愁"，天生的性情诙谐，爱说爱笑。十余年前，夏侯剑客隐遁山林，再未出头露面，谁料今日重现飞雪桥，倒令黄三太大惑不解。

"唔呀，"欧阳德再次问道，"黄大侠，夏侯老剑客已隐居多年，此次出现，莫非有什么来由吗？"

"我也不知道。据我估计，师伯虽然爱开玩笑，也不至于跟几个卖鱼的动手，说不定内中另有原因哪。"

"您这么一说，把我提醒了。"贾亮说道，"师伯还说，买卖双方打架是'醉翁之意不在酒'。师哥，咱得小心点。"

"出京以来，一路平安。眼前这飞雪桥离沿海不远了，咱们得加强防备。"黄三太传令，"欧阳大侠，您的武功高超，请您负责钦差的安全。七侯贤弟，彭大人没带军卒，全靠钦差金印调动三江地方兵马。这方金印十分重要，由你负责守护。贾明、贾亮、杨香武三位贤弟跟着我，咱们见机行事，力争不出差错。"

"明白了。"诸侠义点头应承。

彭公笑道："黄将军，一切靠你操劳，本钦差感激不尽。"

"大人，您是核心，不必客气。"

当夜，谁也不敢睡实，都在观察动静。

二更过后，突然，听院中"啪"的一声，好似扔进一物。黄三太沉着镇静："别动，这是问路石。"

什么叫"问路石"呢？原来，绿林人作案时，先往院中扔块石头。屋中若是有人，必定声张。若无人声张，才好下手。这招法又称"投石问路"，乃武林人惯用手段，黄三太岂能不知？果然，又过了片刻，院墙飞下一条黑影，这黑影又高又大，行动却十分灵巧。他高抬脚，轻落步，奔往上房。黄三太心想：到时候了，该出去会他。谁料贾亮比黄三太更快，他把房门一开，哈哈笑道："你才来呀！"

"啊？"黑影大吃一惊。

借月色观瞧，来人是个胖胖大大的和尚，身高八尺，膀宽三亭，穿一套灰布僧衣，手擎戒刀，凶恶无比。他先是一惊，后又叫道："弥陀佛，你们既有防备，咱就来明的吧。谁敢过来送死？"

"贾二爷会你。"贾亮抽刀上前，"秃驴，暗中行刺，不算好汉，你敢报名吗？"

"报名又如何？我乃福建金刚山碧云寺长老万清风，法号飞云僧是也！"

"没听说过！"贾亮嘻嘻哈哈，上前动手。

黄三太心想：他既敢报上真名，定是有点真本领，这叫艺高人胆大，不可轻视。

果然，飞云僧这口戒刀来势凶猛，杀得贾亮步步后退。贾亮叫道："可惜，我的花驴儿在后院槽头拴着呢，不然，让花驴儿咬你这个秃驴！"

"师弟，闪开了。"黄三太暗中埋怨：什么时候了，你还有心思斗嘴。

"弥陀佛，你是何人？"

"飞镖南霸天黄三太是也！"说罢，银龙宝刀缠头过脑，劈向飞云僧，这刀法比贾亮强得太多了。飞云僧一惊，连忙举刀招架。糟了，戒刀碰上宝刀，立刻断成两截。飞云僧一愣，乘此机会，黄三太手起刀落，将凶僧人头削下。

"好快刀！"墙头上又飞下一人，口中叫道："数年不见，果成英雄。你还认识我吗？"

"啊？"黄三太细看，又惊又喜。

第六回　老剑客太湖逢公子
大侠士惠山拜僧王

　　来的这人年届七旬，须发皆白。他身高四尺，横宽二尺有余，大脑袋摇摇晃晃："三太贤侄，你还认识我吗？"

　　花驴儿贾亮抢先答道："认识，您就是才撅折秤杆，打跑鱼贩子的那个老头儿。我师哥黄三太埋怨我不该把您放走，老头儿，如今您又回来了，快报个名吧。"

　　"师弟，不得无礼，快快随我拜见师伯。"黄三太抢行几步，双膝下跪，"师伯在上，孩儿未能远迎，望您恕罪。"

　　"起来，起来。"老头儿双手相搀。

　　书中交代：来者不是别人，正是三剑之一，万丈翻波浪、鬼见愁夏侯商元。

　　却说十年之前，夏侯剑客的授业恩师、浙江四明山太虚观观主青锋剑客艾莲池死后，庙产便由艾莲池的师弟、青方道人谢伯然主持。谢道人是前明进士出身，不会武功，当时已经年近古稀。大庙附近的地痞无赖欺他年老软弱，便常常到庙中骚扰，企图谋夺庙产。谢道人无奈，便派弟子请来夏侯商元，替他站脚助威。果然，老剑客到达之后，把那些匪徒打得屁滚尿流，无人再敢来捣乱。喜得谢观主眉开眼笑，欲把太虚观让给徒侄。夏侯剑客连忙推辞："师叔，我是俗家人，岂能当观主？"

　　"怕什么？你师父是老道哇。"

　　"嗐！"夏侯剑客哭笑不得，"师叔，我只跟师父学武，没跟师父学道。"

"我不管!"谢道人赖上他了,"你若一走,太虚观又得受人欺侮。你不当观主也行,留在四明山,保护你师父遗下的庙产吧!"

"这……遵命就是。"夏侯剑客当时已经六十多岁了,正想隐退,不问红尘之事。于是乘此机会,在太虚观安顿下来。庙中的事务他一概不问,只是挑选了二十名小道童,每日教他们练武,以保大庙的平安。

眨眼十年,那二十名道童功夫学成了,太虚观扬眉吐气,无人敢惹。在此期间,夏侯剑客的顶门大徒弟诸葛山真也曾到山上探望过师父。诸葛山真自称是三国年间诸葛亮的后代子孙,他才高智广,多谋善断,武功也十分精湛,人送外号"八阵仙师",在武林之中名气很大。

话说在不久之前,八阵仙师诸葛山真又到四明山太虚观。他进门就哭:"师父,我师叔被人害死了……"

"什么?"夏侯剑客大惊失色。心想:恩师在世时,曾收过许多徒弟,多数都是道家,只传道教,不授武艺。只有我与神镖将胜英是俗家弟子,随师练武。莫非胜师弟遇难?不会呀,他已花甲之年,与世无争,又有一身功夫,谁敢碰他?"山真徒儿,快详细讲来。"

"徒儿闯荡江湖,云游天下,那日到山东平原县,见到双头太岁白玉祥。白老前辈弃武从商,以开店为业。据他说,我师叔胜英误伤秦天豹,后来被秦天豹之子飞天鼠秦尤暗害致死……"诸葛山真从头到尾细讲起来。

"哎呀,师弟死得好惨!"夏侯剑客老泪纵横,痛哭不止。

"师父,"诸葛山真劝道,"人死不能复生,您且莫难过,还是想想后事吧。"

"哼!"老剑客气冲牛斗,拿徒弟撒火,"你这个没用的东西,既知道师叔被害,为什么不杀秦尤,替你师叔报仇?莫非那秦尤有三头六臂,你贪生怕死吗?"

"这……"诸葛山真虽有难言之隐,又不敢说,"师父,想那凶手秦尤的父亲秦天豹乃是我师叔胜英的盟弟,他们结拜多年,号称'明清八义',情同手足。对秦尤如何处置?得让人家八义兄弟决定,咱们不能擅自介入,以免……"

"混账！"老剑客不等徒弟说完，便大骂起来，"他们八义是兄弟，我和胜英就不是兄弟吗？再说，他们八义早已解散，各奔东西，你让我到哪里去找他们？"

"师父，"诸葛山真只好摊牌，"据双头太岁白玉祥告诉徒儿，胜师叔的顶门弟子黄三太曾从绍兴府赶到平原县。黄三太不仅不杀秦尤，反而阻止胜奎去报仇。内中的奥妙，令人费解。因而，我劝师父不必着急。君子报仇，十年不晚，还是见到黄三太再做定夺。"

"噢？"老剑客沉思良久，疑惑不解，"十多年前，我曾见过黄三太。这人年少志高，忠孝双全。他与胜英师徒如父子，感情极深。大仇不报，为何情由？我倒要当面问问他。"

"听说黄三太去京西宣化府为师父治丧，咱们到哪里去找他呢？"

"先去绍兴黄宅。他若不在家，咱就往北京方向迎他。"

"就依师父。"

师徒二人辞别了青方道人谢伯然，下山而去。幸喜庙中的二十名道童武功在身，可以保护太虚观，这使夏侯剑客很放心了。他们首先来到绍兴府三太镖局，经过询问，得知黄三太尚未归来。于是他们继续北上，欲往京都。这日来到太湖北岸无锡府，正往前走，忽见路边围着一伙人。这伙人指手画脚，嘻嘻笑笑。师徒二人出于好奇，也凑了过去。只见人群中站着一个青年男子，年龄在二十多岁。他身穿一件素白色箭袖花袍，质地虽很华贵，却破破烂烂，又脏又旧。面如白玉，涂满了黑泥，剑眉下相称一双俊目，黯然失神。他蹦蹦跳跳，狂呼乱叫："喂，赶车的，你过来。我若躺在地上，你敢不敢从我身上压过去？若能把我轧死，决不让你偿命。来呀，哈哈，你跑什么……"

诸葛山真眉头微皱："师父，他是个疯子，咱们快走吧，赶路要紧。"

"不忙。"夏侯剑客低声说道，"据我看来，他是装疯卖傻。你仔细看看，他那双眼睛虽然失神，目光并不散乱。在他那目光中，含着幽怨和愤恨。这不是个普通人，他定有一段隐情……"

"嘻！"诸葛山真轻轻摇头，"师父，您已隐居十年，不问红尘之事。若非胜师叔被害，您还不能下山。咱们寻访黄三太要紧，管他真疯假疯，与咱有什么关系？"

"也对，总未出世，看什么都新鲜。不能因小失大，还是快走吧。"

师徒二人刚要转身离去，只见人群外闯进一人。这人光头不戴帽，大辫子垂在脑后。身穿跨马飞服，足蹬皂靴，看样是位官差。他冲着疯子深施一礼："公子爷，一眼没照顾到，您又跑这儿闹了。快跟我回家吧，省得国公爷惦记。"

"嘻嘻，我没有家，有家也不回去！我要让赶车的轧我，可是他又不敢轧……"

"嘻！您又胡闹了。若是被车轧上，您的命就没了。"

"谁说的？就凭我这武功，别说是车轮子，就是刀砍我也不怕！"

"您可别吹了，您那两下子我见过，快跟我回家吧。"

"你不信？哈哈，我的武功盖世，艺压江湖，武林人都怕我，才为我贺号'南霸天'。若没有真功夫，能得到这个外号吗？"

"得，您又成南霸天了！"

"对，我是南霸天，又叫飞镖。我是黄三太，哇呀呀，黄三太在此，谁敢不服？"疯子拾起一根树杈，耍了起来。

"别走了。"夏侯剑客一拉徒弟，"咱们去找黄三太，原来黄三太疯了。"

诸葛山真两眼发直："不对吧？我虽未见过黄三太，可是从年龄判断，他绝不是黄三太。再说，旁边那个官差口称'公子'，黄大侠怎么会是公子呢？"

"你小子挺聪明。"老剑客低声笑道，"十余年前，我见过黄三太。当时他已经二十多岁了。这个疯子是假的。"

"那么，他为什么假装黄大侠呢？"

"天晓得！他装疯卖傻，自称黄三太，内中定有缘由。得啦，这事让咱碰上了，就得弄个水落石出。你在外边等着，我进去会会他。"老剑客说罢，也从地下捡起一根树杈，分开人群，来到当中。口中笑道："黄三太，我找了你好久，今天才找到你。还不快给我磕头？"

疯子目光一闪："你，你是谁？"

刹那，老剑客捕捉到疯子的心理。他在激动，他在紧张。于是答道："怎么连我都不认识了？我是黄三太的师父，胜英胜子川！"

"你，你不是！"疯子蹦了几步，又耍起疯态，"骗人，骗人！胜英死了，我师父死了！"说罢，他伏地痛哭起来。

老剑客暗想：连胜英之死他都晓得，可见他有些来历，我不能轻易放过此人。想到这里，将手中的树杈一甩："起来，再不起来，我把你双腿抽断！"说时迟，那时快，但见树杈过处，疯子身上的箭袖花袍早已四分五裂，被抽成碎片，旁边那位官差大惊失色，高声喊道："还不住手！老东西，国公之子，是你随便打的吗？你有几个脑袋？大概活腻了！"

"哈哈，"夏侯剑客大笑起来，"我只是抽碎他的衣裳，并未伤他一根毫毛。你喊叫什么？狗仗人势！"

"胡说！老东西，我们公子的花袍虽然破旧，却是上等丝绸，结实得很。你把衣裳抽成这样，还说不伤人，谁信？"

"不信？你可以检验哪！"

"当然得检验。若是伤重，非让你偿命不可！"官差说罢，转向疯子，"公子爷，您伤口疼不疼？"

"伤口？哪有伤口？"

"您被他打蒙了。"官差往公子身上看罢多时，不仅无伤，连红都没红，"奇怪，新鲜，用一根干巴树杈能抽碎名贵衣料，这就够少见的了，碰不上肉皮，更少见！看起来，这个老家伙不是凡人！"

"嘻嘻嘻！"疯子更加癫狂起来，"当然不是凡人，我师父要没这两手，能是我师父吗？"说罢，他冲夏侯剑客双膝跪倒，"师父，多年不见，您老人家一向可好。不知师父住在何处？我跟您同往，向您问安。"

"这……"夏侯剑客一愣：疯子要跟我去，他想干什么？

诸葛山真小声说："师父，看来他有难言之隐，咱们带他走吧。"

"对。"老剑客将手一摆，"徒儿，快随我来。"

"慢着！"官差伸出双臂，"老，老英雄，您大概是位世外高人。可是您不能将他带走，他是我们公子，万一有错，国公爷怪罪下来，小人担当不起。"

"滚你的吧！"疯子嘻嘻笑笑，飞起一脚，将官差踢出一丈多远。"师父，咱们快走。"

三人分开人群，向北而去。官差从地上爬起来，弹了弹身上的尘土，有心去追，又怕再挨打。只得喊道："公子爷，您可别走远了，我去报告国公爷，让他派兵追您。"单说夏侯剑客、诸葛山真领着疯子走出无锡府，眼前闪出一片树林。老剑客收住脚步，含笑问道："壮士，你家住哪里，姓甚名谁？为什么装疯，为什么冒充黄三太？快——对我说来。"

"这……老英雄，您怎么知道我在装疯？"

"哈哈，能瞒别人，休想瞒我。你虽然目光暗淡，却不散乱……"

"好眼力。老英雄，莫非您真是神镖将胜英吗？据我听说，胜老前辈早已作古了，难道死讯有假？"

"老朽并非胜英，而是胜英的师兄夏侯商元。"

"啊？您就是万丈翻波浪、鬼见愁夏侯老剑客吗？恕晚生无礼，老剑客莫怪。"

"不敢当，如果信得过老朽，还望壮士实言相告。"

"唉，说来话长。"

书中交代：早在四十多年以前，民族英雄郑成功跨海征东，在荷兰侵略者手中夺回台湾宝岛，被明朝加封为延平郡王。郑成功死后，其子郑经继承王位，他欲图谋不轨，在台湾独立一国。当时，康熙皇帝继位不久，传圣旨钦封施琅为水军元帅，经数次大战，收复了台湾。

再说反叛郑经共有七子，长子郑克臧为人忠厚，又深明大义。他曾屡次规劝父王，不要分裂中华疆土，以免骂名千载。怎奈郑经鬼迷心窍，对长子的金玉良言不仅不听，反而暗示次子郑克塽毒死大哥。郑克塽阴险狠毒，又一心想继承王位，于是买通了郑克臧侍卫冯锡范，用一壶药酒将长兄毒死。这一案件发生后，朝野愤怒，都替郑克臧喊冤叫屈。

水军元帅施琅攻下台湾，对郑氏家族的状况进行了详细调查。并将郑克臧的言行、死因写成专门奏折，上报康熙皇帝。康熙是位有道明君，他念郑成功当年抗击荷兰有功有德，又念郑克臧深明大义，含冤而死，为此传下圣旨，追封郑克臧为一等澄海公，并令其遗孤郑大涛子袭父职，落户在无锡府。当时，郑大涛已经二十六岁，靠父荫捞了个一等公，按说应该心满意足。怎奈此人才疏志大，他想：祖父郑经如果在台湾称帝，父亲郑克臧是长子，必得皇储之位。我又是长子长孙，将来的皇上非我莫属。如今只是个公爵，又无半点实权，岂不冤枉！由于郑大涛有了这个野心，他便派人与舟山群岛的海盗们取得联系。那些海盗多为郑氏旧部，于是一拍即合，妄图东山再起。后来，朱三太子出现在三皇镇，人家是明朝正支正派，牌子比郑大涛硬多了。郑大涛无奈，只好称臣。朱三太子并不亏待他，暗中又加封他为延平郡王，算是承袭了郑成功的王位。还说，等夺来天下，仍将台湾岛交给郑家。

却说郑大涛膝下有一子一女，女儿郑翠苹是姐姐，六岁那年，逛花灯时走丢了，至今尚无下落。儿子名叫郑少英，今年十九岁。这位公子大有祖父遗风，为人正直，品德端庄。他对父亲的所作所为十分不满，常常劝道："您这么做，对不起皇恩，更对不起百姓。您忘了祖父是怎么死的？祖父在天之灵，岂能瞑目！您若听我劝告，快快与那个什么朱三太子断绝来往，再写份奏折，向皇上请罪……"

"胡说！"郑大涛大怒，"你懂什么？哼，当初，你祖父规劝我祖父，落了个什么下场？如今你又来劝我，莫非也想找死吗？"

"父叫子亡子得亡，不亡乃为不孝。您若让孩儿死，孩儿绝不违抗。若让孩儿与您同心合作，那……那还不如让我死！"

"大胆的奴才！"郑大涛气得两眼发直，又无可奈何。心想：祖父郑经有七个儿子，死一个两个没关系。我可不行，千顷地一棵苗，真把儿子杀了，就成绝户。怎么办？得让他吃点苦头，才能回心转意。想到这里，厉声喝道："你给我滚！从此之后，我不认你这个儿子！"

"啊？"郑少英深感意外，只得给父亲磕了三个头，扬长而去。他本富家公子，历来都是衣来伸手，饭来张口，让他独立生活，真比登天还难。更何况，公子当时才十七岁，毫无社会经验，走出国公府的第三天，他就活不下去了。有心回家，又不想再见父亲。无奈，在城外树林中，解下丝绦，意欲自尽。凑巧，飞镖黄三太押运镖车从此路过，他见有人上吊，急忙割断吊绳，救下公子。公子叹了口气："唉，这位英雄，您为什么救我？快让我死去，岂不更好！"

"哈哈哈，"黄三太笑了起来，"公子，看你年纪轻轻，未足二十岁吧？一时想不开，竟上吊自尽。你若真死了，你爹妈不定会怎么难过呢!"

"不，我爹不会难过，是他逼我死的!"

"噢? 此话怎讲?"

"这……" 郑少英心想：我爹勾结反叛，对抗朝廷，这可是弥天大罪。我若把实话全告诉他，后果不堪设想。无论怎么说，澄海公还是我爹。想到这里，公子说道："我爹是无锡府大财主，给我娶了个后妈。后妈天天打我，爹还撵我走，我这才无奈上吊……"

"原来如此。" 黄三太信以为真，"公子，请问你贵姓高名，家住哪里? 我送你回去。"

"我，我叫王后，" 公子本意，他是延平郡王的后代，"英雄，我不能再回家了。你要可怜我，就把我带走吧。我给您当个仆从，侍候您一辈子。"

"这……" 黄三太心想：也罢，此时他家都在火头上，若送他回去，不会有好结果。不如暂时把他带回镖局，过上几个月，火气都消了，再送他回家。于是说道："你是富家公子出身，我不敢让你当仆从，咱们算是朋友吧。若不嫌弃，请跟我走。"

"多谢英雄。"

黄三太领着郑少英来到镖局，过了十几天，觉得不对劲了。心想：这个王后自称是平民子弟，可是从他的言行坐卧来看，一身大家风范，高贵气质，绝不是普通百姓所能具备的。有心追问，恐怕这少年不会轻易暴露隐私，自己还是故作不知吧。于是，黄三太把郑少英待为上宾，除了精衣美食，又教了他几招武艺，郑少英感激涕零，几次想吐真情，因为事关重大，欲言又止。

眨眼一年有余，公子对黄三太的人品越来越敬重，觉得他是位难得的人物。这日哭道："黄大侠，您待我恩重如山，情比天高。都说金无足赤，人无完人，我看您就是位完人。您救了我的性命，又供养了我一年有余，从您的身上，我学到很多东西，懂得了如何做人。"

"公子过奖了，黄某愧不敢当。"

"您听我说。从您的眼神里，我早已看出了疑问。可是您从不多说，对我的出身、来历没问过一句。我几次想向您吐露真情，但事关重大，不好出口。今天，我跟您辞行，要回家看看父亲。临别之际，我只能告诉您，我不姓王，更不叫王后。至于我父亲是谁？您也不必过问。我再告诉您一句话，将来有用我之际，我万死不辞。"

"公子言重了。"黄三太虽然满腹狐疑，听人家这么一说，更不好问了。只得派人摆下酒宴，为公子饯行。郑少英吃喝完毕，洒泪而别。

他回到无锡府，踌躇不前。父亲怎么样了？还在谋反吗？如果态度不变，自己如何处置？思来想去，终于想出一条妙计：我何不装疯卖傻，故弄玄虚。这样有三条好处：第一，说话随便，不必有所顾忌。第二，父亲有事，也不会提防自己。第三，爱在家就在家，不爱在家就走，行动自由。主意拿定，公子将衣裳撕成破烂不堪，又散开头发，往脸上抹了几把尘土，折下一根树杈，疯疯癫癫，跑向国公府。

再说澄海公郑大涛，本以为儿子出去几天就能回家认罪，谁料一别一年有余，倒让他提心吊胆起来。每当想起此事，追悔莫及。这天正在书房喝茶，差官来报："国公爷，公子回来了。"

"噢？"郑大涛又惊又喜，"公子在哪里？快让他书房见我。"

"是……不过，不过……"

"快讲。"

"公子疯了！"

"啊！"郑大涛脸色骤变。他急忙亲往府门，见儿子形容枯槁，嘻嘻笑笑。正用手中的树杈抽打门外的石狮。"儿啊，你这是怎么的了？莫非真的发疯吗？"

"你是谁？哈哈，谁是你儿？"郑少英装得很像。

"嗐！"郑大涛痛苦万状。

从此，无锡府上上下下，都知道澄海公的儿子疯了。

却说在十天之前，国公府来了一名老道。这老道身背宝剑，行动诡秘，一头扎入府中，再未出来。澄海公郑大涛对这老道十分敬重，白天陪他饮酒，晚上常常密谈到深夜，似乎在商讨重大之事。郑公子看在眼里，暗中叫苦：这老道神神怪怪，准是朱三太子派来的，说不定有什么使命。父亲与他打得火热，无疑走上了绝路。我可怎么办？既无回天之力，又不能揭露父亲的行为，真是左右为难。此时，只能继续装疯，先摸清老道的来历和目的，然后再见机行事吧。由于他是公子，又是疯子，府中差人也不管他，他便常在小客厅外边摇摇晃晃。老天不负苦心人，经过几天努力，公子心中有数了，归纳起来，共得到五条消息：第一，这老道名叫马道玄，外号"恶法师"，乃朱三太子的亲信。第二，太湖北岸惠山顶上有座云罗寨，大寨主名叫金景龙，外号"落地麒麟"，他手使三节棍，无人可挡。第三，有个叫秦尤的人，外号"飞天鼠"。他从浙江四明山请来一个老和尚，法号"藏真长老"，为云罗寨核心人物。第四，朱三太子派出一批人马，会合金景龙，以云罗寨为大本营，准备招兵买马，扯旗造反，并想攻占无锡府。第五，钦差彭朋在黄三太保护之下，即将到达太湖。届时，劫杀钦差，铲除黄三太！马道玄请澄海公里应外合，共举大业。起初，澄海公犹豫不决，唯恐事败，暴露了自己的身份。马道玄答应严守机密，不让任何人知晓。

这五条消息如同惊雷，吓得郑公子魂飞魄散。尤其是最后一条，涉及自己的救命恩人黄三太，更令公子心急如焚。此时此刻，应该当机立断，当断不断，必遭其乱，父亲会越陷越深。为黄三太报信乃燃眉之急，可是黄三太现在何处呢？郑公子思之再三，计上心头：我既然找不到黄三太，何不让黄三太来找我？主意拿定，他日日走上街头，装疯卖傻，自称黄三太。心想：我假扮黄三太这件事闹得沸沸扬扬，传遍无锡府。黄三太一朝闻讯，必定赶来。待到相见时刻，我再向他吐露真情实话。谁料，黄三太没来，却引来了老剑客夏侯商元。

书归正传。公子郑少英在树林之中述罢经过，抱腕禀手："夏侯剑客，当初，晚生曾在黄大侠府中闲居过一年有余，对老剑客的大名久有耳闻，今日见面，三生有幸。请您老人家快快找到黄大侠，如果延误了时机，后果不堪设想！"

"原来如此。我替黄三太谢谢公子。"

"师父，"诸葛山真问道，"事不宜迟，咱们下一步做何打算？"

"无非是两条：第一，保护郑公子的安全。第二，尽快见到黄三太。"

郑公子不解："夏侯剑客，听您的话音，莫非晚生处境危险？我看不会吧，我父亲虽说谋反，还不至于伤我性命。"

"公子，你有所不知。"夏侯商元摇头叹道，"我这个人模样特殊，在武林之中也有些名号。刚才，你随我出城时，你手下的官差回府送信。恶法师马道玄也许会猜到是我，这样一来，必对公子不利。你父亲不忍伤你，下五门那班东西个个心黑手狠，对公子不会留情。依我所见，你就别回国公府了。"

"这……遵命就是。"公子想了片刻，又道，"由此向西五里，有座依湖亭。小镇之中有家仁和客栈，店主东是我的一位朋友。咱们暂住那里，寻访黄大侠的消息，不知老剑客意下如何？"

"就依公子。"

三人来到仁和客栈，店主东姓孙名平，今年三十多岁。当初，郑公子狩猎钓鱼常来依湖亭，便与孙平交下朋友。今日相见，自然热情招待："公子爷，您可很久不来了。听说贵体欠安，如今痊愈了吧？"

"好了，好了。孙店东，我领来两位朋友，请给我们安排个单间。"

"单间现成，公子请随我来。"孙平为三人找了个干净房间，又传上酒菜。"公子爷，您这是上哪儿去呀？"

"我暂时住在你这店房，哪儿也不去。不过，你要替我严守秘密，不准传向外人。到时候多给你银子。"

"公子放心吧。"孙平心想：听说公子和老国公闹翻了，外逃一年有余，回来就得了疯病。如今又跑到依湖亭，说不定是怎么回事？管他呢，只要有银子，一切与我无关。

眨眼一天过去，次日中午，夏侯剑客正想出去打探黄三太的消息，忽听店房院中人声嘈杂，高声喊叫："掌柜的，给我们找几间房子，再多买些酒肉，快点！"

"啊？"郑公子一惊，连忙扒着门缝往外观瞧。看了一会儿，回头说道："夏侯剑客，这些人我认识，都是我们国公府的打手。领头的那个大和尚是我家的总教师，叫什么'飞云僧'。不用问，准是来追我的……"

"公子不必担惊，有老朽在此，料无妨碍。"夏侯剑客也扒着门缝往外看去。只见院中站着十几个人，一个个横眉立目，面貌凶恶。为首者是个高高大大的胖和尚，脑瓜皮锃光瓦亮，身穿灰布青衣，背插戒刀。这些人正在孙掌柜的指引下，走进东厢房。过了片刻，便猜拳行令，吃喝起来，直到傍晚，吵闹才算停止。除了那个胖和尚，其余的人一同走出店房，向西而去。

"徒儿，"夏侯剑客对诸葛山真吩咐道，"你留在店房，一面保护公子，一面监视胖和尚，我出去走走。"

"师父多加小心。"

"无妨。"老剑客艺高胆大，独自一人跟随那伙打手直往正西。他边走边想：这些人干什么去呢？他们神色慌张，好像重任在身，应该设法探明他们的行径。无巧不成书，恰在此时，打手中一人喊道："他妈的，酒里掺水太多，老子来尿了。你们先走一步，我到树林里去小解。"说罢，钻进树林。

"天赐良机。"夏侯剑客小声说了一句，跟了进来。

"你，你要干什么？"打手大惊。

"别喊，你敢出声，我就灭了你！"老剑客用两个手指头往打手后背一捅，差点把他捅漏了。打手知他艺高，连连求饶："您千万别往里捅，我可没干坏事。"

"我要你说实话，郑大涛派你们干什么去？"

"啊？底细您都知道了？"打手更加慌乱，"您老人家是钦差派来的吧？"

"少说废话。你叫什么？"

"小人刘三，是国公府的差人。据国公爷说，钦差彭朋已到飞雪桥，住在东桥客栈。飞雪桥离此四里。国公爷让我们装成买鱼、卖鱼的商家，以水银秤为由，在东桥客栈门外打群架，这样一来，势必大乱。乘混乱之机，国公府总教师杀入店中，主要目标是谋杀钦差。"

"哼，钦差是那么好杀的吗？"

"国公说，杀不了他，也扰得他不得安宁。"

"哈哈，想得挺美。"老剑客解下刘三的腰带，将他绑好，吊在树上。自己不敢耽搁，直奔飞雪桥。来到桥东客栈门外，见那伙打手正在装腔作势，吵闹不休。他这才挺身上前，撅折水银秤，打跑群贼，防止了一场意外。而后，他又在店房墙外转到天黑，直至黄三太刀斩飞云僧，他再出头露面。

话归前言。黄三太一见师伯，连忙大礼参拜："师伯，您这是从哪儿来呀？请到上房，孩儿有许多话要向您倾诉。"

"不用你说，我全都知道了。"

他们在院中说话，彭公在屋中早已听清。回头对欧阳德等人说道："这位老剑客身份很高，不可慢待，本钦差应该亲自迎接。"说罢，起身奔往院中，"老剑客，下官有失远迎，请老剑客莫怪。"

"噢？您就是钦差大人吧？老朽不敢当。"夏侯商元心想：我已隐遁十年，本不该再见朝廷命官。可是，跳入是非内，便是是非人。国家有难，当剑侠的不能袖手旁观，师弟被害，做师兄的不能置之不理，国恨家仇，不共戴天，拜见钦差，也是理所当然。更何况这位钦差如此礼贤下士，再若推托，就是自己不对了。想到此处，忙随彭公走入上房。

黄三太对贾明、贾亮吩咐："师弟，你们叫来几名差官，把恶僧的尸体收拾一下。如果无人过问，也就罢了。若有人过问，就说是钦差的命令。"

"是。"贾明问道，"师兄，这样一来，钦差的身份岂不暴露了？"

"恶僧行刺，证明钦差的身份已经暴露了。你们照我的话去办吧。"黄三太吩咐完毕，也随钦差走进屋中。

众人落座，夏侯商元欲给钦差行礼，彭公急忙阻拦："不可，不可。请问老剑客，您这是从何处而来？"

"老朽专程至此，有要事禀告。"夏侯商元将巧逢郑公子的经过讲述了一遍。最后又道："钦差大人，据老朽估计，您暂时走不成了。朱三太子派出杀手聚集惠山云罗寨，目的是劫杀钦差。飞云僧一伙，只不过是探路的小贼，重要人物还在后头，他们不会轻易放行啊！"

这时，贾明、贾亮已经收尸完毕，他们听罢老剑客之言，双眉紧皱，怒目圆睁："哼，就是能走，我们也不走了！据师伯所说，飞天鼠秦尤就在惠山云罗寨，他是凶手，我们正要寻他替师报仇！"

"噢，"老剑客若有所思，"三太，我正想问你，秦尤既是凶手，你在山东平原县时，为什么不去杀他？"

彭公没等黄三太答话，抢先说道："这是下官的主张。当时，多罗郡王阿必隆正在猖狂圈地，黎民百姓苦不堪言。为了扳倒阿王，黄大侠陪我进京告状，把私仇暂且放下。"

"原来如此。"老剑客点了点头，"三太，你做得很对。现在有什么打算？"

"师伯，一场血战，不可避免。为采取主动，在群贼动手之前，我想探探惠山云罗寨。好在有欧阳大侠保护钦差，料无大错。"

"噢？"夏侯剑客沉思了一会儿，"三太，剿敌灭匪，捉杀秦尤，你欲探云罗寨，也是理所当然。不过，云罗寨可不是容易去的呀！师伯我闯荡天下数十年，对武林人物，不敢说了如指掌，也略知一二。朱三太子派来一群打手，为首者只是个恶法师马道玄，由此可见，这群打手平平常常，均属无能之辈。但是，云罗寨大寨主金景龙就不然了，此人外号"落地麒麟"，是位马上战将，手中一根三节棍，万夫难当。早在我隐遁之前，就听说过这个人物。十年过去，他的武功想必更为高超。这还不算，云罗寨又请来一位高僧，法号"藏真长老"，对于此人，你可曾听说过吗？"

"孩儿不知，请师伯赐教。"

"藏真长老非同小可呀！早在四十年前，我曾见过他一面。据我所知，这人俗家姓秦，名叫秦必修。你当他是谁？他正是阴面鬼秦天豹的叔父、飞天鼠秦尤之叔祖。早年，你师爷青峰剑客艾莲池武功第一，纵横天下。由于他出家为道，曾被人尊称'道王'。对这个外号，你师爷拒而不受，虽然再三推辞，还是传了出去。谁料惹恼秦必修。当时，秦必修也是个道人，一怒之下，他弃道为僧，并自称'僧王'，找你师爷欲论高低。最初，你师爷不想和他比武，我们这些徒弟觉得僧王欺人太甚，便偷着去会他。僧王不愧是高手，只用了十招，先打败你师父胜英，又用二十招，打败了我。并口出狂言：'三十招打败艾莲池！'你师爷忍无可忍，便与僧王约定，九月初九重阳节这天，二人在湖北鸡公山平顶台比武。那天，我们都去助阵，僧王也带去一班子弟，其中就有秦天豹。他那时才十六七岁，武艺未成。只见僧、道二王平心静气，不像比武，却似游戏。他们不吃不喝，连战了四天四夜，最后，你师爷用了一招'弹压东南二百州'，这是绝技，才将僧王踢倒。僧王又羞又恼，当众扬言：只要有艾莲池在世，他将永不出头！如今，你师爷已经作古，僧王又出头露面。据我猜测，这有两条原因：第一，他要保护孙儿秦尤的安全。第二，他要寻访艾莲池的门人，报当年之仇。而你黄三太恰是艾莲池的徒孙，又是秦尤的克星，僧王若见到你，岂肯善罢甘休？"

"哎呀！"黄三太叹道，"如此说来，事情就难办了。"

"这……"老剑客把心一横，"我去！豁出这把老骨头，也要碰碰他僧王的厉害。"

"不行。四十年前，您与僧王交过手，又是他失败的见证人，只怕他怀恨在心。还是我去，论辈分，他是秦天豹的叔父，我该尊他老祖。晚两辈的人好说话。论身份，我又是公差，若向僧王申明大义，取得他的谅解，也许能化险为夷，我只是请求师伯暂住公馆，协助欧阳大侠保护钦差，恳请师伯应承。"

"你，你可要多加谨慎。"

"师伯放心。"黄三太立刻派贾明、贾亮去依湖亭仁和客栈接来诸葛山真与郑公子；又派白马将李七侯与当地官府联系，请他们派来官军保护飞雪桥。因为一时半时走不成了，便将桥东客栈改作钦差行辕。再派杨香武负责外勤，欧阳大侠保护彭公。一切事毕，辞别众人，直往惠山云罗寨。

惠山距飞雪桥只有七里路，没用半个时辰，黄三太便赶到了。这座山古称"历山""西神山"，山上有九峰，蜿蜒若龙行，为此又称"九龙山"。方圆四十余里，山顶有一龙眼泉。据说：古代有位皇帝，对水很有研究。他特制了一盏银杯，以称量天下名泉。最后得出结论：北京西山玉泉水质最轻，每杯重量为一两；因而确定为"天下第一泉"。惠山龙眼泉水质稍重，每杯为一两四厘，被定为"天下第二泉"。盲人艺术家阿炳曾有一首胡琴名曲《二泉映月》便是由此而来。

闲话带过，黄三太来到惠山山口，四处眺望。忽见一樵夫从对面走来，含笑问道："壮士，你是游山，还是找人哪？"

"我，我请问樵哥，云罗寨在何处？"

"噢？你是黄三太吧？"

"你怎么知道？"

"我们僧王老爷和大寨主知道你准能来，所以派出二十人下山迎候，黄将军，请随我来吧。"樵夫说说笑笑，前面带路。绕过几座山头，眼前闪出一道主峰。断壁悬崖上镌刻着三个大字"听松岩"，岩上边隐隐约约有一片山寨。但只见：

> 大寨建山腰，
> 空中彩旗飘。
> 寨下滚绿水，
> 四周搭吊桥。
> 喽兵来回走，
> 腰中挎钢刀。
> 行人从此过，
> 个个魂魄消！

"黄大侠，"樵夫笑道，"请您稍候，我去禀报一声。"

"多谢了。"黄三太在寨外等了片刻，忽听寨内号炮连声，寨门洞开。有人高呼法号："弥陀佛，老僧未曾远迎，黄大侠恕罪！"随着声音，闪出一个老和尚来！

第七回　黄三太被困白鹿院
李七侯误闯金虎厅

这位高僧已经年届八旬，须发皆白，皱纹堆累。脸上看，两道寿眉足有一寸多长，眼睛闪闪发光，面颊又红又润，大有返老还童之相。身穿灰布僧袍，白大领，白袖头，足蹬布袜僧鞋，腰系杏黄大带。从上到下，飘飘欲仙，给人以超世脱尘之感。他就是武当山藏真洞洞主藏真长老。

黄三太抢行一步，搭躬施礼："老人家一向可好，晚生黄三太大礼参拜。"

"请起，快快请起。"高僧一愣，心想：武林之中，人人都夸黄三太大仁大义，品德端庄，今日相见，方知名不虚传，他果然很懂礼节。于是笑道："黄大侠，我估计你会来，却没想到你来得这么快。寨门不是讲话之地，贫僧想请你同奔聚义厅，不知黄大侠肯不肯赏光啊？"老和尚弦外有音：聚义厅是我们的地盘，你敢不敢进去？这也是考察黄三太的胆量。

黄三太轻松笑道："老人家，晚生既来之则安也。多谢您的盛情，打扰了。"

"请。"高僧将手一摆，吩咐道："众位寨主，分列两旁，请黄大侠上山。"

寨主们你看我，我看你，疑惑不解。尤其是总辖大寨主落地麒麟金景龙更是纳闷：黄三太孤身闯山，在寨门外结果了他的性命就得了，为何还请他到聚义厅啊？有心反对，又慑于高僧的身份和名望，只得服从。众星捧月，将黄三太请到大厅，分宾主落座，献上茶来。

高僧捧杯笑道："金寨主，黄大侠是客人，你将山上的诸位寨主向客人介绍一下吧。"

"多此一举！"金景龙小声嘟囔了一句，又不便反驳，只得说道："本人乃惠山云罗寨总辖大寨主、落地麒麟金景龙；下面依次是二寨主金面兽陈应太、三寨主锦毛虎张炳成、四寨主神偷手王伯燕、五寨主秃爪鹰李治、六寨主混江蛟蒋禄、七寨主神弹子李武、八寨主小银枪刘虎、九寨主蓝面鬼刘玉、十寨主白眼狼冯通。除了这十位正寨主，还有几十位副寨主、偏寨主、分寨主以及伍长、哨长、头目，他们有的去巡逻放哨，有的去外出公干。黄大侠，我就不必传他们回来，一一再做介绍吧？"金景龙语气狂傲，既有吹嘘，又有嘲弄。

黄三太微微一笑："金寨主，贵寨高手如林，黄某深有领教。只是，金寨主的为人还不够坦荡啊！"

"此话怎讲？"金景龙拍案而起。

"请寨主息怒。"黄三太稳如泰山，岿然不动，"据我所知，三皇镇朱三太子曾派马道玄等人聚集在云罗寨，准备劫杀彭钦差，攻占无锡府，这事是真是假？"

"这……是真的，你又敢怎样？"

"还有，飞天鼠秦尤是谋杀我恩师胜英的凶手，如今，他又投靠反叛，祸国殃民，据说他也在云罗寨，这事又是真假？"

"都是真的！"

"快人快语。金寨主，你明明知道黄某闯山是为他们而来，而你却把马道玄、秦尤隐匿在别处。我说你不够坦荡，莫非是错怪吗？"

"你，姓黄的，你可知我云罗寨的厉害？"

"哈哈，来者不怕，怕者不来！"

双方箭在弦上，跃跃欲试。

"慢着。"藏真长老将手一摆，"黄大侠，我佩服你的胆量，却不佩服你的人格！你今日的行为，有点太过分了吧！"

"噢？请高僧明谈。"

"你与金景龙各为其主，谁对谁错，老僧早已跳出三界外，不想多加评论。至于飞天鼠秦尤，你可知他与老僧的关系吗？"

"据我听说，您是秦尤的叔祖。不过，以您的身份，不会是亲三分向吧?"

"你很会强辩。黄大侠,记得四十年前,我与你的师祖艾莲池曾在湖北鸡公山平顶台大战四天四夜,我败在他的手下。当时我还对天盟誓:有艾莲池在世,我永不出头!唉,人世沧桑,艾老剑客已经作古了。四十年来扪心自问,可笑可悲,咱们练武之人艺业在身,应该为国为民建些事业,何苦自相残杀,无事生非呢?"

"老前辈,您说得很对。"

"这是老僧遁入空门之后,悟出的一点真谛。可惜,这点真谛你却做不到!"

"我?请高僧指教。"

"首先,你师父胜英为人不正。他不该为门户之争,镖打拜弟秦天豹。秦天豹是我侄儿,这暂且不论。他死得冤枉,我却不能不管!"

"我不懂您的意思。"

"装糊涂!秦天豹曾随我学艺,应该算作武当派门人。而你师父胜英与他结盟时,却让他改拜你们少林派。按说,武当、少林同为'上三门',跳出跳入也不算大事。可是秦天豹性情耿直,一怒之下,不辞而别。后来,你师父胜英找到他,才用飞镖伤他性命,黄大侠,咱们年龄悬殊,却都应该向理不向人,你师父胜英做得对吗?"

"啊?"黄三太大惊,"老前辈,这件事纯属无中生有,您听谁说的?"

"还有,秦尤替父报仇,虽说手段不够正派,情有可原。而你黄大侠再找秦尤报仇,也是理所当然。你不该把这段私仇又归到门户之争。说什么'我师爷艾莲池曾打败过秦尤的叔祖秦必修,我也应该打败秦尤。少林派就是比武当派高明,应该是上三门之首'。你这些话说得很不讲理呀!"

"我不讲理?"黄三太有点生气,"老前辈,您是得道高僧,不该偏听偏信。据我猜想,这些话可能是飞天鼠秦尤对您说的。他是您的侄孙,您相信他的一面之词,难道,难道您老人家就讲理吗?"

"噢?听你话外之音,莫非另有缘故?"

"我要说出来,怕您不信。我恩师胜英误伤秦天豹,是因'圈地'而起……"黄三太义正词严,简单讲述了经过。

"别听他胡编滥造了!"云罗寨大寨主金景龙是朱三太子的心腹,

他唯恐藏真长老信任黄三太，于是大声喊叫："姓黄的，有本事咱们去比比武艺，别在长老面前挑拨是非。"

"好吧，黄某既敢闯山，就不怕比武。"

"走，到院里去试试。"金景龙依仗在自己这一亩三分地，表现得有恃无恐。

众人来到厅外，分列两旁。有喽啰为藏真长老搭过座位。这边是十几位寨主，个个龙腾虎跃，那边是黄三太一人显得孤孤单单。五寨主秃爪鹰李治抱腕禀手："大哥，都说黄三太武功高强，我想和他比试一回。"

"五弟，你要多加小心。"

"无妨。"李治的兵器平常，拳脚不错，尤其是掌法更好。他以己之长，对人之短，不抽钢刀，双掌劈下。黄三太暗道：好掌法，如果不走邪路，也算是位英雄。自己稍稍一闪身，对方双掌劈空。黄三太用右手一挡，飞起左脚，只是一个照面，就把李治踢出两丈多远。

"名不虚传！"金景龙大惊。他知道，在自己手下的诸寨主中，李治算上中等。上中等才走一个照面，别人过去也白染一水。只有自己上前了。"黄三太，休逞威风，待我会你！来人哪，兵器侍候。"一声令下，两名喽啰抬来三节棍。这棍每节三尺三寸，全长九尺九寸，加上中间衔接的铁链，共一丈零八寸，九十二斤。金景龙接棍在手，抖动几下，哗啦啦乱响。由此可见，他力大无穷。"姓黄的，念你是客，请先过招吧。"

"哼，不恭了！"黄三太抽出银龙宝刀，直取敌手。

这正是：

> 二将阵前将武比，
> 立见输赢生死里。
> 猛虎摆尾斗麒麟，
> 苍龙摇头金蛟起。
> 大棍荡荡蟒翻身，
> 宝刀闪闪挡风雨。
> 一场大战非寻常，

不见胜负心不已！

黄三太心想：今天的主要对手，恐怕还是藏真长老。若与金景龙久战，消耗体力，于我不利。有心速决，对手又十分勇猛，看来只能巧取，不可力敌。想到此处，将银龙宝刀一横，推往对手的颈项。金景龙忙用三节棍向外招架。若问：他不怕银龙宝刀吗？当然不怕。因为三节棍很粗，宝刀是削不断的。谁料黄三太将宝刀往斜处一抹，不削棍面，而向铁链处扫去。铁链很细，岂能挡住宝刀的锋刃。只听"咔嚓"一声，三节棍裂成两段。金景龙大惊，发呆发愣。黄三太乘此机会，扬起一脚，正踢在恶贼后腰之上。幸亏金景龙身高体重，又有功底，只是摇几摇，晃几晃，并未摔倒。气得他大声怪叫："黄三太，凭宝刀取胜，不算英雄！"

"金寨主，"藏真长老一摆手，"贫僧练艺七十年，对武功深浅，还算明白。即使黄大侠不用宝刀，你也非他对手。"

"我，我心里不服！"

"不服高人有罪。你想想，三节棍的铁链十分窄小，宝刀斩断铁链，不偏不斜，手腕上练有多大功夫？若胸中无数，敢使用这种招法吗？"

"这，这倒是实话。"

"明白就好，闪开了。"藏真长老只将僧衣掖了一下，迈步上前，"黄大侠，老僧不才，倒要领教。你若能在我面前走上三招，我愿将秦尤双手奉献！"

"老人家，这，恭敬不如从命了。"黄三太明白：不动手是不行的。可是人家赤手空拳，自己只得宝刀还匣。左手虚晃一招，右手扑向老僧面门。藏真长老微微一笑，右脚尖蹴地，如同旋螺急转，眨眼间来到黄三太身后，左手一抓黄三太衣领，右手顺后背挌去，口中高声叫道："弥陀佛！"双脚一蹾，将黄三太高高举起。这一切行动，只在刹那之间。山上的诸位寨主眼睛都看直了，你想：黄三太那是多大的英雄？在老僧面前只走了一个照面！老僧将黄三太往地上一放："来呀，先将他上绑。"

"哼！"金景龙余怒未息，"高僧，我看别费事了，结果他的性命吧！"说罢，从喽啰手中取过一口单刀，奔黄三太走去。

"慢。"藏真长老将手一摆，"据我孙儿飞天鼠秦尤说，这黄三太横行霸道，目空一切，并对武当派傲慢无礼，贫僧今日与他相见，觉得他通情达理，不似秦尤说的那种人。又据他说，胜英镖打秦天豹，是因为'圈地'之故，并非为的门户之争……"

"高僧，"金景龙求成心切，"秦尤是您孙子，他岂能骗您？自古来是亲三分向……"

"老僧已近八旬高龄，不能只听孙儿的一面之词。我还要进一步弄清真相。"

"那，那黄三太也不是善良之辈。他扶保清廷，强占我大汉天下。如今，朱三太子恢复大明基业，他又来讨伐。对这种人物，还不该杀吗？"

"天下江山，有德者居之，无德者失之。此乃红尘之争，老僧不欲过问。只待秦尤回山之后，三头对案，老僧自有安排。金寨主，不知秦尤他们何时回来？"

"这，恐怕还得几天。"

"来呀，将黄大侠暂且押下。他的宝刀、镖囊由老僧临时代管。金寨主，你的云罗寨有牢房吗？"

"有倒是有……"金景龙暗想，"这老和尚的身份、武艺都明摆着，我不能惹他，也惹不起他。表面上只能服从他命令，暗地里再做些手脚。想到这步，故作姿态："高僧，山寨里的牢房都是土牢，又暗又湿，平时押些违犯山规的喽啰还行，类似黄大侠这种人物，不能押在土牢，只能押在白鹿院。"

"白鹿院是什么地方？"

"那是一座偏寨，距此处二里多远。环境幽雅，景色宜人。将黄大侠押在那里，也算按上宾对待了。"

"就依金寨主。"

书中暗表：白鹿院不是平常所在。这个地方共有七处暗堡，分别称作：飞龙堡、飞凤堡、飞狐堡、飞豹堡、飞鱼堡、飞虎堡、飞狼堡；各处暗堡，均有埋伏。错走一步，必定身亡！金景龙修下这些暗堡，为的是万一兵败，以此栖身。他把黄三太藏在此处，有两个目的：一是防止有人搭救；二是一旦兵败，将黄三太当作人质，可与钦差讨价还价。他这目的，藏真长老哪里晓得？只是问道："那个马道玄现在哪里？你把他叫来，我得叮嘱他几句，不许他对黄大侠暗下毒手。"

"回禀高僧，马道玄与您孙儿秦尤已同往三皇镇，不在山上。请高僧放心吧。"说罢，向黄三太一抬手，"黄大侠，请！"

黄三太双臂上绑，动弹不得。此时此刻一言不发，在金景龙的亲自押解下，来到白鹿院。

白鹿院偏寨主姓徐名胜，他是金景龙的师弟，武当派正宗门人，外号"粉面金刚"，不仅艺高，而且品德端重。按他武功和身份，不该是偏寨主，应该在聚义厅坐上一把交椅。为了这件事，金景龙曾劝过他数次，怎奈徐胜力辞不受，甘心情愿在白鹿院当这无名之辈。今日见大寨主押来一人，连忙亲自迎接："师兄，亲临白鹿院，定有要事……"说话间，往旁边瞟了一眼。当见到黄三太时，先是一愣，随后有些惊慌，急忙稳了稳神情："这，这位英雄是谁呀？"

金景龙稍有察觉："师弟，莫非你认识他吗？"

"不，不认识。我见他气宇非凡，估计不是平常之辈。"徐胜遮遮掩掩。

"你很有眼力。"金景龙并未在意，"他乃当代豪杰、飞镖南霸天黄三太。这人胆大艺高，竟敢孤身闯我云罗寨，不期被藏真长老拿下。长老不准杀他，我又不敢违命，因而将他押到白鹿院，打算关在'移步亭'，师弟，你可要小心看守，不得出错。"

"啊？"徐胜先是一惊，紧接着说道，"师兄放心，我随您同往移步亭吧。"

"不必，还是让我单独押解。"说话间，引着黄三太向里边走去。绕过几条小路，穿过几座亭台，最后到了一处单独的小院。这小院院墙高大，墙头上布满了铁蒺藜网。黑大门上包着铁皮。走进大门，院中古树参天，被山风吹得哗啦啦乱响。正北面有一趟房子，房前有座小山包，小山包下边是个人工湖，湖中引来山泉水。湖心有座小榭，上挂匾额，写着"移步亭"三个金字。若论风景，果然怡人。可是黄三太身为阶下囚，心中却另有一番滋味。

"寨主爷，"头目姓刘，急忙施礼，"您老人家已多日不来了……"

"刘头目，"金景龙没等他说完，将手一挥，"这人身份重要，你既得严加看管，还得小心侍候。先将他双足戴上铁镣，再把他左手捆在立柱之上，只放开右手，做吃喝之用。"

"是。"

"若有差错，我先杀你人头！"

"这……寨主放心。"

"记住，除了移步亭本处喽啰，外人一律不准靠近。过几天我再来查看，按功行赏。"

"小人明白。"

"去吧。"金景龙吩咐完毕，转身回往云罗寨。

再说白鹿院偏寨主徐胜，送走金景龙，心中万分焦虑。原来，他与黄三太曾经有过一次交往，并且深感黄大侠的恩德。

却说四年之前，徐胜有位本门叔父名叫徐百川。老人家忠厚诚实，很受邻里敬重。徐老乃厨师出身，手艺不错，攒下一点积蓄，独资开座酒楼，生意红火，赚钱不少。他膝下无儿，只有一女，取名翠娥。这姑娘自幼丧母，无人管教。长到十九岁这年，便与酒楼管账先生贾学方私通起来。一来二去，肚子大了，徐老叫苦不迭。他传来贾学方臭骂一顿，为了一俊遮百丑，便让贾学方入赘为婿。这贾学方貌似忠厚，内藏奸诈。他入赘之后，先是甜言蜜语，后是巧取豪夺，将徐老的家资渐渐窃为己有，并将岳父轰出门去。他妻翠娥也是个刁妇，对亲爹的遭遇置之不理。老头儿无奈，被逼得悬梁上吊。幸亏邻里发现，才将他解救下来。恰在此时，粉面金刚徐胜来探望叔父。英雄闻讯，怒冲牛斗，欲杀那两个败类，替叔父报仇雪恨。可是徐老百般不允，一来顾及父女之情，二来怕侄儿杀人惹祸。他对徐胜说道："要想报仇雪恨，另有办法。我在本地开设酒楼二十余年，由于买卖公平，待人和气，手艺又好，所以交下许多饭客。而那两个败类不大相同，他们光为赚黑心钱，把死鸡、死猪肉往外兜售，并常常与饭客吵架。怎奈本地只有他一家酒楼，饭客别无选择。以我打算，只要有一千两银子，便可以在他家对面另起一家酒楼，保证把饭客都争夺过来，让那两个败类丢人现眼，无钱可赚。这不也算报仇吗？又何必杀人？唉，一千两银子为数不少，从哪里借呢？"

"叔父，这事交给我吧。羊毛出在羊身上，侄儿自有办法。"徐胜当夜行动，在贾学方家中盗出一千两银子，交与叔父。谁料，人无远虑必有近忧。徐胜只顾一时痛快，却忘了自己的门户。这件事传到玄狐门门长、金针道长贾量天耳朵里去了。也是无巧不成书，贾量天恰是负心贼贾学方的本家伯父。这金针道人立刻找到武当门副门长、圣手回天皇甫楼。说道："我侄儿贾学方不义，既可告状于官府，又可上门辩理，甚至可杀可剐，却不能偷他白银。因为你们是上三门，上三门若行偷盗，让我们下五门怎么办？江湖规矩，皇甫副门长不会不懂吧？"

"这……待我去找他！"皇甫楼被人问得无言答对，在贾量天陪同下，找到徐胜，欲正门规。凑巧，黄三太押镖由此路过，他见义勇为，替徐胜辩解："二位门长，在下看来，徐壮士并不为偷。那贾学方家中的藏银，皆是徐老一生劳碌所得。徐壮士替叔父讨回，错在哪里呢？"

"黄大侠，"贾量天冷笑，"你们上三门向人讨账时，应该理直气壮才对。而夜入民宅，暗中讨取，即便不算偷，也算不得光明磊落呀！"

"若依你呢？"

"先把那一千两赃银奉还，然后再论谁是谁非。"贾量天暗想：那一千两银子，徐胜的叔父已经用来盖酒楼了。他绝对交不出来。只要无银，我就咬定他偷，让你们上三门有苦说不出！

黄三太微微一笑："这事容易。"说罢，忙从镖车中取出一千两镖银，"贾门长，我替徐壮士还账，希望您对侄儿贾学方不仁不义之举也能秉公处理！"

"你……"贾量天手足无措。

"黄大侠，你我素不相识，赠银解围之恩，徐某将来必报！"徐胜无限感激。

经协商，贾量天带走贾学方；皇甫楼带走徐胜。转眼四年过去，徐胜万没想到，今日与黄三太能在白鹿院相见。

怎么办？徐胜前思后想：据我听说，黄大侠保护彭钦差由此路过，住在飞雪桥，为救黄大侠脱险，我只有去飞雪桥报案了。不过，纸里包不住火，我背叛云罗寨之事，金景龙很快就会得知，那样一来，我便无栖身之地。也罢，金景龙投靠朱三太子，阴谋叛乱，肯定没有好下场，我就此弃暗投明吧。主意拿定，当晚换上短裤，夜奔飞雪桥。

再表彭公诸人，见黄三太一去不归，人人提心吊胆。老剑客夏侯商元叹道："危险了，如果真的动起手来，那黄三太怎敌藏真长老？如果他今夜不归，我明天便得亲自上山！"

众人正在焦虑，门差来报："大人，店房外边来了一位英雄，言说有要事禀报钦差。"

"传他进见。"彭公知道夏侯剑客在此，不会发生意外。过了片刻，见一位武士走进上房，这人正是徐胜，拜过钦差后，讲明一切经过。

"果然不出所料。"夏侯剑客双眉紧皱，"徐壮士，那白鹿院很厉害吗？"

"回禀老剑客，"徐胜已经知道了众人的身份，"白鹿院藏有七处暗堡，各有埋伏。究竟是什么机关，在下也说不明白。"

"噢？你不是白鹿院偏寨主吗？"

"正是。不过，我师兄金景龙狡诈多疑。他只让我守住白鹿院寨门，却从来不让我进到里边去。对院内埋伏，在下一概不知。若救黄六侠，除非请出一人……"

"谁？"

"我，我若说出实话，金景龙会对我恨之入骨，我也就不敢再回云罗寨了。为此，在下先提一个条件，钦差大人如能应允，在下便无所顾忌。"

"徐壮士，请讲。"

"恳请大人让我帐下当差。不求一官半职，只求今后出路。"

"徐壮士，言重了，你能夜间冒死送信，功劳不小，本官帐下正缺少好汉，如蒙壮士不弃，下官求之不得呀。"

"多谢大人。"徐胜再次跪拜，"大人，据我所知，由此向西百里，有座花荡湖，湖心有座上黄岛，岛中住着一位隐士，名叫纪有德，外号人称'神手大将'。此人今年已有七旬，年轻的时候，学过机关埋伏，排兵布阵，在三江地带很有名气。数年之前，是他为金景龙造下白鹿院。若救黄大侠，除非请此人出山，别无良策。可是，在下从来没有见过纪先生，与他更无交往，怕是请不动他。"

白马将李七侯面带喜色："钦差大人，这位神手大将纪有德我却认识。下差的外婆是纪先生的姑母，若论辈分，我该称他伯父呢。"

"那就太妙了、太巧了、太好了。"夏侯剑客万分高兴，"七侯，你就辛苦一趟吧。夜长了梦多，为救出黄三太，捉拿金景龙，望你尽快动身。"

"我立刻起程。"

天色微明，李七侯辞别众人，向西而下。他心急如火，施展陆地飞腾术，天将过午时，便来到花荡湖。见湖边很是热闹，渔夫们已经收网，正在进行交易。靠东边有一溜儿小饭馆，门前高挂酒旗。伙计们为了招揽生意，各显其才："尊客爷，进来吧，进店如到家，吃啥就有啥。要喝茶，水翻花，茶叶咱白搭。要吃鱼，咱现杀，煎、煮、烩、熘、炸。要喝酒，咱去拿，能香十里八。价钱低，利不大，结账时，算二八，客爷不信问一下，老王卖瓜不自夸！"

七侯心中暗笑：他们真会做买卖。经他们这一吆喝，自己才觉出饥饿。清晨动身，如今午时已过，也该吃饭了。于是，走进一家饭馆，堂倌急忙招待："客爷，你是远道来的吧？不知用点什么？"

"既到湖边，当然得吃鱼。你给我上四种鱼，两壶酒，再上一斤蒸饼。"

"马上就来。"堂倌去不多时，端上酒菜，另外还敬送一碗鱼头汤。"客爷，您若不要别的，我照顾其他人去了。"

七侯见他殷勤，停杯问道："堂倌，上黄岛离这儿还有多远？"

"上黄岛在花荡湖湖心，有五里水路。不过，小岛方圆四里，不知您找哪个村子？"

"这……我要找一个人，名叫纪有德，外号'神手大将'。至于他住在哪个村子，我却不知道。"

"这就难了。上黄岛有两三千人，大海捞针，我可不能帮忙。"

"你去吧。"七侯自斟自饮，思虑起来。

这时，距七侯不远处坐着一人。这人只有十八九岁，穿青挂皂。他听罢这番对话，将七侯打量了几眼，扭头说道："堂倌，算账。"说罢，会钞而去。由于饭馆客人挺多，他的举动，并未引起李七侯的注意。待李七侯吃喝完毕，已是未时。用现代计时来说，是下午三点钟了。出离饭馆，来到湖岸，恰逢渔夫们返航，七侯搭乘渡船，一帆风顺，来到上黄岛。

正如堂倌所述，上黄岛方圆四里，面积不大，却是山峦叠嶂，起伏连绵。此时，天近傍晚，落日洒满湖面，周围一片壮观景象。李七侯暗道：天快黑了，今日无法找到纪有德，只能暂且住店，明日再说。不知小岛上是否有店房，如果没有店房，只得投宿民宅了。正往前走，对面来了个十三四岁的书童。书童看了七侯几眼，问道："您可是彭大人手下的差官吗？"

"这……你怎么会知道？"

"您到上黄岛，想找神手大将纪有德吧？"

"你，你是谁家的孩子？"

"差官老爷，请随我来。"孩子不做正面回答，领着七侯直奔正南。李七侯心想，自己正在一筹莫展，干脆跟他去吧，凭着满身武艺，也不会有什么危险。二人顺着崎岖山道走了不远，前边闪出一座山村，南山坡上有一片瓦房，盖得甚是整齐。门口有八字影壁，七磴汉白玉台阶，院墙高大，磨砖对缝。四个门丁精神抖擞，列在两旁。他们头戴大帽，身穿青衣，肋佩腰刀，说不清是公差还是乡兵。书童冲七侯一摆手："差官老爷，请进。"

"打扰了。"七侯登上台阶，向院中走去。门丁并不阻拦，似乎事先早有安排。来到院中，见东西两侧各有五间厢房，正北面有座大厅，富丽堂皇。大厅上方横挂金匾，书写着"金虎厅"三个大字。七侯问道："书童，你家主人现在哪里？"

书童用手一指："差官老爷，我家主人在大厅恭候，请进。"说罢，他站在门外，只将七侯让了进去。

"啊？"七侯进厅一看，忙退半步，"鲁莽了！"

"嘻嘻，不必客气，请上座。"原来厅中坐着一个三十来岁的少妇。生得眉清目秀，齿白唇红。头梳盘龙髻，淡搽脂粉，身穿一件淡青色撕绉长衫，足蹬红缎花鞋。口中笑道："您就是彭大人的差官，来上黄岛寻访纪有德吗？"

"正是，请问您是谁？怎么会知道我的来历？"

"差官老爷，您先别问我。我先请教一下尊姓大名？"

"在下李七侯，人称外号'白马将'。"

"久仰、久仰。李老爷，您寻找纪有德，为的是大破白鹿院，搭救黄三太吧？"

"这……请夫人指我一条明路。"李七侯虽未明谈，也算默认了。

"嘻嘻，"少妇眉目传情，"我问了您半天，您怎么不问我呀？"

"在下刚才已经问过，见夫人不愿暴露身份，也就不便再问了。"

"好一个知情达理的美男子！"妇人说话有点下道。她眉含春色，粉面生娇，"李老爷，实不相瞒，您找纪有德，算是来对了，纪先生就在此山，我可以领您与他相见。"

"多谢夫人。如果，如果相信李某，请夫人说明身份。将来见到钦差，可为夫人请功。"

"嘻嘻，一个妇道人家，我又不想当官，要功有什么用？李老爷既然问我身份，我也不敢隐瞒。丈夫姓甄，名叫甄飞龙，有个外号叫'混海龟'。他水性不错，也会些武艺，便在这花荡湖中当上了渔头。有一年，下黄岛金虎厅老寨主，神手大将纪有德身患重病，经医生诊断，必须用河豚做药引子，才能治愈。河豚有剧毒，一般渔民从不捕捞。我丈夫是热心肠，他又敬佩纪先生的品德，所以在湖上忙了三天三夜，终于捕到一尾七斤河豚，献与纪先生。纪先生病好之后，万分感激。不仅将我丈夫收为徒弟，而且自己退隐，让我丈夫当了金虎厅大寨主。"

"噢？"李七侯兴奋起来，"夫人，照你所说，纪先生就在此山吗？"

"正是。山后有座望湖亭，纪先生常年隐居在那里。"

"我去请他。"

"哈哈，李老爷，你能进得去吗？望湖亭布满机关，错走一步，性命休矣！"

"这……这便如何是好。夫人，你能领我去吗？"

"我也进不去，除非我丈夫领你，可惜，他又不在家中。"

"甄寨主到哪里去了？"

"由此向西五十里，还有一座石巢湖。湖中有座双石山六合寨。老寨主名叫高恒，外号'鱼眼'。他的令郎公子名叫高通海，外号'海底蛟龙'。父子水性天下第一，是我丈夫的良朋好友。前天，高家送来请帖，言说高通海今日举办婚礼，请我丈夫参加。我丈夫带着喽啰头目快腿刘三，离开金虎厅，前往六合寨祝贺。据说，参加婚礼的人挺多，都是各路水旱英雄。他们对我丈夫说：惠山云罗寨大寨主金景龙将飞镖黄三太囚在白鹿院，钦差彭公肯定要派差官去请纪有德，并嘱咐我丈夫多加小心。我丈夫很担惊，又不能回避婚礼，只好派快腿刘三回来给我送信，并告诉我，一旦差官上山，让他稍加等候。刘三归来时，曾在岸边小店吃饭，他听到了你与堂倌的对话，为此估计你就是差官，我得到此信后，才派书童将你引来。"

"原来如此。"李七侯思虑片刻，"夫人，黄大侠被困，迫在眉睫。还得请夫人帮忙……"

"我，我当然得帮助你。李老爷，如果请出纪有德，你，你打算如何谢我？"

"我……"七侯故作不懂，"夫人既不想请功，在下可以禀告钦差，多赏些金银。"

"哼，装什么糊涂！"妇人柳眉倒竖，杏眼圆睁，"姓李的，实话告诉你，我不仅是位压寨夫人，而且还是一位武林女魁。我父亲尹世章，外号'巡海鬼'。我名尹春娘，人称'红牡丹'。丈夫甄飞龙是个酒鬼，整天醉生梦死，以酒为乐，懂得什么叫夫妻恩爱？今天，我见李老爷相貌堂堂，是个人物，可谓一见钟情。我的意思虽未明说，你也明白。只要你答应，我千方百计也能帮你请出纪有德，攻打白鹿院。你若拒绝，我先杀你李七侯，后斩纪有德，让黄三太永无出头之日。金虎厅乃是我的一统天下，你功夫再高，谅也插翅难逃！"

"这……"七侯为难了。面对红粉佳人，他可以不动情，万一纪有德真有危险，岂不误了国家大事？思之再三，拿定主意："人非草木，谁能无情？夫人的深情厚谊，李某领会。只是李某公务在身，不敢耽搁。请夫人领我先去拜见纪先生，并请纪先生攻下白鹿院。待国事完毕，我再来与夫人相会，也不为晚哪。"

"嘿嘿，李老爷，你把我当成了三岁顽童。今日若放你走，必将后会无期！"

"我……我实言奉告。李某是个马上将士，对于步下武功，平平常常。你丈夫混海龟甄飞龙肯定武艺高强，万一被他发觉，反而不美。还是……"李七侯急想脱身。

"又在骗我！我已说过，甄飞龙已去六合寨，三五天内不能回来。

即便他回来也不要紧，好说好了则罢，否则，我的宝剑不会饶他！"

"我是说……"

"你就别说了！李老爷，你这憨憨傻傻的神态，更加令人喜爱，如今，两条道路任你挑选：一是先陪同奴家欢乐，然后去请纪有德；二是做我剑下之鬼，有来无回！快说，你想怎么办？"

七侯心想：怎么办？我若应她，坏我一生名节，若是不应，耽误大事。不如先骗她一时，再见机行事。想到此处，微微点头："夫人，随你就是。"

"痛快！来人哪，摆酒。"

酒席摆上，尹春娘捧杯笑道："李老爷，我看你是个风流人物，果然惜玉怜香。今日你我有缘，结成百年之好，你放心吧，事成之后，我一定言而有信，领你去见纪有德。"

"多谢夫人。"

"别叫我夫人，就称我春娘吧。唉，可恨那甄飞龙，从不把我当女人看待。除了喝酒赌钱，他什么都不顾。奴家与他婚配十年，倒守了九年空房！这个混海龟，我今天让他真当大乌龟！"

"请，请喝酒。"七侯暗道：一个女人，她能有多大酒量？我只有将她灌醉，才能利用她替我办事，主意拿定，擎壶在手，满上两杯，"夫人，不，春娘啊，酒逢知己千杯少，来，咱们共饮一大杯。"

"嘻嘻，你想把我灌醉吗？真是痴心妄想啊！我自从嫁给混海龟，别的没学会，喝酒却练成了。哪天不喝上三五斤，不算罢休！李郎，别看你是个男人，咱俩一碰一地喝吧，看看谁先醉？"

"糟了。"七侯暗中叫苦，又不敢露出破绽，只得一饮而尽。

俗话说"财是花博士，酒是色媒人"，半点不假。尹春娘依仗海量，痛饮了数杯，最后，她将自己喝剩的半杯残酒递过去，笑道："李郎，真的要被你灌醉了。这半杯残酒，再难咽下，你，你替奴家喝了吧。"

"我，我……"七侯左右为难。

恰在这时，忽听院外有人叫道："好哇，我哥哥不在家，嫂子你竟然勾引野男人一块喝酒？真是反了！"随着话音，又有一名少女闯进金虎厅来！

第八回　红牡丹羞斩甄丽美
混海龟勇擒李七侯

来的这位少女二十来岁，只见她：梨花面，杨柳腰，引来春色上眉梢，样似桃花娇！

尹春娘粉面通红："妹妹，你胡说些什么呀？他是我娘家表哥，远路来看我，岂能不热情招待？来吧，你既然赶上了，也陪我表哥一块喝两盅。"

"表哥？"姑娘摇头冷笑，"嫂子，你骗谁呀？我在窗外偷听多时了，你请他喝你半杯残酒，说话浪声浪气，未必真是表兄妹呢？"

"你……你怎么出口不逊？"

"自找的！"姑娘说罢，扭头往外走，"你等着吧，我现在就派人去找哥哥。"

"你回来！"尹春娘心怀鬼胎，连忙追了出去。

书中交代：这姑娘是混海龟甄飞龙的妹妹，名叫甄丽美。她从小跟哥哥学练武艺，也会上三拳两脚，因而自取外号"桃花仙子"。前年秋天，蝴蝶门弟子、玉美人韩山曾经投靠甄飞龙。那韩山俊俏风流，没用两三个月，便把桃花仙子甄丽美勾搭到手了。甄丽美水性杨花，性情淫荡，她与韩山如胶似漆，形影不离。纸里包不住火，这事被甄飞龙很快发觉了。甄飞龙心想：韩山的外貌还算不错，只是蝴蝶门的采花贼，名声很不好听。若把妹妹给了他，有辱家风。如果不给他，二人早已生米做成熟饭，我这当哥哥的又不好深说。干脆，来个装糊涂吧，表面上仍旧故作不知。

谁料玉美人韩山得陇望蜀，他本来就是个采花贼，哪有什么爱情专一，在得到桃花仙子甄丽美之后，并不满足，又对红牡丹尹春娘垂涎三尺。尹春娘也是个淫妇，见韩山一表人才，岂能不动春心？只是丈夫看管得严紧，她不敢过于放肆。去年夏天，甄飞龙设宴请众位副寨主在后花园饮酒，并让妻子尹春娘、妹妹甄丽美席间作陪。按当时的礼节，应该是男女不同席，女眷见到男客皆该回避才对。可是甄家乃渔户出身，性情豪爽，对于礼节不讲究，为此才男女共饮，以图欢快。这顿酒宴直吃到后半夜，大伙都有点醉了，尤其是甄飞龙喝得更多。尹春娘作为女主人，也喝了不少。她悄悄起身，想去僻静之处方便方便，她来到东南墙角停下脚步，刚要蹲下，忽听有人笑道："美人，想你多时了，今日机会难得，你我快结良缘吧。"随着话音，一条黑影扑了过来。

"啊！"春娘吓了一大跳，赶紧把罗裙提起。刚要喊叫，见是日思夜想的玉美人韩山，不由得转惊为喜："你这死鬼，色胆包天。吃一看二，有丽美一个还不满足，又来找我，不怕大寨主杀你吗？"

"嘻嘻，宁在花下死，做鬼也风流！美人，你我快进藏春洞吧。"说罢，双臂抱起妇人，向洞中走去。这个山洞是甄飞龙夏天避暑的地方，洞内宽敞，设有桌椅、竹床。韩山将妇人放在床上，突然，洞口有人喝道："好个狗男女，不杀尔等，难解我心头之恨！"喊罢，甄飞龙与甄丽美一道闯了进来。

原来，尹春娘小解，韩山跟随下来，别人没在意，甄丽美却放在眼里、恨在心中。她想：韩山这东西总夸嫂子长得俊，今晚肯定没安好心，我也跟着去看看。当她看到二人调情时，一股醋浪泼上心头，立刻找来哥哥，想弄个"捉贼要赃，捉奸要双"。甄飞龙果然勃然大怒，手起剑落，结果了韩山的性命。

"哥哥，这事不怪一人，我嫂子……"甄丽美对韩山之死，又疼又恨，打算把尹春娘一块处死。

"寨主爷，饶命。"尹春娘跪倒磕头，"我虽然会几招武艺，终系女流之辈。韩山强行无礼，为妻拼命反抗，怎奈敌不过他。寨主爷杀我不值蒿草，可是传扬出去，好说不好听啊，望你念在夫妻情分上，饶我这一次。好在刚刚进洞，未成事实……"

甄飞龙看着妻子，心中暗想：若杀了她，岳父尹世章不会饶我。

传说出去，也坏我名声。唉，家丑不可外扬。于是说道："你起来吧，下次再有此事，定杀你人头！"

第二天，甄飞龙当众宣布："玉美人韩山投靠金虎厅以来，本寨主对他深为器重。可是这厮自不量力，竟想谋我头把金交椅，背叛金虎厅。我已将他处死，晓谕全山！"

山上议论纷纷，都以为韩山因甄丽美而死，并无人怀疑到尹春娘。只有甄丽美明白真相。从此，姑嫂二人反目成仇，断绝来往。

今天，甄丽美听说哥哥去六合寨参加婚礼，而嫂子与一男人对饮，便以为抓住了机会，于是跑到金虎厅，准备大闹一场。谁料见到白马将李七侯，不由得心中一动：想那死鬼韩山虽然俊俏，却是苟苟且且，眼前这人不仅相貌堂堂，更有一种阳刚之美。怎奈被嫂子先弄到手了，我又不便争夺。因而，她只说了几句难听的话，扭头就走。尹春娘不知她的心理，又怕她真去报告，为此才追了出去。

再说白马将李七侯，依他本意，想稳住尹春娘，寻访纪有德。谁料半道杀出个甄丽美，闹得七侯惊慌失措。心中暗道：那姑娘肯定是甄飞龙的妹妹，她口口声声要去找哥哥，甄飞龙一旦回来，我就是跳进黄河也洗不清了，不但找不到纪有德，恐怕连性命也保不住。三十六计，走为上策。乘尹春娘追赶那位姑娘，我从后窗户逃走吧。主意拿定，推开后窗，纵身跳了出来。依他本意，想抓个喽啰，问问望湖亭在什么地方，哪怕是龙潭虎穴，也得去闯上一趟，怎奈他来到金虎厅时天已傍晚，现在已经大黑了，眼前连个人影都没有，去问谁呀？只得慌不择路，向西而去。正往前走，忽听身后传来尹春娘的声音："这个冤家，胆比兔子还小，不知他又跑到哪里去了？"

"糟了！"七侯暗中叫苦，想以死相拼。突然，眼前闪出两间小房，木门敞着，七侯不顾多想，一头闯了进去。屋中无人，只放着几只大木盆，并无藏身之处。外面的人声越传越近，逼得七侯无可奈何。猛然抬头一看，见天棚上有个排气洞，二尺见方。他连忙将身一纵，双手攀住洞口，钻了进去。以静待动，观察外界。过了片刻，只听一个女子说道："夫人，水烧热了，您洗澡吧。"

"你先出去，今晚不用你侍候了。"

"是。"门被关上。

"更糟了。"七侯叫苦不迭，这屋原来是间浴室。

书中交代：尹春娘一心想与李七侯共赴巫山，谁料好梦被甄丽美冲散，不由得又急又气，追了出去。甄丽美依仗哥哥，并不把尹春娘放在眼里。她见尹春娘追到自己的闺房，更加恼怒。说道："淫妇，你还有脸来见我？等我哥哥回来，这回不会饶你！"

"妹妹，你听我说……"

"谁是你妹妹？淫妇，你给我滚出去！"

"哼，"尹春娘冷笑一声，"你张口一个淫妇，闭口一个淫妇，也该看看自己是个什么东西？玉美人韩山与你那些丑事，当我不知道吗？"

"你，你知道又怎么样？他无妻，我无夫，即便有事，与你何干？"甄丽美想起韩山之死，更加恼怒，"淫妇，你有丈夫，却勾搭韩山，今晚又勾搭那个野男人，等我哥哥回来，让你死无葬身之地！"

尹春娘又羞又恼，面色绯红。她见墙上挂着一口宝剑，伸手摘了下来。"丫头，你哥哥杀我之前，我先杀你吧。黄泉路上，咱俩做伴！"

"你敢？"

"看剑！"尹春娘的武艺很平常，却比甄丽美强上许多，此时被小姑子逼急了，一剑刺了过去。甄丽美只会三招两式，又万没想到嫂子敢下狠手。于是将胸脯一挺："给你，扎一个试试？"

"扎就扎！"一剑进去，鲜血飞迸！

尹春娘也吓傻了，她从来没杀过人哪。这可怎么办？甄飞龙回来，自己必死无疑。现在只有一条生路，那就是跟随李七侯一同逃走，又不知那个姓李的肯不肯带上自己。她连忙将小姑的尸体放在床上，又用一条棉被盖好，外人看来，好似入睡。收拾完毕，跑回金虎厅，本想与李七侯商议后事，谁料屋中空空，并无一人，追了一程，也毫无结果。

"唉，"尹春娘长叹一声，事到如今，只得自己跑吧。娘家在石巢湖双石山，老爹爹巡海鬼尹世章武艺很高，也许能保护自己。我得带上些财物，再换套衣服。事到此时，她才发现自己身上、脸上、手上都沾满血迹，浑身是血，若被人发现岂能走得了？于是她吩咐丫鬟，备水沐浴。岂料李七侯就藏在浴室顶棚之中。

话归前言。尹春娘唯恐丫鬟发现自己身上的血迹，便将丫鬟打发走了。回手关上屋门，点燃蜡烛，一边唉声叹气，一边脱下血衣，跳入木盆洗浴起来。

再说白马将李七侯，躲在顶棚，心急如焚。他恨不能尹春娘快走。谁料春娘身上的血迹较多，据她估计，丈夫去参加婚礼，暂时不会归来，所以将身体连洗了两遍。李七侯听不见水响，以为她洗毕，便向外观望，只见她浑身上下肌肤雪白，不由得"啊"了一声。

"谁?"尹春娘一惊。当她见到是李七侯时，才轻轻叫道："冤家，你下来吧。"

"我……"七侯只得跳了下来。

刚想要跑，突然，浴室房门被人一脚踢开，外边闯进一条壮汉。他见春娘一丝不挂，早已气得浑身发抖。不由得怒目圆睁，大声叫道："反了，反了，我只离开两天，你这不要脸的东西，竟然做出这等下流之事!"

"哎呀，"尹春娘六神无主，"寨，寨主爷，你，你这么快就回来了?"

"我再不回来，你就要上天了!"说话之间，抽出折铁刀，向李七侯砍去。

来者不是别人，正是上黄岛金虎厅总辖大寨主、混海龟甄飞龙。

书中交代：清朝康熙初年，曾有几次严重动乱。比如俄罗斯入侵、三藩王造反、噶尔丹称帝、台湾延平王郑经闹独立等；这些动乱迫使朝廷屡屡动兵，无暇他顾。某些绿林人乘此机会，纷纷占山为王，各据一方。这些山大王中，有的自食其力，或种地，或捕鱼，或开矿，从不欺压良善；也有的恰恰相反，全靠拦路抢劫、坑蒙拐骗为生。真可谓良莠不齐、贤恶混杂。

单说江苏太湖附近，有许多较小的湖泊。其中有座石巢湖，湖心有座双石山。双石山不算很高，风景秀丽，两峰突起，中间夹着一座山村，取名余家坞。余家坞庄主名叫余化龙，此人五十多岁，心地良善。据说明太祖朱元璋在南京称帝以后，有心把江山传给皇长孙朱允炆。可是又怕诸皇子作乱，便在一日之内，分封诸王，将诸皇子都发往外地。其中四皇子朱棣被封为燕王，驻守在北京城。燕王朱棣胸怀大志，对皇位觊觎良久，只是时机未到，不敢轻易动手。后来，朱元璋驾崩，皇孙允炆继位，成了建文皇帝。朱棣觉得机不可失，便以吊丧为由，从北京赶赴南京。建文皇帝早知叔父的雄心，怕他进京之后争夺皇位，于是传旨，令朱棣暂驻石巢湖双石山，不准轻易露面。朱棣被软禁起来，又无可奈何。当时，余化龙的祖先是石巢湖上的水手。他不懂政治，只知人情。他以为儿子为老子吊丧是尽孝心，不该阻拦。于是备下一艘小船，将燕王朱棣送上湖岸。朱棣感他恩情，夺下皇位之后，便将双石山赐给这位水手，并封他为"双石侯"。这段传说是真是假，早已无法证明。不过，余家拥有双石山，是本地大富豪，却尽人皆知。

明朝灭亡，天下大乱。很多水路英雄争夺双石山，闹得余家不得安宁。最后，他家与各路英雄谈判，愿意让出两座山峰，只求保住余家坞作为安身之处。至于两山归谁，与己无关。各路英雄答应了他的要求，几经争杀，双山有主。东山头总辖大寨主是鱼眼高恒。此人年过四旬，不仅武艺高强，而且水性第一。高恒有五位盟弟：大甲鱼孔寿、水蝎子赵永、浪花王顺、小白条杜江、活泥鳅陈友。这五人皆是"水鬼"，翻江闹海，英勇无敌。高恒与五位拜弟在东山头建立"六合寨"，取意"六人合心"。他们聚有水手三百名，靠捕鱼为业，从不骚扰百姓。西山头总辖大寨主是亲兄弟三人，老大水豹子金清、老二参水猿金明、老三水上漂金亮。他们的本领、兵力都不如六合寨，可是帐下却有八名头目，号称"水八怪"。他们是：水里滚王敦、浪里钻刘迁、上面浮江龙、不沉底江虎、混水蛇梁兴、翻江獭梁太、双头鱼谢斌、单尾虾谢保。这水八怪各有奇能，远近闻名。由于西山是兄弟三人，取名三贤寨。三贤寨的名声远不如六合寨，他们有时打家劫舍，有时鱼行称霸，闹得方圆百里怨声载道。六合寨老寨主鱼眼高恒对三贤寨甚为不满，可是井水不犯河水，又不能轻易闹翻脸，只好各行其是，极少往来。

且说余家坞庄主余化龙，膝下有三子一女，长子余江、次子余海、三子余湖，女儿余晓霞。兄妹四人都知书达理，忠厚良善。尤其是长子余江，为人聪明，深谋远虑。这天他对余老员外说道："父亲大人，靠祖宗的阴德，咱家尚不愁吃穿。可是近年来有些顶不住了。父亲让孩儿管理账目，孩儿早想禀报，又怕父亲着急。如今只能实话实说。"

"噢?"余老员外一愣,"咱家亏空,我心里有数。难道穷得很严重吗?"

"不瞒您老人家,湖中的渔业,大部分被东西两山争去了。尤其是西山三贤寨,不仅争去咱的渔业,而且还常常来找麻烦。他们修补渔船、添置渔具,都向咱们要钱。有时捕鱼太多,卖不出去,腥臭之后也全卖给咱家,不买不行,买来也得倒掉。"

"哼,这不是明目张胆欺侮人吗?"

"明知是敲诈,又有什么办法?全怪儿子没本事,惹不起那些寨主。"余江心里难过,眼圈发红。

"不,"余老员外通情达理,"你一个读书人,岂能和他们一样?为父并不怪你。"

"可是坐吃山空,咱家是首富,远近闻名,又得强忍着装点门面。孩儿初步算了一下,府中共有男仆一百二十二人,女仆四十七人,这些人天天都得吃饭,月月都得领饷,是很大一笔开销。"

"那,那就减裁一些人员吧。"

"孩儿也想过,又觉得不妥。第一,这些男女仆人大多数是前辈留下的,年龄最小的也三十来岁了,他们对咱家有功,又都很忠实,让他们走,他们的生路何在?第二,咱家的门面也挺重要,减裁奴仆,颜面无光。第三,您年事已高,身边需要有人照料。三弟和妹妹岁数都不小了,很快都要娶嫁,办喜事时处处都得用人。为此,奴仆还不能减裁。"

"这就难办了。"余老员外摇头叹道,"入不抵出,又不能裁员,如何是好?"

"孩儿有个打算,向您请示。据说,曾祖父在世时,曾买来许多铜沙,倒在两山中间的夹鱼沟中。目的是儿孙贫困时,捞沙度日。幸喜夹鱼沟在两山之间,仍属咱们余家坞管辖。昨天,孩儿派人驾船去看过,铜沙很厚,成色也不错,如果捞上来,可卖大价钱。父亲若是同意,咱们也不必雇用外人,只让咱家男仆慢慢挖捞。这样一来,家资会充实些。"

"唉,只能如此,对不起祖先了。"

"爹，您不必有愧，等咱们缓过劲来，再多买些铜沙填补进去也就是了。"

"你去办吧。不过，千万慎重，不要让六合寨与三贤寨知晓。"

"孩儿明白。"余江退出。他命人请来二弟余海、三弟余湖，说明用意，又道："愚兄受爹爹委托，管理家中账目，分不得身。老二管理着家中残存的渔业，也不得闲。挖捞铜沙的事情只能老三去办。捞多捞少，暂且不管，只有一条，此事行动机密，别让两寨知道。"

"大哥，"余湖刚刚二十岁，年轻火气盛，"铜沙是咱祖宗留下的，别人管得着吗？"

"话不能这样说，双石山还是祖宗留下的呢，人家占了，咱又能如何？"

"唉，老实人受气呀。"三兄弟感叹不已！

三公子余湖挑选了五十名年轻一些的男仆，留下五名作为亲随，余下的四十五名分乘三只采沙船，到夹鱼沟处挖捞铜沙。夹鱼沟在余家坞南口，地处两山脚下。沟面不宽，只能并行两只采沙船。那些挖沙的奴仆们为报答主人的恩情，干活很卖力气。可是隔行如隔山，他们素日很少下水，尽管努力，成效仍旧不大，每天只能挖捞铜沙二三百斤。对余家来说，虽是杯水车薪，多多少少也算增加了一些收入。

谁料好景不长。这天，双石山三贤寨头目，单尾虾谢保闲来无事，领着几名弟兄顺水摸虾，游到夹鱼沟。他见这里有几只小船，便浮出水面，上前问道："你们这是干什么呢？"

"谢，谢寨主，"余湖认识谢保，只得答道，"我，我家盖房，在这里捞点沙子。"

"骗谁？捞沙子还用你这三公子监工吗？闪开，我倒要看看真假。"他登上小船，抓起一把铜沙看了看，不由得惊喜万状，"哎呀，这是金沙吧？黄澄澄，沉甸甸，发大财了！"

余三公子哭笑不得，只好实话实说："谢寨主，这不是金沙，而是铜沙。我曾祖买来填在此处。如今家贫，捞它出来，变卖度日。"

"铜沙也很值钱，不能让你家独吞。应该三一三十一，三贤寨、六合寨各有一份！"

"谢寨主，你说这话有点不讲理呀！"余湖年轻，心中有点冒火。

"什么叫不讲理?"谢保话到腿到,一脚把余湖踢落水中。

　　夹鱼沟大乱。奴仆们急忙捞出小主人,跑回家中报信。

　　余老员外大怒,顿足捶胸:"我这把年纪,也活够了。来呀,领我去三贤寨,找他们拼上这条老命。"

　　"爹爹息怒。"大公子余江连忙劝解。

　　余海、余湖有点不满:"大哥,您太老实了,也太窝囊了。咱爹年老,不宜出头。我们去三贤寨,问问他们讲理不讲理?"

　　"势力就是理,武功就是理!你们若去,轻的挨打,重一重就得把命搭上。"

　　"那,那怎么办?"

　　"我倒有个办法。六合寨老寨主高恒为人良善,势力、武功都在三贤寨之上。若是请他出面说和,也许能镇住三贤寨。除了这招,别无良策。"

　　"有道理。"父子皆表赞成。

　　次日,余江带上礼物,亲往六合寨。高恒听罢来由,沉思不语。其他寨主议论纷纷,有的认为该管,有的认为不用管,也有的支持三贤寨,想分到一份铜沙。

　　鱼眼高恒膝下有一子,名叫高通海。自幼跟随八阵仙师诸葛山真练习武艺,一口钢刀英勇无比。更有奇处,天生水性过人,曾创造过水下连待四天四夜的"全国纪录"。他饿了摸鱼摸虾,生吞活咽,渴了喝湖水河水,从不生病,因而外号"海底蛟龙"。通海今年二十二岁,生得粗粗壮壮,体态魁梧。他虽然是个晚辈,实质上是六合寨中头条好汉。此时,他见爹爹沉思,不由得问道:"爹,您怎么不说话?"

　　"我想,要管,咱就得管到底。不但不抢铜沙,还要把渔业让还余家一部分,省得人家吃穿无着。否则,咱就干脆不管,免得伤了两寨和气。"

　　"爹,我赞成头条,双石山是人家老余家的,咱不能不讲良心!"

　　"依你!"高老寨主拍板定局,决定向三贤寨先礼后兵。第一,派副寨主大甲鱼孔寿好言进劝,如果对方不听,再正式宣战。

　　再表三贤寨,闻知夹鱼沟藏有铜沙,人人喜悦,均想争夺。他们对大甲鱼孔寿的劝告置若罔闻。高恒无奈，派儿子高通海为主将，攻打三贤寨。三贤寨不甘示弱，派水八怪迎敌。通海毫无惧色，钢刀翻飞，只用十几个照面，便伤了三怪。大寨主、水豹子金清怒冲牛斗，手提钢刀，纵身上前。他这口刀果然厉害，杀得通海手足无措。通海暗想：陆战不敌，应水战擒他。拿定主意，跳入水中。金清外号"水豹子"，岂把通海放在眼里？他也落水迎战。三五回合，才知道自己这水豹子远远不如人家海底蛟龙。晚了，通海将金清捆上山寨。

高恒急忙上前："通海，不得对你叔父无理。"说罢，亲自上前松绑。又道："金贤弟，远亲不如近邻，我倒有几句忠告。你既称'三贤寨'，就不能辜负这个'贤'字。你想想，双石山是余家的祖业，咱们占据了，已经对不起余家。更何况夺了人家渔业，闹得人家生活无着，只得动用祖宗留下的铜沙。如果咱再抢铜沙，那还叫绿林人吗？你不愧对那个'贤'字吗？我的话说尽了，听不听在你！"

"这……"金清良心发现，赶忙低头，"高大哥，我原先以为，令郎擒我之后，肯定要吞并西山三贤寨。没想到大哥为我松绑，又劝以金玉良言。人非草木，细想起来，都是我的过错！"

"言重了。从今往后，东西两山还要相亲相近。"

水豹子金清也算是条豪杰。他说到做到，立下三条山规：一、不准再打家劫舍，欺诈渔民。二、将三贤寨的渔业让出一半，归还余家。三、对余家祖传铜沙，毫不进犯。违犯者斩！不仅如此，还亲自奔往余家坞，向老员外余化龙负荆请罪。喜得余老员外眉开眼笑，连连摆手："金寨主，小老儿不敢当，不敢当啊。"

"余庄主，这都是高家父子的功劳。"

"高家父子？"余老员外心中一动。

原来，余江去六合寨搬兵时，全家提心吊胆，唯恐有变，不久余江禀报："爹，多亏了高家公子主持正义，不然的话，高老寨主还不愿帮忙呢。"

"事情成功后，咱得谢谢人家。"

后来，高通海水擒金清，余江又报："爹，那高公子不仅人品好，而武艺更好，就连三贤寨大寨主金清都败在他的手下。"

"好，好。江儿，你说咱怎样谢他？"

"我想……"余江犹豫片刻，"爹，妹妹晓霞已经十九岁了，还未择婿。类似咱这样的人家，本该找个门当户对的，可是到哪里去找呢？那高通海人品不错，武艺又好，把妹妹给他，咱家也算有个靠山。只是，只是他家是个山大王，门第不对。我说的这话您若不愿意，千万别生气呀。"

"容我想想。唉，你说得也在理呀。"

今日，金清请罪，又提起高家父子。余老员外点了点头："金寨主，依你之见，那高通海为人如何？"

"前途无量。员外，您有什么心事吗？"

"不瞒金寨主，老朽膝下，三儿一女，女儿晓霞十九岁了，到了选婿年龄……"

"好，好极了！员外若不嫌弃我们是山大王，在下愿做红媒。"

"全托金寨主。"

事情一说即成，高恒无限欢喜。由于两寨结谊，金清尽力而为。他帮助高恒撒下请帖，邀请各路朋友参加婚礼。在水旱两路，高恒很有名望，金清的朋友也不少，经过一个多月的筹备，各路英雄渐渐到齐，聚会双石山。其中有：左丧门孙开泰、锦毛虎张炳承、乌云豹李世雄、小霸王郭龙、赛燕青郭虎、金塔将萧景芳、五方太岁常万雄、金罗汉伍显、银罗汉伍芳、玉罗汉伍平、飞刀太保段文龙、铁权将军段文虎、霹雳鬼韩涛、忠义公马龙，加在一起有三十多位。金虎厅大寨主甄飞龙也被邀请，来到六合寨祝贺。

赛燕青郭虎是位步将，武艺平常，腿脚最快。他从来不闲着，四处游逛，专门打听闲事。今日一见甄飞龙，上前报丧："甄寨主，你还能活几天哪？"

"嘻，小郭，人家办喜事，你怎么开这种玩笑？"

"不是玩笑，是实话。我从太湖那边来，据我所知，惠山云罗寨大寨主金景龙把黄三太囚在白鹿院了。他胆子可真大，黄三太是好惹的吗？用不了几天，彭钦差肯定派人找你师父纪有德。纪有德摆下白鹿院，犯了天条，你们师徒还活得了吗？"

"这，这是真的吗？"甄飞龙不由得一震。

"这么大的事，谁能骗你？不信你问问他们。"郭虎一指身边几人。那几人也从太湖而来，连连点头："甄寨主，还应小心从事。"

"糟了，我师父偌大年纪，如果真被官府带去，凶多吉少。"

"既然摊上是非，怕也没有用。"鱼眼高恒好言劝慰。

"甄寨主，你也不必着急。自古来不知者不怪，纪老先生摆下白鹿院，并不知他囚禁官差。听说彭公是位清官，不会胡乱派罪的。"

"那，那往后怎么办？"

"你先派人回去送个信，让纪老先生有个准备。待婚礼完毕，你立刻赶回金虎厅，恭候官差。依老朽之见，这事不能不管。等官差一旦有请，还得让纪老先生辛苦一趟。"

"对，依高寨主。"甄飞龙立刻派快腿刘三回去送信。婚礼之后，他顾不得喝喜酒，乘上一匹快马，夜返荡花湖。湖边有自己值班的小船，将他送到金虎厅。

"夫人呢？"甄飞龙向夜班喽啰问道。

"夫，夫人……夫人她……"喽啰想说又不敢说。

"发生了什么事？快讲！"

"这……夫人陪着一个男子喝酒，被小姐撞上，夫，夫人随小姐去了。"

"浑蛋！"甄飞龙骂了一句，奔往妹妹甄丽美的闺房。他见房门半掩，喊了几声，无人答话，只得推门而入。见妹妹躺在床上，面如白纸，双目紧闭。不由得问道："丽美，你有病了吗？起来，哥哥有话问你。"连叫数遍，丽美并不苏醒。突然，他见被角处有鲜血渗出，不由得大惊，急忙撩开棉被细看，失声叫道："哎呀，这是谁下此狠手？"

"寨，寨主爷……"后寨的丫鬟、老妈都赶来了，她们面面相觑，手足无措。

"夫人呢？她现在何处？"

"回禀寨主，夫，夫人正在沐浴。"

"我去找她。"甄飞龙二目通红，奔向浴室。他一脚踢开房门，屋中烛光明亮，见妻子一丝不挂，粉面含春，站在那里。对面却是个二十多岁，雄雄健健的美男子。这种场面，搁谁也受不了，气得他抽出折铁刀，向对方猛然砍去！

131

李七侯处境尴尬，连忙躲闪："甄寨主，你误会了，听我解释……"

"你还有脸解释？"甄飞龙怒气冲天，破口大骂，"你们俩被我堵在屋中，你还解释什么？淫贼，你不光图我妻子，而且还图我妹妹，一定是我妹妹不允，才被你这淫贼杀死！休走，看刀！"

"甄寨主，"李七侯再躲，"我不明白你的话，令妹身亡，我一概不知。在下乃是官差，为纪有德而来……"

"我不管你是谁？看刀！"

"甄寨主，你太不讲理了！"李七侯也火啦，抽出单刀，招架相还。若论功夫，李七侯不比甄飞龙差，怎奈他是位马上将领，对步战很不习惯，而甄飞龙正在怒火燃烧，拼命死战，这样一来，李七侯便明显不敌。大战二十回合，刀花发散，步眼发乱，渐渐不支了。

此时，尹春娘已经穿上了衣服，站在旁边观战。她暗恨自己：这都怪我，丢人现丑。如果李七侯真的战死，他岂不冤枉？看样他不行了，我得帮他一把，杀死甄飞龙，才能保全自己的性命。想到这里，她把浴室中晾衣裳的白蜡杆操起，向甄飞龙双腿扫去。口中叫道："李老爷，快往东边跑，岸边停着小船，你逃命去吧！"

"淫妇，你好狠毒！"甄飞龙被白蜡杆打了一溜跟头，双腿虽未受伤，却也十分疼痛。他有心杀妻，又怕李七侯跑掉，只得骂道："你等着，待我抓住那个淫贼，将你二人一块斩首！"说罢，一瘸一拐，追了下去。

单说李七侯，不敢恋战。按照尹春娘所说的方向，往东而逃。幸喜甄飞龙双腿疼痛，一时半会儿追不上来，不然的话，危在万分。他来到岸边，见湖中果然有一艘小船，船中点着一盏渔火。借火光细看，两名水手正在对饮。七侯叫道："二位船家请了，把我渡上湖岸，多给船资。"

"噢？"水手走上船头，"天还没亮，你就要过湖，有什么急事吗？"

"我，我是湖外人，投亲未遇，及早赶回去。"

"是呀，我觉得你很面生嘛。上船吧。"水手长篙一点，小船离岸。走出不远，忽听后边响起螺号声，一长两短，节奏鲜明。水手似乎一愣，小船打横："客爷，船家不打过河钱，请付船资吧。"

"好。"七侯急忙取出二两银子，递了过去。

"太少啦!"船家一撇嘴,"得翻一百倍,给二百两才行!"

"什么?船家,我身边没带许多银两啊。"

"既然没钱,得把你送回去!"小船一掉头,又向上黄岛驶去。

"哎呀,内中有诈!"李七侯明白了,也晚了。甄飞龙坐着大船,追了上来。原来,刚才的螺号声是暗号,一长两短,乃是命令返航。

两船相碰,甄飞龙纵身而下:"淫贼,在我这荡花湖,让你插翅难逃!"

糟透了!李七侯不习惯步战,更不习惯水战。立在船头,双腿发晃,怎能打仗?甄飞龙就不同了,长年在湖上,对水战十分精通,按理说,三招两式便能打倒李七侯。怎奈他双腿肿痛,欲速胜不能,只得强忍着动手,也算一条勇汉。二人闪跃腾挪,打了十几个回合,李七侯终究不敌,扑通栽倒。甄飞龙大喜,举起折铁刀,力劈华山,向李七侯砍下!

第九回　双石山三侠参寨主
飞雪桥九义拜钦差

　　千钧一发，紧要关头。突然，从东边飞来一支袖箭，这袖箭射得太准了，不偏不斜，正打在甄飞龙的右手背上，疼得甄飞龙连声怪叫，将折铁刀也扔在了船板。口中骂道："何处小辈，暗箭伤人？"

　　"朋友，很对不起。为了救人性命，我只得这样。"随着话音，飞过一艘小船。船头站立一条豪杰，看年龄在三十岁上下，穿白挂素，肋佩钢刀，俊眉朗目，一派精神。两船靠近，这位豪杰冲着甄飞龙抱腕当胸："朋友，人命关天，随便杀不得呀。我劝你只留下财物，放他个活口吧。"

　　"什么？你把我当成水贼吗？"

　　"嘿嘿，我不会冤枉你吧？在下久闯江湖，眼里从来不揉沙子。刚才观战时，见你在船上如走平地，水战功夫极深。而那人却不然，他摇摇晃晃，几乎站立不稳。朋友，由此可见……算了，又何必说破呢？看在我的分上，还是放他一条生路吧。"

　　"你……"甄飞龙本想解释，可是自己的老婆办下丑事，又让他有苦难言，只得说道，"你何必多管闲事？"

　　"路见不平，拔刀相助，乃是侠义本分，怎么是多管闲事呢？"

　　"那，那连你一块杀！"甄飞龙杀得眼红，又在自己的地盘，有恃无恐。他举起折铁刀，向那豪杰砍去。

　　那人面带冷笑："朋友，你有点不懂好歹了。怎么能见谁杀谁呀？"说罢，稍一闪身，让过钢刀，自己根本没拉兵器，只将右腿一抬，把甄飞龙便踢入水中。接着笑道："朋友，上来吧，如果不服，我再让你几招。"

李七侯在旁边二目发直，心想：这人好招法，身手不在黄三太、欧阳德之下。连忙抱腕当胸："英雄，救命之恩，没齿难忘。敢问英雄大名？"

"噢？"那人看了李七侯几眼，"这位朋友，看样你也是位练武的吧？"

"惭愧。在下李七侯，外号'白马将'。"

"久仰，久仰。原来是李英雄。据我所知，你正在扶保钦差彭公，怎么会来到此处？噢，我明白了，你一定来请神手大将纪有德吧？"

"正是。谁料……"

甄飞龙已从水中爬上了小船。他心里明白，十个甄飞龙也不是那位豪杰的对手。不服高人有罪，只得认输。此时，他没等李七侯说完，便抢先答道："这位英雄，你别听他胡言乱语，他根本不是官差，而是个采花贼。我也不是水寇，而是上黄岛金虎厅寨主甄飞龙……"

"原来是甄寨主，多有得罪。"那人微微点头，"甄寨主，你说他是采花贼，可有什么凭证？"

"这……你问他自己。"

"嘻！"七侯满脸发红，"全是误会，一言难尽。"

"到底是怎么回事？"英雄十分纳闷，扭头问道，"你真是白马将李七侯吗？"

"当然是。英雄，事到如今，我也不便隐瞒。"李七侯实话实说，"在下奉了彭钦差之命，来到上黄岛搬请神手大将纪有德。谁料，甄寨主去参加婚礼，不在山上。夫人尹春娘设宴招待。她，她，唉，她正与在下饮酒，被一位小姐撞上。那小姐说了几句难听的话，夫人尹春娘便追了出去。在下以为，继续留下不太方便，便从后窗跳出，隐藏在一间小屋之中。谁料，这小屋恰是浴室，夫人来此，来此沐浴。甄寨主便误认为……"

"胡说八道！"甄飞龙怪叫，"你奸我妻子，杀我胞妹，如今还想狡辩，休走，看刀！"

"慢！"那豪杰一摆手，"这事好办，我随二位同往金虎厅，再请夫人出来三头对证，是真是假自有分晓。"

"这……"甄飞龙摇头，"她一个妇道人家，对证此事，有什么光彩？"

"如果不对证，这便是千古疑案。当然，向夫人对证时，我们不必参加，只由寨主夫妻二人单独见面。寨主是聪明人，从谈话中可以弄清虚实。"

"那就……那就请吧。"甄飞龙在高手面前，无可奈何。

小船重返上黄岛。途中，李七侯提心吊胆，万一尹春娘不说实话，自己的名节就全完了！那豪杰看出了他的心事，笑道："这位壮士，你若真是李七侯，请放宽心。对你的品行、道德，世人均很相信。"

"唉，为人不易。敢问英雄大名？"

"不忙，到了一定的时候，我会告诉你。"说话之间，小船靠近上黄岛，众人弃舟登岸，来到金虎厅。甄飞龙传令："来呀，快把夫人叫到这里，我有话问她。"

"寨主，"那豪杰一摆手，"还是你亲往后寨吧。我们在此，不太方便。"

"也好。"甄飞龙想派几名喽啰看守，可是又一想，喽啰也守不住人家，只好作罢。他去了足有一个时辰，才满面惊疑，慌慌张张地跑了回来。手中拿着一张白纸，大声叫道："完了，完了，家破人亡，你看！"

"噢？"豪杰接过白纸，仔细观瞧。七侯也凑了过去，但见纸上写着四句话：

生亦不清白，
死亦不贞烈。
欲知生死事，
独问鹅毛穴。

"这是怎么回事？"豪杰与七侯大惑不解。

"唉！"甄飞龙叹了口气，"我到后寨，见屋门紧闭。踢门进屋，那贱人已经悬梁自尽了！桌上边留下这份字条，是那贱人的笔迹。她，她死得好惨！"

"这……"豪杰沉思片刻，"甄寨主，你家门不幸，在下也替你难过。从这份字条之上，可以看出一些端倪。夫人问心有愧，她才……"

"什么？"甄飞龙暴跳如雷，"你把责任都推给死者吗？你的武功高深，我甄某佩服，可是你得一碗水端平，不能以强压人！"

"可是那字条上……"

"字条怎样？她生不清白，死不贞节，定是被这淫贼糟蹋了，才无颜活在世上！"

"那后两句呢？"

"后两句……谁知她是什么意思？"

"甄寨主，你这花荡湖中，可有个鹅毛穴吗？"

"有。不过，穴眼不在湖中，而在山上。东北山角，有一眼寒潭，水深无底，鹅毛难浮，所以取名'鹅毛穴'。"

"据我估计，夫人定将证据投入穴中，如果能捞上来，自有分晓。为此她才说'欲知生死事，独问鹅毛穴'。"

"这，我不管那些，定杀淫贼报仇。"

"且慢。他自称官差，来搬请令师纪有德，你若将他杀死，耽误国家大事啊！"

"黄大侠被困白鹿院的事情，我也听说了。我愿请恩师下山，破院救人。但有一个条件，必须先将这淫贼斩首。不然的话，你们休想见我恩师。"甄飞龙又冷笑了几声，"嘿嘿，实话实说，恩师住在望湖亭，那里遍布机关，除了甄某亲往，你们谁也寸步难行！"

"好，甄寨主愿请令师下山，以国家大局为重，我很敬佩。可是在真相未白之前，你却不能随便杀人。"

"那，那怎样处置淫贼？"

"我自有办法。来呀，把这个自称白马将李七侯的人先捆上。"

"捆我？"七侯把脚一跺，"如果纪先生真的下山救人，杀我也行。可是我死得不清不白，怎样向武林人交代？"

"我只说捆你，没说杀你。我要带你去见钦差，请钦差传令，弄清真相。"

"钦差怎么会弄清真相？你让他问谁？"

"只有问鹅毛穴了。你想想，甄寨主一妻一妹，尽已双亡。不弄清真相，人家不服，更难请出纪先生啊。"

"我，我听天由命。"李七侯无可奈何。

甄飞龙虽然愤恨，明知不是人家的对手，怎敢阻拦？只得备下一艘快船，将二人送到湖岸。来到岸边，又雇了一辆马车，疾驰而行。花荡湖距飞雪桥不足百里，当天午后便赶到了，彭公闻报，忙让差官将二人请进。

"唔呀，"怪侠欧阳德叫道，"吾老人家以为是谁呢？原来是你老人家。你老人家怎么把七侯贤弟捆上了？快给他松开吧。"

"原来是怪侠。"那人抱腕禀手，又转身施礼，"下差参拜钦差大人。"

"请起，请起。不知英雄尊姓大名？"

这人正是著名武林高手、曾在西湖擂上勇战黄三太的圣手昆仑侠白五峰！

一年之前，白大侠为了一个"南霸天"的称号，曾独占三江擂。后来败在黄三太手下，倒也心悦诚服。由于黄三太为恩师胜英奔丧，三江巡抚便联名保举他为"宁海游击"，赴东南沿海任职。白大侠到任之后，加紧训练水兵乡勇，很有成效，沿海一带，渐渐平静。可是在最近几个月来，事态又有反复。除了海盗，一大批绿林人也常常登陆骚扰，闹得沿海又不安宁。这天，江苏巡抚陈正人视察沿海，白五峰禀道："大人，海盗、飞贼会合，我很是吃力。按照西湖擂决定，黄大侠是靖海参将，在下只是他的助手。请抚院大人快把黄大侠传来赴职，我实在挑不起这副重担。"

"白将军，"陈巡抚摆了摆手，"我正想告诉你，黄将军不会再赴任了。"

"为什么？"

"你坐下，听我慢慢说。本抚院已经收到京中发来的公文，内容绝密，却不能瞒你。近来，舟山群岛临海洲三皇镇出了个反叛，自称先明三太子朱慈炯。究竟是真是假，现在还不清。这个朱三太子很有号召力，不仅海盗归附于他，而且一大批绿林人也扶保他夺取江山。"

"噢？"白五峰一惊，"竟有此事？我说呢，近来有些绿林人与海盗会合……"

"不光是他们，还有一批权贵人物呢！"陈巡抚放低声音，"据密件所述，当朝郡王阿必隆、前云南大理伯、藩王吴三桂的侄子吴楚凡，本朝罪王鳌拜的胞弟额尔起，都已在朱三太子驾下称臣。至于还有没有别人，现在还不得而知。"

"如此说来，事情太严重了。"

"是呀，为了这件叛国大案，皇帝陛下亲自到山东私访，弄清真相后，天颜大怒，钦派左都御史彭朋为奉旨钦差，东征叛匪。你猜，扶保钦差的是谁？"

"莫非，莫非是黄大侠吗？"

"正是。黄三太被钦封为三品副将。他与彭钦差即将到达。白将军，你今天不来找我，我也要找你。"

"请抚院吩咐。"

"钦差光临，大如天子。咱们理当去迎接。可是钦差行动十分机密，派别人去，我又不放心，只得请你辛苦一趟。好在你与黄将军是好朋友，彼此相见，办起事来也比别人方便。"

"下差遵令。请问抚院大人，钦差从哪条路来呀？"

"我刚才说过，钦差行动机密，具体路线，本抚院也说不清楚。你只管往西北迎接，你与黄将军很熟悉，只要见到黄三太，也就会见到钦差。"

"是。"白五峰辞别了陈巡抚，向西北方向而行。他过松江，越苏州，这天来到了无锡府。时近中午，腹中饥饿，便走进了一座酒楼。这酒楼名叫"一品斋"，在无锡很有名气。他刚进店堂，忽听有人喊道："哎呀，可是白大侠吗？多日不见，今日难得相逢啊。"

"噢？"白五峰顺声音一看，西北角坐着一人，年过五旬，白白胖胖，由头到脚穿着华贵，两只手上戴满了金玉戒指，项上还挂着一串珍珠脖链，闪闪发光。看外貌，肯定是个大富大贵之人，只是一时想不起他的名姓。

"请这边坐。"富豪起身相迎，"白大侠，看你的神色，把我忘了吧？"

"恕我眼拙，一时想不起来了。"

"哈哈，也难怪呀。咱们只见过两面。七年之前，在广东湛江县郊外，靠近雷州湾的松林之中，你曾救过一个人……"

"噢，你就是……就是那位南洋富翁邓先生吗？"

"除了我，还会是谁！白大侠，你是我的救命恩人，我永远忘不了你呀！"

原来，这位南洋富翁姓邓，七年之前返回大陆贩卖珠宝，被一伙强徒劫去。邓先生走投无路，松林自尽，恰被白五峰碰上。白大侠见义勇为，把邓先生安排到店房，又寻到强徒，追回珠宝，算是救了邓先生一命。转眼七年，他把这事早已忘记，真是无巧不成书，今日又在酒楼相会。

"邓先生，"白五峰举杯笑道，"这次又来做买卖吗？"

"年龄老了，家产转给儿子。落叶归根，我回来想找块坟地呀。"

"老先生不忘故土，令人敬佩。"

"这几年来，我一直想着白大侠的恩情。不报大恩，死了也闭不上眼睛。算咱俩有缘，又见着了。"老头儿一伸手，把项上的脖链摘了下来，"白大侠，不成敬意，尚望笑纳。"

"不可，不可。这么贵重的东西，白某绝不敢收。"

"说它贵重，能值一万两银子。可是一万两银子能买条命吗？白大侠，你若不收，就是瞧不起我。"

"不论你怎么说，我坚决不要。"

二人相互谦让，便把珠串放在桌上，谁也不去碰它。

这时，又有一人登上酒楼。这人身材瘦小，尖嘴猴腮，身穿短裤，背插小单刀。他在白五峰旁边拣张桌案，叫了几样酒菜，自斟自饮起来。当时，练武背刀的人挺多，谁也没注意他。这人喝了几盅酒，忽然自言自语："哎呀，肚子好疼！"说罢，起身往外跑，似乎急着去上厕所。当他歪歪斜斜跑到白大侠桌旁时，一脚没站稳，撞到桌子腿上，把桌面的酒杯、酒壶撞翻。这人很不好意思，忙道："对不起，对不起，我肚子疼得好厉害。"说话间，扶起酒杯酒壶，跑下楼去。

"看样他病得不轻。"南洋富翁又端起酒盅，"白大侠，你我一醉方休。"

"啊？"白五峰再看，桌上的串珠不翼而飞！"邓先生，咱们上当了，刚才那人是个扒手。你等着，我去追他！"说罢，推开窗户，纵身而下。串珠值钱多少不论，这跟头栽不起，堂堂圣手昆仑侠被人偷了，好说不好听啊。他来到大街，四处观望。那个盗贼走出不远，正在前方。白大侠不顾人群，施展陆地飞腾术，眨眼之间便追上那盗贼，刀压颈项："你好大胆，竟然偷到我的头上！"

"饶，饶命。英雄，我，我还给你。"

"跟我走，我得给你点教训！"白五峰押着盗贼，来到一个无人之处，"把右手伸出来，快点！"

"您，您要如何？"

"我废了你，看你还敢不敢再偷？"

"哎呀，您是我活祖宗，千万别伤我，我还有大事没办呢。"

"蟊贼草寇，能有什么大事？"

"不敢骗您。"盗贼心想：我用大帽子压住他吧，省得他下狠手，"英雄，我可不是普通小贼，在下姓孙名通，外号'小白猿'，乃惠山云罗寨大寨主金景龙帐下的二头目。金寨主势力强大，他连黄三太这样的人物都敢关押，您要真的废了我，恐怕……恐怕你不敢吧？"

"什么？"白五峰被这意外的消息震动，"我来问你，金景龙为什么要关押黄三太？"

"嘻嘻。"孙通笑了，他以为对面这人真的害怕，于是继续吹道："黄三太为捉秦尤，闯上云罗寨，被我家寨主押在白鹿院。白鹿院有七处暗堡，处处有埋伏，除了神手大将纪有德，谁也攻不进去。我是金寨主的亲信，寨主派我去花荡湖上黄岛金虎厅拜见大寨主甄飞龙，求甄寨主帮忙，看守住纪有德，不论谁去搬请，都不准纪有德出面。我寻思：空着双手去求人家，有点不仗义。所以才偷了你们的串珠，没想到你的行动这么快，把我抓住了。得啦，实话告诉你了，放我走吧，串珠还给你，别伤我就行。"

"原来如此。"白五峰接过串珠，心中暗道：彭钦差与黄大侠已经到了太湖，幸亏捉住这个小白猿孙通，否则就错过了见面机会。怎么办呢？搭救黄大侠乃燃眉之急，刻不容缓。趁着金景龙还未下手，我何不去趟上黄岛，请出纪有德。主意拿定，故微微笑道："孙壮士，我说你偷法这样高明呢，原来是金寨主的亲信。不瞒你说，神手大将纪有德乃是我的师叔，我若去见他，不论提什么要求，他全能应承。"

"真的吗？"孙通信以为真，眉飞色舞，"英雄，你能帮忙吗？"

"可以。只是有个条件：事成之后，惠山云罗寨能给我一个适当的位置。"

"放心吧，凭着你的武艺和功劳，肯定能坐上偏寨主交椅，地位会在我之上。"

"你等着，我将串珠送还那位先生后，咱立刻动身。"

"到手的宝贝还往回送？"孙通摇头晃脑，很不理解，白五峰也不理他，送还串珠后，二人一道启程。来到花荡湖时，天已破晓。白大侠见四处无人，一刀斩了孙通，将尸体扔进湖内，然后又雇了一艘快船，急奔上黄岛。谁料恰逢李七侯遇难，白五峰将他救下，几经周折，带回公馆。

书归正传。彭公及诸侠义听罢白大侠这番经过，人人担心："哎呀，金景龙派出孙通，如无回音，他会派第二个、第三个人，纪有德万一出错，如何是好？"

"请大人放心。"白五峰禀道，"据下差看来，上黄岛金虎厅大寨主甄飞龙为人还算不坏，只是一时误会，才与我们作对。据他说，纪先生隐居望湖亭，亭周布满埋伏，除了他本人，别人进去不得。现在，只有与甄飞龙解开误会，才能请出纪先生。"

"唔呀，"怪侠欧阳德笑道，"七侯贤弟，钦差派你去请人，没派你去招亲哪。你怎么把甄飞龙的老婆勾搭上了？艳福不浅哪！"

"欧阳大侠，"李七侯急得直想哭，"现在什么时候了，你还有心开玩笑？"

白五峰对李七侯很为同情。说道："是呀，咱们得尽快想办法。据尹春娘遗嘱，证据藏在鹅毛穴，只有下去打捞上来，才能劝服甄飞龙。可是鹅毛穴深不见底，一般水性的人不敢下去，这便如何是好？"

"我，我倒有个主意。"李七侯脸面通红，吞吞吐吐，"据尹春娘告诉我，甄飞龙曾去双石山六合寨参加婚礼。新郎名叫高通海，外号'海底蛟龙'，水性天下第一。如果能把他请出来，也许能探鹅毛穴。"

"唔呀，好得很哪。"怪侠欧阳德答道，"高通海的父亲叫高恒，外号'鱼眼'。他是吾老人家结拜的盟兄。要请高通海，非吾不行啊。"

诸葛山真笑道："欧阳大侠，你与高恒结盟，终差一层呢！那高通海正是我二徒弟，我让他去探鹅毛穴，他绝对不敢违抗。"

白五峰连忙点头："有了二位大侠这种关系，事情就好办了。在下曾与甄飞龙接过头，情况熟悉，我陪二位大侠即刻动身。"

说走就走。好在有老剑客夏侯商元在此，可以保护钦差。三位大侠辞别众人，直奔双石山六合寨。一夜急行，来到巢石湖时，天已微明。他们雇了一艘小船，登上山寨。老寨主高恒闻报，急忙亲自接迎。他只认识欧阳德、诸葛山真，却不认识圣手昆仑侠白五峰。经过介绍后，连忙抱腕当胸："三位大侠同时光临，敝山生辉。请。"说罢，将三侠让入厅内。

"唔呀，老哥哥，不必客气了。你儿子高通海呢？"

"他现在后寨，我立刻传他来见。"

高通海新婚才毕，妻子余晓霞贤惠多情，几天来，小夫妻一直在后寨。闻报之后，赶到前厅。他先给白五峰、欧阳德鞠躬，又对恩师大礼参拜："师父，多年不见，您老人家怎么会来到双石山？"

诸葛山真扶起徒儿，笑道："你大婚之礼，怎么不告诉师父？"

"这……师父云游天下，让徒儿何处寻找哇？"

"算你有理。"诸葛山真从背后解下一个包袱，从中取出一口钢刀。说道："我在云南游逛时，碰上一个老者卖刀。据那老者说，当初，平西王吴三桂曾用娃娃铁加青钢打造了十口单刀，虽然不能削金断玉，却也立刃吹毛，这便是其中的一口。我见锋刃不错，便买了下来。今日赠你，算作新婚贺礼吧。"

"多谢师父，您，您不用吗？"

"师父用剑。"

"唔呀，好偏心哪！"欧阳德拍了拍通海的肩头，说道，"你师父赠刀可不能白赠，他还得让你办事呢。"

"噢？请恩师吩咐。"

"你坐下吧。"诸葛山真说明因由。

"恩师放心。别说是什么鹅毛穴，即便龙潭虎穴，我也敢闯。"

高恒一摆手："通海，事关重大，你得要多加谨慎。"爹对儿子总是更为关心。老寨主又请来手下的五位副寨主，共同研究打捞方案。当日中午，三贤寨三位寨主也闻讯赶来，与三侠见面。三侠夜宿六合寨，次日清晨，六合、三贤九位寨主陪同三侠，拥簇着海底蛟龙高通海一道动身，奔往花荡湖上黄岛。

再表甄飞龙，送走了白五峰和李七侯之后，心情十分矛盾。若从国家大局着想，自己应该陪同恩师纪有德一道下山，共破白鹿院。可是妻子、胞妹死得好惨，面对差官李七侯，又难咽下这口恶气！怎么办？只有看鹅毛穴了。可是寒潭中能有什么证据呢？自己一概不知。单等真相大白之后，再拿主张吧。

这时，喽兵来报："寨主爷，双石山两寨九位寨主同来金虎厅，言说有要事求见。"

"噢？"甄飞龙一愣，"请他们稍候，本寨主亲自迎接。"

九寨主同来，非比寻常。更何况还有三侠，使甄飞龙忐忑不安。待他问明众人来意，只得点头应承："诸位侠义，请吧。"

鹅毛穴在东北山角，背阴之处。虽是盛夏酷暑，寒潭四周却冷气袭人，寸草不生。海底蛟龙高通海用手测了测水温，冰凉刺骨。他扭头对甄飞龙问道："寨主爷，您可知道夫人扔进的是什么物品？"

"天晓得！她只留下四句话，白大侠也看过，别的情况我一概不知。"

"也罢，只好听天由命！"高通海换上水衣水裤，又喝了几口滚热的烧酒，一头扎进水中。只见水花翻滚，浪涛拍岸，过了大约半个时辰，高通海才从水中冒了上来。他手托着一物，甩到岸上。然后自己才爬了上来，只冻得浑身发抖，脸色紫青。鱼眼高恒早已拾来干柴，架起火堆。怪侠欧阳德又将皮袄脱下，披在通海身上，口中说道："唔呀，不愧海底蛟龙，你功劳不小。"

圣手昆仑侠白五峰拿起那件物品细看，原来是一口宝剑，剑身上绑着一个油布包裹。为了避免嫌疑，他不便拆开，双手递与甄飞龙，说道："甄寨主，请你亲自过目。"

"嗯。"甄飞龙接过物品，从剑身上解开油布包，里边又是一层油布，一连解三层，最里边原来是封书信。甄飞龙拆开封筒，细读起来。只见他脸色突变，由白而红，由红而紫，变颜失色，半晌说不出话来。

白五峰问道："甄寨主，信上说些什么？我们能看看吗？"

"唉，家门不幸，出此恶妇。她死了，我也不怕丢人现眼。白大侠，请拿去吧。"说罢，将书信递了过去。

诸侠义看信，人人皱眉。这信是尹春娘的亲笔：

十七为人妇，

夫君是酒徒。

夜夜守空房，

幽情向谁呼？

偶遇白马将，

奉上酒一壶。

谁知遭拒绝，

有泪不能哭！

为防情外露，

利剑斩小姑。

沐浴洗血迹，

白马藏浴屋。

彼此情未叙，

儿夫仗剑出。

无奈悬梁死，

留此绝命书！

又及：白马将若不该死，此信当复出。此信不出，白马将则与我黄泉为伴！切，切！

尹春娘　绝笔

读罢遗书，诸侠义面面相觑，且悲且喜。悲的是这封遗书写得恳切，堪称字字血，声声泪，春娘虽非节妇，也是个多情女；喜的是真相终于大白，李七侯可以解脱，神手大将纪有德也可以出山了。

"甄寨主，"鱼眼高恒叹道，"人死不能复生，夫人之事，就算了结。下步你怎么办？我等愿闻高见。"

"我……"甄飞龙面对三侠九义，还能说什么呢？只好点了点头，"拙妻遗书所述，与李七侯说得完全相同，由此可见，李七侯并无过错。大丈夫一言既出，驷马难追。甄某话符前言，绝不反悔。我可以将恩师纪有德请出望湖亭，与各位见面。他肯不肯帮忙，那是他的事，甄某一律不管。至于在下，虽与李七侯无仇，却不愿见他。从此隐居金虎厅，再不过问世间之事。"

欧阳德笑道："唔呀，甄寨主的心胸太狭窄了。好吧，一切依你。"

"请侠义英雄随我回山。"

众人重返金虎厅。欧阳德唯恐发生意外，他派圣手昆仑侠白五峰随同甄飞龙一道去请纪有德。过了一个时辰，甄飞龙、白五峰陪同一位老者蹒跚而来。这老者年届八旬，须发皆白，他看了看众侠义，问道："你们都是差官吗？"

"唔呀，你老人家是纪先生吧？吾叫欧阳德，奉了彭钦差的委派，特请你老人家下山帮忙啊。"

"我已经知道了。"老人长叹一声，"当初，金景龙让我摆设暗堡，我就知他居心不良。果然不出所料，他竟敢囚禁大侠黄三太，孰不可忍。各位差官，老朽愿为国家效力，不知几时动身。"

"唔呀，当然是越快越好。"

"对，待我收拾一下东西，立刻启程。"

鱼眼高恒对欧阳德说道："贤弟，通海寒潭捞剑，已经完成了任务。若无别事，我们应该回归双石山了。"

"且慢。"诸葛山真替徒儿着想，"老哥哥，学会文武艺，货卖帝王家。通海精通水旱两功，若让他久居双石山，何时扬名天下？如今，彭钦差奉命攻打三皇镇，三皇镇处于海岛之中，正是通海大显身手的好机会。机不可失，时不再来，你这当爹的该替儿子着想，还是让他去效力当差吧。"

"唔呀，诸葛大侠这句话倒提醒了吾老人家。吾们扶保钦差，将来攻打三皇镇时，必有一场血战。可是吾们这些人，包括顶天立地的黄三太，都是旱鸭子，不会水，一旦水战时就发傻了。而你们六合、三贤九位义士却都是水路豪杰。正好有用武之地。依吾看来，不仅通海要去，你们都要去才对呀！"

"这……"高恒看了看几位弟兄，"你们怎么样？各抒己见，去，还是不去？"

三贤寨大寨主金清连连点头："为国效力，理所当然。当一辈子山大王算怎么回事？说句私心话，攻下三皇镇，也能闹个一官半职，扬名声，显父母，何乐不为？再说，彭公身边都是些著名的大侠，和他们在一起，还能学本领，长见识呢。如果彭钦差不嫌弃，我们金氏兄弟愿意去，不但我们要去，还得把'水八怪'带上，让他们也为国立功。"

"金寨主说得太对了。"六合寨的五位副寨主也随声附和，"大哥，咱们也去吧，占山为王不是长久之计。"

"好，既然大家都愿去，我也同往。唉，只是我年龄老了，恐怕力不从心。"

"老哥哥，"诸葛山真笑道，"你可别拍老腔，我师父比你老多了，他现在还在钦差行辕呢！"

"什么？夏侯老剑客也在协助钦差？"高恒大喜，"我和他老人家相比，年轻多了。"

众人大笑。

高通海惦念新婚妻子，又不好明说。只得问道："咱们都走了，双石山怎么办？"

金清心直口快："好办，双石山本是你老丈人余化龙的祖业，咱们为了找块栖身之地，才强占多年。如今，咱为国当差了，把双石山完璧奉还，交给余家。你媳妇余小姐暂回娘家居住。将来，你小子当上高官，大马金刀迎出小姐，谁敢小瞧咱们山大王？"

众人更加欢快不止。

经过协商，派高通海先回双石山，安排两寨后事。事毕，再率"水八怪"同往公馆。余下的六合、三贤九位义士连同三侠，陪伴纪有德立刻去见彭公。诸事完毕，摆宴祝贺。

甄飞龙见大家轰轰烈烈，喜气洋洋，真有点眼热。怎奈对李七侯仍有怀恨，三侠九义虽然一再相劝，他仍不肯出山。众人只好作罢。

午宴之后，立刻启程。一路平安，到达飞雪桥钦差公馆。

鱼眼高恒、大甲鱼孔寿、水蝎子赵永、浪花王顺、小白条杜江、活泥鳅陈友、水豹子金清、参水猿金明、水上漂金亮，九位义士向钦差施罢大礼，凭空添了一群豪杰，彭公大喜。点头笑道："各位义士愿为国家立功，将来皇上必有封赏。现在，攻打白鹿院，解救黄将军乃当务之急。快请纪先生上座，说如何来破白鹿院，早日动手，共赴惠山！"

第十回　大花驴儿反踢飞天鼠
小蝎子倒钩落地麟

　　且说神手大将纪有德被彭钦差奉为上宾，落座在首席。他手捻长须，摇头叹道："说来惭愧，若早知金景龙谋反，老朽就不会为他摆下白鹿院了。不瞒钦差和诸位侠义，对金景龙的品德，我也有所察觉。为此，在他请我摆设埋伏时，我便留了后手，只为他摆了一个'正六品'。"

　　"什么叫'正六品'？"诸侠义均疑惑不解。

　　"老朽一生，文不能提笔著论，武不能跨马征杀，全靠为人摆设机关谋生糊口。请我摆设机关者，除了王公显贵，就是百万富豪，他们家资殷厚，怕抢怕盗，便把细软之物藏在其中。这些人品德不一，忠奸有别，财产的来源也不相同。忠厚老实者，靠勤劳节俭致富，奸诈狡猾者，靠剥夺强占发家。不论是哪种，人家花钱雇我，我便不能推辞，因为我干的就是这种职业。不过，我在摆设机关时，因人而异，各有区别。按照大清官制，我把机关埋伏也分成九品十八级。正一品级别最高，埋伏也最为复杂。内外全是自动装置，靠机器人操纵。说句不自量力的话，如无图纸，就算真仙活佛降世，也难攻破。这种正一品机关，我很少摆设，除了大贤大贵之人，别人休想得到。越往下排，级别越低，机关装置也就越为简单。到了从九品，就没什么内容了，只不过几个陷坑而已。"

　　"妙论！"群雄感叹，"纪先生，您说白鹿院是正六品，算作中等吧？"

　　"不够中等，只能算作下等而已。这些理论，多说无用，何况一时半会儿也说不清楚，咱们还是讲些实际的吧。"纪有德呷了一口清茶，又从随身携带的包袱里取出一张图纸，挂在墙上，接着说道："白鹿院品位不高，埋伏也很简单，只在院中设下七处暗堡，称为'七星灯'，形状犹如天上的北斗。它们的俗名叫作飞龙堡、飞凤堡、飞狐堡、飞豹堡、飞鱼堡、飞虎堡、飞狼堡。七星灯明分暗合，既能独立作战，又能共同对敌。每堡之中，藏着一种埋伏，分别是利箭、火弩、水闸、毒雾、爬虫、猛兽、大翻板。诸位侠义，请看挂图。"纪有德手中拿着一根小木棍儿，边指边讲，"入口处为第一暗堡，又叫飞龙堡，堡中藏着射手，一旦发现敌人，便从中射出利箭。再往里走为第二暗堡，又称飞凤堡，堡中藏有手摇转轮，可向外发射铁弩，弩头带有硫黄，转轮发射的同时便能摩擦起火，越烧越烈，比暗箭又厉害十倍。第三暗堡称作飞狐堡，堡内连接山泉，水压很重，若打开闸门，洪水泛滥，便能淹没敌军。第四暗堡当往东拐，称作飞豹堡，堡中东西墙上镶着两口大铁柜，柜中装着二百斤麻醉草，一旦点燃，毒雾弥漫，可以熏倒敌军。第五暗堡称为飞鱼堡，堡中有两口大池，养着五十条毒蛇、五十条蜥蜴，百虫放出，无人敢惹。第六暗堡叫作飞虎堡，因有五头猛虎、五头雄狮。十头猛兽总处在半饥半饱状态，一旦出笼，定伤人性命。第七暗堡是最后一关，称为飞狼堡，位置紧靠移步亭院门。门外是块三丈宽、一丈长的大翻板，翻板下挖陷阱，阱中吊着棕榈编成的大网，人若落下，只有束手被擒！"

"哎呀，好厉害！"诸侠义听罢，人人目瞪口呆，议论纷纷："七星灯幸亏是个六品埋伏，若是正一品，那还得了吗？"

"英雄们不必担心。"纪有德摆手笑道，"我们摆设埋伏的人有条规矩，叫作'先破后立'。犹如你们的武功，有一种绝招，必须也有一种破法。'七星灯'虽险，破起来也很容易。只要功夫高超，再掌握要领，完全可以化险为夷！"

"请老先生明示。"

"你们看——"纪有德手指挂图，继续说道，"白鹿院在云罗寨西南，前山重兵把守，后山峭壁悬崖。若从后山进院，极为简便。只是可惜无路可走……"

"这倒不愁。"粉面金刚徐胜答道，"我曾任白鹿院偏寨主，对地形很熟。后山密林中有条羊肠小道，直通白鹿院正门。只要登上峭壁，我便可以引路。据在下猜想，钦差帐下不乏能人，攀登峭壁不在话下。"

"这就好了。"纪有德往下讲解，"七星灯的地理位置都分布在图上，你们要牢牢记住。请派出七位英雄，各管一堡。"

"唔呀。"欧阳德不解，"每堡一人，怎么能挡住堡中的机关？"

"不是挡住机关，而是大破机关。各暗堡顶上，都有一个铁盒，盒中藏有机关总弦，只要将总弦砍断，暗堡就被封死了。各出口入口都会落下铁闸门，堡中的埋伏再也发不出去。"

"唔呀，这可太妙了。不过，吾不明白，既修暗堡，为什么还修铁闸门？"

"欧阳侠客，您问得很有道理。为什么要修闸门呢？第一，我刚才说过，凡是机关，必须有立有破，有立无破者，不叫机关。第二，修建闸门，也是为了防止万一，一旦有自己内部人遇险，要靠它解救。第三，当发生意外变化时，要把机关破坏，不能留给别人……"

"吾明白了，这叫宁可自己没有，也不让他人得到。"

"正是这个道理。"

老剑客夏侯商元笑道："怪侠，你就别纠缠这些枝节了，快快商讨破院之事吧。"

"对。"欧阳德也笑了起来。

由于黄三太身陷白鹿院，圣手昆仑侠白五峰便成了群龙之首，经他安排，派出七位高手夜间行动。这七位高手是：白五峰、欧阳德、杨香武、诸葛山真、贾明、贾亮、徐胜；七人分别负责七座暗堡。老剑客夏侯商元留在公馆保护钦差彭公的安全。诸事完毕，登程上路。

粉面金刚徐胜久居太湖一带，地理熟悉，自然是众人的向导。他抄近路走小道，很快便来到惠山。说道："诸位英雄，请随我来，咱们由后山进入白鹿院。"

来到后山，满目峭壁悬崖，并无山道可攀。这倒难不住一群高手。他们各自寻找地形，从怀中掏出飞抓，向山头扔去。飞抓抓紧山头的老树，英雄们手拽绒绳，足登峭壁，爬了上来。来到山顶之上，徐胜低声说道："跟我来。"说罢，向西南拐了几个弯，便踏入林间小道。这条小道多年无人走动，长满了蒿草。七人鱼贯而行，走了二里多远，眼前果然闪出白鹿院院门。喽啰听见响声，问道："谁？"

"我，偏寨主徐胜。"

"原来是徐寨主。您一去几天不回，我们怕有意外，已经报告了总寨主。他让您回来之后，立刻去大厅参见。"

"知道了。"徐胜一努嘴，贾明、贾亮上前，手起刀落，结果了门军性命。

院里边的小头目并不知道院外之事，还以为他们在打闹。只是喊了一声："不准喧哗！"

"明白。"徐胜答应了一声，七侠义乘机闯进院门。

院门头目有点发傻："你，你们找谁？"

"唔呀，吾老人家就找你呀！"怪侠欧阳德将烟袋一抢，烟袋锅子正砸在头目脑袋上，打了个万朵桃花开，头目当场毙命。

徐胜低声说道："各位，白鹿院的喽啰都藏在暗堡里，地面上人数不多。据我估计，暂时不会再有人来。咱们怎么办？"

"按照计划，各自行动！"白五峰吩咐完毕，率先而入。

根据神手大将纪有德的讲解，七座暗堡形成阶梯式，一座比一座高，里边的设施一座比一座复杂。为此，七侠义进行了分工。第一堡为贾亮，第二堡为贾明，第三堡为徐胜，第四堡为杨香武，第五堡为诸葛山真，第六堡为欧阳德，最后一堡为白五峰。杨香武居中，他已带足了硫黄焰硝，以火为号，七人同时动手。

看他们：人人艺高，各展奇能，一个个轻如猿猴，快似狸猫，鹿伏鹤行，落地无声，按照图纸上标明的位置，分赴其所。

有人问："七星灯"如此厉害，怎么不还手哇？看官不知，这七座暗堡都是用来对付大股人马的，只有在双方鏖战时，它才会显出巨大威力。而七侠义行动严密，根据图纸指示的方向，都是从暗堡背面绕行。再加上他们的轻功很高，没有半点响声，暗堡中的喽啰岂能发觉？

闲话带过。单说赛毛遂杨香武，高抬足，轻落步，来到第四座暗堡下面。这座暗堡又叫飞豹堡，离地面只有四尺。杨香武脚尖用力，飞身而起，登上了堡顶。堡顶有一丈方圆，平平整整，是用青方石砌戌，中心果然竖立着一个三尺高、二尺宽的铁盒。盒门上锁，杨香武从怀中掏出十三把万能钥匙，片刻之间便捅开了铁锁。见里边挂满了棕绳，横七竖八纵横交错。看罢，心中有底了。他又看了看前三堡、后三堡，见六堡之上都站着一条黑影，知道时机已到，便从怀中又掏出硫黄焰硝，擦着火石，点燃火种，然后举起尖刀，向棕绳砍去！

只听：如惊雷滚动，似万马奔腾，白鹿院中轰隆隆几阵巨响，响声过后，鸦雀无声！

"快随我来，解救黄大侠脱险！"白五峰一马当先，杀向移步亭。移步亭共有二十名喽啰，他们岂是七雄对手？眨眼之间，尸横遍地。

再说飞镖南霸天黄三太，身陷囹圄，度日如年。忽见七雄出现，喜从天降。忙道："诸位弟兄，你们从何处而来？"

"现在不是讲话之机。黄大侠，快跟我们下山。"

"可是，我的宝刀、镖囊都在山上……"

"唔呀，以后再说吧。"怪侠欧阳德从地上拾起一把喽啰的铁片刀，塞给了黄三太，又拉着他往外闯。途中，碰上两伙巡山的喽啰，皆被群雄斩杀。逃出白鹿院，奔往后山。

此时，东方发白，天已破晓。八位侠义正往前走，对面闪出一哨人马。只听有人高呼佛号："弥陀佛，黄大侠，别来无恙乎！"

"啊？"黄三太大惊，见来者正是藏真长老！

原来，白鹿院距云罗寨只有二里远，七侠义大破机关，响声惊天动地，院中的值班喽啰早已听见。有两伙喽啰出面阻拦，被群雄斩杀，另外的喽啰急忙跑到云罗寨报信。总辖大寨主、落地麒麟金景龙闻讯大惊，立刻会集了全山寨主，准备迎敌。他又自知不是黄三太等人的对手，所以请出藏真长老，一道追击阻劫。

"高僧，"黄三太双眉微耸，说道，"以您的身份和年龄，似乎不应该屡屡与我们为敌。可是，可是您老人家……"

"弥陀佛。"藏真长老打断黄三太的话音，摇头叹道，"黄大侠，你不该就这么一走了事啊！"

"那我……"黄三太心中有气，说话话音加重，"老人家，难道我该被困一辈子吗？"

"大侠息怒。贫僧曾经对你说过，据飞天鼠秦尤所述，他父亲，也就是我侄儿秦天豹死得冤枉。秦尤万般无奈，掐死胜英，替父报仇……"

"那是他一面之词，您不该相信。"

"不信他一面之词，难道让我相信你的一面之词吗？黄大侠，数日之前，我把你拿下，为什么不杀你，而把你囚在白鹿院呢？实话告诉你，秦尤与恶法师马道玄去了三皇镇，如今不在山上。依老僧本意，等秦尤回来，让你二人三头对面，各论是非。别看秦尤是我侄孙，他若是干下伤天害理之事，老僧也不会饶他。可是你今日一走，何人与秦尤对证？若听老僧劝告，请你留下。你若非走不可，哈哈，有老僧在此，我让你寸步难移！"

"这……"黄三太沉思起来。

花驴儿贾亮勃然大怒："师哥，别听这老秃驴胡说八道。他是猴拉稀——坏肠子啦！他们老秦家从老到小没一个好货，您还犹豫啥？咱们动手吧！"说罢，抢起单刀向老僧刺去。

"弥陀佛！"藏真长老是何等身份？轻易不生气，此时被贾亮骂得百般恼火，"畜生，你是何人？"

"我，我是秦尤的祖宗、秦天豹的爷爷、你老和尚的贾二叔，花驴儿贾亮是也！嘻嘻，今日花驴儿战秃驴，看刀！"贾亮不知深浅，扑向高僧。

"小娃娃，凭你口出不逊，我就该要你性命。可是老僧出家多年，不开杀戒，又念你年轻幼小，只废了你吧。"说罢，身形一闪，就要还手。

"糟了！"黄三太领教过老僧的招法，凭自己的武功，只走过一个照面，贾亮那两下子，藏真长老说废他就废他。此时已经刻不容缓，犹豫不得。"诸位弟兄，各拉兵刃，快去搭救贾亮！"

"是。"诸侠义从黄三太神色之中，猜到事态严峻，各自举起刀剑、烟袋，一拥而上。

老和尚稳稳当当，轻轻巧巧，只用双掌迎敌，会战八方。这八个人可不是平常人。黄三太、白五峰、欧阳德、诸葛山真都是武林之中早已成名的大侠；杨香武、徐胜、贾明、贾亮也都够个义士。四侠四义共战一人，真是旷古罕见，世上少有！

按照当时的习惯，把练武之人分为六等。最低一等叫"武把式"，只会个三角毛、四门斗，扛个铁锁、举个砘子而已。再高一点的叫作"武士"，往往指那些刚刚出师的青年人或者是一辈子没有大成就的人。武士上边叫"义士"，得有点真功夫了，起码能够独闯天下，被武林承认为"义士"的人，就无人再敢小瞧。有的武士一辈子也当不上义士。义士这层人数最多。义士上边是"侠客"，敢称"侠客"者，不仅武艺纵横天下，而且还得品德高尚，举止端庄。某些"下五门"领袖武功精湛，由于品质恶劣，却不敢称侠。侠客上边是"剑客"，身份很高了，轻易不出头露面。如胜英的师父艾莲池，外号人称"青峰剑客"。至于夏侯商元，只够清初"三剑"之末，勉强而已。比剑客再高的称作"隐士"。这种人年事高迈，一生功成名就，再不问世事了。藏真长老已够隐士。

　　闲话带过，八侠义大战藏真长老，好一派精彩场面。但只见：

　　六口单刀，一口宝剑，外加一根大烟袋，八般兵器当头打，或上或下或左或右，上下左右寒光闪；两只铁掌迎面飞，或东或南或西或北，东南西北风声疾！八位豪杰，如同八朵浮云抖动，一个老僧，好比一棵古松盘根。看这边，好比八个童子朝佛祖，看那边，就像一位老叟戏婴孩。这场恶战，只杀得天昏地暗，金风四起！

　　云罗寨群寇看得瞠目结舌，一动不敢动。

　　恰在此时，忽听有人高喊："你们是傻是呆？他们八个年轻力壮，欺侮一位老人家，你们竟袖手旁观哪？快跟我一起上，捉拿黄三太，抢立头功！"

　　"啊？"八侠义一愣。

　　"弥陀佛！"藏真长老收住双掌。

　　原来，喊话者正是飞天鼠秦尤！

　　书中交代：如今的秦尤和从前的秦尤已经大不相同了。

　　一年之前，秦尤扶保阿必隆逃出山东平原县，奔往临海洲三皇镇，并为叛首朱三太子带去了五车珍宝。朱三太子大喜，根据阿必隆的出身，立刻加封他为"金王"，这比额尔起的定海王又高一等。按照规定，凡是王爵，字越少越贵。有三字王，有二字王，有一字王，一字王又叫"一字并肩王"，比皇帝稍低一等。阿必隆当上了一字并肩王，自然十分喜悦，常常指手画脚，作威作福。

朱三太子是好惹的吗？心中暗想：我给你个一字王，是冲着你那五车珍宝和借用你的名声。你怎么当真的了？不行，他原是清朝贵族，还有一定的号召力，弄不好他会与我分庭抗礼，趁他羽翼未丰，我得对他做些限制。怎么办呢？刚刚封他为王，若削爵撤号，则显得我出尔反尔，不但众人不服，还会堵塞贤路。现在刚刚起事，还得笼络人心。思来想去，拿定主意。这天对阿必隆说道："金王千岁，朕有一事相求，还望金王千岁首肯。"

"万岁，请讲吧。只要本王能办到，会尽力而为。"阿必隆大大咧咧，满口应承。

"四十多年以前，朕被一条神龙驮出皇宫，几经周折，流落到东南沿海。当时，一位姓陈的渔夫将朕收留，并与朕结成生死兄弟。唉，人世沧桑，我那盟兄已经作古了，他膝下无儿，只有一女，取名娇凤，今年已经一十九岁。九年之前，朕将她收为义女，并加封为海蓝公主。公主年长，理当婚配，怎奈高不成，低不就，至今尚未找到合适的人家。朕想请千岁为媒，千岁切勿推辞……"

"哎呀，"阿必隆一愣，他万没想到朱三太子会让他当媒人，连忙摆手，"万岁，如果在内陆，这事不难。年轻的王公贵族很多，与公主会门当户对。可是在海岛之上，本王实在无能为力。我刚刚到达，人地两生，让我去找谁呢？"

"眼下就有一人，请千岁去说合。"

"谁？"

"千岁帐下的亲信，飞天鼠秦尤。"

"秦尤？"阿必隆心中暗喜，想道：秦尤是我的心腹，他若招了驸马，对我有利。于是连连点头："对，对呀，秦尤年轻有为，相貌、武功均属上乘，哈哈，万岁好眼力！"

"嘿嘿，请千岁急速玉成。"朱三太子心中暗笑：你阿必隆远路而来，除了女眷，只有秦尤一个能人。我把秦尤拉过来，这叫"釜底抽薪"，剩你光杆一个，还能成什么气候？

有人说：朱三太子很有计谋哇！当然，他若是个浑蛋白痴，岂能有这么多人保他？

又有人说：虽然他很有计谋，终究把义女赔上了，也不算太合适。看官不知，他哪里来的什么义女？完全是胡编滥造。这种手段，他已经用过多次了。只不过把后宫的彩女送出去几个，然后再从民间补充几个进来，周而复始，只此而已。至于他亲生女儿，倒有两个。这两个女儿非比寻常。此处不表，后文自有交代。

"义女"手段很管用，冒牌公主下嫁秦尤之后，按照朱三太子的嘱咐，枕边风猛吹起来了。没过多久，飞天鼠对旧主人渐渐疏远，而死心塌地投靠了朱三太子。等阿必隆明白过来的时候，一切都晚了。气得他咬牙切齿，又无可奈何。

朱三太子抓紧时机，传下"圣旨"："秦驸马身怀绝艺，好比一颗明珠，不能总让你埋在土中。朕封你为御前二品侍卫兼蓝旗特使，负责本岛与内陆的联络任务。你要尽忠尽力，莫负圣恩。"

"多谢万岁。"秦尤趾高气扬，好像秃羊生角、癞狗长毛，连自己姓什么都忘了，自以为成了"皇上"的亲信。岂不知，朱三太子又耍阴谋。他觉得：秦尤这种反复无常的人是靠不住的，明中派他当蓝旗特使，暗中让他到内陆送死！

秦尤辞别了"公主"，往返于内陆、海岛之间。也该他红运高照，这天走到浙江四明山时，天已近午。他找了家饭棚吃饭，并向伙计问道："堂倌，今天是什么日子，游山的人怎么这样多呀？"

"客爷不知，我们这个地方离曹娥江不远，往西六里地，便是曹娥孝女庙。您知道曹娥吧？她大概是曹操的姑娘，"堂倌胡说八道，为的是取悦客人，"那年曹操打刘备，曹娥拦不住，就投江死了。死的那天正是七月初七。后来刘备火烧赤壁，把曹操打败了。跟诸葛亮一商量，曹娥为救我而死，在江边修座庙吧，每年七月初七都派人祭典……"

"一派胡言！"秦尤哭笑不得。

"究竟是怎么回事，我也闹不清楚。"堂倌也笑了，"反正每年七月七，都有挺多大姑娘、小媳妇给曹娥烧香。今天是初六，明天才是正日子。您要不走，等着看热闹吧。"

"原来如此。"秦尤自斟自饮起来。

这时，忽听外边一阵大乱，传来女子哭啼之声。秦尤给了饭钱，出门观看。只见一名恶少，嬉皮笑脸地拉扯一位村姑："小妞，别躲呀，我家有的是钱，比你卖菜强多了！"

"快松开我！"村姑喊叫不止。

秦尤一愣，这村姑的模样与自己的"公主"酷似。心想：我若把她弄回海岛，那多有意思。借着酒劲，他不顾多想，上前就是一脚，将那恶少踢出一丈多远。口中装腔作势："青天白日，竟敢欺侮女人，你活够了？"

恶少见他威武，扭头就跑。围观的百姓赞不绝口，秦尤扬扬得意。他正想说出自己的打算，旁边过来一位年迈高僧，口打佛号："弥陀佛，请问壮士，尊姓大名？"

秦尤正想露脸，答道："我叫秦尤，武当派门人，外号'飞天鼠'。"

"善哉！我觉得你与天豹五官相似，果然是你。好孩子，济困扶危，为我秦门增光。"

"您，您是谁？"秦尤打量老僧。

"大水冲了龙王庙，一家人不认一家人。我法号藏真长老，俗名秦必修。"

"吱呀，原来是叔祖，孙儿有礼了。"秦尤再不敢招惹村姑，急忙大礼参拜。

祖孙二人边走边谈："孙儿，你两岁的时候，你父领你见过我一面。弹指二十年，你父可好吗？"

"这……"秦尤眼珠一转，计上心头。暗想：听父亲说过，这位叔祖是个老隐士，曾与胜英的师父艾莲池大战过四天四夜。我何不让他出头，杀死黄三太一伙！"叔祖，别提了，我父亲他老人家已经命丧黄泉……"

"啊？他年纪轻轻，怎么说死就死？得的什么病？"

"若是病死也就没说的了。他是被胜英用镖打死的！"

"什么？胜英与秦天豹均为武林八义，他因何下此毒手？"

"胜英是少林派，我爹是武当派。胜英强迫我爹改换门庭，并说什么少林派乃上三门之首。我爹不从，便被他用镖射死……"秦尤无中生有，挑拨是非。

"弥陀佛!"藏真长老心疼侄儿,又与艾莲池有前仇,便不加分析,信以为真,"可恨,胜英竟敢这样无理,我要找他算账!"

"我,我已经把他掐死了……"秦尤讲述经过。

"嘻,明人不做暗事,你不该这样。"

"报仇心切,只得如此。如今,胜英的弟子黄三太正找我算账。说什么,什么,要把武当派斩尽杀绝!"

"岂有此理!让他先杀我试试。"

"叔祖,由此向西北不远,有座惠山云罗寨。大寨主落地麒麟金景龙也是咱们武当派门人。据孙儿所知,黄三太勾结官府,近日剿山,欲取金寨主项上人头……"

"欺人太甚!我倒要看他有多大本领。"

"我陪你去。"秦尤窃喜。领着高僧来到云罗寨。安置完毕,他又与恶法师马道玄去见澄海公郑大涛,商议劫杀彭公、攻占无锡府之事。由于事关重大,须向朱三太子报告,他才赶回三皇岛。朱三太子只批准劫杀彭公,不准攻占无锡府。因为时机未到,以免打草惊蛇。为传达这项命令,秦尤又跑回云罗寨,恰逢八杰战一僧,他才跳了出来。

"叔祖,"秦尤用手一指,"他就是黄三太,您不能留情。"

"我自有主张。秦尤。我来问你,胜英为什么杀死秦天豹?"

"因为……"

"你得实话实说,若有半句谎言,叔祖认理不认人!

"我,我说过了,因为门户……"

"秦尤!"黄三太恶从心头起,怒向胆边生,"僧王八十高龄,又是你叔祖,你欺骗他老人家,对得起你的良心吗?"

"我,我说的都是实话。"

"好吧,我来问你,秦天豹死在何时?"

"一年之前。"

"死在何处?"

"山东平原县。"

"由谁治丧?"

"我。"

"你可曾验过尸体？"

"当然验过。"

"因何致死？"

"身带袖箭……不，身带金镖！"

"哈哈，秦尤呀秦尤，你若还算上三门弟子，就该襟怀坦白，诚实到底，不该遮遮掩掩，继续骗人！"黄三太转过身躯，抱腕当胸，"高僧容禀，想那武林八义，生死之交，他们的友情世人皆知。早在数年之前，秦八爷便是胜三爷的盟弟。在他们结盟的时候，必然各自通报门户。这是武林常规，谁也不会违背。老人家，这点道理您一定明白吧？"

"弥陀佛，你，你说下去。"

"是。八义结盟时，胜三爷已经知道秦八爷是武当弟子，当时，他为什么不劝秦八爷改换门庭，而在数年之后才来劝他？"

"这……这也许是胜英……胜英想称霸武林，扩大少林门户。"

"老人家，您这话更不对了。我恩师胜英在六十岁时，金盆洗手，弃武从商，改做镖局生意。他已经不再闯荡江湖了，还讲什么'武林称霸'？再者说，我恩师曾向武林宣布，驻足京西宣化府，颐养天年。而秦八爷却死在山东平原县。难道为了让秦八爷改换门庭，胜英竟以花甲之年、退隐之躯，千里迢迢，赶尽杀绝，这，这能令人相信吗？"

"是，是呀，那，那么……"藏真长老沉思起来。

"胜英是我恩师，半点不错。正如高僧刚才所说，咱们都应该认理不认人，实不相瞒，恩师押镖途经平原县，见百姓流离失所，家破人亡，经过询问，才知反王阿必隆圈地所致。而阴面鬼秦天豹恰是反王的亲信，正在助纣为虐。为了规劝拜弟，二人相见。秦天豹翻脸无情，射出袖箭伤我恩师。恩师无奈，拔出袖箭，误伤拜弟。追悔莫及，才一头病倒。若不是有病，秦尤掐死胜英谁敢相信？老人家，我把真相说明，请您再问问您的侄孙吧。他若有半点良心，不会对您再撒谎言！"好一位堂堂正正的黄大侠，一番言辞，掷地有声。

"姓黄的！"飞天鼠秦尤把脚一跺，"你说得对，我都是谎话，又能怎么样？我姓秦，叔祖也姓秦，一笔写不出两个秦字。叔祖，别管谁有理，快宰了他吧！"

"大胆的奴才!"高僧白眉紧皱,银须飘摆,"出家四十年,悟佛参禅,岂能违背'天理'二字?奴才,你父子有愧秦氏子孙,快跟我走,我要拿你以正家规!"老僧虽说得道,终究摆脱不了血缘,依他本意:秦尤叛国造反,国法难容,杀死胜英,武林难容,与其看他一死,不如将孙儿领走。凭自己的功夫,也能保护他。只要隐遁山林,也能落个善终。

秦尤却不以为然:"叔祖,您老糊涂了!孙儿已是朱三太子的驸马,又是三皇镇蓝旗特使、二品侍卫,正在飞黄腾达之际,岂能一走了之?"

高僧大怒:"如果不走,我让你立刻就死!"

"啊?"秦尤深知叔祖的厉害,此时此刻,顾命第一。他抖身纵出,撒腿就跑。

"快追!"黄三太转身欲去。

"且慢,"高僧叹道,"唉,是朱三太子害了秦尤,天网恢恢,老僧无能为力了!"说罢,从后身包袱中取出银龙宝刀和镖囊,"黄大侠,刀、镖奉还,贫僧去也!"

"老人家,您不能走。您刚才说,朱三太子害了秦尤,其实,还有反王阿必隆,他们使秦尤误入歧途,应该算作秦尤的真正仇人!您老人家身怀绝艺,请协助我们围剿叛乱,国恨家仇才能得雪……"

"容我三思。"高僧说罢,飘然而去。

后来,群雄血战三皇镇时,下五门总门长、伸手摸天盖十三、屠鲸道人华九州曾经力挫一剑七侠。藏真长老才二次出世,僧道之间还有一场决斗。此处暂且不提。

他们这一耽误,秦尤走远了,再想追赶已来不及。黄三太说道:"诸位弟兄……啊?"

原来,此时此刻,不见花驴儿贾亮。

云罗寨总辖大寨主金景龙见黄三太发愣,乘机传令:"快捉黄三太,立功者赏银一千两!"

"杀呀!"十位寨主,几十位偏寨主一拥而上,将七杰团团包围。

贾亮哪里去了?原来,他见秦尤逃走,心中暗恨。师兄黄三太被老僧拦住,不得脱身,我去追吧。若将他杀死,也算替师报仇。乱军之中，贾亮追下，并未引人注意。

再说飞天鼠秦尤，离开云罗寨，欲奔无锡府。只要能见到澄海公郑大涛，就可以保住性命。他正往前走，忽见"丁"字路口站着一员小将。这人二十来岁，身穿短裤，姜黄脸膛，五官端正，手中拎着一根鸡蛋粗细的镔铁棍。小将看了秦尤一眼，横棍问道："唔呀，你是云罗寨上的王八羔子吗？"

"你怎么口出不逊？是又怎么样……"

"唔呀，招打！"小回族铁棍横扫，风声阵起。

"不好！"秦尤心想，这人厉害，我非对手，只得骗他几句，"英雄，你得容我把话说完哪。我原先是云罗寨的人，现在不是了。"

"唔呀，吾小人家明白了，你就是那个弃暗投明的粉面金刚徐胜吧？"

"正是，正是。"秦尤借坡下驴。

"自家人哪。徐壮士，吾师父他们现在何处哇？"

"不知尊师是谁？"

"吾小人家急糊涂了，吾师父是怪侠欧阳德呀。"

"噢，您是欧阳大侠的弟子……"秦尤心中一动，暗想：他们在西山打仗呢，你若去了，必定帮忙。我得把你支开。"英雄"，秦尤往东山一指，"都在那边呢，双方打起来了，黄大侠派我去给钦差送信……"

"唔呀，你快去吧。"小回族手拎铁棍，奔向东山。

秦尤如同丧家之犬，欲逃活命。由于路逢小回族，耽误了片刻，花驴儿贾亮渐渐追了上来。他边追边喊："秦尤，哪里跑！"

论武艺，二人不相上下；论脚程，二人差不多。只是秦尤不敢恋战，仓皇逃却。穿过一道山峦，闪出一片草地。过了草地就可以出山。再往南走即是无锡。入了都市，人烟稠密，逃走就容易了。为此，秦尤心中高兴。而贾亮急得七窍生烟，错过这次机会，就难擒他了。猛然抬头望去，喜从天降。见草地上有条牲畜正在啃青，不由得叫道："哎呀，我的大花驴儿！"

原来，大花驴儿与主人感情极深，一时见不到，它就特别想念。贾亮探山一天一夜了，把个大花驴儿想得直打滚。槽头上牲口很多，大伙向它抗议："你穷折腾个啥？还让我们休息不？"

大花驴儿乃是奇种，能服它们吗？驴嘴一张，啾啾怪叫："是骡子是马拉出去遛遛！"叫毕，咬断丝缰，跑出公馆。南边是太湖，水浪滔天，花驴儿不能去，东西两边又无路可走，它便顺官道北上，闯进惠山脚下。恰好此处有一片草地，花驴儿又饥又渴，美餐起来。

"驴兄弟，"贾亮高叫，"前边这小子是咱们的仇人，别放他跑了。"

花驴听到主人的声音，立刻兴奋起来。驴耳朵一竖，驴头一抬，驴眼一瞪，驴嘴一张："嗷——"意思是：保证做到！又将驴蹄子一抬，冲向秦尤。

"哎呀，不好！"秦尤在山东平原县三合客栈假意侍候胜英的时候，曾经见过这头大花驴儿，并且深知它的厉害。见驴扑来，慌忙躲闪，又从背后抽出单刀，砍向驴头。神驴大怒，将驴头一歪，口中嚼了几嚼，刚啃的青草变成一堆绿沫，"扑"的一声，吐向秦尤。秦尤万没想到它会打"暗器"，急忙用袖子擦脸。神驴乘此机会掉过驴身，后蹄飞起，踢向恶贼。恶贼"哎呀"一声，肋骨断了三根。

"嘻嘻，驴兄弟，一会儿赏你五斤鸡蛋。"花驴儿乐得直点头，秦尤几乎气死。怎奈动弹不得，只得服绑，被贾亮扔上驴背，驮往钦差公馆。

今日的钦差公馆不比昨天。清晨，双石山六合寨少寨主海底蛟龙高通海领着三贤寨中"水八怪"投营报号。不仅他们来了，参加高通海婚礼的那些水旱两路豪杰也同时光临。他们向彭公表示，我们浪迹天涯，流落南北，总不是正当出路。钦差若不嫌弃，我等甘愿帐下听令，为国立功。这乃义举，彭公自然欢迎，何况手下正缺人马，点头说道："诸位侠义扶保下官，本应开宴酬谢。怎奈白大侠、欧阳大侠等人已去云罗寨，胜败未卜。待他们回来之后，下官一道庆贺吧。"

"启禀大人，贾二爷回来了，还捉来一名反叛。"门军报告。

"快请。"

贾亮进见，说明详情。

"好，贾壮士捉住秦尤，首功一件，暂且将他押下。"钦差思虑片刻，下达军令，"诸位侠义，云罗山人多势众，黄三太等人未免吃亏。请各位立刻准备，兵发惠山！"

"遵令！"众豪杰初投国家，立功心切，人人摩拳擦掌，准备奋战。

贾亮骑上大花驴儿，前头引路。来到云罗寨时，天已傍晚。

话分两头。七杰力战群寇，虽说都是武林高手，怎奈对方人马越聚越多，若想取胜，难似登天！恰在筋疲力尽之际，彭钦差率兵赶到。

但只见：征云罩地，杀气冲天，月下排兵，黑天布阵。四下齐举火把，八方乱滚灯球。只杀得寨前血光飞溅，尸横遍地！

落地麒麟金景龙见势不妙，暗中叫苦。看起来，云罗寨保不住了，我得设法逃走。这叫留得青山在，不怕没柴烧，投奔三皇镇吧。主意拿定，不顾众人，乘乱战之际，向大厅逃去。原来，聚义厅金交椅下有条暗道，可通东山头。从东山头再往东走，便是江阴县。由江阴县乘船，就可到达临海洲三皇镇了。

金景龙是云罗寨首领，引人注目。黄三太与欧阳德都觉出他已失踪，不由得大惊。粉面金刚徐胜说道："据我听说，大厅金交椅下有条地道，通往东山头，金景龙定是从那里逃跑了。"

"追。"几位大侠与徐胜奔到聚义厅。只见金交椅已经挪开了，洞口半敞半闭。

"唔呀，"欧阳德说道，"黄大侠、白大侠是军中魂胆，你们闪开，让吾下去看看。"

"不行。"黄三太阻拦，"洞下若有埋伏，岂不搭上性命。"

"那可怎么办？"

白五峰道："请诸葛大侠守住洞口，咱们从地面速奔东山头。"

"只得如此。"

诸葛山真守在大厅洞口，其他几位大侠各展奇功，飞赴东山。

再说落地麒麟金景龙，由地道向上爬行，走了足足一个时辰，才钻出洞外。外边是悬崖峭壁之顶，四周立陡，高有五丈。

有人问，山高五丈，金景龙怎么下去呀？他当然另有招法，在他两肋下面，藏着两块三角形软绸条幅。使用时，伸开双臂，用手指将条幅挑起，形同一面大风筝，条幅起到今日"降落伞"的作用。别说五丈悬崖，就算高有十丈也万无一失。当然，这是绝功，一般人很难掌握。金景龙对此练过三年，才取得"落地麒麟"的外号。

闲话带过，金景龙站在山头，解开两肋下的条幅，用指尖挑好，欲往下落。突然，他见黄三太等人站在下面，往上观望，不由得大惊失色，若是落下，恰入虎口，好险、好险！

黄三太他们也挺着急，上不去呀！飞抓绒绳只有三丈，即便有五丈也不行，金景龙在上边站着，他会将绒绳割断。看来，只有等待了，阴七阳八，十天到家，敌酉饿死为止。

正在上下相持之际，突然从山根草堆里蹿出一人，口中喊道："唔呀，师父老人家，您果然在此，吾小人家有礼了。"

"唔呀，是你个王八羔子。你从何处来？"

"吾从老家来呀。"

"你干什么来了？"

"吾师娘给吾小人家生个小弟弟，让你老人家回去。"

"唔呀，吾老人家先为其国，后为其家，现在回不去呀。"

"唔呀，国家有什么事？"

"山顶上有个反叛，抓不到他。"

"吾小人家上去遛遛。"这青年掖紧短裤，来到山根下边。他用指尖一抓山碴子，脚尖踩住山石缝，好灵，好快，弯弯曲曲爬向山顶。众人看呆了，这是哪家的功夫？就连黄三太、白五峰也觉得惊奇！

山上的金景龙只能看到远处，却看不到脚下的峭壁，直到那青年要到山顶，他才听到声音，暗想：这是人吗？不对，准是野物。于是手扶着山石，往前探了探身子，向下观看。那青年神了，突然躯体一转，变为头朝下，脚朝上，双手指尖抠住石缝，双足飞起，向金景龙狠狠踢去。金景龙怪叫一声："哎呀，我命休矣！"

第十一回　诸葛侠诈降国公府
闻人贼病死青阳泉

落地麒麟金景龙从悬崖上摔下，当场毙命！

"唔呀，"怪侠欧阳德骂道，"小王八羔子，你怎么把他踢死了？他是钦犯，应该留个活口哇！"

"欧阳大侠，不必埋怨了，死了总比跑了强。"黄三太问道，"这位少年英雄是您的徒弟吗？"

"正是呀。小王八羔子，快下来吧。"

"唔呀，师父哇，"少年叹道，"这个龟孙太糟了，不禁摔呀。"

"混账，五丈高的悬崖，谁也活不成。过来，吾给你介绍一下，这是黄大侠、白大侠，你都叫叔父吧。"怪侠见徒弟露脸，明骂暗喜。

"叔父们好，吾小人家有礼了。"

"不敢当。请问壮士大名？"

"吾小人家名叫武杰，外号'小蝎子'。"

原来，小蝎子武杰与怪侠欧阳德同乡，都是浙江嘉兴府人氏。武杰的父亲叫武强，实际上武功不强，平常而已，可是他有一种特殊本领，爬山的功夫盖世，哪怕峭壁如同镜子面，他也能很快爬上去，因而得了个外号叫"穿山甲"。武杰从小随父学艺，把爹的功夫全掌握了，爹叫"穿山甲"，他便自取外号"小蝎子"。

有一年，怪侠欧阳德的高堂老母身患重病，卧床不起。可是欧阳德正在云游天下，行无定所。这件事被穿山甲武强知道了。武强心想：自己与怪侠是同乡，又都是练武的，虽说交情不深，也该彼此关照。因而他毛遂自荐，到欧阳德家为老太太治病。武强一生爬山，对草药很有研究，经过诊断，察明了老太太的病情，于是他上山采来几种草药，亲自煎煨，果然把病治好了。待欧阳怪侠回家闻讯后，对武强十分感激，从此，二人成了好友。

天有不测风云，人有旦夕祸福。武强三十四岁这年一病不起。他对欧阳德说："贤弟，愚兄深谙医术，自知不行了。别的事情没什么牵挂，只是武杰才十二岁，尚未成丁。他虽然爬山的功夫很高，可是用处不多，若想混碗饱饭，还得有文武艺业。这孩子读书不行，练武还有股灵气，等我死后，你把他带去，收个徒弟吧。这算大哥我托孤与你，你不能推却。"

"唔呀，您安心养病吧，万一不测，小弟一切遵命。"

第二天，穿山甲武强含笑而终。

欧阳德遵照遗嘱，将武杰领回，精心传授艺业。一晃六年，武杰功夫很高了，喜得欧阳德眉开眼笑。这天他对徒弟说："唔呀，三江巡抚在杭州开设西湖擂，吾想去看看，这种机会很难得呀。"

"唔呀，师父老人家，吾想与您一块去见见世面。"

"好哇，咱们明天就走。"

欧阳德的夫人姓黄，身怀有孕，产期将近。她道："你们师徒不能都去呀。我的产期不远了，家中总得有个男子照料。若都走了，有事让我找谁？"

"唔呀，也对呀。徒儿，吾留家中，你去吧。"

"师父，吾还没满徒，谁认识吾哇？这是扬名的机会，还是您老人家去吧。"

其实，欧阳德十分想去看看，奈着黄夫人的情面，才谦让几句。他见徒儿愿留家中照顾师娘，也就放心了。于是辞别家人，奔往杭州。

过了两个月，黄夫人生下一个男孩，取名欧阳芳。武杰对师娘十分孝顺，并将家中大小事务治理得井井有条。眨眼一年，孩子会爬、会走了，可是欧阳德仍未回来。此间，曾有路过的武士捎过两封信，欧阳德在信中把自己的情况告诉了夫人和徒弟。第一封信中说：自己应黄三太之邀，扶保钦差征讨叛逆，暂时不能回家；第二封信中说：钦差已经南下，很快到达浙江，届时也许能抽暇回家看看。黄夫人与武杰得到此信，均很高兴。可是左等右等，也不见怪侠的踪影。夫人对武杰叹道："你师父脚野，在外时多，在家时少……"

"师娘，"武杰怕师娘生气，连忙劝道，"他老人家是著名侠客，应该先人后己。"

"我已经习惯了，也不怨他。可是你已经十九岁了，学会武艺，应该去闯荡天下，扬名露脸。他把徒弟扔在家里不管，于心何忍？"

"师父太忙……"

"哼，你总和他一心。"夫人笑道，"师父不管，我这当师娘的得管了。如今孩子一岁了，家中也没什么大事，你去找你师父吧。让他在钦差面前说句话，给你也安排个差事。一来可以报效国家；二来也为自己找条出路。"

"多谢师娘。徒儿到哪里去找师父呢？"

"你师父第二封信中说，他扶保钦差要去东南沿海，你离家之后，只要往西北方向迎接，总会碰到他。钦差队伍声势浩大，你边走边问也就行了。"夫人取出一百两银子，"你年龄尚小，没出过远门，一切谨慎行事。见到师父后，把家里情况告诉他。如果国事繁忙，他不回家也罢。"

"师娘深明大义，徒儿告辞了。"

次日清晨，武杰离开嘉兴府，北上迎师。嘉兴府处于两江交界，过了太湖便是江苏无锡府，再往西走便是飞雪桥。来到飞雪桥，见与别处不同，街面上许多官兵站岗，戒备森严。原来，彭公以此为行辕，攻打惠山云罗寨，他那钦差的身份早已公开了。当地官府为了钦差安全，派兵把守。武杰闻讯大喜，要求晋见。可是他来历不明，岂能随便见到钦差？凑巧，白马将李七侯巡察街面，碰上了武杰。武杰知道他是军官，连忙说明来意。李七侯十分高兴，笑说："小壮士，欧阳大侠他们去云罗寨白鹿院征杀去了，暂时不能回来。我领你先去拜见钦差吧。"

"谢谢长官，吾得先见师父。师父去打仗，吾小人家不放心。"武杰问明云罗寨方向，手拎铁棍，一路赶来。山坡上巧遇飞天鼠秦尤，秦尤将他骗到东山。可是东山空无一人，武杰又不敢随便离开，便躺在山脚上等候。该他立功，倒钩金景龙，一举名声大震！

话归前言。武杰说道："师父，吾师娘给吾生个小弟弟，取名欧阳芳，已经会走了。她老人家让吾转告你老人家，如果国事繁忙，就不必回去了。如果有空闲，就回家看看。"

"唔呀，官身不由己，等见到钦差再商议吧。"

黄三太等人重返云罗寨，大战已经平息。经过清点，山上的喽啰死伤七十余人，偏副寨主多数逃亡，官军损失很小。这是彭公出师以来的首场大战，算作以胜利告终。当晚，彭公派人掩埋了金景龙的尸体，又派专人清查寨中财产，登记造册，暂且封存。事毕，令功过司写好功劳簿，连同自己的奏折，一道上报天子。这些经过不必一一细表。次日中午，排宴庆功。宴毕，起驾返回飞雪桥。

彭公率队出征时，考虑到老剑客夏侯商元年纪大了，便请他与白马将李七侯留守在公馆。当回来之后，不见夏侯剑客，只见白马将李七侯含羞带愧，上前禀告："大人，全怪下差无能，飞天鼠秦尤被人救走了！"

"什么？"黄三太眉峰双耸，脸色骤变。

原来，在云罗寨大战之后，贾亮已将大花驴儿反踢飞天鼠之事告诉了师兄。黄三太又悲又喜。悲的是师父死难复生，喜的是师父大仇可报。依他本意，回到飞雪桥，立刻审问秦尤，再请求钦差批准，为恩师胜英摆设灵堂，将秦尤灵前问斩！如今，秦尤被救走了，一切打算化为泡影，黄三太岂能不恼？不仅他恼怒，贾明、贾亮更是生气："李七爷，你算干什么的？秦尤的肋条骨都折了，动弹不得，你竟让他逃走！你，你练过武术吗？"

"二位师弟，不得无理！"黄三太终究是位侠客，恼怒归恼怒，总不能难为朋友，"李爷，秦尤怎样逃走的？请你详细讲来。"

"这……"李七侯很为难，又不能不讲，"黄大侠，秦尤逃走，罪在李某，我绝不敢推脱责任。若问实情，我又不敢隐瞒。彭大人临发兵时，派我与夏侯剑客留守。我觉得老剑客年长，便请他休息，由我多照管一些。可是老剑客不愿意，提出与我分工，由他上半夜值班，我下半夜值班，否则怪我瞧不起他。我的这点本领，怎敢小瞧剑客？只得应允。昨夜二更天，老剑客把我喊醒，说他饮食不周，有点肚子疼，上厕所回来，不见了秦尤。老剑客还说，他丢不起这个人，算是栽了跟头。让我提前接班，他追了下去……”李七侯说到此处，又怕黄大侠多心，叹道：“救走秦尤者，一定是位高手。幸亏老剑客值上半夜，我若值上半夜，恐怕连性命也得搭上。”

“李爷不必自谦。我师伯年纪老了，难免出错。嘻，救走秦尤这人胆量不小！”

“对，他胆子真大。不仅作案，还敢留下证据……”

“啊？你怎么不早说？证据在哪儿？”

“在囚室的门上。我没敢动，请黄大侠去亲自察看。”

“快走！”黄三太、白五峰、欧阳德等人保护着钦差，奔向囚室。由于公馆设在店里，并无牢房，只在后院挪出两间仓库，暂作囚室。囚室外边躺着两具军卒的尸首，鲜血横流，用芦席盖着。囚室门上有几行血字，还插着一把三寸小匕首。

白五峰久闯江湖，失声叫道：“哎呀，寄柬留刀！”

彭公不解：“什么叫‘寄柬留刀’？”

“回禀大人，凡是武林高手行动，都讲究‘明人不做暗事’。他们往往留下一点记号，或在墙上题词，或抓人质……”

“他们不怕败露吗？”

“敢留‘记号’的人，是轻易捉不住的。这叫艺高人胆大。”

“那么，留下匕首，又做何解？”

“这是警告，又是威胁。”白五峰走近屋门，看看那把匕首，又道：“这人十分凶险，我们要加强防备。”

“噢？你怎么知道？”

“根据绿林规矩，‘寄柬留刀’可分‘死刀’‘活刀’两种。他若想杀人，刀刃朝下，称为‘死刀’。若不想杀人，刀刃朝上，称为‘活刀’。如今刀刃朝下，可见其来者不善！”

“说道不少。”彭公走近房门，观看血字。血字乃是几句顺口溜，用刀尖写成：

夜入钦差衙，

救走被囚人。

若想知下落？

国公府中寻!

"好一个国公府!"钦差双眉紧皱。

八阵仙师诸葛山真一旁说道:"数日前,我与恩师夏侯剑客初到无锡府时,路遇公子郑少英街头装疯。他向我们讲述了他父亲、澄海公郑大涛之事。根据他提供的线索,我们才得知秦尤就在云罗寨。如今,血字中又提到'国公府',想必还是澄海公,不会再有别人。"

"很对。"黄三太表示赞同,"小小无锡府,绝不会再有第二位公爵。"

彭公点头:"来呀,请郑公子速来此处。"

公子郑少英一直住在钦差公馆,他对父亲所作所为又恨又怕,近在咫尺,却不敢回家。闻钦差呼唤,急忙赶来:"大人有何吩咐?"

"公子,你看看这些血字,可能辨认出是谁的笔迹吗?"

"噢?"郑公子看了半天,微微摇头,"用刀尖划成,很难辨认。不过,字迹似乎娟秀,笔锋有些俊雅,大人,好像出自女子之手。"

"本官也有这种感觉。郑公子,国公府中可有女杰?"

"我已离家多日,近况不明。原先是没有女杰的。"

"好吧。"彭公吩咐差人,将两名军卒尸体埋葬,再查问一下姓名,将来抚恤遗属。又命人拔下匕首,归案存档。一切事毕,与众人回到上房。

贾明、贾亮骂骂咧咧:"好容易抓到凶手,又让人救走了。师父的大仇真难报哇。什么狗屁国公府,地点在哪儿?咱哥儿俩带上驴兄弟,捣他的王八窝!"

白马将李七侯听这哥儿俩骂街,心中惭愧:"贾大爷、贾二爷,这事都怪我无能,把秦尤看丢了。二位若去,我也跟着,哪怕一死……"

黄三太见大家急躁,心想:这事得快办,否则军心不稳。"大人,不知您有何打算?"

"依我看来,国公府必定要去。第一,澄海公沦为反叛,现在证据还不足,只有拿到真凭实据才能动手。第二,秦尤是否真在国公府,也得周密调查。不碰则罢,若碰就得把他碰倒!"

"谨遵台命。"黄三太是军营之胆，他要把钦差的意图落到实处。当晚，他召开了一个核心会议，请几位大侠各抒己见。

"唔呀，"欧阳大侠首先说道，"根据钦差之命，吾们要探国公府。那个地方虽然不是龙潭虎穴，可也不是随便去的。黄、白二位大侠武功虽高，却不宜过早露面。还是让吾跑一趟吧，先探探虚实，再拿主张。"

黄三太未及答话，白五峰摇了摇头："欧阳大侠若去，当然合适。不过，据令高徒武杰所述，尊夫人生下贵子已有一载，大侠尚未还乡。国事虽紧，也不能弃家不顾。好在飞雪桥距嘉兴府仅一湖之隔，钦差大队又不能立刻就走，欧阳大侠应该趁此机会回去看看妻儿，这也是人之常情。"

"唔呀，大丈夫先为其国，后为其家。眼下正在打仗……"

"暂时打不起来，您还是回家一趟吧。"白五峰扭头说道，"黄大侠，白某不才，愿探国公府。"

诸葛山真摆了摆手："白大侠，欧阳大侠刚才说过，您与黄大侠暂时不宜露面。这个差事交给我吧，在下自有主张。"

"嗯。"黄三太点了点头，"诸葛大侠若探国公府，倒很合适。不知您如何探法？"

"我想明探。"诸葛山真胸有成竹，"我与恩师夏侯剑客初临无锡府时，曾经路遇郑公子。如今，我将郑公子奉还，并对澄海公说，郑公子的疯病被我治好了。这样一来，澄海公必然感激于我。只要踢开第一步，下步便可见机行事。虽说捉不住反叛，也许能弄清一些底细。"

"好主意！"几位大侠一致赞同。

当晚，黄三太将会议提要报告了彭公。彭公很会用人，除了大策方针，一切均由黄、白二侠做主。并从军饷中支出一千二百两白银，给诸葛山真四百两，做活动经费；给欧阳德四百两做路费。余下的四百两买些食品、补药、金器，算是国家送给欧阳夫人及幼儿的礼物。黄三太替怪侠欧阳德领赏谢恩，不必细说。

次日清晨，怪侠欧阳德带着徒儿武杰辞别众人，暂且还乡。

单说诸葛山真。吃罢早饭，他把公子郑少英请到自己的房间。说道："公子，你去收拾一下，我送你回家。"

"什么？"郑公子十分纳闷，"诸葛大侠，那个家我还能回吗？"

"公子，这是钦差的意思。"诸葛山真说明真相，又道，"公子赤胆忠心，是非分明。不愧是名将郑成功的后代。希望公子能与我通力合作，先摸清国公府底细。这也是为国效力、替父赎罪的大好良机……"

"我明白了。大侠不必多说，在下一定尽力而为。"

"咱们走吧。"二人离开飞雪桥，奔往无锡府。来到国公府门外，早有差人发现了他们，连忙上前禀手："公子爷，这些日子您到哪里去了？把公爷急坏啦。"

"不必多问。"公子往里就走，诸葛山真紧紧跟随。

"慢，慢着。"差人阻拦。

"什么？"公子大怒，"这是我的家，难道不让我进去吗？"

"小人不敢。可，可是公爷吩咐过，凡是有人拜访，必须先去通禀……"

"笑话！我拜访谁？"

"我不是说您，您，您身后这位……"

"他是我师父，又是我救命恩人。"

"我们……"差人心想：公子说话清清楚楚，看样疯病好了。有心放他们进去，又怕国公爷怪罪。"我们是上支下派，万般无奈，还得请公子原谅。"

诸葛山真说道："公子，不必让差人为难，就让他去禀告吧。"

"谢谢啦。"差人扭头就往里走。

原来，彭钦差大破云罗寨，寨中余党多数逃亡。有的投奔三皇镇，有的投奔国公府。澄海公心想：这些人都是逃犯，若被外界知晓，于我不利。为此，他才严令门差，任何人不准随便入内。岂不知，他的公子郑少英早将他的所作所为报告了钦差。此时此刻，澄海公还蒙在鼓里。

"公爷，"差人报告"公子回来了，现在府门之外。"

"混账！"郑大涛大骂门差，"公子还家，还用禀报吗？快让他进来。"

"是。不过，另外还有一个人。据公子说，那人是他师父，还是什么救命恩人……"

"噢？"郑大涛心想，前些日子，少英疯疯癫癫，一去不还。据跟班差人回来报告，他随师父去了。内中详情，我也闹不清楚。今日既然同归，应该传见："来呀，让他们在大厅等候。"

"是。"门差欲走。

"回来。"说话的这人四十多岁，王官打扮。他叫郑三旺，乃国公府六品长史。按当时的规矩，凡是贵族府中都设一名长史，地位相当于现代的"办公室主任"。长史的品级不等，亲王府为正四品，郡王府为从四品，贝勒府为正五品，贝子府为从五品，国公府为正六品，恩公府为从六品。这些长史们既是主人的亲信，又是国家的命官，由朝廷统一发放俸禄。这个郑三旺是澄海公郑大涛的远房亲戚，他为人本分，又懂得一点西洋算学，大家叫他"铁算盘"。他禀手说道："公爷，那位道长常来常往，他就住在会客大厅。公子的师父来历又不明，双方碰上不太方便吧。"

"对，你想得周到。来呀，传他们在内书房等候，本公立刻就去。"吩咐完毕，郑大涛奔往内书房。

"父亲在上，孩儿大礼参拜。"郑公子见父亲进来，故作恭维。

"儿啊，你，你的病好了吗？"父子连心，郑大涛也有几分感慨，"这些日子你跑到哪里去了？让老父十分惦念。"

"父亲，"郑公子按照事先的准备，答道，"那日孩儿犯病，街头碰到恩人。他将孩儿带到一座深山，妙手回春，将病治好，并且收我当了徒弟。今日送我回来，父子才得重逢。"

"噢？"郑大涛看了看诸葛山真，抱腕笑道，"您就是恩公吗？请问尊姓大名？"

"在下复姓诸葛，双名山真，外号'八阵仙师'，乃一武夫而已。"

"久仰，久仰。"这是客套话，实际上，他从来不知此人，"诸葛先生，您替我儿治病，恩重如山。请问，您是要名还是要利？如果要名，本公保举您去官府当差；若是要利，我愿奉送白银五百两……"郑大涛把诸葛山真当作江湖郎中。

"公爷，"大侠笑道，"我既不要名，又不要利。只有一个要求……"

"请讲。"

"公爷把我留在府中，赏碗饭吃。"

"你想在国公府当差？"

"正是。"

"容我想想。"郑大涛暗道：国公府多养一个人倒不要紧，可是不知他的来历。彭钦差就在飞雪桥，离此处不远。万一他派来奸细，探道卧底，如何是好？为了防止万一，还是打发他走吧。"诸葛先生，您是武术家，留在府中不好安排呀。"

"爹，"公子心急，"府中缺少保镖护院的教师，您就让他干吧！"

"奇怪。"郑大涛不傻，从儿子神色中觉出反常。心想：儿子为什么这样急迫，竟同意让他师父打更护院？是二人共谋呢，还是儿子的疯病又犯了？

恰在这时，书房帘笼高挑，走进一人。这是国公府内书房，一般人根本进不来。屋中三人一惊，全都抬头观看。原来，进来的是一位姑娘。这姑娘年纪在二十上下，柳叶眉，丹凤眼，面似桃花，粉中透白，中等身材，上身穿粉红色紧身小袄，掐腰飞襟，线条鲜明，下穿灯笼裤，足蹬水牛皮小毡靴，背插宝剑，肋挎镖囊，浑身上下，飒爽飘逸。她面带冷笑，摇摇摆摆，向诸葛山真问道："哪座山着火了？把你这山猫野兽烧到我们国公府？"

"你，你这丫头，怎么出口不逊！"诸葛山真是大侠客，哪见过这种女子。

"嘻嘻，别着急呀？姑奶奶在窗外都听见了，你恐怕不是我家的恩人，而是狗官彭朋派来的奸细吧？明着送我弟弟回家，暗中想诈降吗？不那么容易呀！"

"我，我不懂你的意思。"

"装得挺像。姑奶奶寄柬留刀，就为了引你们来送死。黄三太怎么不来？"

公子郑少英又害怕，又纳闷：她叫我弟弟，我哪有姐姐？噢，听母亲说过，原先有个姐姐，六岁时丢了，莫非是她？想到此处，起身问道："这位姑娘，你，你是我姐姐郑翠萍吗？"

"弟弟，除了我还会有谁？"

书中交代：这女子名叫郑翠萍，外号人称"四季小花"，乃澄海公郑大涛的亲生女儿。

且说十五年前，元宵佳节，盛况难描。无锡街头，游人如织。翠萍六岁，被家人领去看灯。家人一时不慎，将小姐丢失。生怕国公治罪，他便逃走了。翠萍哭喊连天，引来一人。这人年过三十，五官生得不错。只是脸色灰白，缺少红润之色。原来，他是蝴蝶门第七副门长，名叫闻人金枫，外号"百花王子"。这淫贼武艺绝伦，纵横绿林，若走正道，敢称"侠士"。怎奈他贪花好色，专门奸人妻女，所以名声极坏。今天，无锡灯节，很多少女少妇街头看灯，闻人金枫想借此机会寻找几位美貌佳人以满足自己的淫欲。他正往前走，忽听女童哭声，便俯下身来仔细观看。嗬，这女童生得好俊，眉清目秀，齿白唇红。淫贼心想：好种出好苗，好葫芦出好瓢，这女童的母亲准是个绝代美色。我何不盘查一番，也许能碰上艳福。问道："小姑娘，你叫什么名字？家住在哪儿？告诉我，我送你回去。"

"伯伯。"女孩是公侯闺秀，年纪虽小，却懂礼节，"我姓郑，名叫翠萍。父亲是当朝国公郑大涛。家住西门，看灯时不见奴仆。伯伯送我回去，我家定有重谢。"

"啊？"淫贼暗吃一惊：原来是国公之女，侯门深如海，奸淫国公夫人谈何容易？算了，算了，还是打消这个念头吧。想到此处，转身要走。

"伯伯，您送我呀。"

"送……送……"淫贼眼珠一转，浮想联翩：我已经三十四岁了，由于长年采花盗柳，外强中干，身体虚弱，有着一天行动不便时，让我以何谋生？也罢，这女童虽幼，有苗不愁长，再过十年，我四十多岁时，她便是亭亭玉立的一个美女。我何不将她带走，教她一些武艺。日后，娶她为妻。待生米做成熟饭，有了一男半女，便同她公府认亲。郑国公家大业大，我也能捞到一笔厚财，后半生的吃喝就不愁了。对，主意拿定，淫贼背起翠萍，不去国公府，而奔往城外，任凭孩子哭叫，他都置之不理。

一连十天，来到自己的原籍陕西省榆林县青阳泉。这里是半山半野，塞外风光。闻人家不穷不富，有几十亩山田，十几间房产。他父母早丧，只有一位丑妻看守家业。淫贼浪荡惯了，对丑妻从来不理。只收拾了一座小院，将翠萍安置下来。翠萍虽说年幼，却很有心计。她明白：这是个坏蛋，自己再哭再闹也无济于事。若把他惹恼了，连命也得搭上。等着吧，看他如何。

"过来，"闻人金枫看了看女童的腰腿，自言自语，"不错，是块材料。"

"材料？伯伯，您想拿我做什么？"

"哈哈，你理会错了。我说你是练武的材料。从今天起，你管我叫师父，我要教你练习武术。"

"练武？"姑娘很新奇，"我们家有四位护院教师，他们都会练武。三十斤的石锁抢得好快呢！"

"嘻！"闻人金枫啼笑皆非，"那不叫练武，叫胡耍胡闹。我要教你的才是真功夫。"

"师父……"小姑娘只得磕头。

闻人金枫品质很坏，武功却高。他认真传艺，不觉十年。这期间，他虽然也出去采花盗柳，可是不往远走，只去一两个月就返回家中。

郑翠萍十六岁了，不仅出落得如花似玉，娇媚动人，而且武艺高超，剑术玄妙。闻人金枫屡次暗示，都被姑娘用话岔开："师父，师徒如父女，孩儿有不孝之处，请您管教。"

"嗯……"淫贼虽恶，对女徒终究也是从小养大，一时下不得狠手。

这年春天，黑虎、白猿、玄狐、鹌鹑、蝴蝶，下五门在晋、陕交界的墨茶山偏头寨召开联席会议，会议宗旨有三条：第一，各门演武，看看哪家有什么长进。第二，为一批新出师的青年武士贺号。第三，下五门总门长、白云隐士、苍山长老雷震天圆寂了，要选出继任总门长。头两条不过是走走形式，第三条才是真的。五门中共有八百多位代表出席，其中有二十余名高手对总门长一职垂涎已久，跃跃欲试。百花王子闻人金枫身为蝴蝶门第七副门长当然要参加会议。他对总门长不敢奢求，只想在本门之内提高些地位，如果能升到第三副门长也就知足了。为了出奇制胜，他把女弟子郑翠萍带上墨茶山。

乱了，乱了！下五门讲究抢、偷、骗、赌、淫，前四门还有女徒，唯独蝴蝶门，历来是男人们的一统天下。为此，郑翠萍刚一上山，立刻成了"瞩目人物"。她年轻俊美，武功又好，谁不多看几眼？尤其是本门那些师兄、师弟，一群花里魔王、色中恶鬼，全都嬉皮笑脸，围前围后，争着大献殷勤："小师妹，咱们蝴蝶门学的是采花，我们出师后，就能去采了，你怎么办？你采别人，还是让别人采你？"

"滚！"郑翠萍脸热心跳。

"嘻嘻，"一个美少年笑道，"小师妹，害什么羞哇？你要是不会采，我教你采……"

"无量佛，不许胡闹！"那边走来一位道长，年届八旬，须发皆白。他是下五门第一副总门长，伸手摸天盖十三、屠鲸道人华九州。华道长出身鹌鹑门，专讲豪赌。他的轻功、硬功无人敢比，号称天下第一。当时，全国分为南七北六十三省，他敢叫"盖十三"，由此可见其本领何等高超。他不仅旱路无敌，水路更好。据说在年轻的时候，曾在海中杀死过一条蓝鲸。这事真假无人证实，因而他又称"屠鲸道人"。此次下五门盛会，他是争夺总门长的重点人物，八百武士，谁不惧他？淫贼们一哄而散。

"多谢前辈替我解围。"郑翠萍知他身份，深深下拜。

"起来，起来。"华道长双手相搀。"姑娘，你是蝴蝶门中唯一的女徒，引人注目，在所难免。你的身世我已知道了，唉，人家上三门比咱们磊落，各门中尽有女徒，而咱下五门中的女弟子却寥寥无几。我曾经想过，让鹌鹑门多收几个女门人，也能在门庆盛会中显显身手，谁料尚未实现，你们蝴蝶门却抢在了前头。蝴蝶门竟收女徒，不可思议，不可思议！"

"前辈，"姑娘脸面发红，"我师父只教我武艺，没有别的。"

"不提他了。你师父武艺很高，但愿他品德端正些，对你这样一个好女孩……"

"这……"翠萍十分机灵，心想：这老道武功第一，很可能当选总门长。一旦当选，权势无边。我何不乘此机会投靠于他？将来谁敢惹我？主意拿定，故作唉声："我命苦哇，六岁被师父带出，早忘了父母是何人，眼下一个亲人也没有，女孩之家，难免受欺。前辈既然夸我是好女孩，一定很喜欢我。我就给老人家当个干孙女吧。祖父在上，孙女大礼参拜。"

"啊？这……"华九州万没想到她会这样，喜得眉开眼笑，"哈哈，起来，快起来。我收下你了。都说贫道晚年有福，果然福分不浅，收了这么个好孙女。"

俗话说"老小孩儿、老小孩儿"，人若老了，脾气跟小孩儿一样，华九州何等身份，也摆脱不了自然规律。

此事传开，立即轰动墨茶山，很多人向祖孙祝贺，闻人金枫虽然不满，表面也得假装高兴，随同大家一道贺喜。

人无头不走，鸟无翅不飞。下五门盛会本当由总门长主持，可是总门长死了，必须选举一位临时负责人。这个位置至关重要，他很可能就是继任总门长。为此，二十余位高手人人觊觎，都想争夺。有人提议：何必费两回事呢，咱把第三条议程提到前边来，先选举总门长吧。有了总门长，诸事方便，省得群龙无首了。这个提议，人人赞成。

总门长可不是随便当的。要有资历、有威望、有年龄，还得有真功夫。经过几轮较量，许多人退下阵来。最后，伸手摸天盖十三、屠龙道人华九州力胜十八魁，荣登宝座。

排宴祝贺，喜庆三天，热闹场面不必细表。

三天过后，各门演武。你上我下，皆属平庸，并未出现精彩场面。紧接着便是各门青年武士献艺。有的练刀，有的练剑，有的只练拳脚，练来练去，把大伙练烦了。人们叹道："唉，总门长之争，令人大开眼界；各门演武，平平常常；青年献艺，乱七八糟。咱们下五门一代不如一代了！"单说郑翠萍，冷眼旁观，心中窃喜：没有平地，怎显高山？有你们这群饭桶垫底，更能显露我的才能。你看她，粉红色卷帕包头，穿一套粉红色紧身衣。眉似远山，目如秋水，粉面似乎含羞，神情好像带愧，手提宝剑，走入演武大厅：

　　　　女儿剑，剑闪光，
　　　　屠龙伏虎暗中藏。
　　　　西子捧心卧，

貂蝉夜降香。
昭君抱琵琶，
贵妃出浴缸。
一口宝剑遮风雨，
排星布月美名扬！

"好，好！"喝彩声连成一片。

更有一群"马屁精"，为了讨好新任总门长，高声叫道："不愧是华总的孙女，功夫真高，巾帼英豪！"其实，翠萍没跟老道学过一招。可是她很会来事："爷爷，不到之处，您多加指教。您老人家是总门长，可不许偏袒孙女呀！"说罢，轻轻媚笑，杏眼含娇。

"好，好！"老道心花怒放，"孙女，把你那口宝剑给我看看。"

"是。"翠萍不解其意，双手递剑。

老道弹了弹剑面，又吹了吹剑锋，把头一摇："糠，这叫什么宝剑？不如一根破铁条！"说罢，从背后摘下自己的宝剑，"孙女，爷爷我一生爱剑。四十年前，花了三百两黄金，从一位明朝破落王爷手中买来一双雌雄剑。雌称'帼头'，雄谓'壮盔'。这两口宝剑皆能削铜断铁，切金斩玉，我身背帼头，家藏壮盔，对此双剑爱如性命。如今收你当了孙女，若不赠点礼物，你心里准骂爷爷小气！哈哈，这口帼头剑就送给你吧。有了它，你的本领会长十倍。你可得精心爱护，切莫遗失。"

"我，我愧不敢接。"

"拿去、拿去。爷爷出手的东西，还能收回吗？"

"赠剑之恩，永生难报。"翠萍深知宝刃珍贵，急忙跪行大礼。

百花王子闻人金枫心想：完啦，我原打算娶翠萍为妻，如今她成了老道的掌上明珠，谁还敢惹？干脆，我也借坡下驴吧，兴许能得到一点好处。抱腕笑道："总门长，我这女徒哪辈子修的福？能蒙您老人家这样厚爱。既然赠剑，您就再赠她一个外号吧。将来闯荡江湖时，好借此扬名。"

"哈哈，贫道乃鹤鹑门出身，对你们蝴蝶门的事不该多管哪。"

"您是下五门总门长，不管可不行。"

"赖上我了。也罢，你叫'百花王子'，翠萍就叫'四季花'吧。"老道脱口而出。他又一想：不行，蝴蝶门专讲采花，百花王子要把四季花采了怎么办？这个外号不太合适。可是话说出去了，又不能收回。否则越描越黑。有了，又道："翠萍才十几岁，年龄幼小。她的外号里边再加个'小'字，就叫'四季小花'得了。"这话含意是：孩子太小，又是你徒弟，你可别做出伤天害理之事。闻人金枫早已听出话外之音，面颊微红，低头不语。

　　"爷爷，"翠萍不愿让师父难堪，急忙岔开话题，"您赠剑赠号，都是身外之物。孙女得寸进尺了，还想和您学几招剑法呢！"

　　"噢？行，行啊，理该教你。"老道心中一动，我教她几手绝招，便可防身了。"孙女，爷爷暂居墨茶山，你也留下吧，我在此传艺。"

　　"多谢爷爷。"翠萍看了师父一眼。

　　又是三年，郑翠萍不仅成了第一流女剑手，而且还学会了镖法，堪称百发百中、镖不虚掷。华九州与闻人金枫商议：姑娘先后学武十三年，该出世了，让她独自闯荡天下吧。翠萍这才奉命下山，已是一十九岁。

　　看官，人的环境影响人的思想，古今同理。郑翠萍乃蝴蝶门出身，师父那些丑陋行为早已在她心中打下深刻的烙印。她对男女之道觉得新奇，觉得神秘，只是年幼，未敢轻易涉足。谁料下山不久，本门那些师兄、师弟便把她围上了。这些人尽有手段，先是恭维，后是诱惑，使这个十九岁的少女渐渐把贞操、节烈看成一杯淡水。

　　这天，几个采花贼陪着郑翠萍一道饮酒，酒至半酣，大谈特谈采花之事，翠萍听后，脸红心跳，回到自己的闺房。她心里清楚：凭着囊中镖、肋下剑，没有自己的允许，师兄弟们斗胆也不敢进犯。她又想起自己的师父，师父的心意她早就明白，只是隔着一层薄纸，相互尚未捅破。怎奈一日是师，终身是父，师生之情是不能转化的。唉，我去看看师父吧，省得他老人家惦念。

　　郑翠萍辗转反侧，一夜未眠，第二天一早奔往青阳泉。

　　再说百花王子闻人金枫，自从女徒离开之后，好像缺少点什么，渐渐染上一场重病。他年已半百，身体又极度空虚，看来很难康复了。郑翠萍突然光临，使他喜从天降，挣扎坐起，双手颤抖："翠萍，你……"糟了，乐极生悲，一时激动，竟昏了过去。当他醒来时，见徒儿满脸是泪，正伏在他的怀中。闻人金枫轻抚翠萍秀发："我，我，我……"

"师父，您别说了，我都明白。"

"唉，师父一辈子没干过好事，我自知不行了。"闻人金枫推开翠萍，"人之将死，其言也善。你六岁跟着我，情同父女，现在你又，你又……唉，徒儿，我把你的身世告诉你吧，算是临死之前的一点天良……"

"身世？"翠萍不解，"您对我说过，我小时有病，是个弃儿，被您从河边捡来……"

"那都是骗你。其实，你是国公之女。"闻人金枫把翠萍的出身来历一一讲明，"这些往事，我本想瞒你一辈子。因为你待我……唉，感动得我这恶贼说出实话！"闻人金枫似乎轻松了一点，从此闭上了眼睛，再没睁开。

郑翠萍埋葬了师父，大哭三天。她不是哭死者，而是哭自己。想自己乃是国公之女、金枝玉叶，如今竟沦为女贼，并且是蝴蝶门的女贼！世界太不公平了，命运太残酷了！人生戏弄了我，我也要戏弄人生！享不到公爷的富贵，我要追求自己的快乐！

花残月缺，郑翠萍步步堕落，越变越坏。她说话满嘴脏字，打情骂俏，先和师兄师弟们有染，接着又去寻找美貌男子。从此，声名狼藉，绿林中都知道有这么一个"四季小花"。

起初，郑翠萍还有点自卑感，后来看破了一切。她这年二十二岁，心想：该嫁人了，我是国公的女儿，不能便宜了国公家，起码得跟澄海公，也就是生身之父讨五万两银子的嫁妆。管它什么蝴蝶门，找亲爹要钱去！就这样，她大摇大摆地来到国公府。

郑大涛闻讯又惊又喜。夫人却不放心："姑娘，你的模样虽然有点像，国公府可不能乱认女儿啊。请问，你腰里有什么记吗？"

"嘻嘻，妈呀。"郑翠萍积习难改，又浪又媚，"我腰里有块红记，坐着像个金钱，站着像把小刀。不信您看看。"说着，解开衣襟。

夫人验毕，悲喜交加："女儿，想死我了，这些年你在哪里？"

"我？"翠萍撒谎不眨眼，"有位老尼姑，乃武林女隐士。她在台湾时，受过我爷爷的恩惠，所以带我去学练武术。如今女儿功夫在身，不信你看——"她抬头观望，见客厅顶篷上吊着一根拇指粗细的铁条，铁条上悬挂走马灯。平时不用，正月十五搭梯子点燃。地面距顶篷高有一丈二，郑翠萍抽出幗头剑，将身一纵，凭空跃起，反臂一剑，斩断铁条，只听"哗啦啦"乱响，走马灯摔得粉碎！

"我的儿！"夫人目瞪口呆，"你成了活神仙啦。"

郑大涛更是高兴，有了这样的女儿，我还怕谁？

一连数日，翠萍问道："爹，我见您的神色总是惊慌，莫非有什么心事？"

"我……我不瞒你，女儿武艺这么高，应该为爹排忧解难。"郑大涛讲了谋反之事。

"嘻嘻，您咋不早说？复得台湾，重建祖业，这是咱郑家的荣耀。这事交给女儿吧，我把彭狗官的人头取来送你！"说罢奔往飞雪桥。

事情凑巧，彭公率队攻打云罗寨去了，不在公馆。偏又赶上夏侯剑客闹肚子，巡察不严，女贼得手，杀死军卒，寄柬留刀，将秦尤背回国公府。其实，她也不知秦尤是谁，反正被押者准是自己人。

话归前言。郑翠萍怀疑诸葛山真是钦差的密探，所以嬉笑怒骂，引其发火，想从中看出破绽。诸葛山真果然大怒："丫头，你有何本领，竟敢口出狂言？"

"本领不高，收拾你却很容易。来，跟姑奶奶院中遛遛。"二人来到屋外，各举宝剑。按说，诸葛山真乃是大侠，应有眼力识别宝器。可是他被女贼气蒙了，仙人指路，竖剑便刺。翠萍暗笑，幗头剑横扫，"咔嚓"一声，将对方宝剑切成两段。诸葛山真大惊："哎呀，宝家伙！"

"你才明白，看剑吧！"女贼白鹤展翅，剑锋向前刺去！

第十二回　郑小花剑伤三义士
黄大侠刀斩一姣娘

"住手！"公子郑少英见诸葛大侠命危，一头扑了上去。

"你……"翠萍再狠，也不能剑杀胞弟，"你呀，你怎么保护敌人？"

"他不是敌人，是恩人。他治好了我的疯病，又收我当了徒弟，你凭什么杀他？"

"弟弟，你这些话都是真的吗？"

"用不着骗你！"

"好吧，"翠萍收起帼头剑，转身对诸葛山真说道："多有得罪，请。"

"哼！"大侠看了看手中的半截宝剑，无可奈何，扔在一旁，"靠兵器取胜，算不得英雄！"

"误会，误会。"郑大涛将三人让到书房，重新落座，说道，"本公实言奉告，因为我府中有些意外之事，我不得不加强防备。诸葛先生治好我儿子的疯病，就是我家的恩人，本公理当重谢。来呀——"

"请公爷吩咐。"六品长史郑三旺应声而入，立在一旁。

"你到账房去支五百两银子，送给这位大侠。再告诉厨房备一桌上等酒席，本公要为大侠饯行。"

"饯行？"诸葛山真不由得一愣，"公爷，莫非要撵我走吗？"

"不是撵你走，而是请你尽快离开。"

"还不是一样！"诸葛山真故作生气，"公爷，在下为您的公子治好疯病，又亲自送回，不敢说有功，难道就值五百两银子吗？好吧，银子我不收，酒席也不用摆了，在下立刻告辞！"他嘴里说走，其实并不想真走。

"先生息怒。"澄国公也觉得理亏，"实说了吧，对先生的来历、出身，本公一概不知。您若留在国公府，有许多不便之处……"

"爹，"公子郑少英觉得时机已到，便有意勾引话题，"您的意思孩儿明白。咱们国公府中也有些武林英雄，这些人行动机密，神出鬼没。您担心诸葛先生碰上他们，双方发生争执，还担心这些人一旦暴露了……"

"不准胡说！你从哪里听来的消息？"

"这……"公子还算机灵，"孩儿出走之前，疯病时好时犯。在清醒的时候，常常与那些人见面，并和一个老道谈古论今。上自三皇五帝，下至唐宋元明。什么李闯王进京、朱三太子逃走……"

"住嘴！"澄海公内心慌乱，急忙掩饰。

公子岂肯善罢甘休："爹，那些人是您的朋友，诸葛先生是我的师父，他们见面也不要紧。您若不想让他们见面，就让诸葛先生住后院，又何必撵人家走呢？人家救过我的命，他要走，我也走！"

"这……"

"爹，您有什么心事吧？"

诸葛山真心想：公子操之过急了。欲速不达，闹僵了反而不美。于是以师父的口吻说道："徒儿，对你父亲不许这样讲话！"

四季小花郑翠萍冷眼旁观，心中犹豫：这诸葛山真是朋友还是敌人？今天初次见面，还闹不清楚。也罢，我让他留下。若是朋友，我爹可以多一名帮手；若是彭狗官派来的奸细，哼，凭我掌中剑，既不怕他，又能从他嘴里问出钦差的底细。对，主意拿定，不露声色："爹，弟弟的恩人，岂能随便撵走？先吃饭吧，有事慢慢再说。"

澄海公会几招武艺，虽说平平常常，也算是内行。他见女儿本领高超，便言听计从，十分信任："好，请诸葛先生住在西跨院吧，本公将派专人款待。来呀，摆酒。"

"多谢公爷。"大侠假意恭维。

西跨院不大，有五间上房，整齐干净。院中有假山、凉亭，种着几棵青竹和一些花草。诸葛山真在此住下。

一晃三天，大侠心急如焚。彭钦差派自己来的目的有两条：第一，调查澄国公谋反的真凭实据；第二，寻访飞天鼠秦尤的下落。可是这几天，自己连院门都出不去。一日三餐，有专人照送不误，你若往外走，差人笑脸逢迎："诸葛先生，您缺什么？我替你办。"

　　"我什么都不缺！"大侠心想：这不是软禁吗？这样下去，十年八年也不会有什么结果。幸喜每天晚上，公子郑少英都来探望，随时传送一点无关紧要的消息。

　　"大侠，"公子说道，"钦差公馆救走秦尤的人，肯定是我姐姐。"

　　"噢？有凭证吗？"

　　"唉，若有凭证就好了。那天听我姐姐话里话外说，钦差公馆防守得真严密，比从前难进去了。"

　　"嗯，她一定又去过一次，由于黄大侠加强了防备，使她未能得手。"

　　"我也是这么想。可是我再问她，她却一笑了之。"

　　"公子，这几天来，你见到秦尤吗？"

　　"别说秦尤，就连三星镇来的那个老道我也没见到。不知他们躲哪儿去了？大侠，我爹犯了天条，早一天服法，便能减少一分罪名，我真替他着急。钦差等什么呢？快动手得了。"

　　"你不懂啊。你爹是国公爷，又是名将郑成功的嫡系子孙，对这种身份的人，钦差不敢随便触动。现在没有真凭实据，万一碰错了，不但皇上不答应，全国老百姓也不会答应，甚至又会闹出'反清'之事，这乃民族大事，闹了几十年了，彭钦差只好慎而又慎。"

　　"慎来慎去，我爹的罪名越慎越大。原先只他一个人闹，现在又冒出个姐姐。唉，将来是什么结果，弄不好就得刨祖坟！"公子说到伤心处，泪如雨下。

　　"别急。"大侠劝道，"公子的所作所为，正是替老国公赎罪。将来，皇上看在你的分上，也许能免去你父亲的死罪呢。"

　　"但愿如此。到那时候，我家也不当什么国公了，找个深山老峪或是小岛隐居起来，男耕女织，乐守田园。"

　　"哈哈，公子想得太远了。"

　　"对，现在怎么办？"

"我被软禁，全得靠你。咱们等待是不行了，需要主动进攻。公子，你对府中情况十分熟悉，应该到处走走，寻访察看，也许能发现些证据。"

"遵命照办。"公子坐到起更，方才离去。

次日傍晚，郑公子又来了，他神色慌张，汗流满面，说道："大侠，有，有证据了……"

"别急，慢慢讲来。"

"我，我见到了秦尤！"

"啊？他在哪里？"

"遵照大侠的吩咐，我在前后院转了几遭。午后，在东廊花园见到几个人，他们正搀扶着秦尤在花园中散步……"

"你看准了吗？"

"没错。秦尤被贾二爷的大花驴儿踢伤了，带到钦差公馆时，我见过他一面。现在伤势还没好，行动得靠人搀扶……"

"好！快想办法，把这个消息报告钦差。"诸葛山真沉思片刻，说道，"我不能去，一来被软禁着，行动不便；二来打进国公府很不容易，轻易不能暴露，只得请你辛苦一趟。"

"您听我把话说完。"公子神色紧张，气喘吁吁，"我发现了秦尤，心里挺高兴。他身带重伤，反正跑不了，我就没着急给您报信，只是藏在假山洞中，继续观察。"

"噢？有什么新发现吗？"

"秦尤向一人问道：'大夫，我这伤势怎么样了？三天之后能走动吗？'那个大夫回答道：'如果有人照顾，可以走动，但是不能走远路。'秦尤听了这番话，唉声叹气，好像挺着急。又过了一会儿，花园门外又走来十几个人，其中有个老道，我认识他。"

"谁？"

"老道叫马道玄，外号'恶法师'。在我装疯前后，他正在国公府。所以我认识他，并且知道他是朱三太子的亲信。"

"他们来干什么？"

"那老道连喊带叫，似乎很高兴。他对秦尤说'王爷来了，给公爷带来封诰和礼物'。并说，过一会儿王爷来看秦驸马，让秦尤准备迎接。秦尤也挺欢喜，命令手下差人清扫花园。他们扫得很认真，终于在假山洞中发现了我……"

"哎呀，这可怎么办？"诸葛大侠替公子着急。

"我吓坏了。急中生智，立刻装疯。抓了把灰土抹在脸上，又剥一块树皮边走边啃，嘴里哼哼咧咧，双腿蹦蹦跳跳，这形态反把秦尤镇住了……"

"可是，可是他被捉的时候，曾在钦差公馆见过你呀。"

"当时，钦差公馆人很多，六合、三贤二寨寨主们站了一屋子，我站在最后边，所以我认识他，他不认识我。"

"万幸。"

"秦尤叫差人抓我，差人怎敢动手？立刻告诉他，我是本府公子。马道玄也说：少国公是疯子，别理他，让他走吧。就这样，我才逃出。"

"好险。"诸葛山真问道，"来的那个王爷是谁？带来了什么封诰？这可是有利的证据，我们必须搞清楚。"

"是呀，依我本意，原想躲在假山洞中观察，可是被人发现了，只得退出，给您送信。"

"容我三思。"诸葛大侠沉吟良久，点头说道："也罢，事关重要，时间紧迫，我只好亲自出马，探听虚实。"

"可是，您被软禁哪。"

"我原先不想暴露，所以忍着没动。如今情况有了变化，我得出去。这院墙虽然不低，它可挡不住我。公子，你把门口的差人引走，我立刻行动。"

"行，诸葛大侠，咱们怎么碰头？"

"暂时不能见面了。我若掌握了真情，就得马上报告钦差，请钦差发兵，围剿国公府。据我估计，这又是一场血战。公子多加保重，来日再会。"

"大侠，您得小心。"公子眼圈发红，退出来。他对两名公差说道，"过来，公爷说你们侍候大侠，辛苦劳累，让我请你们喝酒，跟我走吧，咱到门房痛饮几盅。"

"这……"一名公差犹豫未动。

另一名公差一推他："王二哥，公子的吩咐还有错吗？快走。"

郑公子将二差领到门房，又令门差去厨房传来酒菜，不必细表。

单说八阵仙师诸葛山真，浑身上下收拾利落，可惜没有兵刃，宝剑被郑翠萍废了，只好赤手空拳前往。他走出屋门，见四外无人，便翻过院墙，朝东而行。据公子说，秦尤在东廊花园，估计不会很远。果然，晚风送来花香，眼前又闪出一座小院。大侠心想：都说富贵帝王家，半点不假。郑大涛只是一个公爵，府中大院套小院，小院不知多少。此时不及多想，脚下一拧劲，飞身跃起，用胳膊肘拐住小院墙头，探身往里观看。

时值初秋，暑气未尽。院中百花争艳，满目芳菲。假山在北，嶙峋叠起，小湖在西，秋波荡漾。东边有四行湘妃竹，青枝绿叶，南边栽两棵大夫松，高大挺拔。院心修一座八角凉亭，底座磨砖对缝，五磴汉白玉台阶，一尘不染。四周围，紫巍巍锦堂画栋，碧沉沉彩阁雕檐，转圈镶着花檀木栏杆。亭中高吊八盏"气死风"红纱宫灯，灯中点着人臂粗的甘油大蜡，光晃晃，亮堂堂，照如白昼。好一派富贵景象，荣华气派！

再看凉亭里坐着二十几个人，面对四桌酒席，正在狂饮。首席桌旁坐着澄国公郑大涛、四季小花郑翠萍、飞天鼠秦尤、一名老道——肯定是恶法师马道玄。另有一人坐在主宾位上，年届五旬，衣着华贵，满面春风，频频劝酒。诸葛大侠估计：这人准是那位"王爷"。不知他姓甚名谁，来自何处，肩负哪种使命？这些情况必须弄清，才好向钦差报告。可是，难哪，从何处下手呢？

诸葛山真弄不清楚，编书人得做些说明。

且说惠山云罗寨被攻破之后，偏副寨主多数逃亡，客座寨主更是跑得无影无踪。什么叫"客座寨主"呢？这些人武艺都比较高，却又不愿正式入伙，只在聚义厅临时搭一把交椅，既算寨主，又算宾客。说穿了，他们都是朱三太子派来的，皆为下五门弟子，见势不妙，有的投亲靠友，龟缩起来。而大批人马一齐逃往三皇镇，拜见主人，痛诉苦情："云罗寨破了，金寨主为国捐躯。我们抵挡了几阵，杀死许多清兵清将，终因寡不敌众，退了回来。"他们半吹半唠，胡说八道。

"啊？"朱三太子一惊，心说：云罗寨扼守太湖，是我的一道重要

188

防线。防线一破，清军即可渡湖，过了太湖，离舟山群岛临海洲三皇镇就不远了。这便如何是好？哼，这事不怪别人，全怪飞天鼠秦尤。前些天他回来报告，言说云罗寨忠心耿耿，正在准备劫杀彭朋，攻占无锡府。我对他们说，攻城时机未到，可以暂缓，只要劫杀了钦差，便是胜利。并且还问他有什么困难，如有困难，我可以增派高手。而秦尤大话连篇，说什么曹娥江边巧逢叔祖，叔祖是老隐士，武功第一，他已经落足云罗寨，有他一人，可挡万夫！结果如何？嘿嘿，全败了！朱三太子越想越恨，怒道："驸马秦尤在哪里？传他殿前回话！"

"圣上，秦驸马下落不明。"

"哼，他临阵脱逃吗？这个东西实在可恨。据他所述，他有个什么叔祖，号称天下第一，真是胡言乱语，误我大事！"

"圣上，秦尤的叔祖确实高明，南霸天黄三太如何？只用一个照面，就被高僧打倒！"

"噢？你们听谁说的？"

"亲眼所见。"

"那高僧叫什么名字？"

"姓名不详，法号藏真长老。据说，数十年前，他与青峰剑客艾莲池大战了四天四夜，未分胜败……"

"藏真长老……"朱三太子自言自语，心中记住了这个名字。到后来，藏真长老大战华九州，朱三太子炮轰僧道，还有许多热闹回目，此处不必细表。

单说反叛阿必隆。他被朱三太子封为"金王"，虽无实权，却有身份。为此，"金銮宝殿"上有他一席之地。这时，他听说秦尤下落不明，不由得心潮起伏，思绪不安：我送来五车财宝，买了这么个王爵，有名无实，地位不稳。秦尤虽被招为驸马，终究算是我的心腹。他再遇难，我的日子就更不好过了。观察朱三太子的神情，似乎对秦尤不太关心。我得提醒他几句："圣上，飞天鼠秦尤乃当朝驸马，身价显贵，对于三皇镇内幕，他又了如指掌，一旦落入清兵手中，对我朝十分不利。依臣所见，应该派人把秦驸马尽快找回来，以免发生意外。"

"这……金王所言甚是，朕也有此意。"朱三太子十分狡猾，立刻猜透了阿必隆的心思，不由得暗笑：嘿嘿，秦尤是你的老部下，你让我找他回来，目的是增强你的羽翼。得了，咱俩动动心眼，我来个将计就计，把你也送走吧，你是大清朝正牌王爷，在我身边终究不利。"哈哈，金王关心国事，朕十分感激。朕有一句话，又觉得不好出口……"

"圣上请讲。"阿必隆有点警惕。

"第一，秦驸马失踪，应该尽快寻找。不然的话，唉，朕也不好向公主交代。第二，云罗寨失守，咱们三皇镇派去的将领也被清兵打散，如今有的回来了，有的下落不明。这些人舍生忘死，将来都是些开国元勋，把人家扔下不管，天理何在？第三，云罗寨是三皇镇的头道屏障，既被攻破，也无可奈何。为了保证本部安全，应该加强第二道屏障，千方百计堵住清兵……"

"圣上，臣初来乍到，尚不知这第二道屏障为谁？"

"金王，朕并非信不过你。因为事关机密，从前未对你说。这第二道屏障乃是无锡澄国公郑大涛。他的太祖郑成功、祖父郑经，都是台湾延平郡王。父亲郑克塽早丧，被清廷追封澄海公，郑大涛子承父职，袭了这个公爵，但是他总想恢复祖业，便投在朕的门下。朕已加封他仍为延平郡王，并答应事成之后，交还台湾岛。他对朕很有忠心，守在无锡，成了我的第二道屏障。"

"圣上很会用人。"

"哈哈，真的吗？"

"不敢奉承。"

"既然如此，朕也得用你一次。请金王千岁准备，明日清晨动身，前往无锡府。"

"啊？"阿必隆一惊，自己千辛万苦才逃出大陆，若是返回，等于送死！岂不知，这正是朱三太子的本意。阿必隆忙道："圣上，臣在大清为王多年，目标很大，熟人很多，返回大陆，会遇风险，还是请圣上三思。"

"我已经三思过了，除了金王，别人很难完成使命。第一，你要把秦驸马找到，让他回归三皇镇。第二，你要把朕之旧部尽快收罗起来，让他们重新为朕效力。第三，最重要的一条，你要带上三十两黄金、四双白璧、一道圣旨去见澄海公郑大涛，向他转达圣意。当初，朕曾封他为延平郡王，这只不过是个'二字王'，对郑大涛来说，似乎低了一点。为此，朕重新加封他为'东王'，也就是晋升为'一字并肩王'，与你金王平起平坐。这样重大的使命，别人去了，不够资格。"

"我……我不认识郑大涛哇。"阿必隆还想推辞。

"让马道玄与你同往，他与东王有过数次联系了，再派二十名武士护送，万无一失！"

"遵……遵旨。"阿必隆明白：这个差事即便有风险，也得非去不可了。

次日清晨，恶法师马道玄、青毛狮子吴太山、金眼骆驼唐治古、火眼狻猊杨治明、双麒麟吴铎、采花蜂尹亮、小潘安吕环、美郎君李珍等人保护着阿必隆，登上小船，西下无锡府。这些贼中，尹亮、吕环、李珍最为高兴。三人都是蝴蝶门中的"圣手"，离开采花盗柳，简直活不成。他们在海岛上苦了几个月，这次返回大陆，归心似箭！

"二位，"吕环说道，"无锡城中，我有七八个老相好的，这次见面，得痛痛快快地玩上几天！"

二贼笑道："你若是忙不过来，我们来帮忙。"说罢，淫笑不止。

恶法师马道玄一皱眉头："三位，你们安稳些吧。咱们去办大事，你们少惹点祸，以免因小失大。"

"道爷放心，我们说句笑话而已。"

不知不觉，小船在海盐港拢岸，群贼簇拥着阿必隆走了一天旱路，又渡过太湖，来到无锡。马道玄轻车熟路，将众人引进国公府。

且说澄海公郑大涛，他见来了这么多人，先是一惊，后是埋怨：我的所作所为十分机密，朱三太子一下子派来这么多人，彭钦差又近在咫尺，万一发觉，如何是好？因而，他态度冷淡，面色不悦："马道爷，你们从何处而来？"

"公爷，不，得叫您王爷，"马老道不动声色，"我给您介绍一下，这位是金王阿必隆千岁，奉了圣上旨意，特来见您。"

"噢？"郑大涛对阿必隆久有耳闻，并且知道他的身份。心说：他是大清朝郡王，我是大清朝国公；他是三皇镇一字王，我是三皇镇二字王，无论哪头，他都比我地位高，对这种人物不可慢待。因而连忙起身，抱腕禀手："原来是阿王千岁，恕下差不知，未曾远迎，望千岁莫怪。"

"不敢当。"阿必隆明白：这是人家的一亩三分地，实权在人家手中。再说，人家也提升为一字王了，我还是少摆架子吧。"郑王千岁，我奉了朱三太子的圣谕，特来拜见。第一，您扼守在太湖，成为三皇镇的一道钢铁屏障，功高如同日月。圣上派我送来黄金三十两、白璧四双，以示慰问。"

"多谢圣上。"

"第二，根据您的功劳，圣上传旨，晋升延平郡王为'东王'。并派我带来封诰。"

"洪恩浩荡，受之有愧。"郑大涛遥向东方拜了几拜，心中万分喜悦。

阿必隆取出"圣旨"，还有一顶"王冠"，一并交给了郑大涛。郑大涛刚才冷淡，现在变得热情起来，急忙令人献茶，殷勤款待。

"东王千岁，"阿必隆说道，"朱三太子派我来，除了封赏，还有两件事。第一，云罗寨大败，旧部逃散，圣上让我收罗他们，一道请回三皇镇。第二，驸马秦尤下落不明，他身份高贵，必须找到。这两件事情都很紧迫，希望东王千岁大力帮忙。"

"回禀金王千岁，第一件事不太容易，据我听说，云罗寨失守以后，武士们各自投亲靠友，去向分散。若想重新聚会，必费周折。第二件事却不必费力，秦驸马就在我家。"

"啊？真的吗？"阿必隆半信半疑。

"当初，马道玄仙长曾领着秦驸马来过我家一次，我与驸马彼此相识，不会有差。"

"他怎么会来你府？"

"一言难尽。"郑大涛将女儿郑翠萍夜探钦差公馆，救出秦尤之事讲述了一遍。又道："翠萍救人时，并不知他的身份。来到国公府，我才认出是秦驸马，这也是件巧事。"

"快请他来吧。"

192

"不行，秦驸马肋骨有伤，行动不便，正在东廊花园休养。过一会儿，咱们去看他吧。"

马道玄说道："二位王爷，秦驸马是我们的好朋友，您二位先谈公事，我们去看看他。"说罢，领着群贼奔向花园，唯有采花蜂尹亮、小潘安吕环、美郎君李珍三人未动。

郑大涛笑道："三位壮士，你们与秦驸马不太熟悉吧？见面时，本王再做介绍。"

"不，我们与秦尤挺熟的，在三皇镇时天天见面。"

"既然如此，三位怎么不去看他？"

"东王爷，我们想问您件事。您刚才说，小姐郑翠萍救出秦驸马。郑小姐的外号可叫'四季小花'吗？另外，她可是手使帼头剑……"

"对呀，你们认识？"

"嘻嘻，不瞒东王，她是我们的小师妹，万没想到她还是王爷之女。"

"噢？"郑大涛心想：据女儿说，她曾随一老尼学艺，老尼莫非还有男徒？武林之事我也不懂，还是叫女儿出来吧。"来人，请小姐相见。"

过了片刻，郑翠萍花枝招展来到前厅，她一见三位师兄，粉面羞红。原来，在她闯荡江湖时，曾与蝴蝶门师兄、师弟鬼混过数年，其中包括这三个淫贼。四人相见，又惊又喜，怎奈眼前有两位"王爷"不敢过于亲近。

"小师妹，果然是你？"

"三位师兄，你们从哪来呀？"

"海岛来，陪同金王拜见东王。"

"嘻嘻，哪来的这么多王爷？"

"女儿，过来。"郑大涛做了介绍。

"小姐，你救出秦尤，功劳不小。等见到朱三太子，本王将如实上奏。"阿必隆也夸奖了几句。

郑翠萍心思早已不在这里了。笑道："爹，我这三位师兄都对女儿有恩，我把他们请到后楼一述吧。"

"这……"郑大涛心想：未婚女子让三名男人去闺房，不太雅观，可是自己又不好深说，只道："去吧，今日傍晚时，我要在东廊花园宴请大家，你也去作陪。"这话含意是：你们别在闺房待得太久了。

"女儿明白。"翠萍领着三人来到自己的绣楼，嫣然一笑，命丫鬟献茶。

三贼的容貌都生得不错，其中吕环最佳，外号叫"小潘安"。传说，潘安是古代的才子，因为相貌极美，最受女子喜爱。当时不兴骑马，都讲究坐车。潘安出门时，女子都将各种果品向他车上扔去，他回家时，车上果品总是满满的，为此留下一句话：潘安出门，掷果满车。这事是真是假，也不必考证了。吕环既称"小潘安"，容貌可想而知。再加上他投身蝴蝶门，武功平常，却学来各种勾搭女人的手段，为此最受翠萍喜爱。他见翠萍让丫鬟献茶，笑道："小师妹，师哥想你想坏了！"

"呸！"翠萍笑着啐了他一口。

尹亮、李珍早知他俩的关系，不敢和吕环抗衡，只得笑道："一会儿还得去赴宴，二位快去亲近吧，来日方长，今天先让给小潘安，我们俩在外屋放风……"

"狗嘴里吐不出象牙！"翠萍领着吕环走进里屋，关上房门……

由于郑大涛依靠女儿的武功，女儿的朋友他不敢慢待。为此，便把这伙人当作上宾。傍晚时设佳宴款待，花园中一片喜气洋洋。

书归正传。再说八阵仙师诸葛山真趴在墙头上往里观看，心中犹豫不决。有心进去，自己一个人，恐怕不是他们的对手。如果不进去，又弄不清他们的身份，抓不住真凭实据。此时此刻，左右为难。

恰在这时，一名差官风似风、火似火地跑进花园，口中称道："公，公爷，大事不好，府外来了三人一头驴，十分厉害。光是那头驴就把门差踢死两个。他口口声声让您交出秦尤，否则，否则要杀个鸡犬不留！"

"啊！"澄海公大惊。

"爹，"翠萍冷笑，"怕什么？有女儿在此，万无一失。"说罢，手扶帼头剑，走下八角亭。

马道玄急忙讨好："众位弟兄，小姐虽勇，终系一个弱女，咱们一群堂堂男子，怎能袖手旁观？快随我来。"

澄海公郑大涛果然感激："多谢道爷帮助小女，本王同去。"说罢，回头看了阿必隆一眼。阿必隆心说：东王惦记女儿，亲自前往。我这金王若是不去，会引得他不满，得了，我也去看看吧。由于二王离席，谁敢停留？除了受伤的秦尤，全都奔向府门。

书中交代：来的不是别人，乃金头老虎贾明、花驴儿贾亮、白马将李七侯。

前文书说过：秦尤被救走。贾明、贾亮替师报仇心切，所以不断埋怨李七侯，闹得七侯没脸见人。后来发现"寄柬留刀"，方知秦尤落在国公府。贾明、贾亮曾经骂骂咧咧说什么"捣他的王八窝"。李七侯立刻表示"二位若去，我也跟着，哪怕一死"。这件事虽被黄大侠劝住，三义士仍不死心。后来，欧阳大侠回家探亲，诸葛大侠公府诈降，一连四天没有消息，钦差公馆平静如水。贾氏兄弟再也忍不住了，他们对七侯说道："白马将，你把秦尤看丢了，咱也不怪你。他是杀我师父的仇人，若是离开国公府远走高飞，让我们上哪里寻找？这大仇就难报了。我们哥儿俩商量好了，师哥黄三太身负国家重命，又得保护钦差，他脱不开身，私仇由我们哥儿俩去报。国公府离这儿不远，咱们三个去一趟吧。"

"行。不过，瞒着黄大侠合适吗？"

"要是告诉他就去不成了。白马将，你若怕死就别去。虽然你把秦尤看丢了，我们还能把他抓回来。"这句话是"激将法"，说得七侯半晌无言。三人决定，傍晚动身。

李七侯终究比贾氏弟兄年长几岁，想得也比较长远。他知道：只顾意气用事，往往会吃大亏。自己骑虎难下了，非去不可。临行时，他留下一封书信，信中说明原委，让差人在一更天时转交黄三太。

且说三义士来到国公府外，天色已黑。依着李七侯，想进去暗中察看。贾明一摇头："用不着。你看看，这片宅院有多大，咱们转到天亮也找不到秦尤。再说，诸葛大侠来了几天，还没得到消息，咱们时间这样紧迫，会有什么结果？"

"那怎么办？"李七侯觉得有理。

"来明的吧。"贾亮是他哥的应声虫，不顾后果，高声叫道，"哒，府中的乌龟王八蛋们听着，快把秦尤交出来，否则杀你个鸡犬不留！"

"谁在胡闹？这是国公府，你们不怕死吗？"

"谁死？"贾亮一声呼哨，大花驴儿奋勇上前，口咬蹄蹬，两名门差当即丧命，余下的慌忙逃走，报告澄国公。

门前相会，剑拔弩张。三义士惊疑不止，心说：以为国公府只有些公差，差矣，原来还有这么多绿林武士。

下五门群寇中，有的认识三义士，有的却不识好歹。小潘安吕环刚与翠萍一番恩爱，此时还处在兴奋之中。他为了在翠萍面前卖弄，拔刀上前，不与人争，专和驴打。他以为一头畜生能有何本领，口中骂道："死驴，你敢踢死门差，好生大胆。待我取你驴头，替门差雪恨！"

"嗷——"大花驴儿三声怪叫。驴有驴言："好你个采花贼，比我还骚性，我岂肯容你？"叫罢，前腿抬，后腿蹬，扑了上去。这神驴个头好大，站起来足有六尺，驴嘴一张，如同血盆，吓得吕环连连后退。晚了，只听"咔嚓"一声，人头被大花驴儿咬下一半！

"哎哟！"翠萍心疼，把美目紧闭，不敢细看。刚才他还那样活跃，如今却命丧驴嘴。有心报仇，它却是头畜生，我要找它的主人算账！"哼，这头驴是谁的？"

"我的。丫头，你想怎么样？"

"我想要你的命！"话到剑到，直指贾亮前心。起初，贾亮并未把她放在眼里，只是嘻嘻哈哈，准备戏耍一番。行家伸伸手，便知有没有。待到宝剑刺来，方知碰上高手，再想躲闪，来不及了。千钧一发，紧要关头，大花驴儿替主人解难，"嗷"的一声，从背后扑向翠萍，若是第二个人，那就完了。翠萍曾跟华九州学艺，眼观六路，耳听八方，急忙扔下贾亮，回手一剑。若是第二头驴，那也就完了。这头驴忙将驴头下缩，可惜稍慢，左耳朵被宝剑削去半寸。疼得这厮怪叫连天，晃晃尾巴，向前与翠萍拼命！

贾亮见大事不妙，喊道："快上！"

"来了！"贾明、李七侯各举兵器，三义一驴大战郑翠萍。

马道玄喊道："无量佛，欺人太甚，本道来也！"

"道爷且退，待我杀了他们，替师兄吕环报仇。"翠萍艺高人胆大，决心孤军奋战。

好厉害：三位义士，围住对面女子；一头花驴儿，踢咬眼前姣娘。郑翠萍面无惧色，一心为姣夫雪恨，帼头宝剑如蛟龙出水，似怪蟒翻身，上挑下压右崩左划，打得三义一驴难得近身。忽听"哎哟"一声，李七侯被宝剑削去半截食指。又听"扑哧"一声，贾明腿上被宝剑刺进二寸多深。紧接着贾亮一声惨叫，后背又被宝剑划开，鲜血横流。三义士堪堪危险，死在眼前。恰在这时，有人高叫："住手！"

来者正是八阵仙师诸葛山真。

原来，诸葛大侠正在墙头观察动静，门差报告，说什么花驴儿咬人。大侠心想：除了贾亮的花驴儿，不会再有第二头。准是黄大侠等待不及，率人攻府。又过了片刻，八角亭诸人都奔往府门，只剩下一个受伤的秦尤。大侠窃喜：机不可失，我捉他归案吧。主意拿定，翻墙而跃。有名差人叫道："谁？"

"去你的吧！"大侠掌背一扫，将差人打昏，又取下他的腰刀，奔向凉亭。别说秦尤带伤，就是没伤，他也打不过诸葛山真。大侠不能杀他，一来他是钦犯；二来得留他祭奠胜英亡灵。因而，解下他的腰带，将他捆上。扛起秦尤向后墙走去。来到墙根，先把秦尤往外一扔，秦尤当即摔昏了。大侠越墙出来，又扛起反贼，来到府门。这时他才看清，原来只有三义士攻府，并无别人。而且三义士全部受伤，危在一旦。

"哎呀，"反王阿必隆首先发现了秦尤，失声叫道，"大事不好，秦驸马被他捉去了。"

"无量佛，"马道玄传令，"快上，解救驸马性命！"

"不准动！"诸葛大侠手握腰刀，刀刃横在秦尤脖颈。"谁敢过来，我先杀他！"

"这……你想怎样？"阿必隆视秦尤为无价之宝，说话声音发抖。

"哼，你让那丫头停下宝剑，放回三义士，我便放回秦尤。"

"走马换将？"

"正是。"

"东王千岁，"阿必隆哀求道，"那三人乃无名之辈，而秦尤乃我朝驸马。您快叫小姐住手吧。"

郑大涛点头："翠萍，放开三人！"

郑翠萍一心为情夫报仇，连伤三义之后，正准备下狠手。后来情况有变，她才改换了招法，变绝命剑为连环剑，只封住三人退路，没取他们性命。此时闻听走马换将，且战且喊："让他把秦尤放下，我再住手。"

"身为大侠，岂能言而无信。"诸葛山真放下秦尤。

"快抢！"马道玄等人一拥而上，将秦尤夺回。郑翠萍也说话算话，收住招法。三义士退出，倒地不起，鲜血流淌。

"哼，"诸葛山真怒道，"好丫头，心黑手狠，待我会你。"

"行啊，"翠萍冷笑，"你怎么不使宝剑，换上了铁片刀？"

"休走，看刀！"诸葛大侠不想多说，一刀砍下。论真功夫，大侠不惧翠萍，怎奈人家用的是宝器，自己使刀又不顺手，只战了三十回合，鬓角出汗，气喘吁吁。

正在这时，远处飞来两条黑影。他们用的是雁行法，比飞腾法能快十倍，眨眼之间，来到府门。不是别人，一个是飞镖南霸天黄三太，另一个是圣手昆仑侠白五峰。原来，黄三太见到李七侯留下的书信，又惊又恼。他知道，三义士武功皆属中等，一旦碰上高手，便会有危险。四天来按兵不动，为的是等候诸葛山真去取证据。如今，三义士只顾报私仇，打乱了全局计划。若无凭据，澄海公是好惹的吗？他连忙将此事报告了钦差。钦差深明大义，说道："黄将军，救人要紧。你与白将军先行一步，本官随后发兵。是福是祸，也得闯上一回。"

"遵命。"两位大侠施展奇功，来到国公府外。只见三义士惨不忍睹，李七侯掉了手指，贾明腿上流血，贾亮后背开花，就连神驴儿也少了半截耳朵。诸葛大侠虽说厮杀，脚步已乱，渐渐不支。而对手却是少女，剑光闪烁，变化无穷。"白大侠，您在这里保护三义士，我去会她！"说罢，抽出银龙宝刀，让开诸葛山真，横立军前。

"你是谁？看样挺凶啊。"

"某家黄三太是也，休走看刀！"

"好招法！"郑翠萍惊叫一声，举剑相迎。

剑是䯼头剑，刀是银龙刀，两口宝器碰在一起，击出三尺白光，响声震天动地！

"哎呀!"二人同时纵出战场，各自观察自己的刀剑。还好，兵刃均无伤损。

　　"丫头，伤我三义士，岂能容你?"黄大侠怒从心头起，恶向胆边生，二次上前，施展绝命三刀。这刀法十分厉害，第一刀叫作"沉舟侧畔千帆过"，只见刀光，不见人影；第二刀叫作"孤帆远影碧空来"，身躯并宝刀如同从天而降；第三刀叫作"霜叶红于二月花"，象征宝刀染血。哪怕你金仙佛祖，也难逃脱！可怜、可叹，四季小花郑翠萍玉殒香消，一头栽倒！

第十三回　四老翁演说花鸟岛
八水怪探索五团山

诸葛山真一见郑翠萍倒下，急忙叫道："黄大侠，千万别放走了秦尤！"

"秦尤在哪里？"

"他在……哎呀，咱们受骗了！"

再看国公府外，除了家奴院公，群贼踪影皆无！

原来，恶法师马道玄诡计多端。他见黄三太、白五峰来了，就知大事不妙。当初西湖擂时，他曾见过二位大侠的武艺，心中盘算：我们这些人拼在一起，恐怕也不是他俩的对手。更何况钦差彭朋握有重兵，很快也会赶来。到那时，想走也走不了啦。如今乘彭朋未到，应早离开吧。主意拿定，他向身边的国公府长史郑三旺说道："长史大人，打仗交锋需要士气，请你把府中奴仆全叫出来，让他们共同呐喊，为小姐助威。"

"是。"郑三旺不知是计，立刻照办。

国公府奴仆上百，站在门外，喊声连天。马道玄乘混乱之机，吩咐吴太山、杨治明、唐治古架起二王与受伤的秦尤，连同群贼转回府中，然后备好三匹快马，扶上二王及秦尤，从后门逃出。澄海公郑大涛惦记儿女，留恋家产，连连喊道："不行、不行，我女儿还在动手，儿子还在府里，我不能走！"

"东王千岁，留得青山在，不怕没柴烧。根据小姐的功夫，不会吃亏。公子疯疯癫癫，谁也不会惩处病人，咱们快走吧！"说罢，在马屁股上踢了两脚，仓皇而去。

由于黄三太与郑翠萍刀剑相击，场面激烈，诸葛山真、白五峰等人只注意军前，未及他顾。另外，也想不到马道玄会施展阴谋，总以为府前的人群中仍有秦尤呢，直至郑翠萍战死，才发觉上当受骗。

黄大侠怒道："他们不会走远，追！"

"且慢。"白大侠一摆手，"夜色茫茫，谁知他们奔往哪个方向？再说，三义士受伤，需要照料，彭钦差马上就来，需要禀告，这许多事情等待咱们处理。依我之见，暂时不必追了，即便去追，恐怕也难追上。"

"是呀，这股贼人肯定投奔三皇镇，待直捣敌巢时，一同捉拿吧。"诸葛山真表示赞同。

"也罢，"黄三太叹了口气说，"秦尤在眼皮底下又逃跑了，实在可恨！"

这时，天已破晓，彭公率领大队人马赶到国公府。黄三太禀明经过，彭公大悦："你等功劳不小，只是叛贼逃走，实在可惜。"

"大人，不知您入府办公，还是回归飞雪桥？"

这时，公子郑少英接出府门，迎请钦差入府。六品长史郑三旺在公子耳边小声嘀咕了几句，公子猛然转身，这才发现了姐姐的尸体。虽说姐弟重逢不久，终究连着天性，不由得抚尸大哭起来。黄三太心中不忍，禀手叹道："公子，由于令姐连伤三义士，又要取我性命，在下一时激怒，宝刀失手，将她杀死。真是有些惭愧，望公子莫怪。"

"黄大侠，这不能怨您。我姐姐她，唉，不说了，可惜她还太年轻，可惜她还未曾婚嫁，更可惜她那一身武艺……"公子凄凄惨惨。

"是呀，冷静想想，我不该杀她。"黄三太也有些后悔。

"黄大侠，两国交兵，各为其主。刀枪无眼，您不杀她，她也会杀您。这些道理我都明白。只是，只是，她是我姐姐，一母同胞……"

彭公说道："公子，不必难过了。若按国法，郑翠萍救走钦犯秦尤，寄柬留刀，剑斩两名公差，刺伤三位义士，理该死罪！姑念其年幼无知，又是公子的胞姐，既往不咎。来日，可将其厚葬。"

"多谢大人。"公子内心感激。

黄三太拾起地下的帼头剑，又摘下绿鲨鱼皮鞘，双手奉献："公子，这是令姐的遗物，请你收回。"

"我又不会武功，要它有什么用？就送给黄大侠吧。当年，您救我一命，又供养我一年有余，这口宝剑算是报恩。"

"这可不行。"黄三太历来施恩不图报，连忙推辞道，"我一生使刀，不会练剑。再者说，我有银龙刀，也是切金断玉。一个人不能佩挂两口宝器。"

"这……有了，诸葛大侠诈降时，曾经假扮我的师父。他那口佩剑被这口宝剑斩断，如今尚无兵刃，请诸葛大侠收下此剑。"

"万万使不得！"诸葛山真连连后退，说道，"公子乃贵族显宦出身，不懂绿林规矩。练武人若能得到宝刃，本领会猛增十倍。谁不神往，谁不想得？"

"既然如此，您就更应该收下。"

"不然。绿林规矩，宝器有两种来源，一是夺取，比如，黄大侠刀伤令姐，可以夺下宝剑，这叫'有德者居之，无德者失之'，顺理成章，应该应分；另一种称为赠予，或亲朋好友，或师父徒弟，相互赠送，也算合情合理。在下与这两条均不沾边，既未夺剑，又与公子非亲非故。如果受剑，会被武林耻笑。"

"如此说来，这口宝剑理该归您。"

"我，我不懂。"

"您曾假扮我师父，一日为师，终身是父。徒儿孝敬师父一口宝剑，也算是'赠予'吧。"

"嘻，那是假扮的，为了骗你父亲……"

"可以弄假成真。师父在上，徒儿参拜。"公子有自己的打算：诸葛大侠武艺极高，又是黄大侠本门师兄，彭钦差对他也十分高看。如今父亲犯法，自己孤孤单单，无依无靠。有了这么一位师父，等于有了靠山。将来皇上治罪时，彭钦差冲着师父的面子，也能替郑家开脱几句。这是公子心里话，并未讲出。

诸葛山真一愣，不知如何是好。

黄三太、白五峰齐道："诸葛大侠，既然公子有这个心意，你就应允了吧。"

"这……多谢公子赠剑之恩。"

"错了，哪有师父谢徒弟的？"公子站起身来，又见过黄师叔、二位贾师叔以及众人。

贾亮龇牙咧嘴："先别叫师叔哇，快给我治伤吧，疼死我了！"

"请入府中。"公子将钦差等人请进国公府，又令长史郑三旺找来外科医生替三义士治伤。同时买来一大一小两口棺材，大的盛殓姐姐郑翠萍，小的装上小潘安吕环。吕环被花驴儿啃下半拉脑袋，形象丑陋。长史郑三旺带人埋葬了两口棺材，在郑小姐坟前立下石碑，上书"郑氏女翠萍之墓"。到后来，伸手摸天盖十三、屠鲸道人华九州看到这座坟墓，决心替"孙女"报仇，夺回幅头剑，与黄三太等人还有一场恶战，此处暂且不提。

单说彭钦差在众人陪同下，步入国公府，用罢早饭，稍事休息，天到辰时，登堂议事。他接连传下六道大令：第一，将国公府改作钦差公馆，全部兵马由飞雪桥调来此地。第二，通告地方官府，随时听候钦差传唤。第三，令文案先生立刻将围抄国公府及大破云罗寨的详细经过写成奏折，连同公子郑少英的自述，一并以八百里急件送往京都，面呈皇帝。第四，国公府财产查封，等待圣旨处理。第五，黄三太、白五峰、欧阳德、诸葛山真在攻打云罗寨、围抄国公府中为国效力，各记大功一次；余者皆记小功。第六，贾明、贾亮、李七侯只顾意气用事，擅离职守，私闯国公府，打乱全盘计划，致使叛贼提前逃走，为此各记大过一次；又念贾亮曾在云罗寨中活捉过秦尤，功过相抵，免予惩处。诸事完毕，钦差退堂。群雄见他奖罚严明、办事果断，各自心中佩服，不必细表。

眨眼七天过去，快马将皇帝圣旨带回无锡府。圣旨对彭朋深加褒奖，又对群雄大为赞扬，并且指示：第一，云罗寨财产不必上交，全部充为军费。同时抽出一万两白银犒赏三军。第二，郑大涛谋反，削其爵位。姑念其祖上有功于国，又念其子郑少英出泥不染，特加封郑少英承袭公爵，财产退还。第三，望彭朋一鼓作气，早日攻下三皇镇，擒拿叛首，为国立功！

彭钦差率众谢恩，山呼万岁。

又歇兵准备了三天，人马东进，过太湖，来到嘉兴府。黄三太等人亲自到怪侠欧阳德家中拜望。欧阳大侠十分高兴，带着徒儿武杰归队。彭钦差摆宴迎风，各述离情，不必细表。

这日来到盐海港，此港东临大海，与舟山群岛隔水相望。港令姓沈名通元，官居正六品。他早已接到上司的命令，为彭公准备了公馆，并出城三里，拜见钦差："大人，卑职来迟，尚望宽恕。"

"请起，公馆安排好了吗？"

"盐海港街面不大，由于地理位置比较重要，省城在这里设立了一个水兵营，水兵共有三百，由八品千总范成管辖。卑职与范千总商议，就将钦差公馆设在营中，既安全又方便，不知钦差意下如何？"

"凭你做主。"彭公率队来到公馆，这里果然不错。东临大海，西靠绿山，风景优美，空气新洁。水兵们三步一岗、五步一哨，保护着钦差的安全。八品千总范成跟随沈港令一同拜见："小港简陋，屈尊钦差贵体。"

"不必客气，本钦差并非为享福而来。二位大人，我此行目的，你们都知道了吧？"

"七天之前，接到本省巡抚特大人的命令，已知钦差为剿匪而来。特大人还说，您一旦到达，让我们立刻转告，他将亲自拜见。"

"本钦差正要见他，有许多大事要与他商议。"

"下差已经派出快马上报抚院，估计在两三天内，特大人必到。"

"好吧，我也有些事情要准备，你们不必侍候了。"

"已为钦差备下午宴，请大人赏光。"

"何必破费。"

"小港闭塞，只备了几味海鲜，大人请。"两名小官围前围后，将彭公等人拥进餐厅。果然都是海味，什么鲍鱼、甲鱼、翅子、龟蛋、海参、海螺、海蟹、海蚝；另有发菜、紫菜、海芹、海带，可谓五光十色，熘炒俱全。彭公历来俭朴，反对铺张，摇叹道："何必这样奢侈，下不为例！"

"这……"沈通元有点尴尬，"素闻大人清廉，本不敢铺张。这些海产品都是白来的……"

"什么？"彭公一皱眉，"你这海盐港买东西不花钱吗？莫非是桃花源？"

"钦差息怒。"沈通元垂手而立，"下差虽是一港之令，绝不敢欺诈百姓。由于本港靠近舟山群岛，数年以来，海盗猖狂，民不聊生。日前，渔民闻知钦差来剿匪，人人奔走相告，喜庆无比。由此向东三里，有一座玉盘岛，岛上有个四翁村，村中人口不多，共分陈、林、李、吴四姓，每姓有位族长，皆是花甲老翁，所以这座渔村才叫四翁村。四位老翁虽说年长，水性却好，常年四季总是泡在海中，摇着几只小船东游西走。为了迎接钦差大人的光临，四翁亲自下海，各自采来海珍，请大人品尝。下差曾经问过价钱，他们坚决不收。还说，只要钦差为民剿匪，他们可以天天孝敬。"

彭公点头："原来如此。可见，围剿海盗乃民心所向。不过，采撷海珍也不容易，且不可天天受礼。"

"大人有所不知。"沈通元见钦差高兴，继续说道，"这四位老翁自称是'活海图'，他们在小岛居住了几辈，各自下海五十余年，对海面布局、海底结构都一清二楚。据他们自己说，采撷海珍，如探囊取物……"

"噢？"彭公喜上眉梢，"这四位'活海图'在哪里？我要传见他们。"

"他们已经回归小岛了，过几天才能再来。钦差传见，下差可以去接……"

"不是接，而是请。明日清晨，以本钦差的名义，请四老翁公馆相见。"

"下差明白。"沈通元心想：这位钦差太精明了，准是利用四位活海图当作向导。这叫会用人者无弃人。"大人，酒冷菜凉，请您用膳吧。"

"请。"彭公大悦，直饮到傍晚方散。

次日近午，四位老翁果然到齐了。他们闻知钦差邀请，又紧张又兴奋，跪倒磕头："草民百姓拜见钦差。"

"不敢当，快快请起。"彭公亲手搀扶，"各位老人家，请来上座。"
"不敢。"四老翁受宠若惊。

"来呀，献茶。再把黄大侠、白大侠、欧阳大侠、诸葛大侠请来。"
"是。"差人请来诸侠，分头落座。
彭公笑道："请问四位老人家，今年多大岁数，贵姓高名？"

为首的一位老者答道:"小老儿六十四岁,名叫陈海胆。他们三人同庚,都是六十二岁,名叫林海鲨、李海星、吴海鳖。我们老哥儿四个磕头,人称'四老翁'。哈哈,穷人穷乐和,我们还自家取了个外号,叫'东翁''西翁''南翁''北翁'……"

"好,"彭公兴趣盎然,"东西南北被四位老人家全占去了!"

"不敢,不敢。"陈海胆倚老卖老,"大人看重我们,我们就吹句大话,只要下海,东西南北任我们随便闯,不论走到什么地方,都是我们的天下!"

"妙绝!不瞒几位,本钦差正需要你们这种人才。"

"过奖了。一个海老大算什么人才?"

"四位老人家,如今国家有难,你们肯帮忙吗?"

"什么话?"林海鲨脾气挺暴,"大人要是瞧得起我们海老大,有事只管吩咐。这些年来,我们让海盗害苦了。大人剿匪,是为民造福。我林海鲨就是一条大鲨鱼,钦差派我往哪儿撞,我保证不回头!"

"谢谢几位老人家。国家有水兵,我帐下有侠义英雄,开兵打仗不用你们,只用你们当向导,并请你们介绍一下海洋布局。"

"这可太容易了,不知大人要问哪些?"

"请问,舟山群岛上可有座临海洲三皇镇吗?"

"有。"陈海胆首先答道,"舟山群岛隶属定海县管辖,共有大大小小八十九岛,最大的叫舟山岛,岛上有普陀山、南天门、紫竹林、普济寺,小老儿不必一一细说了。由舟山岛往东北二百来里,有座花鸟山。五十年前,我跟我爹驾小船去过一趟。当时,那里还无人居住,只有几排石房子,是渔夫们的避风港。花鸟山好看极了,各色野花数不过来,少说也有一千种。还有鸟,红颏、蓝靛、画眉、百灵;最多的还是海燕,成群结队,远去了!我爹说:这个小岛上准有上等燕窝,咱去采点。我们爷儿俩弃舟登岸。小岛西边地势平坦,东边是峭壁,不知哪个朝代在峭壁上刻了三个大字,写的是'临海洲'。我们在岛上转了几天,果然采了许多大燕窝。小岛中间有个古庙,好大呀,不过已经坍塌毁坏了。庙门上方有匾,写的是'三皇庙'。当时我才十几岁,不知三皇是谁?我爹告诉我,三皇是天皇、地皇、人皇,我也不知对不对。钦差是有学问的人,您可别笑话呀。"

"哪里，本钦差听得入神了。以后如何？"

"以后的事让北翁李海星讲吧，他专走北路，去的回数最多。"

林海星为人老实，不像陈海胆那样能说会道。他见大哥让他讲，便憨厚地笑了笑，说道："我能讲出个什么？大概在二十多年之前，我们老哥儿四个磕头不久，陈大哥便对我说'北边有座花鸟山，山上燕窝挺厚，你既然跑北路，就应该去看看'。我按照大哥的吩咐，驾船北上。来到花鸟山一看，我可傻眼了，以为自己走错了地方。这里哪有花鸟？遍地都是房子，遍地都是人马。这些人操着台湾口音，各带刀枪，横眉立目，把我捉进营盘，硬说我是官府派去的奸细，并要杀我人头。我再三求饶，又告诉他们我是个渔夫，他们还是不信。多亏一个上了岁数的人看了看我的手脚，对同伙们说'他真是渔夫，别难为他了'。那伙人这才相信。但是不放我走，让我领着他们捕鱼。我当时挺纳闷：身居海岛，他们怎么不会捕鱼呀？后来我才明白，这些人都是大兵出身，曾是台湾王郑经的亲兵卫队。台湾被施琅元帅攻破之后，他们逃到花鸟山，占山为王，成了海盗。我在花鸟山待了二年半，把捕捞本领传授给他们了，他们对我也不错，常常把抢来的财产分给我一点。还对我说，花鸟山改名临海洲，三皇庙是中心，改名叫三皇镇了。大首领姓吴，据说是吴三桂的后代，已经在三皇镇称王……"

"老人家，"彭公问道，"那个大首领是叫吴楚凡吗？"

"我可不知道。平时只听大伙叫他吴大王，我从未见过。我在山上混熟之后，他们也就不管我了，一个风雨夜，我驾着小船逃回原籍，好险哪，依仗我水性好，又熟悉路途，若换别人非淹死不可！"

"应该向您祝贺。"彭公欠了欠身子，继续问道："老人家，您以后又去过三皇镇吗？"

"我可不敢再去了！"

"如此说来，您对朱三太子的事情一无所知吧？"

"朱三太子是谁？"李海星摇头不解。

"钦差大人，小老儿，小老儿能说几句话吗？"南翁吴海鳌站起身来。

"请讲，不要拘束，请坐下慢慢说。"

"小老儿自称'南翁'，专走南边海面。五年之前，我带着一帮本家子弟往南边捕鱼，谁料海上起了大风，凭我有点本领，渔船总算安稳。忽然，对面漂来一艘小船，摇摇晃晃，就要被大风掀翻。我们渔家有规矩，任何时候都不能见死不救。我便让孩儿们扔过缆绳，把小船拢了过去。船上只有一个青年人，二十多岁，他已经吓昏了，说不出话来。我见天气恶劣，便归帆返航，回到家中。经过七天调养，那个青年人才恢复正常。他听说我姓吴，很是高兴，又告诉我，他也姓吴，五百年前曾是一家。临走的时候，我给他船上装了干粮、淡水、咸鱼和几瓶老酒，青年人十分感激，犹豫了一会儿，从怀里掏出一面三角杏黄旗，告诉我说，如有意外，让我把小旗挂在门上。我有点发蒙，以为他是龙宫三太子呢，跪下就给他磕头，求他别发大水，保佑百姓平安。他笑了，又对我说，他不是龙宫三太子，也不会发大水……"

　　"他是谁呢？"彭公与诸位大侠对这类似神话，觉得十分有趣。

　　"经小老儿再三盘问，他才说出底细。青年人果真姓吴，名叫吴平。他父亲叫吴楚凡，是什么三皇镇兵马大元帅。据吴平告诉我说，他爹吴楚凡是朝廷钦犯，逃到临海洲，曾被台湾散兵拥立为王。后来又来了个朱三太子，人家牌子硬，他父亲让位，当了大元帅。虽然地位不如朱三太子，却掌握实权。手下有三万大兵，数十位战将，只是缺少兵器。前些日子，台湾有个钢铁巨贾，要卖给三皇镇一万把大刀，这笔生意十分机密，吴楚凡派别人不放心，便让他儿子吴平单独去洽谈并看货。吴平唯恐途中碰上海盗，就跟他爹讨了一面杏黄旗，算是海上通行证。他在台湾看了货物，价格公平，就洽谈妥了。谁料归途遇难，小老儿救了他的性命。吴平为了报恩，把小黄旗送给我。还说，用不了多久，三皇镇就要起兵攻打天下。到那时，你把杏黄旗挂上，保证平安无事。小老儿半信半疑，又不好拒绝，只得把小旗收了起来。今天，钦差大人问起朱三太子，我便想起这件往事，特向钦差报告。"

　　"那面杏黄旗在哪里？"

　　"在我家夹墙之中，我明天取来，交给大人。"

　　"好。"彭公心想，这面小旗也许有用，"四位老人家，你们所讲的这些情况十分重要，已经是为国立功了。将来本钦差上报皇帝，皇帝定会嘉奖。"

"咱不图这个，只要消灭海盗，让渔民过上安稳日子，我们就知足了。"

"请放心吧，本钦差将尽快发兵，把他们一网打尽！"

"多谢钦差了。要没别的事，我们想告辞回家。"

"谁也不能走，许多事情还要随时与你们商量。"彭公看了看四老翁，说道，"这样吧，请南翁吴老先生回府去取杏黄旗，尽快赶回来，我让沈港令为你们找几间房子，暂且住下。"

"就依大人。"四翁照办，不必细表。

第三天近午，浙江巡抚特尔恭额赶到海盐港。他官居正二品，算是封疆大吏，舟山群岛隶属浙江省，钦差光临，他岂敢不接？二位大员相见，各自寒暄。黄三太、白五峰曾在西湖擂时见过特巡抚，因而也上前参拜。特巡抚连忙站起："不敢当、不敢当。二位大侠是钦差的随从，今非昔比，应是贵客呀，千万不要施礼了。"

黄三太笑道："我是绍兴人氏，属于您的子民，应该拜见。"

众人客气一番，分宾主落座，仆人献上茶来。至于沈港令、范千总只能垂手而立，站在一旁。

"钦差大人，我原来以为您会先到杭州呢，怎么直接来到海盐港了？"

"本钦差剿匪心切。在太湖北岸时，由于攻打云罗寨、围抄国公府，曾耽搁了很多时间。再去杭州，又要耽搁，为此直达海盐。"

"钦差为国操劳，又为敝省除害，下官十分感激。不知钦差有什么要求，请吩咐下来，下官照办。"

"朱三太子一伙隐居在海岛，将来必有一场水战。我帐下有三贤寨、六合寨九位寨主，另有少寨主高通海及水八怪，也是九人，二九一十八。十八位水将虽说人数不多，也能抵挡几阵。只是缺少水兵，希望抚院大人多多协助，尽快调拨。"

"此乃下官分内之责。"特尔恭额心说：这位钦差很会办事。据万岁圣旨所述，他是文官挂武衔，有权调动三江兵马。可是他却不调，让我'多多协助'，既显得尊重我，他自己又省事了，一举两得，我也不敢推辞。只得问道："钦差大人，不知需要多少兵马？"

"水兵五万，兵船一百艘，快船二十艘，指挥船两艘，弯弓一千把，雕翎四万支，另有硫黄焰硝，引火之物，越多越好。"

"噢？"特巡抚纳闷：他怎么计算得这样准确？自己不便明问，只得笑道："大人，五万水兵够用吗？"

"足矣。五年之前，三皇镇只有三万人马，如今，最多只能扩张到五万。咱们以同等兵力讨伐他们，正义之师，又有侠义参战，不敢说稳操胜券，也可以战果辉煌。"

特巡抚脱口而出："您怎么知道得这般详细？"

"哈哈，都是沈港令的功劳，一桌海鲜席，引来四老翁。"彭公讲述经过。

"大人明察秋毫，下官敬佩。"

"过奖了。"两位大员高兴起来。

唯有黄三太双眉微皱，不言不语。

特巡抚问道："黄大侠，你好像有什么心事？"

"二位大人，此仗必胜，在下也十分相信。但有一样，临海洲三皇镇兵多将广，不是三天两天就能攻下来的。咱们有五万水兵，百员战将，每天得消耗多少给养？我粗略算了一下，日用粮六万斤，淡水十万斤、蔬菜、肉类、果品、糖盐也不在少量。水中作战，必须有酒，否则兵丁寒冷，不战自败。这些给养，得用多少船只？我曾问过四位老翁，据他们说，百艘大船，日夜运送，恐怕也来不及。海盐港距临海洲二百六十里，快船也得行驶两三天，如果碰上狂风恶浪，那就不好说了。二位大人，攻下三皇镇，以十五天为期，若有五天缺乏给养，我们还能胜吗？"

"哎呀！"彭钦差脸色骤变，"还是黄大侠想得周到。若忽略此事，后果不堪设想！"说到此处，扭头面对特巡抚，"抚院大人，本钦差有点冲昏头脑了。我原先计算，每艘战船能装五百水兵，一百艘战船足矣，却把给养船扔到九霄云外。水战不同陆战，你还得多调一些船只。"

"这……"特巡抚有些为难，"钦差，围剿叛匪，责任重大，下官只好实话实说。论三江力量，多调船只绝无困难。但是，究竟要调多少？"

"本钦差也说不清楚，这要由战期而定。"

"是呀。黄大侠那一番话，提醒了我。如果把给养调得太多，一时用不完，或被海水浸泡，或被风吹雨淋，则变质腐烂，不能食用。如果调得太少，那就得陆续运进，一旦碰上狂风恶浪，未必准时到达。无粮无水，军心必乱，这样重大的责任，下官实在担负不起。还是请钦差说个准数，下官照办就是。"特巡抚不傻，把责任全部推给了彭公。

彭公不怕担责任，却恐大战失利。

黄三太看着两位大员，束手无策。

白五峰心急如焚，毫无办法。

怪侠欧阳德长叹一声："唔呀，三皇镇离陆地太远了，海盐港离陆地又太近了，它俩要搬到一块就好了，咱就有落脚之地了，储存给养不用发愁了！"

白五峰哭笑不得："您这话跟没说一样。"

"那就当吾没说吧。"

"这话很有哲理。"黄三太兴奋起来，"三皇镇不能搬家，海盐港也不能挪动。可是在它们两者之间，能不能还有岛屿？如果有，这事就好办了。咱把给养运去，派专人保管并把那里当作大本营，既能储存物资，又可操练人马，一举多得，不必再愁了。"

"好倒是好，不知有没有岛屿？"彭公仍不乐观。

"唔呀，把四位老翁请来，他们是活海图哇。"

"请。"彭公传令，四老翁应声而入。黄三太说明原委。

"各位大人，"东翁陈海胆、北翁李海星同时说道，"由此向东北二百三十里，有座大岛，名唤五团山。山上物产丰富，还有三十几眼淡水泉。它离临海洲不足三十里，如开快船，两个时辰就到……"

"太好了，天然宝地，助我成功！"

"大侠先不要高兴，"陈海胆已经认识了黄三太，"五团山倒是不错，只怕你们进不去呀。"

"噢？莫非那里也有海盗？"

"比海盗厉害多了。"陈海胆喝了一口茶，继续说道，"小老儿的妹妹嫁到五团山，二年前病故了，我去办理丧事。我有两个外甥，水性都不错，也会点武艺，他们都在寨子里当差，还是个什么小头目。"

"山上有寨必有匪……"

"这话可不对。五团山确实有寨，叫什么镇海寨，寨主四十多岁，不是匪，而和你们几位一样，号称侠客。究竟是什么侠，姓什么、叫什么，我可记不住了。据我外甥说，这位侠客功夫极高，他占据五团山，只准打鱼狩猎，不准抢劫。他不劫别人，也不许别人劫他，有的海盗不识好歹，闯上五团山，全被这位大侠杀死。所以，周围的海盗谁也不敢惹他，还说他比海盗厉害。"

"竟有此事？"黄三太点了点头，对彭公说道，"大人，那寨主既然称侠，就证明他的品德不错。以下差之见，应该去访访他，并向他说明来意，请他把五团山借给咱们一用。按理说，普天之下莫非王土，咱们管他借用，是高看他一眼，为的是减少战争，抓紧时间。他若不借，只好先礼后兵。拿不下五团山，攻不了三皇镇！"

"言之有理。"彭公深表赞成，"黄大侠，我与特抚院商议调兵调船之事，五团山就交给你去处理。越快越好，随时向我禀报。"

"多谢大人信任。"黄三太并不推辞，领着其余三侠，退了出去。

群雄聚集，黄三太说明事情经过。又对鱼眼高恒、水豹子金清等十八位水将问道："你们各位久居水路，可知道五团山的状况吗？"

高恒摇了摇头："黄大侠有所不知，水路英雄分为三派。即江派、海派、湖派。各派之间，来往不多。我们这些人都是湖派，五团山属于海派，对他们的状况，我们从不过问。"

"是呀，"水豹子金清点了点头，说道，"我们湖派讲究水战，而海派讲究船战，两者之间区别很大。噢，我倒想起几个人来，当初，我们占据三贤寨时，帐下有八名头目，号称'水八怪'，他们曾经当过海派，由于不习惯船战，才投靠了石巢湖。黄大侠，让我把他们叫来，也许能得到一点消息。"

"金壮士辛苦一趟吧。"

原来，"水八怪"只是头目出身，武功也很平常，连武士都不够，只能当个"武把式"。他们虽然从军，地位不高，有事也不叫他们参加。此时闻知黄大侠传唤，急忙来到议事厅，抱腕当胸："不知大侠有何吩咐？"

"八位壮士，请坐。"黄三太又讲一遍。

水里滚王敦笑道："这事您算问着了。当年，我们哥儿八个曾在舟山群岛小洋山天池寨混过几天，由于功夫不行，只当喽啰，连个头目也没熬上。天池寨寨主叫张大成，外号叫'小洋熊'，有点真本领，人品也不错。有一天，我在海里游泳被他发现了，他把我传到聚义厅，夸我水性挺好，当场提拔我当了亲随，并要带我去参加七寨联防会……"

金清一皱眉头："王敦，你痛快点说行不行？太啰唆了！"

黄三太并不着急："请问，什么叫七寨联防会？"

"开始我不敢问，后来才弄明白。"王敦见黄大侠感兴趣，更来劲了，"据说，舟山群岛上共有百十个山头，除了大岛驻扎官军，小岛都被绿林所占。这些小岛，多数是海盗，只有七个山头不夺不抢。这七个山头为了共同御敌，决定在大洋山莲花寨召开联席会议，一道商定结盟计划。我们张寨主见我水性好，便把我带去了。会上，我结识了几位水路豪杰，其中就有五团山镇海寨总寨主——"

"他叫什么名字，什么绰号？"

"这人名叫蒋天华，绰号人称'镇海锁龙侠'。我见他演武，又见他提调船战，虽说我不太明白，也觉出他是一位难得的高手。当时，七寨寨主一致推举他为盟主，蒋大侠却力辞不受。"

"为什么？"

"据他说，五团山地处偏僻，位于群岛东北角，若当盟主，联络事务很不方便。因而，他推举大洋山莲花寨寨主、大刀海王万延龄做了盟主，他本人只当了个盟副。我记得，大家对他都很敬佩。"

黄三太心中有数了，说道："王壮士，你去过五团山吗？"

"没有。"王敦暗想：我的艺业平常，立功的机会很少。将来按功封官时，我什么也捞不着。得了，我何不主动请战，去趟镇海寨。万一说服蒋大侠，借来五团山，也是大功一件。想到此处，禀手笑道："黄大侠，我虽然没去过五团山，终究和镇海锁龙侠蒋天华有过一面之交。再者说，我们哥儿几个都在东海干过几天，地形也比较熟。如果黄大侠信得过我们，我们甘愿走上一趟。"

"好，八位壮士精神可嘉。待我禀告钦差之后，再通知各位。"黄三太说办就办，立即报告了彭公。

彭公思虑片刻，说道："黄大侠，这八人可以去，只是身份稍低一点，能否再派一位著名人物同去，方显得敬重蒋天华。"

"大人言之有理。但是，这样做会伤害水八怪的自尊心。另外，别人与蒋天华也没有交往。依下差所见，就派他们去，再由大人亲笔写封书信，向蒋天华表示敬意。水八怪有了这封书信，便是钦差的特使，身份就不低了。"

"言之有理。我再送他点礼物，岂不更好？"

"大人想得周到。"

"笔砚侍候。"彭公修书，无非是写明用意，劝蒋天华为国立功。又加盖大印后，用封筒封好。另外取出一套文房四宝、两口佩剑和一双白璧，算作礼物，一道交与水八怪，鼓励了他们几句，让他们去做准备，明晨动身。

海盐港港令沈通元准备了一艘小船，并派了四名水兵船上侍候。水里滚王敦、浪里钻刘迁、上面浮江龙、不沉底江虎、混水蛇梁兴、翻江獭梁太、双头鱼谢斌、单尾虾谢保各自收拾利落，辞别众人，弃岸登舟。

王敦明白：钦差这封书信十分重要，不仅抬高了我们的身价，而且还代表钦差与蒋大侠对话，万万遗失不得，也损坏不得。为防止海水浸湿，他将书信用油布包了三层，背在自己的身后。又将文房四宝、两口佩剑、一双白璧等礼物装入拜匣，放在船舱，并令浪里钻刘迁负责看管，一切事宜，安排得十分周到。

海盐港距五团山二百三十里，小船行驶了两天两夜，第三日清晨，来到山脚之下。正往前走，忽见海浪翻滚，从对面来了一艘机械大船。船头站立一位青年渔郎，他高声喝道："来人休要靠近，快快通上名来！"

第十四回　少寨主双枪戏八怪
老剑客一掌镇三侠

　　水里滚王敦连忙答道："我们乃钦差所派，特来拜见蒋寨主，有要事商量。请劳累大驾，与我们通报一声。"

　　"哈哈，又是钦差所派？"渔郎将水八怪看了几眼，微微一笑，"近前回话。"

　　"是。"八怪将小船靠近大船，上下打量这位渔郎，只见他光头不戴帽，半截短发披散在脑后，身穿灰市布对襟小袄，下穿散腿灯笼裤，腰扎布带，光脚不穿鞋，年龄在十五六岁，一张娃娃脸，黄眼眉，黄眼珠，脸上长着一层细细的黄毛。王敦问道："壮士，你是何人？"

　　"嘻嘻，哈哈。"渔郎蹦蹦跳跳，神态顽皮，说道，"我就是你们要找的那个蒋寨主，你们是哪国钦差派来的？有话就跟我说吧。"

　　"什么？你是蒋寨主？"王敦笑道，"蒋寨主四十多岁了，你才多大？实话告诉你，我们有要事在身，没时间和你取笑，快去禀告一声吧，省得误了大事。"

　　"什么大事？跟我先说一遍。"

　　"这……"八怪相互嘀咕了几句，一致认为：此处靠近临海洲三皇镇，对方身份不明，又是个孩子，还是不说为妙，因而答道："你就不必多问了，快去报告蒋寨主吧。"

　　"嘻嘻，瞧不起我呀！"渔郎冷笑几声，"你们不说，我也知道。一定是来借我们五团山的，想用我们这块地盘打仗啊，我说得对不对？"

"你，你怎么知道？"

"你们先说对不对吧？"

"对又怎么样？蒋寨主深明大义，只要我们说明利害，他肯定会借。"

"哈哈，你们没睡醒吧？直到现在还做梦呢！"渔郎回头吩咐，"来呀，撞他们，让这几个浑蛋喂王八去！"

"是。"水手摇橹搬桨，大船如山倒，向小船撞去。

"哎呀，不好！"水八怪心想：落到水中我们不怕，却耽误了大事。王敦传令："各位贤弟，快快躲闪，别让大船撞上。"

"放心吧。"八怪都是水将，驶船本领极高。他们从四名护送水兵手中接过桨橹，左摇右摆，机动灵活，而大船力量虽猛，行动却很笨重，不像小船那样迅速。若想撞上，十分不易。来往几个回合，仍无结果。

渔郎笑道："好鼠辈，还真有两手呢！水鬼何在？"

"听令。"四名水鬼上前，各穿皮衣皮袄。上下一身黑。他们并非真鬼，而是负责水下作业。"水鬼"是对他们的戏称。这四人名叫朱五、杨六、牛七、马八，各自上前参拜："不知有何吩咐？"

"你们下去把小船弄翻，待我戏耍他们一回。"

"是。"四名水鬼跳入海中，挤水抗浪游向小船。

八怪看得清楚，立刻明白了对方的用意。王敦吩咐："注意平衡，别让他们将小船掀翻。"说罢，操起大橹，亲自拨水。八怪的武功虽然不高，却是玩水的老手。任凭水鬼又推又晃，小船总是化险为夷，四鬼八怪相争，好不热闹。

朱五冒出水面，说道："他们都是驶船的行家，推不翻了。弟兄们，各亮家伙，凿他的船底吧！"说罢，四水鬼各亮锤钻，潜入水中。只听船底叮叮当当，响了起来。片刻之间，便凿漏了四个窟窿，海水直往里冒，少时灌满船舱，小船在水面上滴溜溜乱转，将要沉没。

王敦大惊："各位贤弟，快亮兵器，准备水战。"

浪里钻刘迁是负责保管礼物的，急忙问道："大哥，那些礼物怎么办？都在船舱里呢，取不出来了。"

"不要了！"王敦心想：幸亏钦差书信用油布包好，背在身后。只要有信在，不顾礼物了，该扔就扔吧。

小船下沉，八怪各持单刀，纵入水中。那四名水兵傻了，他们虽然也会点水，岂是水鬼们的对手？三招两式，被拿遭擒。事到如今，八怪顾不得情面，各舞单刀，解救水兵，双方展开一场海战。

论真本领，八怪高于四鬼数倍。可是他们不敢杀人，怕把事情闹僵。四鬼押着四名水兵，且战且退，靠向大船。船头的渔郎哈哈大笑，叫道："妙，妙极了，小船灌水，终于把你们灌进海里。哎呀，这八个浑蛋还真有两手，等着，某家会你！"说罢，他把衣服往下一脱，浑身上下竟然一丝不挂，成了个"大白条"。回手操起两支铁枪，前后四个枪尖，锋利无比。你看他双脚一蹬船板，"扑通"一声，跳入海中，如同装满泥土的草包沉底，浪花溅起四尺多高。

"笨蛋！"王敦暗中冷笑。因为水性高的人，讲究落水无声，更不能让浪花溅起，就冲他跳水这个架势，可见是个平平常常的无能之辈。于是说道："各位贤弟，现在不明他的身份，手下还得留情。"

"明白。"

八怪如同八条大鱼，挤水抗水，拨浪滚浪，将对方团团围住。好一个青年渔郎，面对八口单刀，并无惧色，嬉笑怒骂，指南打北，双枪如同两把扫帚，东划拉西扫，没有一定的招法。他一面交战，一面吵嚷："哎呀，功夫不错呀，我给你们一条腿，你们怎么砍不着？哎呀，这八口刀好快，要是宰个泥鳅、剁个螃蟹，准保管用！"

"哼！"水八怪又气又恨，心说：我们奉命来借五团山，唯恐事态闹僵，才不敢下手。你可倒好，以为你天下第一了。我们若不是忍让，你有八条命也得喂鱼！

不沉底江虎脾气暴躁："大哥，这小子不懂好赖，咱不敢杀他，抓个活的还不行吗？"

"这……只得如此，不把他战败，咱也见不着蒋寨主。"说罢，八怪刀花一变，齐奔渔郎。说来也怪，任凭八口单刀千变万化，总是碰不到渔郎身上。渔郎连喊"好险"，却无一次真险情。王敦明白了，他这是耍人呢，估计他是位海外高手。

渔郎笑道："想见蒋寨主吗？跟我来。"说罢，双手一分海水，向北边游去。

"跟上他，他可能是个重要人物。"八怪不顾一切，紧紧跟随。

原来，五团山下，海岸崎岖。由南向北，共有八八六十四湾，奇巧古怪，曲蜒宛转。这六十四湾中，也有活道，也有死道。明白人进去，还能转出来，生人进去，有进无还。水八怪只转了二十道湾，就有点发蒙。猛然抬头，不见渔郎，眼前闪出一座半岛，岛前立一石碑，上写"螺蛳湾"三个红字。此处三面环海，背靠悬崖，一片荒凉，不见人烟。

"这是哪儿啊？"

"天知道，咱们又冷又饿，上去歇会儿吧。"八怪在此被困，暂且不提。

你当那渔郎是谁？他乃五团山镇海寨少寨主，镇海锁龙侠蒋天华的独生爱子，名叫蒋水珠。由于他生了满脸黄毛，外号人称"金毛海马"。论武功，水珠从小随父学艺，双枪招法精奇，十分勇猛。论水性，他自幼生活在岛上，四周环海，水性超人。只有一样使父亲担心，这孩子天生开朗、性情诙谐，就是正经事也不正经办。致使蒋大侠常常叹道："就冲你这脾气，顶多能成个义士，一辈子也不能成侠！"

且说五天以前，五团山上来了三个人。为首者是位老道，自称玄狐门门长，外号"金刀道人"，名叫贾量天。另外的两个人是冷面书生铁公鸡、谈笑杀手唐老鸭。三人拜见寨主，倒也开门见山。贾量天说道："蒋大侠，古人有句话，叫作'唇亡齿寒'，这个道理，你不会不懂吧？"

"贾门长，请你有话明说。"蒋天华不卑不亢，内心却十分警惕。

"快人快语。"贾量天捻须笑道，"实不相瞒，贫道乃临海洲三皇镇朱三太子驾前的护国副军师。虽然现在没有品级，将来也能位列三台。"

"恭喜了！"蒋天华明白：临海洲距五团山仅有三十余里，若乘快船，两个时辰就能赶到。虽说近在咫尺，两家却从无往来。先前听说，临海洲是一群海盗占领，为首者叫什么吴楚凡，是反王吴三桂的侄儿。后来又听说，明朝嫡系苗裔朱三太子入主临海洲，准备恢复祖业，称皇称帝。这件事是真是假，都是道听途说，并无准确消息。我是侠，他是盗，历来互不侵犯，更无友情。今天他来找我，意欲何为？我得小心谨慎，以免轻易上当。于是说道："贾门长，镇海寨穷事多忙，你有什么来意，尽快吩咐。"

"哈哈，蒋大侠想撵我走哇。行，容我把话说完，立即就告辞。"

书中交代：彭钦差围抄国公府时，恶法师马道玄见势不妙，便用金蝉脱壳之计，将金王阿必隆、东王郑大涛、驸马秦尤扶上马背，连夜潜逃。第二天一早，他们来到海边小镇公主亭，这地方是三皇镇的秘密交通站。镇长名叫胡白，人们背后叫他"胡诌白咧"。他自称是明朝开国元勋胡大海的后代，也无人考证，不知真假。既是胡大海的后代，理应效忠朱三太子。于是，他表面是清廷镇长，实为三皇镇奸细，负责海上运输工作。至于朱三太子赏他多少活动经费，就无人知道了。胡白与恶法师马道玄很熟，立刻备了两艘小船，将众人送回三皇镇。

朱三太子大惊，问道："你们怎么都回来了，莫非国公府失守？"

"正是。"郑大涛哭诉经过。

"不必伤心。"朱三太子安慰道，"只要有临海洲三皇镇，东王就能高枕无忧。你们途中辛苦，秦驸马伤势未愈，暂且休息几天，朕自有安排。"

"遵旨。"郑大涛感激涕零，临时住在阿必隆的金王府中。说是王府，其实只有几间石头垒的简易房屋，哪有内陆王府那样奢华。

再说朱三太子，从来是喜怒悲恐无形于色。此时，他表面镇静，内心却很慌乱。不由得暗中叹道：依我本意，应该慢慢来，不能过早地暴露身份。只有聚集各路豪杰，兵强马壮，又在内陆遍布实力之后，才能正式宣布造反。谁料，阿必隆圈地，引来康熙私访，额尔起不幸被捉，走漏了天机。被逼无奈，我才提前动手。狗官彭朋好狠毒，连拔云罗寨、国公府两处据点，如今只剩临海洲一座孤岛了，后果如何？不堪设想！幸喜我手中还有三张王牌，第一，东洋大海是天然屏障，易守难攻，可保目前平安无事。第二，十几年来，我聚敛了许多金银财宝，经费充足，后顾无忧。第三，我幕后有位护国大军师，此人才高智广，精通韬略，可以帮我出主意，想办法。唉，可惜此人架子太大，从不出头露面。关键时刻，我得亲自登门拜访。人家还不准见不见！今天，东王郑大涛又败回三皇镇了，下步棋如何走法？我还得去小心求教！想到这里，他微微摇头，万般无奈，奔向后殿而去。

次日清晨，朱三太子传来金刀道人贾量天，说道："副军师，请一旁落座。"

"多谢主公。不知传臣有何吩咐。"

"副军师，临海洲上人物不少，论地位，除了寡人，还有几位王爷。可是那几位王爷有名无实。说穿了，无非是让他们捐赠财物，装点门面，才给他们挂个虚衔，不能靠他们去办大事，他们也办不了大事。论能力，只有你和兵马大元帅吴楚凡才是朕的肱骨，朕把文武双权才交给你们二人。"

"臣不敢当，内心万分感激。"贾量天暗想：朱三太子又动心眼呢。准是派我公干，先给我戴顶高帽子。不过，既是他的臣民，理该为他效力。只好说道："主公，莫非派臣去办什么事情吗？"

"正是。眼下有件重任，身份低的人去了不合适，东王、金王虽有身份，却无能力。吴元帅正在加紧操练人马，为此，只得请你这位副军师辛苦一趟了。"

"愿为主公效劳。"

"据朕估计，狗官彭朋围抄国公府后，很快就会到达沿海。用不了多久，必然发兵攻打三皇镇。"

"兵来将挡，水来土掩。早晚会有一场恶战，主公不必忧虑。"

"可是，彭朋是好惹的吗？据说他手下有黄三太、白五峰、欧阳德等一群武林高手，咱们三皇镇能否稳操胜券，还在两可之间哪！"

"对对。"贾量天连连点头。"人无远虑，必有近忧。不知主公有何打算？"

"按兵书所述，计狠绝粮。我们若能切断粮台、淡水，清兵军心自乱。"

"可是……大陆粮草积山，会源源送来。"

"嘿嘿，"朱三太子一阵冷笑，"军师，你别忘了这是海战哪！我三皇镇距大陆二百余里，清兵海上运输，困难重重。我们若派大船、重兵扼住航海线，胜利就有六分把握！"

“主公高见。莫非派臣率兵阻劫……”

“这事自有吴元帅安排，不须劳你大驾。”朱三太子话音一转，“从我处往西三十余里，有座五团山镇海寨。这座山寨面积很大，物产丰富。若被清兵占领，就会成为他们的基地。既可以储存粮台给养，又可以练兵练将。到那时，五团山将成为攻打三皇镇的'跳板'，于我们威胁极大！”

“哎呀，如此说来，五团山镇海寨乃兵家必争之地！”贾量天明白了几分。

“正是这个道理。据朕所知，那里的大寨主名叫蒋天华，外号'镇海锁龙侠'。此人武艺高超，手下兵精将勇，可惜与朕素无往来。为此，朕派你带领冷面书生铁公鸡、谈笑杀手唐老鸭速去镇海寨，先给那个蒋天华捎份厚礼，并劝他投降归顺。他若应了，朕加封他为副元帅，协助吴楚凡掌管兵马。他若不应……”

“咱就派兵围剿吗？”

“不行。咱还得保存实力，抗击清军，不能轻易消耗兵员。他若不应，你就向他提出租借五团山，每天可给他租金一百两白银。清酒红人面，财帛动人心。一天一百两，一个月就是三千两银子，料他不会反对。”

“主公圣明，事事想得周到。”

“说错了。”朱三太子一摇头，“我哪有这么大的韬略？昨晚，朕去后殿拜见大军师，人家略加思考，便做出全部规划。高人哪，真是高人！”

“主公，大军师究竟是何等人物？臣是副军师，来了两年，只是闻名，却从未见到过这位顶头上司。我二人一正一副，应该早日拜见。可是……”

“不必多说。大军师有言在先，谁也不准轻易参见。该出头的时候，人家自然出头。”

“真是位怪人。他独居后殿，不怕烦闷吗？”

“以授徒为乐，悠然自得。”

“他还有徒弟？”

“不说了，不说了。你立刻行动吧。”

"遵旨。"贾量天不便再问，带着铁公鸡、唐老鸭来到五团山。

镇海锁龙侠蒋天华问明来意，不由得微微一笑："这事很难办哪，在下占据镇海寨，与官府及临海洲均无来往。若将五团山租借贵镇，一旦被清廷知晓，让我如何交代？"

"容易，朱三太子愿封你为副帅，将来大功告成，你就是开国元勋，少不了紫袍金蟒，耀祖扬宗。"

"哈哈，我这人不会当官，也最怕当官。副帅之位还是留给别人吧。"

"蒋大侠，你我二岛算是近邻，这事应该好好商量。如此拒绝不太合适吧！"贾量天依仗临海洲势力强大，神态傲慢，口出狂妄。

此时，旁边有人搭话："行啊，老道，咱们商量商量。"

"你是谁？"贾量天观望那人。见他十五六岁，一脸黄毛，浑身上下充满稚气。

"问我？"那人答道，"镇海寨少寨主，姓蒋名水珠，外号'金毛海马'。总寨主是我爹，我是他儿子。凡是山寨大事，都是我替我爹做主。你们要借五团山，又给租金，行，好事、便宜事、热闹事……"

"不准胡说！"蒋大侠明白儿子又要耍怪。

老道顺杆爬："少寨主说得在理。我们不用山上的一草一木，每日白银一百两……"

"多少？"蒋水珠故作吃惊。

"一天一百两，一个月就是三千两白银，不少吧？"

"嘻嘻，哄小孩儿啊？老道，回去告诉你们什么三太子、四太子，想借五团山，容易，好办，每天十万两黄金，先交一百年定钱。不然的话，嘿嘿，别说借山，敢靠近一步，我要你脑袋！"

"你，你好大胆！"

"胆小就不哄你玩了！"

"气死我也！你，你叫金毛……"

"对，我叫金毛，你叫杂毛，杂毛老道，快滚你的吧！"

"我要硬借！"贾量天艺高人胆大，从肋下抽出金龙宝刀，白鹤独立，杀气满脸。一般说来，出家老道多数使用宝剑，唯他使刀。因为这口金龙刀乃是宝器，与黄三太的银龙刀是一雌一雄，能够削铜断铁，切金斩玉。他的外号"金刀道人"，就是由这口金龙宝刀而来。

"嘻嘻，胆子不小，敢在我家撒野？"蒋水珠初生牛犊不怕虎，回头吩咐："来呀，取我双枪！"

"闪开！"蒋大侠明白：贾量天是玄狐门门长，若是平常之辈，怎能独掌一门？儿子的双枪虽说不错，恐难胜他，万一有险，则后悔不及。于是抱腕禀手，含笑说道："贾门长，你是江湖名士，别和孩子一般见识呀。正如道爷刚才所说，咱们是近邻，不管事情成败，不能伤了和气。"

"哼！"贾量天求功心切，又怒气难消，"姓蒋的，少说废话。五团山借不借？若借，你我立刻签约；不借，走吧，我不杀你儿子，咱二人院中一战！"

"噢？"蒋大侠也有点冒火，"贾门长，你这样说话，与你的身份、年龄有点不配呀。身为一门门长，过于粗野了吧？"

"这……"贾量天这才觉出有点失身份。是呀，掌管一门，应该沉着冷静，刚才过于急迫了，有心收回宝刀，又觉得骑虎难下，怎么办呢？

偏偏此时，那位金毛海马蒋水珠又说话了："爹，您跟他讲什么道理？他们下五门都是破烂玩意儿，门长更不是好东西！玄狐门嘛，门长定是老狐狸精变的……"

"看刀！"贾量天再也忍耐不住。

"哎呀，好快的招法！"蒋水珠连忙缩头哈腰，动作稍慢，头顶的发髻被宝刀削落，若再迟半步，就得"大揭盖"。

"恶道，冷刀伤人，不算豪杰！"蒋大侠心疼儿子，从肋下抽出红毛宝刀，虚晃一招，纵向院外。屋中众人也跟了出来。

冷面书生铁公鸡、谈笑杀手唐老鸭各拉钢刀，准备上前。贾量天一摆手："闪开，待我会他。"说罢，力劈华山，刀奔对手。蒋大侠斜身转步，招架相还。两口宝刀相撞，响声惊天动地，火花迸飞乱舞！二人同时叫道："哎呀，你也是宝刀！"各自收招，观察自己的兵器。幸喜钢口差不多，均未损坏。这样一来，红毛刀和金龙刀再不敢碰了，双刀躲躲闪闪，二将全靠轻功会敌。

蒋水珠早已取来双枪，观敌瞭阵。他嘟嘟囔囔："这叫什么打法？跟正月十五走马灯似的，光转圈玩了，多没劲啊，多急人哪，多费事啊。得了，我帮老爹一把吧！"说话间，手提双枪就往上闯。还没等靠近跟前，他脚下一晃，险些栽倒，不由得叫道："哎呀，好大风！从哪儿刮来的呀？噢，明白了，明白了。你二位表面转圈玩，暗中施展气功啊。这是什么气功？发出好大风！拉倒吧，我不帮你俩了，帮他俩吧！"话到枪到，直向铁公鸡、唐老鸭刺去。铁公鸡、唐老鸭也不是好惹的。原来，朱三太子为了防身，特备了四十四名近卫队。这些人都是高手，各有奇能。其中有四名三品首领，除了铁公鸡、唐老鸭，还有黑脸无常夏麻雀、白面吊客叶猫子。这四人号称"四禽王"，又叫"四怪刀"。论本领，虽说赶不上贾量天，也够二流武功。

有人说：唐老鸭与米老鼠是美国动画片，谁都见过，怎么跑书里来了？看官，古今中外，同名同姓的人太多了。这个唐老鸭姓唐，扁扁嘴，故有此名，他可是地道的"中国货"。

闲言少叙，书归正传。且说铁公鸡与唐老鸭见双枪刺来，稍一闪身，两口钢刀压住两条枪杆，顺水推舟向前砍去，眨眼之间，刀到蒋水珠两肋，蒋水珠急忙挺腹缩胸，双刀走空。紧接着，双刀又向上抬起，凌空而落，砍向水珠两肩。水珠以枪相迎，逢出刀刃，三人大战起来。若讲真功夫，水珠比二人略高一些，但战场经验不如二人。如单对单、一打一，他还能取胜。如今双刀齐落，蒋水珠则明显不敌。他枪输嘴不输，边打边骂："王八蛋，狗杂种，两掐一算不得好汉，你们胜了也是我儿子，我败了也是你爹！"他这一喊叫，惊动蒋天华。事不关心，关心则乱，蒋大侠向这边扫了一眼，便知道儿子处于险境。他岂能不急？糟了，由于两口宝刀不敢相撞，他和贾量天全靠轻功、内功交战，此时一走神，刀花立刻散乱，内功也控制不住了。贾量天大喜："无量佛，金龙宝刀要开杀戒！"说罢，飞身跃起，刀锋直奔大侠顶梁。他的武功本来就比蒋天华高着一头，蒋天华又惦记儿子，此时想躲是躲不开了，只得双眼紧闭，大叫一声："我命休矣！"

千钧一发，紧要关头。只见半山坡上飞来两个人影。这两个人都是穿白挂素，身形极快，如同两朵白云从天飘落。两口宝剑搭成十字，双双架在金龙刀上，口中喊声："开！"火花飞迸，响声彻天。三人大惊，同时落地站稳。各自观察兵器，幸喜皆无伤损。

镇海锁龙侠蒋天华叫道："师弟，你们若是晚来半步，愚兄性命休矣！"

金毛海马蒋水珠叫道："师叔，快过来帮忙，他们俩掐一！"

双方罢战，各问来由。

书中交代：来的这两个人乃是镇海锁龙侠蒋天华的亲师弟，千里独行侠邓天雄、万里追风侠刘天星。

原来，这弟兄三人是同乡，皆为湖南省宁远县人氏。三人自幼家贫，父母全都早丧，是令人可怜的三个孤儿。他们有姓有名，人称蒋大、邓二、刘三。蒋大最爱玩水，十四岁的时候，便在城南潇水捞鱼摸虾。白天下河，晚上蹲破庙，生活苦不堪言。这天，艄公丁老大对他说道："蒋大，你这小骨头小肉的，总睡破庙，早晚得坐病。我把渔船让给你，从今晚开始，你到船舱里去睡吧。里边避风，还有一套破行李。虽说不暖和了，总比庙里强。"

"丁大伯，我睡船舱，您睡哪儿？"

"嘿嘿，我有地方。"丁老大神秘地一笑。原来，村里有个寡妇跟他相好，两人搭伙好几年了，明铺暗盖，乡亲们都知道。说来也怪，寡妇快四十岁了，从来没生育过。可能是丁老大的鲜鱼活虾把她喂足壮了，寡妇竟然有了身孕。这可糟了，寡妇养孩子，好说不好听。两人搭伙的事虽说谁都知道，毕竟不是公开夫妻。村里的头目人心眼挺好，劝他们搬到一块过，丁老大也就答应了。这样一来，渔船没人看守，丁老大想起了蒋大，便雇他打更。说道："你也挺可怜，我不让你白干，每天给你三斤活鱼，一年给你五百大钱。你乐意吗？"

"行。只要有地方住，我不要鱼，也不要钱。鱼我能摸，钱我不会花。"

"该给还得给，不能欺侮小孩。"

从此，蒋大有了安身之所。

邓二、刘三不怎么爱玩水，白天给财主放牛，晚上一块睡船舱。他俩一个七岁，一个六岁。小哥儿仨在天黑之后，煮一锅鱼汤，喝完了往破被里一挤，简直像是进了天堂。又过了几个月，"寡妇"生孩子了。丁老大老来得子，乐得蹦高，忙着在家侍候月子。小船成了哥儿仁的天地。

这日傍晚，三个孩子正在船上打闹，北岸跑来两个人。前边是个女子，年近三十岁，细长眉，丹凤眼，面如桃花，俊俏之中带着一股煞气，她身穿短裤，背着两口宝剑。后边是个道士，三十上下岁，边追边喊："你站住，应该听我劝告。不然的话，臭名千载，武林也不会容你。"

"哼，多管闲事。你若不答应我，我绝对不听你的劝告！"

"你若再不站住，我就不客气了！"

"我……"女子似乎有点紧张。她猛然看见船上的三个孩子，把牙一咬，把心一横，脚尖跷地，纵上船头，伸手从背后抽出一把宝剑，抓住刘三的头发，剑压脖颈，对老道说道："你若再前进一步，我便先杀了他！"

"你！"老道大怒，"你混账，没想到你会这样黑心，拿一个孩子当作人质！"

"这是被你逼的！"女子抬头向蒋大吩咐，"你年龄最大，准会驶船。把我送到对岸，不然，我连你一块杀！"

"孩子，"老道惊叫，"送她走吧，送她走吧。你们别害怕，别害怕。"

蒋大已经十四岁，很懂事了。邓二七岁、刘三才六岁，都属于顽童呢。不过，他们从小没爹没妈，摔打惯了，根本不懂什么叫害怕。刘三把小嘴一咧，对女子笑道："大姑，你这刀挺亮的，能宰大头鱼。"他根本不知刀剑的区别。

老道心碎了，喊道："快让她走吧。孩子们，送她过河后，再回来见我。"

蒋大摇橹、邓二撑篙，把女子送到南岸。女子回头望了几眼，松开刘三，把脚一跺，扬长而去。

三少年回到北岸，蒋大问道："仙长，这是怎么回事？"

"你们还小，说了也不明白。刚才让你们受惊了。走，领我去见你们的父母，检查一下，如果吓出毛病，贫道负责医治。"

"我们根本没害怕。"

"噢？年龄虽小，胆量都很大。"

"再说，我们都是孤儿，没爹没妈。"

"孤儿？你们以何为生？"

刘三笑道："大哥摸鱼，我俩放牛。"

"好孩子，又胆大，又机灵。你们想学武术吗？学会武术，就是有用之人了。"

"想学，没钱。"

"我教你们，不向你们收学费，还管吃管住。"

"真的？"三个孩子雀跃起来。蒋大向丁老大辞职之后跟随道长而去。

向北不远，走入九嶷山。山有九峰，形态相似，故名"九嶷"。舜源峰上有座舜庙，建于明代洪武初年，庙基浩大，气势磅礴。庙中有大小道士三十余人，他们管河边那位道士叫"庙主"。一位中年道士问道："庙主，师姐还回来吗？"

"她不会再回来了，任她去吧。"

"这三个孩子是谁？"

"我新收的三个俗家徒弟。他们只学武艺，不出家为道。"老道一回头，说道："你们三个过来，见过各位师叔、师兄。"

"是。"三个孩子觉得新鲜。

次日清晨，摆设香堂。师父自我介绍，姓梁名浩然，外号'金针侠'，乃舜庙庙长。并为三个弟子取名，老大蒋天华、老二邓天雄、老三刘天星，从此，日夜传授武艺。

蒋天华十四岁了，起步已晚，但很刻苦。两位师弟却是学武的最佳年龄。他们三人十分聪明，在练武的同时，又向其他的道人们学习文化。不觉十年过去了，弟兄三人都成了文武奇才。

这十年间，金针侠梁浩然除了教徒弟，自己每年也下山两三个月。他究竟干什么去？谁也不知道。每次回来，都显得疲惫不堪，面容也十分消瘦。大徒弟蒋天华年长懂事，他经常劝上几句："师父，您已经年迈了，少下山吧，我看您太累了。"

"不去不行啊，这是你师祖临终时交给我的使命。"

"什么事啊？"

"久而自明，现在不必多问。"

随着岁月的进展，梁浩然的名气越来越大，又根据他的武功，武林决定晋升他为金针剑客。

这天，金针剑客叫来三个徒弟，说道："一晃十年，你们的功夫学成了。尤其是天华，二十四岁，也该去闯荡江湖，再不下山，就难以成名了。"说罢，令人取来一个金漆托盘，盘中装着一刀两剑。他将刀拿出，又道："这是你们的师祖临终之际传给我的三件宝器。这口刀名叫红毛宝刀，削铁如泥，切金断玉。我把它赠给天华，你要好好保护。"

"多谢恩师。"蒋天华跪倒磕头。

"另有两剑，一雌一雄。雌剑名叫神女，雄剑名叫天魔，分别赠予天雄、天星。这双剑也是宝器，与红毛宝刀不相上下。你们也要精心掌管。"

"徒儿明白。"邓天雄、刘天星双双谢恩。

"今天晚上，为师替天华饯行，明日清晨送你下山。至于天雄、天星，还得再留三年，我有一件大事要向你们交代。"

"师父，"天华跪道，"同样是您弟子，怎么先撵我走？"

"当师父的不会有偏向，因为你年龄大了，应该早日成名成家。吾意已决，你不必多说！"

次日，师徒洒泪而别。

又是三年过去，邓天雄、刘天星也下山了。这对师兄弟年貌相仿，且都喜欢穿白挂素。他们或独自闯荡，或联合行动，神女、天魔两口宝剑有分有合，分时泣鬼神，合时惊天地，一旦双剑联袂，便可纵横天下。十余年后，皆尽成名。江湖路上根据他们的出身、品德、武功、表现，正式为二人贺号戴花。邓天雄称'千里独行侠'，刘天星称'万里追风侠'，再加上早已成名的大师兄镇海锁龙侠蒋天华，一门三侠客，何等荣耀！

由于蒋天华自幼爱水，便在东海五团山成家立业，当上了镇海寨总寨主。天雄、天星却一直活跃在内陆。他们三人既是好朋友，又是师兄弟，为此来往密切。双侠每年都要上山几次。前不久，刘天星找到邓天雄，忙说："二师哥，我听到一个荒信，言说朝廷派出了钦差，正在调拨沿海船只，准备攻打东海某岛。咱大师哥会不会摊上灾难？"

"不会吧,"邓天雄说,"大师哥老实本分,从不犯法,他能有什么事?"

"为防万一,咱去看看吧。"

寨门喽啰与他们极熟,从不阻挡:"二爷、三爷,快进去吧,我们寨主和人家动刀子呢!"

"啊?"双侠大惊,急忙抽出宝剑,闯上山坡。恰逢贾量天刀劈蒋天华,双侠二剑合十,救了师兄性命。蒋水珠一见二位师叔,乐了,高喊师叔帮忙。刘天星年轻火气旺,骂道:"两个浑蛋欺侮一个孩子,算是什么东西!"说着,举剑砍来。铁公鸡、唐老鸭岂是万里追风侠的敌手?三个照面,两口刀都被宝剑斩断。他们说声"不好",扭头就跑。贾量天也知二侠非比寻常,久留无益,不如暂且回归三皇镇,慢慢再想主意。他刚刚转身,水珠急了:"师叔,这老道最坏,别放他走了!"

"他走不了!"双侠仗剑欲追。

"回来,让他们去吧。"蒋天华知道三皇镇势力强大,不想与他们结仇,所以叫住二位师弟,并命喽啰打开寨门,让三人下山。

三侠回到聚义大厅,各述离情。蒋天华讲了事情经过,刘天星骂道:"什么东西?他们欺人太甚了。师兄,我们暂且不走了,与您共守五团山,看他们谁敢进犯。"

"师弟,据我估计,三皇镇不会善罢甘休,咱们得做好防备。"

金毛海马蒋水珠笑道:"三位老人家,你们只管稳坐钓鱼台,防备这事交给我。从明天起,我天天海上巡逻,一旦有事,我立刻报告。"

"你爱闹事,得仔细一些。"蒋大侠对儿子不太放心。

五天过去了,风平浪静。水珠这天正在巡逻,恰遇水八怪。他以为水八怪又是三皇镇派来的呢,所以把他们引进螺蛳湾。水珠自以为立功,十分高兴。他从活路游出,奔往大厅,禀手笑道:"爹,二位师叔,不用你们出马,我把事办完了。"

"什么?发生了什么事?"蒋大侠心绪不宁。

"他们又来人了,让孩儿送进了螺蛳湾。"水珠讲明经过。

蒋大侠一惊:"他们自称钦差所派,你可问过是哪家钦差?"

"没问，问也没用。"

"嘻，你又是胡闹。快把那四名摇船的水兵带来，我要亲自审问。"

"爹，您胆太小了。"水珠不敢违命，押来四名水兵。这四名水兵被朱五、杨六、牛七、马八抓获上山，没怎么吃苦，除了换上干衣服，还管了一顿酒，他们一见寨主，大礼参拜。

"请起，请起。你们从何处而来，受何人指派？"

"寨主爷，我们是海盐港的官军，沈港令派我们驾船送人。那八位是彭钦差的部下，他们来干什么，我们一概不知。"

"噢？原来是官差？"蒋大侠叹道，"又要出大事！"

恰在这时，门军跑来报告："寨主，现有舟山七岛总盟主、大洋山莲花寨寨主、大刀海王万延龄陪同一位老者寨外求见。"

"嘿嘿，休想安稳了。"蒋大侠站起身来，说道，"盟主光临，不能不接。二位贤弟，随我同往。"

三侠来到寨门，与万延龄相见。万盟主连忙指引："三位大侠，这位老人家是我恩师，恕个罪说，复姓夏侯，双名商元。"

"啊？"蒋天华连忙禀手，"您就是万丈翻波浪、鬼见愁、夏侯老剑客吗？"

"哈哈，不敢当，正是老朽。"

"久闻大名，今日相见，三生有幸。老剑客，请到大厅一叙。"

"打扰了。"夏侯商元跟随三侠，走入寨门。

万里追风侠刘天星少年成名，难免有些狂傲。他暗中打量老剑客，不由得微微冷笑。哼，我师父梁浩然也是剑客，看人家那派头，五官端正，落落大方。而这位夏侯剑客模样太难了，身高不足四尺，横宽二尺有余，脑袋如麦斗，前出廊后出厦，眼眉足有一寸，眼睛半睁半闭，像是没睡醒。这种人也敢称剑客？太可笑了。我何不戏耍他一翻，看看他有无真本领。主意拿定，前头引路。来到大厅门外，门外有两头石狮子，一左一右，甚是威武。天星故意惊叫："大哥，这狮子是谁凿的？手艺也太差了！"

"怎么？"蒋天华不解其意。

"你看，左边那头狮子鼻子多高，赶上大象了。摆在客厅门外，实在让人笑话。得了，我帮您修理修理吧。"说罢，暗用内功，将力量运送到右掌，口中喊声："开！"掌背把石狮鼻子削掉多半个。扭头笑道："夏侯剑客，您看这狮子变漂亮了吧？"

"哈哈，"老剑客摇了摇头，"鼻子都没了，还漂亮什么？蒋寨主，赶快请人给它再镶个脑袋吧。"说着，嘻嘻哈哈走近石狮，也不看他运气，只用掌背往狮头上一触，糟了，若大石狮头，变得粉碎！

三侠大惊失色。蒋天华瞪了师弟一眼："老剑客，请！"

第十五回　贾量天二闯镇海寨
白五峰三夺金龙刀

夏侯剑客从哪里来呢？此处还得做一番交代。

且说数日之前，钦差彭朋率众攻打云罗寨时，考虑到老剑客的身份和年龄，便请他协助李七侯留守在公馆。一方面处理日常事务，一方面监护飞天鼠秦尤。谁知，老剑客偏偏肚子不好，接连上了几次厕所。这样一来，才使四季小花郑翠萍得逞，将秦尤背回国公府。老剑客闻讯，又恨又愧。恨的是贼人如此大胆，愧的是自己失职。他唤李七侯，交代了几句，然后便追了下去。哪儿追呀？郑翠萍早已回归国公府了，使老剑客一夜徒劳。

清晨，他坐在太湖边的一块石头上，两眼发直，心事重重：如果回公馆，将来见到钦差如何交代？黄三太是自己的亲徒侄，他不会说什么，别人呢？即使表面不说，人家心里也会合计：连个受伤的秦尤都看守不住，还敢称剑客？唉，名声丢不起呀！干脆，回归浙江四明山太虚观吧，和老师叔青方道长谢伯然一块颐养天年。又一想：这也不妥。自己隐居十年，二次下山目的是为师弟胜英报仇。谁料巧逢彭钦差，他请我为国效力，我也答应了人家，如今寸功未立，说走就走，既对不起彭公，又失去剑客的信义，真让我左右为难。

恰在此时，忽听耳边有人叫道："师父，您老人家怎么会在这里？徒儿大礼参拜。"

"啊？"老剑客这才抬头观看，见眼前跪着一人。

这人四十多岁，穿青挂皂，肋佩钢刀。原来，老剑客一生共有两个半徒弟。大徒弟诸葛山真，跟自己学剑，如今已经成为著名侠客；

二徒弟万延龄，跟自己学水，也能独当一面。有人问：夏侯商元还会水吗？当然会，您别忘了，他的外号叫"万丈翻波浪"，水性高着呢！另外还有个三徒弟，名叫周百灵。这人天性与名字恰恰相反，叫百灵，实质最笨，学剑剑不会，练水水不成。不但笨，而且懒，把师父的木床睡塌了好几个，气得老剑客将他痛打一顿。按规定，学武八年才能出师，周百灵学了四年，吃不下苦，偷着跑了。所以，只能算夏侯剑客的半个徒弟。这事过去了二十多年，周百灵也快老了，武艺、水性都是半吊子，平平常常，万没想到，师徒今日在此相遇。

"师父，"周百灵想起当年学艺之事，心中仍很惭愧，"您老人家好像有什么心事？"

"多年不见，你这是从哪儿来？"老剑客没做正面回答。

"嗐，怪我没出息，打着练武的旗号，什么都不会，也没人肯收留我。多亏二师哥见我可怜，让我在他山上当了个副寨主，主要管理勤杂事务。这不，山上最近缺粮，我到内陆采买了几船，已经运走了。今天逛逛太湖，明天打算回去。谁料与师父见面。"

"你二师兄现在何处？"

"人家水性好，功夫也好，现在舟山群岛大洋山莲花寨当了寨主，同时还是七岛联盟总盟主，权力不小呢！"

"噢？他在舟山群岛？"老剑客心中一动：朱三太子也在舟山群岛，彭钦差早晚必去攻打。我何不先行一步，去岛上等候他们。若有机会，或许能建点功业，以此报答彭公的知遇之恩。主意拿定，对徒儿说道："走吧，咱们先去吃饭，我把事情慢慢告诉你，然后再随你一道去见你二师兄。"

"师父也去？"周百灵无比喜悦。

次日，一只小船把师徒渡到大洋山。大刀海王万延龄闻讯，急忙亲自迎接，将师父请到寨内，双膝跪倒，大礼参见。

老剑客双手搀扶："起来，起来。我有件大事，要与你商议。"

"恩师只管吩咐，徒儿照办。"

老剑客说明来意。又道："我与你大师兄诸葛山真都扶保了钦差，这是为国效力。你与百灵也该走这条大路。"

"恩师所言极是，徒儿岂敢不遵。只有一条，大洋山距临海洲很远，徒儿心有余力不足。依我之见，还得请镇海寨帮忙，才能更加奏效。"万延龄向师父介绍了镇海寨的地理位置及蒋大侠的为人、武艺。

老剑客点头："他肯协作吗？"

"蒋大侠与徒儿甚密。当初，七岛选他为盟主，他却推让给徒儿。只要向他申明大义，料他不会拒绝。过两天，徒儿亲自去一趟，与他面谈。"

"好，为师和你同往。"

老剑客在山上住了十几天，胃肠病渐渐痊愈了。万延龄准备了一艘小船，陪同师父一道登上五团山。谁料相见之后，刘天星有点目空一切。老剑客击碎石狮头，一掌镇三侠。他的本意是：先露出真功夫，为谈判创造条件。

书归正传。镇海锁龙侠蒋天华暗想：老剑客名不虚传，如此高龄，尚能掌击顽石，其功力可见深厚。他来干什么呢？既由总盟主万延龄陪同，我不可慢待。于是笑道："老剑客请来上座，来呀，献茶、备酒。"

"打扰了。"

双方先是清谈，渐渐话入正题。夏侯商元说道："蒋大侠，临海洲三皇镇朱三太子谋反叛乱的事，料你已经听说了吧？"

"只是耳闻，并未目睹。"

"你们两家近在咫尺，不知蒋大侠有何打算？"

"他不犯我，睦邻相处。他若犯我，见机而行。现在尚无什么打算。"

"直说了吧。老朽八十高龄，本不该再管世间争斗。可是，这件事涉及国家安危，百姓存亡，咱们当侠当剑的人又不能袖手旁观。"老剑客从阿必隆圈地，黎民逃亡，直讲到朱三太子猖獗，派海盗骚扰疆界，说得有理有据，是非分明。最后叹道："你们三位号称三侠，深思远虑，如何才能不辜负这个'侠'字！"

"容我三思。"蒋天华犹豫不决。

刘天星虽然狂傲，却性情明快，他有话就说，心中装不得半点虚假，高声叫道："大哥，您还犹豫什么？夏侯剑客的身份不比咱们高吗？黄三太、白五峰、欧阳德的名声不比咱们大吗？人家都扶保钦差，为国除害，咱还等什么呢？老剑客掌击顽石，冲这一手，功夫比你我弟兄高出百倍。若论年龄，他也该是尊长。可是人家却不以辈分压人，不以武功欺众。为什么？为的是国家，为的是百姓，大哥，你呀，嗐，你快快答应了吧！"

千里独行侠邓天雄点头称赞："大哥，老三虽然急躁，却言之有理。您想：朱三太子已派贾量天欺到咱的头上，估计他不会罢休。以镇海寨的实力，恐怕不是临海洲的对手，将来，五团山会有灭顶之灾。退一步说，咱们五团山即便与临海洲合作，成为他的附庸，能挡住天兵吗？钦差一到，等着咱们的是户灭九族！望大哥三思呀。"

"是呀，"万延龄也说，"蒋大侠，咱们七寨联合，为什么？就是为了防御海盗。如今，把防御改为进攻，协助国家，平息叛乱，根除海盗，名垂青史，又何乐而不为？我不是替我师父说话，而是向理不向人。"

"好！"蒋天华决心已定，"夏侯剑客，我们听您的，请您吩咐吧。"

"错了，错了。"老剑客大笑，"不是听我的，而是听钦差的。蒋大侠深明大义，还是派人与钦差取得联系吧。"

金毛海马蒋水珠摇头晃脑："不用去了，钦差的钦差被我困在螺蛳湾，把他们请来就行了。"说罢，转身而去。过了片刻，将水八怪带到聚义厅。

水八怪惨了，一个个衣服透湿，腹中无食，面色苍白，周身发抖。王敦首先发现了夏侯商元，抢行几步，痛哭失声："原来是老剑客救了我们的性命，小人有礼了。"

"快快请起，去见过蒋大侠吧。如今都是一家人了，有什么事情可以明谈。"

"噢？"王敦这才转悲为喜，上前参拜。

"上差，实在对不起，小儿年轻，多有冒犯。"蒋天华连声道歉。

"哪的话。只要大侠能协助我们，小人死而无怨。大侠，我叫王敦，曾在小洋山天池寨寨主张大成帐下当过差。前些年，七寨联盟时，曾见过大侠一面。为此，钦差彭公派我给您捎来一封书信和几件礼物。礼物沉海了，书信在我身上，请大侠过目。"王敦从背后解下包袱，拆开油布，将书信呈上。这封信写得十分客气，说明国家有

235

难，请蒋大侠协助，暂借五团山存放军粮。一旦战争结束，山寨奉还，绝不吞占。蒋天华读罢，深受感动。他以为，五团山是国家领土，钦差代表皇上，必然强令收回，即便这样，也得无条件服从。谁料钦差通情达理，对自己这样尊重，自己只有竭尽全力，报效国家。他把书信又转给双侠，弟兄三人经过协商，决定给钦差回信：第一，五团山乃国家领土，全部交还。第二，从寨主到喽兵，一律投诚，服从钦差管辖。第三，山上积粮很多，奉献官军，就不必从内陆调粮了。第四，立刻派人清理淡水泉，供官军饮用。第五，请钦差指定上山日期，届时，蒋天华代表全寨，亲往内陆迎接。书信写毕，又请夏侯剑客过目之后，由三爷刘天星带在身上，陪同水八怪，同奔海盐港。

彭公闻报，十分喜悦，令黄三太代表自己将刘天星接入行营。刘天星向四周看了看，不由得暗中赞叹：好一群整齐的人马，幸亏我们早识时务，不然的话，以卵击石，后果难测。他紧走几步，欲行大礼。彭公连忙摆手："刘大侠，您是客人，且莫如此。来呀，快为刘大侠搭座。"

"是。"随从搬来椅子。

"草民不敢。"刘天星奉上回书。

"好！"彭公看罢，连连点头，"蒋大侠如此深情，本钦差将尽快上奏天子，传旨嘉奖。请刘大侠稍事休息，我们商讨下步行动之后，立刻奉告。"

送走刘天星，彭公与黄三太等人开会研究行动计划。黄三太说道："大人，兵贵神速，依下差之见，尽快起身去五团山。"

"我也有这个打算。可是兵马、战船尚未备齐，如何动身？"

"大人是核心，只要您能登上五团山，便是初步胜利。至于兵马、战船，可留下一个身份较高的人在此统一筹划。"

"就依黄大侠。"

最后商定：不必蒋天华来接，彭钦差立刻起身，奔往五团山镇海寨。为防止朱三太子察觉，秘密出发，不做任何举动。除此而外，留下白五峰在海盐港协助特巡抚提调兵船、人马。白大侠在官差之中，除了黄三太，他可算个"二号人物"，又曾在沿海任过将军，情况十分熟悉，他担当此项工作，最为合适。诸事完毕，彭公在黄三太、欧阳德等人的保护下，连同刘天星，一道离开海盐港，分乘五艘官船，向镇海寨赶来。

蒋天华忙把钦差迎入聚义厅，刘天星一一做了介绍。黄三太又见过师伯夏侯商元。诸葛山真也将腘头宝剑呈与师父观看，这些细节不必一一交代了。

"大人，"蒋天华问道，"不知何日动兵？要求草民做哪些准备？"

"蒋大侠，还得等几天，特抚院调齐兵马之后，才能攻打三皇镇。请问，你山上的粮台给养共有多少？淡水泉准备得如何？"

"大人放心，五万军马，可吃用三个月。山上的三十几眼淡水泉正在清理，两三天后，将一切就绪。"

"蒋大侠功劳不小。本钦差是文职，对用兵之道，似懂非懂。今后，凡是军务之事，你可与黄将军商议，一切由他做主。"

"是。"蒋天华回身问道，"黄大侠，不知您有哪些指示？"

"不敢当。我想，首先看看仓廒，再看看泉眼。山上有没有演兵场？如有，我也想检查一下。"

"请。"蒋天华陪同黄三太各处察看，一晃就是六天。这天近午，寨门喽啰又来报告："寨主，前几天来过的那个老道又来了，另外还有一老二少三个女人。他们要寨主迎接，说什么有大事商议。"

"啊？"蒋天华一愣，"黄大侠，这事如何处理？"

"我们全部躲藏起来，你去接他。"

"是。"蒋天华把彭公及官差领到后寨，自己亲往寨门。果然，门外站着六个人，除了贾量天、铁公鸡、唐老鸭，还有三个女子。为首者六十上下岁，头发花白，身穿粗蓝布长袍，细长眉，丹凤眼，不用问，年轻的时候准是个漂亮女子。她身后站着两个姑娘，说是姑娘，因为都没"开脸"，年龄不小了，足有二十七八岁，每人身后都背着一口宝剑。

刘天星与邓天雄小声嘀咕："二师哥，这个老太太挺眼熟，似乎在哪儿见过？"

"是呀，我也有这个感觉。尤其是她那双眼睛，丹凤眼，挺熟，想不起来。"

贾量天上前："无量佛，三位大侠一向可好。本道上次一别，又有十余天了。今日再来打扰，三位大侠莫怪。"

"不敢。"蒋天华内心不安，表面镇静，"贾道爷，又为借山之事而来吗？"

"哈哈，我们虽然不受欢迎，终究是客。让客人在寨外讲话，蒋大侠，你可不够礼貌哇。"

"这……请。"

来到大厅，分宾主落座。贾量天看了看那个老太太，说道："三位大侠，贫道先做个介绍。这位老人家是我们三皇镇护国大军师，本名杨慧贞，外号'银针魔'。另外二位姑娘是杨大军师的女徒，又是我们三皇镇的两位公主，白菊花朱金枝、白莲花朱玉叶。"

蒋天华不觉如何，邓天雄、刘天星却心中一颤，暗暗叫道：哎呀，原来是她！

看官：三十年前，三侠年幼时，曾在潇水摆船。那日，他们的恩师、金针侠梁浩然曾经追赶一个女子。女子剑逼三少年，才得以走脱。这个情节，想您不会忘记。还有，蒋天华出师之时，已经成为金针剑客的梁浩然又把二徒弟邓天雄、三徒弟刘天星留了三年，言说有件大事要向他们交代，这个情节，想您也不会忘记。这究竟是怎么回事呢？评书讲究"悬念"，凡是"悬念"，必须解开，此时到了解开的关头。

却说在五十多年以前，还是明朝末帝崇祯在位。与闯王李自成齐名的农民起义军领袖张献忠在湖广一带与明军周旋。不久，攻克襄阳，大获全胜。他从襄阳王朱翊铭的府库之中缴获了许多军资器械，其中有六口宝器，二刀四剑。刀是红毛刀、金龙刀；剑是神女剑、天魔剑、丹凤剑、玉麟剑。张献忠对这六口宝器爱不释手，总是随时带在身边。过了两年，他转战四川，攻克成都府，定立国都于此，正式建立大顺朝，设官分职，开科取士，当上了皇帝。在这铁血生涯里，张献忠总是披坚执锐，亲临阵地，曾有数十次处于危难当中。多亏他身边有四位高级将领，这四位将领杀法精奇，马上、步下样样功夫超群。他们舍生忘死，屡次抢救下大王的性命。俗话说"自古英雄轮流丧，大将难免阵前亡"，果然半点不假，历经数载，四名将领中，有

238

两名战死军前，引得张献忠大恸不止。他在成都称帝之后，分封有功之臣，将战死的二将杨大化、梁立君追封为一字并肩王；侥幸生存、满身是伤的二将神剑震八方林公展、仙刀无敌手白效天则略低一等，被封为"二字王"。各赐府第，重赏金银。为了表彰死者的军功，张献忠又决定抚恤遗孤，经过调查，杨大化有一女，名叫慧贞，年方四岁；梁立君有一子，名唤浩然，是个六岁顽童。由于他们年龄幼小，不能当官，张献忠便把两个孩子接入宫中，收为义子、义女，亲自教管，百倍爱护。

再说仙刀无敌手白效天乃是个文武奇才，他刀法好，诗词也好，取名白效天，含有效仿白乐天之意。他膝下也有一子，名叫白国梁。这孩子不足七岁，十分聪明，正随父亲读书练刀。这天，国梁见父亲长吁短叹，不由得问道："爹，您怎么不高兴啊？"

"说了你也不懂。"原来，白效天读了一本书，名叫《红尘传》。这本书是道家著作，号召人们脱尘超凡，把世间名利全都点破。读着读着，他入迷了。是呀，征杀多年，留下了什么呢？无非是血染黄沙，白骨堆山。得了，该缩手时当缩手，学范蠡，学张良，功成身退吧。第二天，他向大王提出辞职。

张献忠大惑不解："白爱卿，出生入死数十年，你从不畏惧。如今大功告成，咱们称帝称王了，你怎么却要隐退？莫非害怕'狡兔死，走狗烹，飞鸟尽，良弓藏，敌国破，谋臣亡'吗？请你放心，我张献忠不是那种人。再说，大明未破，我们只有半壁山河呀！"

"圣上过虑了。臣在打仗的时候，尚不觉怎样。如今安宁下来，才觉得周身伤口隐痛，精神疲惫不堪，恐怕不能再为大王效力了，大王珍重，臣决心要走。"

张献忠心想：看样子留不住了。这人为我立下汗马功劳，我不能没有表示。于是，他派人取来金龙宝刀，说道："白爱卿，你外号'仙刀无敌手'，应该有口好兵器。朕将金龙宝刀赐给你，也算个纪念。"

"多谢陛下。"白效天受刀，洒泪辞朝。他回到江南原籍，教子为乐。眨眼十余载，儿子白国梁长大成人，娶妻李氏，并生一孙，名唤白五峰。这天，他对白国梁叹道："想我家隐居山林，饱享天伦之乐，可叹大王张献忠对咱恩重如山，现已命染黄泉。今年是他六十瞑寿，我要去四川成都坟前祭奠。多则一年，少则六月，定会归来。"说罢，背上金龙宝刀，离家而去。谁料，此去再未归来，生死不明。白国梁曾去成都寻找，数年不得消息，只得作罢。他闭门不出，只教儿子五峰练刀。五峰刀法精良，甚至超过其父。其父叹道："可惜，你爷爷背着金龙刀去祭奠旧主，不然的话，宝刀传你，会天下无敌。"

回过头来，再说张献忠。

自从白效天走后，他时时思念：四员心腹大将，二死一离，如今只剩林公展一人了，应该再提高他的地位。于是传旨：晋升林公展为一字王，并让杨慧贞、梁浩然两个遗孤拜林公展为师父，向他学习武艺。又在后宫单独圈出一座院落，供这师徒三人使用。

转眼三年，清兵入关，顺治称帝。朝廷钦命蒙古大将图鲁拜为帅，带大兵讨伐张献忠。几经征战，清军大胜。张献忠身受乱箭，性命垂危。临终时，他将红毛宝刀和四口宝剑交付林公展，吩咐道："这几件宝器给你，你快带着那两个孩子远走高飞吧。他们是义军大将的血脉，将来形势允许，可反大清，替我报这一箭之仇。如果形势不允许，或是清廷皇帝有道，那就叫他们忍了吧。学会武艺，佩带宝器，也可以防身。"说罢，血崩身亡。

林公展遵照遗诏，把杨慧贞、梁浩然带到湖南九嶷山，隐姓瞒名，教二人武艺。又是十五年，两个孩子都二十多岁了。他们影影绰绰知道自己的出身，但不详尽。此时，林公展已经老了，他让两个徒弟去闯荡天下，每隔一年回来一次，把外面的世界向自己报告。

二弟子遵命下山。梁浩然按照师父的嘱托，各处察看民情。而杨慧贞不然，一心向师兄暗送秋波，频频求爱。谁料师兄心中有数：师妹武功好，模样俊；但有一样，心地阴险，性情狠毒。为此，对师妹的情意故作不懂，恨得杨慧贞暗咬银牙！

他们每年回山一次，梁浩然向师父报告："如今，康熙皇帝有道，国泰民安。他外抗番邦，内爱黎民，减轻徭役，疏通河道，百姓都称他是位开明君主。"

林公展点头："慧贞，你的见解如何？"

"管他呢，皇上好坏，与咱有什么关系？天塌了砸大家，我什么也不知道！”

“唉，你有点玩世不恭。”师父不便多说，又让他们下山。如此五年，这对师兄妹都近三十岁了，仍旧未娶未嫁。

这年，林公展一病不起，他把两个徒弟叫到床头，演说当年之事。最后叹道：“先主临终吩咐，若形势允许，就替他报仇，若清君有道，天下安乐，就忍耐下去。师父自知不行了，临死之前，想听听你们的打算。”

男徒说道：“恩师让我们调查民情，原来是为了此事。据徒儿所见，现在天下太平，黎民安乐，康熙皇帝也是一位有道明君，我们又何必扰乱世道呢？还应该以忍为上，我想这样做，也不算违背先主的遗愿。”

女徒冷笑：“哼，你倒很善良啊！我们原来是王子、王女。如果先主不被清军射死，我们会是何等荣耀？忍？说得好听，是可忍，孰不可忍！我要寻找时机，替先主报仇，与大清朝廷势不两立！”

林公展沉默半晌，才道：“你们的愿望截然相反，人各有志，不可强求。我在临死之前，有几件物品要留给你们。”说罢，从案上拿起两册厚书，“我一生的心血，全都凝聚在此。你们只要照书练习，就会掌握一门绝艺。这第一本书，名叫《金针谱》，又叫《子午活心针》，专射人身上的活穴。子见午，午见子，六个时辰，被射之人不治自愈。第二本书名叫《银针谱》，又叫《子午死心针》，专射人身上的死穴。子不见午，午不见子，六个时辰，被射之人必死无疑。如今，我把这两本书传给你们，谁要《金针谱》，谁要《银针谱》，由你们自己挑选。”

男徒说：“师父，我要《金针谱》。”

女徒说：“师父，我要《银针谱》。”

“各自拿去。你们闯荡江湖几年了，还都没有外号。师父各赠一名。浩然可称‘金针侠’，慧贞可称‘银针魔’。祝你们扬名露脸，耀祖光宗。”

“师父，为什么他称侠，我却称魔？”

“因为你讨了《银针谱》。将来，不知你手下要死多少人哪！”

杨慧贞低头不语。

林公展又取出五口宝器，说道："这乃先主遗留，原来共有六件。金龙刀已经赠予白效天了，你们将来也许能碰上他，即使他死了，也会碰上他的后代。但愿相逢之时，多亲多近。为师自知死期不远，留它们无用，特将丹凤、玉麟剑赠予慧贞，神女、天魔剑，外加红毛宝刀赠予浩然。武林人有一口宝器，本领会增十倍，你们有两口、三口，更应该好自为之……"

"师父，他凭什么比我多一口宝刀？"

"因为，因为他是侠，你是魔！"林公展说罢，合目而逝。

师兄妹为师父料理了丧事，梁浩然决定出家为道，从此留守在舜庙，做了庙主。杨慧贞十分不满："师兄，你为什么要出家？"

"我，我喜欢清静。"

"哼，我明白，你为了躲避婚姻！"说着，她眼圈发红，"你为什么不要我？"

"你，你为什么要《银针谱》？"

"因为我想杀人！"

"所以我不敢要你！"

"后会有期。"

"慢！师妹，若听我劝告，你把《银针谱》烧毁吧。咱们靠刀、靠剑、靠暗器、靠拳脚，光明正大……"

"银针不算暗器吗？"

"那是凶器！有的人犯了死罪，有的人犯了活罪，甚至有的人无罪，他们碰上银针，一律得丧命，这算得了光明正大吗？"

"哈哈，师父在世时说过，人各有志，不可强求。你光明正大，你称侠；我阴险狠毒，我称魔。你要我烧毁《银针谱》，说得轻巧，你为什么多得一口红毛刀？"

"可以把刀给你。"

"晚了，师父活着时，你怎么不说？梁浩然，师兄，有幸再会！"说罢，装起《银针谱》，背上双剑，扭头就走。

"师妹，留步。"梁浩然追了下来。

到了潇水边，恰逢三少年摆船，杨慧贞抽出宝剑，将三少年当作人质，得以走脱。梁浩然长叹一声，才把三少年带上九嶷山学艺，三十年后，成了一门三侠客。

第一个"悬念"，到此解开。

再说第二个"悬念"。

金针侠梁浩然收徒之后，每年都要下山一两个月，他干什么去了？原来是对照《金针谱》练射针法。九嶷山共有九峰，娥皇峰最美，也最为偏僻。梁浩然在这里盖了三间石屋，又传来两名小道童侍候。他夜间攻读，白日操作。先用稻草扎成一个人形，身上又缠满白布，按照《金针谱》上的图形，在稻草人周身画满穴位。然后手拿一枚头号大钢针，向稻草人身上甩去。起初不准，后来越练越准，只要用右手的拇指、食指把钢针一捻，想打哪个穴位便打哪个穴位。紧接着，梁浩然又打活靶，让小道士举着稻草人乱蹦乱跳，自己发射钢针，过了几年，打活靶和打死靶同样准确，可谓随心所欲，针不虚发。再往后，他便用钢针在自己身上的穴位试验，果然麻木不止，有时要几个时辰才能苏醒。梁浩然大喜，又用二十斤紫铜，请能工巧匠打造了两万枚金针，每枚净重一分。他有时带着金针下山闯荡，碰上坏人，便发出一枚，十分有效。渐渐，人们便称他为"金针剑客"了。

也算是天理该着，这天晚上，梁浩然夜读《金针谱》，一不小心，将茶杯碰翻，茶水洒在书上。他赶忙拆开书页，准备晾干。古时线装书都是折页，分里外两面。里面本该空白。谁料《金针谱》的里面却有文字，标题是《内功三章》，并有师父林公展亲笔写的"序言"。序言中道：发明《银针谱》后，十分悔恨。针法一待传出，会杀害许多无辜者。若将《银针谱》焚毁，却惜绝艺失传。为此，经三年努力，终究研制成破法。破法隐在《金针谱》中，有天缘者，会得此道，无天缘时，此道永藏！

梁浩然看罢这篇序言，瞠目结舌。心中暗道：茶水湿书，莫非就是天缘吗？再往下看，讲的是内功。第一章是"运气"，第二章是"发功"，第三章是"通穴"。一旦掌握，会把子午死心针封闭的"死穴"重新打通。这功夫极为难练，梁浩然几经努力，终于掌握了此法。

再说邓天雄、刘天星被师父留在山上，师父说："你师兄年龄大了，让他提前下山。我再教你二人《金针谱》。"说罢，立即传授。三年之后，师兄弟功夫练成。师父嘱托他们说："金针无敌，只怕碰上银针。它，它是死穴！"

"师父，"二弟子问道，"掌握银针的人是谁？万一碰上，我们提早防备。"

"此人是你们的师姑，姓杨名慧贞，外号'银针魔'。当年，你们见过她一次……"

"潇水强渡的那个女人吗？"

"正是。"

"师姑现在何处？"

"天晓得。十余年来断绝消息。"

那么，银针魔杨慧贞在哪儿呢？原来，她一怒之下，离开九嶷山。一半为了替先主报仇，一半为了和师兄赌气。闯荡几年之后，来到东南沿海。听说朱三太子扯旗反清，便毛遂自荐，找上门来。起初，叛首没把她放在眼里，后来，发现她不仅武艺好，而且韬略过人。更要紧的是，这女子与大清朝怀有刻骨仇恨。于是传下圣旨，破例加封她为护国大军师，并让自己的两个女儿朱金枝、朱玉叶拜她为师，眨眼之间，两位"公主"学艺十余年，不仅学来了师父的武功；而且还学来了师父的脾气。直到年近三十，仍不出嫁。杨慧贞老了，把丹凤、玉麟两口宝剑赠予二徒，平时只在后宫练武，很少露面。直到金刀道长贾量天初闯镇海寨，大败而归之后，她才带着两名"公主"，二次拜山。

一大段"倒笔"，至此结束。几个"悬念"，到这解开，下边书归正传。

且说邓天雄、刘天星知她姓名后，心中一颤：哎呀，她就是师姑。在这种场合相逢，如何是好？有心相认，不行，我们已经投靠了彭公，如今属于两国仇敌，认亲之后，有许多不便，还是以静待动，等候结果吧。

贾量天笑道："三位大侠，贫道二上镇海寨，多有冒昧。可是我们又不能不来。这次我唱配角，请护国大军师杨女士与你们谈判。"

"不必了。"蒋天华下山较早，对那段隐情一概不知。他那两位师弟多学了一门武艺，怕师哥产生疑心，有关师姑杨慧贞的事，也从未对他说过。为此，蒋大侠态度冷淡。

"该说的话，上次都说过了。我这五团山不缺钱花，也不想租借。二位大军师若无他事，我们不敢挽留，请吧。"

"哈哈，"杨慧贞三声狂笑，"蒋大侠，来者不善，善者不来，这句话你听说过吗？"

"听说过怎么样，没听说过又怎么样？"蒋天华身后有一群侠义，并不紧张。

"实言奉告，五团山乃兵家必争之地，我们不借，清兵也要借。咱两家乃是近邻，不要为此伤了和气。"

"彼此并无来往，哪有和气可言？"

朱金枝、朱玉叶早已不耐烦了，叫道："师父，临来的时候，您不是说过，谈判不成，咱就硬借。别跟他费话了，来真的吧！"说罢，向蒋大侠柳眉倒竖，杏眼圆睁："走吧，请到外面，我要看看你有多大本领？"

"好生无理！"

"有理无理，让宝剑说话！"二女纵到院中，亮出双剑，严阵以待。

"师兄，"邓天雄、刘天星怒目横眉，说道，"她们欺人太甚，请您闪开！"二侠也抽出双剑，准备交锋。

"慢来。"杨慧贞一愣神，向二侠问道，"你们手中双剑可是神女、天魔？"

"算你好眼力！"二侠暗中佩服。

"你们叫什么名字？师父是谁？双剑从何处得来？"

"你问得太详细了吧？"

"你们必须说明。"

"既然你非问不可，我们只好实言奉告。恕个罪说，授业恩师金针剑客梁浩然。门户之内，你是我们的师姑；门户之外，你是我们的仇敌……"

"仇敌？此话怎讲，莫非你已经扶保了大清？"他们三人一问一答，朱金枝、朱玉叶求功心切，已经等不得了，将双剑一摆，刺向双侠。双侠急忙闪身，知她俩是丹凤、玉麟剑，不敢轻易碰撞，只是闪展腾挪，巧中取胜。

二男二女，战在一团。他们出自同一门户，功夫也不相上下，只见四团白链飞舞，各显奇能。

再说金刀道长贾量天，心中暗想：射人先射马，擒贼先擒王。蒋天华是五团山总寨主，只要把他杀死，夺得此山易如反掌。他主意拿定，抽出金龙宝刀，向老妇人说道："大军师，请您观敌瞭阵，我去会会那个镇海锁龙侠！"

"且慢，"杨慧贞二目发直，"贾道爷，你这刀面上镌刻着一条金龙，莫非是金龙宝刀吗？"

"正是。大军师眼力过人。"

"你这金龙刀从何处所得？"

"这……"贾量天纳闷：在此紧要时刻，她怎么有心问起此事？"不瞒大军师，二十多年前，有一老者投宿我的庙宇。我见他身佩宝刀，便将老者……"

"暗害而死吗？"

"正是。"

"你好大胆！可知那老者姓名？"

"他大概姓白，叫什么……"

"白效天？"

"也许是吧。"

"你，"杨慧贞叹了一口气，"既然如此，你将宝刀放下。否则，休怪我手下无情！"

"大军师，您，您这是怎么的了？咱们同在三皇镇为臣，您怎么说变就变？"

蒋天华思潮起伏：据恩师所说，我们的师祖林公展与白效天、杨大化、梁立君同为张献忠帐下四王。后来，白效天辞官时，先主赠他金龙刀，这些经过我都知道，不为奇怪。而这老太婆闻知白效天被害，因何这样激动？刚才，两位师弟称她师姑，由于忙着动手，我未及细问。噢，知道了，这杨慧贞莫非是杨大化的女儿？如果真是这样，将如何对待她？得了，先不管这些，还是暂顾眼前吧。想到此处，拔刀而上，口中叫道："好你个恶道，竟敢杀死白王爷，谋夺宝刀，今天我不能饶你！"蒋大侠这话是说给杨慧贞听的。她若真是杨大化的女儿，形势就得起变化。因为张献忠帐下四王亲如手足，谋杀白效天与谋杀杨大化差不许多，杨慧贞等于有了杀父之仇，她就不能帮助贾量天了。这也算分化瓦解，各个击破。

贾量天一愣："什么？白王爷，白王爷是谁？"

"休要多问，快把宝刀放下。"

"奇怪，今天刮的哪股风？你们两个人都想夺我的金龙刀？"

"不是夺，而是向你讨还血债！"说罢，红毛宝刀斜肩带臂，向恶道砍下。恶道是好惹的吗？连忙举刀相还，二人大战起来。

杨慧贞望着战场，心中矛盾重重，如万丈波涛激起：眼前三侠，肯定都是师兄梁浩然的徒弟。想起梁浩然，无限惆怅，虽说自己年届花甲，仍旧有些脸红心跳。我二人的父亲同丧军前，先主张献忠又将我二人收为义儿义女，堪称青梅竹马，两小无猜。以后，我二人又随恩师林公展学艺，师兄待我处处谦让，照顾得无比周到。谁料，落花有意，流水无情。我恋着他，他却毫无动情。因而忍痛离别，二十余年未见过一面。如今，敌手竟是他的三名弟子，我岂能忍心伤害他们？而另一方面，朱金枝、朱玉叶既是我徒弟，又是我的一双少主，让我如何是好？难哪，此时处境难于上青天！只有贾老道与我无关，虽然同殿称臣，素日很少来往。他是谋杀白王爷的凶手，我与他不共戴天。碍于朱三太子，我虽不能杀他，应该让他归还宝刀，这六口宝器乃先主遗留，不能落在外人之手。杨慧贞从小跟着张献忠，后来跟着林公展，烙印极深，直到现在，仍将先主视为正统。

再说贾量天，他功夫极高，杀得蒋天华有退无进，不由得冷笑道："蒋大侠，你还不服输吗？"

"少说废话，快把金龙宝刀留下！"蒋天华以死相拼。

"怪事！"恶道纳闷，"你怎么对这口宝刀如此重视？"

"哼，我今天非夺不可！"

杨慧贞冷眼旁观，心想：恐怕你夺不下来呀。贾老道的功夫比你高着一头。得了，你一夺不成，让我再夺吧。主意拿定，从怀中掏出一枚银针，银针在手，犹豫不决。我若射他死穴，对不起朱三太子，还是留他一条性命吧。想到此处，银针向贾量天右臂射去。

"哎呀，"贾量天右臂疼痛，若换成别人，宝刀就得撒手。幸亏恶道功夫过人，只是颤抖了几下，并无闪失。他心里明白：据朱三太子告诉我，大军师杨慧贞外号'银针魔'，不用问，我准是遭她暗算了。看来内中大有隐情。此处不可久留，我得赶快逃脱，去向主公报告。

"唉，"杨慧贞不便明追，只得叹道，"贾量天名不虚传，我与蒋天华两夺金龙刀，竟然全未成功！"

蒋天华不饶，提刀追下。

单表恶道，刚刚逃到半山坡，对面来了一伙人，为首者年届三旬，相貌堂堂。书中交代，此人正是圣手昆仑侠白五峰。白大侠奉了钦差命令，留守海盐港，协助特巡抚调船调兵。如今，诸事完毕，他特来向钦差请示，几时发动人马。谁料冤家路窄，刚上五团山，就碰上了贾量天，也该贾量天倒霉，他这口金龙刀屡屡惹祸。白大侠一见宝刀，眼睛就红了：当年，祖父带着这口刀去祭奠故主，一去不回。满以为今生今世再难得到它了，谁知苍天有眼，让我与传家之宝再度重逢！他不顾一切，抽出钢刀冲向恶道。论功夫，二人相差无几，怎奈恶道右臂带伤，动弹不得。只有三个回合，白大侠手起刀落，斩了贾量天性命，又立刻拾起金龙刀，口中叫道："宝刀、宝刀，你总算回来了！"

恰在此时，从寨门方向又来了一位老道，这老道看了看白五峰，又看了看金龙刀，不由得问道："无量佛，你是何人？"

"我？"白五峰心想：此时不知对方的身份，不能报名。因而反问："你是谁？"

第十六回　聚群雄血溅三皇镇
审敌酋庆功五团山

"贫道乃金针剑客梁浩然是也！"

"你就是梁老剑客？"白五峰抢行半步，大礼参拜："老前辈在上，晚生多有冒昧。"

"不敢当，请问英雄大名。"

"晚生白五峰。恕个罪说，家父白国梁，先祖白效天。他们常常提到您老人家，并且嘱托我，一旦见面，以长上事之。"

"什么？"梁浩然又惊又喜，"你是白氏后代？哎呀，先主帐下四王，只有你这一条第三代根苗，难得见面，你这是从何处而来？"老剑客眼圈有点发红，想起恩师林公展没有子息；自己与师妹银针魔杨慧贞又未娶未嫁，今日见到白五峰，如同见到亲人，心中万分激动。

"老前辈，"白大侠垂手而立，"晚生从海盐港而来，要去见钦差彭公。"

"你是公差？"

"正是。"白五峰简述经历。

"好。金龙宝刀是你家祖传，今日总算物归原主了。"

"老前辈，您怎么会到此地？"

"五团山寨主蒋天华乃我门下弟子，我与他很久未见，今日特来看看他。没想到与你邂逅相逢，这也是咱爷儿俩的缘分。"

二人边说边走，来到寨门。喽啰认识老剑客，不敢阻拦，笑脸相迎："老爷子，您来得太巧了，我们寨主和人家打起来了。"

"啊？"老剑客不顾多问，带领白五峰奔往寨内。

再说山寨之内，现在已经大乱。银针魔杨慧贞赶走贾量天之后，不由得面带冷笑："蒋大侠，两国交锋，各为其主。贾道爷走了，我来会你！"说罢，举起双掌，向蒋天华劈去。书中交代：这个老太婆冲着师兄梁浩然的面子，手下留着情呢。不然的话，她只要射出银针，蒋天华就完了。尽管如此，蒋天华仍非对手，红毛宝刀虽勇，却敌不过人家的双掌。

且说杨香武、贾明、贾亮，三人受了黄大侠的命令，负责观察现场、通风报信。他们见蒋天华难以取胜，便连忙报告黄三太。黄三太暗想：蒋天华的武艺自己没见过，他既敢称侠，想必功夫不差。那老太婆赤手空拳竟能胜他，可见乃世外高人也！此时已到关键时刻，万万不可轻敌，以免功亏一篑。想到此处，忙对诸葛山真说道："师兄，你在此处保护钦差，我与欧阳大侠前往助阵。没有我的命令，任何人不准轻举妄动。"

"知道了，你要多加小心。"

黄三太与欧阳德来到前庭，只见蒋天华正在节节败退，危在旦夕。欧阳德叫道："唔呀，这个老太婆十分厉害，黄大侠，咱们一块上去呀，别讲单打独斗了！"

"黄大侠？"杨慧贞暗叫一声，停掌问道，"你就是飞镖南霸天黄三太吗？"

"正是某家！"

"你来得很是时候，我若将你杀死，那彭朋狗官不攻自灭吧？"

"哼，打死黄某，怕不那么容易！"

"招打！"杨慧贞早已掏出两枚银针，双双射向欧阳德、黄三太。幸喜怪侠身穿老羊皮袄，银针难以穿透。而黄三太的短裤却抵挡不住，他只觉得胸前麻木，并且不断扩散，心知不妙，大叫一声："哎呀，暗箭伤人！"

"糟了！"千里独行侠邓天雄、万里追风侠刘天星一听黄三太大叫，急忙收住招法。他们听师父说过，师姑的银针专打死穴，子不见午，午不见子，六个时辰必定身亡。黄大侠中了银针，危在旦夕。他俩这一愣神，朱金枝、朱玉叶的宝剑就递过来了，双侠躲闪稍慢，肩头、左臂皆受轻伤。

恰在此时，金针剑客梁浩然、圣手昆仑侠白五峰赶到寨前。

"是你?"杨慧贞一惊，"师兄，多年不见，别来无恙?"

"啊?"梁老剑客呆呆发愣，"慧贞，你怎么会在这里?"

"师父"，三侠上前，大礼参拜，"师姑把黄大侠打伤了，您快去救人吧。"

"这是怎么回事?"

蒋天华说明经过。

梁老剑客点了点头："黄大侠刚刚受伤，尚不要紧……"

"嘿嘿，"杨慧贞冷笑，"师兄，银针不是金针，它专打死穴!"

"我知道。慧贞，我们已经一大把年纪了，你扶保反王，对抗朝廷，不怕骂名千载吗?"

"胜者王侯败者贼。先主张献忠若是称帝，我们就……"

"别说了，任何时候，不能逆天行事。如今皇帝有道，黎民安宁，过去的事情就把它忘了吧。至于朱三太子，乌合之众，绝对成不了大事。天兵一到，必定灭亡，你又何必自找苦吃?"

"未必。黄三太多大名声? 他也死在眼前，更何况别人!"

"黄三太不会死，我立刻救他。"

"恐怕你没有那么大的本领。"

"我若救活黄三太呢?"

"哼! 这，这是老天灭我，我立刻就走!"

"说话算数，才对得起咱死去的恩师!"梁浩然一摆手，"来呀，把黄大侠扶过来。"

"是。"蒋天华搀过黄三太。

"站好了。"梁老剑客举起双掌，丹田运气，发出内功。黄三太觉得胸前有一股强风，不由得倒退半步。邓天雄、刘天星连忙扶住他的后背，使他站稳。只听黄三太胸中隆隆鸣响，过了片刻，脸上有了血色，二目渐渐睁开："老人家，刚才那股麻木感已经过去了，救命之恩，容在下慢慢报答。"

"不敢当。穴道虽然疏通，三日之内不能劳累，还得好好休息，第四天才能康复。"

"明白了。"

杨慧贞看得清楚，惊奇万状："师兄，你几时练会这个招法？"

"不必多问，话符前言，你是走，还是继续在此顽抗？说句实话，论功夫，你未必是我的对手，论银针，也失去了威力。我替你着想，劝你脱离是非。你若不听劝告，后果自负！"

"我……唉！"杨慧贞把脚一踩，"我可以走，但有两个条件……"

"讲来。"

"第一，必须让我两个徒弟朱金枝、朱玉叶回归三皇镇；第二，师兄也得跳出是非，咱俩一同退隐山林。"

"一言为定！"梁老剑客满口应承，回头对黄三太问道，"黄大侠，你能放她二人下山吗？"

"全凭老剑客吩咐。不过，您老人家能不能留下，协助我们攻打三皇镇？"

"老朽年事高迈，不想介入红尘。师妹，咱们赶快动身吧。"

老剑客说罢，不顾众人挽留，带领杨慧贞及两名女徒扬长而去。

再说白五峰，重得金龙宝刀，万分欢喜。他先把经过告诉了黄三太，又去拜见钦差，将海盐港的准备情况一一禀告："大人，特巡抚请您指示，何时动兵？"

"事不宜迟，白大侠休息两天，然后回归海盐港调船发兵。到那时，黄大侠也就会康复了，咱们一举攻打三皇镇。"

"遵命。"白五峰退下。

眨眼过了五天，一百艘战船，五万水兵离开海盐港，开到五团山。这么大的举动，三皇镇岂能不知？朱三太子又惊又怕，连忙传来兵马大帅吴楚凡，共商御敌之计。吴楚凡强打精神，故作镇静："陛下，兵来将挡、水来土掩，料无妨碍。臣在三皇镇西海沿已经筑起了七里围墙，墙后安装了飞弩、灰瓶。又在暗礁下隐藏三十艘小船，每艘船上配备五十名弓箭手，共一千五百名，每人二十支雕翎箭，总计三万支。指挥台设在牛心石上，白日以五色旗为令，夜间以五色灯为令，军卒们按照旗、灯的指示，各自行事，敢保万无一失，把清军打得片甲不归！"

"妙，全凭吴元帅训练有方。等战争过后，朕要对你重封厚赏。"

"多谢陛下。"吴楚凡表面轻松，内心紧张。他不敢丝毫大意，继续操练兵马。

朱金枝、朱玉叶早已回来了。她们向父亲禀明探索五团山经过，又把师父杨慧贞的去向一一上奏。朱三太子虽然惋惜，也无可奈何。唯有恶法师马道玄闻知贾量天丧生，又喜又悲。喜的是贾量天乃玄狐门第一门长，他这一死，自己这第三门长可以提升一步。悲的是贾量天与自己多年情谊，故友丧生，终是憾事。他向朱三太子奏道："陛下，贾道爷乃我门门长，死在清军之手，大仇当报。贫道想去大陆一趟，把玄狐门门人聚齐，引来三皇镇，既为门长报仇，又可保护圣驾，不知陛下圣意如何？"

"这……"朱三太子心想：他想逃跑吧？有心不应，又不合情理。反正不在乎他一个，让他去吧。于是点头应承，马道玄乘船而去。

不表三皇镇，再说五团山。彭公与诸侠商议之后，传下军令：一百艘兵船，分为五个方队，每队二十艘，水兵一万。前队由镇海锁龙侠蒋天华、千里独行侠邓天雄、万里追风侠刘天星率领；左队由鱼眼高恒、海底蛟龙高通海、大甲鱼孔寿、水蝎子赵永、浪花王顺、小白条杜江、活泥鳅陈友率领；右队由水豹子金清、参水猿金明、水上漂金亮、水里滚王敦、浪里钻刘迁、上面浮江龙、不沉底江虎、混水蛇梁兴、翻江獭梁太、双头鱼谢斌、单尾虾谢保率领；后队由万丈翻波浪、老剑客夏侯商元、八阵仙师诸葛山真、大刀海王万延龄及周百灵师徒四人率领。这四队都是水将，各自发挥特长。中队是钦差的主体，由飞镖南霸天黄三太、圣手昆仑侠白五峰、怪侠欧阳德及一班义士、武士率领。他们的主要任务不是水战，而是登上三皇镇后的陆战。军令传毕，起锚开航。

但只见：船列五方、旗分五彩。百艘战船驶向海面，真好比蓝天布满群星，纵横交错，行来行往，差不多挤满了水域。再看水浪滔滔，虽有泼天之涌，战船却丝毫不晃。桅杆之上，战旗飞扬。奉旨钦差彭朋稳坐船头，数十位侠义英雄分列左右。中军官手持令旗，旗举旗落，号令分明。喊声杀声连成一片。一阵梆子声响过，箭似飞蝗，穿射敌军。敌军也不甘示弱，大元帅吴楚凡连忙排兵布阵，七里围墙横列，飞弩、灰瓶如同暴雨洒向官船。双方激战，你死我亡，刹那海水由蓝变红，尸体填满海沟，好一场险恶的厮杀！

且说左队兵船在鱼眼高恒等人的带领下，由南边发动进攻。牛心石指挥台处于高地，看得十分清楚，急忙晃动令旗。南方丙丁火，属于红色，红旗摆动。隐藏在暗礁下的弓箭手乱箭齐飞，射向兵船。可叹清兵毫无准备，死伤无数。老英雄高恒左肩中箭，鲜血迸流。海底蛟龙高通海眼睛发红，怒气冲霄汉，大喊一声，打算死拼。恰在这时，中队指挥船铜锣山响，闻鼓则进，闻金则退，这是军规。高通海不敢抗令，只得停止进攻。他将老父亲扶入船舱，请医官治伤，不必细表。

　　再说黄三太，他向钦差禀道："大人，敌军惯于水战，又早有准备。我方如果硬拼，伤亡过重。应该智取，不能急于求成。"

　　彭公点头："黄大侠，请你详谈。"

　　"据我观察，海岸东南角有座高台，高台上红旗晃动之后，敌军才乱箭飞出。由此可见，那座高台必是指挥所。射人先射马，擒贼先擒王。若把指挥所拿下，敌军就成了'盲子'，我军方可稳操胜券。"

　　"好主意。"彭公十分赞许。

　　"依下差打算，现在暂且收兵。等天黑之后，前队、左队、右队联合在一起，六十艘兵船大会合，发动佯攻，以此吸引敌人的主要兵力。再派夏侯老剑客、诸葛大侠等师徒四人率领后队兵船绕到三皇镇东海岸，那里的敌兵肯定薄弱，老剑客水性好、武功高，他们可以强行登陆，偷袭指挥所。一旦指挥所被拿下，我们的六十艘兵船则由佯攻变为真打。只要上下齐心，定会一举夺取胜利。"

　　"妙计，全凭黄大侠安排。"

　　"遵令。"黄三太立刻传令鸣锣，各队战船暂且收兵。天近傍晚时，又派小舟把蒋天华、高通海、金清、诸葛山真接到指挥船，布置战局之后，各路指挥分头行动。

　　二更时分，前队、左队、右队的六十艘兵船并列，喊声冲天，战鼓齐鸣，一道向西海岸驶去。虽说"雷声大、雨点小"，却也别有声势。吴楚凡不知是计，连忙调动人马迎敌。天色将亮时，蓝旗禀报："元帅，大事不好，清兵偷袭东海岸，攻下牛心石，占领了指挥台！"

　　"啊！"吴楚凡大惊。

　　副将又报："元帅，我们上当了。清军刚才是佯攻，消耗了我们

254

许多灰瓶、飞弩。如今才是真打，我们快要抵挡不住了！"

"死死顶住。后退者格杀勿论！"

参将再报："元帅，清军的前路兵将已经登上三皇镇本土，我军死伤无数，降者更多！"

"天灭我也！"吴楚凡心头一热，吐出一口鲜血！连叹三声，抽出宝剑，自尽身亡！

再表清朝大队人马，陆续登岸。兵对兵，将对将，展开一场肉搏战。叛军终属乌合之众，岂能挡住天兵讨伐？非死即伤，尸横遍地。

钦差彭朋将令旗一挥："诸位英雄，快快乘胜前进，活捉朱三太子者，当立首功！"

黄三太吩咐："李七侯、杨香武、贾明、贾亮、徐胜，你五人率两万人马，留在此处收拾残局。高恒、高通海、金清、金明、金亮，你五人率两万人马，留守战船搜扑余孽。余下的一万人马及诸位英雄，随我攻入镇中，擒拿首犯！"

"遵令！"各路人马分头行动。

单表主力军，在黄三太率领下，扶保着钦差向镇中心杀去。朱三太子早就闻讯了，他惊慌失措，对阿必隆、郑大涛问道："二位王爷，这可如何是好？"

"是，是呀，如何是好？"两个反王脸色骤变，浑身发抖。

飞天鼠秦尤战战兢兢："陛下、金王、东王，俗话说'留得青山在，不怕没柴烧'。三皇镇保不住了，赶快带上细软之物，趁他们还没来，咱们走吧。"

"到哪儿去呀？"

"绕道返回大陆，先忍耐几年，寻找时机，东山再起。"

"恐怕不那么容易。"阿必隆、郑大涛垂头丧气。

"来呀，"朱三太子故作镇静，"把所有的英雄、武士都叫来，保护孤王，快快上船逃走。"

"是。"秦尤唤来群贼。

"诸位，"朱三太子传令，"事到如今，咱们只得荣辱与共了。三皇镇北岸，藏着十艘大船。你们快快保护孤家，登船上海。"

"遵旨。"群贼口里应承，心中各有打算，都想早点逃生。他们簇拥着朱三太子，离开行宫，奔往北岸。自以为行动很快，岂知官兵更快，黄三太率领着侠义英雄，身后追来。

"唔呀，混账王八羔子，哪里走哇！"怪侠欧阳德手舞大烟袋，冲在前边。群贼一见他身穿老羊皮袄，便知他是谁。一个个都吓傻了，谁敢还手？

"哼！"唯有朱金枝、朱玉叶不知底细，姐儿俩柳眉倒竖、杏眼圆睁，"人不人，鬼不鬼，算个什么东西？待我们会你！"说罢，抽出丹凤、玉麟两口宝剑，直取欧阳德。

"侠客爷，杀鸡何用宰牛刀，请您闪开，让我们擒她。"说话者乃是邓天雄、刘天星。二侠在五团山时，曾与二女较量过，当时未分胜败。此时，二侠暗中商量好了，为速战速决，决定用金针取胜。金针虽不如银针凶险，但在六个时辰之内，也能发挥效力。只见他俩宝剑一晃，这是虚招，暗中已将金针捻出，射向二女手腕。二女毫无准备，"哎哟"一声，宝剑落地。双侠连忙拾起，再次挥剑，杀向二女。

恰在此时，海上飞来一艘小船，船上立着两个老道。年长者银须白发，道骨仙风。他口中叫道："无量佛，休要逞凶，贫道来也！"说罢，纵身飞起，犹如一只海燕，轻轻落在军前。

"好身法！"二侠大惊，"仙长，请通名报姓？"

"贫道乃下五门总门长，伸手摸天盖十三、屠鲸道人华九州是也！"

书中交代：华九州从哪儿来呀？原来，他在晋、陕西省交界的墨茶山曾传授四季小花郑翠萍三年武功。祖孙分手之后，再未见面。华道人年届九旬了，一生未娶，晚年收下这个干孙女，对她十分惦念。前不久，他收到一份请帖，上三门要在浙江天台山雷音寺召开门庆盛会，并选举新任总门长，恭请他去参加。华道人明白：上三门、下五门没什么来往，人家请自己，不过是例行公事，走走样子，去与不去无关紧要。可是又一想：天台山离无锡不算甚远，何不借此机会出去走走。上三门门庆，可以参加，也可以不参加，主要去看看干孙女。拿定主意，背上壮盔宝剑，登程上路。他既然以看望孙女为主，当然先到无锡府。这日来到无锡南门，忽听身后有人叫道："无量佛，前面可是华总门长吗？"

"噢？"华九州回身一看，原来是玄狐门第三门长、恶法师马道玄。不由得笑道："原来是马门长，多日不见，你一向可好？"

"见过总门长。"马道玄上前施礼，"您老人家这是到哪儿去呀？"

"我想去看看孙女郑翠萍。"华九州说明自己的来意。

"这……"马道玄心中一动，暗中想道：我奉了朱三太子圣谕，回归大陆，搬请各路武士。如果能把华九州请到三皇镇，等于搬出老祖师。主意拿定，故作声势："华总，您，您就不必去了吧？"

"为什么？"

"唉，我说出来，您可别难过。那位郑小姐已经死了！"

"胡说！她年纪轻轻，怎么会死？"

"郑小姐的父亲郑大涛乃是一位公爵，家大业大，金银无数。为此，常有些图谋不轨者敲诈勒索。前不久，奉旨钦差彭朋来到无锡府，以缺少军费为由，向郑公爷借白银十万两。郑公爷手头没有现款，答应十天内缴纳。彭朋大怒，便派黄三太等人攻打国公府。小姐郑翠萍为了保护父亲，挺身而出。黄三太一伙便相中了她手中的帼头宝剑。因而，杀死小姐，夺下宝剑，赶走郑国公……"恶道胡编滥造，挑拨是非。

"马门长，这是真是假？"

"我领华总去看看郑小姐的坟墓。"

原来，马道玄到达无锡府后，曾去拜见过公子郑少英，想请郑公子给予协助。郑公子对他十分冷淡，并把姐姐之死的事情对他说过。恶道假装慈悲，问了小姐下葬的地方，说什么要去祭奠。没想到歪打正着，今天却派上了用场。两个老道来到坟地，华九州看罢墓碑，心中难过，老泪纵横。马道玄不顾他多想，进一步挑拨。为了替孙女报仇，为了夺回帼头宝剑，华九州跟随马道玄立刻起身，来到三皇镇。凑巧，朱三太子一伙正准备逃跑，华九州飞身跃起，拦住群侠。

再说邓天雄、刘天星，见老道飘来，只得放下朱金枝、朱玉叶，准备与老道交手。忽听后队有人高喊："二位大侠，闪在一旁，待我来会他。"说话者乃是老剑客夏侯商元，夏侯剑客对华九州十分熟悉。他心中暗想：这老道是武林泰斗，别说你邓天雄、刘天星，就算我上去，也白染一水。可是眼下只有自己算是剑客，平日不出头，今日却非得出头不可。"华总门长，您还认识我吗？"

"噢？莫非是夏侯剑客？"

"正是在下。华总，不知您到此处，是何目的？"

"替我孙女郑翠萍报仇，夺回帼头宝剑！"

"好。"夏侯剑客点头应允，"帼头宝剑在我徒儿诸葛山真手中，我可以令他完璧归还。至于替郑翠萍报仇之事，华总想得太简单了。"

这时，恶法师马道玄也弃舟登岸。他唯恐事败，连声喊道："华总，您快杀死他们，替小姐报仇！"

"看剑！"华九州当局者迷，完全被马道玄蒙骗。他举起壮盔宝剑，直刺夏侯商元。夏侯剑客知道，此时不打是不行了，但他丝毫不敢轻敌，忙从金毛海马蒋水珠手中借过双枪。这种兵器当年苦练过十载，算是得心应手。你看二位老翁，斜身转步，苦杀起来。

朱三太子会些武艺，他观看了一会儿，不由得神采飞扬："好，好！现在放我走我也不走了。只要有这位仙长，三皇镇就能固若金汤。仙长，我封你护国大军师，一字并肩王！"

钦差彭公不懂武艺，扭头问道："黄大侠，夏侯剑客能胜吗？"

"胜不了，败在眼前！那个老道太高了。"

"怎么办？你上去吗？"

"我更不行，只有群战，也许还有一线希望。"黄三太心急如焚，顾不得许多。他立刻传令："请白五峰、诸葛山真、欧阳德、蒋天华、邓天雄、刘天星连同自己，七人一道上前，协助夏侯剑客，共战华九州。其余人等，保护钦差，不准错离半步！"

热闹了！飞镖南霸天黄三太手持银龙宝刀，圣手昆仑侠白五峰手持金龙宝刀，镇海锁龙侠蒋天华手持红毛宝刀，八阵仙师诸葛山真手持帼头宝剑，千里独行侠邓天雄手持神女宝剑，万里追风侠刘天星手持天魔宝剑，连同夏侯商元手中的双枪，外加怪侠欧阳德手中那杆大烟袋，将伸手摸天盖十三、屠鲸道人华九州团团围在中央。这场面真是千古难逢，万年少见！

再看华九州，不愧是下五门总门长，超凡高手。他一人力敌七侠一剑，面对八位盖世奇才，谈笑风生，毫无惧色。那口宝剑轻如燕子抄水，重似泰山迸裂，这哪里是比武，分明是老叟戏顽童。

众人看呆了。眼前如同九朵祥云，飘飘荡荡，又如九团雾气，摆摆摇摇。或分或聚，或即或离。起初还能分清人影，后来变成一团白光！

恰在此时，海面上又漂来一艘小船。船头站立一个老和尚。他高打佛号："弥陀佛，快快住手，贫僧来也！"说罢，身不晃，膀不摇，平地飞起，稳稳当当落在军前，如同驾云一般。

双方一惊，同时叫道："哎呀，藏真长老！"

来者正是藏真长老秦必修！

藏真长老从何处而来？这里还得交代几句。

武林之中，少林、峨眉、武当合称"上三门"，总门长乃是峨眉门高僧红莲长老。不久以前，一百零三岁的红莲长老圆寂了，上三门在浙江天台山雷音寺召开门庆大会时，意欲选举新任总门长。这个总门长可不是随便当的，既得有高深的资历，又得有武功、品德。经过严格筛选，武当门高僧藏真长老荣登宝座。人们在祝贺之余，私下也有些议论：高僧的资历、功夫、品德都没说的，只是家教稍差。他的侄孙秦尤暗害过胜英，又是反叛的驸马。虽说一人做事一人当，终究有损总门长的声誉。这些议论被高僧得知，心中羞愧。为正门规、为正家法，他又到太湖一带寻访秦尤的下落。当初，他在惠山云罗寨时，耳闻国公府与云罗寨有些来往，因而找到郑少英。郑公子告诉他说：秦尤被马道玄一伙带到三皇镇去了。为此，高僧才追到此处。

僧道相逢，各自惊愕。一个是上三门总门长，一个是下五门总门长。一个为正义而来，一个为邪恶而至，双方相见，各道来意。编书人不必赘述，当然是"话不投机半句多"了！

"华总，"高僧说道，"依贫僧之见，你我双双离开此处！"

"秦总，若让我走，得依贫道一件事。"

"请讲。"

"我写给你看。"

海边有块立石，平如刀削。华九州走到切近，伸出食指，在立石上刻画起来。只见石末纷飞，片刻显出四个大字"我要报仇"！

众人惊呆不止。这哪是手指，分明是钢钎铁钻！

藏真长老大笑："华总，这块立石是糟朽的吧？我得检验检验。"说着，他也走到跟前，伸出食指往立石上捅去。一捅一个窟窿，没过多一会儿，立石如同今日"蜂窝煤"了！

夏侯商元对众人低声叹道："这才是高人比武，不露声色！"

屠鲸道人摇了摇头："我得休息了！"说罢，坐在地上，二目微合，举起双掌。

藏真长老点了点头："我陪你吧。"说罢，坐在对面，也举起双掌。

黄三太向夏侯剑客问道："师伯，这就是内功吧？"

"快看！"夏侯剑客用手一指，但见僧道二人脸色发红，鬓角渐渐出汗。突然，华九州坐在地上，自动向后移动，动了半尺多远，将口一张，"扑！"吐出一股股红的鲜血！

"弥陀佛！"高僧叹道，"内功废了，贫僧于心不忍！"

"哎呀，大事不好！"恶法师马道玄见华九州吐血，知他已败，连忙喊道："陛下，咱们快跑吧！"

"追！"黄三太岂容他们逃脱？率领群雄一拥而上。刀剑杀来，叛匪死伤无数。朱三太子、朱金枝、朱玉叶、阿必隆、郑大涛、马道玄、秦尤等一干首犯，皆被擒拿。

这时，伸手摸天盖十三、屠鲸道人华九州已昏昏沉沉，不省人事。彭钦差亲自上前，向藏真长老表示感谢。长老说道："钦差，贫僧出于无奈，才与华道长较量。如今有两件事，请钦差答应。"

"高僧请讲。"

"第一，华九州是下五门总门长，为了不伤武林和气，请钦差赦罪，让贫僧将他带走。"

"可以，华道长并无大错。"

"第二，秦尤是武当弟子，又是贫僧的侄孙。为正门规、家法，我也想带他回去。"

"这……高僧，请恕下官直言，门规、家法都不如国家大律呀！秦尤是叛首的驸马，罪恶积山。若放他走，恐怕圣上不会答应。望长老见谅，以国家为重。"

"弥陀佛，既然如此，贫僧告辞了。"藏真长老看了秦尤一眼，把脚一跺，带领华九州乘船而去。

彭公派李七侯等人清点三皇镇财产，一一造册，不必细表。三天之后，大队人马乘船回归五团山。

聚义大厅临时改作公堂，彭钦差对案犯一一审问。阿必隆、郑大涛对自己的罪行供认不讳，签字画押之后，暂且收监。接着，又重点审问首犯朱三太子。彭公一拍惊堂木："朱慈炯，你将如何逃出明宫，何人救你脱离，这些年又在何处藏身，如何造反等事快快招来，省得皮肉受苦！"

"钦差，我不是朱三太子，而是假冒明朝苗裔！"

一言出口，满座皆惊！

原来，五十年前，闯王李自成搜宫时，不见皇位继承人朱三太子。消息传出，举国皆知。

再说明朝有两位降清将领，一位是福建提督陈继志，一位是御林军副将史国宾。这二人自幼结盟，生死之交。清初，福建马尾山有一伙土匪，活动猖獗，骚扰百姓。顺治皇帝委派御林军副将史国宾挂帅，协同福建提督陈继志共同讨伐。由于马尾山形势艰险，易守难攻，陈提督向盟兄史副将建议："大哥，咱们放火烧山吧，土匪无处躲藏，必定逃出。到那时咱再追击，必获全胜。"

"依你。"史国宾立即照办。

谁料，火刚烧着，便下起了大雨。片刻间烈火熄灭。再放火，再下雨，一连数次，烧山未成。按说，这是自然现象，凑巧而已。古人迷信，两位官员不敢烧山了，只得派重兵围剿。几经苦战，终于获胜。

土匪头子叫杨广德，他膝下一子，取名杨起隆，刚刚十三岁。史国宾一见这孩子，脸色骤变，急忙响头碰地："不知三太子在此，臣罪该万死！"

"大哥，怎么回事？"陈继志疑惑不解。

"贤弟，我是御林军首领，当年，常与故主在一起，三太子还和我学过枪法。他在皇宫失踪，谁料落在此处，快去见驾。"

"是，是。难怪咱们一放火，老天就下大雨。原来真龙天子在此，臣拜见殿下。"

匪首杨广德明白了：自己这儿子的长相、年龄都与朱三太子相同，两位前明降将弄错了，误把杨起隆当成朱慈炯。干脆，将错就错吧，也许能捞到更大的好处。于是他装腔作势地说道："二位大人，那天从上空飞来一条红龙，将这孩子甩到马尾山。我向红龙询问来由，红龙口吐人言：'社稷存，靠史陈。'说罢，腾空飞去。这是天机，我一直不懂……"

"你不懂，我懂！"史国宾看了看陈继志，神色惊骇，话音发抖，"贤弟，'社稷存、靠史陈'，我姓史，你姓陈，这是暗指咱俩呀！事到如今，赶紧倒清扶明，天意不可违！"

"对，对！"陈继志更加慌乱。

二将不但不再剿匪，反将人马归附杨广德，扶保杨起隆当了小皇帝。起初，杨起隆年幼无知，后来长大，便自命不凡。直到他爹杨广德临死时，才向他说清实话。后来，史、陈二将也死了，杨起隆便将兵马迁到海岛，又联合台湾郑经的残部，在三皇镇起事。一晃五十年，杨起隆已经六十三岁，今日遭擒，全部招供。

看官，杨起隆事件，并非编者杜撰，在清朝历史上曾有详情记载。为了这个事件，有御前指挥朱尚贤、阁老张大、澄海公黄芳世、营总都巴等二百余人被诛，杨起隆本人也被康熙皇帝处以极刑。当然，评书不是史书，这部《飞镖黄三太》内容有真有假，闲时读来，替您消遣而已。

书归正传。钦差彭朋审明案情，又可恨，又可笑，闹了一二年，原来是个假朱三太子。他传下军令：将杨起隆、阿必隆、郑大涛、朱金枝、朱玉叶、秦尤等要犯押下，严加看管，日后解往京都。又传军令：黄三太、白五峰、欧阳德、诸葛山真、蒋天华、邓天雄、刘天星七位大侠皆立特等功，其余人各记大功、小功不等。大队人马在五团山休兵十日，准备还都。

命令传下，酒宴排开，连日劳苦一扫而光，更有玉盘岛"四老翁"最爱凑趣，他们亲自送来梅花参、鲍鱼、龙虾、龟蛋、鲨鱼翅、金燕窝等多种海鲜佳肴，摆满桌面。群雄祝贺钦差，钦差感激群雄。

五团山上，欢声笑语，喜气洋洋；
镇海寨内，披红挂彩，万象更新！

这正是：

侠义英雄明是非，
为国报效抖神威。
青史留名树丰碑！

写罢《飞镖黄三太》，
真真假假纸一堆。
遥望窗外月正辉！

调寄《浣溪沙》

盗侠杨香武

第一回　恶侍郎怒责二巡捕
　　　　恩县令义释一枝梅

《西江月》：

　　康熙大帝有为，千里江山生辉。尧舜之治民心归，举国
山呼万岁！

　　侠盗一时莽撞，皇宫偷得玉杯。引出多少是与非，听我
讲给诸位。

　　话说清朝康熙年间，河北省乐亭县杨各庄有位才子姓杨名光字春
晖，他少年成名，二十三岁中举，乡亲们都说他前程无量。杨春晖听
了人们的议论，自然十分得意。满以为功名垂手可得，便渐渐散淡下
来，岂料文章来不得半点虚假，这位青年举人一连考了三十年，直到
五十多岁还没捞着进士桂冠。后经同榜介绍，只好在直隶总督、顺承
郡王索额图帐下充当一名幕府师爷。几十年的教训使他处处谨慎、事
事小心，为此深受总督大人的信任。索额图不仅将一些重要公文交他
办理，并在闲暇时经常与他吃酒谈心。虽说地位悬殊，也算一双
挚友。

　　弹指五载过去了，这天，康熙皇帝传来一道圣旨，晋升索额图为
和硕亲王，同时兼理武英殿大学士。

　　按照清朝官制，中央设有保和殿、文华殿、武英殿；体仁阁、文
渊阁、东阁。这三殿三阁的正堂官员皆称"大学士"，俗称"阁老"。
职位相当于历代丞相，权力极大。至于和硕亲王就更是非同小可。清
朝入关初期，曾承袭明制，凡是王爵皆以字少为贵。比如，既有"福

王""桂王";又有"靖南王""平西王"。二者虽说都是王爵,可前者称"一字王",后者称"二字王",一字王比二字王显贵多了。说书唱戏都有"一字并肩王"出现,这种提法就是由此而来。康熙初年,清廷废除明制,将宗室爵位分为亲王、郡王、贝勒、贝子、镇国公、辅国公、轻骑都尉、骑都尉、云骑尉、恩骑尉等十四级,其中最高一级为"亲王",通常只授给有功的皇子及蒙古贵族,其他人很难得到。那么,索额图为什么被授予亲王呢?这里另有一番缘故。

索额图是满洲正黄旗人。其父索尼,早年曾扶保过清太宗皇太极,战功显赫。皇太极死后,索尼又力排众难,拥立了顺治皇帝入统大位。待到顺治归天时,又曾向他托孤,请他辅佐年方八岁的康熙皇帝。当时,清朝政权很不稳固,烽烟四起,盗贼遍地。索尼受命于危,虽说没什么明显的政绩,对少主康熙却也忠心耿耿。慑于他的资历和威望,一些野心家尚不敢轻举妄动,索尼死后,大奸臣鳌拜便肆无忌惮,专权仗势,要挟康熙皇帝,使很多进步措施难以实现。康熙虽说年少,却也懂得皇权的重要。于是他将一批皇族少年招收为御前侍卫,其中为首者便是索尼的次子索额图。索额图聪明机敏,胆大心细。他以金殿演武为由,协助康熙智擒鳌拜,为国家立下了大功。待康熙皇帝十八岁亲政时,便立即加封索额图为顺承郡王兼任直隶总督。直隶总督近在京畿,为天下总督之首,地位十分显赫。索额图为人忠厚善良,才智具备。他从不以功臣自居。到任之后,礼贤下士,关心穷苦,不辞辛劳,施政有方,官声良好。康熙皇帝是位有道明君,他深知索额图有德有才,又念他父子两辈功高,为此才将他晋升为亲王,并让他入阁执政。

索亲王即将赴京述职,本省官员摆宴送行。杨春晖位低职卑,虽被邀请却不敢靠前。他只能在最远的一张桌旁找了个位置坐下。谁料开宴之前,索亲王冲他一摆手:"杨先生,请到这里坐。"

"王爷千岁,卑职不敢。"

"哈哈,杨先生乃是本王的幕僚,并非下属差官。你我当以朋友而论,快快请过来吧。"

"多谢王爷千岁。"杨春晖万般无奈,只好坐入首席餐桌。索亲王满面带笑,亲自布酒:"杨先生辅佐本王五年,清正廉明,对本王帮助很大。对先生的为人，本王深为了解，可以说忠厚老成，任劳任怨。至于才华嘛，也说得过去。按理说，本王进京当差应该把先生一同带去，只是先生年近花甲，若是再当几年幕府，就没有出头的机会了。"索亲王话到如此，扭头吩咐道："内侍官，你去后宅将万岁爷赏赐的金花取来一支，我要亲自给杨先生戴上。"

"奴才遵命。"内侍太监转身奔后宅，片刻取来一个金漆木盒。索亲王接盒，从中取出一支金花。这支金花是莲花形状，赤金打造，花梗上刻有"御制"二字。这是康熙皇帝赐给索亲王的，一共四支。谁也没想到索亲王会赐给杨春晖一支，这当然是难得的殊荣。坐在索亲王身旁的是直隶巡抚孙心原。孙巡抚暗想：我这个二品大员都捞不着御制金花，而杨先生却捞到一支。由此可见他与王爷千岁的关系非同一般。王爷刚才说过"若是再当几年幕府，就没有出头的机会了"。由此可见，王爷想提拔他。这位王爷身价见涨，往后求他的事多啦。现在别等他说话，我赶紧给自己搭个桥吧。孙巡抚想到此处，起身笑道："恭喜杨先生。说心里话，王爷若把你带进京城，我还舍不得呢。杨先生若不嫌弃，就在本省当官吧。"

"哈哈，"索亲王亲手将金花插在杨春晖头上，扭头笑道，"孙抚院，本省现在有缺吗？"

"回禀千岁，乐亭县七品县令上个月病故了，现在还没派人呢。杨先生若不嫌低，就暂时屈居乐亭县令吧。"

"这……"索亲王摇了摇头，"杨先生举人出身，当一县令也不为低了。不过据本王所知，他乃乐亭县人，本地人不能当本地官，这可是我大清国的惯例呀。"

"哈哈，王爷过虑了。"孙巡抚急忙拍马，"不错，按我大清惯例，为官者要远避家乡五百里。这条惯例是给那些贪官预备的。因为他们对家乡深为了解，既有亲朋，又有仇人，怕他们是非不清，结恩报怨。可是据下官看来，杨先生绝非这种人物。他即使当了本县父母官，也会清正廉明，一尘不染。不是下官讨好，王爷推荐的人，个个都是好样的，请千岁放心好啦。"

"嘿嘿，你这个二品大员也学会拍马啦！本王一向不喜欢戴高帽子……"

"王爷的品德卑职五体投地，从来不敢给您老人家戴高帽子，刚才都是实话实说嘛。"孙巡抚又送上一顶高帽子。把个索亲王乐得心花怒放："好了，你这个抚院大人若信得过他，就按你说的办吧。明天往吏部送个公文，请杨先生尽快到任。"

"卑职明白。"孙心原不敢怠慢，立即行文吏部。在正式公文后边还附上一封私人信件，向吏部尚书说明这是索亲王的推举。吏部尚书也知道索亲王的身价，岂敢不遵？更何况一个小小的七品县令，算不得什么大事。所以没用十天便将一切手续办妥。

杨春晖走马上任，十分荣耀。本地官员早已风闻这位新太爷是索亲王的亲信，谁不吹吹拍拍？他们搬出全套"溜须传"，几乎把新太爷捧成活神仙。幸喜杨春晖早年教训深刻，头脑十分冷静。他心中暗想：我二十三岁中举，五十八岁当县令，这还有什么可吹的？不求有功，但求无过。只要平平稳稳地当二年县令，为本地百姓做点好事，也就满足了。待到六十岁时我便告老还家，也算对得起索亲王知遇之恩。

一晃过了三个月，老县令两袖清风，一尘不染。他不辞劳苦，事事亲躬，官声渐振，有口皆碑。尽管如此，他仍是日日提心吊胆，唯恐出现差错。

话说这天八月中秋，若按常规，衙门应该放假一天。可是杨大人不敢休息，仍是照常升堂理事。他刚刚坐稳，三班都头高华进来禀报："大人，西门楼严府总管衙外求见。"

"啊？"老县令微微一愣，"快快请进大堂。"

"是。"高都头领命而去。

这个严府主人名叫严景章。他早年得志，官至户部右侍郎。按当时规定，户部是管理土地、户口、财政、税务的一个大部门，右侍郎相当于第一副部长，握有财政大权。严侍郎管钱爱钱，他见手中金银经过，便眼红手痒。于是以权谋私，贪赃枉法，任职三年便得赃银无数。没有不透风的墙，御史得知内幕，便在金殿参他一本。康熙皇帝经过调查，十分恼怒，立即交给刑部审理。刑部尚书是严景章磕头兄弟，他大事化小，小事化了，本应判刑的大罪，却判了一个罚银三万两，削职为民。康熙皇帝施法仁慈，虽知其中有诈，念严景章年过花甲，过去又有功于国，也就不予深究了。于是严景章回到了原籍直隶乐亭县。俗话说"瘦死的骆驼比马大"，严景章虽被罚款三万两，却未伤筋骨，仍有良田百顷，金银无数，仍是乐亭县内头号财主。回乡不久，他便在城西买下一块地皮，修了一座十分豪华的宅院。尤其是临街的门楼更加雄伟气派，人们称它"西门楼"，一提西门楼严府，县内无人不晓。按说这个削职侍郎既受过处罚，就该老实做人。谁料他恶习不改，依仗过去的身份和朝里有人，仍旧盘剥乡里、欺压良善。百姓敢怒不敢言，只好背地叫他"严剥皮"。

新任县令杨春晖是本地人，他深知严剥皮的底细。既不愿与其为伍，又不敢得罪他，平素毫无来往。今日严府总管突然来到县衙，让老县令有些奇怪。他正在纳闷，高都头将严府总管引上公堂。这个总管年近三十，一身青布裤褂，瘦高的身材，刀条子脸，黄眼珠滴溜乱转。他神态谦恭，面带笑容地打千施礼："小人严旺参拜老大人。"

"严总管请起，你家侍郎老爷一向可好？"

"蒙大人惦记，我家老爷挺好的。他老人家给您老人家捎了封信来。请大人过目。"严旺从怀中取出一个大信封交给皂隶，皂隶递上公案。老县令更加纳闷：严景章与我素无往来，他写信干什么呢？急忙拆开封套，抽出信纸，看完这信大吃一惊。立即吩咐道："顺轿，打道严府。"

究竟发生了什么事呢？原来西门楼严府昨夜被盗了，失去许多贵重财物。严景章今晨发觉，急派严旺报案，请老县令派公差勘查现场。若是普通人家失盗，派公差去当然可以。但严府非同一般，一县之主只得亲往。衙门距西门楼不远，片刻便到。老县令刚刚下轿，严景章便迎了出来。这位侍郎老爷怎么对一个小小县令这么客气呀？原来他也耳闻杨春晖是索亲王的红人，因而不敢过于失礼。带笑禀手："哎呀，严某何能，敢劳老父母大驾，里边请。"

"侍郎大人，下官失职，让大人家中蒙受灾难。"

"哪的话？各府各县都有盗贼，这与老父母何关？当年我在京为官时，全国大案要案见得多啦。哈哈哈……"这位罢官侍郎总忘不了当年的身份，凡是能吹的机会总要大吹一通。杨大人心中暗笑，不便接茬。二人边说边走，来到客厅分宾主落座。仆人献上茶来。严景章摇头叹道："唉，若是丢些小东西，我就不敢惊动老父母了，因为丢的东西较为贵重，只好惊动官府。这是失单，请老父母过目。"

"是了。"杨大人接过失单，见上面写的是：

> 赤金手镯三副，共十二两。翡翠镂花鼻烟壶四个、水晶球两个、玛瑙球两个、大珍珠十六颗、小珍珠二十五颗、玉石如意一柄、玉石镇纸一个、端砚一方、珊瑚笔架一个、微墨六匣，白银二百五十两。

"哎呀！"老县令暗中叫苦。这么多值钱物品，如果找不回来，自己的责任可就大了。他再也坐不住了，起身问道："严大人，东西是何时丢失的？"

"老父母，今日乃八月中秋节，我打算晚间赏月时送给子孙点礼物，谁料打开库房，发现箱柜被撬，经查点之后，方知丢的都是贵重物品，为此才令严旺去报案。"

"嗯，卑职想查看一下库房，不知大人意下如何？"

"这……好吧，请随我来。"

"高华，"杨大人扭头吩咐道，"你是三班都头，同我一起去勘查现场。"

"大人，"高华在老县令耳边低声说道，"下差虽是三班都头，但在破案勘查方面却远不如周烽、霍亮。他俩是快班巡捕，专管破案的，应该让他们同去。"

"二人现在何处？"

"都在门房侍候呢。"

"快传周烽、霍亮。"

"是。"高华转身而去。

按当时的规矩，凡是县衙都设三班六房。所谓"三班"，即快班、刑班、监班。分别掌管侦查、用刑、监禁事宜。"六房"则类似中央六大部，管理士兵、诉讼、工业、官吏、户口、文化六项工作。

单说乐亭县快班巡捕周烽、霍亮乃绿林出身，武功虽非上乘，但在本县也有些名气。他俩是高华的结盟兄弟，一年前经高华介绍到县衙当差。绿林好汉冲着他俩的面子，很少在乐亭县作案。今日严侍郎被盗，令二人十分纳闷：这是哪位朋友干的呢？事先也不打个招呼，真有点不仗义。他俩正在嘀咕，高华将二人传入客厅。杨大人对三位公差嘱托了几句，便跟随严景章同奔库房。

库房好大，里边的木箱、铁柜排成几列。老县令暗道：真是富贵人家，听说他退赃三万两白银，若是不退会阔到何等程度？他刚要往里走，周烽、霍亮冲他一摆手："请大人留步，现场不宜人多。"

"好，你二人要仔细勘查。"

"是。"二公差走进库房，先向四周看了几眼，见现场破坏得很厉害，处处都是翻动的痕迹。想必是宅主清查时留下来的。二人不愧是行家里手，没费片刻之功便发现西窗户已经松动。不用问，盗贼必然由此而入。他们又在窗下检查了一会儿，从迹象来看，盗贼的撬压手段十分高明，肯定不是平常之辈。突然，周烽用手一捅霍亮："老三，你往西墙上看。"

"啊？"霍亮顺手一看，不由大吃一惊，"二哥，原来是他，这个案子难破了！"

"暂莫声张，若传出风去就更难破了。"

"我说呢，手段这么高明。二哥，他从未到过咱们县哪！"

"明摆着呢，他是专冲那位侍郎老爷来的。依我说，这种人该偷他！"

"小点声，别让大人听见。"二人说罢，转身奔向门外："禀大人，下差查看完毕，请大人回衙吧。"

"二位贵差，"严景章十分不满地问道，"强徒是谁？难道对失主还要保密吗？"

"严老爷，我俩是当差的，可不是活神仙。岂能马上判断盗贼是谁？你老人家可够急的。"

"大胆！"杨县令知道严景章乃势利小人，不愿让手下的公差顶撞他。所以喝住二差，又安慰严景章几句，然后告辞回衙。

时近中午，老县令顾不得吃饭，忙将高华、周烽、霍亮传到内书房，急着问道："从你们的神色中，本县看出一些眉目，快说，盗贼是谁？"

"回禀大人，这个案子非同小可。作案者乃江湖侠盗一枝梅！"

"侠盗？据本县所知，称侠者不盗，盗者不能称侠。看来你二人对他很熟悉。盗严府之事，是他对你们说的吗？"

"禀大人，下差只闻其名，从未见过此人。"

"那么，为什么断定是他偷盗？"

"我们在勘查现场时，发现西墙山上拍着一个朱红印迹，上边印的是一枝梅花。这是人家故意留下的，江湖称之为'明人不做暗事'。"

"偷了东西还敢留记号，难道不怕被抓吗？"

"大人是读书出身，您对江湖上的事情不太了解。凡是敢留记号的人，都是武林高手，根本抓不住人家。"

"说道还真不少呢。你们快将一枝梅的详情禀我。"

"据下差所知，一枝梅本名梅映雪，他五岁随兄学艺。其兄梅映霜乃江湖第一大盗，外号人称'圣手无痕'。弟兄二人武艺高强，尤其是轻功夫更是无人敢比。不过，他们从来不偷穷人、不偷良善，专偷那些赃官恶霸。所偷的财物绝大多数赠给世上的贤孙孝子和穷苦百姓，绿林上管这叫作'偷富济贫'。所以人们称他'侠盗'。二侠梅映雪年轻性躁，他随身携带一个硬布小口袋，表面上刺着一枝梅花，里面装着朱红粉末，每逢作案后，必用口袋往墙上一拍，留下记号。暗示盗者姓梅，久而久之，江湖上便称他'一枝梅'。"

"如此说来，果真有些侠肝义胆。"

"大人，民间曾流传这样两句话：'病老依靠谁？唯有一枝梅！'由此可见，一枝梅深得人心。据下差所见……"

"有话明讲，不必吞吞吐吐。"

"那个姓严的居官时贪得无厌，广取民财。罢职后又盘剥穷人，欺压乡里。他库房所存，大人曾亲眼见到，料想都是些不义之财，偷他那点东西对他如同九牛一毛，干脆不理他，让他吃点亏算了！"

"这……"杨大人犹豫片刻，摇头叹道，"本官年近六旬，只求平安。境内出此大案，不理能行吗？"

"有什么不行的？权力在您手中，他一个下台侍郎又敢如何？"

"不那么简单，严景章为官多年，结交广泛哪。你们暂且退下，容本县再想办法。"

"是。"三位差官退出书房。

眨眼七天，严府总管严旺天天来催问，杨大人装聋作哑，一拖再拖。这便激怒了严景章，第八天一早，他乘马来到县衙亲自催问。杨大人不敢不见，忙将他请上公堂。严景章面带冷笑："老父母，本府被盗之事查出来了吗？"

"侍郎大人，下官时时不敢松懈，只是盗贼手段高明，善于隐蔽，如今尚无线索。"

"哼，老父母既无线索，严某人愿向你提供一点。盗贼外号'一枝梅'，本名梅映雪。此时尚在本县。"

"啊？"老县令暗暗吃惊，"侍郎大人，您从何处获悉？"

"嘿嘿，你以为严某人单单依靠你官府破案吗？实话告诉你，我的手眼多啦，比你官府胜强万倍。"

"严老爷，"周烽、霍亮见他张狂傲慢，不由得冷笑，"您老人家既然有这么大的本事，又何必来找官府呢？您别忘了，我家老爷是现任命官，并未被皇上撤职查办！"

"大胆的奴才！"严景章被差官揭了短处，不由得怒打心头起，恶在胆边生。他拍案骂道："你们俩是什么东西？从前是绿林大盗！杀人放火的贼子！现在虽说身入公门，但贼心未死，肯定是'一枝梅'的同伙！'一枝梅'分给你们多少财物？你们竟敢如此包庇他？"

"姓严的！"二差人被骂得也来火了，"说话要有证据！"

"迟迟不予破案就是证据！好了，严某人乃二品大员出身，不跟你们皂隶费话。"说罢，他回头凝视："杨县令，我限你三天破案，既要捉住强徒，又得寻回失物。否则，哼，严某就不客气了！"

"噢？"杨县令也有几分恼怒，"请问，你所说的不客气，要对本县如何呢？"

"实话告诉你，我要亲自派人捉贼，到那时候，小心你头上的顶子！来人哪，打道回府。"说罢一甩袖子，下堂而去。

原来，严景章在京为官时，由于搜刮民财，干尽坏事，所以很怕人暗算。于是他花重金雇了十名护院教师，个个武艺高强，其中为首者姓武名成，人送外号"飞天豹"。武成不仅艺业精深，更有一把飞抓百发百中。曾被严景章待为上宾。说来凑巧，就在严府被盗的当天晚上，武成来到乐亭县看望旧主人，严景章喜从天降，忙将被盗之事告知了武成。武成到库房一看，立即发现了一枝梅的印迹，便当着旧主说道："大人，这事用不着官府，就交我去办吧。三天之内，人赃并获！"

"好，不过，咱们捉来盗贼，如何发落呢？"

"一杀了事，留他何用？"

"这样虽解我心头之恨，但私自杀人可犯法呀。我是被黜出的官员，还应小心行事。这样吧，我先到县衙打个招呼，待捉贼之后，交他们处理。"

"大人变得胆小了，竟惧怕一个小县令？"

"壮士不知，这位杨县令乃是索亲王的幕府，我不便得罪他。"严景章先派严旺催问几次，最后自己当头，谁料被周烽、霍亮顶撞了一番，他才暴怒而归。回到府第，立即召来飞天豹武成，武成大包大揽，告辞而去。

原来，武成在江湖上闯荡多年，他与一枝梅梅映雪虽无交情，却也认得。在他到达乐亭县时，曾在酒楼上见过梅映雪。据他估计，梅映雪肯定还会去这座酒楼。果然不出所料，武成登上楼梯，只见梅映雪正在独酌。梅映雪偷完东西怎么不走呢？因他在等一个人，这人便是他胞兄圣手无痕梅映霜。梅映霜早在二十年前便洗手不偷了，现在正在苏州府开一镖局，以保镖为生。什么叫镖局呀？清朝康熙时还没有邮政系统，凡是私人运送银钱物品的，都要委托镖局押护，镖局负责路上的安全，若丢失便负责赔偿。当时劫道的很多，凡是开镖局的都得有点真功夫，人们尊称为"镖头"。老镖头梅映霜最近接了苏州知府的委托，请他押运三万两白银去山海关老家。由于款项巨大，老镖头决定亲往。苏州府往山海关必然经过乐亭县，一枝梅已多年不见胞兄，闻讯后便到乐亭恭候。他知道兄长只有一女，很喜文墨，所以去严府偷了些笔墨、玩物之类，打算让哥哥带给侄女。也怪他艺高人胆大，行窃之后并不躲避，每日饮酒太白楼。冤家路窄，偏偏被飞天豹武成遇见。武成心想：我在严大人面前把弓拉圆了，可是一枝梅非同一般盗贼，捉他不易。怎么办？只有智擒，不可强取。想罢多时，拿定主意。武成在距梅映雪六尺多远的地方找了一个座位，堂倌送上酒来。此时一枝梅也发现了武成，二人素日井水不犯河水，所以他也没往心里去，只是低头喝酒。武成乘其不备，暗中从怀里取出飞抓，但只见：

　　这把抓，上下翻，犹如珍珠倒卷帘。五把钢钩松又紧，一条绒绳九尺三。
　　迎门抓人面，斜打抓人肩，飞抓虽然称暗器，暗暗明明非等闲！

　　飞天豹武成这把飞抓在梅映雪的左肩头，五把钢钩越抓越紧，梅映雪大叫一声，鲜血如注。太白楼可乱套了，客人们东躲西逃。武成心中高兴，忙用飞抓绒绳将梅映雪捆紧。梅映雪怒目而视："武成，你我素无冤仇，因何抓我？"

　　"一枝梅，还乡侍郎严大人是我旧主，你偷了他，休怪我无情。走吧，随我去县衙。江湖著名英雄，想必不会耍赖吧？"

　　"哼，头前带路。"一枝梅受他一激，只好随他下楼。二人来到县衙，早有差人报与老县令，老县令大惊：哎呀，果真被他捉来了。

　　击鼓升堂，差官排列。严景章早已闻讯赶来，他面带冷笑，坐在一旁。杨县令一拍公案："你叫梅映雪吗？"

　　"正是某家，外号一枝梅。"

　　"严府行盗可是你为？"

　　"明人不做暗事，墙上留过印迹。"

　　"梅映雪，入宅偷盗乃违犯国法，你不怕犯罪吗？"

　　"嘿，他严景章比我盗得多了，只是手段比我高一点而已！"

　　"胡说！我什么时候偷过东西？"严景章在旁边气急败坏。

　　"嘿嘿，"一枝梅冷笑道，"你为官时贪赃枉法，回乡后鱼肉百姓，比起江洋大盗更凶恶十倍！"

　　"气死我了！"严景章暴跳如雷。老县令冲着二人摆了摆手："公堂之上休要吵闹，谁是谁非自有国法。梅映雪之事再容本县调查，先将他收监，暂且退堂。"

　　杨大人心烦意乱，回到后宅。夫人李氏见丈夫愁眉不展，连忙问道："老爷，公堂上有什么为难之事吗？"

"唉，一言难尽。"老县令刚要细说，从门外闯进一个孩子。这孩子年龄只有七八岁，长得瘦小枯干，尖头顶、尖下颏，双腮无肉。一双眼睛很大，黄眼珠滴溜乱转。头梳日月双抓髻，身穿蓝缎子小夹袍，脚蹬一双千层底黑布面的小洒鞋。浑身上下显得聪明伶俐，招人喜爱。

原来，杨春晖初娶武氏，夫妻感情极深。怎奈武氏一生不育，总觉得对不起丈夫，忧忧郁郁，一病身亡。十年前续娶李氏，过门二年便产一男孩，杨春晖老来得子，爱如掌上明珠。他为孩子取名香武，既是杨家香烟后代，又有纪念亡妻武氏之意。香武今年八岁，他五岁随父读书，虽说文墨不错，却更爱蹦蹦跳跳，追鸡打狗。他听说周烽、霍亮是绿林出身，便常常缠着二人教他武艺。二公差不敢得罪小衙内，也就背着老爷教他几手。这孩子天生与武术有缘，不论什么功夫一学就会。致使周烽、霍亮常常叹道："少爷若不是生在书香门第，准会成为一个武林高手。"

老县令见儿子进来了，摇头问道："听说你不好好读书，成天跟周烽、霍亮练武，有这事吗？"

"爸爸，我这小体格天生不结实，练练武功也能强壮身体。"

"狡辩，咱家世代读书，还应以文为主。"

"我听你的。爸爸，衙门里出什么事了？"

"小孩子不必多问。"老县令虽然这么说，还是将一枝梅之事告诉了妻儿。夫人没说什么，香武把头一晃："爸爸，这事您多余管！"

"我乃一县之主，岂能不管？"

"严府有的是钱，又不是好来的，该偷！"

"他毕竟做过朝廷侍郎，一枝梅偷盗官府，胆子也太大了。"

"胆子不大，若真是胆大，应该去偷皇上。"

"你想造反吗？"

"不敢。可是严景章贪赃枉法，康熙老佛爷为什么不杀他？皇上包庇赃官，就该一块偷。"

"奴才，滚出去！"老县令把君王看得很重，自然不准儿子胡说。香武并不在意，继续笑道："我只是说句笑话，谁敢偷皇上啊？爸爸，

278

您常对我说，为人要讲正义，不能只顾自己。一枝梅既是侠盗，就该将他放了。"

"可严府不答应啊！"

"偷着放，就说他越狱潜逃。"

"哼，年龄不大，鬼主意不少，容我想想。"老县令把儿子打发出去，暗自思想：孩子说得也有道理，一枝梅虽是盗贼，却偷富济贫，行侠仗义。我何不成全他一次。想到此处，吩咐道："来呀，唤周烽、霍亮书房相见。"

"是。"家丁将二公差找来了。二人不知老爷何意，上前参拜："大人，您有何吩咐？"

"二位对侠盗一枝梅的为人比我了解，本县打算将他释放，你们意下如何？"

"什么？"周烽、霍亮以为听错了，连忙问道，"大人，您真有此意吗？"

"决不食言。"

"我们与一枝梅并没什么交情，可是对大人的恩德万分感激。不过，严府怎么办？"

"哈哈，这多亏香武想了个办法。你们拿我大令去牢狱提调一枝梅，然后偷着将他释放，明天就说他越狱潜逃。"

"少爷真有办法，您还见见一枝梅吗？"

"不必了，你们也不必告诉他这是我的主意。江湖英雄都讲究报恩，我也不想让人家报答。"

"大人，您太好了。"二公差感动得眼圈发红，持令而去。您想，老县令这么大的恩德，他俩能不告诉一枝梅吗？一枝梅听罢，摇头叹道："二位，杨大人恩重如山，我若走了，岂不连累于他？"

"杨大人自有安排。您快走吧，别辜负了他的一片心意。"

"也罢，来日方长，梅某定报大恩。"一枝梅说罢，洒泪而去。

再说严景章闻知此事，心头大怒。他立刻写了状纸，亲往省城巡抚衙告状去了。

第二回　梅映雪竹林传绝艺
杨香武枫院显奇才

　　话说恶侍郎严景章写好状纸，带领仆从，离开乐亭县，直奔省城保定府。按理说，他应该到按察使衙门去告状，因为按察使又称"臬台"，是掌管全省刑名的三品大员，如同今日的高级法院院长。可是严景章自恃当过京官，并不把臬台放在眼里。他来到保定府，直奔巡抚衙。门军校尉一看他那派头，就知此人有些来历："请留步，不知您要找谁？"

　　"快快报禀孙抚院，就说原任户部右侍郎、故友严景章求见。"

　　"是，大人稍候。"门军一听是户部侍郎，不敢怠慢。冲他禀了禀手，转身进去报告。

　　再说直隶省二品巡抚孙心原，自从送走索亲王之后，心情十分高兴。因为索亲王离任时曾向他暗示，准备保举他晋升本省总督。按照清代官制，总督官拜从一品，为地方最高官吏。由于这个职务可以节制一省或数省的文武大员，所以被人们尊称为"制台"。当官的若熬到这个份上，差不多也就到头了。孙心原岂能不乐？此时，他正在书房品茶。校尉来禀："抚院大人，有位自称户部右侍郎的严老爷求见。"

　　"严老爷？"孙巡抚摇了摇头，自己对京中大员了如指掌，六大部中十二位侍郎，没有姓严的呀？噢，莫非是严景章？想到此位，孙巡抚不由得暗笑：早被皇帝削职为民了，没让他坐牢就算便宜，可他还敢自称侍郎，此公真是自不量力。有心不见，又情面难却。因为严景章在职时曾对自己帮过几次忙，现在却之门外未免显得势利眼。再者说，他还乡几年，虽归本省管辖，却一次也没找过我，此时来见可能有事。想到此处，孙巡抚向校尉一挥手："请他进来。"

"是。"校尉虽不知底细，从主人的神色中，已经猜到这位严侍郎未必是现任官员。所以也就不那么毕恭毕敬了。他来到门外，只冲严景章一摆手："抚院大人请你进去。"

"唉！"严景章不由得叹了口气，心中暗想：我与孙心原虽然都是正二品，但京官比地方官要高一头。我若是不下台，他敢不接吗？好汉休提当年勇，今日有求于他，只好屈从吧。校尉见他发愣，冷冷说道："我说严老爷，你进去不进去？别让我们抚院久等啊！"

"噢，头前带路。"他倒驴不倒架，派头端得还挺足。来到客厅，内差高挑门帘，孙心原起身相迎："哈哈，什么风将严兄吹来了，你我多年不见，严兄一向可好哇？"

"抚院大人，严景章来得鲁莽，这厢有礼了。"

"快快请起，你我乃同朝为官，何必多礼。来人，给严老爷搭座看茶。"

"多谢了。"严景章在偏座坐下，却不敢喝茶。因为清代官府规矩极多，茶水只是摆设，不能饮用。孙巡抚看了看他，笑着问道："严兄，你荣归数载未曾来过敝衙，今日到此，定有指教吧？"

"不敢。"严景章心想：不怪说"人一走，茶就凉"，这位抚院大人连句客气话都不说，进门就问我有什么事，这是想快点打发我走。人在屋檐下，怎敢不低头："抚院大人，我来省城是告状的，这是状纸，请大人过目。"

"噢？"孙巡抚并没接状纸，奇怪地问道，"严兄，县有县衙、府有府衙，即使进省告状，还有按察使衙门，你怎么告到我儿这来了？"

"抚院大人，我所告之人乃本省现任命官。理当由您受理。"

"现任命官？不知是谁？"

"乐亭县七品县令杨春晖！"

"啊？"孙巡抚一愣。若是别的县令还不要紧，杨春晖可不是一般县令，那是索亲王的红人。严景章为什么告他呢？急忙接过状纸，打开一看。上告杨春晖通匪释盗，这个罪名可不小。如果是真的，起码得充军发配。孙巡抚有点着急，若把杨春晖查办，势必得罪索亲王，得罪了索亲王，别说晋升总督，这巡抚能不能保住还不一定呢。想到这步，连忙问道："严兄，快把详情讲给我听。"

"是。"严景章见巡抚注重，不明内理，还以为对己有利呢。于是他将一枝梅偷盗、武成捉贼、杨春晖释盗的经过细说了一遍。孙巡抚听罢，摇头问道："杨县令与一枝梅非亲非故，凭什么放他？也许是贼犯越狱潜逃吧？"

"大人有所不知，那姓杨的屡次偏袒一枝梅，谁知他们有什么关系？我怀疑知县受贿，才放走强盗。"严景章这手更厉害了，因为现官受贿释贼便是斩罪。孙巡抚当然明白：他这是想把杨县令置于死地呀！我得赶快封住他的嘴，否则事情越闹越大："受贿？哈哈，严兄啊，我大清官员岂能人人贪赃枉法？过虑了！"

"这……"严景章满脸通红。因为自己是贪赃被撤职的，抚院指桑骂槐，他岂能不懂。只得说道："大人，即便是强盗越狱，县令就无罪吗？"

"当然有罪。严兄，你先到驿馆住下，容本巡抚派员调查。"

"多谢大人。"严景章不便再说，只好告辞。

孙心原送走严景章，立刻找来亲信校尉，让他带着自己的密信急往乐亭县。三天之后，校尉回来了。将杨县令的回信交与主人。孙巡抚拆信细看，见杨县令并不隐瞒，将盗侠一枝梅的为人，自己释贼的经过都写得一清二楚。巡抚暗想：这位仁兄太善良了，只顾仁义，不顾后果。当官的偷着放犯人，这可是大罪呀！怎么办？我得帮他一把，省得让索亲王不高兴。

孙心原打定这个主意，事就好办了。因为直隶总督索亲王上调入京，现在属他官大。于是他拟了一份公文，只说乐亭县令杨春晖失于职守，致使案犯潜逃。本官理应处罪，念其年老体弱，只削职为民，遣还故里！快刀斩乱麻了结此案。严景章虽说不服，又不敢争辩。县令撤职，也算出了口气，只好答应。孙巡抚暗中派人给杨春晖送去白银五百两，又给索亲王送去书信禀明此事。索亲王很感谢他，更重要的是孙心原很有才干，所以向康熙皇帝保举孙心原升任了总督之职。

再说杨春晖，本想当二年知县就告老还乡，谁料才当了三个月就被撤了，虽然如此，他心中还是甚为高兴，觉得自己做了一件对得起良心的好事。离衙这天，三班都头高华率领众差役送出城外，周烽、霍亮更是不怕劳苦，一直将杨氏全家送到原籍杨各庄。乡亲们见公差护送，堂堂皇皇，还以为他是荣归呢。少不了登门祝贺。周烽、霍亮又当着众乡亲大吹一通，把个杨春晖捧成天神。甚至说什么：杨大人荣归时，直城巡抚再三挽留，亲自相送，并赠路费五百两。往后你们对杨大人要格外敬重，否则一律问罪。公差说话谁敢不信？乡民们频频点头，连说记住。

眨眼又是半年。天有不测风云，人有旦夕祸福。杨春晖一病不起。尽管乡亲们百般照料，还是因病身亡。这可愁坏了夫人李氏、急坏了杨香武。孤儿寡母怎担得起这样的打击？幸亏周烽、霍亮闻讯赶来，这两位义差帮助香武母子料理丧事。

杨春晖在世时当过五年幕府、三个月知县，家道并不富裕。还乡之后坐吃山空、有出无入。虽说算不得贫寒，也只将够温饱。李氏夫人又很重面子，她觉得丈夫生前为官，死后当荣，主张殡仪大操大办。别人只当杨家丰厚，便花了许多不该花的钱，致使丧仪过后，家道大落。周烽、霍亮有心帮忙，怎奈财力终究有限，只好劝李氏辞去大部分奴仆，只剩一个贴身丫头照护母子。被辞的奴仆中有位厨子姓王名二，他深念主人在世之情，甘心不要工钱为母子做饭。李氏虽说感动，却坚辞不允："王二啊，你是乐亭县的名厨，我母子不能耽误你的前程。当初太爷在世时将你招来，现在太爷没了，我母子粗茶淡饭，用不着你的手艺，你还是另投高就吧。香武，赏王二五两银子，送他离府。"

"多谢夫人，赏钱我不敢领，等日后少爷发达时，我再来侍候。"王二见夫人坚决不留，只好离去。

李氏夫人只顾了节省，却忘了自己有多大本事。您想，一个县令太太，幕府夫人，从来都是衣来伸手、饭来张口，别说下厨，就连引火她也不会。虽说有个使唤丫头，才十二三岁，能帮她什么大忙？没过三天，夫人就瘦了一圈，还落了个蓬头垢面。香武看着心疼，不由得埋怨道："妈，雇个厨子能用多少钱？咱家还不至于穷到这般地步。依我说还是再找个做饭的吧。"

"唉，只好依你。不过，千万别找王二那样的大厨子，咱娘儿俩又不吃大鱼大肉，只找个普通厨子就行了。你若有机会进城，让周烽、霍亮帮着寻找。"

"我明天一早就去。"香武心疼母亲，十分着急。第二天天还没亮，他便起身离家奔往县城。

杨各庄距县十里，有一条大车道。香武顺车道正往前走，忽然发现路边有一片竹林。现已早春，翠竹吐青，十分好看。他毕竟是个孩子，又一直在城里长大，见到这一般田园景色，心情畅快。不顾进城，竟奔竹林走来。走进竹林不由得一愣，见一人年约三十，穿着干净。手里边拿着一把小铁铲，正在竹根下边挖笋。香武上前问道："你挖这些小竹子回家栽种吗？"

"种？嘻嘻，我挖回去不是种，而是吃。"

"竹子能吃？"香武更加好奇，"什么味？好吃吗？"

"看样你是位少爷。实不相瞒，我挖的这叫竹笋，鲜嫩极了。架锅一炒便是盘好菜。"

"怎么，你会炒菜？"

"乡下厨子手艺不高，萝卜豆腐、青菜竹笋倒是全会做。请问少爷，您这是进城吗？"

"原来打算进城，现在不用去了。你愿意到我家做饭吗？"

"行啊，我正愁找不到事干呢，少爷家贵姓？"

"姓杨。老爹去年死了，只剩我和老娘，活不重。"

"噢，是县令杨老爷家吧？早听说了。老爷在世时干过很多善事，大好人哪。少爷，什么时候去呀？"

"你要没什么别的事，现在就跟我走。"香武很喜欢这个人，这个人更痛快。立即收拾了铁铲和小半袋竹笋，跟随香武同奔杨各庄。

李夫人见儿子这么快就回来了，以为他忘带东西。香武一笑，"妈，您说巧不巧，半道上捡了个厨子来。"

"捡的？净说疯话，大活人上哪儿捡去。"

"真的。"香武把经过告诉了母亲。李氏有点不放心："孩子，咱家孤儿寡母的，可得找个可靠的人哪。"

"妈妈放心吧，村里的乡亲们对咱家都不错，县里还有周烽、霍亮他们常来照应，谁敢欺侮咱家呀？"

"也对，你把他领进来，让我看看。"

"好。"香武从外边领进那人。夫人见他相貌端正，穿着朴实，点了点头："你是本地人吗？"

"太太，小人家住山海关，父亲是开大车店的。大车店带伙房，我从小就当火头军。"

"这么说，你手艺不错？"

"不行，一个大车店能做什么好吃的？无非是家常便饭。太太若不满意，我就……"

"你留下来吧，我正要雇一个你这样的人。不知你要多少工钱？"

"太太，小手艺人不敢谈工钱，只要管吃管住我就满足了。"

"这样吧，原先的厨子王二每月三两银子，你手艺不如他，减去一两，每月二两，你愿意吗？"

"太多了，每月给我一两就行了。"

"一两五吧。你贵姓啊？"

"不敢称贵，小人姓伊，排行老二，太太就叫我伊二吧。"

"香武，"夫人扭头吩咐，"你把伊二领到厨房去，然后回来见我。"

"是。"香武领着伊二来到厨房，向他做了些交代，转身回到卧室，"妈妈，您还有什么事？"

"孩子，我看这个伊二倒很诚实，也不贪财。只是他那双眼睛太亮了，你对他要多加注意。"

"嘻嘻，您也太多疑了，眼睛亮点有什么不好？早知您这样，不如找个瞎子。"

"贫嘴！"夫人也笑了起来。

时近中午，仍不见伊二送饭。夫人说道："香武，那个伊二初到咱家，大概不懂规矩。你去厨房，让他把饭菜送来。"

"行。"香武蹦蹦跳跳来到厨房，进门一看就愣了，只见伊二正在刷锅洗碗封炉子。他见香武进来，点头笑道："少爷，还有什么事吗？"

"啊？饭呢？"

"吃完啦。连碗都刷啦。"

"谁吃完啦？"

"我呀，炒竹笋、炖豆腐、小笼馒头，外加一碗白菜汤。"

"嘻！我和我妈的饭呢？"

"怎么？你们的饭也归我做？"

"你……"香武差点背过气去。心中暗想：我家花钱，雇你自己给自己做饭吃，世上有这种事吗？他本想发作，但是又一想：伊二是乡下人，不懂规矩。又那么大岁数了，我别跟他摆少爷架子。于是说道："这事怪我，事先应该告诉你，我家请你来，主要是为我母子做饭。当然，你也跟着一块吃，还有个丫鬟。所以你每顿要做四个人的饭，不能只做你自己的。这回明白了吗？"

"你早说呀，我寻思用你家米面给自己做饭，每月还给一两半银子呢！"

"我家是疯是傻？赶紧再弄点吧，我妈要饿坏啦。"

"好说。"伊二果然有点手艺，片刻之工就炒了两盘菜。现成的馒头，连同小米粥一起送到上房。李氏皱了皱眉头："香武，怎么这样慢？"

"这……妈，伊二刚来，手忙脚乱的，头顿饭难免晚了点。"

"太太，少爷哄您呢，其实我……"伊二没等说完，香武冲他一摆手："你回厨房吧，这里不用侍候了。"

"香武，"李氏见伊二出去了，回头问道，"这是怎么回事？"

"没什么，您趁热快吃吧。"

"嗯。"李氏见孩子不愿多说，也就不问了。吃罢午饭，又到晚饭。母子都饿了，仍不见伊二。香武起身说道："妈，我再去看看，伊二刚来，大概手脚太慢。"

"我与你一同去。"李氏白天就觉得蹊跷，便欲亲往。香武阻拦不住，陪同母亲来到厨房。晚饭是饺子，伊二正蹲在锅台旁边，一手端着吃碟，一手夹着筷子，只吃得满头汗。李氏一见心中动怒："伊二，好吃吗？"

"太太，好吃极啦，羊肉白菜馅，一咬流油。"

"我们有份吗？"

"有，少爷吩咐啦，每顿做四个人的。你们那份都在盖帘上放着呢。"

"哼，你倒抢先吃了呀？"

"太太，杀牛杀羊、厨子先尝。这是老规矩。"

"我家可雇不起你。你虽然只干了一天，我给你一个月的工钱，请吧。"

"妈，"香武一拽母亲的衣襟，"您别生气。天这么晚了，您让他到哪儿去呀？"

"少爷说得对。再者说，你家从竹林子把我请来的，必须把我送回竹林子才行。"

"真是太不讲理了！"夫人暗想：我早就看他眼睛冒光，不像善良人。必须把他尽快打发走："香武，明天一早送他回什么竹林子吧，往后看人得仔细点！"说罢，一甩袖子回归卧室，气得没吃晚饭。

香武见母亲生气而去，扭头埋怨道："伊二，我跟你倒是挺投缘的，可是你也太过分了。完啦，明天走吧。"

"你得送我！"

"行啦，行啦！早点歇着吧。"

次日清晨，伊二把小铁铲、小布袋带好。又领了一个月的工钱，跟随香武重返竹林。香武说道："这回行了吧，咱们后会有期。唉，你这脾气得改着点，要不然，混不上饭哪！"

"嘻嘻，我会的手艺多啦，不干厨子干别的，照样发财。"

"你？"香武摇了摇头。心中暗想，就凭你这呆头呆脑的还想发财？等着发送棺材吧。那人一见香武的神色，哈哈大笑："看样你是不信哪？得了，我马上露一手给你看看。"说着话，他用小铁铲砍下一支小孩胳膊粗细的老竹，两头削平，拿在手中。香武不知他要干什么，十分好奇地站在旁边观看。但见那人将这根五尺多高的竹竿立在地上。没等竹竿往下倒，他一提丹田气，双腿一纵，飞身而起。右脚尖点在竿头，金鸡独立，稳稳当当。随着竹竿的晃动，那人用身子去找平衡，立在竿头连转三圈。杨香武眼睛都看直了。他过去跟随周烽、霍亮练过几招，虽说稀松平常，却也多少明白一点轻功夫的道理。就凭人家这手功夫，他绝不是做饭的。香武抢行几步，抱腕当胸："英雄，您究竟是谁？因何假扮厨师戏弄于我？"

"哈哈，我不是戏弄你，而是在考查你呀！"

原来，梅映雪被周烽、霍亮送出监牢后，立即回住处取了财物。他知道飞天豹武成的厉害，不敢在乐亭县久留，马上动身南下寻找兄长。弟兄相会保定府,老镖头大侠梅映霜一见胞弟神色慌张,便知有事:"老二,又作案了吧?虽说是偷富济贫,也不能常干!"

"大哥,别提了。差点见不着您!"梅映雪将严府行盗,被捉被释之事细讲了一遍。大侠梅映霜听罢,连连摇头:"老二,好险哪!若不是碰上这样的好官,那就完了。"

"谁说不是呢。救命之恩,我必当报答。大哥,这些文具、玩物是我为侄女偷的,您给她捎去吧。"

"孩子还小,你又何必为她去冒险?"

"这也算当叔叔的一点心意。"

弟兄二人在保定府逗留了几天。由于大侠梅映霜还要往山海关押运镖银,弟兄只好分手。梅映雪一心要报老县令之恩,只愁没有机会。半年过去,他重返乐亭县,带着两份厚礼去探望周烽、霍亮。二公差热情款待,又对他说,"梅兄,您的心意我们领了,只是厚礼绝不能收。"

"怎么?怕来路不明吗?"

"言重了。我俩也是绿林出身,有什么可怕的?"

"既然如此,为什么不收礼物?"

"实不相瞒。前些日子杨老爷故去了。剩下孤儿寡母,贫困交加。梅兄若是有意,就将这两份厚礼送给杨老爷家吧,也算他老人家不白救你一回。"

"啊?杨大人去了?"梅映雪眼圈一红,"二位贤弟,我与杨家素昧生平,人家能收我的钱吗?"

"你这神偷手怎么蒙住了?明着不收,你暗中送啊。"

"对。二位贤弟,我这次带的钱不多,只好把你们二位的礼物转送杨府。下次再报答二位。"

"用不着。你打算怎么送?"

"今夜三更,我去探杨府,将钱财扔到他家院中吧。"

"不行,杨氏母子,尤其是那位少爷杨香武,他聪明过人,品德端正。对意外之财绝不能收,非扔出去不可。"

"这就难了。"

"你最好与杨香武拉上点关系,等混熟之后,再找个借口赠送。"

"他一个县令少爷，我怎么与他拉关系？"

"这……有了！"周烽一拍桌子，"那位少爷最喜武功，一学就会。从前跟我们哥儿俩练过几天，你知道，我俩这点功夫实在平常，比起你来天地之差。干脆，你就收他当个徒弟，那孩子学会武功，也是一生的出路。"

"嗯，"梅映雪犹豫了一会儿，"不过，我们这门专讲一个'偷'字。门人品德若好，会偷富济贫、行侠仗义。品德若是不好，见谁偷谁，必然败坏门风，那样一来，可就……"

"梅兄放心，香武那孩子端正得很，如果不信，你可亲自考查。"

"好吧。"梅映雪将两份礼物带回店房，当晚夜探杨府。他趴到房脊上，正听香武劝母亲找个厨子做饭。梅映雪暗想：这孩子倒有份孝心，我何不假扮厨子先考查考查他。次日清晨，二侠伏在竹林等候杨香武。依他本意，打算在香武路经此处时与他搭话，谁料香武奔竹林而来，这就更方便了，于是顺理成章，到杨家去做饭。虽然只有一天，二侠已看出香武的本色。午饭自己独吃，孩子替他隐瞒了，证明香武怜悯穷人。晚饭又闹一回，香武仍不端小主人的架子，并将自己送归竹林。看来孺子可教，我何不收他为徒。既扩大了门户，又报答杨老爷救命之恩。想到这里，梅映雪才露了一手"竿头独立"。把个杨香武看得目瞪口呆。

"少爷，"二侠纵身跳下，手扶竹竿问道，"这手功夫能混饭吃吧？"

"岂止混饭？简直可以纵横天下。壮士，您就别管我叫少爷了。请问你真名实姓？"

"我说了姓名你可别害怕，我就是偷盗严府的一枝梅！"

"盗侠！"香武大惊，"英雄，您怎么会到这来？"

"报答你父亲救命之恩哪。"

"什么恩不恩的，您收我当徒弟吧，我听周烽、霍亮说过，您是绿林中的豪杰！"

"你过来。"梅映雪用手摸了摸香武的两肋和双腿。这孩子外形很瘦，却是宽骨骨、仙鹤腿。武林中称作"凤"型。硬龙、软凤、猛虎、重象，都是武术界难得的材料，杨香武恰是软功型。把个梅映雪喜得眉开眼笑："行，我就收下你。"说罢，他蹲下搂了一堆土，又在土堆上插上三根嫩竹枝："这叫堆土为炉，插草为香，磕头吧。"

"师父在上，受徒儿一拜。"香武跪下行了师徒大礼。梅映雪双手扶起："徒儿，按说绿林道收徒时要撒绿林帖、绿林束，请来本门豪杰，才会被人承认。现在没这机会，我只能算你一个'引进师'。以后你还可以正式摆香堂拜别人为师，学到更多的武艺。"

"您说远了。一日是师，终身是父。我读了三年书，这道理还是懂得的。师父，什么时候开始教我?"

"当然越快越好。只是如何对你母亲说呢?"

"我自有办法。师父，请您明天中午背着半袋竹笋到我家门前，如此这般，这般如此。"

"嘿，小小年纪，道眼可不少。能行吗?"

"您放心去吧。"香武告别师父，回到家中。次日中午，杨香武突然二目发直，神色不安："妈，我肚子疼!"

"早晨吃什么了? 快躺下歇会儿。"

"哎呀，肠子要折了! 疼死我了!"香武躺在床上打滚，可把李氏吓坏了，丈夫已故，儿子再有危险，自己怎么活呀? 夫人慌慌张张地给香武盖上棉被，这孩子好似睡去。夫人刚刚松了口气，香武突然睁开二目："妈，我梦见门外来了救星，快请他进来吧!"

"你烧得说胡话吗?"

"妈，救命啊，疼死我了!"

"彩云，彩云，快去门外看看，若有人路过，就把他请进来。"

"是。"小丫鬟彩云去不多时，果然领进一人。夫人一看，这不是厨子伊二吗? 他怎么又来了? 香武往地下一滚趴下就磕头："活神仙，快救命!"

"噢，少爷怎么的了?"

"伊二，"李氏一边抹眼泪，一边叙道，"他说肚子疼，并说门外来了救星。你真能救他吗? 多少钱都行!"

"待我看来。"伊二扒开香武的眼皮看了看，摇头笑道，"不妨事，请太太放心。"话罢，从口袋中取出一节竹笋，又用铁铲削了几下说："吃下去就好了。"

"伊二，不凉吗?"

"少爷得的是热肠痧，以凉克热，药到病除。"

"老天保佑哇！"李氏半信半疑，见香武吃了竹笋，立刻挺身而起："真灵。妈，您千万别放他走，我怕再犯病没人救我！"

"行，行啊！"李氏破涕为笑，"这病来得怪，大概是天意。伊二，你就住下吧，我家白养着你。"

"太太，实话对您说，我本不是厨子，乃江湖郎中。因见你家庭院是块风水宝地，想借此种点药材，所以才假扮厨子，谁料被太太识破。"

"厨子也好，郎中也好，只要你不走就行。我家庭院你随便使用，种什药材我也不管。"

"我这叫借地生财，所得利润，各分一半。否则我就告辞。"

"行，行。"李氏心想：种药材能得多少钱？顶多卖个十两八两的。我也不能收他的，先把他稳住就行。所以满口应承。其实，这对师徒作假十分明显，稍加注意就能识破。怎奈李氏当局者迷，完全信以为真。香武在旁也挺纳闷：师父怎么了？昨天做圈套时没有种药一说呀？他怎么冒出这么件事来？孩子哪里知道，梅映雪想以种药为借口，暗中赠金。果然，第一批种了点草药，二侠硬说卖银一千两，各分五百。紧接着又卖几次，杨家渐渐富足起来。至于金银来源，自然出自那些恶财主，坏赃官。此乃后话，只在此处做个交代。

梅映雪落足杨家后，每日四更天便带香武到竹林练艺。首先练跑，二侠领着香武围着竹林转圈，一前一后越转越快。后来让香武自己转，单这一招就练了九个多月，把杨香武的双腿练得追风赶月，奇快无比。有了这项基本功，双腿也就有劲了。第二项便练蹦高，杨香武又练了九个多月，只练得纵身能蹿六七尺高。第三项是"纵"，也就是跳远，第四项是"滚"，各练九个月。这样一来，跑、蹦、纵、滚的轻功夫都成了，一共四九三十六个月，也就是整整三年。第四年春天，梅二侠求周烽、霍亮为香武定制了一把小单刀，这口刀钢口不错，样子也挺好看，乃是乐亭县高手李一炉亲自打造。配上鱼皮鞘、杏黄灯笼穗，杨香武无比喜爱。从这年起，梅二侠教他刀法，先教进攻，仍是九个月，再教退守，还是九个月，然后是各路绝招，什么六合刀、连环刀、反背刀、绝命刀又连教九个月。最后教他梅家祖传刀法"十八路地滚刀"。这种招数与众不同，乃是躺在地下，一边翻滚一边耍刀，专取对手的双腿双足，十人遇上九人伤。"十八路地滚刀"乃梅大侠独家创造，除了教给梅二侠，别人一律不会。由于杨香武身材瘦小，练起这路刀法更为合适。一晃又是九个月。进攻、退守、绝招再加上"地滚刀"，四九三十六个月，又是三年。六年间，把个杨香武练成轻如猿猴、快似狸猫，刀法绝伦，艺业无比。虽说梅二侠倾尽全部心血，倒也十分舒畅。这天收住刀法，二侠笑道："香武，你随我练艺六载，轻功、刀法基本成熟，最后我要教你本门真功了。"

"师父，何谓本门真功？"

"就是——偷！"

"什么？偷也算一功？"

"嘿嘿，你忘了为师的外号吗？我可叫'神偷一枝梅'呀！不过，这门真功很难学，除了形体，更重要的是意念。要想学偷，先得排除一个'贪'字。你敢保学会了偷，淡漠了贪吗？"

"敢！我对金银历来看得淡薄。"

"光说不行，先得对天盟誓。"

"遵命！"杨香武对天盟誓，若要贪财，不得善报。梅二侠扶起弟子，从次日起，便开始教"偷"。

这手功夫怎么练呢？因为世上贪心的人还有不少，这"偷"功只好保密。

再表李氏夫人，因思念丈夫，精神不振。香武虽说百般照护，夫人还是一病不起。终于在这年秋天病故。梅二侠帮助料理了丧事，对弟子说道："你八岁随我学艺，一晃七年，现已十五岁了。虽说尚未成人，也该到江湖上去闯荡闯荡。俗话说'一辈子不出马是小卒'，言之有理。更何况你父母双亡，没有后顾之忧。"

"师父，我听您的，待为母守孝之后，我就出去走走。"

"好吧。你守孝期间也不能练艺，师父正好有点私事，咱爷儿俩后会有期吧。"

"师父，您有什么私事？"

"我有一个朋友在南方开设镖局，生意一直不错。近几年来，浙江绍兴府黄三太也开了家三太镖局，他将那位朋友的生意抢去很多，朋友让我去帮助想想办法。由于教你练武，一直没去成，现在闲暇，正好前往。"

"师父，黄三太是个什么人？怎么抢人生意？"

"这不用你管，我走了。"师徒洒泪而别。

百日孝期已满，杨香武把家产托付给本村长辈，自己带些银子离开乐亭县。到哪儿去呢？既然师父奔南方，我也到南方去吧。顺便打听一下黄三太是何路人物。主意拿定，香武顺大路一直向南而下。尽管他武艺高强，终究是个十五岁的孩子，且没有出门的经验。没过三个月，身上的盘费便快要花尽了。这日来到江南名城，秀丽如画的苏州府。果真名不虚传，"上有天堂，下有苏杭"，苏州府别有一番景色。香武觉得腹中饥饿，摸了摸怀中所剩的银子，还够吃几顿饭的。于是登上一家酒楼。堂倌见他年少，又是北方佬，并没将他放在眼里。香武也不争这些，找了个座位，要了一些酒菜，低头吃了起来。忽然，他听旁边有人哧哧地笑，并小声说道："这人几天没吃饭了，头不抬、眼不睁的。"

"嗯？"香武一愣，知道这话是冲自己来的。不由得抬头细看。只见隔桌坐着两个少女，年龄都在十五六岁。长得如花似玉，十分美貌。从服饰看来，好像一主一仆。二女正对他窃窃私语。香武不由得来气：南方女孩真大方，竟敢独自下饭馆。我又没惹你们，笑我干什么？好男不跟女斗，快吃快走。

正在此时，楼梯声响。从下边又走来二人。前边这位公子年在十七八岁。白净净的面皮，一双小眼。一把抓的大辫子撒在脑后。身穿海蓝色长袍，脚蹬厚底皮靴，手拿洒金扇，一步三摇、三步九晃，来到店堂。后边跟的是个家奴。堂倌急忙上前："公子爷，里边请吧。难得您大驾光临。"

"好说。"公子四处瞄了瞄，忽然一笑，奔向二女而来。那位小姐一皱秀眉，就要躲开。公子一摆手："大妹子，咱俩有缘，今天又碰在一起了。没说的，我得请你一顿。"话罢，从怀里掏出一个五十两大元宝，"堂倌你看够不够？"

"公子，上等燕菜席才二十两一桌，您这是整个马蹄宝，用不了地用！我马上上菜。"

"势利眼！"香武小声骂了一句。

"沈公子，"小姐微微一笑，"您要真想请我，我得点贵菜。"

"随你便，越贵我越高兴。"

"堂倌，"小姐一摆手，"这个元宝过一会儿就归你，还不快上菜。"

"来喽！"钱能通神，堂倌忙了起来。什么海参、鲍鱼、翅子、龟蛋、燕窝、鹿唇、驼峰、鸭蹼，满满登登摆了一桌子。全楼的饭客顾不得吃喝，全向这里行"注目礼"。香武看着眼热，又不便如何。只在心里骂那姑娘：贱丫头，刚才笑话我，见到有钱的公子就暗送秋波，什么玩意儿！

忽然，姑娘从怀中掏出一方鲜红的手帕，好像没攥住，就要落在桌上。她急忙用双手一擎，又将手帕装了起来。别人都没在意，唯有香武是行家，他看得清清楚楚。姑娘借着手帕的遮盖，已将那个大元宝装进自己怀里。好快的手段，好急的眼法。杨香武不由得大惊：真高手也！没想到这么漂亮、这么体面的少女原来是个飞贼！

"堂倌，"少女面含微笑，"算账！"

"小姐，酒楼的规矩是饭后给钱。您还没吃呢，怎么就算账？"

"让你算你就算，少说废话！"

"是。"堂倌不敢多说，片刻取来账单，一共是四十七两二钱银子，姑娘点头笑道："给你一个马蹄宝，余下的是小柜。"

"多谢小姐。"堂倌满面春风，恭候领钱。那位公子为讨好姑娘，连连称是。他低头往桌上一看，傻了。别说马蹄宝，就连一两银子也没有了。那副尴尬样可想而知。姑娘粉面带笑，俊目含嗔："怎么了？快拿银子呀！"

"银，银子哪儿去了？刚才还在桌上放着呢，怎么不见了？"

"哼，不愿请客何必充大方？舍不得银子就别吹牛！春红，咱们走！"

"是。"丫鬟起身，陪同小姐走下酒楼。

"堂倌，给我也算账。"香武扔下一两银子，尾随二女奔上街头。走来走去，眼前闪出一道高大的院墙。时值初秋，院内枫树成片，鲜红似火。中间一道黑油漆的大门，五磴汉白玉台阶。门楼上悬挂一方金匾，上方"枫院"二字。那两位姑娘入门而去。

香武暗道：就冲那小姐的手段，这家肯定不是好人。我已囊空如洗，正缺钱花。何不今夜来枫院取点。对，就这么办！

夜深人静，杨香武在店房换上夜行衣，背后斜插小刀片。抬胳膊踢腿没有崩挂之处。尽管如此，第一次行盗难免紧张。他从后窗户跳出，纵身上房。那真叫"踏三江、走四海，万丈高楼脚下踩"，片刻来到枫院墙外。院墙高有丈二，只好靠飞抓才能翻越。他从怀里取出飞抓，一抖手抓住墙头。然后顺着绒绳往上爬。没费吹灰之力便进入院内。根据师父的传授，若偷大户得找库房。库房的特点是窗户小，离地面高。果然，西跨院正有一所这样的房子。杨香武为探虚实，他金钩倒挂，双足尖钩住房檐，头朝下、脚朝上，捅破窗户纸往里观看。借着月色，见屋中陈列许多箱柜，定是库房无疑。香武一飘身，如同四两棉花落地，一点响声都没有。他从怀中取出十三太保铜钥匙，这种钥匙一共十三把，能打开所有的大小锁头。

杨香武开锁进屋，奔向头号大柜而来。用同样手段打开大柜，不由得又惊又喜。见里边摆满了黄白之物，真是取之不尽。不过，师父曾教导过自己，切忌一个"贪"字。我不取黄金，只取一百两白银足矣！香武将两个马蹄宝装在怀中，又锁上大柜，扭头就往外走。刚到门前，忽听有人大笑："哈哈，只是小偷，并非大盗。两个元宝够花吗？"

第三回　遇一姑比武结秦晋
聚群雄贺号戴金花

　　杨香武抬头一看，门外站的正是白天所遇之女。被人家堵在屋里，怎么办呢？姑娘冲他一摆手："出来吧，屋里怪闷得慌的，院里风凉多了！"

　　"出去就出去，何必话中带刺！"香武将两个元宝掖紧了，迈步来到院中。原来外边还站着一个老叟，只见他年在六旬，光头无帽，脑后辫子已经花白。浑身穿宝蓝色缎子夹袍，外套青马甲。兜裆裤、薄底靴。浑身上下，一团精神。姑娘扭头笑道："爹，白天我就见他贼眉鼠眼地紧跟我们主仆，所以才让您老人家多多防备。嘿嘿，他果然来了。功夫不错，手段也高明，只是偷错了地方。咱们家闹贼还是头一回呢！"

　　"嘻嘻，"香武一声冷笑，"这有什么奇怪的？贼吃贼——越吃越肥！"

　　"小壮士，"老叟一愣，"你说这话是什么意思？"

　　"问你家小姐嘛！"

　　"女儿，你……"

　　"损贼！"姑娘脸蛋发红，幸喜夜间无人看清。老叟更加纳闷："小壮士，望你明谈。"

　　"老英雄，你家小姐在酒楼上戏耍一位阔少，众人面前偷人家一个马蹄宝。她不也是贼吗？我今夜双倍索取，并未多贪。只是不幸被你们发觉。"

　　"一姑！"老叟面含微怒，"小壮士所言是真的吗？"

"这……爹爹，邻居当铺的沈狗子几次想调戏孩儿。碍于情面，孩儿又不便对他发作，所以我才……"

"嗐！一姑，我几次告诉你，咱家已在绿林面前金盆洗手，不再干那事。你怎么不听劝告？失信绿林，老父颜面何在？"

"哼！"姑娘冷笑一声，柳眉倒竖、杏眼圆睁，冲着香武骂道，"都怪你这损贼多管闲事，惹得我爹生气。"

"笑话！"香武借着月色看那姑娘，见她年在十五六岁，青卷帕包头，身着一套水红色短靠，脚穿一双香牛皮底、水红缎子帮的绣花鞋，鞋尖上配着两个红绒球。面似桃花，眉清目秀，齿白唇红。俗话说"月下看美人"，更显得别有一番风韵。于是说道："小姐，你既敢偷人东西，还怕揭发吗？"

"少说废话，休走看剑！"姑娘抽出肋下的青锋宝剑，仙人指路，刺向杨香武。香武连忙躲开，摆手笑道："你家金银满柜，我只取一百两。小小数目也不值你下此毒手。好男不跟女斗，某家走了！"

"说得轻巧，我让你插翅难飞！"姑娘不依不饶，又是三剑。香武有些恼怒："丫头，念你是一女流，前后让你四剑，休当某家怕你。你若再不停剑，我可要还手了。"

"损贼，姑奶奶等你亮刀！"

"你才几岁就想当奶奶？"香武抽出小单刀，缠头过脑，迎向青锋剑。

"好刀法！"老叟站在一旁，口中赞美，并不劝阻。他心里有底，女儿的武艺是自己亲授，绝不能吃亏。果然，姑娘使的是"八仙剑"，但只见：

　　八仙剑，摇晃晃，东倒西歪把人伤。如醉酒，似痴狂，真真假假暗中藏。白蛇来吐芯，丹凤正朝阳，二郎担山追红日，跨马跳涧不慌张。上扎落叶藏衣式，下刺小腹带撩裆。八仙祝寿鸳鸯剑，金鸡独立站中央。学会一套"八仙剑"，定叫美名天下扬！

剑法开始还慢，越来越快。到后来只见剑光，不见人影。香武大惊：哎呀，不料她小小年纪，怀此绝技。今天晚上我要倒霉！怎么办？胜不了这丫头我就走不了，干脆，用绝招吧。想到此处，杨香武虚晃一刀，好似没站稳，扑通一声栽倒在地。姑娘冷笑，举剑要刺。忽见他就地翻滚：

> 小单刀，手中拎，又将刀法门路分。三才者，天地人；君亲师，在五伦，三才五伦玄中妙，只见刀光不见人。一路三分路，三路九路分。二九十八路，地滚刀法神！

"哎呀，地滚刀！"老叟看得清楚，不由得大惊失色。他话音未落，只见那人手起刀进，顺水推舟横扫女儿双足。老叟一闭眼：完啦！女儿将终身残疾！

"嘻嘻，损贼，你终究不是姑奶奶的对手吧！"这是女儿的声音。怎么回事？老叟睁眼一看，只见女儿用脚尖踩着那人的后腰，手擎宝剑，得意扬扬："爹，这小子活该倒霉，滚到一半就不动了，估计是把腰闪了。要不然我还难胜他呢！"

"噢？"老叟进前细看，更加吃惊。原来，姑娘鞋尖上的两朵红绒球早被那人削去。老叟暗道：这人武功非同小可，我原以为他要削去女儿双足，谁料他只削绒球。绒球离脚面只有一寸多远，一般人是收不住刀的。能掌握这种分寸，可见他腕上的功夫。再者说，这人也够个正人君子，他与一个年龄相仿的女孩交手，暗胜明败，不让女孩失去体面。可怜我女儿还沾沾自喜，人家给她留下双足，她还踩着人家不放呢！

"一姑，让他起来吧。"

"哼，动不动就把腰闪啦，这功夫怎么练的？"姑娘收回足尖，光顾了高兴，并未发觉绒球被削。香武翻身而起，拍了拍身上的尘土，回头笑道："老英雄，听您的意思，是放我走啦？"

"慢，小壮士，我问你家住哪里？姓甚名谁，从何人学艺？是谁教你这趟刀法？"

"问得倒挺详细，可我什么也不想告诉你。"

"哈哈，你不说我也知道。你刚才使的是'十八路地滚刀'，教你者乃一枝梅梅映雪!"

"啊!你是谁?"

"你师父没提过我吗?老朽乃枫院镖局老镖头,圣手无痕梅映霜!"

"圣手无痕梅映霜?"香武自言自语。心中暗想:我只知道师父有位哥哥,问他几次,师父一直避而不谈,原来就是这位老人家呀!

那么,梅映雪为什么不提哥哥呢?因为大侠梅映霜早已金盆洗手,不再行盗。而梅映雪本人还在继续偷富济贫。干他们这行的,总少不了犯案。一旦被捉,便会连累他人。为此,圈子越小越好。梅映雪考虑到这一层,才将哥哥之事隐瞒起来。谁料天缘凑巧,香武第一次行盗便误闯师伯家中。

既是师伯,不敢隐瞒。杨香武将自己的姓名及学艺经过简述了一遍。大侠梅映霜捻须而笑:"孩子,除了梅家,别人不会'地滚刀'。我早就看出你是老二的门徒。可是没想到你就是那位恩县杨大人的公子。杨大人义释我二弟的情况我早已听说了,快请公子堂上一述。"

"是。"杨香武偷了师伯,也觉得不好意思。来到客厅,双膝跪倒施了晚辈之礼。大侠梅映霜又叫过姑娘,含笑说道:"香武,这是你师妹梅一姑,从小野惯了,缺乏管教。你对她要多加原谅。一姑,快见你师哥。"

"师哥,"姑娘脸蛋发红,"大水冲了龙王庙,一家人不认一家人。我不知你是二叔的徒弟,刚才打了你,师哥可别往心里去呀!"

"哼!"大侠冷笑一声,"一姑,跟我练艺十年,常常自称巾帼豪杰呢。我都替你害羞。你师哥若不是刀下留情,你那双足早就没了!"

"爹爹,您说这话是什么意思?"

"你鞋尖的绒球哪儿去了?单刀再进一寸,你就废啦!还说人家闪了腰呢?真给梅家丢人!"

"啊?"姑娘这才低头细看。绒球果然不见,她用双手一捂脸,跑出了客厅。

天色渐亮。人逢喜事精神爽,老英雄毫无倦意。他对香武说道:"孩子,我很喜欢你,你就住在枫院吧。"

"师伯,您家怎么叫枫院呢?"

"我叫梅映霜,最喜枫树,所以栽种满院。枫树遇霜则红,象征我晚年的情景。"

"晚年情景？"

"是呀，我四十岁生日时，请来各路绿林豪杰，当众金盆洗手，改做镖头。"

"师伯，"香武稍有犹豫，"我师父偷富济贫，也不能算错。"

"哈哈，人各有志，你受你师父影响太深了。我来问你，几时拜的师？绿林英雄净谁参加？"

"师伯，我在七年前拜师，堆土为炉，插竹为香，并无人参加。"

"嘻！老二闯荡多年，怎么忘了绿林规矩？这样收徒谁会承认？"

"据我师父说，他只当引进师，我再拜别人，他也不管。"

"话虽如此，我梅家门人怎能另拜门户？香武，我见你武功虽说不错，尚有许多不足之处。你若不嫌弃，就再拜我一次，算我弟兄共同的徒儿。"

"孩儿当然愿意，只是您已金盆洗手，不再行偷，而我……"

"哈哈，我家老二把你害苦了。这样吧，你闯荡江湖时算我的弟子，偷富济贫时算老二的弟子。我不加干涉，总算行了吧？"

"师父在上，徒儿大礼参拜！"香武久闻师伯乃武林高手，急忙跪下磕头。大侠双手扶起："孩儿，按照常规，本应摆设香堂，遍请绿林。可是你已拜过我家老二学艺了，我就将开山门之礼仪免去。待你艺成出师时，一块操办吧。"

"全凭师父。"

"来呀，摆酒。"

"是。"仆从将酒席摆在客厅。大侠又吩咐道："香武不是外人，请你家小姐也来作陪。"

"是。"丫鬟奔往内宅。片刻跑来禀道："老爷，我家小姐哭成泪人了，老夫人正在百般劝解，小姐就是不听。"

"哭？她为什么要哭？"

"老爷，据小姐的奶妈说，因为，因为，因为……"丫鬟瞟了香武一眼，欲言又止。

"快说呀，怎么吞吞吐吐？"

"老爷，小姐的脾气您也知道，从来没吃过亏。昨天晚上被这位少爷欺侮了，说什么这位少爷碰了她的绣鞋。一个姑娘家没脸见人……"

"胡闹！都怨我将她惯宠坏了。香武，你稍候片刻，我去去就来。"

"师父，我初到您府就惹师妹生气，要不然我先躲躲？"

"不必。"大侠嘴里埋怨女儿，心中却很惦念。起身来到内宅。只见夫人与奶妈正劝一姑。一姑泪流满面，一头扑向父亲："爹，那小子拿刀捅我绣鞋，我可怎么活呀？"

"嗐！练武人家哪有那么多说道？何况他是你师哥！"

"他还是个男子呢！"姑娘胡搅起来。一句话提醒奶妈，她低声说道："老爷、太太，您家虽是练武的，也算大门大户。小姐讲究三从四德，您也别责怪她。我听说削小姐绣鞋的那位男子年龄挺相当，又是县令的公子，您何不将小姐终身许配给那人，一俊遮百丑，夫妻之间别说削鞋呀，就算……"

"打嘴！"夫人笑道，"老没正经的，你怎么想起这个主意？"

"我看挺好。"大侠梅映霜点头同意，"他父在世时与我梅家有恩，香武又是我弟兄共同的门徒。虽说其貌瘦小，却有一团精神。只要女儿同意，此事可定。"

"姑娘，"奶妈拍了拍小姐的后背，笑着问道，"你都听见了，乐意吗？"

"哼！"一姑脸蛋更红，突然一笑，跑向里屋。

"妥啦！"奶妈拍手说道，"这是同意了，快去告诉姑爷吧。"

"老爷，"夫人皱了皱眉，"虽然年貌相当，门第不错。可他们才十几岁呀。"

"太太，"奶妈将姑娘从小带大，感情极深，她听说杨香武是宦门后代，又有武功，便极力促成此事，"有苗不愁长，一年小，二年大，也不让他们立刻成亲，先订下来就是了。"

"言之有理，待我去问香武。"梅大侠转回客厅。

"师父，"香武正在坐卧不安，连忙问道，"师妹好一点吗？"

"香武，你十几了？"

"十五岁。"

"定过亲吗？"

"师伯，我还是个孩子，哪有定亲之说？"

"好，当父亲的不应该与女儿保媒，现在又找不到别人。香武，你看我家一姑如何？"

"帅父，您怎么会有这个意思？我还小呢。"

"我知道。暂时把婚事订下，你可愿意？"

"这……"香武见过一姑，又知其武艺，岂有反对之理，"师父，弟子父母双亡，一切凭您做主。"

"好，拿酒来！"大侠招下爱婿，自然十分畅快。

次日，杨香武二次学艺。梅大侠的功夫比起梅二侠高出数倍。再加上香武早有根基，名师高徒，其长进可想而知。

一晃又是五年，杨香武已经二十岁了。出落得中等身材，满身豪气，艺业大胜当年。这天八月初五，大侠将他叫进客厅："徒儿，按绿林规矩，本当三年师满。由于你又是我的女婿，我才多教了你二年。实话对你说，你身上的功夫已不在为师之下了。只要走得正、行得端，很快就会名扬绿林。为此，为师打算在八月十五让你出徒。"

"师父，孩儿应该再学几年。"

"不必了。我明天就派人去撒绿林帖、绿林柬。将上三门、下四门的英雄全都请来……"

"师父，人家都说上三门、下五门，您怎么说'下四门'？咱们又属于哪门哪户？"

"这些事情一直没对你说过，今日要全部讲给你听。咱们绿林道一共有八个门户，那就是下三、下五。所谓'上三门'，指的是：武当、少林、峨眉，他们学会武艺，或报效国家，或开设武馆，或保镖押运，最次的也当护院教师，总之一句，都是自食其力，靠功夫谋生。'下五门'就不同了，指的是：黑虎、白猿、玄狐、鹌鹑、蝴蝶五种。黑虎门靠拦路劫道，白猿门靠夜间行偷，玄狐门靠坑蒙拐骗，鹌鹑门靠赌博弄鬼，至于蝴蝶门就更坏了，专讲采花盗柳。咱们家属于下五门第二位，也就是白猿门，以偷为生。不过，白猿门内部分两个支派，一支叫'上白猿'，只偷富济贫，最忌'贪'字；另一支叫'下白猿'，见什么偷什么，甚至尽干伤天害理之事。咱家当然属于第一支。为师早年收过两个弟子，也就是你的二位师兄。大师兄复姓欧阳，单名德，外号人称'怪侠小东方'。这个师兄侠肝义胆、为人正派，武功绝伦。虽说有点'怪'，但终究落了个'侠'字。日后你若能见到此人，要与他多亲近些。你二师兄姓孙名孝方，外号'黑手昆仑奴'，此人武功虽说很好，可惜他心术不正，专爱挑拨离间、搬弄是非。你若遇见他时，且要多加小心，对他的话不听为妙。"

"师父，我都记下了。您刚才说要请上三门、下四门，不知少哪一门呢？"

"当然是蝴蝶门。该门弟子专讲夜入民宅、奸人妻女。他们采花盗柳，也是自知理亏，所以不与任何门户往来。你的出师仪礼也就不必请他们参加。"

"师父，弟子还有一事不明。他们上三门欺侮咱们下五门吗？"

"历来是井水不犯河水。当然，你若抢了他们的镖银，或者偷盗了他们的主人，那就是另外一码事了。按说，咱们下五门的各种礼仪，从来不请上三门参加。唯有我例外，因为我已金盆洗手，改做镖头。这样就与上三、下五皆有交情，所以请他们都来。哈哈，这也算个各路英雄大聚会吧。"

"师父为我过于操心了。"

"香武，等到那天，你必须当众演武，让大家看看你的艺业。如果大家满意，便要大家给你贺上一个外号。那就算成名了，你赶紧准备去吧。"

"是。"杨香武万没想到绿林上有这么多规矩，只好遵照师嘱，日夜练习武功。

眨眼十天，由于大侠梅映霜威望很高，各路英雄接到绿林帖、绿林束后，便纷纷来到枫院镖局。其中，有上三门的多胳膊刘德太、凤凰张茂隆、铁番杵蔡庆、花刀无羽箭刘世昌、雨雪豹苏永禄、鱼鹰子何路通、金眼雕邱成、铁臂熊褚彪、神手大将纪有德、八臂哪吒万君兆、飞天豹武成；也有下五门的青毛狮子吴大山、大斧将赛咬金樊成、赤发灵官马道青、赛瘟神戴诚、并力蟒韩寿、玉美人韩山、雪中蛇关宝、闪电手高奎、白脸狼马九、银戟将鲁豹、俏郎君罗英、玉麒麟神力太保高俊、恶太岁张耀联、恶法师马道玄。诸好汉相聚，或谈风俗名胜，或向大侠祝贺，至于门户之事皆闭口不涉。梅映霜春风满面，向诸人禀手："各位弟兄，老朽何德之能，蒙各位如此赏脸。多谢了。"

"梅大侠，"恶法师马道玄捻须笑道，"咱们下五门理当到场，难得上三门来了这么些人，你当向他们致谢。"

"都当致谢。马道爷请用茶。"

这位马道玄年在五十多岁，头戴深紫色瓦笼九梁道巾，身穿深紫色八卦仙衣，布袜云履，背插拂尘。白净净的面皮五柳长髯，慈眉善目，道骨仙风，真有几分飘飘脱尘之态。而实际上，此人乃玄狐门第三掌门人，专干那些坑蒙拐骗的坏事，所以外号人称"恶法师"。今日聚会，别人都不谈门户，唯有他往这上引话，意欲制造矛盾。梅映霜唯恐出事，连连用话岔开。

天至辰时，大家仍在喝茶，按理说，梅大侠早该把徒弟杨香武领出来见见宾客，然后演武献艺，请大家评论。否则就要耽误午宴。那么，梅大侠为什么迟迟不动呢？原来他在等一个人。他若不来，香堂仪式将大大逊色。又过了半个时辰，各路豪杰都觉得纳闷，纷纷低声议论：梅大侠的徒弟怎么还不露面？难道今日不演武吗？梅映霜心中更是着急，暗自想道：莫非他没接到请帖？不会呀，请帖是专人送去的，他不会不见。既然如此，为什么不来呢？

原来，梅大侠要等的这个人姓黄名三太，人送外号"飞镖南霸天"。

黄三太自幼拜神镖将胜英胜子川为师，学就一身武艺，英勇无敌。尤其是怀揣三支龙头凤尾紫金镖，百发百中，从不虚掷。早在二年之前，江苏、江西、浙江三省联合举办过一次擂台，设擂六十天，黄三太独占鳌头，力挫群英。为此，三省巡抚联名赠他一块金匾，上书"威震三江"四个大字。此人今年刚刚三十岁，在浙江绍兴府开设一家"三太镖局"，生意兴隆，收入颇丰。

黄三太武艺超群，很重义气，轻钱财，济困扶危，虚怀若谷。深受绿林豪杰的爱戴。因此，凡是他的镖车，只要插上"三太镖局"的小红旗，即可走遍天下。绿林道敬他人品、惧他武艺，所以从不劫他。即使有误劫的，黄三太也不去攻打，只派人拿着自己的紫金镖去讨要，绿林道一见金镖，必然奉还。万一凑不足原数，黄三太就自己垫上，并不让绿林朋友为难。

去年秋天，江苏、江西、浙江三省镖头曾经大聚会，共同商议镖局业务。出于对黄三太的尊敬，各路镖头一致推举他为三江总镖主。梅大侠的枫院镖局设在苏州府，自然隶属三江。今日香堂盛会，总镖主岂有不来之理？

时近中午，黄三太仍是迟迟未到。梅映霜坐不稳了。若再等下去，必然惹怒群雄。万般无奈，禀手苦笑："诸位豪杰，待我招来小徒，让他当众献丑。"

其时，杨香武早已坐卧不宁。他知道人家都来了，自己是今天的主角，可是师父没传自己，又不能贸然登堂。急得他在演武厅来回直转。忽见师父推门而入，忙上前问道："师父，您怎么才来呀？"

"一言难尽，以后再告诉你吧，快随我来。"师徒二人来到客厅，众豪杰见杨香武一团精神，不由得暗暗称赞。梅大侠将众人一一介绍。有的称师伯，有的称师叔，也有的是平辈，以弟兄相论。当介绍到飞天豹武成时，香武一愣，心中暗道：十二年前，这个飞天豹武成曾在乐亭县协助恶侍郎严景章捉拿我师一枝梅，他怎么也来了？此时不便重提旧事，只是多看了武成几眼。武成并不知道香武是杨县令之子，也不知道梅大侠是梅二侠的胞兄。否则他也不会来。至于梅大侠虽知武成捉过胞弟，并不以为意。一来人家武成是替主捉贼，理所当然；二来事隔十余载，也该放弃前嫌，不记旧怨。所以对武成依旧热情款待。武成见香武打量自己，还以为自己名声大，引人注意呢，不由得暗暗高兴。

梅大侠介绍完毕，礼仪开始。免不了拜祖师、拜宗师、拜门长等一套章法。焚香之后，大侠取出一个金漆托盘，盘中放着一把小单刀。这口刀是梅大侠用重金买来娃娃铁，再加上东洋倭钢合金打造而成。体积小，重量大，虽说不能削铁如泥，却也是立刃吹毛，价值百金。比杨香武原来那把刀强万倍。香武磕头谢恩，将单刀插在背后。

礼仪完毕，演武开始。众人来到演厅，团团落座。杨香武先练了一套拳脚，根据他的身形，练的是套猴拳，只见他：身形倒退，独立金鸡。紧腰带、提靴子，抬抬胳膊伸伸腿，周身上下紧称利落，毫无崩挂之处。立好门户，先来了个小开门。走形门，迈步眼；转身躯、垂双肩。真敢称：拳似流星眼似电，腿似蛇弓脚似钻。缩小绵软巧、挨、帮、紧、靠。还敢称：眼又贼、腿又随、手又准、力又狠！全套功夫没等练完，四周彩声连成一片。

第二项是刀法。别的招数拿不出手去，香武开板就耍地滚刀。如今的地滚刀经梅大侠指点，比起五年前初到枫院时又强多了。其效果可想而知。

第三项是轻功，这是香武的"拿手活"。比起拳脚、刀法更高出一头。在场的都是武林高手，这些"练家子"把眼睛都看直了。直到练完了老半天，才爆出掌声。飞天豹武成屈指称道："妙极了！名师出高徒，应为香武贺号戴花！"

"对，应该贺号戴花！"众人随声附和。这样一来，倒把梅大侠闹得不好说话。原来，根据绿林规矩，弟子出徒时，都要请人参加，目的是被社会承认也就行了。如果徒弟武艺很高，便可以贺上一个外号，这则是很大的荣誉。至于戴花，那是极为罕见的。只有了不起的高手才能得到这种殊荣。一般武士，闯荡江湖十几年也轮不到此项待遇。今日，众人要给香武贺号戴花，实在出人意料。大侠梅映霜连连摆手："各位豪杰，小徒何能所有？依我看，只给他贺号就不错了，戴花实不敢当。"

"嘿嘿，言之差矣！"恶法师马道玄一声冷笑，"据贫道所知，早在十九年前，南霸天飞镖黄三太艺成出师时，就曾当场贺号戴花。他们上三门能戴，我们下五门为什么不能戴？更何况这是飞天镖武成的提议，武壮士乃正宗武当派，你若驳回，岂不卷了人家上三门的面子！"

"马道爷，"梅大侠心中不悦，暗自想道：久闻恶法师心术不正，专干挑拨离间的事情。果然不假，今日群雄会理当欢乐，他却总想引起门户之争。我得说他几句："您这话说得不太合适，小徒杨香武怎比黄三太？想那黄三太乃天下第一英雄，不仅武艺精深，而且为人仗义……"

"哈哈，我拦你一句。"马道玄阴阳怪气，"梅大侠既然这样敬他，请问，你摆香堂因何不请黄三太？"

"这个……"

"我懂了，人家不来对不对？嘿嘿，连梅大侠都不放在眼里，他还配当三江总镖主吗？"

"也许，也许他有事。"

"比香堂更重要吗？依贫道所见，千不怪、万不怪，只怪梅大侠不是上三门！"

马道玄为什么恨黄三太呢？这里另有一番缘故。原来，马道玄有个得意弟子名叫黄三元，外号人称"小蜜蜂"。按理说，小蜜蜂黄三元是玄狐门的人，本不该采花盗柳。可是他却违背门规，常常夜入民宅，奸人妻女。这还不算，黄三元在众人面前总是自称"黄三爷"，致使一些不明真相者把他当成了黄三太，使黄三太的名声蒙受损失。冤家路窄，有一次他在绍兴府行奸，恰被黄三太捉住。对此淫贼本当送交官府，可是黄三太念其师父马道玄乃玄狐门第三门长，所以将其释放。为了警告黄三元，黄三太令人削去他半个耳朵。黄三元伤势痊愈后，不仅不想改邪归正，而且在师父面前搬弄是非，说什么黄三太跟玄狐门过不去，先伤徒弟，后杀师父。马道玄不问真假，对黄三太恨之入骨。有心去算账，又知自己的武艺远远不如人家。只好忍气吞声，待机报仇。今日机会来了，他本想在上三、下五之间挑起事端，怎奈梅大侠眼明心亮，并不理会。

俗话说"人够一百、形形色色"，像梅大侠这样心胸的能有几人？在座的下五门豪杰们听了恶法师之言，人人怒打心头起，个个恶向胆边生："梅大侠，他黄三太也太小瞧咱们了。您开香堂他竟敢不来，眼里还有咱们下五门吗？"

"各位弟兄，"梅大侠连忙抱腕当胸，刚想替黄三太辩解，杨香武跳过来了："师父，众位师伯、师叔言之有理。那黄三太是个什么人物？您怎么这样惧他？徒儿不才，倒想会会这个黄三太！"

"大胆！"梅大侠正愁找不到借门呢，徒儿跳出来了，自己就好说话啦。他蚕眉紧皱，声音颤抖："小小年纪，口气狂妄！哼，你敢会黄三太？实话告诉你，就算比师父再高十倍的人，也不是黄三太的对手。香武，今日出师，师父还要嘱托你两句话：今后闯荡江湖，不怕没有本领，只怕没有品德！"

"哈哈，梅大侠呀，我只说了句笑谈，你又何必动怒呢！"马道玄一见梅大侠的态度，就知道挑拨不成了。与其不欢而散，不如奉承讨好："其实，他黄三太来与不来有什么关系？咱照样给令高徒贺号戴花。不过，我这个人最爱较真。您梅大侠在今虽是镖头，终究还算白猿门出身。白猿门弟子的最大特点是一个'偷'字。令高徒的武功没说的了，不知道这'偷'字如何？"

"马道爷，"香武年轻好胜，没等师父搭话，他凑到桌前，"您说偷什么？怎么偷都行。"

"好，不愧是白猿门弟子。"马道玄稍加犹豫，伸手从发髻里拔出一根金簪："香武，我若将这根金簪别在头上，你能偷走吗？"

"先让我看看。"香武眼珠乱转，接过金簪端详了一会儿，"太容易了，您把簪子别上吧，我先去告便。"香武转身出去。众人笑道："马道爷，演武厅里足有一百来位，还都是练家子。众目睽睽，您就别难为孩子了。您看，把香武都吓出尿来啦。"

"玩玩嘛，他偷不去金簪，咱照样给他贺号戴花。"话音刚落，香武笑嘻嘻的，一面结裤带一边往里走。来到马道玄对面，搬了把椅子坐下了："马道爷，金簪在您头上别着，四周都是眼睛。我若明偷，必被发觉。所以我想暗偷。"

"什么叫暗偷？"

"我要施展搬运法术，派一个人替我去偷。"

"嘻嘻，你想派谁？"

"毛遂！"

"谁？"

"春秋战国时，齐国有位神偷手，名叫毛遂。我派他去偷。"

"胡说八道，来吧。"

"请道爷将双手放在桌子上。"

"听你的。"马道玄将双手平放在桌上。香武伸出左手，按住马道玄的双手。又用右手往天上一指："毛遂听令，快去替我搬运金簪。"

"新鲜！"各路英雄把眼睛瞪得老大，都想看看毛遂长得什么模样。梅大侠心中暗骂：胡闹！

"好！"杨香武惊叫一声，"毛遂呀，金簪在马道爷头上别着呢，我送你去偷。"话罢，右手往地下一伸，好像真正送人。把在座的人闹得直发毛，香武黄眼珠一瞪："毛遂上脚面了，上膝盖了。对，拽住道爷的腰带往上爬。怎么这么笨？拽耳朵就能上去！"一句话，马道玄还真觉得耳朵有点疼。他刚想缩手去摸，香武用力一按："别动，小心把毛遂吓着。噢，金簪到手啦，下来吧。对，顺道爷后腰往下爬，下，再下点，过膝盖，过脚面，来，来。"香武又伸右手迎接。然后将拳头一张："道爷过目，金簪偷来啦！"

"啊？"马道玄大惊，见香武手中果然握有金簪，"哎呀，这是什么招？能不能教我？"

"不忙，光偷不算，我叫毛遂再把金簪给您戴上。"香武照原样又演了一遍。然后一挥手："毛遂去吧。"

"我摸摸。"马道玄脑后一摸，金簪果然又别上了，"这是怎么回事？世上真有搬运法吗？"

"哈哈。"众人看着马道玄的怪相，乐得几乎跌倒。杨香武笑着从靴筒里一伸手："马道爷，我这还有一支。您那支原封未动。"

"好小子，你敢戏耍我？"

"道爷，您让我偷金簪，这是强人所难。我不用搬运法能唬住您吗？"

"你这簪子哪儿来的？"

"刚才假装告便，在我师娘首饰盒里借来的。"

"有你的！"马道玄也笑了。

杨香武虽说装神弄鬼，却反映了他的聪明灵活。马道玄拍案叫道："有了，就贺他一个'赛毛遂'吧！"

"好，好一个赛毛遂！"众人异口同声，皆表赞成。贺号之后，就该戴花。可是梅大侠未料此举，现在已经措手不及。按照规矩，此花应该定制，做工必须完美。若随便买上一朵就失去了严肃性。现在，戴花的场面已经摆好了，再去定制也来不及。怎么办？当师父的汗都下来了。香武一见，低声说道："师父，我有一朵金花，不知能不能用？"

"什么花？哪儿来的？"

"当初，我父亲曾是索亲王的幕府，亲王离任时，将康熙老佛爷的御制金花赐给我父一朵。如今我父母双亡，金花在我身边携带。"

"太妙了！御制金花绝无仅有，快快取来我看。"

"是。"香武取来金花，花梗上果然刻有"御制"二字。至于成色与做工皆可想而知。

戴花完毕，大排酒宴。梅映霜满面春风，举杯致谢。酒未沾唇，门丁跑进客厅："禀，禀报老爷，浙江绍兴府黄三太派人手持金镖来到枫院！"

"啊？持镖来访？"梅映霜大吃一惊。

第四回　赛毛遂镖局盗金匾
南霸天客店逢宝刀

　　来访者姓季名全，外号"神眼"。这人是南霸天飞镖黄三太门下的一个弟子，论起武功，只算平常。可是他有个出奇之处，那就是眼睛最"尖"，不论是谁，他只要见过一面，便能十年不忘，所以才得了个"神眼"的雅号。那么季全今天干什么来了呢？这事还得从头说起。

　　话说浙江绍兴府萧山县有个武举人名叫武文华，人送外号"七达子"。他家有良田千顷，金银无数，乃江浙一带有名的财主。更为甚者，他有个义父名叫梁九公，现任康熙皇帝的总管太监。于是，武文华依仗着义父的权势，横行乡里，胡作非为，成了萧山县的一霸，历任县令都得让他三分。谁料在半年以前，萧山县来了一位新县令，姓彭名朋字友仁。此公乃两榜进士出身，忠正廉明，有识有胆。他到任一个月，连接七十二份状纸，状状皆告武文华。彭公大怒，立刻派差人捉来这个大恶霸，三推六问之后，拟成斩罪，并将公文上报刑部。

　　武文华虽被收监入狱，却有通天之手。他备下一份厚礼，又写了一封亲笔信，派家奴日夜兼程送往北京。他的义父梁九公见信之后，立刻为他打点官司，会通了刑部大臣吴天来、吏部大臣王虎臣联合下了一道公文，不仅赦免了武文华，而且又以"诬陷无辜"为口实，将彭县令罢官免职。

　　再说彭公有位好友名叫李五侯，他二人既是同榜进士，又是结盟兄弟。可惜"黄泉路上无老少"，李五侯三十二岁时一命呜呼了！临死之前，他对胞弟李七侯说道："愚兄一生最敬佩的人只有彭朋，他才干过人，品德出众，将来必是国家栋梁。你若能见到此人，必须鼎力协助，把他与我同等对待。"李五侯说罢，合目而逝。

李七侯是位武林豪杰，胯下一匹白马，手中一杆铁枪，敢称万夫不当之勇。他为哥哥办完丧事，便只身一人云游天下。三年之前，李七侯来到萧山县西边二十里的白马坡，不意被草寇拦住。经过交锋，那群草寇岂是他的对手？一个个跪倒求饶："好汉爷，就凭您的武功，请上我们白马坡当大寨主吧。"

"也罢。"李七侯行无定所，正想找个栖身之处，于是占山为王，成了白马坡大寨主。因为他爱骑白马，又占据白马坡，从此，绿林道上称他"白马李七侯"。他自入主之后，改变了山规，只准喽啰开荒种地、养猪养羊，却不准下山抢劫，糟蹋百姓。因而，当地山民对他十分崇敬。

自从彭公当上萧山县令之后，李七侯曾经左右为难。按理说，彭县令是亡兄的好友，应该去探望。可是自己身为山大王，又不便结交官府。怎么办呢？正在他犹豫之际，彭公被罢官免职了。李七侯这才打消顾虑，以故友之弟的身份，将彭公请上白马坡，日日热情招待。

再说李七侯有个好友名叫左玉春，此人是个"牛腿匠"，外号人称"吹破天"。他仗着能说会道，便在北京索亲王府中混了个护院教师。这天，左玉春借出差的机会来看李七侯，李七侯便将彭公遭受不白之冤的事情告诉了他。左玉春吹道："七哥，武文华认识梁九公，我认识索亲王。您给我准备五千两银子，我替彭公去打点官司。"

"太好了。只是我的白马坡靠种地为业，一时凑不齐那么些钱哪？"

"想办法去借，越快越好。"

"行，你容我三天，我准把银子凑齐。"

"七哥，你准备找谁借钱？"

"只有找黄三太了。那人仗义疏财、扶持正义。为清官洗冤，他一定肯帮忙。"李七侯瞒着彭公，亲往三太镖局。不出所料，黄三太立刻借给他四千两银子，再加上李七侯自己还有一千两，总算凑足数目，交给左玉春去托人情。

左玉春走后，季全向黄三太问道："师父，咱们镖局最近生意不好，您哪来的四千两银子？"

"除了我的一千两，还挪用了三千两镖银。"

"啊？"季全大惊，"师父，那三千两镖银是巡抚衙的，您怎么随便挪用？"

"为朋友两肋插刀，我只能这样了。"

原来，浙江巡抚特尔恭额的原籍在关东盛京府。特巡抚曾托三太镖局往老家押运三千两银子，谁料黄三太将这笔借给李七侯了。挪用官银，罪过很大，所以季全十分焦急。黄三太对徒弟说道："特巡抚家有万贯，他又非等米下锅，咱们挪用几天怕什么？"

"师父，总得还呢！"

"我自有办法。你立刻拿着我的三支金镖去三江各省总镖局，向他们每人借银一千两。再让他们把银子送往山海关，为师在那里等候他们。将来以银赎镖，绝无差错。"

"师父，您若亲自押运镖银，很可能会碰上意外。三支金镖不在身上，这，这能行吗？"

"只好如此了。你先去苏州府，梅大侠正收徒弟，为师去不成啦，你替我多加祝贺。"

"是。"季全带上三支金镖，头一站来到苏州。他见到梅大侠，献上金镖，说明来意。梅大侠满面带笑："哈哈，黄三爷凭镖借钱，没说的。来呀……"

"慢着。"杨香武拦住师父，扭头说道，"季全，你师父有多大本事？他未免太狂了吧？香堂盛会他不来，借钱倒是来了！还得我们送往山海关？哼，这未免欺人太甚！"

"嘻嘻，您就是小师叔杨香武吧？老侄有礼了。您听我说，我师父有点急事，他让我替他来祝贺。至于把镖银送往山海关，这也不算错。因为镖局之间常有代送之事。"说罢，季全鞠一躬。

其实，上三门与下五门之间并无师承关系。只要肩膀头相齐，便称弟兄。可是黄三太与梅映霜的顶门大弟子、怪侠欧阳德曾经八拜结交，称兄道弟。这样一来便将梅大侠尊为长辈。季全是黄三太的徒弟，便称梅大侠为"老祖"，虽与香武年岁仿佛，也得称人家"小师叔"。谁料杨香武软硬不吃，他遥想当年，启蒙师梅映雪离开自己时，曾说黄三太夺了朋友的生意，今日黄三太又不来香堂，反而让师父送银子，这分明是瞧不起我们！师父年老，被黄三太吓住了，我可不怕他。想到此处，香武一声冷笑："你们是上三门，我们是下五门，叫我'小师叔'实不敢当。管我师父借钱容易，请你亮家伙，若能打败我杨香武，别说一千两，就算一万两我们也借！嘿嘿，你要是败了，一两银子也休想拿走！抽刀吧！"

"说得对！"恶法师马道玄正愁找不着碴呢，一见香武动怒，连忙挑拨，"黄三太有什么了不起的？他根本没把咱们放在眼里。再说，他往关外押镖，为什么还管咱们借钱？叫我说，无非借这个机会想给巡抚家多送点，厌别人的银子替自己买通官府。好让官府再送他几块金匾。季全，我没说错吧？"

"马道爷，你怎么血口喷人？"

"你说，巡抚往家送多少钱？"

"白银三千两。"

"他给足数目没有？"

"当然给足了。"

"既给足了，为什么还让梅大侠送去一千？事情明摆着呢，多送一千有一千的好处。黄三太若是行贿应该自己掏腰包，别拿野猪还愿，梅大侠可不是冤大头！"

"这个……"季全张口结舌。他原以为凭镖借银，梅大侠绝不会多问，谁料"半路杀出个程咬金"，自己又不能将彭公之事说明，真叫季全左右为难。万般无奈，只得向梅大侠求救："老师祖，您借不借呀？说句痛快话！"季全一时性急，话音说得挺重。杨香武更来气了："哼，威胁我师父吗？姓季的，休走刀！"

"香武，还不住手！"梅大侠双眉紧皱，"黄三太是跟我姓梅的借钱，又没向你们借，这事与你们有何相干？"话到此处，狠狠地瞟了马道玄一眼，"我与黄三太叔侄相称，论交情嘛，一句话，我敬佩人家！凭镖借银，这是瞧得起我梅映霜。别说借一千两，就算他向我讨要整个枫院镖局，我都心甘情愿双手奉献！来人哪，取出一千两足银，再派刘胜、赵克押送山海关！"老英雄这番话把众人都镇住了，想说闲话的也不便再说。杨香武虽然有气，终不敢顶撞恩师。只是暗想：将来一待有机会，我定报今日之耻！

神眼季全谢过老镖头，不便再待下去，留下一支金镖，又奔向其余二省。绿林好汉们见梅大侠不悦，便纷纷告辞而去。老英雄送走诸客，传来徒儿训道："香武，你真是太不懂事了。恶法师马道玄算个什么东西？他比黄三太有天地之别！你为什么偏偏信他？你已经二十岁，不是孩子了。依我本意，原想让你与一姑尽快成亲，然后帮我料理镖局营业。现在看来，时机还不成熟哇。你还须单独去闯闯江湖，碰上几个钉子，遭上几次磨难，只有这样才能成为一个真正的豪杰。凭你一身武艺，还不至于吃亏。只望你遇事三思而行，切忌'莽撞'二字。待到五年之后重返枫院，那时与一姑成婚也不算晚。"说毕，老英雄扭头吩咐，"来呀，请夫人与小姐出来，一同为香武饯行。"

"是。"女仆奔往后宅。

封建社会和现在不同，现在青年男女订婚之后，恨不得天天看电影、遛马路。封建时期男女订婚后就不准再见面了。为此，香武在枫院学艺五载，很少见过一姑。今日姑娘亲自出来饯行，一来显得隆重，二来也看出了梅大侠的决心。香武明白，自己不走是不行的了。随师五载，情同父子。香武眼圈发热，泪洒前襟："师父，我不见师妹了。五年后不混出个样来不回枫院见您！"话罢，将脚一跺，磕了三个响头，转身离去。梅大侠暗想：就凭你今天这个举动，不出三个月，非碰钉子不可。

单说赛毛遂杨香武离开师父，万分惆怅：不怪别人，全怪黄三太！若不是因为他，师父也不能撵我走。到哪里去呢！干脆，去浙江绍兴府去访访黄三太吧，看他究竟是个何许人也。想到此处，杨香武便直奔绍兴。路上偷了几家富户，囊中银钱充足，吃喝住皆不发愁。非止一日来到绍兴。

时近中午，杨香武腹中饥饿，抬头看，眼前闪出一座酒楼，上挂横额，写着三个大字：天一仿。他拾阶而上，堂倌上前招待："壮士，里边请。"

"嗯，生意不错呀。"

这座酒楼很宽敞，靠东边有五间雅座，皆挂着白布门帘。不用问，准是都被人占满了。外间屋摆着二十几张方桌，每张方桌旁边都坐满了人，显得拥拥挤挤。杨香武在师父家清静惯了，一见人多，扭头想走。堂倌能让他走吗？放走客人老板不答应啊！于是一伸双臂：
"壮士，现在正是饭口，哪座酒楼都是满满的。我们这儿人多，说明
厨子手艺好，价钱便宜、店堂干净。要不然，请人家也请不来。您既
然来了就不能走，我给您挤个地方。"

"这……好吧。"碍于情面，杨香武跟着堂倌走进厅堂。堂倌很
精明，找到熟人桌前："刘二爷，您几位往一块凑凑，请这位壮士坐
这儿吧。"

"行，行。同船过渡皆是有缘，何况一桌吃饭了。"

"谢谢刘二爷，待会儿我孝敬您一碗高汤。"

"又拿刷锅水涮我？"刘二爷说句笑话，给杨香武空出一块桌面。
香武点了四个菜、两壶绍酒，自斟自饮。刘二爷有话没话地也搭讪几
句。正在此时，楼梯一响，从下边走上两个人来。香武抬头一看，前
边是个孩子，这孩子年龄在十一二岁，天庭饱满、地阁方圆，新剃的
头，脑后梳着一把抓的大辫子。脸上看，眉分八彩、目如朗星、鼻正
唇红、面色艳嫩。身穿蓝胡皱小大褂，高底靴子。简直就像个小银娃
娃一样。更出奇的是，孩子肋下挎着一把小单刀，铜吞口、铜什件，
绿鲨鱼皮鞘。香武心想：好俊的孩子，这么小就练武了。他正在寻
思，只见堂倌跑到跟前，打千施礼："哎哟，哪阵风把少爷吹来了？
您的功夫又长进了吧？"

"伙计，"身后的家将一摆手，"少爷今天上街，又渴又饿，你快
给他找个地方吧。"

"现成的雅座，请。"堂倌将那主仆二人领到一号雅座门前，高挑
白布帘，"少爷，这座行不行？"

"行，有个地方就行。"少爷倒很客气。堂倌一摇头："我们可不
敢将就，得罪了少爷，东家就得让我卷行李。少爷，您吃点什么？"

"随便吧，先来壶茶。"

"是。"堂倌转身退出，又将门帘放下。

杨香武双眉一皱，暗自骂道：这堂倌太势利眼了，难道我们不给
钱吗？把我往这儿挤，雅座空着，这叫什么买卖？他心中有气，将酒
杯往桌上一蹾，溅得四处都是。旁边的刘二爷冲他一笑："壮士，何
必动火？全绍兴府所有的酒楼都是这样，必须空出一个雅座，以备接

待贵客。咱也得为人家着想，若不留出雅座，贵客来了不抓瞎吗？"

"哼，一个十来岁的孩子也算贵客吗？"

"子随父贵，古今一理呀。"

"他爹是谁？知县？知府？巡抚？总督？皇帝？"

"别说气话。壮士，你身后背的是刀吗？"

"当然是刀。"

"既然背刀，肯定是练武的。练武的不认识他家，嘿嘿，说句难听的，还不如用这刀去卖切糕呢！"

"你！"杨香武不能跟老者撒气，只待操起酒壶，"刘二爷，我敬您老一杯。请您指教，他家姓甚名谁？"

"壮士，你可知道威震三江的黄三太吗？"

"听说过。"

"这位少爷就是黄镖头的公子，大号黄天霸。"

"噢！难怪人人怕他，原来是黄三太之子！"

"错了，不是人人怕他，而是人人敬他。看样你初到绍兴，久而自明。"刘二爷说罢，会钞而去。

杨香武看着黄天霸，想起黄三太，越想越恼，也会钞下楼。他在安静之处找了一家店房住下。当晚喝了两壶闷酒，本想早点睡觉。可是越想越睡不着，天到定更，翻身坐起。自言自语："就冲小儿黄天霸那股派头，他爹黄三太一定更狂。既然睡不着，我何不去黄府走走。"杨香武走出卧室，来到柜台。店伙计以为他酒后口渴，刚要烧水，香武一摆手："不用忙，我想问问三太镖局在什么地方。"

"客官，这么晚了……"

"黄三太是我朋友，我想明天一早就去看他，今天先问问方向。"

"您是黄三爷的朋友？嗐，怎么不早说。得了，别住那间屋了，后院有单间，设备也好，您挪后院去吧。走，我帮您拿东西。"

"伙计，看样你挺怕黄三太，连他的朋友都不敢得罪。"

"壮士，我们敬他还敬不过来呢，哪有怕的？快走吧。"店伙计把杨香武领到单间，又把三太镖局的位置讲明，告辞退去。杨香武暗骂：好一个黄三太，人人这样怕你，反而不敢明言，比地头蛇更凶几倍。我倒要会会你有多大本领！他关上屋门，换上铜口夜行衣，抬胳胳膊踢腿没有崩挂之处。然后推开后窗户，纵身上房，奔向镖局。

三太镖局坐落在城西，占地面积虽说不大，却很显眼。杨香武来到院外，见院墙高有六尺，用不着飞抓，只是轻轻一纵，便将胳膊挎上墙头。他探头往里看了看，四处漆黑，并无人影，忙将双腿一悠，越过院墙，轻轻飘落在地，毫无半点声音。进院之后，二次上房，脚踏瓦楞四处观看。突然，见东边来了一点灯光，杨香武曾在枫院学艺五年，他很懂镖局规矩，晚上不雇更夫，只有镖客查夜，这些镖客多少都会点武功。因而，香武急忙一缩身形。糟了，房瓦大概挂得太松，香武又太急，所以脚下嘎巴一响。这等于给屋里送信呢。大英雄讲究眼观六路，耳听八方，像黄三太这种人物，立即会觉出房上有人。为此，香武慌忙握住刀把，准备迎战。谁料等了半天，毫无动静，屋中似乎并未发觉。杨香武一声冷笑：哼，黄三太徒有其名，连这种响声都辨别不出来，还敢称什么"威震三江"呢！其实他不知道，黄三太早已离家奔往山海关了。杨香武头招得手，胆子更大了。心中暗想：我得让黄三太知道我的厉害。怎么办呢？最好是与他比武较量，分个输赢胜败。可是今夜又不能打，因为镖局是他的一亩三分地，弄不好会遭暗算。有了！黄三太既然藐视下五门，我何不给他点颜色，让他知道下五门手段高强。想到此处，杨香武站在瓦楞上，金鸡独立，借月色寻找库房。依他本意，想偷点值钱的东西，以此警告黄三太。谁料突然发现对面正房门框上边挂着一块匾额，隐隐约约上写"威震三江"四个黄金大字。香武一笑：对，我就偷它！

原来，这块金匾就是黄三太在三江擂上夺来的，赠匾者乃三江巡抚。按说，三位二品大员赠的金匾应该挂在大门之外，那样才显得荣耀。可是黄三太虚怀若谷，不愿显示自己，所以只将金匾挂在客厅门外。有人问：既然谦虚就别挂了，何必半明半暗呢？列位不知，清朝的巡抚算是封疆大吏了，他们联名赠匾，谁敢不挂？若是得罪了他们，便会让你死无葬身之地！杨香武初出茅庐，不知深浅。他飞身来到客厅房上，顺瓦楞走到房檐。也是该他走运，由于黄三太和季全都不在镖局，护院的镖客们难免松懈，所以谁也没发现他。杨香武见四处无人，忙用脚面钩住房檐，来了个"倒挂金钟"，伸出双手去摘金匾。这块匾足有三十斤，香武摘时比较费事。他用尽周身力气，总算挫断吊绳，取下金匾。然后又使了一个"鲤鱼打挺"，重新站上房檐。按理说，一个人头朝下，脚朝上，手里还拿着一块三十多斤的匾额，是很准重新站起的，更何况房檐还有一度的坡度。不过，多这事放在杨香武身上可就不难了，他先后学艺十二年，轻功绝伦，举世无双，所以盗下金匾易如反掌。

大功告成，不便久留。杨香武身负金匾离开镖局。走到街上，他可为难了。因为这块匾足有四尺长、二尺宽，往哪儿放呢？如果背到天亮，势必被人发现。当地百姓都认识这块匾，肯定会给自己招来麻烦。得了，一不做，二不休，眼前闪出曹娥江，我让它顺水漂流，归入东洋大海吧！想到此处，杨香武用力一掷，投匾入水。金匾漂漂晃晃，顺江东下。直到水路英雄鱼眼高桓在打鱼时捞出此匾，才重新奉还黄三太。此乃后话，暂且不提。

单说三太镖局，次日清晨才发现金匾被盗，举家大惊。若是普通匾额，照样再做一块也就行了。可是这块匾是三省巡抚赠的，丢失非同小可。更令人为难的是镖局主人黄三太此时不在家中，就连神眼季全也不知去向，怎么办哪？护院镖客万般无奈，只好报告小主人黄天霸。别看黄天霸才十二岁，却很沉着冷静："此事不必声张。据我估计，肯定是绿林好汉干的。"

"少爷，咱们镖头从来不得罪绿林人，他为什么偷匾？"

"只有等我父亲回来再说吧。现在不可外传，更不要让官府知晓。"

"依我们看，应该报官捉贼！"

"那样一闹，事情就大了。我父亲常说，武林内部的事，应尽量避免惊动官府。他老人家现在外出，一切由我做主。"

"是，我们听少爷的。"其实，众镖客也不想报官。因为他们是护院的，一经官府，必然追究他们的责任。既然少爷不让报官，镖客们何乐不为？这样一来，丢匾之事瞒得严严实实，除了镖局内部，外人一概不知道，只等黄三太回来处理。

再说南霸天飞镖黄三太离开绍兴府，单人独马奔往山海关。一路上少不了饥餐渴饮，夜宿晓行，这天进入山东境内。再往北走就是济南府了。长途跋涉，黄三太觉得有些劳累，所以想早点住店休息。抬头看，眼前闪出一座集镇，镇口立一石碑，上书"沙店"二字。黄三太催马向前，刚进镇口，只见大柳树下围着一群人。中间是个少妇，头戴麻冠、身穿重孝，面前铺着一张告白。上边写的是：亲夫初丧，家境贫寒，求四方君子赏钱葬夫。黄三太心地善良，刚要掏钱，忽听那边有人叹道："唉，着实可怜。家人，给她十两银子吧。"说话者是位十七八岁的年轻公子，听口气便知他十分富有。黄三太不由得细看，见那边立着三匹高头大马，一主二仆，穿戴皆很华贵。仆人遵照吩咐，从马匹褥套里取出一个小元宝，上前递与妇人："拿去吧，这是我家少爷赏你的，除了办丧事，还够你花几天的。"

"啊？"妇人有点不敢相信，"爷官，您赏这么些钱，是真的吗？"

"不是我赏，是我们公子赏的。"

"多谢公子。"妇人满面热泪，跪趴在公子马前，响头碰地，"小妇人来世变牛变马也要报答公子的大恩，祝愿公子金榜题名，代代做官……"

"不必多说了。你等钱葬夫，我余钱没用。十两纹银不足挂齿。快快去办丧事吧。"公子说罢一扭头，"家人，天气不早，咱也该住店了。"

"是。"家人答应一声，四处观望，寻找店房。黄三太暗想：这位公子仗义疏财，施恩不图报，看来人品很好。正在此时，忽听旁边有人说话："和字的，招把活。跨风子的火点，储头子海海的，昏天入窑，亮青子摘瓢！"这话谁也不懂，唯有黄三太明白。原来说的是一套盗贼术语！"和字的"是同伙；"招把活"是用眼快看；"跨风子的火点"是骑马那人很有钱；"储头子海海的"是银子特别多；"昏天入窑"是天黑之后到他屋里；"亮青子摘瓢"是拔刀砍脑袋！连贯起来就是"同伙快看，骑马的公子挺有钱，银子多去了，黑天之后咱去他屋，拔刀杀了他吧！"随着黑话走过两个人来，年龄都在二十出头，穿戴还算整齐。他们冲着公子打千施礼："少爷，好样的！您真是位大善人哪。不瞒您说，我们哥儿俩是本镇的老户，对那小妇人挺了解。可怜哪，丈夫死了七天，没钱抬不出去。您一下就赠十两银子，帮她大忙了。我们哥儿俩敬佩您，没别的，帮您找家店房吧。少爷请随我来。"

"多谢二位。"公子翻身下马，把丝缰交给了家人，"二位，那家店房好吗？我需要清静、整洁。"

"当然，那家店房叫鸿运客栈，在沙店属于头等啦，少爷放心吧。"

原来，鸿运客栈是家黑店，店主沙明远外号"宝刀手"。为什么叫"宝刀手"哇？原来沙明远的父亲就是开黑店的，数十年前曾谋害过一个武生，得了一口银龙宝刀。这口刀敢称切金断玉削铁如泥。沙明远继承了这口宝刀，更是无恶不作。死在他手下的旅客不下三十人。为了买卖兴隆，沙明远又派出十几个小贼"踩道"，把有钱的客人都引往鸿运店，刚才说黑话者便是其中的两个小贼。这些内幕，公子哪里知道。他还以为二人是一片好心呢！

黄三太见公子随二人而去，不由得一声冷笑：哼，我若赶不上，此事也就罢了。既然赶上了，就不能让你们"摘瓢"啦。搭救善良乃武林豪杰的分内之责。想到此处，他便尾随而去。走出不远，忽然发现公子马后还跟着一个人。这人三十多岁，穿青挂皂。虽然没带兵刃，肯定是个"练家子"。因为他太阳穴鼓着、眼珠子努着，宽肩膀、夸膀扇、马蜂腰、细长腿，一动一静都显出了功夫，这种外貌瞒不过黄三太的眼睛。他心中暗想：没有十年苦功，练不出这种体态，他是谁呢？莫非也是贼店的吗？如果真是这样，今晚就得费点事了。此时，那人也注意到黄三太，双方心中有数，皆尽在不言中。

来到鸿运店，两个小贼向店伙计耳语几句，伙计连忙带笑相迎。先将公子主仆的三匹马拴在槽头，好草好料喂上，又将公子领往上房。安顿完毕，才接待其他客人。黄三太和那位穿青挂皂的武生分别住在东西厢房。

单说飞镖黄三太，由于旅途劳累，本想早些休息。可是他心中惦记那位行善的公子，岂敢入睡。吃罢晚饭，他早早地将灯熄灭，和衣倒在床上。据他估计，一更天以前是不会出事的，贼人大多在后半夜才能下手。果然不出所料，天近三更，忽听房顶上嘎巴一响，分明是踩碎瓦片的声音。黄三太急忙坐起，手握刀把，刚想出屋，只听瓦楞又响两声。他心里明白了，这是故意弄响的。因为夜行人最忌声响，一时不慎有可能踩碎瓦片，但绝不会踩碎第二片。连发三响，这是试探我呢，目的是看我睡没睡着。难道我被贼人发觉了吗？怎么办？还是以静待动吧，看他们究竟如何？黄三太想到这里，二次躺在床上假装睡觉。过了片刻，房上又传来脚步声响，虽说很轻，却逃不了黄三太的耳朵。看样贼人走了。南霸天黄三太重新下床，将靴子提了提，大带勒了勒，浑身上下紧称利落。这才轻轻打开房门，来到院中。四处漆黑，不见人影，他抖身上房，站在瓦楞上四处观看。忽见正房房坡上有一条黑影，动作轻如猿猴，快似狸猫，看来轻功夫很深。为了防止对方发现自己，黄三太急忙一伏身，藏在房脊之下，只探出半个头来观察动静。二更刚过，但见从前院账房走来四人，一个个高抬足，轻落步，低头不语，来到上房门外。其中一人手持牛耳尖刀，顺着门缝插了进去。当时的房门都是木闩，只要轻轻拨动就能打开。黄三太看得清楚，知道他们要去图财害命。刚要拔刀相助，忽见一块飞簧石射向拨门人的手腕。那人疼得一声惨叫，抖手扔下牛耳尖刀。还没等他反应过来呢，一条黑影从房上纵下。手起刀落，拨门贼怪叫一声，尸首分离。动作之快，令人叹止。黄三太借月色看得清楚，那人正是穿青挂皂的武生。不用问，刚才踩我房瓦的一定也是他。这人什么身份呢？看样不像是贼店的同伙，也不像公子的保镖，十有八九是位绿林豪杰。他既然保护公子，我就暂且不动，让公子领他一人之情吧。黄三太正在思考，忽见前院又来了一群人，各持刀枪棍棒，灯球火把。为首者四十多岁，面貌凶恶，身材高大。他边走边问："喊什么？出事了吗？"

"掌柜的，"小贼说话带哭味，"大事不好，牛三让人家宰了！"

"什么？谁敢如此无理！难道不认识我沙明远吗？"

"嘿嘿，沙掌柜的，"武生面含冷笑，"我就是专为找你而来，岂有不识之理？"

"你，你是什么人？找本店东何干？"

"因为你开黑店害人太多，我替死者报仇来了！"

"说得容易，今晚我连你一块杀！来呀，快快将他拿下！"

"是！"小贼们蜂拥而上，各将刀枪刺向武生。武生艺高人胆大，毫无惧色。挥动手中刀，如同削瓜切菜一般，杀得众贼连滚带爬。

喊杀声惊动了旅客，胆小的藏起来一动不敢动，胆大的走出房门张望。正房的公子也被惊醒了，打开屋门，来到院中。他一见遍地死伤，鲜血淋淋，不由得大惊失色："哎呀，这是怎么回事？出人命了!"

"客官，"沙明远连忙答道，"今夜有匪徒明火执仗，砸抢店房。为了保护客官的安全，请各自回屋。刀枪无眼，受伤晚矣!"

"对，掌柜的想得周到。"旅客们都回房了，又将门闩紧紧插上，唯有那位年轻公子似乎没听懂，仍旧站在门外一动不动。宝刀手沙明远暗想：我今晚就是冲他来的，他既然主动找死，别怪我刀下无情。他刚想上前杀害公子，这才发觉来得太急，没带宝刀。于是扭头吩咐："马六，给你钥匙，从账房铁柜里去取银龙宝刀，速去速来!"

"是。"马六答应一声，接过钥匙而去。沙明远二目露出凶光，紧紧地盯着公子。公子似乎明白了自己的处境，这才转身回屋，又将门闩关紧。

再表那位武生，虽说刀法玄妙，敌贼终究太多，若想取胜比登天还难。黄三太在房上看得清楚，自己该下去了，否则武生要吃大亏。想到此处，抽出钢刀，抖身下房。沙明远大吃一惊，怎么又来一个？俗话说"行家看门道、力巴瞧热闹"，这贼酋乃是使刀的老手，他是一眼就看出了黄三太的刀法，不由得叫道："好招数!"喊叫声惊动了那位武生，他一边交手，一边用目瞟了一下黄三太，心中暗道：这人刀法强我百倍，不知他是何人？既然帮我，肯定是位绿林豪杰，今晚不能让他小瞧。武生想到此处，连忙变换了刀法，越战越勇。再加上黄三太武艺绝伦，群贼岂可抵挡？沙明远可急坏了，论真功夫，他自知不敌二将。可是银龙宝刀削铁如泥，能助自己八面威风。可惜刀不在手，气得他跺脚大骂："马六这厮行动太慢，怎么还不回来？朱七，你再去一趟，速取宝刀!"

"是。"朱七恨不得离开战场，闻主人吩咐，扭头就跑。去不多时，朱七面色苍白，回来禀告："掌柜的，马六早已死在路上，宝刀踪影不见!"

"什么？"沙明远可吓坏了。今晚取胜全凭宝刀，宝刀丢失必败无疑。他连声问道，"朱七，你没看错吗？"

"没错，马六死了，账房铁柜大开，银龙宝刀不知去向!"

"完啦!"沙明远一抖手："弟兄们，风紧，扯乎!"这又是两句黑话，意思是：形势不妙，快跑！群贼闻听，慌之慌如丧家之犬，忙之忙如漏网之鱼，一声呼哨，四散奔逃。

黄三太本意想追，可是见那武生呆呆发愣。过了良久，他才大叫一声："嘻，竹篮打水，气死某家！"

"英雄，"黄三太见他二目发红，青筋叠暴，只得问道，"出了什么事吗？不知英雄为何动怒？"

"请问，您是哪位？家住哪里？"

"不瞒英雄，在下乃浙江绍兴府望江岗聚杰村人氏，姓黄名三太。"

"噢？你就是南霸天飞镖黄三太吗？久仰、久仰，小弟这厢有礼。"

"不敢当，请问英雄大名？"

"黄三爷，我提一人你可认识？"

"不知是谁？"

"此人复姓欧阳，单名德字。人送外号'小东方'，又称'怪侠'。"

"哈哈，怪侠欧阳德乃我磕头弟兄。我与他八拜结交，亲如手足。"

"这就是了。欧阳德不是外人，他乃我家大师兄。我与他同为圣手无痕梅映霜的弟子。小弟姓孙名孝方，外号人称'黑手昆仑奴'。"

"哎呀，大水冲了龙王庙，原来是孙贤弟。你师兄曾在我面前多次提你，不料今日相逢，名不虚传，贤弟真英雄也！"

"惭愧，今晚栽了！"

"是呀，刚才贤弟暴怒，不知何故？"

"黄三爷不是外人，我就不瞒您了。实话对您说，我今夜不为救人，而专为宝刀！"

"此话怎讲？"

"三爷，咱们练武的若有一口宝家伙，本领如高十倍。据小弟所知，鸿运店店主沙明远曾藏有一口银龙宝刀，为此，我于一个月前便来到沙店。目的是盗出这口刀。怎奈沙明远诡计多端，他将刀藏于密处，一时很难找到。令小弟万分焦急。"

"是呀，宝刀不露，无从下手。"

"巧啦，昨日傍晚，那位富家公子赏银，用咱们绿林话说，这叫'露白'，所以被'踩道'小贼引入鸿运店。据小弟猜测，沙明远必于今夜图财害命，为此我来参战……"

"我明白了。凭贤弟的武功，沙明远必然亲自出马。他若出马，定用银龙宝刀。这也叫'露白'，孙贤弟，你想引蛇出洞啊！"

"三爷说得很对，只要他露出宝刀，就不愁刀到我手！"

"哈哈，既然这样有把握，又何必防备我呢？"

"防备您？此话怎讲？"

"你把我房上的瓦片故意踩碎了三块，想试探我吗？"

"这个……"孙孝方脸一红，"三爷的耳音我服了。其实，我真有点防备您，怕您也来夺刀。"

"君子不夺人之美，孙贤弟已经忙了一个多月，黄某岂能后来居上？"

"三爷的为人我早有耳闻，您绝不会先下手。可是刀却丢了，究竟被何人夺去了呢？"

"是呀，这事有些奇怪。看起来今晚还有个第三者，他的武功也许在你我弟兄之上！"二人正在院中议论，忽听房坡上有人"嘿嘿"一笑："要刀吗？我这儿倒有一口。"说罢，纵身而下。黄三太、孙孝方抬头一看："哎呀，原来是他！"

第五回　黄三太镖打白额虎
康熙帝御赐团龙衣

来者不是别人，正是白日赏银的那位少年公子。他满面堆笑，来到黄三太面前，双膝跪倒，响头碰地："叔父一向可好，孩儿给您施礼了。"

"啊？这位英雄，你是何人？因何唤我叔父？"

"嘻嘻，您老人家既是黄三太，当然就是我叔父。咱爷儿俩分手时，孩儿刚刚两岁，今年都十七岁了，您当然不会认识。"

"噢？你叫何名？父亲是谁？快快请起讲话。"

"谢谢叔父。"少年站起，又向孙孝方施了个礼，"我在房上已经听到了，您师兄欧阳德是我叔父的盟弟，我也得称您叔父吧。"

"不敢当，请小英雄通名。"

少年是谁？他家住京西宣化府，其祖父乃南七的六十三省总镖头胜英胜子川，江湖人称"神镖将"。数十年前，胜英胜子川凭着三支金镖、一支甩头，外加一口鱼鳞紫金刀，纵横天下，无人敢比。曾被江湖誉为"三支金镖压绿林、甩头一支震乾坤"。他又与孟凯、焦翅结为弟兄，被人称作"三侠"。有部评书叫《三侠剑》，专讲胜英之事。胜英之子名叫胜奎，外号人称"银头皓叟"。论起武艺只属中等，也没干过什么惊天动地的大事。胜英知儿子愚钝，也就不指望他了。晚年将全部精力集中到孙子胜官保身上。胜官保五岁随祖父练武，他天资聪敏、反应灵活，七八年中便练就一身好武艺，大有其祖之风。有一次，胜英与胜官保祖孙比武，银头皓叟胜奎在旁边观阵。比武完毕，胜奎对胜官保叹道："你父亲不如我父亲！"说罢，又扭头对胜英叹道："您儿子不如我儿子！"

"噢？"胜英听罢，哈哈大笑，"奎儿，不要自卑。你虽进中年，仍可努力。不像我，唉，老喽！只与官保比较了几个照面，就浑身冒汗。"

"父亲大人，您要保重身体，不可过于劳累。"

胜英的身体一天不如一天，在官保十五岁时，老英雄一病不起。临终之际对儿孙吩咐道："我闯荡江湖一生，并没留下什么财产。现在只剩三支金镖和一口鱼鳞宝刀。奎儿，你是我的独生儿子，本该将金镖、宝刀传留给你。怎奈你的武功实属平常，只能守业，不能创业，会使金镖、宝刀失去作用。"

"知子者莫如父，父亲说得很对。"胜奎眼含热泪，"二宝落入我手，不但失去作用，还会给孩儿增添烦恼。"胜奎这话很有道理。绿林人身佩宝物，势必引人注意。若没有护宝本领，不但失宝，就连性命也许搭上。这是普通常识，胜奎岂能不懂？胜英听罢点了点头："奎儿，你既然懂得这个道理，就别怪为父无情了。我死之后，鱼鳞紫金刀传给你儿官保，三支金镖传给你师弟黄三太。三太兴师时，我虽赠过他三支镖，但质地远不如我这三支。他现在已经成名了，当师父的应再助他一臂之力！"

"孩儿记住了，我立即派人给三太送信，让他来探望您老人家。"

"不必了。三太来信说，他最近要赴三江擂。这是成名的大好机会，不能耽误他。那孩子孝心过重，他若知我病危必弃擂而来，何苦呢？"

"是，我暂时不告诉三太。"

"不是暂时，三年之内都不准告诉他！"

"父亲，他是您顶门立户大弟子，为什么要瞒他三年？"

"奎儿，三太的品德你是了解的，他一生最重'孝''义'二字，若知我死，他必定守孝三年，闭门不出。这三年会误他很多事啊！当师父的不愿让弟子无声无息。"

"孩儿记住了，一定瞒他三年。"

"官保孙儿，"胜英摸着孩子的头发说，"你的武功早已强过你父，将来闯荡江湖很可能会成名。切记，不论何时都要学你师叔黄三太，不仅要学他武艺，更要学他品德。你若能赶上你师叔一半，祖父便含笑九泉了。"

"爷爷，我也记住了。将来见到师叔，一定与他多加亲近。"

"这样我就放心了。"胜英说罢，含笑而逝。

胜奎、胜官保为老人家办理了丧事。遵照遗嘱，一直瞒着黄三太。逢年过节黄三太派人送礼，胜奎在回信中总说父亲很好，师弟勿念。把死讯瞒得严严实实。

三年过去了。胜官保已经是个十七岁的少年。出息得面貌英俊，身材修长，武功也大有长进。这天，胜奎叫来儿子说道："保儿，你祖父已故三年，如今该告诉你黄师叔了。"

"是呀，派人给师叔报丧吧。"

"你师叔前几天来信说，他母亲要庆七十大寿，请我参加。为父身体不爽，最近也不想出门，所以想派你去一趟。在拜寿之后，再将你祖父的死讯告诉师叔，省得他伤心难过，影响喜期。"

"是，不知让孩儿几时动身？"

"早些去吧，报丧之后暂不急归，留在你师叔跟前，也好向他学些本领。还有，你祖父那三支紫金镖现供祖先堂，明日一早把它请出来你给师叔捎去。"

"是，父亲大人，祖父留下的那口鱼鳞宝刀，您能让我使用吗？"

"留给你的，当然可以使用。不过……"胜奎犹豫了一会儿，"保儿，你祖父闯荡江湖五十年，既交了一班好友，又得罪了一些仇人。他们都认识这口宝刀，你佩此刀，人们必知是胜门之后。你武功虽好，毕竟年少。所以还得谨慎为妙。"

"父亲，听您之言，不想让我带上宝刀？"

"你可以带，但不能显露。这样吧，你就扮成一个文生公子，再带上两个家人。将金镖、宝刀都藏在马匹褡套之中。不到万不得已，不要暴露身份。"这真叫"儿行千里母担忧"，胜奎替官保想得十分周到。

次日清晨，父子在祖先堂中请出三支金镖，胜官保带领家人，辞别父亲，离开宣化府，南下绍兴。

这天来到山东沙店，正碰上少妇行乞，官保给了十两银子，被

"踩道"小贼引入黑店。小贼说的那些"黑话"，官保当然句句都懂，凭着满身武艺，他并不惧怕。当夜，小贼拨门时，官保早在里边准备好了。谁料孙孝方、黄三太先动手了，胜官保便没露身份，只在门前观望。后来，贼酋沙明远派马六去取宝刀，官保暗喜。他连忙回屋，从后窗户跳出去，直奔账房。杀死马六，夺下银龙宝刀，重返前院。黄三太与孙孝方的对话，官保都听得清清楚楚。这才跳下房来与师叔见面。

黄三太问明官保的身世，喜从天降："哎呀，胜门后继有人了！孩子，你祖父一向可好吗？"

"这……我父亲说，等您办寿之后再告诉您，谁料此地相逢，我，我……"

"怎么啦？"黄三太大惊，"官保，快说实话，你祖父怎么了？"

"他老人家已于三年之前病故了。"

"哎呀！"黄三太大叫一声，扑通昏倒。孙孝方、胜官保将他抬入房间，灌了碗热水，黄三太渐渐苏醒："官保，这么大的事，为什么瞒我？"

"这是祖父的遗嘱。"胜官保把经过说明。黄三太点头哭道："师父为我想得太多了。"

"还有呢，"官保取出三支金镖，"这是祖父留给您的遗物，请师叔收下吧。"

"紫金镖？官保，应该留给你呀！"

"孩儿不仅不要，还想再赠给师叔些礼物呢。您看这是什么？"

"啊？银龙宝刀？"

"对，先下手为强，宝刀被孩儿弄来了。我有鱼鳞紫金刀，这口银龙刀就献给叔父吧。再者说，贼店里死了这么些人，咱们不可久留。赶紧请旅客们搬家，再放火烧店。若等天亮就走不成啦。"

"是呀，我现在方寸已乱。官保，你协同孙壮士办理后事吧，我得赶往京西宣化府为师父吊孝。"

"也好，"官保点头称是，"我去绍兴府等您。家人，快把我师叔的马匹牵来。"

"是。"家人带来战马，胜官保将三支紫金镖和银龙宝刀装入马匹褥套。黄三太冲孙孝方一拱手，跃马扬鞭，奔向宣化府而去。

忙中出错，黄三太听说师父病故，心乱如麻。再加上天快亮了，要立即火烧贼店，所以他才匆匆离去。这样一来激怒了孙孝方。暗中骂道：黄三太，言而无信，真匹夫也！我为这口银龙宝刀奔波了一个多月，而你却得来全不费工夫！这事不怪胜官保，人家是个孩子，得到宝刀，献给本门师叔，应该应分！可是你黄三太怎么说的？"君子不夺人之美"，实际上你不但夺了，而且连句话都不说！即使你让刀，我也未必要，因为毕竟不是我得的，收下宝刀，辜负了胜官保对你的一片孝心。尽管如此，你总得客气几句呀！放火烧贼店、料理后事交给我了，宝刀你带走了，有这么办事的吗？可惜我师父梅大侠，人前背后总把你当成榜样。看起来知人知面不知心哪！两山碰不到一起，两人还会碰到，黄三太，咱们后会有期！

孙孝方满腔愤恨，又不便外露，他协助胜官保火烧鸿运店，天亮之后分道扬镳。

单说南霸天飞镖黄三太离开沙店，顺路北上，直奔宣化府。非止一日，这天来到京畿大兴县，依他本意不想停留，怎奈官路上五步一卡、十步一哨，处处戒备森严。不准行人通过，他心急如火，有心绕道，得多走三天路程。万般无奈，只好向行人问道："老哥借光，官路怎么不准走啦？"

"你问谁？我这急得直转呢！实话告诉你，我是卖小鸡崽的，官路封死、鸡崽病死、我得急死！"这位说话没好气，将黄三太顶了一通。黄三太不敢再问，只好先找个饭馆吃饭。眼前有一家饭铺，专卖馅饼羊汤，也算是京味小吃吧。黄三太将马交给了堂倌，迈步走进饭铺。这是一间筒子房，摆着十几张高桌。由于官路不准通过，饭客早已坐满了。黄三太进屋之后，正想寻找座位，忽听里边有人喊道："哎哟，这不是黄三太吗？哪阵风把您吹来了？快到这里坐吧。"

"噢？"黄三太顺声音一看，只见里边坐着一位大汉。这个人头戴大帽身穿青衣，高有六尺、膀阔三停。黑黝黝的一张脸，浓眉下生着一双环眼。他姓金名六，号大力，武功不错，更有一身力气。曾在北京扛过脚行，二百斤的麻袋包一次扛两个。有一年，神镖将胜英押镖赴京，镖车陷进泥沟，一时难以拽出。凑巧金大力从此路过，他抓住车把，双膀一较力，硬把一千来斤的镖车拽出来了。胜英见他勇猛。便令他辞去脚伕，跟随自己到镖局当差。那时黄三太尚未师满，所以二人常常见面。一晃十余载，不期今日重逢，各自欢喜。黄三太抱腕禀手："金六爷，多年不见，您在何处恭喜呀？"

"三爷，自从胜老爷关闭了镖局，我便回到北京。去年春天经朋友介绍，现在大兴县衙门当个班头。谈不上恭喜，总算混上碗饭吃。不知三爷要到哪儿去？您现在可是大名人了。"

"六爷过奖了。您既是县衙都头，我正好求您一件事。能不能把我送过官路？"

"这可不好办。我说了不算哪！"

"六爷，官道为什么戒严？我有急事啊！"

"得了，得了。故友相逢，应该把三爷请到家中。怎奈我还没成家，您就随我到公差房吧。"金大力岔开话题，会了饭钱，领着黄三太奔往县衙。他是三班都头，自己住着两间房子。进门之后，派士兵买来些酒菜。然后紧闭门窗，低声说道："三爷，有些话在饭馆不便说，现在我向您交底。"

"究竟是怎么回事？"

"事大啦！据我所知，今年大年初一，朝廷那些黄带子宗室都入宫给康熙老佛爷拜年。皇上一见子孙满堂，自然高兴。于是大排酒宴，招待那些贝勒、贝子。席间，皇上令他们舞剑助兴。您猜怎么样？那些黄带子连宝剑都不会拿，练起来还不如耍猴的呢！皇上恼啦，不让他们吃喝，亲自领他们去花园走马射箭。后果可想而知，一个个连弓都拉不开！圣上是有道明君，大骂这些八旗子弟养尊处优，忘记了祖宗的传统。当即下了一道圣旨，让这些黄带子加紧骑射，不得有误……"

"六爷，这与戒严有什么关系？"

"您听我说呀。那些黄带子谁不讨好皇帝？于是日夜操练，有的还真出息了。圣上为了考验他们，决定在三月十六到南苑打猎。皇家打猎又称'春围'，举动大啦，听说老佛爷要亲自参加。南苑属于我们大兴县，太爷忙坏了。怕的是出点差错，嘿嘿，他家祖坟都得刨了！"

"如此说来，戒严令是你家太爷下的？"

"他哪有那么大权力？您没看见吗，站岗放哨的都是羽林军，属九门提督亲自调遣。今天是三月十五，明天是正日子，后天打扫围场，三爷就在我这儿住两天。咱俩本该好好唠唠，可惜我没空陪您，真有点过意不去。"

"六爷，我心里着火了，等不下去呀！"

"出了什么事？我光顾了讲皇家春围，还没问三爷干什么去呢？"

"唉，我师父没了！"

"什么，什么？胜老爷几时去的？"

"三年了。"黄三太讲罢经过，二目发红，"师父处处为我着想，我恨不得早一时跪在他的灵前哪！"

"对，应该早点去。"金大力很受感动。他犹豫了一会儿，把脚一跺："三爷，我豁出去了，送您上路。"

"多谢六爷，怎么走？"

"现在走不了。不瞒您说，由于南苑围场隶属大兴县，所以九门提督给了县衙十块腰牌，让我们维护治安，明日皇帝圣驾光临时，凭着腰牌可以进入围场。我们县太爷一直在京迎候圣驾，我是三班都头，所以腰牌归我分配。我已经发放了八块，现在还有两块。明天咱俩一人带上一块，便可混过围场。等您上路后再把腰牌还我。神不知、鬼不觉。若被外人知晓，我这脑袋就得搬家。"

"太好了。我一定严守机密，不让任何人知道。"黄三太过路有望，心中大喜，当晚住到县衙。

一夜无书，第二天天还没亮，两人就起来了。黄三太带上腰牌，拉过战马，紧肚带、扣交环，准备出发。谁料金大力连连摆手："三爷，您快把褡套摘下来吧，今天不能带这个。"

"为什么？"

"嗐，您是忙蒙啦。只有出远门的人才能带褡套。您今天的身份是本县差役，负责治安。带着褡套就露馅啦。"

"嘿嘿，多亏你提醒，险些误了大事。"黄三太急忙动手摘下褡套。什么叫"褡套"啊？就是在马肚子下边挂一个帆布袋子，里边装些日用品和钱财。黄三太打开褡套，想取点随身携带的东西。这才发现三支紫金镖和银龙宝刀。金镖是师父的遗赠，没什么说的。一见宝刀，黄三太愣住了。不由得埋怨自己：嘿，这叫干的什么事？人家黑手昆仑奴孙孝方为这口宝刀忙了一个月，我曾当着人家面亲口说过，即使得刀也得先交人家。结果呢？只顾了吊孝，把交刀之事忘得一干二净，将来有何脸面见他？据他师兄欧阳德说，这个孙孝方很爱挑是生非，万一他产生误会，就更难收拾了！

金大力见他发愣，连忙说道，"三爷，褡套暂时寄放我家，我保证完整无缺，等您南归时再把它捎走。"

"不，不。"黄三太又怕金大力误会，连忙笑道，"一个褡套能值几何？我是想……对啦，皇帝面前不准带寸铁，我这金镖、宝刀又怎么办呢？"

"您只管都带上吧，咱们是维持治安的，允许携带武器。"

"好吧。"黄三太自己那三支金镖已经借出去了，镖囊正空着呢。他装好金镖，佩上宝刀，翻身上马，随同金大力奔向官道。

今天比昨天更有一番景色。昨天仅有羽林军站岗，今天当官的都出来了。一个个带腰牌、挎钢刀，面目严肃，神态庄重。他们检验了黄三太和金大力的腰牌，又询问了几句，知是大兴县的衙役，这才放行。官道西边就是围场，越过围场就离京西宣化府不远了。二位英雄各骑战马，边走边谈。突然，从对面来了一哨人马，押着五十多辆大车。大车上装满了铁笼子，笼中关着各种动物。既有獐狍野鹿，又有鸿雁山鸡。什么黄羊、青狼、白兔、紫豹皆应有尽有。更引人注目的是一个大铁笼子里关着一只东北虎。这只虎长有六尺，高够三尺半，顶门上生着一丛白毛，俗称"白额吊"，据说是虎中最凶恶者。看样它长年生长在野外，刚刚被人捕获，所以野性未驯。它时而用头撞，时而用尾巴抽，时而大声怒吼。怎奈笼子是用小孩胳膊粗细的铁棍编成，十分牢固，真让老虎无可奈何。黄三太见状，向金大力说道："六爷，看来皇室贵胄还真有本领，竟然捕获到这么多的野物。"

"哈哈，三爷外行了。他们皇家打围为的是练习骑射，捕兽并非目的。再者说，南苑只是一片平川，也没有野兽可捕。至于车上的野兽，都是各地进贡来的。过一会儿就要放出，供给皇家捕猎。"

"噢，真是富贵帝王家，他们真会玩啊。"

"为了喂养这群野兽，我们大兴县拨出了专款。单说那白额吊大老虎，一天就得三十斤牛肉。"

"又该百姓遭殃了！"

"不然，万岁爷体谅百姓的疾苦，他已传出圣谕，这笔款项由宗人府如数补赏。"

"尽管如此，也算是浪费。"

"三爷又说错了。您久居南方，消息不太灵通。如今，东北的黑龙江，西北的准噶尔都在闹事，沙俄帝国屡屡犯咱大清疆土。没有兵力，肯定得吃亏。现在皇帝带头骑射，谁敢不效仿？这叫练兵啊！"

"原来是这样，真英主也！"二人边走边说，来到围场腹地。忽见前边旗幡招展，尘土飞扬。对子马一列列排开，金瓜武士头前开路。所用器具一律是黄色。金大力大吃一惊："哎呀，圣驾提前到达，咱们过不去了。"一言未尽，早有羽林军头目拦住二人："何人在此？马前回话。"

"大人，"金大力连忙露出腰牌，"我二人乃大兴县衙役，奉九门提督之令在此维持安全。"

"此处并无闲杂人员，你们维持什么？"

"这个……"金大力张口结舌。人家说得很对，这地方连个人影都没有，当然用不着维持。黄三太翻身下马，也露出腰牌说道："大人，现在虽然没人，我们得防备来人，以免措手不及呀。"

"狡辩！若说你们刺王杀驾，看来你们不敢。大概想瞻仰天颜，回去讲古吧？嘿嘿，万岁是那么容易见的吗？连我都没见过万岁呢……"头目正在指手画脚，从后边跑来一个太监，他大声喊道："万岁圣谕下，不可难为百姓，让他二人御前回话。"

"遵旨。"御林军头目不解圣意，忙将二人交与太监。黄三太和金大力十分紧张，他俩万没想到皇上传见。于是忐忑不安地跟随太监走进队伍。时间不大，太监站住了："启奏万岁爷，奴才将二人带到。"

"让他们马前回话。"

"喳。"太监带过二人。他俩头不敢抬，眼不敢睁，屈膝跪倒："参见吾皇万岁，万万岁。"

"抬起头来。"

"遵旨。"二人稍微抬了抬头。只见逍遥马上端坐着当今圣天子，头戴金边斗笠冠，身穿团龙袍。慈眉善目，年在五旬开外。二人不敢多看，连忙又将头低下。康熙笑道："不要紧张，你二人是大兴县衙役吗？"

"是，万岁。"

"朕来问你，百姓对这次打围有何议论？你们要实话实说，不必隐瞒。"康熙帝为人谨慎，他出京以来，第一次碰上外人，想向他们了解一下民情，所以才把黄三太、金大力传到马前。金大力低声说道："启奏万岁，您这次打围是为骑射，百姓赞您英武神姿，替国家操劳。祝颂圣上万寿无疆！"

"哈哈，顺情说好话。朕演骑射之事，百姓岂能知道？都是你这当衙役的瞎编，故意给朕戴高帽子吧？"

"下役不敢。"金大力唯唯诺诺。康熙又向黄三太问道："你有什么话要说吗？"

"这……万岁圣明。恕下役直言，对您围之事，百姓不知详情。只是对官路戒严，不准任何人通行有些议论。"

"噢？"康熙趣味盎然，含笑问道，"议论什么？如实奏来。"

"昨天下役见到一位农夫，他以贩卖鸡雏为业。此业贵在神速，岂料被阻，鸡雏死病无数，农夫叫苦连天。虽不敢埋怨，想他心中会有不满。圣上乃当今英主，百姓只有爱戴，绝无越轨之举。所以，如此严防似乎不必。"

"大胆！小小差役竟敢在圣上面前胡言乱语，看样你活够啦。来呀……"说话者乃是宫廷总管太监梁九公。梁九公见黄三太竟敢埋怨万岁，不由得勃然大怒："把这猴崽子推出去斩了！"

"胡闹！"康熙冲着梁九公一瞪眼，"朕说过几次，不准你过问政事，你怎么记不住？朕让人家实奏，岂有斩杀之理？再者说，这个衙役所述很有见解，皇室打围，怎能让百姓蒙难？来呀，立传圣谕，解除禁令，让百姓随便通行。只是要小心野兽与飞翎箭羽。"

"我替百姓谢主隆恩。"黄三太又磕了三个头。康熙摆手笑道："你这衙役不错，有胆有识，外貌也很威武。这样吧，你暂时不必离开，随朕一同打猎，朕要看看你武功如何？"康熙的话音已经表明，

335

他准备重用这个衙役，黄三太虽说心急赶路，怎敢违抗圣谕？只得谢恩。他与金大力重新上马，在皇帝左右侍候。康熙传旨，打围开始。

南苑是一马平川，天然的围场。御林军接旨后，打开铁笼子，将各种野兽放出。按原来的计划，本不想准备老虎，以免伤人。可是康熙帝钦命要有猛兽，这样才能显示真功夫。果然，猛兽出笼非比寻常，它片刻就咬死了两头黄羊、一头狍子，又用尾巴抽断了两棵小树，以发泄困笼的愤怒！

羽林军圈住了围场，各持刀枪弓箭，摇旗呐喊。这叫"喊围"，目的是把野物轰向中心，供人扑杀。皇室成员谁不想在万岁面前露一手？他们或持刀枪，或摘弓箭，向野物发起总攻。有的人射上一只兔子，有的人射上一只野鸡，都拿到皇帝面前领赏。康熙十分兴奋，他是位马上皇帝，骑射功夫很深，此时也摘弓搭箭闯入场中。当然，王公大臣、护驾卫士不敢离开左右，都在时刻保护圣驾的安全。康熙一马当先，弓响箭落，正好射中一条青狼。武士们一拥而上，刀枪齐落，把青狼打死。然后山呼万岁，高颂神威。梁九公更会讨好："哈哈，别人只射个兔子、野鸡，我主却射青狼，比他们高出数倍。"一言未尽，突然传来一股腥风，从小树林里跳出那只白额吊。但见这只虎：

　　　头大耳小尾巴摇，浑身上下披锦毛。二目烁烁光华耀，牙似钢锥爪如刀！

梁九公早已吓傻，他知道老虎比青狼凶猛万倍。于是连忙拨马："老，老虎，好，好大个的老虎！"

"快快闪开！"康熙帝深知老太监胆小如鼠，连忙让开梁九公，举弓放箭射向大虫。这只雕翎正中虎屁股，疼得它纵身跳起四尺多高，不由得大怒。老虎暗骂：这个穿黄袍的好狠，竟敢射我！干脆，我把你"点心"了吧！想到此处，张开血盆大口直扑康熙。康熙大惊失色，连连吩咐："左右，还不快上！"

"这……是……是……"亲兵卫队人人发抖，王公大臣吓成一团。谁也不敢冒险，个个都想顾命。在这千钧一发的紧要关头，黄三太急中生智，连忙从怀中掏出龙头凤尾紫金镖，右手一抖，镖奔虎口射去。黄三太不仅射得准，而且力量极大，这支紫金镖顺着老虎的嗓子眼就"溜"进去了。疼得大虫就地打滚，翻身扑向黄三太。黄三太早有准备，双手各握一镖，同时向虎射去。这两镖打得更准，正中老虎二目。老虎怪叫三声，原地转了几个圈，尾巴抽地，顷刻死去！

亲兵卫队一见老虎不动弹了，个个奋勇挺刀枪向前："万岁爷洪福齐天，大虫被我们除掉了！"

"哼，退下！"康熙心中大怒。暗中骂道：刚才你们就差没跑啦。人家三镖射死猛虎，你们却厚着脸皮领功，真是不知羞耻！亲兵们一见圣主恼怒，这才退在一旁。康熙向黄三太一招手："壮士，请马前回话。"皇帝说个"请"字可不容易，面子大啦。黄三太翻身下马，二次跪倒："下役参拜万岁。"

"你家住哪里，姓甚名谁？以何为业？到此何干？要实话实说，不准隐瞒。"

"是。下役乃浙江绍兴府人氏，姓黄名三太。现任，现任……大兴县差役，到此保护圣驾。"

"壮士，欺君之罪，户灭九族哇！"

"这，下役不明圣意。"

"哈哈，朕乃马上皇帝，虽说武功甚差，却能识得好歹。凭壮士的镖法，竟能双手齐发，射中虎目，没有十年苦练，岂能达到？你究竟是干什么的？朕恕你无罪，实话讲来。"

"万岁圣明。"黄三太不敢再瞒了。他把为师吊孝，暂借腰牌的经过简单讲述了一遍。金大力急忙双膝跪倒："万岁，腰牌是我主动借给他的，这与黄三太无关，罪过皆在下役身上。"

"二位壮士平身。黄三太为师吊孝，乃一片赤心。金大力暗借腰牌，属助友为善。你二人何罪之有？要论罪过皆在朕下，不该封住官路，阻断行人。今日多亏黄三太保驾，才使朕虎口脱险，黄三太听封！"

"这……"黄三太一见皇上要封官，连忙跪倒称道，"万岁，草民乃绿林中人，一生散淡惯了。若国家有事，草民万死不辞，若让我做官，实无能为力，还请万岁恕罪。"

"噢？你不愿当官吗？"

"力不从心，有误国家。"黄三太心想：我是绿林人，一旦当官，就得缉盗捉贼。那样会得罪许多朋友。所以他才力辞不受。康熙见他态度坚决，也就不再勉强："黄壮士，你既然清高，朕就罢论。不过，救驾之功，朕不可不报。我想赠你点小礼物，你不会拒绝吧？"

"谢主隆恩。"黄三太不能再说别的了。康熙暗想：我赏他何物呢？这位黄壮士很清高，功劳又很大。若赏他金银财宝，他不会看重，也显得太平常。赏他古玩玉器，皇家物品，身边又没带来。低头一看，有啦。今日打围，身罩八宝龙袍。由于春寒料峭，外边还穿了一件黄马褂。黄马褂前后心各绣一团金龙，官称"团龙衣"。干脆，就将它赐给黄三太吧。想到此处，脱下黄马褂笑道："黄壮士，今日打围匆忙，朕身边未带赏物。这件团龙衣就赏给你吧。今后若有要事，你可以穿上它，不论是州城府县、督抚衙门、九卿六部、三殿三阁，甚至皇宫内院皆可随便出入。天下官民若见龙衣，如见朕当！"

了不得啦，穿上这件黄马褂比什么官都大！当然，黄三太说死也不敢穿。穿龙衣等于篡位，这个道理尽人皆知。康熙皇帝也知道他不敢穿，所封内容只是象征着荣誉。这项荣誉一直被清廷延续，直到晚清慈禧太后专权时，还曾赐给著名教育家武训一件黄马褂。题外之事，不多赘述。

内侍将黄马褂包好，又替三太背在身后。亲兵从老虎身上拔出三支金镖交付黄三太。一切事毕，康熙笑道："黄壮士，你为师尽孝，朕也不再挽留了。来呀，笔砚侍候。"

"是。"内侍太监取来文房四宝，皇帝在马背上刷了一道圣旨，追封神镖将胜英胜子川为车骑将军，丧礼按将军待遇重新举行。同时赠黄金一百两，御笔挽联一副，钦派皇差送往京西宣化府。俗话说"父以子贵"，此举却是"师以徒贵"。一下子便轰动了京师。

树大招风，名大有险。黄三太受赏，惹恼一位豪杰。他要干出一件惊天动地的大事来！

第六回　小蜜蜂王府寻美妇
大学士客厅认奇男

清朝开国六十年，万岁钦赐黄马褂还是首次。再经过一番渲染，简直把个黄三太吹成了神佛！

黄三太快马加鞭来到宣化府，早有四品黄堂知府率满府大小官员迎出十里。知府姓孔，自称圣人后裔，乃两榜进士出身。他冲三太抱腕禀手："黄壮士，您到宣化，让小府生辉。下官迎候来迟，壮士莫怪。"

"哎呀，草民何能？敢劳动贵府大驾。大人在上，我这厢有礼了。"

"不敢，不敢。"孔知府连忙还礼，"黄壮士，车骑将军胜公的丧礼本府已亲自安排好了。遵照圣意，一切从丰。请黄壮士再查看一遍，若不满意，尽管提出。"

"有劳大人，我代表胜公遗属多多感谢。"

"黄壮士，请入城吧。"孔知府知道黄三太是万岁的红人，又身背黄马褂，所以处处小心侍候。众星捧月，将黄三太送到胜府。银头皓叟胜奎早闻师弟打虎救驾、御赐黄马褂之事，心中当然喜悦。弟兄相见，免不了痛哭一场。黄三太见院中高搭灵棚，挽幛、挽联早已挂满。康熙的御笔挽联高挂中央：

> 一代镖师，老将军驾鹤西去；满园桃李，壮豪杰乘马
南来。

这副挽联写得很急，未加仔细推敲。文笔虽非上乘，也算道出师

徒面貌。按当时的规矩，黄三太先向御笔行了大礼。胜英的灵柩早已入土，灵棚里只供着牌位。黄三太又给灵牌磕了四个头。胜奎将他扶入客厅。孔知府知道人家弟兄还有许多话说，不便打扰，便率众官员告辞。黄三太、胜奎送走群官，重新落座。胜奎问道："师弟，先父之事你从何听说？我派官保送信，估计他不会这么快呀？"

"是呀，我与官保相会在山东。多亏他送镖、赠刀。要不然，我岂能打虎救驾？这也是恩师有灵相助。"黄三太把沙店逢贼的事细说了一遍。

天色渐黑，胜奎摆宴接风。黄三太旅途劳累，酒后早早睡下。

一夜无话，第二天便有人来访，并且越来越多。来者都是北六省各路豪杰。其中，有的来探望黄三太，有的来瞻仰黄马褂。目的虽然不同，心情皆出崇敬。黄三太历来仗义，他将黄马褂供在客厅，让众人随便观看。一晃三天，来人有增无减。三太暗自着急，私下对胜奎说道："师兄，季全凭镖借银，我要去山海关等候。现在朋友越聚越多，我若走了，势必引人不满。可是再留下去，三江镖客怎么办？不能把人家扔在山海关而置之不理呀！"

"师弟，我倒有个主意。"胜奎一辈子不会编瞎话，此时却为黄三太编了起来，"你明日见到群雄，就说圣上传旨宣你入都。他们谁辨真假？你只要离开宣化府，天高任鸟飞，便可以奔往山海关了。"

"师兄言之有理。"

"黄马褂也不必带走，存放我家，料无人敢偷。等你从关外回来时，再把它捎回绍兴。"

"就依师兄。"黄三太点头应承。到了次日，按胜奎之言向群雄说明。大家闻听圣上宣调，谁敢阻拦？于是摆酒宴与他饯行。黄三太吃罢午饭，告辞而去。黄三太离开了胜府，别人也兴味索然。于是纷纷向胜奎辞行。胜奎也不挽留，没用三五天，人皆散尽。

胜奎平生喜静不喜动。连日操劳，累得他晕头转向。这天午睡刚起，家人进来禀报："老爷，门外来了一位壮士，言说要见黄三爷。"

"噢？他报名了吗？"

"没有。他说见到黄三爷自然认识。"

"好吧，待我府外相迎。"胜奎不知来人是谁，可是绿林道身份高低不等，万一来了贵客，不可慢待。来到大门之外，抬头细看，只见对面这人年纪在二十上下，中等身材，面容瘦弱。最令人注目的是那双黄眼珠光芒闪烁、滴溜乱转。头戴六棱抽口壮帽，里边鼓鼓囊囊，不用问，辫子盘在其中。左鬓边戴一朵金丝缠绕的御制宫花。身穿短靠，腰扎大带，外罩青缎开氅，上绣干枝梅，足蹬香牛皮薄底快靴，背后斜插一把小单刀。他将胜奎打量了几眼，一声冷笑："嘿嘿，你就是黄三太吗？该还账了！"

"还账？什么账？"

"装糊涂！你现在受了皇封，发了大财，所欠我师父那一千两银子也该还了。"

"壮士，"家将一见主人受窘，连忙解释，"您弄错了，黄三爷才三十多岁，我家主人快五十了。"

"噢？你不是黄三太？快让他出来说话。"

"我师弟去北京了，请壮士留下姓名，以便转告。"

"不必了，改日再会！"这人说罢，转身而去。

来者正是赛毛遂杨香武。他在镖局盗匾之后，本以为会惹怒黄三太。这正是他所期待的，黄三太一旦出面，自己便给他几分颜色。谁料三天过去，毫无动静。这倒让杨香武心中没底了。为探听虚实，杨香武装作主雇，到三太镖局要求寄镖，并指名请黄三太押送。镖客告诉他说，本局镖头押送官银去盛京府了，三个月后才能回来。香武听罢，方知黄三太没在家中。他回到店房，暗中想道：我现在无事一身轻，留在绍兴也是干等。何不乘机北上，一来寻访黄三太，二来也可闯荡江湖。主意拿定，立即动身。他是位步下英雄，用不着骑马，两条飞毛腿比马还要快。只用二十几天便进入直隶境内。一进直隶就听说了，黄三太飞镖射虎，救驾有功，康熙爷御赐黄马褂，钦命他去祭奠恩师。杨香武听到这个消息，心中高兴。因为祭奠胜英，势必群雄云集，正好乘此良机会会黄三太。于是他西下宣化府，谁料黄三太已经离去。

杨香武见胜奎忠厚老实，知他不能撒谎。自己与胜家又没有什么仇恨，不好给人家添麻烦。他这才转身而去，奔往京都。

北京城不愧是天子脚下、繁华之地。但只见大街小巷人来人往，商家铺户比比皆是。杨香武在东直门找了一家店房住下。这家店房不算太大，却很整洁。院中三间上房，一明两暗。杨香武囊中富有，他一人包了西屋。店伙计见他挺阔，照应得十分周到。日送三餐，晚上连洗脚水都给他端来。香武哪受得了这个？于是大把赏钱，乐得个伙计围他乱转。一晃十天，黄三太的下落没查到，钱却花得差不多了。香武暗道：若要再住下去，我就得找个"财神爷"。北京城有钱的挺多，可我不能随便偷，只能偷那些富而不仁者。谁又是富而不仁呢？看来得调查调查。这天，伙计给他送饭，杨香武一拍他肩膀："老弟，坐下来一块喝两盅。"

"不敢，您可别砸我饭碗子！"

"这话什么意思？"

"壮士，我们掌柜的有规定，只能收客人小柜儿，不能吃客人的酒菜。违犯规定的一律开除。"

"哈哈，够严的。不瞒老弟，我今天请你喝酒不白请，有件事想求你。"

"有事尽管吩咐，我一定效劳。"

"你别看我背刀，其实我不是练武的而是个买卖人。最近我从南边购了一批珠宝，想在京城贩卖。可是不知道谁家能买，你帮我想想门路行吗？"

"噢，不怪您这么敢花钱，原来是位大买卖人。客官，京都阔佬多去了，什么亲王、郡王、贝勒、贝子都是家有万贯。不过，他们未必能买。"

"为什么？"

"人家不缺这个，皇上赐的就够用啦。"

"这么说，买卖难做啦？"

"不难，就看您是什么货啦。若有上等簪环首饰，准能卖大价钱。"

"有哇，你说买主是谁？"

"内院总管太监梁九公。"

"嘻嘻，净开玩笑。太监又不能娶媳妇，他买簪环首饰干什么？"

"不是玩笑。您赏我那么些小柜儿，我怎敢拿您开心？实话对您说，梁九公和其他太监不同，这人不仅有自己的府第，而且还娶了三位太太，家中使奴唤婢，跟普通人没什么两样。"

"太监娶妻？新鲜！"

"表面夫妻嘛，当然不能生儿育女。梁总管的账房先生跟我住邻居，据他对我说，三姨太太年轻貌美，嫁与太监只图钱财。梁九公给她买了很多首饰，这位三姨太只嫌不好。闹得那阉官无奈，正在四处寻找佳品。您若有好货，还愁卖吗？"

"我再问你，一个太监能挣多少钱？总禁他这样挥霍？"

"您是南方老客，当然不懂。"伙计关上屋门，小声说道，"我拿您不当外人，实话实说。这位梁九公是万岁爷的近臣，找他走门路的多啦。既然求他，当然不能空手。这样一来……您明白了吧！"

"明白啦。你把梁九公的住址告诉我，我就拿他当'财东'了！"杨香武话外之音伙计当然不懂。还以为他去卖货呢。于是把梁府地址说出，告辞而去。

当晚，杨香武换上夜行衣，背插单刀，从后窗户跳出。按照伙计指点的方向，直奔梁宅。果不虚传，梁九公的府第十分阔气。门楼高大，院墙上挂着铁蒺藜。这一切设备能挡别人却挡不住武艺高强的杨香武。他越过院墙，四处观瞧。突然，从东边来了一盏灯光，杨香武急忙在葡萄架下隐藏身形。灯光越来越近，渐渐到了葡萄架。香武瞄准目标，一纵身，小单刀压住来人："不许动，动一动我先杀了你！"

"哎呀！"持灯者十四五岁，书童打扮。他用灯笼照了照香武，哆嗦着求道："好汉饶命！"

"把灯熄灭，我来问你，账房在什么地方？"

"我，我正要去账房，好汉随我一同走吧。"

"少废话！你去账房干什么？"

"好，好汉，小人奉三姨太太之命，去请账房先生。他，他俩，他俩每次约会都由我送信。"

"哼，私通？这也活该，谁让他太监娶妻！快说账房在哪儿？"

"在，在东跨院，先生姓吴。"

"好吧。"香武看这书童挺可怜，年龄又小。自己不能下狠手。所以只将他捆上，嘴中塞了一块衣巾，放在葡萄架下。他转身来到东跨院，果见三间房屋。中间那屋还掌着灯光。香武用手一招嗓子："吴

343

先生睡了吗?"

"书童吗? 快请进来。"

"不进去了,三太太让您立刻就去,我先走啦。"

"好,好。"吴先生喜从天降,急忙换上衣服,奔往后宅,香武在墙角见他走远,推门进屋。屋中箱、柜挺多,都装满了金银。香武遵照门规,不敢多贪,只取白银一千两。装好银子,刚要往外走,忽听院中有人冷笑:"嘿嘿,既然偷一回,何不多取些。把我的一份也带出来吧!"

"啊?"杨香武大惊失色,破门而出。只见窗下站着一人,身穿短靠,背插单刀。他面含微笑:"朋友,我给你巡风望哨,现在该换班了,你在外边等会儿,我也取点零花钱。"

"你是谁?"

"来日方长,何必急问。"那人说罢进屋去了。香武不能走,只好在院中等待。片刻工夫那人就出来了,他冲香武一努嘴,纵身上房。杨香武后边紧跟,二人踏房檐,走瓦楞,越院墙,登小路,各自施展飞腾法,顿饭之时便跑出十几里地。眼前闪出一座古庙,前边那人收住脚步,回头笑道:"朋友,功夫不错呀! 我以为能把你扔下呢。"

"扔我? 嘿嘿,不那么容易。现在该报名了吧?"

"我先问你,梁家金银满库,你因何不取黄金,只取一千两白银?"

"取财有道,切忌'贪'字,这是我家门规。"

"如此说来,你是上白猿门?"

"正是!"

"大水冲了龙王庙,请问尊师是谁?"

"徒不言师讳,恩师乃大侠梅映霜,江湖人称'圣手无痕'。"

"哎呀,原来是师弟。你叫杨香武,外号'赛毛遂'吧?"

"正是。请问你是何人?"

"师弟,我是你二师兄,名叫孙孝方,外号'黑手昆仑奴'。咱师父收你的事早听说了,只是一向穷忙,未及参加香堂会。"

"原来是二师哥,兄长在上,受小弟大礼参拜!"杨香武慌忙跪倒,给师兄磕了三个响头。孙孝方双手扶起:"师弟,听说师父招你为婿,你应该协助他老人家料理镖局。怎么又来北京啊?"

"唉，一言难尽。"杨香武见天快亮了，便约师兄走进一家小饭馆。二人落座，边吃边谈："师兄，我被恩师撵出来了。"

"啊？师父为人忠厚，怎么会撵跑弟子？更何况你还是未来的门婿。"

"都怪那个南霸天飞镖黄三太！"

"黄三太？"孙孝方双眉一皱，心中暗恨，他又想起银龙宝刀之事，连忙问道，"黄三太怎样？"

"咱师父摆香堂时，曾差专人给他下去请柬。那黄三太看不起咱们下五门，所以置之不理。不但这样，他还仗着三江总镖头的势力，硬向咱师父借银一千两。可怜师父年迈，不敢惹他。小弟不满，说了几句牢骚话，便被师父撵了出来，你说那黄三太可恨不可恨！"

"可恨至极！师弟，我也是来寻他算账的。"孙孝方将宝刀之事述说一遍，最后叹道，"唉，眼看宝刀到手，反被黄三太弄去，那人言而无信，战群贼、烧黑店是我的事，得宝刀是他的事。哼，不仅可恨，而且可恶！"一番话气坏了杨香武，他黄眼珠一瞪："师兄，不治服黄三太我誓不为人！可惜京都太大，一时难以寻他。"

"君子报仇，十年不晚。不过，黄三太武艺绝伦，你我弟兄怕不是他的对手。更何况他打虎救驾，正受恩宠，咱们动硬的怕扳不倒他呀！"

"若依师兄之见呢？"杨香武年轻火气旺，只顾眼前，忘了师父的教诲。大侠梅映霜曾多次对他说过，二师兄孙孝方为人狭隘，最爱挑拨是非，如果相逢之时，切不可轻听轻信。这些金玉良言早被香武扔在脑后。孙孝方见师弟发问，他犹豫片刻说道："最好的办法是假他人之手剪除黄三太。可是，敢惹黄三太的人不多呀，只有一人……"

"快说是谁？"

"康熙皇帝！"

"啊？我不懂师兄的意思。"

"黄三太一贯恩威并用，绿林道既感谢他，又怕他，所以咱们指望不上。至于官府嘛，由于黄三太打虎救驾，冲着皇上的面子，谁敢惹他？官、私两面都对黄三太有利，为此，只有惊动圣上才能搬倒黄三太！"

"师兄，圣上深居大内，如何惊动得了？"

"这就要看真功了。凭师弟的本领，可以夜入皇宫盗出一件国宝。"

"对！黄三太有黄马褂，咱有国宝，他露脸，咱也露脸！"

"师弟领会错了。黄马褂是圣上钦赐，万般荣耀。而国宝是偷来的，大律当斩。"

"啊？"杨香武初出茅庐，有点"法盲"。他不解地问道："既然如此，师兄为什么要我去偷？"

"偷出国宝，栽赃于黄三太。该杀的是他，而不是咱们！"

"这个……诬陷他人，不太合适吧？"杨香武终究正派，犹豫不决。孙孝方一摆手："量小非君子，无毒不丈夫！除了这招，别无他策。可惜我没有你这赛毛遂的手段，若有手段，我去！"

"容我三思。"

他二人一直谈到中午，会了饭费，各自留下住址，方才散去。

不表孙孝方，单说赛毛遂杨香武回到店房，伙计一愣："客爷，您昨晚一夜没回来吧？到哪儿去了？"

"去看一位朋友，住到他家。"

"没见您出去呀？"

"不必多问！"香武心中发烦，回到上房。伙计紧跟着进来了："客爷，您别怪我多嘴，今天早晨我给您送洗脸水时，见您这屋后窗户开着呢。要搁平常我也不担心，今天却挺害怕的。"

"为什么？"

"因为那屋，"伙计指了指东屋，小声说道，"那屋住着两位客官，昨天午后进来的。他们各带武器，横眉竖目，满脸凶相。看样不是善良之辈。你们一明两暗地住着，您又是位珠宝商，我怕，我怕他们绑票哇！"

"谢谢你，我一定多加小心。"香武赏了伙计二两银子，关门睡觉。昨晚一夜未睡，实在太困了。他这一觉直睡到天黑才醒。伙计送来晚饭，他草草吃了几口，本想接着睡。可是白天睡足了，晚上无论如何再也睡不着。天近二更，忽听东屋有点动静。香武翻身坐起，暗中想道：据伙计说东屋那二人不怎么正派，我反正睡不着，何不出去看看。他换好衣服，又从后窗户跳出。东西两屋相隔数步，来到东屋窗下，见屋中灯光烁烁，人影摇摇。杨香武将窗户纸捅破一个小洞，睁一目、闭一目往里观瞧。只见屋中坐着两个人，一边喝酒，一边说笑。左边那人手持酒杯："黄三爷，刚到京城就发现了目标，看来艳福不浅哪！"

"嗯？"杨香武在窗外暗叫一声：黄三爷？莫非他就是黄三太吗？真是踏破铁鞋无觅处，得来全不费功夫。我得仔细瞧瞧。只见左边这人三十上下岁，一身武生打扮。身旁放着一把钢刀。香武心想：据胜奎手下的家将说，黄三太三十多岁，看来没错。这时，那位黄三爷笑道："老弟，你三爷我运气一直不坏，今天白天我过娘娘庙，目的就是选个美女，凑巧，真让我碰上啦。你是没看见呀，那个妇人美极啦。什么闭月羞花、沉鱼落雁，放在她身上都合适！当时，嘿嘿，要不是人多，我非摸她一把！"

"黄三爷，妇人再美你也干眼馋，错过了机会，没处查找哇！"

"你家黄三爷干这手不是一天两天啦，我能放过他吗？那妇人烧香完毕就上车回家了。我在后边步步紧跟，她入府之后，我记住了院门。只是那家十分威武，看样是户显贵，我不好轻易下手。"

"吹了半天，还是干眼馋！"

"哼，我原打算调查调查，看看那家主人的身份。今晚就冲你这句话，豁出去了，咱俩一块逛逛？"

"黄三爷，干这事没有两人去的，您自己美吧，我在店房等候。"

"也好。赶早不赶晚，现在快二更天了，我这就动身。"说罢，放下酒杯，起身更衣。窗外的杨香武可气坏了。暗中骂道：好你个黄三太，我原来只以为性情狂傲、目中无人。却不知你还是个采花淫贼！今晚被我撞见，活该你倒霉。杨香武想到此处，隐起身形，院中等候。过了片刻，那位黄三爷从窗后跳了出来。杨香武刚要上前动手，可是又一想：慢着，黄三太的声誉一直不坏，我若没有真凭实据，绿林道不会相信他的采花之事。俗话说"捉贼要赃、捉奸要双"，我何不跟他同去，待他下手时再去捉拿，看他还有何话说。想到此处，杨香武一纵身躯，随着前边的黑影跑去。香武那是什么功夫哇？要讲跟踪，堪称一绝。目标既跑不了，又不会发现自己。前边的黑影蹿房越脊、滚瓦爬坡，走来走去，来到一所宅院。这所宅院好大呀，比起梁九公的府第又阔气十倍。院墙高够九尺，那位"黄三爷"抬头看了看，从怀中掏出飞抓，攀墙而上。杨香武在后边冷笑：连九尺高墙都上不去，还敢称"威震三江"？看我的！他一提丹田气，双足蹬地，飞身而起。真如同小燕钻云，右胳膊肘挎住了墙头。将身一跃，轻轻落入院中。再说那位"黄三爷"，进院一看就傻了。院中处处楼台殿阁，房屋连成一片，何处寻找美妇？按照常规，富贵人家的年轻贵妇多住后宅，"黄三爷"似乎很有经验，他直奔后院而去。来到后院，果然有一所楼房，虽不高大，却很淡雅。"黄三爷"顺着明楼梯拾级而上，杨香武在后紧紧跟随。那人来到窗前，捅破窗户纸往里观看。乘他不备，杨香武飞身上房，趴在房坡暗中监视。"黄三爷"看了一会儿，脸上露出微笑。他伸手从怀中取出一物，向窗户纸捅去。香武暗想：这一定是熏香盒子，采花贼常备之物。果然被他猜对了，"黄三爷"拿的正是此物，什么叫"熏香盒子"呀？就是用纯银打造的一个小仙鹤。仙鹤的肚子是空的，里边装有草药制成的麻醉剂。仙鹤的后屁股有两块火燧，只要用手一拽仙鹤尾巴，火燧摩擦，自动起火，便将草药引着。使用时把仙鹤的尖嘴捅入窗户纸，肚子里边的烟雾便会顺着尖嘴射入屋中。人闻此烟，立即昏迷。采花贼便可为所欲为了。杨香武见时机已到，不能再等。他在房檐上伸出右腿，冲着"黄三爷"的头顶狠狠一蹬。也怪"黄三爷"毫无准备，倒退几步，一头摔下楼去。幸亏他有点轻功，否则必然摔个半死。杨香武站在房坡，高声喊道："有贼！"声音未落，护院教师们便赶来了。他们高挑灯笼，连连骂道："好大的胆子，竟敢在此作案！"一边说话，一边奔向"黄三爷"。"黄三爷"急忙站起，顾不得寻找熏香盒子，抽出背后钢刀上前迎战。这口刀真不赖，杀得护院教师们不敢上前。正在这时，几个家人陪着一位年过半百的老者走进后院。看样老者是这家主人，在他身旁还站着一个壮士。壮士见此情景，向老者禀手说道："我是教师头目，理当擒贼。"说罢，抽刀上前。他这口刀比别的教师强点，若胜"黄三爷"却比登天还难，"黄三爷"无心恋战，且打且退，眼看就靠近院墙了。杨香武心中暗骂：一群饭桶，他若跳墙逃跑，向哪儿去追？得了，我出马吧。想到此处，飞身纵下。论杨香武的轻功，本该稳稳当当。谁料他脚下一滑，几乎摔倒。于是低头细看，原来踩上了那个熏香盒子。幸亏自己身轻如燕，熏香盒子才毫无伤损。他将那物伸手捡起，装入兜囊，然后才纵身上前。众教师一见又有人来，大惊失色。眼前这一个都对付不了，何况两个？杨香武不理他们，抽出小单刀直取淫贼。这口刀比那些教师不知要高多少。"黄三爷"怪叫一声："好厉害！朋友，我与你素无仇怨，因何屡屡坏我？"

"少说废话，看刀！"这口刀，刀尖儿尖、刀把儿牢、刀背儿窄、刀刃儿薄。分量轻、钢口好、合金造、断鸿毛。真堪称杀人不见血光毫！没有十个照面，"黄三爷"再难招架。杨香武一声冷笑，上边虚晃一招，下边使个连环腿，将淫贼踢出四尺多远。

护院教师们来精神了，上前按住强徒，五花大绑。

"壮士，辛苦了。"那位老者抱腕当胸，"今晚多亏壮士帮忙，快快请到客厅。"

"好吧，我正要审这个淫贼。"香武单刀入鞘，跟随老者步入客厅。好阔气的房子，雕梁画栋，摆满了古玩陈设。老者一挥手，早有从人搭过椅子，香武也不客气，转身坐下。暗中思寻：这老者一定是个人官，看样身份很高。不过，我不是求你来的，只要审明"黄三爷"，我立刻就走。

护院教师推进淫贼，这人威风全无，扑通跪倒，口称饶命。老者双眉紧皱，拍案问道："你是什么人？今晚来干什么，从实招来，免你一死。"

"老，老爷。"淫贼不知对方的身份，只好以"老爷"相称："我乃江苏省武进县人士，姓黄名三元，外号小蜜蜂，不敢瞒您，昨天晌午，我在娘娘庙见到一位美妇人，于是随她而下，见那妇人进了您府，都怪小人一时无德，所以才来……"

"大胆的奴才！竟然干出这种伤天害理之事。多亏让这位壮士遇上，否则坏了大事。来呀，立即将他送交刑部，告诉他们，秘密斩首，省得让我丢人！"

"是。"家人将小蜜蜂黄三元推了出去，次日一早便在狱中勒死。

杨香武在动手交锋时已经估计到了，这人绝非黄三太。黄三太的武功若是这样，他也成不了名。现在一听，果然如此。既然不是黄三太，事情便与己无关。于是站起身来，禀手说道："老先生，告辞了。"

"慢，请问你是何人？因何赶上此事？"

"噢？听你的语气，对我也怀疑呀？大丈夫行不更名，坐不改姓。本人杨香武，外号赛毛遂，我与那淫贼同住一家店房，他们商量采花之事被我听见。为保护贞节烈妇，我算帮了你一次。有罪吗？"

"哪里话来？只不过随便问问而已。唉，淫贼所遇者，定是我儿之妻。那孩子过门一年，求子心切，每月都去娘娘庙烧香还愿。如今我儿外出，她去得更勤了，我这当公公的又不好阻拦哪。"

"这还有点人情味。看样你官不小，我也不想知道你的身份。若是没有别的事，我告辞了。"

"不能走，救命之恩，没齿难忘。眼看天亮了，我要为壮士设宴感谢。"

"不必了，后会有期。"杨香武重新站起，要往外走。旁边那位教师头目双臂一伸："走？冲着我你也走不了！"

"你？你是谁？"

"不瞒你说，我原先也是绿林道，现在当差了。姓左名玉春。论功夫不如你，论年头比你多！"

"哈哈，早听说过，您就是那位吹破天？"

"别提那事！请问，你师父是谁？"

"圣手无痕梅映霜。"

"哎哟，原来是梅大侠的令高徒，难怪武艺如此精良。讨个大说，你就叫我哥哥吧。"

"大哥在上，小弟有礼了。"杨香武打了个千。除了黄三太，他对别人都很尊重。左玉春一见香武的态度，自觉光彩。连忙用手一扶："兄弟，王爷给咱这么大的面子，你若走了可不对呀！"

"王爷？谁是王爷？"

"人家跟你说了半天的话，你还不知道王爷的身份呢？"

"噢？"杨香武这才重新打量老者，"这么说，您是王爷呀？我早看出您官不小，可万没想到会是位王爷。"

"兄弟，"左玉春继续说道，"不仅是王爷，还是武英殿大学士呢。你快上前见礼吧。"

"对，对。王爷嘛，老百姓当然得参拜。"杨香武并不磕头，只是拱了拱手，就算见礼了。王爷欠着人家的情，也不便责怪。点头笑道："杨壮士，冲着左教师的面子，你得留下来吧。"

"这可不行，还有的是事呢。改日再见吧。"

"杨壮士，看来本王留不住你呀。来人，快取赏金。"

"是。"侍从去不多时，取来一个漆盘。王府乃大贵人家，盘中除了黄金、白银，还有些宫廷御物。杨香武斜视了一眼，本不太在意。突然，他被盘中的一朵金花吸引住了。伸手取出细看。看罢多时，又从自己鬓边摘下那朵金花相互比较。王爷微微一愣："杨壮士，你原籍何处？"

"直隶省，乐亭县。"

"噢？我向你询问一人，你可认识乐亭县令杨春晖吗？"

"这……正是先父，王爷从何问起？"

"哈哈，我见你鬓上金花，又是姓杨，本王便猜中了八九。不瞒你说，你的那朵金花便是我赠给你父亲的。"

"什么？您是索亲王吗？"

"正是本王。"

"哎呀，王爷千岁，您怎么不早说呢！朝中有许多王爷，我没想到您是索亲王啊？王爷在上，杨香武大礼参拜！"说罢，跪倒在地，连磕三个响头。索亲王双手扶起："香武，听你刚才称什么'先父'，莫非老先生作古了吗？"

"王爷，先父故去十几年了。他活着时常对我说，王爷对他有天高地厚之恩，一生难报。今日巧遇，也算天缘。"

"唉，老先生忠厚诚恳，本王原想带他进京，只念他年岁大了，才留在乐亭县。香武，你我也算世交，这回还走吗？"

"不走了。若得罪了索亲王，先父在黄泉也会怪罪我！"一句话引得众人哈哈大笑。索亲王很喜爱香武，冲他一摆手："坐下讲话。"

"王爷，有您在此，我岂敢落座。不是惧您身份，而是感您恩德。"

"言重了。来呀，客厅摆宴，与香武接风。"一声令下，杯盘罗列。索亲王越看香武心中越爱。暗中想道：凭他武功，高出教师数倍。我就不让他走了，把他留在王府，半差半友，让他长期住下。想到此处，连连笑道："香武，你就留下来吧，不要再奔波了。将来我与你成家立业。"

"王爷，这可不行。香武乍出茅庐，根基浅薄。师父让我多闯荡几年，实不敢留下。"

"还是听我安排吧。不过，此时已无暇与你细说了，因为圣上传旨让我到畅春园商谈一件大事。待我回来之后再说与你听罢。"

"噢？万岁爷不在皇宫，怎么去畅春园哪？"

"每年一进四月中旬，北京天气渐热。万岁爷便到畅春园料理国事。待到八月中秋时才重返宫中。"

"原来如此。"香武听罢，心中欢喜，不由得想出一条妙计，"王爷，我想问您一事，不知王爷肯说吗？"

"咱是世交，有话尽管明谈。"

第七回　康熙帝再得八骏图
杨香武一盗九龙杯

"王爷千岁，"杨香武给索亲王满上一杯酒，故作天真地问道，"畅春园在什么地方？那里边好玩吗？"

"哈哈，你真是个孩子。畅春园在北京西郊。既是天子别墅，当然富丽堂皇。若论好玩，嘿嘿，恐怕你连想都想不到哇。"

"无非是花草树木、楼台殿阁。还能好到哪儿去？"

"跟你说你也不懂。这样吧，待天子回宫以后，我领你去逛逛。"

"太好啦。咱们哪天去？"

"哈哈，看把你急的。我已经说过，天子得八月中秋以后才能回宫呢。"

"半年？哎呀，皇上一住半年，国家大事怎么办？"杨香武话入正题，索亲王并不理会："天子乃有道明君，岂能耽误国家大事？他在畅春园畅春阁中办公。今日上午便在那里召开御前会议。香武，时候不早，我得去参王拜驾，等我下朝再谈吧。"索亲王没敢饮酒，只是草草用罢早饭，令差官备好御辇，奔向畅春园。

畅春园位于京西海淀，倍极豪华。园中景色奇绝，飞檐重瓦，湖光山色。一条御河如飘翠带，河上高架七孔桥，装镶白玉栏杆。过了桥便是主楼畅春阁，也就是皇帝的办公处。由于今日要召开御前会议，太监们早将楼里楼外打扫干净，只等大臣来临。

天至辰时，朝中要员渐渐到齐。除了几位亲王、郡王、阁老、军机，还有六部大臣。其中声望最高者乃兵部尚书明珠。明珠字端范，号纳兰。由于他曾任翰林院大学士，所以人们称他"纳兰学士"。此公满洲正黄旗人，能诗善画，深受康熙器重。他虽然任职兵部，却愿与文人墨客为友。凡是社会贤达、知名人士，不分满汉蒙回与他都有来往。今日御前会议，他来得最早。心中暗想：国家一定出了大事，否则不会召开这种会议。

净鞭三响，当今圣主康熙皇帝登上宝座。文武大臣三拜九叩施罢君臣大礼。皇帝一摆手："众位爱卿平身。朕今日将你们招来，要商量一件大事。明珠何在？"

"奴才在，参拜万岁，万万岁。"他怎么自称"奴才"呀？原来清廷有个规矩，凡是满官都自称奴才，汉官才能称"臣"。这算是内外有别吧。康熙皇帝伸手从龙书案上取出一份文件："明珠爱卿，你将这份奏折念与大家。"

"遵旨。"明珠从太监手中接过奏折，自己先看了一遍。看罢，这位兵部大臣双眉暗皱，不由得怒从心头起。

奏折是谁写的？什么内容啊？这事还得从头说起。

明朝末年，女真族首领努尔哈赤在沈阳城建立了后金帝国，从而统一了关东诸省。当时，黑龙江达斡尔族领袖巴尔达齐自愿服从后金，并连续二十一年称臣纳贡。然而，沙皇俄国对黑龙江地区垂涎已久，他们派兵马越过叶尼塞河，肆无忌惮地进行烧杀抢掠，甚至灭绝人性地在一个冬天吃了五十名中国百姓。当地居民称他们是"吃人牲畜"。这种状况一直延续到康熙年间。康熙皇帝既有胆量，又有才智，为了维护民族的尊严，保卫国土的完整，他任命了黑龙江将军萨布素为主帅，都统彭春、参将郎坦为副帅，率领十万大兵向沙皇俄国发起了反击。沙俄主帅哈巴罗夫虽说拼命抵挡，终究邪不压正，一败涂地。最后在康熙二十八年，也就是公元1689年，两国才在平等的基础上签订了著名的《尼布楚条约》。然而，沙俄帝国并不死心，他们在东边败了，又向西边伸出魔爪。侵略者这次并未直接露面，而是收买、拉拢一些少数民族的上层分子，让他们进行分裂叛乱。在沙俄帝国的支持下，首先跳出来的便是蒙古族反动头人，大封建主噶尔丹。

再说古长城以外，一直住着蒙古三大部。一部紧靠长城，叫作"漠南蒙古"，俗称"内蒙"；内蒙以北又有一部，叫作"喀尔喀漠北蒙古"，俗称"外蒙"；第三部叫作"厄鲁特漠蒙古"，俗称"西蒙"。

据说是元末太师脱脱的后代。明朝初年，西蒙归附。明成祖朱棣曾加封西蒙领袖为顺宁王、贤义王、安乐王等，并加封下属官员为都指挥使、佥事、千户、镇抚等等。清朝立国以后，西蒙继续纳贡称臣，与朝廷保持着密切的联系。

在西蒙内部又分四个小部，一是和硕特部，二是准噶尔部，三是杜尔伯特部，四是土尔扈特部。其中，准噶尔部最为强盛。康熙初年，准部台吉，也就是部落酋长名叫巴图尔洪，此人武艺精良，胸怀大志。他在蒙古贵族与西藏喇嘛的支持下，用了十七年的时间，吞并了其余的三个部落，成了西蒙领袖，被顺治皇帝封为西海公。巴图尔洪死后，长子僧格继位。不到二年，僧格病死，又传位于其子阿拉布坦。阿拉布坦的叔叔就是噶尔丹，此人阴险狡诈，对"汗"位垂涎已久。他乘侄儿年幼，把他害死。自己入主大位，当上了西蒙首领。他的野心和所谓才智深受沙俄的欣赏，在沙俄帝国与奴隶主的支持下，噶尔丹利令智昏，便联络藏族大农奴主巴桑杰等人阴谋造反。可是，慑于康熙皇帝的威望和兵力，噶尔丹又不敢随便动手。思来想去，终于定出一条妙计。他派人从北疆选来十匹纯种伊犁马，又派人在南疆于田县寻找美玉。于田县素有"玉乡"之称，所产美玉闻名世界。尤其是有一种黄色玉石，被人们称作"精玉"，乃人间罕见的上品，只是轻易碰不到一块。说来凑巧，噶尔丹下令不久，便有人贡来一块精玉。这块玉石七寸见方，颜色娇黄，玲珑剔透。乃精玉中的精品。更有奇处，精玉下半部是空腔的，里边装着一汪清水。估计是此玉形成时将雨水裹在其中。内行人称它为"水胆玉"，为千载难逢之宝。噶尔丹得玉大喜，连声呼道："天助我也！"他派人用重金请来新疆"碾玉王"土库曼，让他在一个月内将宝玉碾成器械。土库曼不愧是第一高手，他日夜操作，只用了二十八天便将这块水胆玉碾成一只酒杯。酒杯的上半截镌刻着九条金龙，底托是那腔"水胆"。九条金龙都是头朝下、尾朝上，取意为"九龙吸水"。真是太美啦，噶尔丹爱不释手。不过，为了千秋大业，他只好忍痛割爱。将这只九龙杯、十匹伊犁马，并加一幅古画《八骏图》；三种礼物一同送入京都。随着礼物他又奉上一份奏折，内中奏道：臣父巴图尔洪曾被顺治皇帝钦封西海公，父死之后，公爵由臣承袭。可是新疆远离天朝，圣上鞭长莫及。

为利于治理本部，请圣上将西海公晋升为西海大帝，臣感皇恩，贡上九龙杯一盏、《八骏图》一幅、伊犁宝马十匹，望天颜笑纳。

兵部大臣明珠嗓音洪亮、口齿清晰，他朗朗读罢奏折，跪交皇帝。康熙收起奏折，低头问道："众位爱卿，料你们已听清楚，各抒己见，看这事如何处理？"

"万岁，"户部大臣梁清标首先跪奏，"依臣之见，就答应他吧。"

"讲出理由。"

"我朝入关以来，连年征战。先是平定吴三桂，后是收复黑龙江。兵力劳损，国库空虚。若再得罪了噶尔丹，他必定造反。那样一来，又不得安宁了。"

"嗯，似乎有理。"康熙不动声色，接着问道，"其他爱卿，你们同意梁尚书之言吗？"

"这个……"刑部大臣吴天来、吏部大臣王虎臣是一对昏庸之辈，他们除了谋私利，别的事一律不懂。现在不知皇帝的用心，所以不敢轻易表态，只是唯唯诺诺，吞吞吐吐。兵部大臣明珠一腔怒火，跪倒丹墀："万岁，梁尚书之言，奴才不敢苟同。我大清虽然连年征战，却使百姓安居乐业，休养生息。为此，国库并不空虚，而是十分丰盈。至于兵力，奴才掌管兵部，比梁尚书更知一二。"

"明珠爱卿，"康熙面含微笑，"国家兵力足吗？"

"万岁，岂止是足，而更精良。噶尔丹若真谋反，完全可以将他击溃！"

"明白了。"康熙捻须而笑。扭头对礼部大臣李光地问道："李爱卿，你是掌礼官，能将'西海公'与'西海大帝'的差别告与朕知吗？"

"万岁，"李光地双眉紧皱、怒容微露，"据臣所知，'公'与'帝'一字之别，差之千里。帝为君，公为臣，噶尔丹欲称大帝，便是另立一国。罪大莫如造反，臣同意明珠尚书的主张，应派兵讨伐！"

"且慢，"工部大臣亚布力最后跪倒，"噶尔丹只是要求晋封，并无造反行为。何况人家还贡来厚礼。天朝若是讨伐，出师无名吧？"

"依你如何？"

"依奴才所见，收下他的贡礼，不晋封他爵位，一切如故，再观动静。"

"似乎也有道理。"康熙暗想：六位大臣，三种见解。兵部、礼部主战，户部主让，工部主忍，吏部、刑部一贯沉默。究竟怎么办呢？我再问问上一层吧。

今天御前会议职位最低的是六部尚书，再往上便是三殿三阁大学士。大学士之上便是各位亲王、郡王。不过，王爷们地位高、实权小，多数是挂荣誉衔，只有和硕亲王索额图兼理武英殿大学士，他是唯一高地位的实权派，又是康熙的亲近大臣，所以，堪称举足轻重的人物。每次会议只要有他在场，其他王爷、阁老们便不多说话。康熙皇帝也知道这个传统，于是对索亲王问道："御弟，六部大臣的话你也听见了，帮朕出出主意吧。"

"万岁，奴才想见见三宝。当然，十匹伊犁马可以不看。"

"噢？"康熙不知其用意，忙令太监取来九龙杯、《八骏图》。索亲王先将《八骏图》展开，观望了一会儿，扭头向明珠说道："嘿嘿，本王对这些东西外行，明珠，你任过翰林院大学士，又愿交接文人墨客，请你讲讲这幅画行吗？

"王爷，过谦了。"明珠最喜欢文物，早想看画，只是不敢启齿。如今索亲王让他评画，正求之不得。他凑到画前，上下看了半天。见画面上画着八匹骏马：赤兔胭脂马、玉顶西凉驹、一字板肋雕、小白龙、花斑豹、雪里站、干草黄、菊花兽；八匹骏马形态各异，一匹匹鬃尾乱多、龙骨显露。

"好画！"明珠二目闪光。他又闻了闻气味，捻了捻纸张，起身奏道："万岁、王爷，奴才在画谱上见过《八骏图》。据文字记载：这幅画乃唐代画圣吴道子为玄宗所作，曾被玄宗皇帝封为镇宫国宝。近千年来，历经五代十国、辽宋元明，《八骏图》一直深锁宫廷，外界很难见到。明朝末年，李闯进京，他手下的大将们搜宫寻宝，才将《八骏图》带出宫外。后来，李闯退兵陕西，《八骏图》便被带往西陲，从那时起，宝卷下落不明了。原来被噶尔丹得去。今日晋献天朝，我主复得《八骏图》，真是可喜可贺。"明珠奏罢，站到一旁。索亲王点了点头："原来如此。明珠哇，据你看来，这幅《八骏图》十分贵重了？"

"当然贵重，价值连城。"

"好吧，你再看看九龙杯。"

"王爷千岁，"明珠捧杯看了一会儿说，"据奴才所见，这杯并非古物。不过，精玉难得，水胆玉更是罕见。此杯身兼双美，九龙雕刻细腻。它虽然比不上《八骏图》，也算一件十分难得的重宝。"

"这么说，杯也很好？"

"好极了！"

"万岁。"索亲王奉还二宝，重新奏道，"依奴才之见，应将二宝速退噶尔丹！"

"退？此话怎讲？"

"圣上，若是普通物件，留下无妨。二宝如此珍贵，绝不能留下。因为噶尔丹献宝的目的是讨封西海大帝。您若留下二宝，就得封他。您若留宝而不封帝，正给噶尔丹找到借口。他会以此为由，起兵造反！"

"御弟，朕还他二宝，他也会反哪！"康熙有点舍不得放手。索亲王一摇头："起码他不会立即动手。在这段时期内，天朝加紧操练人马，广泛招贤纳士。噶尔丹一旦起兵，我们有备无患。恕奴才直言，万岁切莫因小失大，江山重要哇！"

"对，对！"康熙脸一红，"御弟之言甚是有理。看起来，你与明珠、李光地看法相同嘛？"

"正是！大清国土，岂容分裂？天无二日，民无二主！"

"万岁，"不识好歹的户部大臣梁清标再次跪倒，"一个西海大帝能值几何？二宝价值连城，还望万岁三思！"

"哼，"康熙龙颜大怒，"梁清标，你掌管户部以来，政绩又有多少？就连手下右侍郎严景章贪赃枉法之事你都毫不察觉。看来年迈昏聩，应该颐养天年了。来呀，将他顶戴花翎摘下！"

"谢，谢主隆恩。"丢了官还得谢恩，梁清标差点哭喽。康熙见状又有些不忍："内侍，赏他白银五千两，一个月后，按尚书礼遇送他还乡。户部大臣暂由明珠爱卿代理。"

"奴才遵旨。"明珠磕头谢恩。康熙一摆手："你要抓紧练兵，有事多向索亲王求教，卷帘散朝。"

众大臣各归府第，暂且不提。

单说圣主康熙吃罢午饭,心绪不宁。想自己八岁时入统大位,三十余载弹指过去,哪有一日平安?继位之初,奸臣鳌拜篡权祸国,多亏索额图等人协助,总算清除了隐患。亲政不久,便是"三藩"作乱,平灭了"三藩",台湾的延平郡王郑经又欲谋反。幸亏大将施朗水战有方,历尽艰辛才把台湾平服。紧接着便是沙俄入侵黑龙江,刚刚签订了条约,噶尔丹又要称帝。唉,何年何月我能当上太平皇帝呢?康熙越想越烦,不由得十分困倦。宫娥、太监将他搀扶到畅春阁后殿,服侍他上床睡了。

一觉醒来已是天黑,除了皇后,各贵妃、嫔妃、贵人们都赶来了。她们听说皇上欠安,便立在床前问候。康熙面带微笑:"各位爱妃,朕只一时心烦,何劳你们这样担心?既然都到了,咱们共饮几杯吧。来呀,酒宴侍候。"

"遵旨。"膳房太监闻知万岁摆酒,个个忙碌起来。清代皇帝是最讲究吃喝的,每餐都得一百多样菜。今晚宴请群妃,当然更加隆重。

康熙坐在中间,妃子们按着等级两旁排列。根据清制,皇帝的妻子共分八等:皇后、皇贵妃、贵妃、妃、嫔、贵人、常在、答应;这八等算是有名目的,至于没名目的宫娥、彩女那就更多了。闲话少叙,众妃轮流向皇帝敬酒,一直喝到定更。有位贵妃乌氏深受恩宠,她凭借身份,向康熙笑道:"皇上,听说外番向您进贡了一盏九龙杯,乃人世罕见的宝物。求皇上取出玉杯,让妾等开开眼界吧。"

"哈哈,你们听谁说的?消息好灵通啊!"

"宫娥、太监们早就轰嚷动了,都说万岁爷又得了两件宝物。"

"言之差矣,宝物虽在我手,却不等于得到。三五天后还得物交原主。"

"怎么?进贡给万岁爷的宝物,岂有退还之理!"

"国家大事,你们不必多问。"

"哎哟,万岁爷值不值得就跟我们发火,"乌氏皇妃依仗恩宠,并不惧怕,"既然涉及国政,妾妃也不敢多问。不过,宝物过几天就送走了,今晚更得让我们看看了。"

"拿你们真没办法。"康熙面带微笑。扭头对内侍太监吩咐道:"快将九龙玉杯取来,让爱妃们观看。"

"喳。"太监答应一声，到内室取来了九龙杯。乌皇妃接杯在手，仔细观赏。她越看越爱："皇上，这九龙杯太妙了，杯托里边还装着一汪水呢。"

"这叫水胆玉，千年难逢的上品。仔细点，摔坏了咱可赔不起。"

"皇上也说笑话？"乌皇妃面带媚笑，"谁敢向皇上索赔呀？太监，快把九龙杯刷洗干净，请万岁用它饮酒。"

"喳。"太监洗净玉杯，二次献上。乌皇妃斟满了一杯酒，纤手奉上："请万岁爷赏脸。"

"也罢，今晚就用它一次，往后就用不上了。"康熙接过九龙杯，一饮而尽。虽说皇家酒美，也不可多贪。康熙今晚已经喝了不少，现在又饮一大杯，渐渐产生了醉意："众位爱妃，你们只懂玉器，不懂文物。实话告诉你们，朕还有一幅《八骏图》，比起九龙杯更强几倍。可惜你等看不明白。"

"是吗？"诸妃争着讨好，"万岁知识渊博、才智过人。我们看不懂《八骏图》，您就讲给我们听吧。"

"好！"康熙酒醉，忘了庄重。一心想在诸妃面前显露才华。他起身笑道："《八骏图》不似九龙杯，一旦玷污便有失损。眼前尽是酒宴，处处油腻，为保护古画洁净，凡欲瞻仰者，随朕同去内室。"

"遵旨。"诸妃都想看画，即使有不想看的，一见皇帝兴致很高，也争着奔往内室。皇帝和皇妃们离席而去，宫娥、太监们当然得随身侍候。片刻之间，偌大的外厅空无一人。

此时，西边的窗户突然被人从外边打开，那人从窗口往里探头观看。他见屋中无人，急忙纵身而入。这人正是赛毛遂杨香武。

自从武英殿大学士、和硕亲王索额图上朝之后，杨香武便起身告辞。护院教师左玉春再三挽留："杨贤弟，你千万不能走，王爷大概要重用你，你不辞而别，他会见怪。"

"嘿嘿，小弟不吃官家饭，不要官家管。他虽是王爷，也不能强迫我保他！"

"可是……"左玉春犹豫了一会儿说，"贤弟，你本领高强，艺业超人，走遍天涯海角也不愁碗饭吃。可是愚兄不然，我那两下子你也见到了，纯属稀松二五眼，外加平常。你走之后，王爷势必怪我，也许怀疑我嫉贤妒能。他一旦生气会撵我走，我，我若离开王府可就没有出路哇！望贤弟替愚兄着想，还是留下来吧。"

"这……"杨香武既不想留下，又不想让朋友为难。他考虑片刻笑道："左仁兄，请你准备文房四宝，我给王爷留下封书信，说明是我自动走的，此事与你无关。"

"好……好吧。"左玉春本意想留杨香武，有他护院，王府便不会出错。即便自己少挣点俸禄，也比日日担心强。可是人家坚决要走，又没什么深交，只得遵嘱准备了笔墨纸砚。杨香武从小随父读书，文采不错。他笔走龙蛇，给索亲王留下一封辞呈。然后向左玉春告别，出府而去。

回到店房，伙计迎上来说道："客官，您这两天可够忙的，昨晚又是一夜未归，真让人替您担心。"

"没什么。我有点累了，想睡一会儿，你们不必打扰。"

"您睡不成了，有位客人等了您半天，现在您房中喝茶呢。"

"噢？"香武有点纳闷，初到京师，谁会来访呢？他走进房内一看，原来是二师兄、黑手昆仑奴孙孝方。孙孝方见师弟回来了，起身笑道："怎么啦？一千两银子花光了吗？"

"哪能呢！现在还分文未动。"

"既然不缺钱，昨夜怎么又出去了？"

"嗐，碰上点意外的事，又不能不管。"杨香武将一夜经过述说了一遍。孙孝方听罢，摇了摇头："师弟，黄三太再不济，他也不能去采花盗柳。若是采花盗柳，用不着咱们管，他们上三门就把他除了。"

"是呀，我原以为黄三爷就是黄三太，一动手便知弄错了。原来他叫黄三元，骗得我好苦。"

"不苦！"孙孝方冷笑一声，"师弟，这可是天赐良机，过了这个村就没这个店了。"

"二师哥，您的意思是……"

"听我说。康熙爷去畅春园办公的事，外界根本不知道。索亲王既然把这条消息露给你了，你何不利用它一回？畅春园虽然也是禁地，总比皇宫大内松多了。康熙爷要住半年，肯定带去许多宝物。还是那句话，你夜入畅春园，拣着值钱的东西偷出两件，然后给黄三太栽赃，用不着咱哥儿们动手，皇上就把他除了！"

"二师哥，"香武摇了摇头，"这是小人之举，不是咱们干的！"

"小人？他黄三太凭镖借银、谋我宝刀，难道有君子之风吗？"

"二师哥，无论如何，我绝不干栽赃陷害之事。"

"哼，你既然这样清高，又何必向索亲王打探畅春园路线？"

"我有我的想法。"香武关上屋门，低声说道，"二师哥，我找黄三太的目的，想与他比武较量。可是一连数月，却不见他的踪影。现在我不想找他了，想让他找我。"

"黄三太凭什么会找你？"

"按照师兄的指教，我准备到畅春园盗宝。然后，再让万岁派黄三太捉贼，我稳稳当当地等着，他必然找上门来！"

"师弟，你太天真了。皇上若是不派黄三太呢？"

"我早有打算，皇上一定会派他！"

"好，即使黄三太找到你，你的武艺能胜他吗？别忘了，人家可是'威震三江'啊！"

"他威震六江，我也得会会他。嘿嘿，皇宫盗宝，必然引起举国注目。我要让绿林道看看，下五门也有英雄！"

"你真不怕费事。我要有你这两下子，盗宝栽赃，十个黄三太也活不了！"

"二师哥，不必多说了，人各有志，我意已决。"

"好吧，祝你成功！"二人话不投机，孙孝方起身告辞。

杨香武送走了师兄，关上房门。为了养精蓄锐，他上床睡觉。怎奈心中有事，无论如何也睡不着。想自己闯荡江湖以来，虽说偷过无数次，却从未偷过皇家。这可不是件小事，我得认真准备一番。他一直躺到天擦黑也没睡着。伙计端来晚饭，香武也吃不下去。把手一挥："我不饿，全拿走吧。"

"客官，看样您像有什么心事？"

"不必多问。你替我找几张白纸，再把笔砚取来。"

"是，您要写账吗？"

"快去！"杨香武一挥手，伙计转身奔往账房，片刻取来文房四宝。香武将房门插好，思考了一会儿，在纸上写了几句话，又修改了两遍，然后抄清，待墨迹干了后，将字条装好。天近定更，他插好小单刀，又从后窗户上房，直奔京西畅春园。

畅春园是皇帝别墅，戒备森严。单说宫墙就有一丈六尺高。杨香武站在墙下抬头看了看，无论如何自己也纵不上去。他从怀中掏出飞抓，抓头是五把钢钩，后边是三丈绒绳。这种器具是专为越墙准备的。杨香武看准墙头的位置，右手一抖，扔出飞抓。若是一般的墙头，必被飞抓抓住。可是畅春园墙头镶着黄琉璃瓦，又光又滑，飞抓碰上无能为力，一连几次都抓不住。英雄心中着急，进不了院墙，何谈盗宝？万般无奈，他只好顺墙根往前寻找。无巧不成书，在院墙的西北角露出一枝树杈，估计是一棵老树支出院外。香武大喜，将飞抓再次扔出，抓头抓住树枝，一拽绒绳，钢钩勒紧了。杨香武施展轻功，脚登院墙，手攀绒绳，眨眼之工便攀上墙头，他先将飞抓松下，然后一纵身跃上大树。仲春季节，大树吐绿，他手分枝条往里观看。见四处无人，这才缘着树干而落。根据索亲王提供的路线，他先找到御河，又顺着河岸找到七孔桥，越过小桥便见到畅春阁，杨香武知道皇帝在此办公，于是高抬足、轻落步，渐渐走到畅春阁西窗之外。

他在西窗户外边藏好身形，先往里边听了听，又用指甲划破窗户纸往里看了看，只见一群妃嫔正陪着一个男子饮酒，不用问，这人必是康熙皇帝。又过了片刻，乌妃用九龙杯向皇帝敬酒，并将此杯大夸一通。香武暗道：好啦，今夜不盗别的，就盗这只九龙杯！可是屋中处处有人，用什么办法盗杯呢？他向兜囊中摸了摸，小蜜蜂黄三元丢失的那个熏香盒子倒是带来了，可是用它来熏皇帝、皇妃，杨香武却是不敢。这种做法得户灭九族哇！他正在为难，皇帝领着群妃进内室看画去了，这真是千载难逢的机会。他这才破窗而入，快如闪电，将九龙杯装入怀中，又将事先写好的字条往桌上一放，扭头跳出，反关西窗，顺原路找到了大树，出园而去。

再说康熙皇帝，他令太监展开《八骏图》，又将纳兰学士评画的那番言论重述一遍，妃嫔们个个眉开眼笑，山呼万岁博学多才。康熙笑道："我这是现发现卖，从明珠爱卿那里学来的知识，你们就不必吹捧了。来呀，收起名画，继续饮酒去吧。"

"遵旨。"众星捧月，来到外厅。乌妃见圣颜欢喜，又来劝酒：

"皇上，蒙您传授学识，妾妃再敬一杯。嗯？九龙杯呢？太监，谁把玉杯收起？快快取来。"

"这个……"太监们面面相觑，谁也没敢搭话。乌妃有些恼怒："怎么？都聋了吗？快将玉杯拿来！"

"娘娘千岁息怒。"宫娥、太监跪倒了一片，他们皆不知九龙杯去向。康熙笑道："乌爱妃，何必着急？畅春阁还能丢东西吗？想必是往下撤菜时将九龙杯一块撤走，快去御膳房寻找。"

"喳。"太监去不多时，回来禀奏，御膳房并无玉杯。几个宫娥、彩女爬到桌子底下、箱子底下寻找，仍不见玉杯下落。康熙有些奇怪，他倒背双手，在厅中转来转去。难道九龙杯真的失踪？不能啊！正在此时，忽听乌贵妃一声尖叫："皇上，你看那是什么？"

"啊？"康熙顺着贵妃的手一看，只见细瓷碟下压着一张白纸。方才进餐时，并无此纸，肯定是后放的。皇帝一摆手，早有内侍太监将纸张取出，跪呈康熙。康熙看罢，不由得大吃一惊！

第八回　彭巡按再临绍兴府
黄镖头三访集贤庄

话说康熙皇帝打开那张纸一看，只见上面写着一首打油诗：

> 京师访友友不在，取走玉杯君休怪。万岁若擒盗宝人，
> 请派绍兴黄三太！

看罢打油诗，皇帝暗想：好大胆的贼人，竟敢夜入畅春园，盗走九龙杯，真是不知死活！看起来这事与飞镖打虎的黄三太有关，我必须抓住这条线索，顺藤摸瓜，尽快捕捉飞贼。

由于失宝，晚宴不欢而散。次日天刚亮，皇帝传旨，请和硕亲王、武英殿大学士索额图到畅春阁回话。索亲王闻讯十分紧张，天色这么早就传自己，空前未有，一定是为了什么大事。他急忙顶冠束带，连早饭都没顾得吃，跟随内侍太监急奔畅春园。畅春阁中冷冷清清，除了太监，只有皇帝一人，各部大臣均不在场，索亲王叩拜万岁："圣上，传奴才来此，有何吩咐？"

"御弟，昨夜寝宫出了大事，你是朕第一重臣，朕想与你单独商议。来呀，给王爷搭座。"

"奴才不敢。"

"今日没有别人，你我还是以兄弟而论吧。"康熙对索亲王十分信任，他将失去九龙玉杯之事讲述一遍。索亲王听罢大惊失色："哎呀，丢失九龙杯非同小可，此事若被西海公噶尔丹知晓，又要节外生枝。"

"御弟，正因为如此，我才单独与你商议，唉，即使噶尔丹不知此事，将来让朕拿什么退他？"

"是呀，九龙玉杯关系到国家，必须尽快寻找。可是人海茫茫，到哪里去找呢？"

"御弟，那个盗宝贼不仅武艺高强，而且胆量极大。他竟敢留下一首打油诗，拿来你看。"

"是。"索亲王接过那张纸，一连读了三遍。忽然觉得笔迹眼熟，似乎在何处见过。他沉思良久，终于想起来了。昨日退朝回府，护院教师左玉春将杨香武辞行之事如实禀告，同日，还递上一封他的亲笔辞呈。自己读后，还曾夸奖过杨香武，说他文武双全，书法流利。眼前这首打油诗，字迹与那份辞呈一模一样，难道盗宝人就是杨香武？对，很有可能。一来他武艺高强，身轻如燕；二来他向我询问过畅春园路线，我当时并未在意，还答应将来领他逛逛。看来他不是童心好奇，而是早有打算哪！

康熙见索亲王沉思不语，奇怪地问道："御弟，你在想什么呢？莫非从诗中看出破绽吗？"

"没有。"索亲王不敢说实话。因为只是怀疑，并无真凭实据。他禀手奏道："万岁，诗中露出黄三太的姓名，您还记得此人吗？"

"当然记得。黄三太飞镖射虎，救驾有功。朕曾赐他黄马褂。"

"是了，据奴才估计，那个黄三太得到圣物，一定大肆宣扬。可能在某个环节上得罪了绿林人，他才入宫盗宝。至于盗宝目的嘛……可能……可能是与黄三太赌气，并非想扰乱国家。"俗话说"是亲三分向"，索亲王想到了杨香武，便有意替他减轻罪名。康熙听罢，微微点头："但愿如此，若真是绿林人赌气，咱向他们讲明利害，让他们顾全大局，也许能将玉杯归还。下步怎么办呢？"

"依奴才之见，九龙杯归还之前，让明珠抓紧操练兵马，暂不理噶尔丹之事。"

"不可，那样会逼急反贼。朕准备刷一道圣旨，不提西海大帝之事，只对他表示安慰，以此稳住噶尔丹。待寻回九龙杯，立即退还给他。那时，咱们的兵马也就练成了。"

"圣上英明。"

"御弟，事关重大，不宜宣扬。派谁去捉黄三太呢？可要找个稳妥、心细、办事有方之人哪。"

"万岁，奴才想保举都察院三品御史彭朋为钦差大臣。这个人足智多谋，又任过绍兴知府，若派他去，敢保万无一失。"

"正中朕意。"康熙点头赞成。

彭朋就是原浙江绍兴府萧山县七品县令。这事还得从黄三太说起。

黄三太侠肝义胆，他将浙江巡抚的三千两官银借与白马李七侯，再加上自己与李七侯各凑私银一千两，一共五千两白银，由左玉春带往京都。左玉春也是位豪杰，他分文不占，将全部款项，连同彭公的状纸一并交与索亲王府三品长史，请他转达王爷千岁。长史得了人家的银子，当然得替人家办事。他对左玉春说道："同府当差，我本不该收你的钱。可是你把银子带来了，我只好留下，用它打点官司吧。"其实，长史深知索亲王的脾气：只要有理，用不着花钱运动，如果没理，花多少银子也白搭。过了几天，他乘王爷闲暇，便将彭公的状纸交了上去。王爷一皱眉，他本不愿让手下差官干预政事。可是长史乃皇帝钦派，身份很高，自己又不便驳他，只好打开状纸浏览一遍。这份状纸写得太棒了，不仅书法俊逸、语言流畅，而且有理有据，是非分明。这还不算，状纸中对朝政还提出许多看法，简直是一篇"治国宏论"，把个索亲王喜得眉开眼笑："人才呀！一代栋梁几乎埋没，这种人只当县令，太可惜了。"他立即入宫见驾，将彭公状纸上呈康熙。康熙不知彭朋何人，既是索亲王面呈，岂能不阅？他看罢状纸，又喜又恼。喜的是发现了大才，恼的是官场黑暗。于是立刻传旨，让索亲王调查此案。经过调查，真相大白，原来是总管太监梁九公从中作祟。皇帝大怒，将梁九公申斥了一番。警告他说，再有类似之事，必将撤职严办。然后，钦定武文华充军宁夏，没收家产。提升彭公为绍兴府四品黄堂知府。彭公到任三个月，便将绍兴府治理得井井有条。又经索亲王保举，康熙调彭朋入都，晋升为都察院三品御史。按清朝官制，都察院是监察机关，权力很大，正堂称"都察使"，为从一品官员，与六大部平级。下设十三道御史，分管南七北六十三省监察工作，又设六科给事中，分管中枢六大部的违法事宜，这十三位御史、六位给事中虽然是三品官，都享有特权，就是可以"闻风奏事"，即使与真相不符，也不负任何诬告之责。这样一来，六部官员及各省督抚都惧他们三分。于是，夏天有"冰敬"；冬天有"炭敬"，说穿了就是行贿送礼，求他们"上天言好事"。对此项举动，皇帝也深有了解，只是睁一眼闭一眼，不犯大事，不加过问。

彭公忠正廉明，他的御史台专管浙江事务，浙江各路官员也免不了送礼。彭公有心不收，又怕引起各道御史不满，为此，他虽收下礼物，又找借口退还。至于官员们的成绩，绝不埋没；劣迹也绝不宽容，因而，浙江官员对他十分敬佩，背地称他"彭青天"。索亲王深知彭公的为人，浙江又属他管辖，所以才推举他为钦差大臣，去绍兴会见黄三太。康熙甚为满意："御弟，事关机密，我令他暗为钦差、明为巡按，表面只说视察三江，不提调黄三太之事，以免露出九龙杯。"

"万岁想得周到。"

"来呀，传彭朋见驾。"

"喳。"太监到临时朝房，各大臣均已到齐。他们听说索亲王与皇帝密谈，还以为又是西海公噶尔丹之事。太监喊道："都察院御史彭朋听旨，万岁爷传你畅春阁见驾呀！"

"遵旨。"彭公撩袍端带，随同太监登上畅春阁。跪倒丹墀："臣彭朋参见吾皇万岁，万万岁。"

"爱卿平身。朕已刷下两道圣旨，让你明为巡按，暗做钦差，出使三江办一件大事。具体内容由索亲王向你交代。"

"遵旨。"彭公十分纳闷，怎么还以双层身份出使呀？此时不敢多问，只得领旨下殿。散朝之后，索亲王将彭朋带到王府，挥退差官，密谈经过。

彭公听罢，不由得倒吸一口凉气："王爷千岁，这个案子太大了。入宫盗宝已是罕见，更何况九龙杯涉及国政。贼人是什么身份呢？"

"彭大人，"索亲王犹豫了一下，接着说道，"我这里有两件物品，请你比较对照。"话罢，将杨香武的那封辞呈和畅春阁桌上的打油诗一并交付彭朋。彭朋不解其意，看罢说道："依卑职所见，此二件出于一人之手。不知杨香武是谁？"

"彭大人，杨香武乃本王的世交，他又救过我儿媳之命。据本王猜想，入宫盗宝者定是此人！"索亲王把杨香武的事说与彭公，最后叹道："唉，这只是本王的推测，证据不足，所以未敢奏明圣上。你这次南巡，千万要注意此人，一旦发现他，让他速来见我。"

"知道了。"彭公从王爷的神色中，已经看出祖护之意。他将杨香武的名字牢记心中。

领下圣旨，不敢久留。彭大人准备了三天，第四天率队离京。这真叫"钦差出朝、地动山摇"，执事道队前方开路，对子马列在两旁。正中间是一乘八台绿呢子大轿。彭公端坐轿中，心事重重：这次南巡，任务是调选黄三太入京，然后令他缉捕窃贼。捉到贼人万事皆休，若是捉不到，黄三太便得吃罪。人家对自己有过大恩，为让自己雪冤，他曾冒险动用官银。这次与他相见，理当报恩，可是九龙杯涉及国政，又不能感情用事，难哪！只好随机应变了。

按照正常规律，钦差每日行军三十里。再加上各州城府县送往迎来，直到夏天，彭公才来到浙江境界。浙江巡抚特尔恭额早已闻讯做好准备，他出城十里，亲自将彭公接到驿馆。钦差的住所与众不同，院中有一座黄琉璃瓦的凉亭，是宣读圣旨的地方。为此，人们称为"金亭驿馆"，馆内设备可想而知。彭公在浙江做过知县、知府，曾是特巡抚的下属。今日虽任钦差，仍不敢僭位。他抱腕禀手："特大人，卑职何能，敢劳大人如此厚爱。"

"话不能这样说。如今彭大人已是贵如天子，还要恕下官招待不周。钦差大人有何吩咐，尽管明言。"

"特大人，卑职受圣上委派，到三江巡视民情，并无什么大事。只有一件私人小事请大人帮忙。"

"过谦了，请钦差吩咐。"

"卑职在萧山县任职期间，曾交下一个朋友。此人家住白马坡，名叫李七侯。我想请他到驿馆述旧，抚院大人肯否？"

"哎呀，钦差会客，下官岂敢阻拦？我立刻派人去请李壮士。"特巡抚早有耳闻，彭公复职与李七侯有关。今日钦差初到便欲见他，证明消息可靠。他不敢怠慢，立刻派出四名旗牌官去往白马坡，三日之后，李七侯来到驿馆。

今非昔比，李七侯双膝跪倒："草民参拜钦差大人。"

"快快请起。"彭公急忙还礼,"李壮士,您是我的大恩人,咱们朋友而论,切莫把我当作钦差。来人哪,为李壮士摆酒接风。"

"多谢大人。"李七侯见彭公依然如故,也就不那么紧张了。席间,彭公屏退左右,低声说道:"李壮士,我不瞒你,这次出巡,下官身负密旨,有些事情还要请你帮忙。"

"密旨?"李七侯十分不解,"望大人明谈。"

"我来传调黄三太!"彭公将事情经过讲述一遍,最后摇头叹道,"只怕黄镖头捉不住盗宝之人,那样一来,他会担罪。"

"依大人之见呢?"

"我准备单刀直入,问问黄镖头有无把握。他若有把握,我就向他宣读圣旨。若无把握,我就劝他远走高飞,隐姓埋名,今生今世再不露面。"

"大人,皇帝若怪呢?"

"自然由我承当。也算是报答黄镖头的恩情吧!"

"您错了!大人把草民视为朋友,恕我直言,若是一般案子,您放走钦犯我不敢拦,可是九龙杯一案事关国政,必须破案,别无他路。您若信得过我,我愿协助黄三太缉捕窃贼。"

"有劳了。李壮士,你久居绿林,可认识一个名叫杨香武的人吗?"

"杨香武?听说过,此人乃圣手无痕、大侠梅映霜的关门徒弟,出师不久,正在闯荡江湖。大人因何提起他来?"

"盗取九龙玉杯者,可能就是他!"

"啊?您弄错了吧?杨香武刚刚出师,论名望、论地位、论经验、论功夫都差远啦,他岂敢干出这等惊天动地之事?再者说,他与黄三太素不相识,又非一个门户,井水不犯河水,用不着这样啊?"

"绿林规矩,下官不懂。可是这条线索乃索亲王提供,估计内中大有文章啊。"彭公将笔迹之事讲述一遍,闹得个李七侯丈二金刚——摸不着头脑。他沉思良久,叹道,"唉,这事只好问问黄三太了,也许他与杨香武有过什么过节。我明日便去找他。"

"好吧,在下官传调他之前,你先向黄镖头通通信息,话要婉转一些,以免让他过于紧张。"

"知道了。"次日清晨,白马李七侯辞别彭公奔往绍兴府。此时,黄三太刚刚由关东押镖回来，正在准备为母办寿。他一见李七侯，禀手笑道："贤弟，你是来拜寿的吧？还有十几天呢。"

"三哥，伯母华诞，小弟本不该让你扫兴。可是事关重大，又迫在眉睫，我只好实言相告了。"

"啊？"黄三太微微一愣，"李贤弟，出了什么事吗？"

"请让左右退下。"李七侯支走从人，将畅春园丢失九龙杯之事讲述了一遍。黄三太听罢大惊失色："贤弟，九龙杯事关国政，你从何处知晓？"

"寻杯钦差便是那位彭公，他将小弟传去，一来说明真相；二来想放你逃走，以此报答赠银之恩……"

"什么？放我逃走？这事与我有什么关系？"

"三哥，盗杯人曾留下一首诗。最后两句是'万岁若擒盗宝人，请派绍兴黄三太！'为此，彭钦差才来专程找您哪。"

"哎！"黄三太大叫一声，"贤弟，我得罪绿林人了！"

"对，此人可能是杨香武。"

"杨香武是谁？我从不认识呀？"

"据我听说，他是梅大侠的关门徒弟。"李七侯将笔迹之事又说一遍。黄三太紧皱双眉："怪了，我对梅大侠一向敬重，又与他大弟子欧阳德八拜结交，这个杨香武为什么要把我牵扯进去？"

"你得罪过他吗？"

"没有，我从未见过此人，何谈得罪？"

"好吧，我将这些情况禀告彭公。三哥暂莫离家，等候消息。"

"当然，我若逃走，岂不连累你与彭钦差？"

"小弟告辞。"李七侯不敢久留，急忙离开绍兴，奔往杭州府。彭公听罢他的禀告，摇头叹道："唉，你们绿林人事故太多，下官又不懂内情，只好亲自见见黄三太了。"

"大人，"李七侯犹豫片刻，"黄三太是草民的朋友，还望大人手下留情。"

"那是自然。他也有恩于我，凡是能帮上忙的，下官一定尽力而为。"

当晚，彭钦差向特巡抚辞行："抚院大人，下官曾在绍兴府任过黄堂，欲故地重游，再到那里去看看乡亲父老。"

"哈哈，钦差的行踪，本院岂敢过问？要本院陪同前往吗？"

"不敢劳动大驾。"

"好，我令巡抚衙中军官陪钦差同去，有什么事情尽可向他提出。"

"多谢抚院。"彭公传令，执事道队奔往绍兴。绍兴百姓闻知彭公再临，自动夹道欢迎，担酒牵羊，跪在轿前，真让彭公热泪盈眶。绍兴知府史永春将钦差请入驿馆，设宴接风。官场应酬不必细说。当天晚上，白马李七侯问道："大人，几时传黄三太呀？"

"李壮士，黄三太是我的恩人，若是传他，显得不恭。明日一早，你我同去镖局见他吧。"

"大人是奉旨钦差，不便上街。"

"我换上微服，有你跟随，料也无事。"彭公主意拿定，次日带领李七侯离开驿馆，奔往三太镖局。

绍兴乃文化古城，读书人极多。这样一来，文具店、古玩店应运而生，比比皆是。忽然，李七侯一拉彭公的袖子，向一家古玩店努了努嘴。彭公顺方向一看，只见这家店铺门前挂着一幅白布招牌。招牌中间画着一只大酒杯，两边写着几行小字："新到特制精玉酒杯一盏，价格公道。欲购者请往集贤庄悦来客栈面议。"彭公看罢，暗中点头："李壮士，莫非此杯就是九龙杯吗？"

"大人，现在不敢肯定，也许有些说道。咱们到古玩店内问问吧。"

"依你。"二人走进店铺，老板见他们风度不俗，连忙亲自接待："二位先生，想看点什么？敝店在绍兴府数一数二，货物最全了。"

"掌柜的，"李七侯摇了摇手，"别的一律不买，只想看看那盏精玉酒杯。"

"先生，那盏酒杯不在敝店，敝店只是代替卖主做个广告。您若买杯，得去集贤庄面议。"

"请问，卖主什么模样？他将玉杯拿来过吗？"

"没有。卖主并没亲自出头。他派店房伙计送来招牌，挂一天给一两银子。按说敝店不缺这点钱，可人家看中敝店，又不好推托。"

"原来如此。"李七侯点了点头，又向彭公递了个眼神。二人转身要往外走。这时，从店外又走进一人，这人打扮十分出奇。虽说盛夏，他却身着紫羊羔皮袄，板朝里、毛朝外。头戴金边檐毡帽，上缀珊瑚顶。鼻子上架着一副水晶眼镜，玳瑁镜框又宽又大。手中拿着一根烟袋，玉石嘴、湘妃竹竿、风磨铜的锅子有小碗那么大，最少也装四两烟叶。他进门就喊："唔呀，哪个王八羔子卖酒杯呀？"带有江南口音。

"您这是怎么说话？"掌柜的有点不满，"谁是王八羔子？"

"哎呀，龟孙莫怪，吾老子口头语，说习惯了。"

"好嘛，我又成龟孙了！"掌柜的扭头不理他。李七侯又惊又喜，上前打千："哎呀，这不是欧阳二哥吗？您从哪儿来？"

"哎呀，李贤弟，没想到吾老人家在此碰上你老人家。你老人家一向可好吗？"

"二哥，您来得正好，快随我们一同去见黄三哥吧。"

原来，这人人称"怪侠小东方"，姓欧阳名德。

欧阳德原籍浙江嘉兴府，其父也是一位武林豪杰。他六岁时拜在大侠梅映霜门下学艺，为梅大侠顶门弟子。十八岁出师，贺号"小东方"，将他比作东方朔之意。欧阳德最喜名山大川，闯荡江湖时曾到处游逛。有一年他去四川峨眉山，巧遇一位九清真人张景和。张真人见他风貌不俗，便与其攀谈，并有意向他露出几手绝技。欧阳德虚怀若谷，纳头便拜。张真人摆手说道："我很喜爱你，愿授你一些武艺，但不能正式收徒。因为你是下五门弟子，我若收你，下五门会骂上三门挖他墙脚。若再引起门户之争，反而不美。"

"就依您老人家。"欧阳德不敢强求，施了半师之礼。一晃三年，艺业大进。除了软功、硬功，他还练就了一身"寒暑不侵"。也就是冬天敢下冰河洗澡，夏天敢穿皮袄。为此又落了个"怪侠"的称号。最近，他闻知盟兄黄三太要为老母庆七旬大寿，所以赶来绍兴祝贺。拜寿总不能空手去，欧阳德便想买些礼物。他见玉杯的招牌很大，于是进店询问，不期巧遇李七侯。

"欧阳二哥，"李七侯将他拉出店外，低声介绍，"这位是钦差大臣彭公，正欲拜访黄三哥，您也一同去吧。"

"钦差？"欧阳德将彭公打量几眼，心中纳闷：钦差找黄三哥干什么？此时不便细问，又不便参拜。只好点头应允。李七侯又道："二哥，您来得太巧了，有您在此，事情就好办啦。"

"什么事？与我有什么关系？"

"见到黄三哥再说吧。"三人边说边走，来到镖局，黄三太将他们迎入客厅。李七侯忙做介绍："三哥，这位就是彭钦差，请您见过。"

"啊？"黄三太大吃一惊，他万没料到钦差会来此地。急忙上前参拜。欧阳德也见了彭公。彭公带笑摆手："三位壮士，快快坐下讲话。此处不是官场，何必多礼。"

"谢钦差。"三人在偏座坐下。镖客献上茶来。黄三太支走从人，禀手说道："钦差大人，李贤弟将您的来意已经告知在下，在下愿随大人赴京都请罪。"

"恩公何罪之有？因为盗宝之人留下你的姓名，万岁才传你入都。据下官猜想，无非派你缉捕窃贼，恩公不必担忧。"

"请大人千万别叫我'恩公'，草民受之有愧。"

"好吧，下官所欠的五千两白银已经带来了，明日送到，请二位验收。哈哈，这笔银子既有下官的俸禄，又有向人告借的，绝无贪赃款项。"

"大人言重了。"

"哎呀，"欧阳德越听越纳闷，"这是怎么回事？吾老人家糊涂透了！"

"欧阳二哥，听我告诉您。"白马李七侯把事情讲述一遍，欧阳德听罢也很吃惊："哎呀，这是哪个混账王八羔子办的事啊？若叫吾老人家抓住，揍个龟孙。"

"二哥，"李七侯笑道，"您老人家别骂了，办这事的很可能是您亲师弟杨香武，所以我说您来得正巧。"

"那个王八羔子胆子特大了，吾老人家若见到他，先敲他三烟袋。"

"这事不敢肯定。虽有笔迹为证，依据并不充足。二哥，有一件事令我生疑，您还记得那块卖杯招牌吗？"

"是了，是了。卖杯的那个王八羔子一定是盗宝贼。"

"怎么回事？"黄三太不知就里，问明经过，点头称是，"此乃绿林人惯用的手段，以此达其目的。据我所知，集贤庄悦来店主姓王名伯燕，外号神偷手。盗宝者也许是他，不是杨香武。"

"王伯燕?"李七侯一声冷笑,"那人贪财好酒,胆小如鼠,他绝不敢偷盗皇家九龙杯!"

"哎呀,不要乱猜了。待吾老人家到集贤庄去一趟,回来便知分晓。"欧阳德自告奋勇。

黄三太听罢,摇头叹道:"谈何容易?那人既敢公开卖杯,定是一位武林高手。欧阳贤弟,若十天半月探不出眉目,钦差如何交旨?"

"无妨,"彭公本欲报恩,这正是机会,"黄壮士,万岁传你入京,目的也是捉贼。若能立即捉到,晚些入京绝无妨碍,一切担在下官身上。"

"多谢彭钦差。"

既有钦差宽容,黄三太稍稍放心。怪侠欧阳德不敢耽搁,立即起身奔赴集贤庄。送走欧阳德,彭公与李七侯也一同告辞。黄三太不便挽留,亲自护送钦差回衙。

一晃两天过去了,黄三太心中万分焦虑。因为集贤庄离绍兴城只有二十五里,依欧阳德的腿功,当天能跑几个来回。可是二日无消息,难道出了什么大事?他正在思念,欧阳怪侠推门而入:"好他两个混账王八羔子,把吾老人家坑苦了。"

"贤弟,快说怎么回事?"

"别提了。吾老人家到集贤庄先找到悦来店店主王伯燕。吾对他说,为了给黄伯母拜寿,想买那只酒杯。王伯燕将吾领到后院,屋中出来一个人,您当是谁?原来是吾师弟孙孝方那个王八羔子。他与吾摆酒,只是不提卖杯的事。后来将吾灌醉了。第二天才对吾说,卖杯之人是杨香武,出去玩耍,得五天后回来。气得吾老人家抽了一锅子烟,怕三哥着急,回来送信。"

"唉,白跑一趟。"黄三太无奈,派人请来李七侯商议对策。李七侯抖了抖手:"三哥,全怪咱们大意了。既然估计到杨香武,就不该让欧阳二哥去。他们是亲师兄弟,又知道欧阳二哥与你的关系,除了哄骗,又能如何?据我猜想,欧阳二哥上当了,杨香武绝不会外出,只是不愿见你而已!"

"王八羔子,小家雀骗了老家贼!"

"您也别生气。杨香武才二十来岁,未必有这么些道眼,兴许是你二师弟孙孝方的主意。"

"对呀，那个龟孙历来无有好心眼子！三哥，吾再去一趟吧？"

"别去了。"黄三太摆手说道，"他们既然躲着你，再去也不行。还是我亲自前往吧。"

"三哥，您现在不宜露面。"李七侯上前阻拦，"孙孝方、杨香武与三哥的过节还不明朗，您若此时出头，双方都在火头上，关系可能激化。小弟与孙孝方虽不太熟，也算认得。还是让我去一趟吧，先摸摸底细，再做下步打算。"

"这……也好。贤弟快去快回，以免愚兄惦念。"

"告辞了。"李七侯一去又是两天，第三天中午赶回镖局，"三哥，不出所料，您果然得罪了他们。"

"什么？那个杨香武没见过我，谈何得罪？"

"一言难尽。我到悦来店，先见到孙孝方，后见到杨香武。二人还算够朋友，他们与我摆酒，问我是不是为九龙杯而来？我只好实言奉告。"

"他们怎么说？"

"第一，杨香武出师香堂曾请过三哥，可是您不予理睬，这是瞧不起他们下五门。第二，您凭金镖借银；用江湖之财讨好官府，分明是个势利小人。第三，山东沙店谋人宝刀，不顾孙孝方，只顾自己，忘记了绿林义气，还算什么君子！根据这三条，他们本想找您算账。可是您打虎救驾，身价百倍。再跟您小来小去的就没意思了。所以才盗出九龙杯，惊动普天下。目的嘛，引起绿林人的注目，让大家品评功过是非！"

"哎呀，原来如此。二位贤弟，人家这三条之中，有两条是对的。我不该辜负梅大侠的心意，更不该带走宝刀。孙孝方为了这口刀奔波月余，我连句客气话都没对他说。实在对不起人家。至于第二条，凭镖借银，事出无奈。人家不知内情，也难免误会。"

"哎呀，黄三哥太仁义了。孙孝方那个王八羔子若得宝刀，更得干坏事啊。吾老人家再去一趟吧，向两个王八羔子讨来九龙杯，让他们负荆请罪也就是了。"

"千万不能这样。"黄三太连连摆手，"贤弟若以大师兄身份压他们，他们不仅不服，会更恨愚兄。也罢，你们去过两次，第三次该我亲自出马了。"

"三哥，您见着他俩怎么说呢？"

"先申明大义，再看看他们的打算。"

"不过，西海公谋反的事千万不能外露。这是国家机密，他二人跟咱们不是一条心，若将此事传出去，会影响国家的大计。"

"我明白，只说皇家宝物重要，劝他们交还，不提番邦之事。"

"不那么容易吧？请三哥带上金镖宝刀，准备比武！"

"愚兄自有安排。"

国家出版基金项目
NATIONAL PUBLICATION FOUNDATION

中国传统评书

抢救出版工程

主　编　田连元

执行主编　耿柳

康熙三侠（下）

郝赫　编著

春风文艺出版社

·沈阳·

第九回　小东方独闯玉杯宴
大寨主聚结金牌盟

　　黄三太辞别众人，离开镖局，单身独马奔往集贤庄。

　　再说赛毛遂杨香武畅春园盗宝之后，多多少少也有几分后怕。他找到黑手昆仑奴孙孝方，请二师兄帮助自己拿些主意。孙孝方一见九龙杯，不由得心中大喜："小师弟，真有两手，你不愧是赛毛遂！"

　　"师哥，明人不做暗事，我还给他们留了一首诗呢。"杨香武得意扬扬，细说经过。孙孝方听罢更加高兴："太妙了，咱哥儿俩携带九龙杯远走高飞，让他黄三太无处查找。不出半年，皇帝定斩他项上人头！"

　　"这可不行。"杨香武连连摆手，"盗杯目的为斗黄三太，如果隐遁山林，不如不偷。"

　　"你呀！"孙孝方无可奈何。宝杯是人家偷的，当然得由人家做主。他只好问道："你想怎么办？"

　　"如果师哥愿意，请随我一同奔往绍兴府，有杯在手，何愁黄三太不见？"

　　"好吧，我与你同去，咱们见机行事。"二人离开京都，来到绍兴。若依杨香武本想住在城里，可是孙孝方说，集贤庄悦来店店东、神偷手王伯燕与自己有交，住他店中会有照应，杨香武也就同意了。岂不知孙孝方另有打算。

　　彭公南巡，杨香武知时机已到。于是派店房伙计往城中挂出售杯招牌，不出所料，先是欧阳德，次是李七侯，最终将黄三太引到集贤庄。

　　集贤庄悦来店店东王伯燕，此人乃下白猿门出身，外号人称"神偷手"。他开店房只为掩护，实际上还是以偷盗为主要职业。不过，他的原则是只偷外，不偷内。凡是住他店房的客人，哪怕背着一座金山，他也绝不下手。因而，王伯燕在绿林道中的名声还算不错。他与黑手昆仑奴孙孝方同属一门，虽有上、下支派之分，总算师兄师弟。孙孝方嘱托他说，一待见到黄三太来访，要立刻向他报告。王伯燕不知内幕，点头应承。这天，他正在店房门前迎送客人，忽见黄三太乘马而来。王伯燕急忙转身奔向后院。来到客房，抱腕禀手："孙师兄，杨师弟，黄三太来了！"

"哈哈，来得好！"孙孝方冷笑一声，"师弟，抄家伙吧！"

"不忙。"杨香武摆了摆手，"二师哥，咱们还是先君子，后小人吧。请您随我迎接。"

"接他？"孙孝方虽说不满，只得听从香武的安排。他们刚要起身，黄三太在伙计的指引下，已经来到后院。他向孙孝方一抱腕："孙贤弟，山东沙店一别，又有数月，你一向可好哇？"

"好，可惜宝刀丢了！"

"愚兄今日前来，就为此事。再过三天便是家母七旬大寿，那时寸群雄云集，武林盛会。我请孙贤弟务必参加。"

"噢？在众人面前给我点颜色吗？"

"你想错了。黄某当初疏忽，误将宝刀带走。我打算在群雄面前还刀请罪，决不食言。"

"哈哈，说得好听！可惜那口银龙宝刀原先也不是我的。我若受刀，必被武林耻笑，今后在江湖路上寸步难行。而你黄三太呢？明知我不敢接刀，却故意来这手。这是用我当梯子，你来爬高。嘿嘿，够绝的呀！"

"这个……孙贤弟过虑了。黄某乃真心实意呀！"

"既有真心，何必虚张声势？现在就将宝刀给我吧！"

"我，我怕引起你们误会，宝刀、金镖一律没有带来。"

"黄三太，"杨香武绿眼珠一瞪，"不带宝刀、金镖，你来干什么？"

"请问，这位壮士是？……"

"在下杨香武，外号'赛毛遂'。"

"噢，您就是杨香武？久仰，久仰。杨壮士，黄某到此，不为比武，而是邀请众位到敝宅喝杯寿酒。不知杨壮士肯赏光吗？"

"行，咱们一言为定。"杨香武正想在群雄面前会会黄三太，所以满口应承。黄三太抱腕当胸："多谢了，三日之后，恭迎大驾！"说罢，翻身上马，告辞而去。

孙孝方望着黄三太的背影，把脚一跺："哼，好一个南霸天，真有些大将风度。他分明为九龙杯而来，却只字不提，有风度！"

"二师哥，今日不提，三日之后总会提起。"

"你真想去吗？酒无好酒，宴无好宴，拜寿者尽是上三门之人，去了肯定吃亏。"

"总不能言而无信吧？"杨香武有些不悦，倒头睡去，不再言语。

转眼三天。这日一早，杨香武将浑身上下收拾利落，背插小单刀，鬓戴赤金花。他向孙孝方问道："二师哥，咱们现在起身吧？"

"我说过了，不去！"

"怎么？你真的不去？"

"我并没答应黄三太，也不算失信。愿去你去吧，人各有志嘛！不过，九龙杯最好别带，以免遭到暗算。"

"这，也好。"杨香武取出钥匙，面色冷静，"二师哥，咱是一师之徒，亲如手足。您既然不去，我将宝杯交您看管，万一我回不来，您就将此杯交与师父吧。这是钥匙，宝杯锁在木匣之中。"

"师弟放心。"孙孝方接过钥匙，装入怀中。杨香武向他拱了拱手，转身而去。

集贤庄距绍兴城二十五里，英雄一哈腰，施展陆地飞行术，片刻即到。当初曾去镖局盗过金匾，轻车熟路。来到镖局门外，见悬灯结彩，十分热闹。镖客见他背刀，以为是拜寿的武林豪杰，连忙笑道："请您这边留名。"

"我可没带寿礼，还用留名吗？"

"玩笑了。我们镖头吩咐过，不甘上不上礼，都得留名。这是人情。"

"写吧，杨香武！"

"噢？您就是杨香武？快往里请。"镖客也顾不得给他留名了，连忙将他请入客厅。

客厅中高朋满座，各路英雄来了一百多位。黄三太一见杨香武，起身相迎："杨壮士，言而有信，孙壮士呢？"

"他临时有点事，不能来了。"

"杨壮士请坐，我先给您指引一下吧。"黄三太刚想逐个介绍，小东方怪侠欧阳德将手一招："哎呀，你个混账王八羔子，还不过来给大师兄磕头吗？吾总算见着你这龟孙了。"

"您是……"杨香武一听语气，便知他是欧阳德。当年师父嘱托过，见到大师兄要多加亲近。绿林道的规矩不可违背。他连忙紧走几步，扑通跪倒："大师哥在上，小弟大礼参拜。"

"王八羔子还算懂礼，起来吧。"

"大师哥，"杨香武无可奈何地摇了摇头，"您怎么见面就骂？"

"哎呀，吾老人家骂你是便宜的，就冲你这混账王八羔子办的事情，吾老人家还想揍你呢！"

"长兄如父，您打我，我也不敢还手。不过，黄三太若想借您的势力压我，我宁死不服！"

"混账王八羔子，黄三爷若想压你，还用借吾老人家的势力吗？你十个杨香武也敌不住一个黄三太呀！"

"大师哥，您这话太玄了吧？"

"哎呀，我说黄三爷，你教训教训吾这小师弟吧，他老人家要上天了！"

"取笑了。"黄三太一摆手，"杨壮士，欧阳怪侠爱说笑话，您千万不要在意。"

"黄三爷，我大师哥说的并非笑话，我正想向您求教呢。亮家伙吧！"香武毕竟年轻，当着这么些绿林高手，他本不该这样。黄三太心中明白，这一仗早打晚打，早晚得打。不过，刚见面就动手，又在自己府里，未免不够仗义。欧阳德见他犹豫，低声说道："三哥，吾这小师弟有些天真，从本质来看，比吾二师弟孙孝方强多了。他乍出茅庐，还不知道什么叫栽跟头呢。你得给他点颜色，要不然他今后会吃大亏。"

"二弟，我与香武虽然只见两面，觉得他很懂人情。依我说，你将他领到后屋，向他讲明九龙杯的利害。他只要献杯，何必动武呢？"

"错了，杨香武总以为自己天下第一，现在什么话也听不进去。只有用武功先镇住他，他才能冷静。三哥，别犹豫了，快动手吧。"

"容我想想。"黄三太迟疑不决。杨香武见师兄与黄三太低声耳语，心中有气："黄三太，你到底打不打？若是不想动手，我可走了。"

"且慢，黄某不才，甘愿奉陪。"

"我到院里等你！"杨香武先出去了。群雄不知内里，皆怪香武狂傲。闻听比武，都出来观看。黄三太无奈，只得来到院中。他也不脱开氅，也不换靴子。只将衣襟往大带里掖了掖，按崩簧拉出银龙宝刀："杨壮士，请先进招。"

"不恭了。"香武挺刀便刺。

"好刀。"黄三太是武林高手，一看便知对方身手不凡。他连忙一扭头，让过刀尖。杨香武缠头过脑斜劈黄三太左肩头。三太一拧身，又让过二刀。杨香武反臂一刀直取下三路。黄三太旱地拔葱，飞身跳起："杨壮士，念你是客，黄某连让三刀，现在该还手了。"话音未落，宝刀带风而下。这真是：

> 二人院中来比武，好似一对下山虎。这个上砍顶梁穴，那个下剁迎面骨。这个转身急如电，那个好比狂风舞。只见刀光不见人，堪称刀中二圣手！

群雄眼睛都看直了，不由得连声喝彩！欧阳怪侠暗中称赞：香武刀法绝伦，不怪这样狂傲。看来，师父在他身上费尽心血。

杨香武越战越猛，刀法越来越快，尽管如此，若想取胜却比登天还难。黄三太那是什么功夫？出世以来还没打过败仗呢。这口宝刀横劈竖砸、里挑外划，直杀得杨香武难以招架。香武暗道：名不虚传，黄三太果然厉害！我得速战速决。想到此处，往地下一倒。

"哎呀，地滚刀！"黄三太大叫一声，连忙伏身迎战。二人对打四十回合，难分胜败。突然，黄三太向外一纵身躯："杨壮士，刀法果然厉害。你我并非仇敌，到此罢手吧！"

"黄三太，"杨香武已经有点喘了，再战下去，力不从心。他见黄三太罢手，正随心意："今日没分胜负，来日再战。"

"哎呀，混账王八羔子，好大的脸哪！脑袋差点丢了，还说没分胜败。真替吾们上白猿门丢人哪！"

"大师哥，您说这话什么意思？"杨香武十分不解。

"哎呀，你老人家鬓边的金花哪里去了？滚丢了吗？可是花梗还在头上别着呢。银龙宝刀真是快呀，削金断玉，再往里推三寸，吾师弟就成平顶侯了！"

"啊？"杨香武大惊，用手一摸，果然不见金花，只剩花梗。取下花梗细看，刀痕犹存！

"杨壮士，多有得罪。"黄三太气不长出，面不改色，微微含笑，站在一旁。臊得个杨香武满脸通红，他双足一顿，纵身上房。刚刚踏到檐瓦，怪侠欧阳德就跟上来了。他用人烟袋锅子往师弟脚面上一磕："哎呀，事还没完呢，先下去吧。"

"哎哟，"杨香武疼得怪叫一声，翻身摔下。幸喜轻功在身，没有跌倒。欧阳德用手一拉："小师弟，随吾到书房去。"说罢，拉着杨香武奔往内室。黄三太见状，满心高兴。他将群雄重新请入客厅，抱腕禀手，"诸位弟兄，我与欧阳怪侠八拜至交，他师弟也算是我的师弟。弟兄间有些误会，不算什么事。这段公案就算完结了。想我黄三太何德之有？蒙诸位不弃，都来与家母祝寿。诸位各有公事，三太不敢耽搁，请到寿堂入席。"

"请。"众豪杰随同主人来到寿堂，先给黄母磕了头，然后分别落座。酒过三巡、菜过五味。黄三太令镖客们招待，自己起身来到书房。杨香武一见黄三太，犹豫片刻，低头说道："黄三爷，我大师哥把事情都告诉我了，以前的事也许是些误会。至于盗杯之事，全怪我思虑不周。九龙杯涉及国政，这是我万没想到的。个人恩怨总不如国家事重，香武愿将宝杯奉还，再随彭钦差赴京请罪。"

"杨壮士，若在你师哥那论我得叫你兄弟。你还年轻啊，办事未免莽撞一点。好吧，别的事暂且不说了，先将九龙杯交与彭钦差。至于请罪嘛，我再与钦差商议。"

"好，我立即去取杯。"

"哎呀，吾老人家不太放心，跟你一块去吧。"

"大师哥，您怕我跑吗？"

"不怕你，我怕跟孙孝方那个王八羔子冒坏水。咱们走吧。"二人告辞黄三太，直往集贤庄。来到悦来店一看，杨香武大惊失色。自己的行李包裹全不见了，那只装杯的木匣，更是踪迹皆无。他连忙喊来王伯燕，急着问道："我二师哥呢？我的东西呢？"

"嗐，别提了！"王伯燕叹了口气说，"你走之后，孙孝方就把我叫来了。据他说，你一去不回，定死在黄三太手下。所以他想远走高飞，并让我跟他一同逃走。我说，本人是店主东，并没介入你们的争端，何必逃走？孙孝方告诉我，你偷了皇家贵宝九龙杯，要户灭九族，我让你住店，就是窝主，将来也是斩罪。说实在的，我当时有点害怕，又弄不清真假。孙孝方见我犹豫，就从匣里将杯取出，让我观看。还说什么，我的外号神偷手，应跟他一块将杯偷走。我对他说，神偷手从来不偷店客，这么贵重的国宝我也不敢偷，偷了也没处消化。孙孝方说，如今碧霞岭大寨主周应龙正在招贤纳士，若将宝杯献他，不愁一碗饭吃。"

"什么？"杨香武横眉立目，"他将宝杯取走了？你为什么不拦？"

"杨壮士，我这两下子武艺敢惹你师兄吗？不但不敢惹，还得顺着他说。我告诉他，店房的事得处理一下，让他先行一步，我随后就到。孙孝方走后，我越想越怕，正要进城给你报信，你就回来啦。"

"糟了！"杨香武二目发红，暗骂自己：师父曾告诫过我，对二师兄孙孝方要多加防备，我却把他当为知己。结果招来大祸！他沉思了一会儿说："王伯燕，碧霞岭在什么地方？快快对我实说！"

"哎呀，小师弟，你要干什么？"欧阳德一把抓住杨香武说，"周应龙那个王八羔子是好惹的吗？你有几个脑壳？快随吾老人家去报告黄三太吧。"

"大师哥，祸是我闯的，何必惊动别人？"

"少跟吾老人家费话，走吧！"欧阳德连拉带拽，将杨香武领回镖局。

黄三太闻讯大惊，再也没心思为母亲祝寿了。群雄也看出些眉目，于是交头接耳、窃窃私语。黄三太怕得罪朋友，半真半假地对众人说道："万岁爷丢失了一件国宝，名唤九龙杯，由于小弟曾镖打猛虎，万岁以为我有些武艺，所以派钦差大臣彭公向我传旨，限期将玉杯寻回。恕小弟皇差在身，不敢多陪诸位了。"

"噢，原来是发生了大案哪！"群雄见事关紧要，不敢再打扰，于是纷纷告辞。最后只剩下一部分挚友，其中包括多脳膊刘德太、凤凰张茂隆、铁番杵蔡庆、花刀无羽箭刘世昌、雨雪豹苏永禄、鱼鹰子何路通、金眼雕邱成、铁臂熊褚彪、神手大将纪有德、八臂哪吒万君兆以及小英雄胜官保等。这些人皆是上三门豪杰，至于下五门中，只有小东方怪侠欧阳德和赛毛遂杨香武弟兄二人。

"各位，"黄三太向众人扫了几眼说，"现在都是自己人了，我实话实说吧。九龙杯现在周应龙手中，对这个人我不甚了了，谁能做些介绍？"

"哎呀，黄三哥，吾老人家走遍东南西北，认得周应龙那个王八羔子。"

"欧阳二弟，快说他是什么人。"

"那个王八羔子住得老远了，吾得慢慢说呀。"

原来，周应龙学艺武当山，乃上三门正宗弟子。他马上、步下皆有功夫，长枪、短刀样样精通，人送外号"金翅大鹏西霸天"。这个人久居甘肃天水府，在碧霞岭上占山为王。手下有精兵两万，大将三十余员。他依仗着天时、地利和强兵壮马，常与官府作对。官府却无力征讨。三年之前，西海公噶尔丹曾给他送去一封密信，让他招兵买马、聚草囤粮，将来共举大业。周应龙卖国求荣，设下招贤馆，广招天下贤士。一些绿林豪杰不识真相，纷纷由内地赶往西北，想在周应龙手下谋一条出路。这样一来，周应龙如虎添翼，更加横行一世。

怪侠欧阳德也曾去碧霞岭招贤馆应试，周应龙见他身怀奇才，所以倍加重用，封他坐了第五把金交椅。欧阳德为人正义，他曾屡屡劝说周应龙，不要勾结番邦，背叛国家。怎奈周应龙鬼迷心窍，把欧阳怪侠的金玉良言当成耳旁风，从来不加理睬。欧阳德见他心术不正，知他早晚必遭大祸，所以挂印封金，重返内地。谁料冤家路窄，黑手昆仑奴孙孝方却偏偏将九龙杯献与周应龙！

黄三太听罢怪侠的介绍，不由得倒吸一口凉气："糟了！事态越闹越大，我得赶紧去见彭公。来呀，备马！"

"是。"镖客备上马匹，黄三太辞别群雄，直奔钦差驿馆。彭公一见黄三太的神色，就知大事不妙："黄镖头，不要着急，莫非九龙杯出了差错？"

"正是！"黄三太将周应龙之事讲述了一遍。彭公听罢，紧皱双眉："黄镖头，不知你有何打算？"

"大人，周应龙与西海公噶尔丹素有勾结，他若将九龙杯献给噶尔丹，事态就复杂了！"

"对，最让下官担心的正是此事。"彭公疑虑重重，心神不定。他沉思了一会儿说："黄镖头，九龙杯能夺回来吗？"

"当然要夺，但是现在不行。第一，甘肃天水府路途遥远，一时难以赶到；第二，周应龙武艺高强，兵精将勇，若想破他碧霞岭，势必费些工夫。"

"黄镖头，据你估计得要多长时间才能破山？"

"最快也得半年。"

"半年？"彭公摇了摇头，"唉，这可不行啊。圣上传你立刻入都，若耽误十天半月，下官还敢做主。若是半年，你我都得吃罪。"

"大人，天命谁敢违抗？我已想好了主意。"

"快讲。"

"先派怪侠欧阳德赶赴碧霞岭，让他以故友的身份稳住周应龙，且莫将九龙杯献与噶尔丹。然后，草民立刻随您入京，一切听从万岁安排。"

"那么，杨香武如何发落？"

"大人，杨香武才二十岁，还有些不知轻重。看在草民分上，就放过他吧。您若带他进京，势必凶多吉少。"

"真义士也！"彭公暗中称赞：杨香武给黄三太惹下这么大祸，黄三太宁愿自己承担，却不愿交出杨香武。由此可见，这人品格很好。我得成全他一次："黄镖头，下官依你。赶紧回家准备一下，三日后随我入都。"

"是。"黄三太辞别彭公，回到镖局。

群雄都在等候消息，见他回来，纷纷上前询问："黄三爷，彭钦差怎么说的？"

"诸位弟兄，我要跟随彭钦差进京见驾。求你们谁也别走，留在镖局等候消息，将来助我一臂之力。"

"这么说，要攻打碧霞岭吗？"

"现在不敢说准，要凭圣意裁决。"

"黄三太，"杨香武从欧阳德那里知道了一切，九龙杯涉及国政，自己闯下塌天大祸，如今悔之晚矣。他向前一步问道："咱们几时动身？"

"嗯？"黄三太微微一笑，"我随钦差入都，此事与杨壮士无关。"

"什么？"杨香武有点不信，"黄三爷，九龙杯是我偷的，打油诗是我留的。你把盗宝人捉住了，就算大功告成。皇上要杀要剐，都是我杨香武的事，为什么不让我进京？"

"杨壮士，钦差传的是我，而不是你，你就留在镖局吧，暂时不要出头露面。"

"这……"杨香武深受感动，"黄三爷，我不能让你替我担罪呀？"

"哈哈，"黄三太故作轻松，"我有什么罪？万岁传我，无非让我寻找九龙杯。只要将杯找回来，云消雾散，万事皆休，杨英雄不必多虑。"

"不那么简单吧？"杨香武摇了摇头，"黄三爷，江湖路上都称您够朋友、讲义气，我杨香武却一直不信。总以为您性情狂傲、目中无人，尤其是听了孙孝方的挑拨之后，更是对您怀恨在心。为此，我才去畅春园盗出九龙杯，目的是与你黄三太分分高低上下。见面之后，我被您那一团正气所慑服。您削我金花，留我性命，我敬佩您的武功。听了大师兄欧阳德之言，才知以前皆出误会。因而，我愿献出九龙杯，跟随钦差赴京请罪。谁料孙孝方不仁不义，竟将宝杯献与周应龙。拿他跟您比，真有天地之别。九龙杯涉及国政，既然丢失，大罪弥天，杀剐应由我一人担承。可是黄三爷故作轻松，实际上想替我领罪。香武虽然年轻，也懂得这个道理。您的心意我领了，事情却不能由您。您若不弃，我就管您叫声三哥，三哥在上，小弟大礼参拜！"

"贤弟，快快请起。"黄三太双手搀扶，"人非圣贤，孰能无过？我黄三太曾接到梅大侠的请帖，却未去香堂，这就是罪过。"

"三哥，以前的事不必重提，只说几时进京吧？"

"贤弟，还是那句话，愚兄随钦差进京，你留在镖局。"说罢，黄三太一扭头，"蔡庆、褚彪二位贤弟，我把香武贤弟交给你们两个，要把他看住，不准他离开镖局半步！"

"三哥放心，把这个小兄弟交给我俩吧。"蔡庆外号"铁番杆"、身高力大，如同一根铁旗杆；褚彪外号"铁胳膊"，膀大腰圆，双臂力举八百斤。由他俩看守杨香武，使香武寸步难行。由于二人外号都带有一个"铁"字，所以自称"铁哥们儿"，如今"老铁"一词，就是由那年头传下来的。

闲话少说，黄三太将怪侠欧阳德叫到后书房，面授机宜，欧阳德奉命而去。送走怪侠，黄三太收拾行李随彭公入都。白马李七侯在钦差邀请下一同前往。这天来到北京，彭公让黄三太在午朝门等候，自己上殿交旨。康熙皇帝一见彭朋，急切地问道："彭爱卿，黄三太可曾带到吗？"

"万岁，黄三太现在午门。"

"彭爱卿辛苦了。"康熙心想：事关重大，金殿耳目太多，有些话不便明谈。因而传谕："索亲王、彭爱卿，你二人带领黄三太去养心殿见朕，余者散朝。"

"遵旨。"文武大臣各自回府。

单说索亲王与彭公将黄三太领到养心殿，见驾毕，皇帝问道："黄壮士，盗宝人留下你的姓名，你可知九龙杯的下落吗？"

"万岁，据草民所知，九龙玉杯现已落在甘肃天水府碧霞岭大寨主周应龙之手。"

"噢？如此说来，盗宝人必是周应龙了？"

"这……万岁容禀。"黄三太没做正面回答，而把周应龙勾结噶尔丹之事讲述了一遍，最后说道，"夺回玉杯乃当前燃眉之急，至于盗宝人究竟是谁，慢慢调查吧。"

"言之有理。"康熙闻听事关噶尔丹，也就顾不得别的了。他沉思片刻，抬头问道："黄壮士，你满身武艺，很有才干。朕欲派你攻打碧霞岭，你可愿往？"

"为国效力，理所当然。"

"好。彭爱卿听旨。"

"臣在。"彭公二次跪倒。

"彭爱卿，你自任御史以来，官声良好。朕欲再加重用。前者，户部尚书梁清标告老还乡，该职现由明珠兼理。明珠爱卿正为国家日夜操演兵马，一人难管两大部。为此，朕封你为户部尚书，官居一品，待明日早朝正式宣布。"

"谢主隆恩。"

"还有，朕再封你为陕甘巡按使，带兵攻打碧霞岭，活捉周应龙，夺回九龙杯。"

"臣，遵旨。"

"万岁，"索亲王奏道，"带兵打仗乃兵部的职责，彭朋掌管户部，出师无名。依奴才之见，还应该让他文官挂武衔，这样就会名正言顺了。"

"御弟言之有理。朕再赐给彭爱卿一领杏黄袍，加封你为黄袍提督，居从一品武职。"

"天恩浩荡。"彭公再次磕头。康熙一挥手："平身。彭爱卿，你与黄壮士商议一下，要尽快起身。"

"万岁，"黄三太奏道，"草民有一班朋友，皆愿为国效力。他们现在浙江绍兴府，我想立刻去请他们，共同协助彭大人攻山破寨。"

"好，不知黄壮士几时返回？"

"彭大人不必等我，我们绿林人行动迅速，双方在西安府会合也就行了。"

"就依黄壮士。"

诸事完毕，已近傍晚。康熙赐下御宴，招待诸人。宴毕，黄三太连夜南归。

次日早朝，康熙当众传旨，晋升彭朋为户部尚书，文官挂武衔，兼任黄袍提督。并以巡按使的身份，出示陕甘地界。由彭朋推举，康熙又加封白马李七侯为从三品游击将军，陪同钦差一道出巡。彭公谢恩之后，立刻回衙准备，三日之后，浩浩荡荡离京西去。

再表绍兴府的一群豪杰。自从黄三太随彭公进京之后，人人心急如焚。最紧张的还是铁胳膊褚彪和铁番杆蔡庆。这二位"老铁"负责看管杨香武，杨香武能老实吗？总想偷着跑。他轻功夫又高，花点子又多，一眼照看不到就许跑了。害得二位"老铁"日夜不得安宁。

盼天盼地，总算把黄三太盼回来了。杨香武急忙问道："三哥，您替我担罪了吗？"

"没什么。诸位弟兄，咱们准备一下，三日之后同往西安府。"黄三太把经过讲述了一遍，又向众人问道，"谁有急事要办？可自做安排。"

"没事。为国效力，理所当然。"群雄皆愿前往。杨香武叹了一口气：“唉，可惜少了一人！”

"谁？"

"我大师哥欧阳德走了，临走时嘱咐我几句，可是去向却没对我说。"

"噢，知道了。"黄三太沉思不语，心事重重。

单说小东方怪侠欧阳德奉了黄三太之命，独自一人离开绍兴府，直奔碧霞岭。此行目的十分明确，要千方百计稳住周应龙，以防他将宝杯献与噶尔丹。欧阳德深知，此事看来简单，做来却十分不易。全靠着随机应变、见景生情，方能保住九龙杯。怪侠又想：最好是能追上师弟孙孝方，在路上夺回玉杯，那就省大事了。可是孙孝方的双腿很有功夫，他盗杯之后，必然日夜兼程奔往天水府。自己比他晚动身两天，若想追上，谈何容易？再者说，绍兴奔天水府好几条路，孙孝方究竟走哪条路又不清楚，这就更没法追了。看来只好相会碧霞岭，别无选择。

英雄边想边走，为了加快速度，他白天住店，晚间赶路。夜静人稀，施展陆地飞腾术，一夜之间能跑三百余里。这天进入甘肃地界。欧阳德跑了一宿，清晨来到一座镇集。这座镇集名叫娘娘坝，距天水府只有七十余里。怪侠刚要进镇，忽听路旁松林内有人唱道：

不种桑田不种麻，全凭利刃做生涯。若有行人从此过，先要金银去养家！

随着话音，松林中闯出二人。这二人年龄都在三十多岁，穿青挂皂，各持钢刀。上前拦住欧阳德的去路：“快快留下买路钱财，否则让你刀头做鬼。”他们一边说话，一边打量欧阳德。心中暗道：这人太奇怪了，夏末秋初就把皮袄穿上啦，看起来是有钱烧得他难受。欧阳德心里暗笑：你们劫谁不行？怎么偏偏劫我！有心拿他俩“开涮”，又没时间。现在赶路要紧，不能因小失大。想到此处，欧阳怪侠笑道：“哎呀，吾老人家‘储头子’太念，你老人家收起‘青子’，让吾老人家快‘跷’吧！”这是绿林黑话，意思是：“我没钱，你把刀收起来，让我赶紧走吧。"他满以为说几句黑话就能过去，岂料那二位不吃这套："少说废话，快把银钱留下！"

"哎呀，吾老人家本不想费事，混账王八羔子太可恶了，过来吧！"

"休走看刀！"左边那位抢刀便剁。怪侠不躲不闪，用大烟袋锅子往外一磕，那贼右臂发麻："好大的劲头！"话音未落，怪侠的烟袋锅子直敲他头顶。这个锅子里边装满了烟灰，他这一敲，烟灰都落出来了，正迷那贼二目。疼得那贼一声怪叫，蹲在一旁。另一贼人不知好歹，从右边纵过身来，举刀直刺欧阳德。怪侠不想费事，把烟袋一调个儿，锅子朝后，玉石嘴朝前一捅那贼的肋下，这叫"点穴法"，再看那贼，举刀张口，一动不动。怪侠骂道："混账王八羔子，瞎了眼的龟孙子，吾老人家不想费事，非让吾老人家费事。你们两个龟孙在这儿歇着吧，吾老人家溜达了。"

"英雄饶命！"迷眼的那位现在稍好一点，他见怪侠要走，连忙跪下磕头，"英雄，小人有眼不识泰山，冒犯了英雄。您千万别跟我们一般见识，快把那位兄弟缓解了吧！我知道您这招叫'点穴法'，若是扔下那位兄弟不管，他血脉就不能流通，再过两个时辰他就废了。英雄，饶命吧。"

"混账王八羔子，还劫吾老人家吗？"其实，欧阳德不想真走，因为与这二贼素日无仇，怎能让人家终身残废？他见这贼求情，转身用烟袋嘴往那贼穴位上又点了一下，那贼立刻缓解，急忙磕头谢恩："英雄，不服高人有罪，您的功夫比我们哥儿俩胜强万倍。请问英雄尊姓大名？"

"哎呀，问吾老人家姓名，将来想报仇吗？"

"不敢。即使想报仇，我们也报不了。"

"王八羔子听着，吾老人家复姓欧阳，单名德，听说过没有哇？"

"啊？您就是驰名天下的小东方怪侠欧阳德？哎呀，我们哥儿俩有眼无珠，竟然劫到您的头上。"

"混账王八羔子，"欧阳怪侠被二人捧得挺高兴，含笑问道，"你们两个龟孙子叫什么名啊？是黑虎门的吧？"

"这……侠客爷，"被迷眼的那贼笑道，"小人姓韩名山，外号'玉美人'；这位是我师弟，姓鲁名廷，外号'蝎虎子'。我们哥儿俩同师学艺，不是黑虎门，而是，而是蝴蝶门的。"

"王八羔子！"欧阳怪侠骂道，"原来是两个采花贼，我说脸色煞白呢！你们既非黑虎门，怎么敢拦路劫道？若被人家黑虎门知道，还不砍你两个龟孙子的脑壳！"

"侠客爷，这也是被逼无奈。若是再有办法，我们也不敢劫道。"

"哎呀，跟吾老人家详细说说。"

"我们哥儿俩还没吃早饭呢，侠客爷请我们一顿吧。"

"好龟孙子，劫了吾老人家，还叫吾老人家请客。没这么便宜！"

"嘻嘻，我们听说侠客爷是上白猿门的，您来钱容易，只要一伸手……"

"王八羔子，揭吾老人家短了。你们采花贼夜入民宅，先奸后偷，还当吾老人家不知道吗？"

"侠客爷，您别总叫我们采花贼呀，怪难听的。其实，我们若继续采花，当然不会缺钱。可现在洗手不干了，所以才穷得叮当乱响。"

"哈哈，又骗吾老人家？采花贼没有洗手不干的！"

"侠客爷说得对，若依我们自己，当然还得干。可是我们大寨主是正宗正户上三门，他明令规定，偷、劫、赌、骗必须远离山寨一百里，至于采花绝不容许，一待查出，立即斩首。我们哥儿俩既然投奔了人家，就得服从。"

"哎呀，你家寨主还算个好龟孙，他叫什么名字？占据哪座高山哪？"

"侠客爷，由此向西七十里便是天水府，出城再往西四十里有座碧霞岭。我们寨主在此为王。他姓周名应龙，外号'金翅大鹏西霸天'，一对护手钩天下无敌！"

"王八羔子，你们是碧霞岭的头目吗？"

"正是。我们哥儿俩原在山西学艺，半年之前投靠了周寨主，现任探马伍正副伍长。"

"哎呀，吾老人家也有点饿了，就请你们两个王八羔子一起吃饭吧。"

"多谢侠客爷。"三人一同走进娘娘坝。

娘娘坝地处陕、甘交界，两省商贾都来此贸易。因而街面繁华、铺户林立。三人找了一座酒楼，拾级而上："堂倌，有雅座吗？吾老人家喜爱清静。"

"客爷，娘娘坝的饭馆都有雅座，是为老板们商谈生意准备的。您几位随我来吧。"堂倌将他们请到单间，端上酒菜，关门而去。按说欧阳怪侠这种身份本不该与采花贼接触。可是这两人身为碧霞岭小头目，正好向他们打探消息。为此，怪侠才把他们请到酒楼。

"哎呀，"欧阳德亲自满上三杯酒，"王八羔子，吾老人家认识周应龙，他从前没有这些规矩呀？"

"对，山上从前没什么规矩。只因周寨主设立了招贤馆，天下英雄来了不少，大多数是咱们下五门的。这些人今天劫道、明天偷摸、后天采花，闹得周围百姓担惊害怕，四处搬迁。为此，周寨主才下了这条命令，百里之内不准作案。害得我们哥儿俩跑出一百一十里劫道，谁料偷鸡不成，反搭了一把米。"

"王八羔子，你们没劫着吾老人家，吾老人家也没劫着你们，怎么说搭把米呀？"

"侠客爷，说起来话就长了。四天之前，碧霞岭招贤馆来了一位英雄，他自己报名叫孙孝方，外号人称'黑手昆仑奴'……"

"哎呀，快往下说！"欧阳德闻知孙孝方上山了。心中万分焦急。玉美人韩山不知其意，接着说道："这个孙孝方武艺不错，软、硬功夫都在众人之上。更重要的是，他将一盏宝杯献给了周寨主，作为进身之礼。这盏杯咱没见着，听说上边刻着几条金龙，名叫'九龙杯'。周寨主喜爱得不得了，立刻加封孙孝方坐了第六把金交椅。这还不算，周寨主为了显示宝物，他撒下绿林帖、绿林束，准备在九月初九重阳节时，摆设一次大宴。这次大宴取名'玉杯宴'，含意不言而喻，是专为九龙杯举办的。"

"哎呀，王八羔子，这一消息可靠吗？"

"当然可靠。侠客爷，最可恨的是那个孙孝方。"蝎虎子鲁廷接过话题，咬牙骂道，"他当上第六位寨主，便不认识东西南北了。前天晚上，他向全山宣布，为了庆贺'玉杯宴'，凡是副寨主以下、副伍长以上，人人要送贺礼。谁敢不送便打二十军棍。侠客爷您想，我们这些小头目哪来的钱？要想不挨打，就得偷盗抢劫。可是方圆百里之内又不敢作案，只得往远处走。我们哥儿俩一商量，知道娘娘坝富足，便来到此地。谁料到昨晚第一票买卖就走'水'了。我们劫的是一个老道，这老道太厉害啦，没用几招就把我俩揍趴下了。还要用宝剑杀我们。我俩再三求饶，老道才放了我们。虽说不杀，却把我们俩腰包搜净，还说这是个警告。侠客爷，我们说'偷鸡不成搭把米'就指这件事。闹得没钱吃早饭，第二票买卖又碰上您老人家，比老道还厉害，活该我俩不走运！"

"哎呀，你们两个王八羔子够倒霉的了。那个老道是谁呀？"

"人家能跟我们报名吗？我们也不敢问哪。"

"哎呀，看起来是茬口。不过，搜了你们两个王八羔子的腰包，未免太不义气了。"

"侠客爷，哪能都像您这样？被劫之后还请我俩吃饭。唉，没有贺礼，我俩也不敢回山哪。"

"王八羔子，既然遇上吾老人家，就帮你龟孙一把吧。周应龙、孙孝方都是吾老人家的朋友，吾去讲讲情，把你两个龟孙的贺礼免了吧。你两个龟孙也不用劫道了，领着吾老人家去赴'玉杯宴'吧。"

"侠客爷，您也是赴宴来的？还要替我们哥儿俩求情？这可太好了。我们先谢谢您老人家。"

"王八羔子快吃饭吧，吃饱了咱就动身。"

三人饭毕，已近辰时。欧阳怪侠会钞之后，起身前往碧霞岭。由于白日走路，不便施展陆地飞腾术。三人走了七十里，来到天水府时已近傍晚了。若依欧阳德，本想再往前赶。韩山、鲁廷又饿又累："侠客爷，我俩可没有您那功夫，实在走不动啦。再说，半夜到达也办不了事，不如在天水府住上一宿。"

"哎呀，两个懒龟孙，就依你们。"三人找了一家店房，住了下来。

这家店房是个筒子院，东西两大溜厢房，南面三间上房，欧阳德他们包下西屋。韩山、鲁廷是采花贼出身，不论走到哪儿，都爱东张西望。他俩吃罢晚饭，走到外屋，探头缩脑往东屋偷看。目的是瞧瞧有没有大姑娘、小媳妇，虽说不敢采花，也想饱饱眼福。谁料不看便罢，往里一看，把二人吓了一大跳。东屋住的不是别人，正是昨晚碰上的那个老道。老道眼观六路，耳听八方，此时也看见了二人。不由得勃然大怒："无量佛，胆大的强盗，竟敢跟随贫道来到店房，想找死吗？"

"这……"韩山、鲁廷先是害怕，后是高兴。因为怪侠欧阳德在此，不会让他们吃亏。弄好了，丢失的银子也许能找回来。想到这层，二人一抖精神："老杂毛，什么东西！搜了我们的腰包，还管我们叫强盗？你讲理吗？"

"哼，搜你们腰包，是你们自找的！看来你们活够了，想让贫道大开杀戒！"老道说罢，从墙上摘下宝剑，压崩簧、推燕翅，锋刃出匣。

他们这一吵闹，早已惊动欧阳德，怪侠连忙走出西屋，抬头观看："哎呀，吾当何人，原来是马老道。此处相逢，难得呀难得！"

"侠客爷，您认识他？他就是搜我们腰包的老杂毛！"

"哎呀，不必吵了，快快退下。"欧阳德冲着老道一抱腕："马老道，别来无恙啊？"

"噢？原来是欧阳侠客。你怎么到这儿来了？"

"哎呀，许你来就许吾来，吾也有两条腿呀！"

"哈哈，欧阳侠客还是这样诙谐。"老道看了看韩山、鲁廷，扭头问道，"他二人是你手下的吗？"

"吾也是刚刚认识的。王八羔子过来，吾老人家替你指引指引。这位道爷就是大名鼎鼎的马道玄，外号人称'恶法师'，他乃玄狐门第三掌门人，你俩快去参拜。"

"侠客爷，他搜过我俩腰包！"

"哎呀，马道爷那么高身份，能搜你们吗？只是与你们两个龟孙子开个玩笑，过一会儿就会把钱还给你俩，快去见礼呀！"

"这……参拜马道爷。"

"你，你二人姓甚名谁？"马老道有点尴尬，红着脸问道。

"哎呀，还是让吾老人家介绍一下吧。这两个王八羔子一个叫韩山，一个叫鲁廷。都是碧霞岭大寨主周应龙手下的头目，他们告诉吾，说什么马道爷搜了他们的腰包，吾老人家不太相信哪！绿林道上不许贼吃贼呀！"

"噢，噢……"老道连忙解释，"欧阳侠客，我马道玄深知绿林规矩，岂能搜他们腰包？只不过与他二人开个玩笑。他们既是周寨主的人，也算本家兄弟。贫道的玩笑该收场了。"老道取出一些散碎银子，交与韩山、鲁廷。两个小贼见银子只多不少，高高兴兴回西屋去了。

"欧阳侠客，"马道玄关上房门，回头问道，"你怎么到甘肃来了？莫非也想投奔周应龙吗？"

"哎呀，吾老人家与周应龙早就认得，还当过他的五寨主呢！"

"太巧了。贫道在内地没有出路，正想在碧霞岭谋一份差事。欧阳侠客能通融一下吗？"

"好说。"欧阳德暗想：这个杂毛武功很高，品德最坏。乃是绿林之中一大祸害。我早想除他，可惜没有借口。干脆，把他送上碧霞岭，将来剿山时，将他与周应龙一勺烩吧！想到此处，怪侠笑道："马老道，吾也要去碧霞岭，明日早晨一起动身吧。只要有吾老人家介绍，你老人家准能当个偏寨主。"

"多谢了。"马道玄十分高兴。立即派伙计摆上酒菜，二人推杯换盏，共饮起来。

次日清晨，欧阳德、马道玄、韩山、鲁廷一起离开天水府，西奔碧霞岭。四十里地的路程，一上午便赶到了。韩山进寨禀报消息，周应龙闻听欧阳德又回来了，不由得大悦，立刻率众出迎："哎呀，欧阳贤弟，你当初因何不辞而别？真是想死愚兄！"

"哎呀，周大哥，吾当初有点急事情，走时仓促了。流落了将近一年，还是觉得周大哥对吾好，吾又回来了。"

"回来就好！贤弟乃难得的奇才，当初让你当五寨主，有点委屈你了，你是嫌职位太低才走的吧？"

"嗯，哎呀，这叫吾怎么说呢？"欧阳德将计就计，表示默认了。以免周应龙往别处怀疑。周应龙信以为真："欧阳贤弟，职位低你也不该走，可以明谈吗。愚兄不埋怨了，这次回来就让你当三寨主吧。"

"哎呀，多谢大哥。小弟这次回来，还领来一位高人呢！"说罢，他冲马老道一招手，"马道爷，快来拜见周大寨主。"

"无量佛，贫道有礼了。"

"仙长，"周应龙打量了马道玄几眼，只见他眉中带煞，目露凶光，虽是道家打扮，满身却挂庸俗之态。不由得暗中摇头："快快请起，请问仙长尊号？"

"贫道马道玄，外号人称'恶法师'。"

"久仰，久仰。"其实，周应龙久居西北，并没听说过马道玄之名。此时只是客气而已。马道玄领会错了，自以为名扬四海呢。他一声冷笑："嘿嘿，天下英雄不识我恶法师者能有几个人？"

"是，是呀。"周应龙心中不悦，"马道爷，碧霞岭弹丸之地，似您这样高人，实难安排。暂且做位募宾吧，不知道爷意下如何？"

"这，多谢大寨主。"马道玄满以为能当个"把手"，谁料周应龙只派他当幕宾。自己千里迢迢赶来了，又不能回去，只好应允。不过，他心中暗想：我早晚露一手让你周应龙瞧瞧，那时你会知道马王爷——三只眼！

众人边说边走，来到聚义大厅。周应龙请欧阳德和马道玄落座，禀手笑道："欧阳贤弟，你来得太巧了。愚兄本想给你送信，又不知你在何处。谁料贤弟自动赶来，岂非天意？"

"哎呀，"怪侠故作不知，"周大哥，有什么喜事吗？"

"当然！"周应龙笑逐颜开，"不几天前，内地英雄孙孝方献给愚兄一盏九龙玉杯。据他说，此杯乃皇宫大内之宝，人间罕见。为了祝贺，愚兄遍请各路英雄，准备在九月初九重阳节时摆设'玉杯宴'。哈哈，贤弟此时到达，必为'玉杯宴'增添光彩，愚兄岂能不喜呀？"

"噢，如此说来，吾替大哥道喜了。"欧阳德故作高兴，"周大哥，那个献宝的孙孝方可是三十多岁，外号叫'黑手昆仑奴'吗？"

"正是。我已封他为六寨主。贤弟认得他？"

"哎呀，那个王八羔子正是吾亲师弟呀。他现在哪里呀？"

"太好啦，如此说来，更不是外人。孙孝方此时下山了，他随同二寨主碧眼判官蔡天化去采买'玉杯宴'所用之物，估计两三天内即可回来。"

他二人言来语去，把个马道玄扔在一旁。恶道心中不忿：太小瞧我了，再不济我也是玄狐门第三门长。你俩说得亲亲热热，对我却不屑一顾。也罢，此时不须多说，一待有了机会，我要让你周应龙知道我的厉害！

当晚，大排酒宴为欧阳德接风，直吃到夜深方散。周应龙为了收买人心，他亲自为怪侠欧阳德安排住处。一切就绪，含笑问道："贤弟，时候不早，你还有什么事吗？如果没事就休息吧。"

"周大哥，吾还有句话要单独问你呢。"

"噢？左右退下。"

"大哥，"欧阳德关上屋门，"最近以来，西海公噶尔丹来过信吗？"

"贤弟，我知道你……你一向反对我与西海公接触。人各有志，我不强求你参与此事，你也不要强求我……"

"哎呀，"欧阳德没等他说完，连连摆手，"周大哥，吾这是为你着想啊，万一出错，悔之晚矣！"

"我明白你的心意。可是西海公对我不薄，我既答应与他共事，就要干到底！"

"周大哥，他是什么身份？能瞧得起咱们山大王吗？吾是怕他欺侮你呀！"

"他敢？"

"怎么不敢？"欧阳怪侠话入正题，"远的吾先不说，单说那盏九龙玉杯，西海公若向你讨要，你敢不给他吗？"

"什么？"周应龙被激，一声冷笑，"我得的玉杯凭什么给他？别说他不敢要，即使讨要，我也严词拒绝！"

"好样的，吾佩服大哥了！"欧阳德步步深入，"大哥要摆'玉杯宴'，各路英雄都知道大哥有一盏九龙杯。若是孝敬给西海公，我怕你被人耻笑哇。"

"多谢贤弟提醒，我自有安排。"周应龙告辞了欧阳德，回归后寨。

转眼到了九月初七，黑手昆仑奴孙孝方陪同二寨主、碧眼判官蔡天化回到碧霞岭。他一见欧阳德，大吃一惊："师兄，您，您怎么来了？是，是来追我吧？"

"哎呀，混账王八羔子，吾老人家早就是山上的寨主，追你干什么？"

"您也是寨主？我怎么没听说？"孙孝方大惑不解。

"哈哈，"周应龙笑道，"六寨主，你师兄早在一年之前就上山了。由于他嫌职位太低，所以不辞而别。这次归来，我已提升他为三寨主了。”

“原来如此。大师哥，当初您帮助黄三太讨要九龙杯，莫非也是献给周大寨主吗？”

“嗯，哎呀，”欧阳德借坡下驴，“正是这样啊，没想到让你这个王八羔子抢先了。”

“误会，误会。”孙孝方信以为真，忙给大师哥磕头施礼。

九月初九，各路英雄多数都到齐。其中既有上三门，又有下五门。主要人物是：青毛狮子吴大山、大斧将赛咬金樊成、赛瘟神戴成、雪中蛇关保、闪电手高奎、白脸狼马九、笑话崔三、金刀无敌将薛虎、小温侯吕豹、俏郎君罗英、玉麒麟高俊、金眼骆驼唐古、火眼狻猊杨治明。再加上碧眼判官蔡天化、恶法师马道玄、黑手昆仑奴孙孝方、玉美人韩山、蝎虎子鲁廷以及怪侠欧阳德等山上的人马，总共足有七十余位。把个大寨主、金翅大鹏西霸天周应龙喜得眉开眼笑：“诸位豪杰，周某何能？竟敢惊动各位大驾？今日‘玉杯宴’虽不丰盛，却可以请诸位看看稀世之宝九龙杯。来呀，速将杯匣呈上！”

“是。”随身头目捧来杯匣，周应龙亲手接过。他启开金锁，将九龙杯取了出来。那真叫霞光万道，瑞彩千条，把在座英雄看得目瞪口呆：“哎呀，世间竟有此物！恭喜大寨主，贺喜大寨主，快请大寨主用此杯饮酒。”

“既称‘玉杯宴’，就不能我一人独乐。本寨主将酒斟满，请诸位轮流使用九龙杯！”

“太妙了！”群雄大喜，相互传杯共饮。正在这时，寨门头目快腿孙迁跑入聚义厅。他向周应龙耳边说道：“寨主爷，西海公特使来到寨外，言说有要事求见。”

“噢？”周应龙微微一愣。心中暗想：特使干什么来了？莫非又出了大事？自己勾结西海公之事现在还未公开，所以不便传入。只得吩咐：“让他到西花厅稍候，本寨主立即就去。”

“是。”快腿孙迁奉命出厅。

“诸位且饮，本寨主有点小事，去去就回。”周应龙向二寨主、碧眼判官蔡天化递了个眼神，意思是让他看住九龙杯，自己转身而去。来到西花厅，见噶尔丹的特使已在此等候。那人是蒙族，名叫巴图。

他一见周应龙，连忙起身禀手，操着流利的汉语说道："周寨主一向可好，小人受公爷之命，特来向您请安。"

"贵使请坐。承蒙公爷惦念。"

"周寨主，公爷听说您设立了招贤馆，十分高兴。一来派小人请安；二来带些礼物，还望寨主笑纳。"巴图从身旁提起一只铁箱，打开铜锁，又从里边取出一个黄缎子包袱交给周应龙。周应龙接过包袱，用手掂了掂，分量挺重。打开一看，喜上眉梢："哎呀，公爷如此厚赠，让我问心有愧了！"

原来，西海公噶尔丹听说周应龙开招贤馆，自然高兴。他为了笼络人心，便打造了一百块赤金牌，每块净重一两。金牌的背面铸着一头猛虎，含有"将相"之意，金牌正面镌刻两个汉字"贤士"。这些金牌不仅贵重，而且又有特殊意义，周应龙岂能不喜。

"周寨主，"巴图见他高兴，接着说道，"公爷吩咐，凡是到招贤馆应招者，每人赐一块贤士金牌。如果数量不够，还可再铸。至于周寨主个人的礼物，不久即将送到。"

"谨遵台命。"周应龙虽然爱财，却更具野心。他知道，这些金牌若给了众人，众人更会死心塌地扶保自己。金牌如同一条绳子，把大伙捆在一起了。想到此处，禀手笑道："贵使，公爷深谋远虑，周某佩服。只是……"

"请寨主明言。"

"只是我与公爷的关系现在并未公开，若以公爷的名义赐牌，恐人顾虑，若不说明真相，又辜负了公爷的一片好意，真让周某左右为难。"

"哈哈，周寨主过虑了。公爷嘱托过我，在正式起兵之前，不让您暴露身份，这是为了保存实力。为此，您只管以自己的名义发放金牌，公爷绝不会干涉此事。"

"多谢公爷想得周到。贵使，今天是九月初九重阳佳节，周某正在宴请群雄。我想乘此机会将金牌发放出去，不知贵使意下如何？"周应龙藏个心眼，只说庆祝重阳节，只字不提九龙杯。使臣巴图不明真相，连连点头赞同："好，宜快不宜迟，一切由寨主安排，小人就不露面了。"

"请贵使休息一会儿，晚上为您接风洗尘。"周应龙辞别巴图，令头目将金牌扛入聚义厅。

此时，群雄都有三分醉意，他们见周应龙回来了，连声高喊"敬酒"。周应龙笑而不饮，先将九龙杯收起，又对群雄笑道："本寨主开设招贤馆以来，蒙众位英雄不弃，纷纷投我。今日在座的，除了应招贤士，还有一些赴'玉杯宴'的英雄。英雄、贤士都是周某的良友。为感谢诸位光临，周某备了一点薄礼，尚望笑纳。来呀，礼物送上。"

"是。"头目扛上铁盒，周应龙取出金牌逐个发放。今天在座的共有七十二人，人人高兴，皆对金牌十分喜爱。碧眼判官蔡天化举杯笑道："大哥，您从哪儿弄来的这玩意儿？连我这个二寨主都瞒着哇！这牌牌儿真好极了，我想提个建议，不知大哥能答应吗？"

"二弟，"周应龙捻须而笑，"有话就说吧，不必吞吞吐吐。"

"今天在座的共七十二位，正凑上地煞星之数，其中，有的跟您磕过头，是结盟弟兄；有的虽是朋友，总不如换帖亲近。我想借着今天的好日子，重新来他个大结盟。就叫，就叫……嗜，一人一面金牌，干脆就叫他'金牌盟'吧！"

"好一个'金牌盟'！"周应龙拍案称绝，群雄皆大欢喜。怪侠欧阳德虽说不愿意，此时也不便反对。

喜烛高照，香烟缭绕。刘关张三义图挂上北墙山，聚义大厅改为香堂。七十二煞大联盟自然别开天地，详情不必赘述。

仪式完毕，重排酒宴。酒至半酣，快腿孙迁又跑进大厅："寨主爷，西安府派人送来一封密信。"

"啊？"周应龙微微一愣，"把信快送到书房，我立即就去。"

原来，周应龙这人很有远见，他熟读兵书，深晓战策，很懂得情报的重要性。为此，他派手下的四寨主孔原常驻西安府，目的是搜集情况。孔原外号小诸葛，头脑灵活，计谋多端，他在西安城里开设一家珠宝店，常用重金买下情报，使周应龙对官府状况了如指掌。今日这么晚了，孔原又送来密信，肯定有重要事情。周应龙离席来到书房，只见桌上摆着密封筒，上写"周寨主亲启"五个大字。他扯开封筒，取出密信。不看便罢，看完这封信大吃一惊！

第十回　马道玄行刺彭巡按
李七侯力战恶法师

　　话说金翅大鹏西霸天周应龙拆开密信连看三遍，不由得大吃一惊。

　　原来，户部尚书彭朋巡视陕甘之事早已传入西安府。当地官员议论纷纷，却猜不透巡按大人的真实来意。小诸葛孔原听到这个消息，开始并不在意，总以为这是官场的例行公事罢了。为此，仍旧做自己的珠宝买卖。

　　再说西安府四品黄堂名叫李家刚，此人贪婪无厌、爱财如命。俗话说"三年清知府、十万雪花银"，李家刚的财产何止数十万！他做贼心虚，唯恐彭巡按到达之后察觉此事，所以想把财产转移。可是银子的目标太大，不易搬运。他便派公差传来孔原问道："孔掌柜，你店里有没有贵重的珠宝玉器？我准备多买一些。"

　　"李大人，我的珠宝店在西安府首屈一指，您尽管买，价格便宜，我绝不敢赚您的钱。"

　　"价格无妨，我要买最贵重的，并且，并且要便于搬运。"

　　"我懂了。"小诸葛孔原十分聪明，点头笑道，"您是想把一大堆银子变成一小堆宝贝。价值不变，体积缩小，然后运出西安府，省得……"

　　"哈哈，你很灵活，就是这个意思。"

　　"大人放心吧。我店里货物最全，什么珍珠、白璧，钻石、翡翠、猫儿眼、珈南木、名画、古董应有尽有，您准备花多少钱？"

　　"这个……"李家刚暂时不想露底细，他摇头笑道，"本官乃甘肃省兰州府的原籍，若将宝物运往兰州，一次最多能运多少？"

"大人，我是开珠宝店的，对于运输实在不懂，这事您得问问镖局。"孔原不想露出练武的身份，所以有意躲闪。

"也对，隔行如隔山嘛。"李知府销赃心切，扭头吩咐，"来呀，速传云龙镖局老镖头卢云龙来府衙见我。"

"是。"差役去不多时，便将卢镖头传来了。这位卢镖头年近五旬，姓卢名云龙，人送外号"三手将"。三手将可不是"三只手"，人家乃正宗上三门，从不干偷窃之事。只因他飞镖打得最准，才落下这个雅号。卢云龙武艺高强，威信很好，现任陕西省总镖主。他听罢知府之言，不由得笑道："大人，您也外行了，我们保镖的有镖车，财物都装在车上。东西多镖车也多，东西少镖车也少。不论多少，一次全能押走。"

"好，这我就放心了。"李家刚沉思片刻，"卢镖头，由于我的东西比较贵重，所以要求你亲自押运，千万不能只派伙计。"

"这个……"卢镖头摆了摆手，"大人，您是父母官，我本当效劳。可是让我亲自押镖嘛……实在对不起，大人另请镖局吧。"

"为什么？"

"不瞒大人，我有一个最要好的兄弟名叫黄三太，他曾把镖法传授与我，恩重如山。我这兄弟派人送信说，过几天他要带领一班朋友来西安办事，让我在家等他。为此，小人不愿出门。"

"啊？"坐在旁边的小诸葛孔原暗吃一惊。他心中想道：黄三太乃绿林中第一条豪杰，他率朋友到西安府干什么？彭巡按来了，黄三太也来了，难道巧合？不对，内中定有缘故。陕甘二省没发生大事，莫非为碧霞岭而来？有备无患，我得赶紧告知周应龙。想到这步，他再也坐不住了："李大人、卢镖头，你们先商量着，我回店做点准备。"说毕，起身告辞。

回到珠宝店，立刻写了一封密信，将彭巡按、黄三太要来西安府之事一一禀明，并且提出自己的看法，请周应龙严加防备。

周应龙读完密信，心情紧张。黄三太的大名他早有耳闻；彭公的才智也曾听说过。不怕黄三太，也不怕彭公，只怕他两家联合在一起。若是官府、绿林共同破山，碧霞岭危在旦夕！怎么办？周应龙正在一筹莫展，忽听外面有人说话："无量佛，周寨主该回大厅了！"随着话音，恶法师马道玄推门而入。

马道玄干什么来了？由于他地位不高，"玉杯宴"时被安排到厅门附近。周应龙离席时曾在他眼前路过，脸上那种不安的神色被马老道看得清清楚楚。马老道乘人不注意，便尾随周应龙走出聚义厅。他见周应龙进书房了，使用指甲划破窗户纸往里偷看。周应龙读信时表情严肃、神态紧张，马老道暗想：肯定出了什么大事！这位寨主爷瞧不起我，我正要露一手给他看看，机会难得，不可放过。为此，他念了一声道号，破门而入。

"马道爷，你怎么来了？"周应龙有些不悦，忙将密信藏起。

"大寨主，"马老道面含微笑，并不在意，"您是'玉杯宴'的主人，不能扔下宾客不管哪，贫道见您离席过久，特来关照一声。"

"多谢道爷，本寨主立即入席。"

"哈哈，还是先把信上的事情处理了吧。否则，入席也不会安稳。"

"信？你怎么知道有信？"

"我在门外看见了。寨主爷有了为难事吧？唉，可惜您信不过贫道，若能信我，贫道很愿效劳。"

"你？……"周应龙重新打量了马道玄几眼，觉得他有点神鬼莫测。正在犹豫，忽听马道玄口中念道：

　　三尺龙泉万卷书，老天生我待何如？不能重新安天下，枉为男儿大丈夫！

诗罢，扭头要往外走。他这招叫"欲擒先纵"，果然奏效。周应龙连忙起身："马道爷，恕我有眼不识泰山，道爷胸怀大志，几乎埋没。本寨主确实有件为难之事，密信在此，请道爷细看。"

"噢？"马道玄心中暗喜，接过密信连看了两遍，摇头叹道，"不怪寨主着急，这真是件难事。不过，天下占山为王者不计其数，他们偏偏攻打碧霞岭，这倒让人有些纳闷。"

"马道爷，疑人不用、用人不疑。我实话告诉您，本寨主与西海公噶尔丹早有来往，那些贤士金牌便是西海公所赐。"

"原来如此。"其实，马道玄并不知道噶尔丹是谁。他不懂装懂，有意套问："是呀，西海公权势很大，西海那个地方又很富足……"

"马道爷，西海公不在什么西海，而在南疆。他不仅权势很大，而且，而且正在……谋反！"

"噢？"马老道又惊又喜，"寨主爷。一待事成，您就是一字并肩王了？"

"不只我，道爷也算开国元勋！"

"无功受禄，寝食不安。"马老道利令智昏，"贫道告辞了！"

"啊？闻知谋反，道爷害怕了吗？"

"嘿嘿，我恶法师从来不知道什么叫害怕。"

"既然不怕，道爷因何告辞？"

"周寨主，如果彭朋与黄三太联合攻山，谁是咱们的主要对头呢？"

"当然是黄三太。那人招法高强，武艺骁勇，我虽未会过他，却闻他是天下头条好汉！"

"言之差矣！"马老道摇头笑道，"黄三太虽勇，终是绿林人。若无官府支持，他将一事无成。依贫道看来，咱们的主要对头乃巡按彭朋。这人才高智广，手握大权。若想保住碧霞岭，先要剪除彭朋！"

"哎呀，杀官如同谋反，这可并非小事！"

"寨主爷，您勾结西海公，其实已经反了。一个羊是赶，两个羊是放，背着抱着一般沉。杀掉彭朋，黄三太一伙群龙无首，势必内乱。再者说，钦差身亡，保驾西巡的黄三太肯定担罪，用不着咱们费事，皇上就把他杀了。一举两得，碧霞岭坐得渔利，周大寨主又何乐不为？"

"妙！"周应龙拍案叫绝，"道长真高人也！只是，刺杀钦差谈何容易？一般人很难办到哇。"

"贫道说过，无功受禄，寝食不安。刺杀彭朋之事，就交给我吧。"

"好！本寨主上奏西海公，替道爷请下头功。将来事成，少不了封侯拜相。"

"多谢大寨主。"

"还有，只让道爷充当幕宾，未免大材小用。从现在起，您就是碧霞岭的大军师。位置嘛……暂坐欧阳德之后，算是第五把金交椅！"

"寨主爷，欧阳怪侠与您厚交，贫道本不该多说。可是奉告您一句话，他与黄三太乃磕头兄弟，您对此人要小心一二。"

"知道了。"周应龙不以为然。他心中暗想：这老道大才大奸，让他坐在欧阳贤弟之后，他可能不满。想挤走欧阳德，占据其位。其实，欧阳德的人品比你强多了，我心中自然有数："马道爷，绿林人结盟是司空见惯的事情。你我七十二人刚刚结完'金牌盟'，欧阳侠客之事就不必过虑了。"

"贫道有言在先，听与不听全凭寨主。不过，下山行刺之事，暂且不要告诉欧阳怪侠。"

"就依道长。"二人说罢，重返聚义厅。

"诸位英雄，"周应龙举杯笑道，"本寨主宣布一件事情，从现在起，恶法师马道玄出任本山大军师，列为第五把交椅，大家敬他一杯！"

"升得好快呀！"群雄议论纷纷。欧阳德当上三寨主时，大家并不惊奇，因为人家原先是"五把手"。马道玄就不同了，刚刚上山，又没什么重大贡献，突然提升，未免令人纳闷。不过大寨主宣布了，谁敢反对？只好向他频频敬酒。"玉杯宴"直喝到深夜方散。

次日清晨，恶法师马道玄带上宝剑和盘费，不辞而别，走下高山。他边走边想：自己把大话吹出去了，却无具体方案。只好见机行事，想方设法刺杀彭朋。据估计，彭朋此时正在途中，我何不前去迎他。他若到了西安府就不好下手了。恶道拿定主意，顺大路向东而去。

话分两头，再说户部尚书、钦差大臣、陕甘巡按使彭公出京以后，执事道队顺路西行。白马李七侯奉旨保驾，他知道，这次出京不同往日，叛匪一旦得到消息，很可能对钦差大臣采取行动。黄三太等人又不在身边，在到达西安府之前，保驾重任全部担在自己肩上。为此，李七侯日夜提心吊胆，不敢离开彭公半步。幸喜各州城府县对钦差大臣招待得十分周到，他们或派兵护送，或派将迎接，这样一来，使李七侯减轻了许多负担。

饥餐渴饮，夜宿晓行。非止一日，这天来到山西、陕西交界之处。山、陕二省以黄河为界，此处的黄河流向由北而南，波浪滔天，一泻千里。河东岸有座大镇，名叫柳林川。柳林川有两万多人，街面繁华，商家林立。彭公传令，在此扎下人马。当地官员闻听钦差来了，慌忙迎接。彭公在大轿中一摆手："传他们进前回话。"

"是。"中军官去不多时，带来两位官员。二人战战兢兢跪在轿前："拜见钦差大人。"

"快快请起，你二人身负何职？"

"大人，下官乃柳林川镇长，姓赵名守一，他是副镇长名唤钱平。"

"噢？"彭公摇了摇头，"你头戴七品顶子，怎么只是个镇长啊？"

原来，清代官员的品级，皆从顶戴和服饰加以区分。凡是官帽，顶上皆有个类似葫芦的饰物。红宝石为一品、珊瑚为二品、蓝宝石为三品、青金石为四品、水晶石为五品、砗磲为六品、黄金为七品。镇长一类的官员属于未入流，本不该戴顶子，所以彭公提出疑问。赵守一连忙答道："大人，柳林川虽是一镇，却代管黄河岸边将军渡。将军渡是个大渡口，常有要员通过。为此，柳林镇与县平级，下官才敢戴上七品金顶。"

"原来如此。"

"大人，听说大驾光临，下官已经做好准备。公馆搭在镇内高升客栈，请钦差下榻。"

"贵镇，"李七侯一皱眉头，"钦差岂能住在客栈？不安全吧！"

"这……不瞒大人，柳林川虽是县级，终为一镇。镇中房舍简陋狭窄，容不下钦差的道队。只有高升客栈宽敞整洁，尚可屈尊贵驾。至于安全事宜，下官已做安排。店中旅客皆迁别处，店门和周围均有士兵站岗。不知钦差大人要住几日？"

"本钦差不欲多住，一待备好官船，立即过河。"

"官船现成，此时正在刷洗和检查。两三日内，即可完备。"

"好，你要随时向我禀告。"彭公扭头吩咐，"来呀，打道高升客栈。"

高升客栈位于镇心，青条石垒成的重墙，油漆大门。门外院内皆打扫得十分干净。镇长赵守一、副镇长钱平陪同钦差走入上房。店中的东家、伙计都不敢露面，亲兵取来净水，彭公梳洗完毕，疲劳顿解。

"大人，"赵镇长垂手侍候，"小镇没什么美味，只打了一条黄河鲤鱼，长有三尺，重够十斤，请大人品尝。"

"贵镇不必客气，留此一同用餐吧。"

"不敢。"镇长比钦差地位差得太多，人家留你吃饭，就是打发你走，赵守一深懂这个道理，连忙禀手，"大人若无他事，下官暂且告辞，明晨再来侍候。"

"贵镇请便。"彭公稍微欠了欠身，就算是送行。他见赵镇长走了，回头对李七侯笑道："这个镇长还算知礼，李壮士，时候不早了，咱们吃饭吧。"一声令下，亲兵端来酒菜。虽说不是上八珍，却也很丰富。尤其是有一条大鲤鱼，肉厚味美，色、香、形皆很出众。彭公笑道："好鱼，黄河水流湍急，竟能打到这种大鱼，实在难得，李壮士，快请。"

"大人请。"李七侯虽与钦差同桌进餐，却从来不敢僭越。

二人吃罢晚饭，又喝了两杯茶。彭公兴致很高："李壮士，过了黄河便进入陕西。越往前走我越担心，此行结果还令人难料哇。"

"大人，黄三太他们都是武林高手，有他们协助，定能告捷。"

"是呀，不知他们是否到达了西安府，若是不去，就误大事了。"

"黄三太最守信誉，请大人放心。"

"但愿如此。"彭公喝了几口香茶，抬头笑道，"李壮士，柳林川这个地方不错。远闻黄河咆哮，近有翠柳成行。此时明月皎洁，秋风醉人。你我何不到外边走走，省得辜负这美景良辰。"

"这个……"李七侯稍有犹豫，"大人若想散心，下差不敢阻拦，不过，您只能在院内走动，不要出离店房，以免发生意外。"

"就依李壮士。"

二人来到天井，边走边谈。不知不觉到了后院。突然，从后院马棚里传来阵阵哭声。音调很低，却悲悲惨惨。彭公听罢微微一愣："李英雄，你快听，有人在哭。"

"是呀，待下差去问个究竟。"李七侯在前，彭公在后，二人一起走进马棚。只见草堆之上卧着一个老者，年近花甲，鬓发皆白。老者一看彭公的服饰，就知是位大官。他连忙爬起，跪倒磕头："老爷，小老儿惊动大驾，该死。"

"老人家快快请起。本钦差听你哭得凄惨，莫非有什么伤心之事吗？"

"啊？您就是钦差大臣？小老儿有眼不识泰山，钦差大臣恕罪。"

"不必多礼，请把实言告我。"

"老爷，"老者揉了揉昏花的二目，长叹一声，"唉，小老儿冤枉！请钦差大人快快救命。"

"老人家，随本钦差到客房细述。"

这位老者姓尤，排行居长，人们都叫他尤老大。尤老大是黄河艄公，几十年来靠摆渡过日。他的老妻早丧，膝下只有一女，取名尤三姐。这个尤三姐可不是《红楼梦》中的尤三姐，只是同名同姓而已。姑娘今年十八岁了，生得如花似玉，俊美非常。不但模样好，由于她在黄河边长大的，所以水性更好。可惜生不逢时，昨天中午，父女正在河上摆渡，突然，小船打晃，摇摇摆摆。尤老大对女儿喊道："小心点，可能有大鱼。"

"大鱼？"三姐年轻好胜，闻听有大鱼，纵身跳入河中。她水性好极了，能在河中睁眼视物。抬头看，果然在船底有一条三尺来长的大鲤鱼。姑娘又惊又喜：黄河流急，泥沙俱下，平日很少有这种大鱼。不过，此处的黄河有几条支派，如东岸的朱家川、岚漪河、湫水河；西岸的窟野河、秃尾河、无定河等，这些支派大多水势平稳，适应大鱼生长。眼前这条大鱼可能是随着支派倾入黄河的。不管它怎么来的，今天你休想逃走。姑娘来了个"自由泳"，眨眼凫到大鱼身旁。她右手一抠鱼鳃，左手托住鱼腹，双臂用力将大鱼扔上小船。按说一条三尺大鱼在水中力量很大，怎奈它遇上了尤三姐，只得服服帖帖被她捉拿。三姐翻身上船，抖了抖身上的水珠："爹，这条鱼够您下酒了。"

"这孩子，若被大鱼撞伤，后悔就晚了！"尤老大对女儿又疼又怨："过一会儿将大鱼送到集上，卖了钱给你扯几尺花布，做件新衣裳穿吧。"

"成天在河里泡着，穿什么新衣裳？还是给您下酒吧。"父女你谦我让，把船上的渡客引得哈哈大笑。船靠东岸，渡客纷纷离去。岸边有个老道正在来回游逛，他听渡客们议论大鱼，便凑到船边观看。看罢多时，眼珠一转，拿定主意："艄公，这大鱼要卖吗？"

"卖，卖。正要用它为女儿换套衣裳。道爷，您给多少钱？"

"你想卖多少？"

“道爷，这么大的鲜鱼，最少也得二两银子。”

“不多，我给你三两。不过，贫道现在没带器具，暂时不能拿走。艄公，你将这鱼留到明天早晨，我派人到你家去取。”

“行啊，我先在水缸里养着，保证不能死。”艄公很高兴。又能多得钱，又省得去赶集了，何乐不为？老道点了点头：“不知你家住何处？”

“好找极啦。将军渡东南二里有座河口村，村西头第三个大门就是我家。门口有棵老槐树，树下有个石碾子。道爷一打听尤老大，谁都认识。不过，您得早点去，去晚了我们就上船啦。”

“好吧，明日清晨我派人取鱼。”老道说罢，先给了一两银子定钱，然后转身而去。

尤老大十分高兴。将小船拴在河边柳树上，又将大鱼装进木桶，桶中盛满黄河水，中间穿条扁担，父女二人抬着木桶回家。尤三姐边走边埋怨：“爹，您都快六十了，日日劳累，连条鱼都舍不得吃。”

“哈哈，你再说什么都晚了，道爷给了定钱，鱼就是人家的啦。三两银子，真不少呢！”父女到家之后，将大鱼放进水缸。烧火做饭，各自回屋睡觉。尤老大一觉醒来已是东方发白，他向西屋喊道：“女儿，快快起来吧，一会儿买主该来取鱼了。”他连叫几声，西屋并无动静。尤老大心中纳闷：女儿每日起得很早，今天怎么了？穿鞋下地来到西屋一看，他愣住了。床上的被褥翻着，姑娘踪影皆无。莫非出去了？能到哪儿去呢？老大等了半天还不见女儿回来。突然，他见桌子上边有张字条，字条之上写着几行字。奇怪呀，父女目不识丁，哪来的字条？尤老大心中紧张，急忙拿起字条上下端详。看了半天也不知写的是什么，急得他扭头就往外跑。他家隔壁是位算卦先生，外号“小铁嘴”。此人营业时假装瞎子，回家后常常看书写字，算是河口村唯一“圣人”。小铁嘴接过字条看了两遍，不由得大惊：“尤大叔，糟了！三妹妹危险哪！”

“啊？快说，上边写的什么？”

“这是一首诗，听我念给您：

三尺鲜鱼为罕见，速送钦差下酒饭。
钦差若寻作案人，芦芽山顶玉真观！”

小铁嘴读罢,唯恐艄公不懂。继续解释道:"尤大叔,您可能打了一条鲜鱼,赶紧把鱼送给钦差大臣吧。见面之后向他喊冤,求他去芦芽山玉真观将三妹妹要回来。若是晚了,三妹妹死活难保!"

　　"哎呀,"尤老大热泪纵横,"我们父女得罪谁了?怎么遇此大祸?再者说,哪来的钦差?我怎么找咧?"

　　"尤大叔,您整天在河上摆渡,消息不灵啊。确实有位钦差,是朝中的彭尚书。他老人家要过黄河去陕西巡视,今天就到柳河川。"

　　"你听谁说的?可靠吗?"

　　"怎么不可靠?柳林川昨天就戒严了。大街小巷都是官兵,闲杂人员不准出门。我今天没敢去摆卦摊,唉,少挣一吊钱。"

　　"大侄子,这吊钱我给!"尤大叔扭头就往外跑。回到家中,拎起鲜鱼直奔柳林川。刚到镇口,士兵阻拦:"干什么的?没事不准进镇。"

　　"我……"尤老大灵机一动,"我给钦差送鱼来了。"

　　"噢?"镇长赵守一恰在此处,他看了看大鱼,又看了看尤老大,见他老实忠厚,不像恶人。于是问道:"谁派你送鱼?"

　　"长官,我打了一条黄河鲤鱼,自己舍不得吃,若送钦差,准能卖个大价钱,所以……"

　　"哈哈,唯利是图。不过,这条大鱼为本镇增光,快快送往高升店。"

　　"是。"尤老大答应一声,向高升客栈跑去。为了见到钦差,他对店东说道:"掌柜的,赵老爷派我送鱼给钦差大人,并且不让我走,叫我等着领赏。"

　　"好大的鱼。既然赵老爷让你留下,就去马棚等着吧。"

　　"马棚?送鱼还住马棚?"

　　"哈哈,马棚就不错了。店中的房屋都打扫干净,准备迎接钦差。谁还敢进去?我这个掌柜的今晚还得蹲猪圈呢!"

　　"好吧,我去马棚。"尤老大不敢多说,只得向马棚走去。他实指望能够见到钦差,可是院中的岗哨里三层,外三层,岂容他走动半步?为此,尤老大急得痛哭起来。真是无巧不成书,这哭声恰被彭公听见。

老艄公述罢经过，响头碰地："大人，您行行好，快救我女儿一命吧。她若有个好歹，唉，小老儿也活不成了。"

"老人家快快起来。本钦差问你，芦芽山在什么地方？玉真观是怎样一座庙宇？这些情况你可知道？"

"大人，芦芽山在那柳林川西北八里地，地势不高，面貌挺俊。半山腰有座庙，名叫玉真观。里边供的是太上老君，平日香火挺旺。小老儿就知道这些。"

"嗯，老人家，你与庙中有仇吗？"

"没有，没有！我们打鱼的与庙中道爷素无来往，哪来的仇哇？"

"知道了。"彭公向白马李七侯点了点头说，"李壮士，这是对咱们来的呀！"

"大人，"李七侯表示赞同，"您想怎么办？"

"据赵镇长说，官船正在刷洗和检查，估计得两三天后才能过河，本官打算在此期间访上芦芽山玉真观，请李壮士陪我同往。"

"不可！"李七侯连连摆手，"大人，那个老道的目的就是想把大人引出公馆。您重任在身，千万不能去，以免因小失大。"

"钦差老爷救命啊！"尤老大一见李七侯阻拦，再次跪倒，磕头如同鸡雏碎米。

"这个……"彭公左右为难。有心拒绝艄公，心中不忍。有心去芦芽山，又怕发生不测。犹豫再三，下定决心："李壮士，本钦差身为朝廷命官，理该与民做主。我看还是去一趟吧，咱们上午动身，下午回来。青天白日，料无意外。"

"这……好吧。大人想去，下差也不敢阻拦。不过，此事要通知赵镇长和钱副镇长，并且还要多带一些官兵保护钦差大驾。"

"一切皆由李壮士安排。"彭公最爱微服私访，此时身不由己，只得答应。尤老大又磕了三个头，被人带下。

次日清晨，柳林川正、副镇长又来侍候。彭公笑道："贵镇，本钦差听说距此不远有座芦芽山，风景秀丽，秋色迷人。乘官船清洗、检查之际，我想到山上游览名胜，二位贵镇愿意作陪吗？"

"能陪钦差大人游山，下官实为荣幸。芦芽山确实美妙，不可不游。请问大人几时动身?"

"我想吃罢早饭咱就起程,傍晚之前赶回公馆。"

"谨遵台命,下官马上去做准备。"

"贵镇留步。"白马李七侯拦住二位镇长,"请问,柳林川有多少官兵?"

"游击大人。"赵镇长早已弄清李七侯的身份。当时,基层武职共分八等:副将、参将、游击、都司、守备、千总、把总、大兵。其中游击将军是第三等,为从三品武官,比他这个挂七品衔的镇长大多了。赵守一怎敢不敬:"柳林川乃为镇制,不设官兵,只有士兵。不过,将军渡倒有官军五十名,归下官调遣。"

"好,你速调二十名官军来保钦差大驾。"

"遵命。"赵守一心想:游山逛水还要保驾的,他们真会摆谱。想归想、做归做,他立即传令调来二十名官兵,连同钦差道队共六十多人,浩浩荡荡奔往芦芽山。舫公尤老大自然随同前往。

芦芽山果然是个好地方,但只见:日照山岚明光射,雨收黛色冷含烟。藤缠老树、雀占高枝,奇花异草、秀竹卷松。半山坡上修座庙宇,红柱金瓦,外绕高墙。庙门左右一副对联:

　　天雨虽宽不润无根之草
　　道门亦广难渡不善之人

迎面高挂横匾,黑地金字,玉真观。彭公看罢,点头称赞:"真仙境也!"

"钦差大人稍候,下官去令他们迎接大驾。"

"不必了。"彭公拦住赵守一,"道门净地,咱们随便走走吧。"

众星捧月,大家陪同钦差走进庙门。早有道童报与住持,住持道号静修,闻知钦差游庙,慌忙出迎:"无量佛,小道不知大驾光临,望钦差恕罪。"

"仙长,下官来得莽撞,多有打扰。"

"钦差大人,请到静室用茶。"

"多谢了。"彭公跟随主持来到静室,道童献上素茶。彭公问道:

414

"不知庙中有几位仙师？"

"大人，小庙无甚名气，共有十二位道家，九名道童。加在一起二十一人。"

"下官来得仓促，未带礼物。请住持传来诸位仙长，每位赠灰布一匹。"

"多谢大人施舍。"静修大喜，立刻派道童将诸人传来。彭公看了看眼前这二十一个老道，有老有小，皆很善良。他回头对尤老大低声问道："艄公，有那个买鱼的老道吗？"

"没有。"

"嗯。"彭公犹豫片刻，"住持，再无他人了吗？"

"回禀钦差，常住小庙者皆在此处。昨日来了一位寄宿道人，他说只住两三天，所以没有请他。"

"速速传来。"

"是。"道童去不多时，回来禀报，"师父，他说不认识钦差，也不要灰布，所以不来。"

"岂有此理？"静修有些挂不住，赔笑说道："大人，那位道长我并不认识，因为是道门子弟，他要寄宿，贫道不好谢绝，请大人莫怪。"

"此事与住持无关。"彭公站起身来，"他不看我，我倒想去看看他。来呀，头前带路。"说罢，迈步就往外走。白马李七侯心中害怕，当着众人又不便阻拦。只好紧握刀把，跟在彭公身边。彭公刚刚迈出门槛，说时迟，那时快，突然从房顶纵下一人，此人大喝一声："赃官看剑！"

来者正是恶法师马道玄。

马道玄离开碧霞岭，紧赶慢赶，于三天之前渡过黄河，来到山西。他在柳林川听说了钦差之事，不由得心中大喜：太好啦，该我马道玄立功！柳林川东边尽是大都市，戒备森严，不好下手。柳林川西边是黄河，过了黄河就是陕西地界，彭朋是巡视陕甘的钦差大臣，到了陕西便贵如天子，谁还敢碰他一根毫毛？而柳林川地处山、陕交界，既偏僻又无兵力保护，此时不动手，后悔晚矣！马道玄拿定主意，便到高升客栈察看地形。怎奈客栈周围有士兵把守，不容他近身，马道玄只好另拿章程。他原打算埋伏在黄河沿岸，待彭公上船时突然行刺。谁料，意外地发现了那条大鱼，于是他改变主张，夜盗尤三姐，将彭公引上芦芽山，芦芽山住持并不知道他的真正身份，以为他是个道友，所以让他寄宿。刚才，道童让他去领灰布，马道玄知道钦差来了，不由得暗笑：来得妙，飞蛾奔灯，自来送死！他打发走了道童，手提宝剑埋伏在静室房坡之上。这叫艺高人胆大，恶道竟想白日行刺钦差。

幸喜白马李七侯早有防备，他抽出折铁刀架开宝剑："好恶道，杀官造反，吃我一刀！"

"噢？我当是谁，原来是白马坡李亲王。今日相逢，休怪贫道无理了！"话落剑起，直取李七侯顶门。李七侯乃是马上的战将，步下的功夫平平常常。他竭尽全力与恶法师厮杀，这口刀虽说上下翻飞，终究挡不住人家那口宝剑。马道玄是玄狐门第三掌门人，没点真功夫也坐不上那把交椅。他手中宝剑神出鬼没，招数玄妙，只杀得李七侯节节败退。彭公虽然不懂武艺，他从李七侯的神色中知道大事不好。连忙传令："差官，军兵们，快去协助游击大人捉拿凶手！"

"是。"二十名军兵和十来名差官一拥而上。恶法师面带冷笑，越战越勇。这口宝剑如蛟龙出水、怪蟒翻身，杀得军兵、差官连滚带爬。

诸位，二十名军兵，十几名差官，难道打不过一个恶法师？您有所不知，这些军兵都是将军渡上管船的，虽穿军衣，却不会武功，平日更无训练。手中的刀枪只是摆设，还不如一根烧火棍。至于差官，个头、模样都不错，可他们只是仪仗队，走起路来耀武扬威，打起仗来稀松平常。这些人岂能挡住马道玄？李七侯见状大惊失色，深恨自己没拦住钦差。彭公若有个好歹，自己还有何脸面去见黄三太？再者说，万岁爷也不能饶我呀。身为三品游击将军，把位钦差大臣保死了，那就得全家斩首，户灭九族！这可怎么办？他越想越怕，越怕越手软，被恶法师逼得连连后退。马道玄兴奋无比，他上边使了个"仙人指路"，剑尖直点李七侯咽嗓，下边用了一个"连环腿"，李七侯大叫一声，扑通摔倒。恶道跨步上前，脚尖点住李七侯后腰，举剑就刺。就在这千钧一发的紧要关头，忽听房坡上有人冷笑："恶法师，快摸摸你还有脑袋吗？"随着话音纵下一人。

第十一回　杨香武黄河结兄弟
梅一姑青山救夫君

话说恶法师马道玄手起剑落正要伤害李七侯，忽然从房坡上纵下一人。这人轻似狸猫、快如猿猴，眨眼之间便来到恶道身后。恶道也算一位豪杰，他闻冷风入耳，便知身后有人暗算。只好扔下李七侯，回剑拨刀。抬头细看，不由得大吃一惊："哎呀，原来是你！"

来者不是别人，正是艺高胆大的绿林好汉，赛毛遂杨香武。

自从南霸天飞镖黄三太将奉旨擒贼之事向群雄讲明之后，群雄皆很高兴，一致表示愿为国家效劳。唯有杨香武双眉紧皱，心事重重。他暗中想道：这场大祸都是我惹下的，不但连累了黄三太，而且还连累了这么多的英雄好汉。若是找回九龙杯，万事皆休；若是找不回来九龙杯，大家都要担罪。九龙杯若是落到西海公噶尔丹手中，后果更不堪设想！杨香武哇杨香武，那时你会成为千古罪人！他越想越不安，越想越烦躁，最后拿定主意：解铃还得系铃人，九龙杯是我盗出来的，还应该由我去寻找。想到此处，他便在当晚三更天不辞而别。

杨香武离开浙江绍兴府顺路北上，次日清晨便到达苏州。香武暗道：出师一年有余，从未回家探望。这次攻打碧霞岭生死难料，应该去见师父一面。想到此处，轻车熟路直奔枫院镖局。来到镖局门前，只见双门紧闭，冷落不堪，昔日的风采踪迹皆无。香武心中纳闷，上前叩打门环。过了老半天，才听里边问道："谁呀？"

"我，杨香武。"

"啊？是姑爷回来了？"院中脚步加快，老仆梅安打开双门，"哎呀，真是您哪！姑爷，这一年多您到哪儿去了？"

"老人家，镖局出了什么事？我师父呢？"

"唉，一言难尽！"老仆满面流泪，将香武请到客厅。献上茶来，接着说道："自从您走了之后，老爷、太太天天叨念。过了两个月，太太就病了。上了年岁的人，有病就有疑心，总怕自己活不长，太太也是这样。她老人家日日埋怨老爷，怪老爷不该将您撵走。万一自己死了，看不到女儿成婚，九泉之下也不能瞑目。老爷也有点后悔，想把您找回来。凑巧，苏州知府送来五万两镖银，让咱们镖局押往山西太原府。这趟买卖数目太大，让别人押运老爷不放心，于是他亲自押镖。一来显得对知府敬重，二来想借押镖的机会寻找您的下落。如果能够找到，请您回来与小姐完婚，也省得夫人日夜惦念。"

"噢，"香武点了点头，"如此说来，我师父押镖去了？师娘怎么样？我去后宅看看。"

"姑爷，您别去了。"老仆长叹一声，"老爷走了四个月，随他同往的镖客回来报信，说，说……"

"说什么？"香武挺身站起，"师父怎么了？"

"唉，老爷被人劫了镖车，命丧途中！"

"哎呀！"香武怪叫一声，扑通昏倒。老仆连忙呼唤，又给姑爷喂了两口水，香武才慢慢苏醒。他欲哭无泪，二目发红："老人家，师父怎么死的？快快告诉我！"

"姑爷，老爷在山西太谷县凤凰山遇到一伙响马。据同去的镖客说，响马首领与老爷很熟，他将老爷请上山寨，用毒药酒将老爷害死，图谋了镖银，扣下了镖车……"

"且慢，"香武拦住老仆，"我来问你，那个响马首领是谁？他为何劫下镖车？"

"姑爷，据镖客说，响马首领名叫马道青，外号'赤发灵官'。您还记得有个恶法师马道玄吗？"

"当然记得。我出师那天，此人曾来祝贺。"

"马道青就是马道玄的同胞兄弟。至于劫镖目的，可能是五万两银子数目很大，所以图财害命。"

"哼，"杨香武勃然大怒，"不杀此贼，誓不为人！我先去看看师娘，然后就去寻找马道青。"

418

"姑爷，我说过，您不必去了。太太惊闻凶讯，病情立刻加重，没过三天便跟老爷去了！"

"啊？师娘也没啦？"

"唉，真难为小姐呀！她把太太的灵柩安排妥当，又变卖了家产，赔偿了官银，然后带上宝剑去山西太谷县凤凰山替父报仇。"

"你，你们为什么不拦住她？一个弱女子，怎能担此重任？"

"姑爷，我们当仆人的怎敢阻拦小姐？小姐临行之时，让我留下看家。并把事情经过都告诉我了。她派我在此等候姑爷，一待见到您，让您去山西太谷县凤凰山找她。"

"知道了，我马上起身。"杨香武辞别了老仆梅安，立即择路北上。饥餐渴饮，夜宿晓行，非止一日。这天来到潼关。潼关乃河南、山西、陕西三省交界之处，香武为难了。心中暗道：往哪儿走呢？由此向西北，通往甘肃天水府，由此向东北，通往山西太谷县，一方是国恨，一方是家仇，我先顾哪头呢？犹豫再三，还是拿不准主意。最后决定，不去西北，也不去东北，先往正北方向而去，途中见机行事。就这样，香武顺着黄河北上，这天来到柳林川。一进镇口，他便觉得气氛紧张，经过询问，才知道钦差彭公在此等候官船渡河。杨香武心中高兴，他虽然不认识白马李七侯，却久闻大名。何不去找他？让李七侯帮助自己拿个主张。谁料，来到高升客栈一问，才知李七侯陪同钦差去芦芽山了。香武心急，便向芦芽山追去。来到玉真观，守门士兵不让他进去，香武无奈，抖身上房，正碰上李七侯大战恶法师马道玄。杨香武一见马道玄，想起马道青，不由得恶从心头起，怒向胆边生，这才抽出小单刀，朝恶道背后刺去！

再说恶法师马道玄一见杨香武，不由得大惊。因为他早已听说，杨香武归服黄三太了。此时杨香武出现，还不要紧。若是黄三太也在后边，自己便插翅难逃。恶道心内紧张，表面故作镇静："哈哈，我当是谁？原来是香武贤侄。你怎么跟师叔动起刀来？你师父近来可好吗？"这话更激怒了香武。杨香武单刀一晃，对天呼道："师父有灵，弟子要为您报仇了！"话罢，单刀直取马道玄。马道玄有点纳闷：怎么还替师报仇哇？其实，恶道有点冤枉，他胞弟赤发灵官马道青图财害命之事，他至今一概不知。此时已不容多想，只好举剑相迎。杨香

419

武报仇心切，眼珠通红，小单刀带着风声连连刺向恶道。若论真功夫，马道玄不比杨香武差，可是他担心黄三太到来，所以无心恋战。只有闪展腾挪，招架相还。杨香武求成心切，只打了三个照面便往地下一滚。恶道大惊，因为香武的十八路地滚刀他曾见过，深知刀法厉害。心情紧张，反应必然迟钝。香武滚到第七路时，一眼看出破绽，冲着恶道的左腿就是一刀。若是别人，这条腿就废了。马道玄确实与众不同，他急如闪电，快似流星，右脚点地，左腿抬起，可惜稍稍慢了一刹那，被小单刀刺破一条二寸来长的口子，鲜血立刻淌了出来。恶道大叫一声，抖身上房。杨香武起身欲追，被李七侯一把拉住："壮士，请留步。"

"您是白马李七侯吧？为什么不让我追他？"

"壮士，钦差在此，保驾要紧。"李七侯另有打算：芦芽山地广人稀，自己步下的功夫又不行，恶道若有同伙，钦差仍会危险。所以他才将杨香武拦住。这一耽搁，马道玄已经走远了，杨香武知道再难追上，只好罢休。李七侯瞧了他几眼，带笑问道："刚才，马道玄称你香武，莫非你就是畅春园盗宝的赛毛遂吗？"

"正是在下。李壮士，不知对您怎么称呼？"

"从欧阳怪侠那论，你就叫我七哥吧。"

"七哥在上，小弟参拜。"香武施了个礼，禀手说道，"七哥，当初小弟不识好歹，不仅盗出九龙杯，而且大闹三太镖局。幸亏黄三哥大仁大义，削去我鬓边金花，自己进京请罪……"

"杨贤弟，往事已经过去了，此时不必再提。快随我去见钦差吧。"李七侯将杨香武领到静室门前，参见彭公。彭公带笑扶起香武："杨壮士，刚才那场恶战，本官全见到了。不怪你敢盗九龙杯，武艺确实高超。今后要为国家效力呀！"

"惭愧！大人之嘱，草民记下。"杨香武见彭公态度可亲，为官大度，心中万分感动，"大人，草民一时鲁莽，盗出九龙杯，万没料到会涉及国政。罪过虽大，请钦差宽恕几日，待我去甘肃碧霞岭取回玉杯之后，杀剐存留，绝无怨言。"

"壮士不必多虑，取回九龙杯是你我共同目的。至于判罪，再容本官想想办法。"彭公爱才，他见杨香武不仅武艺高强，而且谈吐文雅，所以十分喜欢他，从而又产生了替他开脱之心，只是此刻不便明说。白马李七侯早已看出钦差的心意，暗中替杨香武高兴。他禀手笑道："钦差大人，恶道已被香武杀退了，咱们赶紧寻找一下尤三姐吧。估计她还在庙中。"

"是呀，快去寻找姑娘，省得艄翁惦念。"钦差令下，官兵、士兵们分头寻找。不出所料，在一口大铁钟下找到了这位渔家少女。姑娘已经昏过去了，经过玉真观主持静修的医治，才渐渐苏醒过来。父女二人对钦差千恩万谢，下山而去。彭公也不久留，在李七侯和杨香武的陪同下，回到柳林川公馆。

当晚，彭公设宴招待杨香武，席间，香武把自己的处境告诉了白马李七侯。并请李七侯帮助自己拿个主意。李七侯想了一会儿说："杨贤弟，自古以来，忠孝不能两全。你往碧霞岭是为国尽忠，你往凤凰山是为师尽孝，依我看，应该先报国恨，再报家仇。"

"请七哥详谈。"

"贤弟，九龙杯是你盗出来的，这且不说。单说此事迫在眉睫，玉杯一旦落在西海公之手，他会以此为借口，攻打天朝，遭殃的必是百姓。至于杀师之仇，早报晚报没什么妨碍，俗话说'君子报仇，十年不晚'，只要赤发灵官马道青活着，他总不会逃脱惩罚。只是，只是梅小姐下落不明，令人担心哪。"

"七哥，您把话说透了，我也顾不得她。小姐满身武艺，料她不会吃什么大亏。我还是先去碧霞岭吧。"

"杨壮士，"彭公见他二人言来语去，又涉及凤凰山绿林道之事，起初不便插言，此时见杨香武同意先去碧霞岭，举杯笑道，"壮士以国事为重，本官敬你一杯。待官船检修之后，咱们一同动身吧。"

"大人，"香武摇了摇头，"若是随您同去西安府，我何必背着黄三哥跑了出来？"

"怎么？"李七侯一惊，"你还打算孤身探山吗？"

"正是。"

"不行，碧霞岭群魔乱舞，你一人去了很危险。再说，我这两下子武功，也难以保护钦差。杨贤弟，你跟我们一起走吧。"

"七哥，过了黄河就是陕西，他们会迎接钦差的。我意已决，您休想阻拦。"杨香武拿定主意，对彭公禀手说道，"大人，很对不起您了，草民先走一步，咱们碧霞岭再会吧。"说罢，起身告辞。

彭公愣住了，有心留他，又一想：黄三太都留不住，我能留住吗？他既然报国心切，我就让人家走吧。想到此处，只好举杯饯行："杨壮士，此行处处小心，不可逞强。只能探山，万万不可攻山，有事等大家去了之后再做商量。这些话你可记住？"

"多谢大人嘱托，告辞了。"杨香武走出公馆，直奔黄河沿。

时值深秋，晚风袭人，黄河滚滚，波浪滔天。香武站在河岸，不由得打了一个寒噤。此时他才发觉自己大意了。光顾了渡河，忘记了时间，现在已是定更时刻，月色隐隐，星斗满天，所有的渡船都已拢岸。若想过河，除非插翅飞跃！怎么办哪？有心返回公馆，又觉脸上无光，也怕彭公挽留。不返公馆，难道在黄河沿岸徘徊一夜吗？真让香武左右为难。突然，他发现前方有一点渔火，火苗虽说不大，在荒野的夜晚却显得分外明亮。杨香武心中大喜，既有渔火，必有艄公，真是天助我也！他甩开大步奔亮处走去。果然在大柳树下拴着一艘木船。这艘木船比普通渔舟大一些，船舱里灯光灼灼，人影摇摇。香武高声叫道："渔家，这么晚了，还没睡吗？"

"谁呀？"舱门一开，从里边探出个头来。香武不等他请，纵身上船。来到船舱抬头细看，见这渔家年方二十上下，身高六尺，面皮微黑。穿一套土蓝布的裤褂，腰扎青带，足蹬牛皮靴，桌上摆着鲜鱼美酒，不用问，这位少年渔郎正在灯下独酌。他将香武打量了几眼："嘿嘿，你倒不客气，不请自来。有事吗？"

"渔家兄弟，打扰了。不瞒你说，我今夜有点急事，打算渡河。不知你肯帮忙吗？"

"什么？"少年渔郎摇头冷笑，"自古黄河不夜渡，你不想活，我还没活够呢！"

"白天能渡，晚上怎的不能渡？你这船不算小，风浪打不翻它。我多给你船资，就渡我一回吧！"

"嘿嘿，别说天黑浪急不宜摆渡，就算能渡，我也不渡，你敢怎样？"渔郎斟上一杯酒，又喝起来。杨香武过河心切，不由得胸中冒火："你渡不渡？"

"不渡，就是不渡！"

"看刀！"杨香武抽出小单刀，向船心方桌砍去，方桌被砍掉了一角。他提刀冷笑："朋友，你的脖子比方桌还结实吗？"

"哈哈，你想跟我要光棍？"渔郎毫无惧色，扶案而起。他俩这一吵闹，声响很大。把套舱里睡觉的一位老者惊醒了。老者问道："孩儿，你在与谁说话呀？"

"爹，有个小子在咱们船上耍野蛮，他舞刀弄剑的，把方桌砍了。您出来看看，咱怎么收拾他？"

"噢？"老者答应了一声，走出套舱。杨香武借着灯光一看，见这老者年过六十，身上也穿一套蓝布裤褂。由于灯光暗淡，看不清面容，只看见老者那双眼睛往外鼓得很高，眼珠翻露，好像随时就会掉了下来。香武暗道：这人长相太怪了，似乎在哪里见过，可一时又想不起来。老者将香武打量了几眼，扭头对渔郎问道："究竟发生了什么事？"

"爹，这小子要夜渡黄河，我说不渡，他竟然撒野。"

"嘻，你这孩子真不懂事，人家晚间渡河，必有急事，你怎么得罪客官？"

"黄河不夜渡，这是老规矩呀！"

"凭咱爷儿俩的本事，不会发生差错。不过，"老者对香武说道，"你得给我五两银子。"

"我给你十两！"杨香武心中大喜，满口应承。

老者叫过渔郎，在他耳边小声嘀咕了几句。渔郎笑着点了点头，忙去解缆、起锚，木船离岸。

夜间水势很大，木船颠簸得十分厉害。尽管如此，香武心中还是非常喜悦。因为过了黄河便是陕西，穿越陕西就离碧霞岭不远了。但愿夺回九龙杯，洗清前番过错。香武正在舱中思虑，忽听船头唱起渔歌：

> 不织绸缎不种田，养家全靠一条船。
>
> 有人从我船上过，快快留下渡河钱！

歌罢，木船一打横，停在河心。少年渔郎推门而入："客官，船家不打过河钱，该给船资了。"

"行。"香武掏出十两纹银，"拿去吧，快快开船。"

"不忙。"渔郎微微一笑，"十两银子少了点，你还得给点东西。"

"啊？还要什么？"

"要你项上人头！"话罢，渔郎抢起大桨，直向香武扫去。杨香武连忙闪躲，高声叫道："贼船！"

"哈哈，你说对了。正是贼船！"渔郎手疾眼快，连劈三桨。杨香武大吃一惊，抽刀迎战。若论真功夫，香武能比渔郎高出数倍，但他是旱路英雄，并不会水。再加上木船狭窄，摇晃不定，香武不仅难以施展刀法，就连站都站不稳。人家渔郎就不然了，久做水上生涯，站在船上如踏平地，手中大桨上下翻飞，直把个赛毛遂杨香武逼到船头。香武无奈，只得说道："和字儿，我也是里马儿，储头子挡你，留个活口吧。"这是绿林黑话，如果翻译过来，意思是：朋友，咱俩是同行，我把银子留给你，放我一条性命吧！他满以为说几句黑话就能脱险，谁料那位渔郎一声冷笑："嘿嘿，我早就知道你是里马儿，还知道你是赛毛遂杨香武，并且知道你要去碧霞岭！"

"啊？"香武大吃一惊，"你是何人？怎么会认识某家？"

"休要多问，喂鱼去吧！"话罢，抢桨又往下扫。这时，站在船头的老者哈哈大笑："孩儿，待我把实话告诉他，让他死个明白！杨香武，你还认得老朽吗？"

"看你面熟，一时想不起来。"

"哼，贵人多忘事，你当年出师，老朽曾去过香堂，并且还看你演武。论功夫，老朽佩服，论人品，老朽藐视。今夜我要替你师父梅大侠清理门户，铲除你这个奸贼佞子！"

这老者不是别人，正是江湖路上著名的隐士，姓高名恒，外号"鱼眼"。那一少年乃是他的独生儿子，水底蛟龙高通海。鱼眼高恒为什么要杀杨香武呢？原来这日中午，鱼眼高恒正在与他儿子水底蛟龙高通海共进午饭，恶法师马道玄一瘸一拐从岸边跑来："渔家，快快送我渡河，我多给船资。"

"啊？"高恒一愣，"这不是马道爷吗？因何如此狼狈？"

"噢？原来是高老隐士？"马道玄又惊又喜，"听说您在江浙一带做生意，怎么跑到黄河来了？"

"唉，一言难尽。"高恒叫过儿子参见马道玄，然后叹道，"都怪这个孩子。马道爷，老朽年迈，又没有多大本事，本想隐遁江湖，度此一生。可是这个孩子却争强好胜，总想在绿林道上闯出一番事业。他还年轻，我也不便耽误他，所以领他离开江浙，遍访高人。后来听说，甘肃碧霞岭大塞主周应龙正在招贤纳士，老朽便带他前去应考。"

"嗯？"恶道不动声色，"考得如何？"

"周应龙还算有些眼力，将我父子封为水军头目。可是碧霞岭地处干旱，并无水源，我父子有武无用武之地，心中十分不安。周应龙看出了我们的心情，一次酒后吐露真言。他说，他正在与西海公噶尔丹联系，将来起兵攻打天朝。到那时，我父子就是水军都督了！"

"原来如此。"恶道继续察言观色，"高老隐士，你答应了吗？"

"哼，我鱼眼高恒乃清正百姓，岂能干如此叛国背民之事？因而，领着孩子连夜下山。走到此处，见黄河咆哮，水流急湍，正是磨炼本事的好地方，我们父子商议了一下，便决定留在黄河，凭身上的水性，不愁一碗饭吃。马道爷，您这是从哪儿而来？因何腿上受伤？"

"唉，"恶道虚情假意地叹了一口气说，"高老隐士，咱二人同病相怜哪！"

"噢？请马道爷详谈。"

"我也是去碧霞岭应招，闻周应龙谋反，跑下高山。可是那个叛贼并不放过我，他派人一路追杀，竟把我左腿砍伤。幸喜我功夫较深，否则就没命了。"

"可恼！"鱼眼高恒信以为真，"马道爷，能把您砍伤者，一定是位高手。您知他姓名吗？"

"他就是梅大侠的关门弟子杨香武。高老隐士还记得此人吗？"

"当然记得。他武功不错，怎么会投靠周应龙呢？"

"那小子一贯干坏事。是叛贼的心腹。把他师父要气死了，已经将他开除门户。"

"这么严重？"

"是呀，身为上白猿门，他夜夜采花盗柳，糟蹋了许多良家妇女。周应龙最喜欢这种人，封他为驾前侍卫，还要招为门婿……"恶道信口开河，把杨香武骂得狗血淋头。鱼眼高恒心中大怒："马道爷，将来我若见到此人，非除他不可！"

"他武艺在身，不那么容易对付。高老隐士，快送我过河吧。"

"道爷坐稳了。"鱼眼高恒不辨真假，将恶道送往黄河西岸，傍晚时父子才返回河东。

冤家路窄，赛毛遂杨香武夜渡黄河，恰巧上了高恒的木船。高恒早就认出他来，恐怕岸上不是他的对手，所以船到河心才说明身份。

杨香武听罢高恒之言，真是有苦无处诉。摇头叹道："老人家，您上当了。马道玄颠倒黑白，挑拨是非，您怎么相信他的话呢？"

"杨香武，不信他的话，难道让我信你？"

"嘻，您仔细想想，恶道说的若是真话，他应该往东跑，为什么过河向西呢？西边离碧霞岭越来越近，难道他去送死吗？"

"这个……哎呀，我当时光顾了生气，没想到这步。"

"老人家，我把真相告诉您吧。"杨香武把恶道行刺钦差、被自己挑伤左腿的经过讲述了一遍。鱼眼高恒恍然大悟："嘻，芦芽山刺杀钦差之事，影影绰绰我也听说了。没想到是马道玄干的！这个恶道，险些误了大事。香武贤侄，师叔不辨真假，对不起你了，你可别往心里去呀。"

"老人家，您疾恶如仇，虽说是误会，我也敬佩您。"

"通海，快来见你师哥。"

"师哥。"水底蛟龙高通海上前见礼，"不怪那老道说您有本事，嘻嘻，您真行！"

"怎么？差点喂鱼，你还损我？"

"您别误会，旱地英雄在我船上能打三个照面的，小弟从来没见过呢，您竟然打了十几个照面，若在陆地，我早就完了！"

"别给我戴高帽子了。快点起航，送我过河吧。"

"香武，"鱼眼高恒扭头问道，"你这是干什么去呀？莫非追赶马道玄吗？"

"我可没空追他。老人家，实不相瞒，我正是前往碧霞岭。"杨香武将九龙杯之事又说了一遍。高恒听罢一皱眉头："香武，我在碧霞岭待过几天，对山上的情况有所了解。我劝你跟着黄三爷他们一块去吧。只身探虎穴，十分危险哪！"

"老人家，祸是我惹的，我应该先行一步。您就不必劝了。"

"也罢，如果你非要去，就让通海随你前往。他对山上比你熟悉，可以当个帮手。再说，也该让他闯荡闯荡，一辈子不出马终是小卒。"

"多谢老人家。"香武很喜欢高通海，上前拉住他的手说，"你愿意跟我去吗？"

"太愿意了。正想跟师哥学点本事。"

"通海，"高恒见二人很亲热，扶篙笑道，"你师哥的功夫我曾见过，比你胜强万倍。他若不嫌弃，你就磕头管他叫兄长吧。我为你俩在河上主盟。"

"太妙了！"杨香武连连称赞。通海见香武愿意，自己更求之不得。立刻在船舱里摆上河神牌位，又点了三炷黄香。两位英雄对天盟誓，八拜结交。高通海小杨香武一岁，上前给盟兄施了大礼。众人欢欢喜喜，摇船渡河。

来到西岸，鱼眼高恒对儿子千叮咛万嘱托，香武请老人放心。又道："彭钦差乃是一位千古忠良，在他渡河时，还请老人家暗中保护。高恒点头应允，驾船东归。

单说杨香武与高通海辞别了老人，择路西行。走了不远，东方发白，天色就亮了。他们吃罢早饭，继续赶路。一连数日，这天来到陕、甘交界之地。抬头看，眼前闪出一座大镇。镇口立着一块石碑，上书"槐花集"三个大字。弟兄二人刚要往里走，忽听镇中鼓乐喧天，人欢马叫。随着欢快的乐曲，走出一列迎亲的队伍。前边是几匹高头大马，后跟一乘花花绿绿的四人小轿。轿旁还有一匹白马，马上端坐一位年轻的武生公子，这公子披红挂彩，喜气洋洋。不用问，他必是新郎官。杨香武和高通海不能挡人家的队伍，所以往路旁一躲。打算等他们过去之后，再进镇店。谁料，马队中有一人高声喊道："哎呀，这不是通海贤弟吗？你怎么到此地？"

"噢？"高通海抬头一看，见那人二十五六岁，穿青挂皂，肋佩钢刀。不是别人，正是自己的师兄尤四虎。尤四虎外号人称"混江蛟"，曾随高通海的父亲鱼眼高恒学过水性。虽说没正式拜师，也以师礼事之，所以与高通海称兄道弟。此时相逢，尤四虎翻身下马："贤弟，你这是从哪儿来？"

"师兄，"高通海留了个心眼，半真半假地说道，"我从山西来，随同盟兄闯荡江湖。"说罢，忙给二人做了介绍。尤四虎抱腕当胸："杨壮士，久仰、久仰。您和我师弟到哪儿去呀？"

"我们……"杨香武也留了个心眼，"既是闯荡江湖，那就行无定所，走到哪儿算哪儿，东西南北，四处漂流。"

"对，咱们绿林人都是这样。"尤四虎正跟二人客套，马队中又来一人："四爷，少寨主问您碰上谁了？若是绿林朋友，就请他们上山喝杯喜酒。"

"你看看！"尤四虎一抖手，"光顾了高兴，把正事忘了。还是少寨主想得周到。二位，跟我一起走吧。"

"情意我们领了，不便打扰。"

"这叫什么话？都是自己的弟兄，怎谈'打扰'二字？快走吧。"

"不去了。"杨香武摆了摆手，"龙寨主，我们还有点急事要办呢。"

"哈哈，杨壮士，咱们初次见面，你就跟我要花招？刚才你还说行无定所，到处漂流。这么一会儿就变卦了？少寨主已经下令了，你们不去是瞧不起他。"尤四虎回头吩咐，"来呀，把从人的马匹牵两匹来，请二位好汉一道上山。"

"是。"仆从答应一声，牵来两匹走马。杨香武和高通海相互看了看，只得跟随人家同路而行。

途中，高通海向尤四虎问道："师兄，这位少寨主很好客呀。他姓甚名谁？在何处占山？您与他怎么相识？"

"师弟，迎亲队伍要走四十里地呢，咱们边走边说吧。"

由槐花集往西北四十里有座高山，这座山树木茂盛、芳草萋萋，所以取名叫"大青山"。大青山老寨主姓宋名仕奎。此人家有万贯，田亩无数，外号人称"活财神"。

活财神宋仕奎自幼练武，由于不肯吃苦，功夫平平常常。他原先曾是陕西宝鸡府的首富，半年之前，因酒色过度而闹了一场重病。虽说请尽名医、吃尽良药，却仍不见效。当时，尤四虎在他家当护院教师，为了主人的康复，日日东奔西跑。有一天，一个老道拦住尤四虎说："英雄，你家有人得了重病吧？"

"啊？"尤四虎一愣，"你怎么知道？"

"因为你家宅院上空冒着一股子黑气，黑气主凶，定有大祸。"

"道爷。"尤四虎半信半疑，不由得重新打量这个老道。见他四十多岁，身穿八卦仙衣，水袜云履。最引人注目的是满头红发，一双蓝眼。人有异相必有异才，尤四虎不敢不敬："您说得很对，我家主人病了，我天天为他请医抓药，可是总不见效。"

"治病治不了命，贫道去看看吧。"

"道爷稍候。"尤四虎回府报禀了宋仕奎。宋仕奎有病乱投医，忙将道人请了进来。其实，这个老道不是别人，正是山西凤凰山的恶贼、赤发灵官马道青。马道青贪图五万两银子，谋杀了大侠梅映霜。事成之后又有点害怕。因为梅大侠与众不同，既有一班好友，又有几个徒弟。这些人都是武林高手，他们若来复仇，我岂是对手？干脆，把银子送回老家，放火烧了山寨，我跑吧！恶道拿定主意，越过黄河，跑到陕西。他听说宋仕奎名声很大，便来投靠。来到宝鸡府一打听，才知宋仕奎病了。于是假扮江湖术士，入府行骗。

活财神宋仕奎不知底细，将恶道请入书房。马道青故作玄虚，双膝跪倒，大礼参拜："哎呀，帝王之相，大富大贵之人！"

"啊？"宋仕奎大吃一惊，"道爷，你怎么胡说？被官家知道，得户灭九族！"

"贫道见到真龙天子，有些忘形了。请我主莫怪。"

"快快起来。"宋仕奎把门窗关严，回头问道，"你说得准吗？"

"当然！"恶道见他入了圈套，心中大喜。又编了一通瞎话，把个活财神乐得晕头转向。由于心情愉快，再加上药力，他的病果然好了。依照恶道的主意，变卖家财，招兵买马，西去大青山当上了寨主。加封马道青为护国军师，尤四虎引荐有功，提升山寨总管。

宋仕奎有两个儿子，长子起龙，次子起凤。起凤年幼，正在习文练武。起龙已经二十岁了，是一个花花公子。他每天带领一帮喽啰，架鹰牵犬，惹是生非。十天之前，他在槐花集饮酒时见到一个美貌少女，派人一打听，原来是本镇王木匠的独生女儿。宋起龙心中大悦，不管人家愿意不愿意，立刻送来花红彩礼，强行迎娶。王木匠哭成泪人，又惹不起这位恶少，今日才送儿上轿。

尤四虎绘声绘色将经过说了一遍。当然，宋仕奎谋反、宋起龙抢亲之事他只字不提。杨香武听罢心中大喜：赤发灵官马道青原来在此，这真叫踏破铁鞋无觅处，得来全不费功夫！干脆，我把你大青山平了吧！

时近傍晚，马队来到山前。寨门大开，众人鱼贯而入。来到聚义厅，小轿落地，仆妇、使女上前搀扶新娘。说来奇怪，这新娘不哭不闹，十分顺从地跟着起龙走进大厅。别人没什么怀疑，唯独尤四虎感到纳闷：不对呀，我昨天去木匠铺时，姑娘还寻死上吊呢，今天怎么这样顺从？莫非换人了？不能。那腰带，那个头，那动作都是小姐，只是盖头蒙脸，看不清模样。嘻，管他呢，少寨主只要高兴，我们就有赏。

两相动乐，宋仕奎坐在中间，马道青旁边作陪，一对新人双双拜堂，宾客们道喜祝贺。杨香武和高通海光顾了注意马道青，并没往别处看。此时，大厅门外走来一人，他往里一探头，恰恰看到杨香武。二话没说，掉头就走。

拜堂完毕，新娘回归后寨，前厅大排酒宴，共祝新婚。尤四虎只是个小小的总管，连偏寨主都不是，他的朋友自然也没多高的身价，所以，杨香武和高通海被安排到很远的席位。出人意料，酒至半酣时，赤发灵官马道青亲自提壶把盏来到他们席前："哈哈，尤总管真不像话，来了新朋友也不给大家介绍。知道的说他谦恭，不知道的说山寨怠慢。来吧，我敬二位朋友一杯。"

"啊？"香武一见仇人，分外眼红。可是此时此刻不但不能动手，还得装成笑脸："仙长，我们有何资格让您敬酒？免了吧。"

"什么话？既来大青山，就是宾客，二位请。"恶道亲手满了两杯酒，递与香武和通海。他俩有心不喝，又怕露出破绽，只好举杯在手，一饮而尽。

糟了，杯酒入腹，顿时眼前发黑，双腿发颤。马道青一声冷笑："哈哈，没想到二位好汉如此没有酒量。尤总管，快扶他们去偏厅休息吧。"

"是。"尤四虎脸上无光，扶起二人向偏厅走去。

杨香武昏昏沉沉。躺在床上，辗转反侧：真的不胜酒力吗？不对，可能中计了。不过，马道青并不认识我，为什么要先动手？根据自己的感觉，酒中肯定有蒙汗药，这种药用凉水可解，我得赶紧去找凉水。香武想到此处，打算坐起来，可是身不由己，动转艰难。正在此时，房门一开，从外边走来一人。他面带冷笑，手提宝剑靠近床头："嘿嘿，猪羊走进屠户家，一步一步寻死路，杨香武，你还认识我恶道人马道玄吗？噢，你已经不会回答了。实话告诉你，今年今日是你死时，明年明日是你祭期，休走看剑！"

"嘘！"杨香武吐了口气，欲动不能，只好等死。就在这个千钧一发之际，门外闪进一条黑影。手起剑落，直刺恶道后心。恶道连喊声都没发出来，倒地身亡。黑影从怀中掏出一把酒壶，里边是凉水，忙往香武二人脸上一洒，二人立刻醒来。赛毛遂杨香武翻身而起，借着窗外月光抬头细看，不觉大惊："哎呀，差点险遭毒手！"

第十二回　三少年弄鬼百花院
　　　　一枝梅装神独木楼

　　杨香武借着月色见眼前这人是位十八九岁的姑娘。她披红挂绿，满身新娘打扮。虽说看着眼熟，一时又不敢相认。姑娘提剑笑道："刚刚分手一年多，你就不认识我了吗？"

　　"啊？你是一姑？"

　　"正是。"姑娘见香武叫出自己的名字，不由得眼圈发红，"唉，你跑哪儿去了？真让我难找呀！"

　　"一姑，"香武望着自己的未婚妻，心潮翻滚，思绪万千，"你怎么到这儿了？因何新娘打扮？"

　　"嗐，一言难尽！"

　　原来，梅一姑为了替父报仇，独自一人离开苏州府，奔往山西凤凰山。她来到山上一看，见大寨被烧得坍塌毁坏，四处空无一人。姑娘又急又恼，坐在废墟上哭了起来。正在这时，对面走来一位砍柴的樵夫，他看了看一姑，上前问道："你是谁家小姐？因何在此啼哭？"

　　"老伯，"姑娘擦擦眼泪，向樵夫问道，"这座山寨何时被烧？寨主们都到哪里去了？"

　　"小姐，我看你身背宝剑，莫非来找赤发灵官马道青吗？"

　　"您是谁？怎么会知道我的来意？"

　　"小姐，你先对我说实话，是不是来找马道青？"

　　"老伯，"姑娘银牙紧咬，"正是找他，替父报仇！"

　　"如此说来，您是梅大侠的女儿一姑小姐？"樵夫叹了口气，"总算把你等来了。小姐，在下也是练武的，姓杜名瑞，外号'穿山甲'，论武艺平平常常，原先曾在凤凰山当一个头目。赤发灵官马道青谋害梅大侠时，我曾亲眼目睹。怎奈人微言轻、不敢阻挡。只好在梅大侠死后，将他尸骨收殓起来，埋在山坡老松树下。"

"多谢杜老伯父。"姑娘跪倒磕头，大礼参拜。穿山甲杜瑞连连还礼："小姐，马道青深知梅大侠的身份，他怕有人复仇，所以运走镖银，火烧山寨，随后便逃走了！"

"杜老伯父，您可知他逃往何处？"

"小姐，我与梅大侠虽然素不相识，却很敬佩他的为人。所以，我将马道青的去处查明，回到山中等候来人。今天果然等来了小姐。实不相瞒，那个恶道现在陕西大青山，当上了什么护国军师。"

"老伯恩重如山，容我再报。"

"小姐，您一个人千万不要去呀，大青山人多势众，会有危险。"

"蒙您嘱托。请把我领到爹爹坟前吧。"

"小姐，请随我来。"穿山甲杜瑞将一姑引到半山坡，只见老松树下有一座新坟，坟前竖着一块白木牌位，上写"大侠梅映霜之墓"。一姑见状，痛不欲生，扑到坟上大哭起来。良久，她起身折了一节松枝插到坟前。转身对杜瑞拜道："老伯，来日方长，后会有期。"话罢，下山而去。

一姑报仇心切，她不顾杜瑞的嘱托，单身独自奔往大青山。日夜兼程，这天来到槐花镇。经过询问，才知距大青山只有四十里了。姑娘暗想：怎么办呢？山上人多势众，如果去闯，恐怕连寨门都难以进去。如果不闯，何时能报父仇？思来想去，左右为难。正在这时，突然从对面跑来一个姑娘，这姑娘蓬头垢面，满脸泪痕。她边走边喊："爹，您不用管我，反正一死了事！"

"孩子，"姑娘身后跪着一位老者，他神色仓皇，边跪边劝，"你可不能寻短见哪！唉，大青山这班狗杂种，欺人太甚了！"

"大青山？"一姑小声说了一句。她上前拦住那对父女，含笑问道："老伯，发生了什么事？"

"小，小姐，"老者正想找人诉苦，连连说道，"好人没活路了。小姐，老朽是本镇王木匠，她是我丫头。前几天被大青山少寨主宋起龙看中啦，非要娶她成亲。宋起龙是什么东西？纯粹一个花花公子，我闺女嫁他没个好！你看，那丫头要去投河，幸亏被小姐拦住。唉，往后日子怎么过呀！"老者絮絮叨叨，话不成章。一姑听罢，心中大喜。扶住老者笑道："走，到您家去想想办法。"

三人来到木匠铺，一姑回手关门："老伯，实不相瞒，我跟家里闹了点别扭，已经走出数月了。现在空无一文，正想找个吃饭的地方。既然您家小姐不愿做压寨夫人，我就替她一回，老伯同意吗？"

"什么？"王木匠简直不信自己的耳朵。他将一姑重新看了几眼："小姐，您这不是说笑话吗？"

"句句实言，还请老伯答应。"

"唉，这可是你自己提的，别怨我欺骗外乡人。我王木匠从来没干过损事啊！"

"老伯，给我找到吃饭的地方，怎么说是损事呢？"

"好，好。小姐，你是我家的救星了。"王木匠顾不得多问，立刻准备送亲。

梅一姑有自己的打算，她假扮新娘，可以毫不费力地进入大青山。凭着自己的满身武艺，不但不会吃亏，还能杀死恶道，替父报仇。一举两得，何乐不为？就这样，一姑被人抬入后寨。

夜深人静，花花公子宋起龙回到洞房。他一身酒气，嬉皮笑脸地揭去了姑娘的盖头。端起灯光，上前细看："哈哈，小姐，你跟那天长得不太一样啊！我知道了，当了新娘，精心打扮，嘿，更漂亮了。"这家伙对王木匠之女只见过一面，印象不太深刻。何况一姑如花似玉，宋起龙也不深究。他走上前去就要动手，一姑往旁边一闪："不许你随便乱动！"

"嘻嘻，当了我的媳妇，就得让我摸……"

"狗子，看剑！"一姑的宝剑藏在后背，此时抽出，寒光闪闪。宋起龙吓得一哆嗦，酒劲也醒了："你，你，你是何人？"

"少废话！我问你，赤发灵官马道青现在哪里？"

"啊，啊，你问他干什么？"

"快说，否则我杀了你！"姑娘的武艺胜过宋起龙万倍，宋起龙想喊又不敢喊，"小，小姐，马，马军师现在正配蒙汗药酒呢。估，估计在后花厅。"

"什么？他在为谁配酒？"

"马，马军师的哥哥叫，叫马道玄，他，他在大厅看见了仇人，那，那个仇人武艺太高，动硬的不行。所，所以才配上药酒把他灌倒，然后再去杀掉。"

"哼，你们不干好事。被害者叫什么名字？"

"叫，叫什么杨香武……"

"啊？"一姑大惊失色。她顾不得多问，忙将宋起龙四肢捆好，又往嘴里填了一条手巾。然后从桌上拿起酒壶，倒掉烧酒，灌了一壶凉水。反关房门，奔往前厅。来到前厅房上，恰好看见往外边拉杨香武，一姑后怕：再晚来一步，夫君性命休矣！

梅一姑向杨香武简单说了事情经过，香武又惊又喜。惊的是自己几乎丧命，喜的是夫妻团聚，可以共报父仇。他把高通海救醒，相互做了介绍，高通海上前见礼："多谢嫂子救命之恩。"

"你……"一姑满面通红，"还是叫我姐姐吧。香武，下步怎么办？"

"没说的，恶法师马道玄被你杀死了，他弟弟马道青归我收拾，走！"英雄抽出单刀，直奔客厅。来到客厅门外高声喝道："马道青，狗杂毛！快快出来送死！"一声喊叫，大厅里就乱了。赤发灵官马道青不知发生了何事，连忙仗剑走到院中。他一见杨香武，大惑不解："怎么，你没死？"

"嘻嘻，你死我也死不了！"

"奇怪。"马道青呆呆发愣。

原来，恶法师马道玄腿上带伤，渡过黄河，他本想回归碧霞岭，可是又觉得脸上无光。万般无奈，只得到大青山暂时投奔胞弟。马家兄弟虽为一丘之貉，却相互猜忌。马道青暗想：我哥哥为人狡诈，他若久居大青山，对我前程不利。为此，马道青没给哥哥安排职务，马道玄深知胞弟的用心，可是，人在屋檐下，怎敢不低头？他只好深居简出，很少露面。今日少寨主新婚，马道玄应邀出席。他往大厅一探头，正好看见杨香武和高通海，不由得大惊。他退出之后，派人找来胞弟，暗中求道："那个杨香武是我的仇人，你得帮我除掉！"

"哥哥，"马道青一声冷笑，"你的仇人太多了，遍地皆是。"

"无论如何你得帮忙。不除杨香武，哥哥日夜不安。"

"好吧，看在手足情分，我去杀他。"

"不行，那人武艺太高，你不是他的对手。干脆，先用蒙汗药将他灌倒。然后让我亲自报仇！"

"行，就依你吧。"马道青口中应承，其实，并没把杨香武放在眼里。既然答应了哥哥，只好照办。他用药酒灌倒了二人，就再没过问。谁料杨香武不仅没死，反而持刀站在自己的眼前。莫非真像哥哥所说，这人十分厉害吗？他正发愣，杨香武单刀一晃，刺向他的面门。行家一伸手，便知有没有。马道青大喊一声："好快的招法！"

"嘻嘻，那是慢的，再看这刀！"香武缠头过脑，刀锋又刺恶道。马道青再也不敢大意，连忙举剑招架。

这时，大青山寨主宋仕奎和全山头目都走出客厅，站在院中，看他们比武。马道青的剑法属于中等，比他哥哥马道玄还差一层。这种武艺岂是香武的对手？没用十个照面，恶道的左臂便被单刀刺伤。马道青怪叫一声，转身向后山跑去。梅一姑见仇人逃走，分外眼红。手提宝剑往下追去。杨香武、高通海怕一姑遇险，只好扔下宋仕奎一伙，在后边紧紧相随。跑下后山，前边闪出一片松林，赤发灵官马道青一头扎了进去。一姑刚要往里闯，香武上前拉住："别去！现在是黑天，他在暗处，咱在明处，小心遭他暗算。"

"那可怎么办？难道放他逃走？"

"他走不了。咱们三个人把松林围住，只要等到亮天，就能入林擒贼。"

"好吧。"姑娘点头答应。

三位英雄各执兵器围住松林，直到东方发白，也没见恶道出去。香武心中大喜，手提单刀，纵身而入。出人意料，林中空荡荡、静悄悄并无一人。

高通海一声惊叫："哥哥、姐姐，你们快看，这是什么？"

"啊？"香武、一姑近前观看，只见一棵大树下有条暗道，不用问，马道青由这里逃跑了！真让三人后悔莫及。有心追赶，人家已经跑了一夜，岂能追得上？香武怕一姑着急，连连劝道："他跑不了，早晚是咱刀下之鬼。走吧。"

"我走不动了。"一姑十分泄气，顿觉疲惫不堪。高通海说道：

“既然姐姐劳累，咱就在林中歇一会儿吧。估计山上也不敢追咱们。”

“好吧。歇的时间不要太久，咱还得抓紧赶路呢。”

“香武，”一姑看了看未婚夫，“什么事这样着忙?”

“我得赶往碧霞岭，去办一件大事。”香武把九龙杯之事讲了一遍。一姑听罢十分担心：“你呀，竟敢皇宫盗宝，胆子太大了！不过，我不让你一个人去，太危险了。还是等黄三爷他们一起攻山吧。”

“一姑，祸是我惹的，我应该比别人先行一步。就是龙潭虎穴，也得去闯!”

“那，那我跟你一块去。”

“不行，你一个姑娘家，办不了这种大事!”

“小瞧人!”一姑把嘴一噘，不再说话。

高通海看着这对小夫妻，心中不由得好笑：“姐姐，自古来夫唱妇随，你就听我哥哥的吧。有小弟保护他，姐姐只管放心。”

“去你的！什么夫唱妇随？你俩合伙瞧不起我！不让我去碧霞岭，让我去哪儿？唉，父母双亡，家财赔尽……”姑娘眼圈发红，低下头来。杨香武又疼又爱：“一姑，不让你去碧霞岭是怕你有危险，绝不是扔下你不管。咱们先一起走着，碰到合适的地方你就留下，没有合适的地方你就永远跟着我。”

“没有你，哼，我照样活!”姑娘破涕为笑，站起身来，“我歇得差不多了，咱们赶路吧。”

三人走出松林，择路西去。

一姑笑道：“你看我这身装饰，还像个新媳妇似的，跟你俩走路实为不便。干脆，买套扎巾箭袖，我女扮男装吧。”

“也好。”香武在途中镇店买了套衣裳。一姑换好，立刻变成一位武生公子。乐得高通海拍手说道：“好英俊，我若是个姑娘，非嫁你不可!”

三人说说笑笑，往前赶路。这日傍晚走进甘肃地界。他们正想找个地方打店吃饭，忽然，从西北方向刮来一阵凉风，风是雨头，顷刻间云生西北、雾起东南，天上飘下绵绵细雨。高通海久踞江河，深谙气象。他仰望云头，大声叫道：“不好，过一会儿就有大雨，咱们赶紧找个地方躲躲吧。”一言未尽，雨点果然大了起来。

杨香武四处观瞧，只见西南方向黑压压有座山村，炊烟缭绕，犬声阵阵。于是说道："咱们快跑几步，赶到村中避雨。"

三人一路小跑，进了村口。这是一座小小的山村，总共三十几户人家。既无店房，又无庙宇。只有一棵特大的龙爪槐，枝叶方丈，下面且可躲雨。三人站到树下，但只见：雷声激烈，震动山川，闪掣红绡，钻云飞火。秋风带着冷气，半空裂断银河，真是一场翻江倒海的暴风骤雨！两个男子还能挺住，一姑冻得浑身发抖："西北这鬼天气，比我们苏州府冷多了。"

"嘻！"香武怕冻坏小姐，扭头说道，"通海贤弟，你在这照护她一会儿，我去找户人家。"

"哥哥，你看——"高通海用手一指，路北有座黑油漆的大门，门前三磴汉白玉的台阶，院墙虽然不高，包围的面积却是很大。在这穷乡僻壤，竟有此富贵人家，真是出乎意料。杨香武看罢点了点头："我去求告，料他们不会拒绝。"说罢，向大门跑去。他手叩门环，高声问道："有人吗？"

"谁呀？"随着话音，从角门走出一个庄客。这庄客穿青挂皂，手持雨伞。他将香武看了几眼："壮士，你要找谁？"

"总管，我们是赶路的，想借个地方躲躲大雨，打扰了。"

"请进来吧。"总管将三人领到门房，又点上一个火盆说："你们把衣裳烤烤，出门在外不容易呀。"

"总管，谢谢您了。"

"你们还没吃饭吧？我让厨房准备点吃的。唉，"总管叹了口气说，"我家老爷一贯行善，若在平时，他会摆酒款待客人。今天不行了，三位壮士只能吃点剩饭，吃光之后快点离开吧。"

"怎么啦？"高通海年轻好奇，"总管，你像摊上什么事了？"

"这……闹鬼！"

"什么？"高通海觉得好笑，"总管，我这位大哥外号叫'打鬼真人'，你只要管我们一顿好饭，今晚他会替你家捉鬼！"

"真的吗？"总管又惊又喜，"我见您三位与众不同，原来是'打鬼真人'哪？三位稍候，我去请老爷。"总管有病乱投医，转身而去。

杨香武摇头笑道："贤弟，你怎么净胡闹？我哪会什么'打鬼'？

这户人家很忠厚，咱不能行骗哪！"

"哥哥，世上哪来的鬼？无非是绿林人兴风作浪。这户人家既然忠厚，咱就帮他一把。要不然，今夜没处住宿哇！"

"见机行事吧。"

他们正在议论，只听门外喊道："真人在哪里？老朽来迟了。"随着话音走进一位老者。这老者年近六旬，五官慈善。穿一件细蓝布的长衫，白袜青鞋。他将手中雨伞交与书童，抱腕禀手："不知哪位是打鬼真人？老朽未能远迎，望真人恕罪。"

"老先生，"杨香武只好装腔作势，"我们来得鲁莽，尚望海涵。请老先生讲明真相。"

"真人容禀。老朽姓冯名顺，世代务农为业。我有一种怪癖，自幼最爱菊花。为此，在家中开了一个百花院，栽有各种珍品。由于精心浇灌，花势十分喜人。也许是老朽的一点诚意感动了花神，今年春天，我从百花院中刨出了一方玉印。这方玉印的上半截雕着两只彩凤，印文刻的是'花好月圆'四个篆字，老朽得此玉印，自然十分高兴……"

"好哇，该向老先生祝贺。"

"贺什么呀！"老者摇了摇头，"我们这座山村名叫'双槐窑'，村中长有两棵特大的龙爪槐树，被远近山民视为吉祥之物。可惜，去年冬天死了一棵，双槐变成单槐。老朽家中有几文闲钱，便与村民商议，买下那棵死树。这棵树好大呀，我将它破成材料，在百花院中造了一座小楼。因为是一棵树的木料，便取名'独木楼'。独木楼建成之后，又将双凤印供在其中，每日观花赏印，自觉其乐无穷。唉，好景不长，双凤印之事传出以后，日日有人打扰。一些不良之辈竟想谋夺此宝。老朽无奈，只好将玉印封藏起来。谁料，防人容易防鬼难，昨夜二更，天上有人喊话。他自称西海夜叉，让我将玉印放在独木楼，今夜三更他来取走。如若不听法旨，让我全家遭祸！"

"嘻嘻，"高通海笑道，"老丈，你是在做梦吧？"

"绝不是梦，分明天上有人说话，老朽听得清清楚楚。"

"我看不是天上，大概是房上。"

"我的房屋很高，不搬梯子谁能上得去？"

"好啦。"杨香武暗道：这老头除了种花，什么事也不明白。现在跟他解释不通，干脆，借坡上驴："老先生，本人粗通打鬼之术，今晚替你捉妖。"

"多谢真人！"老者扭头吩咐，"来呀，快与真人摆设酒宴！"

杯盘罗列，一直吃到定更天。杨香武起身说道："老先生，领我们去百花院独木楼看看吧。酒足饭饱，该替你家捉妖了。"

"真人，净准备什么物品？"

"一律不必准备。"

"啊？"老者有点纳闷：别人作法时，什么朱砂、黄表纸、桃木剑，东西多啦。这位真人一律不用，看来法术很高。他不敢多问，领着三位英雄来到后宅。跨过月亮门，走进百花院。好一个所在，时值深秋，百菊斗艳。什么银丝抱月、贵妃出浴、黄龙袍、紫霞飞，应有尽有。另外还有十几盆墨菊，堪称别具一格。把个一姑小姐喜得流连忘返。杨香武无心赏花，迈步来到独木楼前。这座小木楼造型别致，下边是四根立柱，高有七尺。立柱上擎着一间房屋，完全是木质结构，没有一砖一瓦。

此时，雨过天晴，星斗闪烁。三位英雄坐在石凳之上，老者命人摆上香茶，一边品茗，一边等"鬼"。

天近二更，突然从院墙外边纵进一条黑影。老者浑身发抖，刚要喊叫，高通海连忙将他按住。

再说那条黑影，高抬足，轻落步，来到独木楼前。他脚尖一拧地，纵身上楼。在屋里转了几圈，却不见双凤印。黑影心中恼怒，手扶栏杆，大声喊道："冯顺老儿，你敢违抗法旨，本夜叉让你全家遭难！快快献出双凤印，还能免你一死！"

"嗯？"香武听声音耳熟，又想不起是谁。旁边的老者沉不住气了，他用手一扯香武的衣巾："真人，妖魔来了，快快作法呀！"

"好吧。"香武暗想：此贼上楼时声响很重，由此可见功夫一般。我何不跟他开个玩笑，谅他这点本事也难脱逃，想到此处，英雄口中念念有词："天灵灵、地灵灵，孙悟空、猪悟能，李靖快唤托天塔、杨戬快扔套狗绳。赤脚大仙今何在，快快与我显神灵！"话音未落，吓坏了那条黑影。他转过身躯，就想逃跑。杨香武一抽小单刀："夜游神何在？快来捉鬼！"

"吾神来也！"院墙纵下一人，直奔黑影而去。此时，不仅老者冯顺傻了，就连杨香武也傻了！依他本意，开过玩笑便去捉贼，万没想到"夜游神"真出现了。

这位"夜游神"身轻如燕，眨眼来到黑影跟前。没用三招两式，便将黑影打翻在地。那黑影跪倒求饶："和字儿，快放我一条活路，将来念你好处。"

"不忙，先捆上再说。"

高通海走上前去，将那黑影看了看说："哎呀，我当是谁，原来是马道青！这回非杀你不可！"

"他是马道青？"那人大喜，"先捆上，院中不能杀人。"

"师父！"杨香武又惊又喜，一头扑了上去。旁边的梅一姑十分奇怪：我父亲才是他师父，这位"夜游神"怎么也成他师父了？想到此处，一拉香武："这位是……"

"嘻！我光顾了高兴，几乎忘了指引。一姑，你不认识他吗？"

"我……"一姑摇了摇头。

"真是大水冲了龙王庙，一家人不认识一家人。他是你亲叔叔哇！"

"亲叔叔？您，您是一枝梅梅映雪吗？"

"正是在下，请问这位公子是……"

"叔叔！"小姐急忙摘去壮帽，露出一头青丝，满面热泪，扑向叔叔怀中。

二侠梅映雪怎么来的呀？

话说六年之前，他离别了杨香武，先到南方走了一圈，然后便奔往关东。凭着满身武艺，偷富济贫，仗义疏财，名声越来越大。当地武士称他"关东大侠"。近来，梅映雪觉得自己老了，办起事来力不从心，于是打算隐退，到哪儿去栖身呢？与大哥梅映霜分手十余年，老来应该兄弟团聚。就这样，梅二侠赶到苏州。到了枫院镖局，才知道大哥的凶讯，又知道了侄女一姑去替父报仇。二侠又恨又怕，恨的是赤发灵官马道青图财害命，怕的是侄女身遭不测。他对老仆梅安埋怨道："小姐是个黄花幼女，你怎么竟让她走？"

"二爷，"梅安摇了摇头，"嘻，姑爷也问过这事，我拦不住哇！"

"姑爷？姑爷是谁？"

"二爷十几年没来了，家里的事您一点都不知道。咱家姑爷叫杨香武，外号'赛毛遂'，本事大着呢！"老仆将香武学艺，比武联姻之事讲述一遍。最后又说，"姑爷前几天来过一趟，连碗水都没顾得喝，动身往山西找小姐去了。"

"我也去。"二侠万没想到香武成了梅家的门婿。他起身告辞，奔往山西太谷县凤凰山。山上巧逢穿山甲杜瑞，这才知道马道青隐遁陕西大青山，二侠日夜兼程，一路赶来。俗话说"艺高人胆大"，他可不像一姑小姐那样谨慎。手持单刀，来到寨门，大喝一声："快让马道青出来送死！"

"你是谁？"喽啰问过姓名，连忙禀报了活财神宋仕奎。宋仕奎惊魂未定，亲自出寨相迎："好汉，马道青跑了，去向不明。"

"真的吗？"

"不敢骗您。"宋仕奎将杨香武大闹山寨之事讲述了一遍。最后又道："马道青没有别的去处，估计去了甘肃碧霞岭，那里正在招贤纳士。"

"如敢撒谎，回头找你算账！"二侠转身向西追来。今日傍晚恰逢大雨，二侠被阻在途中。为了加紧赶路，他来了个"夜行军"。说来也是凑巧，当他走到双槐窑时，突然发现前边有条黑影。观其行踪，肯定是个绿林人，二侠不顾多想，便追了下来。黑影越墙进院，二侠稍候片刻，也纵身上墙。正好听见杨香武口呼"法旨"，于是他便当上了"夜游神"，岂料捉住的正是仇人马道青。

梅家叔侄见面，又悲又喜。二侠老泪纵横："孩子，你怎么这身装束？"

"叔叔，为了行动方便，孩儿女扮男装。"

"唉，十几年不见，成大姑娘了。别说是女扮男装，就是本来面貌，叔叔也不敢认了。"

"叔叔，请您稍候。"姑娘柳眉倒竖，杏眼圆睁。背后抽出宝剑，直奔马道青走去。恶道吓得浑身发抖："你，你是谁？"

"让你死个明白，我乃梅大侠之女梅一姑，今夜替父报仇！"话罢，一连数剑，再看马道青，成了"蜂窝煤"啦。这恶道本想骗来双凤印，再去碧霞岭进宝求官，也是苍天有眼，让他丧于一姑的剑下。

老者冯顺吓得不敢睁眼："好，好厉害。我家成了凶宅，这可怎么办？"

"老先生，"香武摆了摆手，"此事与你无关。我们立即把死尸埋到山里。他是个野道人，不会有苦主告状。"

"这，这，这也不行啊。如果官府发现了死尸，必定要追查。查出百花院是凶宅，我的罪就大了。"

"言之有理。"香武知道庄户人家胆小，犹豫了一会儿，说道，"如果官府追问到你家，你就告诉他们，这是陕甘巡按彭钦差的命令，如果不信，让他们去问钦差。"

"噢？您几位是钦差大人的部下？嗐，我还当是'打鬼真人'呢。恕老朽失礼了。"

"不必客气。"香武和高通海将恶道尸体抬出百花院，找了一个僻静之地埋了起来。

东方发白，天色明亮。老者冯顺重新设酒宴招待众人。席间，香武将自己的打算告诉了梅二侠。二侠听罢，点头称赞："对，应该有点志气。香武，要我帮什么忙吗？"

"师父，您年龄大了，人老不讲筋骨为能，我只想求您一件事。"

"什么事？我一定照办。"

"您把小姐领走就行了。她想跟我一块攻山，我不愿让她冒险。正愁没法安置呢，碰上了亲叔叔。"

"好吧，我领她暂归西安府，待你们破山之后，我再为你俩主婚。"

"叔叔！"一姑脸蛋一红，不再多说。

天至辰时，众人酒足饭饱。杨香武向老者冯顺抱腕禀手："老先生，打扰了一夜半天，多加感谢。我们要走啦，后会有期。"

"壮士，请您留步，老朽还有一件大事！"

第十三回　小侠女勇战兄弟柳
大乡君义结姊妹花

老者冯顺禀手说道："诸位上差，我有一事相求，你们必须答应。"

"老先生，有话直说，只要我们能办到的，一定效力。"

"上差稍候。"冯顺转身出去，片刻抱来了一个木盒。他将木盒递与杨香武，香武打开一看，不由得大惊。里边装的不是别物，正是那方双凤玉印。这颗印玲珑剔透，蓝光闪烁。上边的两只彩凤栩栩如生，大有"一呼即出"之感。印面刻的是阴文，上书"花好月圆"四个篆字。刀工精细，造型美观，堪称无价之宝。香武虽对金石不甚了了，却也爱不释手："老先生，这可是件宝贝，您要好好看守。"

"上差，我能看守得住吗？这方玉印已经给我惹了不少祸事。一些不轨之徒。常来骚扰。昨夜又有恶人装神弄鬼，幸亏几位上差赶到，否则我家大祸临头。老朽为这方玉印，日夜提心吊胆，早晚有一天，会为它而死。"

"是呀，"香武深表同情，"有了宝物，还得有护宝本领。老先生乃一庄户人家，条件稍差，还是再想想办法吧，以免后患。"

"办法已经想好了。上差，听你们刚才的话音，您与这位女扮男装的小姐乃是一对未婚夫妇。宝剑赠予烈士，红粉送给佳人，为祝贺你们的新婚，老朽将这方玉印相赠。愿你们比翼齐飞，花好月圆。"

"这可不行！"香武连连摆手，"君子不夺人之美，我怎能要您的宝物？"

"上差，您收下玉印，就等于救我性命。难道您眼看着我去死吗？我求您答应吧！"冯顺扑通跪倒，老泪纵横。杨香武急忙扶起老者，左右为难。二侠梅映雪说道："香武，你就将玉印收下吧，别辜负了老先生的一片心意。将来找机会报答也就是了。"

"哥哥，"高通海随之劝道，"老先生之言很有道理，他没有护宝的本领，早晚因宝招祸。既然甘愿赠您，您就收下吧。您又不像周应龙，他是夺宝，您是受宝，也没什么惭愧的。"

"周应龙？"杨香武小声叨念了一句，不由得心中一动，立刻产生了主意。他向老者禀手笑道："老先生，蒙您赠宝之恩，在下受之有愧，多谢了！"

"上差，您不该谢我，我应该谢您哪！玉印给您了，老朽一身轻松，再无负担，哈哈，还能多活几年呢！"

"先生大恩，容我再报。"香武带上双凤印，辞别了老者，随众人一同走出双槐窑。离村五里，眼前闪出两条岔路，北通碧霞岭，南通西安府。香武收住脚步，抱腕禀手："师父，咱们就此分手吧。您领着小姐先去西安，有事可找彭公与黄三爷商议。我与高贤弟北上碧霞岭，若老天有眼，让我夺回九龙杯，那时候全家团聚，共庆升平！"

"香武，"一姑眼圈发红，"依我说，你还是等黄三爷几天吧。何必一个人去冒险呢？"

"吾意已决，小姐不必再说了。"

"唉，你要事事小心，处处谨慎。我，我等你！"

"后会有期！"香武唯恐耽误大事，急忙领着高通海转身走了。

梅一姑恋恋不舍，二目发直紧盯着夫君的背影，直到他们下了山梁，再看不见了，才转身与叔叔说道："咱们也走吧。"

"孩子，香武的功夫极深。绝不会发生意外，你不必过于担心了。"

"唉，他脾气太犟，一贯争强好胜。叔叔，我若能帮他一把该多好哇！"

"可是他怕你遇险，又不让你上山哪。"

"这个人……"姑娘叹了口气，"叔叔，咱们走吧。"

叔侄二人万般无奈，只得顺路南下。姑娘惦记未婚夫，心急似火，恨不得立刻见到黄三太，所以走得很快。时近中午，已经走出三十余里。此处尽是山道，坡坡坎坎。四外静悄悄，空无一人。梅二侠怕引起侄女的忧虑，为此不多说话，只是低头行走。正走之时，忽听西边传来喊声："救命啊——"

"啊？"一姑一愣，听音调是个年轻的女人。叔侄抬头望去，只见右前方有一片柳林，这片林子太漂亮了，树干挺拔，粗细、高矮相差无几。尽管是深秋，枝叶不那么茂盛，仍可看出它的风采。由于这片树林姿态雄健，所以当地山民为它取名"兄弟柳"，兄弟柳远离村镇、地处偏僻，常有一些歹徒在此出没。当地人视它为洪水猛兽，没有要事，从来不敢在此经过。这些情况，梅氏叔侄当然不知道。

"叔叔，"一姑问道，"前边柳林定有歹徒，咱们去看看吗？"

"当然得去，岂有见死不救之理？"二侠说罢，率先前往。他三步并成两步闯进树林，抬头一看，又慌忙退出："一姑，我暂时不便进去，你去动手吧！"

"是。"姑娘不解叔父之意，抽出宝剑，往里就闯。闯进树林一看，眼前共有二男三女。两个十五六岁的少女，丫鬟打扮，都被捆在树上。另外还有一个年近三十的少妇，面容十分俊美。她上衣华贵，珠翠满头。下衣却被歹徒扒光，从腰际往下，赤条条一丝不挂。姑娘这才明白叔父回避的原因。除了这三个女人，另外还有两条恶汉。他们望着少妇，一脸淫笑："我说，你就痛痛快快地答应了吧，省得大爷们儿费事。大爷把你忙活了，还得忙活那两个小的呢！"

"淫贼，"少妇在地下翻滚，"你们快抽刀吧，我至死不从！救命啊——"

"我叫你喊！"一个淫贼走上前去，就要强行无礼。

"住手！"梅一姑柳眉倒竖，杏眼圆睁，"胆大的淫贼，竟敢在光天化日之下干这样丑事，休走，看剑！"

"嚯！二男三女，我们哥儿俩正不好分呢，又来个凑数的。这下子好啦，不争不抢，一人两个！"

"放屁！"一姑又羞又臊，粉面通红。她不愿多说，举剑便刺。淫贼一闪身，从背后抽出折铁刀，连忙招架相还。架开头剑，一姑白鹤展翅，二剑又到。淫贼大叫一声："好快的招数！"

"快的在后边呢，看剑！"姑娘又急又气，反臂鸳鸯剑直取淫贼顶梁。梅一姑乃梅大侠亲传，剑术绝伦，招法第一，淫贼岂是她的对手？躲过头两剑，难躲第三剑，只听噗的一声，万朵桃花开，脑袋被劈成两半！另一个淫贼正在旁边看守着少妇。他见势不妙，自知不是人家的对手，扭头就跑。一姑怎能放他逃脱？忙用脚尖拧地，飞身而起；恰似雏凤凌空，又如小鹰展翅："把性命留下！"话落剑起，从淫贼后背直戳进前胸。估计这剑正捅到淫贼的黑心之上，淫贼连喊声都没发出来，一头摔倒，气绝身亡。一姑抽出两刃双锋剑，在淫贼身上蹭了蹭血迹，宝剑入鞘，扭头说道："夫人，快快把衣衫穿上，以免染受风寒。"

"小侠女，多谢救命之恩。"少妇连忙穿上衣裳，飘飘下拜。一姑又为两个丫鬟解开绑绳，回头喊道："叔叔，您进来吧。"

"嗯。"梅二侠答应一声，走入柳林。他看了看两具尸体，点头笑道："孩子，这么快就把他们杀了？"

"叔叔，他们胡说八道，把我气急了。"

"好，我长兄算没白教你武艺。若是男儿，定会成为一条好汉。"

"叔叔，您小瞧女孩。刚才那位夫人还称我'小侠女'呢！"

"好一个'小侠女'，将来若有机会，叔父为你贺号戴花。孩子，你去将她们安置一下，咱爷儿俩继续赶路吧。"

"小侠女慢走！"少妇上前拉住一姑，"您救了我主仆三人，恩重如山。本妇一定要报答，请问小侠女尊姓大名？"

"哈哈，你也不用报答，我也不用通名。咱们都是女人，碰上这种事，我怎能不管？夫人表现得很贞烈，宁死不从，令人敬佩。不过，往后出门要多多小心，只带着两个丫鬟，未免有点大意呀。"

"小侠女说得很对。"少妇点了点头，"我以为在这一带无人敢对我下手，所以只带了两个丫鬟，没带更多的从人。看起来是我错了。唉，这也怪我丈夫，他说，方圆百里都是他的天下，任我尽情玩耍。我不该轻信了他的话，险些大祸临头。"

"噢？请问夫人，你的丈夫是谁？官职很高吗？"

"不，"少妇摇了摇头，"他虽然不是高官，可官府却不敢惹他。小侠女，您是我的救命恩人，我对您就实话实说了吧。本妇不是汉人，也不是满人，而是北疆西海公噶尔丹族下的蒙古人，名叫乌玛卓娃。"

"啊？"梅一姑想起九龙杯，那杯与西海公有关，不由心中产生了兴趣，"夫人，此疆甚远，你怎么会到此处？"

"小侠女，听我慢慢讲给你听。"

这位乌玛卓娃才貌双全，她生在蒙古哈拉哈腾补龙庙，父亲是一位有名的大牧主。补龙庙靠近陕西省，常有一些汉族商人到那去收买山货、皮货。为了方便贸易，她父亲雇用了两名汉族先生，一个负责账目，一个负责洽谈。当时，乌玛卓娃刚刚五六岁，常随父亲到店铺中玩耍。一来二去，学会了汉语，并且说得十分流利。八年之前，西海公噶尔丹进驻补龙庙，他对这个有才有色，会说汉语的姑娘十分喜爱。限于年龄悬殊，暂且收为义女，准备将来纳为妾妃。根据当时的制度，皇帝的女儿称为公主，亲王的女儿称为郡主，郡王的女儿称为县主，贝勒的女儿称为郡君，贝子的女儿称为县君，国公的女儿称为乡君。噶尔丹位列公爵，他又没有女儿，人们便将这个义女称为"大乡君"，犹如汉族称为"大小姐"。既然成了乡君，就得跟随公爷行动，于是，乌玛卓娃随同义父进驻了北疆。一晃几年过去，大乡君出落得如花似玉，楚楚动人。噶尔丹奈于八年父女之情，已经不便纳妾了。可是他又不愿意让大乡君出嫁，就这样，使姑娘一直拖到二十五岁。

三年之前，叛匪周应龙归附噶尔丹，成了他前哨主力。为了拉拢、收买这员干将，噶尔丹派人将大乡君送往甘肃，下嫁周应龙为妻。周应龙受宠若惊，忙将原配妻子降为侧室，迎请大乡君入主。作为乡君，身份高贵。出嫁之后还得常常省亲。可是北疆距碧霞岭甚远，省亲十分不便。有人说，既然不便，就免了吧。那可不行，当时的贵族最讲究"派头"，任何礼节都不可简免。怎么办呢？最后还是周应龙想了个主意。他在碧霞岭东南六十里选了一片深宅大院，格局、式样都如蒙族建筑。又从西海公处请了两位年纪高迈的独身贵妇，让她们当"娘家人"，下边的仆妇、家奴有蒙、有汉，一切照料得十分周到。

噶尔丹对周应龙的安排非常满意，大乡君下嫁以后，经常两处走动。每隔三四个月，她便回一次"娘家"。最初总有偏寨主护送，喽啰保驾。后来，大乡君不愿兴师动众，她便独往独来。周应龙觉得，方圆百里都是自己的天下，不会出现什么差错，所以也就未加劝阻。

今日一早，大乡君带上两名丫鬟，主仆三人乘骑战马，一同奔向"娘家"。走出四十几里，来到兄弟柳。万没想到会碰上两名淫贼。幸亏梅一姑及时赶到，否则，这位贵族小姐便遭蹂躏。

梅一姑听罢大乡君的叙述，恨得她一跺脚，暗中骂道：原来是个贼妇！我若早知如此，何必救她？现在虽然追悔莫及，又不能动手去杀人家，她虽是西海公之女、周应龙之妇，毕竟属于无辜的女人。唉，算了吧，还是大路朝天，各走一边！想到此处，一姑似笑非笑："夫人，请你们赶快上马，回归'娘家'吧。我们告辞了！"

"小侠女，我把底细全对你说了，你还没报名呢。再者说，我也不能让你走哇！你得跟我同去碧霞岭，我还要赠你一些金银珠宝，以此报答救命之恩。"

"让我上碧霞岭？"姑娘心中一动，思潮起伏：香武不让我上山，怕的是遇到危险。而我更替他担心，碧霞岭乃龙潭虎穴，他万一身遭不测，让我将来依靠何人？也罢，大乡君邀我上山，机会难得。我何不利用这个机会去帮香武一把。想到此处，姑娘回头对梅二侠笑道："叔叔，大乡君盛情难却，反正我也没什么急事，就跟大乡君上山游玩几天吧。"

"你……"二侠暗道：她这是想去帮助杨香武，人家夫妻尽情尽意，我岂能拦挡？于是点头说道："一切由侄女做主，叔叔，甘愿奉陪。"

"叔叔，您就别陪着了。我们女人家行动，您陪着也不方便。走，我送您赶路吧。"姑娘不容二侠分说，便将他推出了柳林，来到僻静之地，低声说道："叔叔，您年纪大了不宜力战。还是快去西安府送信吧。您告诉彭钦差和黄三爷他们，就说香武独身闯山，请他们火速增援。唉，事不关己，关己则乱，叔叔，您快走吧。"

"孩子，彭钦差他们迟早会来，我哪能扔下你不管？你可是咱梅家唯一一条后代！"

"叔叔，"姑娘心头发热，"凭着孩儿的武艺，又有大乡君的保护，料也不会吃亏。您快去送信吧，彭钦差和黄三爷早来一分，香武便会减少一分危险，我求您了！"

"这……好吧，你要凡事小心，多多珍重。"二侠说罢，洒泪而别。

梅一姑送走了叔父，重新返回兄弟柳。含笑说道："大乡君，我把叔叔送上了路，咱们上山吧。"

"小侠女，到现在你还没报名呢。"

"哈哈，姓名无关紧要。民女姓穆，单名一个美字。据说我家是穆桂英的后代呢！"

"小侠女真会说笑。你叫穆美，这个名字太好听了。"其实，一姑用的是谐音。穆美者，木每也，合到一起仍是个"梅"字。大乡君哪里知道这些，她对眼前这个穆美十分喜爱。点头笑道："穆姑娘，我今日一早离开碧霞岭，想回'娘家'走走。你跟我一块去吧，看看我们蒙古人怎样生活。"

"我……"一姑着急上山，又不便直言。为了不让对方怀疑，只得点头答应："大乡君，我素常最喜欢真山真水，咱们在'娘家'少玩几天，尽快回碧霞岭才有意思呢。"

"行，就依你吧。今天住在'娘家'，明日清晨返回。"大乡君说罢，回头对两个丫鬟吩咐道，"你俩一马双跨，余出一匹马来让给小侠女。"

"夫人，"两个丫鬟说话带哭音，"咱们那三匹马早就跑了，现在无处寻找。"

"嘻！既然没马，只好步行。反正距'娘家'不远了，咱们走吧。"四人走出兄弟柳，奔向东南而去。

走出十几里地，眼前闪出一座小小的山村。这座村子背山面水，风景十分秀丽。原先，这一带是一片荒野，由于建立了"娘家"，才陆陆续续搬来一些居民。居民们为村子取名"蒙古营"，也算名副其实。"娘家"建立在半山坡，好大一片宅院。院中的房屋有方有圆，方的雕梁画栋，圆的如同"蒙古包"。这些建筑物都是西海公噶尔丹出款资助的，很是豪华。

院门洞开，大乡君等人拾级而入。丫鬟、仆妇两旁站立，一个个规规矩矩，连大气都不敢喘出一声。两位老贵妇在丫鬟的搀扶之下迎到院中，她们向大乡君俯首问候："您几时下山的？怎么不事先来个信哪？"

"蒙二位老人家惦记，常来常往，何必兴师动众？"

"大乡君，请到上房。"两位老贵妇虽说地位很高，在大乡君面前却不敢僭越。她们看了一姑几眼，不便多问，手拄拐杖，后边跟随。一姑暗想：公侯之家礼节可太多了，满院是人，连个说话的都没有，真是好笑。众人来到上房门前，早有仆妇打开帘子。一姑抬头细看，只见上房大门两侧挂着一副对联：

    院隐双姐妹　屋纳百仆从

这副对联字迹清逸，笔锋潇洒，不用问，准是出自大乡君之手。虽有显富显贵之嫌，对仗还算工整。一姑看罢，不由扑哧一笑。可把众人吓坏了，在大乡君面前谁敢这样失礼呀？大乡君先是愣了一下，见是一姑发笑，便不在意："小侠女，你笑什么呀？"

"请问夫人，这副对联是您写的吗？"

"闲来弄笔，献丑了。"

"什么意思呢？"

"对汉人的文化，我懂得不太多。只是随便写写而已。上联'院隐双姐妹'，是说有两位'娘家'贵妇；下联'屋纳百仆从'，当然是指他们。"大乡君指了指满院的丫头、仆妇，面带得意之色。一姑听罢，摇头笑道："请问大乡君，你们蒙古地方，院子大，还是屋子大呢？"

"哈哈，跟你们汉家一样，屋子盖在院中，当然是院大屋小。"

"既然如此，大乡君这副对联就写错了。您看，'院隐双姐妹'，就是说院子里只有两个人，而'屋纳百仆从'，屋子里却有一百个人，岂不是院小屋大了！"

"这……"大乡君脸蛋一红，"哎呀，我只把穆姑娘当成小侠女，没料到你还是个小才女呢。依你所见，我确实写错了。来呀，快将对联摘下。"

"且慢。"一姑摇手笑道，"何必呢？写得这样好，不挂就可惜了。叫我说，只将对联的头一个字更换一下，别的一律不用动。"

"噢？你们快快照办。"大乡君一声吩咐，立刻有人动手。他们裁下两个字头，相互更换。结果变成：

屋隐双姐妹　　院纳百仆从

这样一改，既合情理，又说明屋里和院里人的不同身份。把个大乡君喜得眉开眼笑："妙绝！穆姑娘文武奇才，真是让我相见恨晚。我原来只想赠你些金银珠宝，现在都不想放你走了。山上和'娘家'都有我的一些文墨，还望穆姑娘赐教指正。"

"大乡君过谦了，我懂得什么？"一姑心中暗喜，她正想久留山上，等候夫君。

当晚，大乡君命人摆宴招待一姑。席上既有汉族菜，又有蒙藏的烤羊肉。大家欢欢喜喜，直吃到夜静更深。

次日清晨，在一姑的再三催促下，大乡君带领丫鬟乘马归山。一路无话，平平安安，中午便到了碧霞岭。周应龙闻知夫人归来，忙到后宅看望："大乡君，怎的才去了一天就回来了？'娘家'人惹你生气了吗？"

"他们还不敢！"大乡君神色冷淡，"哼，说得比唱得都好听，什么方圆百里是你的天下。这可倒好，在你的天下里，我差点被人糟蹋了！"

"你说什么？"周应龙大吃一惊，连忙问道，"谁敢如此无礼？待我去杀他！"

"若等你去，我早就失身了。"大乡君将路逢淫贼，侠女搭救之事细说一遍。周应龙听罢，连连点头："快把小侠女请来，我要当面感谢！"

"是。"丫鬟转身到里屋请来梅一姑。一姑小姐暗中咬牙，表面含笑："民女参见寨主爷。"

"侠女快快请起。听我夫人说，侠女飞剑斩二贼，看来武艺不错。不知侠女是哪个门户？"

"我……"一姑暗想：我若说是上白猿门，虽然行侠仗义，终究离不开一个"偷"字。那样会引起他的防范。为了麻痹周应龙，姑娘笑道："我们一个女孩家讲什么门户？我自幼随父亲练武，听说父亲是武当派正宗门户。"

"噢?"周应龙趣味盎然,"老人家是武当门第几代豪杰?"

"这,大概是第九代吧?"

"请问尊姓大名?"

"他老人家叫,叫穆天雄。"

其实,绿林道中确有一位穆天雄,也确是武当门第九代豪杰,那位穆天雄乃是大侠梅映霜的多年好友,因而,梅大侠经常在家提起。一姑对此人印象很深。今日周应龙刨根问底,姑娘急中生智,既然自己叫"穆美",干脆,就当穆天雄的女儿吧。谁料歪打正着,周应龙哈哈大笑:"一家人,一家人!原来是小师妹到了。你救了你嫂夫人,这是天意。哈哈,真是巧哇!"

"寨主爷,我不懂您的意思。"

"听我说,我的授业恩师名叫洪天星,他也是武当第九代正宗正户。师父对我说过,他有位亲师兄名叫穆天雄,武艺高强,纵横天下。让我见到他老人家时,多亲多敬。可惜,多少年来我一直未见过穆师伯,也没向他老人家求教。今日却遇到他的女儿,岂非天意?咱们都是武当正宗第十代,我管你叫小师妹,这还有错吗?"

"师兄在上,小妹有礼了。"一姑将错就错,飘飘下拜。

大乡君一见他们是兄妹,更是喜悦非常。连忙上前凑趣:"寨主爷,她可是我的小妹,你不准夺走!"

"夫人,这可怪了。她几时成了你的小妹呀?"

"实话对你说,穆姑娘救我的时候,我只是感恩。通过与她接触,她的言谈风貌又让我敬佩。后来,她又替我修改对联,使我由敬佩变为喜爱。我本想再过几天,等熟悉之后就与她结为姐妹,谁料你先冒出来了,认下小师妹,还让她管我叫什么嫂夫人。告诉你,这可不行,她只能管我叫姐姐,不能管我叫嫂子。"

"哈哈,我不与你争,姐姐、嫂子全都一样。"

"不一样,若叫姐姐,她就是我娘家人了。穆姑娘,咱也学学他们男人,摆上纸码香烛,结为姊妹。不知你愿意吗?"

"我……夫人,我乃一个普通民女,而您是公爷的乡君,我怕高攀不上啊!"

"什么话？若没你这个普通民女，我这个大乡君早就让人糟蹋了。你们汉人有句俗话，叫作'丁是丁、卯是卯，今天的日子今天好'，来人哪，立刻准备香案，再给穆姑娘梳洗打扮，换上吉服，我要与她结成姊妹！"

"是。"丫鬟、仆妇答应一声，转身而去。

大乡君在山上的地位十分特殊，由于她是公爷之女，用现代话来说，人家有"背景"，就连大寨主周应龙也得让她三分。为此，她的命令，谁敢不遵？顷刻之间，一切就绪。长条香案摆在后宅客厅，案上供着黄香、明烛。一姑见状，觉得好笑。虽然心中不甚愿意，此刻也得听人家摆布了。二女跪在堂前，各自磕了三个头。论年龄，大乡君长一姑整整十岁，理所当然是姐姐了。一姑含笑上前，给姐姐又磕了头，喜得个大乡君摇头拍手："好妹妹，快不必见礼了。来呀，都来拜见小姐！"一声令下，仆从们跪倒了一大片，齐声高喊："给小姐请安！"

"这……"一姑满脸通红，"姐姐，这么些人磕头，我得给多少赏钱？"

"还用你给吗？你姐夫在旁边站着呢，难道让他光看热闹？我说大寨主，快替我妹妹发赏吧！"

"行，行！"周应龙带笑挥手，"凡是给小姐磕过头的，每人赏一两银子！"

"哼！"大乡君把小嘴一撇，"我说寨主爷，你可够大方的呀！明天我给我爹写份折本，让他老人家收我妹妹当二乡君。我再问问我爹，二乡君往下发赏，一两银子能不能拿得出手？"

"嘿嘿，"周应龙神态尴尬，"夫人，你就别损我啦，每人赏给五两银子还不行吗？再者说，小姐若真被封为二乡君，还可以重新行赏嘛。"

"就冲你这句话，我马上给公爷写信。"

"不忙，不忙。"周应龙暗想：小姐若真被封为二乡君，地位就高啦。将来一待事成，那就是公主。怎么办？趁她还是平民，我得赶紧讨好。想到此处，拊掌笑道："穆姑娘，若从你父亲那论，我是你师兄，若从大乡君这论，我算你姐丈。不论怎么说，咱都是至亲。至亲相聚，理当庆贺。更何况你与大乡君今日结拜，可谓双喜临门。我打算在明天中午设几桌酒宴，请你们姐儿俩见见山上的群雄，大家共同热闹一回，不知小姐肯赏光吗?"

"行!"梅一姑正想摸摸山上的底细，所以立刻应承。周应龙见她同意，十分高兴，马上吩咐下去，明日中午大排酒宴。

次日中午，群雄聚会。由于山上经常摆酒，大家也不感新奇。待他们按照职位坐好之后，周应龙起身笑道:"诸位弟兄，今日酒宴与往日不同。我们要共同庆祝两件喜事。第一，我的小师妹、老英雄穆天雄的爱女穆美小姐光临碧霞岭;第二，穆家小姐已与我夫人大乡君结为异姓姊妹，现在，我请她们来见见大家。"话音刚落，二位女子在丫鬟、仆妇的陪同之下，从外边走入聚义厅。群雄抬头一看，只见二女如同风摆鲜花，个个光彩照人，不由得全都暗中称赞。唯有山上的新任六寨主、黑手昆仑奴孙孝方大吃一惊:哎呀，她哪里是什么穆美? 分明是我师妹梅一姑哇! 听说她已许配了赛毛遂杨香武，这次冒名上山，定为九龙杯而来。糟了! 她是前站，后队不会太远。看起来，大寨主周应龙要遭暗算。我得赶紧把真相向他讲明，否则，后果不堪设想! 可是……她毕竟是我师妹，我与她父梅大侠学艺六载，大侠待我如同亲生之子，此时出卖师妹，不够仗义呀! 嘻，顾不得这些了，自己的前程、性命要紧。师妹，你别怪我黑手无情，我送你去黄泉吧!

孙孝方利令智昏，人品越变越坏! 他扶案而起，高声叫道:"大寨主——"

第十四回　周应龙初得双凤印
杨香武二盗九龙杯

　　梅一姑闻声一看，正与孙孝方四目相对。不由得暗中叫苦：糟了！我只顾察看底细，却忘了山上还有孙孝方。他是我二师兄，彼此十分熟悉。这个人内心凶险，一旦露出真相，我命休矣！一姑为了防备万一，急忙手扶剑把，准备决一死战。孙孝方一见师妹的神色，更加得意扬扬。他刚要道出真情，就觉得身旁有人在自己的软肋上捅了一下。再看这贼，模样绝啦：张着嘴，瞪着眼，举着胳膊，仰着脸，站在那里一动不动，一言不发。周应龙见状十分纳闷："六寨主这是怎么了？"

　　"哎呀，"小东方怪侠欧阳德的位置正在孙孝方旁边，他起身说道，"大寨主，吾师弟这个王八羔子从小就有抽筋病啊。每年春秋两季都得抽上几回。不用问，现在又犯病了。你们吃酒吧，吾老人家把他弄去休息休息，过一会儿就会好啦。"

　　"三寨主，"周应龙一摆手，"还是让喽啰们照顾六寨主吧，你何必亲往？"

　　"哎呀，这个混账王八羔子是吾老人家的亲师弟呀。是灰比土热，派喽啰照顾，吾老人家放心不下。"欧阳怪侠说罢，扶起孙孝方奔向偏寨。来到自己的住所，怪侠倒插房门，又将孙孝方摁到床上。然后从床上掏出一捆麻绳，将这恶贼绑得结结实实。绑好之后，用手轻轻一抹，孙孝方才恢复常态："大师哥，你怎么对我使用点穴法？"

　　"哼，吾老人家若不点你，你这混账王八羔子就把小师妹卖了！"

　　"大师哥，我……"

　　"你这王八羔子不用跟吾狡辩，吾老人家早就看出了你的用意。"

"大师哥，事到如今，咱哥儿俩实话实说吧。你我投靠周应龙，目的是高官得做，骏马得骑，将来出人头地，闹个一官半职。可是小师妹突然来临，她是香武的未婚妻，定为探山而来，对咱们威胁很大，若不除她，后患无穷！"

"哎呀，你这王八羔子，师父待咱们恩重如山，你竟出卖他老人家的独生女儿，难道良心喂了狗吗？"

"大师哥，人不为己，天诛地灭！"

"混账！"欧阳怪侠怒从心头起，恶向胆边生，"王八羔子，实话告诉你，吾老人家也是受黄三太的委托，来到碧霞岭探道卧底！"

"啊？"孙孝方大惊，怎奈欲动不能，"大师哥，你要如何？"

"你这王八羔子叛国投敌，认贼作父，是不忠；你出卖小师妹，丧尽天良，是不孝。你窃取九龙杯，哄骗杨香武，是不仁；你不听良言劝告，一心只为自己，是不义。像你这不忠、不孝、不仁、不义之徒留有何用？吾老人家今日要代替师父整顿门规，消除你这个祸害！"

"大师兄饶命！"

"吾老人家若饶了你，就不是怪侠了！"欧阳德说罢，撩起孙孝方的衣襟，一刀向心头扎去！可笑恶贼，刚才还耀武扬威，此时却奔向黄泉去了。欧阳怪侠在靴子底蹭了蹭钢刀的血迹，又将孙孝方绑绳解开，衣襟放平，外观看来，好似安然入睡。收拾停当，怪侠朝着东南方向抱腕禀手，口中自言自语："师父，弟子不得已，亲手杀死师弟，还望师父莫怪！"其实，梅大侠早已作古，欧阳德只是不知而已。他在盆中洗了洗手，又平静了一会儿心情，这才开门出屋，重返聚义厅。

金翅大鹏西霸天周应龙一见他回来了，点头问道："三寨主，六寨主孙孝方可好一点吗？"

"大寨主，他已安然睡着了。如果没什么变化，明晨自愈。"

"好吧，三寨主回来晚了，当罚你一杯！"周应龙对孙孝方并不太器重。封他六寨主，全看在九龙杯份上。因而，对其病情毫不在意。欧阳德就不同了，在周应龙心目中，此人有胆有识又有武艺，实属难得的人才，所以视为左膀右臂。他向一姑笑道，"小妹，我与你指引一下，这位英雄复姓欧阳，单名德。人称'小东方'，又称'怪侠'。他是江湖中著名的豪杰，也是我的三寨主。你要亲自敬他一杯。"

"这……是。"一姑并不知道欧阳德也在山上。她心中暗想：大师兄为人侠义、品格端正，他怎么会在碧霞岭当寨主哇？刚才二师兄孙孝方突然患病，闹了一场虚惊。大师兄欧阳德对我更加熟悉，他会如何呢？此时无暇多想，只好端起酒壶，走近欧阳德。怪侠慌忙站起："哎呀，吾老人家何德之能，敢劳穆小姐亲自敬酒？吾这里多谢了。"说罢，暗中递了个眼神。一姑心中明白了八九。她想：大师兄的来意虽然不清，但他无心害我。将来找机会再与他详谈吧。此时只好故作不识："欧阳侠客，久闻大名，从未见面。今日见面三生有幸。往后，还请侠客多加指教。"

"哎呀，穆小姐太客气了。吾老人家功夫平常，怎敢指教小姐呀？"

众人欢欢笑笑，一醉方休。

三天过去。这日清晨，大寨主周应龙正在聚义厅理事，快腿孙迁从外边跑入："启禀寨主爷，原水军头目，水底蛟龙高通海领着另外一位好汉前来投山，是否放入，寨主定夺。"

"噢？想那高通海父子，当年不辞而别。看来是混不下去了，所以又来投山。本寨主若是不见，唯恐断了贤路。孙迁，速传他们进来吧。"

"是。"孙迁转身要走。

"慢，跟高通海同来之人可曾报过姓名？"

"他没报名，看样也是绿林好汉。"

"去吧。"周应龙一挥手，快腿孙迁走出大厅。片刻之间，他从外边领来二人。高通海抢行几步，抱腕禀手："参见大寨主，您一向可好？"

"高英雄，一别数月，你父亲好吗？哈哈，当年你们不该走哇！"

"大寨主，我父亲年老多病，他想回归原籍。可是刚刚上山，不好意思向您辞行，所以，所以才偷着走了。很对不起您的知遇之恩。在下把老父安顿完毕，重新返回。并且带来一位新朋友，他要献宝应贤，尚望寨主笑纳。"

"啊？献宝应贤？不知所献何物？"

"周寨主，在下有礼了。"另一位好汉跨步向前，"我要向您献上一颗双凤玉印，价值连城！"

"双凤玉印？请问这位英雄，家住哪里，姓甚名谁？"

"在下原籍直隶省乐亭县，姓杨名香武，人送外号'赛毛遂'。"

杨香武怎么才来呢？原来，他与梅氏叔侄分手之后，和高通海一商量，决定天黑赶路。二人正往前走，眼前闪出一片密树松林。他俩走进松林，不由得一惊，只见树杈上吊着一人，穿着打扮，武生模样。高通海急上前去割断吊绳。用手一摸，那人心头还有股热气。连忙将他放平，抚前胸、捶后背，过了片刻，那人渐渐苏醒。他睁眼一看，不由得叫道："哎呀，那可是杨师叔吗？杨师叔快快救我！"

"你是谁？"香武虽觉那人面熟，一时却难记起。那人站起身来，忙前拜见："杨师叔，咱爷儿俩只在二年之前见过一面，所以您记不得我了。小侄姓季名全，乃飞镖黄三太的嫡传弟子。在您出师香堂会上，小侄曾经凭镖借银，当时还引起您的不满……"

"噢，我想起来了，你就是那个见人一面，十年不忘的'神眼'吧？季壮士，咱俩年岁相仿，还是兄弟相称吧。"

"那可不行。我恩师黄三太与您师兄欧阳德是生死弟兄，小侄岂敢与您平辈？这是绿林规矩，师叔莫谦。"

"如此说来，我只好讨大了。季全，你也算条武林豪杰，为什么要寻死上吊？"

"别提了！当年奉师严命，凭镖借银，先到苏州，次到金陵，最后赶到江西南昌府。江西总镖头姓卢名云龙，人称'三手将'。他与我恩师黄三太莫逆之交，借银之后，又求我一件事，让我左右为难。"

"什么事。"

"卢老镖头有个女儿，生得如花似玉，多少也会些武功。不意被南昌知府的儿子相中了，曾派人过府提亲。卢家父女皆反对这门亲事，可又不敢得罪官府，所以想躲起来。往哪儿躲呢？恰巧，陕西省总镖头金老义士从西安府派人送来一封书信。这位金老义士乃卢云龙的师兄，因为年迈体弱，打算洗手不干了。退隐之前，举荐卢云龙继任陕西省总镖头。卢云龙为了躲避官府，决定西迁。为了防止万一，他求我一路护送，这真叫我左右为难。"

"有什么难的？"杨香武摇头笑道，"既是你师父的好友，你就该护送。依我看，卢老镖头对你有意，想把女儿许配你吧？"

"正是如此。他老人家话里话外已经露出此意。可是，未经恩师允许，我岂敢招亲？再者说，恩师前往关东押运镖银，我家三太镖局内部空虚，我还得赶回去照料，所以婉言拒绝。谁料，卢老镖头至死不放我走，最后要给我下跪，闹得我万般无奈，只得随他同往西安府。到了西安，又帮他安顿了云龙镖局。诸事完毕，正想动身回家时，接到我师父的一封书信。信中说，他与一班好汉近日就来西安。"

"这事我也知道。"杨香武点了点头，"你师父要来了，你怎么跑这上吊玩？"

"嗐，师叔尽开玩笑。"季全苦笑一声，"卢老镖头接到我师父的来信，非常高兴。他谢绝了几份买卖，在家等我师父光临。谁料，西安知府李家刚有一批贵重的珠宝玉器，指名让云龙镖局押运去甘肃兰州府。卢老镖头几次拒绝，李知府坚决不允。我见他为难，只好再帮他一把，主动提出替他押镖。卢老镖头很信任我，派他家卢小姐随我同往。表面上让小姐见见世面，暗中之意不言自喻。可是万没料到，镖车走到陕甘交界的清水闸时，遇到一伙强徒。他们不仅劫去镖车，而且房走卢小姐。杨师叔，小姐乃千金之躯，一旦被房，凶多吉少！我季全还有何脸面去见卢老镖头，为此，只好一死了事！杨师叔，看在欧阳德叔父的分上，求您救我！"

"季全，你打算怎么办？"

"立即攻打清水闸，救小姐，夺镖车，不知师叔肯否协助。"

"这个……"杨香武一心向往碧霞岭，为此犹豫不决。季全领会错了，他以为杨香武忌恨前嫌，摇头叹道："杨师叔，我师父当初未能参加您的香堂盛会，您一定还在怀恨。可是……"

"你错了。我与你师父的误会早已雪化冰消。这二年你出门在外，不解内情。也罢，此时此刻，我岂能见死不救？赶紧收拾收拾，咱们夜打清水闸！"

"多谢师叔。"季全感激万分。他又问了高通海的姓名，也以叔父相称，三人走出松林，直奔正北而去。

再说清水闸大寨主姓韩名寿，此人身躯高大，外号人称"并力蟒"。他性情猛烈，贪淫好色，手使两把竹节铜鞭，论起武艺，却平平常常。韩寿所以能当大寨主，全凭他的夫人。夫人名叫金赛花，听来很美。面貌却是奇丑，人送外号"赛无盐"。她手使一条镔铁大棍，双膀一晃，力大无穷。韩寿虽是寨主，山中大事小情却全由金氏做主。金氏自知貌丑，因而对丈夫看管得十分严紧。昨日午后，听说丈夫劫镖虏美，气得金氏七窍生烟。她派丫鬟传来韩寿，拍案骂道："你这个浑蛋，有老娘一个还不满足，竟然抢夺人家姑娘。快打自己五个嘴巴！"

"是。"韩寿怎敢反抗？连劈面颊。随后赔笑："夫人，山寨近日贫困，我才劫了这份镖银。至于那个姑娘，愚夫是替你抢的，你就把她留在身边当个使女吧。"

"说得好听。有腥味就引馋猫，把她留下，早晚会归你受用。先押到后寨吧，等老娘有空时慢慢发落。"

"是。"韩寿低三下四，转归聚义厅。当晚，便将小姐押了起来。

次日清晨，韩寿与赛无盐金氏尚未起床，喽兵来报："寨主、夫人，山门外来了三位英雄，他们让您交还镖银，送出小姐，否则要踏平清水闸杀个鸡犬不留！"

"气死我也！"金氏没等丈夫发话，立即传令，"备马抬棍，待老娘去收拾他们！"

"夫人，来者不善、善者不来，咱得多加小心。"韩寿也跨上战马。陪同金氏奔往山门。

来者正是杨香武、高通海和神眼季全。季全一见韩寿，分外眼红。手提单刀就往前闯。杨香武一把拉住："你是他手下败将，就不必上前费事了，把他交给我吧。"话罢，抽出单刀，直取韩寿。赛无盐金氏一见来人的身法，就知他武艺高强。丈夫那两下子绝非人家的对手。她急忙让开韩寿，马上喝道："哒，鼠辈快快通名，老娘送你一死！"

"好丑！你是人是鬼？"

"哇呀呀，气死老娘！"金氏最忌讳别人说她丑，杨香武问她是人是鬼，岂能不恼？她二话不说，抢起大棍就往下砸，畅香武自知不可力敌，连忙一闪身，举刀刺向丑妇双腿。丑妇一带丝缰，战马躲开。他们一个马上，一个步下，大战十余回合。香武暗道：我没空跟她恋战，还当速决。想到此处，脚尖一碾地，立刻转到丑妇马后，又向上轻轻一纵，便站在马屁股上了。丑妇大惊，急忙扭头观看。按说她的动作够快的，可香武比她更快，小单刀一摆，平平稳稳按在丑妇颈上，说来凑巧，丑妇往后边一拧脖子，正好蹭在刀刃之上。这口刀乃是吹毛利刃，脖子怎能挡住？丑妇大叫一声，落马身亡。香武甩了甩刀上的鲜血，嘻嘻笑道："丑鬼，这可是你自愿抹脖子的，与我无关！"

"哎呀，大事不好！"韩寿惊慌失措。他与丑妇本无情意，此时只想顾全自己。于是放开丝缰，纵马而逃。

杨香武也不追赶，率领季全、高通海直冲清水闸。山无首领，自然大乱。喽啰们死的死，降的降，一切听从香武安排。三人坐镇聚义厅，先从后寨救出卢小姐，又从库房找回镖银。然后遣散喽啰，放火烧山，一连三天才将诸事处理完毕。季全重新雇来大车，将镖银装好。他与卢小姐千恩万谢，辞别了杨香武奔往兰州。后来，二人在黄三太的主持下喜结花烛，暂且不提。

由于杨香武与高通海碰上了这段公案，所以才比梅一姑晚上山三天。

再说碧霞岭大寨主、金翅大鹏西霸天周应龙闻听杨香武要献宝应贤，不由得心中大悦："杨壮士，你的大名我早就听说了。贵师兄孙孝方曾献我一盏九龙杯，据说就是你从皇宫盗出的国宝。杨壮士，如今你又来献双凤印，莫非也是宫廷之物吗？"

"啊？"杨香武故作不信，"周寨主，我师兄真的来过吗？不知他现在何处？"香武本意：此时先见见孙孝方，向他询问一下九龙杯的状况。周应龙领会错了，抚案笑道："哈哈，杨壮士很懂绿林规矩，不论何时何地，先要拜见本门尊长。实话告诉你，不仅你二师哥孙孝方在我山上，而且你大师哥欧阳德也在此处。来人，"周应龙扭头吩咐，"传三寨主、六寨主速来聚义厅。"

"是。"值班头目去不多时，便将怪侠欧阳德领了进来。周应龙用手一指杨香武，带笑说道："三寨主，你快看看谁来了？"

"哎呀，"怪侠拉住师弟哈哈大笑，"你这个混账王八羔子，几时到的？多日不见，可把吾老人家想坏了！"

"大师哥在上，小弟有礼了。"杨香武跪倒磕头，大礼参拜。欧阳怪侠扶起师弟，心中有些纳闷：他怎么一个人来了？黄三太呢？此时又不便多问。杨香武也挺纳闷：大师哥在浙江绍兴府不辞而别，他怎么到了碧霞岭啊？是黄三太派他来的，还是他自己主动来的呢？此时也不便多问。弟兄二人各怀心腹事，尽在不言中。周应龙见他们发愣，还以为兄弟重逢，彼此激动。于是笑道："三寨主，你们弟兄光顾了高兴，怎么把六寨主忘了？他也是你们师兄弟，因何不来聚义厅？噢，我想起来了。那日孙孝方突然发病，现在病体如何？"

"哎呀，不要提了。"欧阳德故作沮丧，"孙孝方那个王八羔子在吾老人家的床上倒了三天，一直不吃不喝。今天早晨，吾老人家一看哪，那个王八羔子竟然死了。"

"什么？六寨主年轻力壮，怎么说死就死？"

"哎呀，黄泉路上无老少，吾老人家想留也留不住哇！"

"噢？"周应龙有些纳闷：三天之前，六寨主突然发病，我以为他在休养，怎么说死就死了？莫非有人谋害吗？不能啊，他大师兄欧阳德一直守在身边，别人也无从下手哇。幸亏死在他大师兄房中，减轻了我的责任。若是死在别处，欧阳德必然埋怨。其实，正是欧阳德除奸，别人怀疑不到而已。周应龙对孙孝方不很器重，他口中安慰道："唉，太可惜了。过一会儿本寨主去看看遗体，按照山规厚礼埋葬。"

"多谢大寨主，一切后事就交给吾老人家。"

"三寨主，"周应龙话题一转，"你失去一位师弟。又来了一位师弟，这位杨壮士也是献宝应贤。"

"哎呀，"欧阳德更加纳闷。他对杨香武问道："王八羔子，你又去皇宫盗宝了吗？"

"大师哥，得意不可再往，我怎能总去盗它？此次上山，我要向周寨主敬献一颗双凤印。这颗宝印是我与高贤弟共同所得。"说罢，叫过水底蛟龙高通海，与双方做了介绍。欧阳德问明他是鱼眼高恒之子，也以弟兄相称。周应龙见他们唠得挺热乎，不由得心中着急："杨壮士，不知双凤印现在何处？快快呈上。"

"不忙。"杨香武摆了摆手，"周寨主，请您先让我看看九龙杯，然后再献双凤印。"

"哈哈，你想比较二宝吗？据我估计，双凤印未必能赶上九龙杯。来呀，将杯匣取来。"

"是。"亲随头目去不多时，从后边抱来一只铁匣子。周应龙亲手打开金锁，从中取出九龙杯。抚杯笑道："杨壮士，你看这杯光华闪烁，玲珑剔透，非一般物件能比呀！"

"嘿嘿,"杨香武一声冷笑,从背后摘下包裹,伸手取出双凤印,"周寨主,九龙杯虽好,终究不是古物。你看这颗双凤印,最少流传千载。这才叫稀世之宝呢!"

"噢?"周应龙接过玉印,上下翻看。他越看越喜、越看越爱。不由得拍案叫绝:"好一颗双凤印,果真名不虚传!杨壮士,你献印有功,我封你为六寨主,接替你师兄孙孝方的职位。"

"且慢!"杨香武微微一笑,"周寨主,双凤印好吗?"

"当然好,好极了!"

"能赶得上九龙杯吗?"

"不相上下。"

"既然如此,我可要实话实说了。九龙杯乃宫廷重宝,我一时莽撞,将它盗出。如今,圣主康熙追得很紧,此宝理当物归原主。因而,我欲拿双凤印换取九龙杯,不知周寨主能否首肯?"

"什么?"周应龙勃然大怒,"如此说来,你不是献宝应贤?"

"当然不是!你一个山大王帐下,哪有什么贤士!"

"可恼!"周应龙本想发作,可是冲着欧阳德的面子,他将怒火往下压了压:"杨香武,我也对你实话实说。本寨主不仅不与你更换宝物,而且连双凤印也要扣留下来。此处是我的碧霞岭,你敢如何?"

"周应龙,咱们先君子后小人,你再说一句,究竟换与不换?"

"不换!来呀,看在三寨主与死去的六寨主分上,将这个姓杨的乱棍轰出山门!"

"姓周的,给你脸,你不要脸!"杨香武把脚一跺,"哼,本人能在皇宫大内盗出九龙杯,你这小小碧霞岭,难道比皇宫大内还会森严吗?告诉你,三日之内,我来盗杯。盗不走九龙杯,我就不叫赛毛遂!"

"哈哈,"周应龙抚案大笑,"刚才我想杀你,现在不杀了。我倒要看看你这赛毛遂究竟有多大本领?也罢,三日之内你若盗走九龙杯,我便连同双凤印一块都给你,过了三日,本寨主定要取你项上人头。来呀,送客!"

"是。"喽啰们推推搡搡,将杨香武轰出了山门。周应龙面带不悦,扭头对欧阳德说道:"三寨主,你这师弟无法无天,你还要多加管教!"

"哎呀，"欧阳怪侠心中暗骂：周应龙，你才无法无天呢！我师弟盗你九龙杯，乃是天经地义的事。你还让我管教他？嘿嘿，我不但不管，还得帮他一把。想到此处，怪侠笑道："那个王八羔子年轻，大寨主莫怪。"

"三寨主，咱去看看六寨主的遗体吧。"

众人走出聚义厅，来到偏寨。周应龙进屋之后，不由得一皱眉："嗯？怎么一股臭味？"

"哎呀，"欧阳德暗想：已经死了三天，能不臭吗？要不是等你来看，我早把他抬出去了！心里这么想，口中打岔："这个王八羔子，临死的时候可能拉裤子了。"

"唉，快快抬出去埋葬了吧！"周应龙不愿久留，转身而去。欧阳德指挥喽啰埋葬了尸体，又将房屋打扫干净。诸事完毕，天色渐渐黑了下来。

按照往常规律，晚饭之后，欧阳德总要练一会儿武功，今晚却无心练习。他心潮起伏，思绪万千：为什么只有香武一人到来？黄三太他们现在何处？他们与当地官府取得联系没有？几时才能攻山破寨？越思越想心头越乱，于是迈步出屋，奔往聚义厅。来到聚义厅一看，怪侠暗吃一惊。只见厅中点满了灯球火把，亮子油松。每个墙犄角都挂着两棵胳膊粗的大蜡烛，里里外外照如白昼。大寨主周应龙稳坐中间，各路偏副寨主列坐两旁。其中有：青毛狮子吴大山、大斧将赛咬金樊成、赛瘟神戴成、雪中蛇关保、闪电手高奎、白脸狼马九、笑话崔三、金刀无敌薛虎、小温侯吕豹、俏郎君罗英、玉麒麟高俊、金眼骆驼唐古、火眼狻猊杨治明、碧眼判官蔡天化、玉美人韩山、蝎虎子鲁廷。这些人正在指手画脚，说说笑笑。周应龙面前放着一张桌案，案上摆着九龙杯和双凤印。他一见欧阳德，起身笑道："三寨主，只缺你了，快快落座。"

"哎呀，怎么都在这里？"

"哈哈，你师弟吹出大话，他要在三天之内盗走九龙杯。我知道他是位高手，所以不能不防。这不嘛，今夜请来各路寨主，共同看守玉杯。我倒要看看杨香武如何将它盗走。"

"哎呀，如此说来，吾老人家应该回避才对呀！"

"哪的话？三寨主不必多疑。由于你师弟孙孝方刚刚病故，我怕你心中难受，所以没去请你。既然来了，快请入座，今夜无酒无菜，只有一盏清茶，为的是精神集中，防备万一。"

"哎呀，多谢大寨主信任。"欧阳德按照身份，坐在二寨主碧眼判官蔡天化身旁。他看着眼前的场面，心中替香武着急。屋内如此明亮，这么些眼睛盯着九龙杯，别说你是赛毛遂，就算真毛遂来了，他也无能为力！

一连两夜过去，夜夜皆是如此。到了第三天晚上，这些偏副寨主们都有些困乏了。他们暗中埋怨：大寨主也过于小心，碧霞岭如同铁壁铜墙，杨香武如何能进得来？只因为他吹了那么几句大话，就让咱熬了两夜，实在冤枉！其实，周应龙此时也产生了怀疑：杨香武究竟如何？我把他看得太重了吧？今晚再守一夜，他若不来，明日另做打算。由于寨主们有了这种想法，从上到下便都松懈起来。唯独怪侠欧阳德十分清醒，他深知师弟的脾气，既敢打赌，今夜定来无疑。为此，怪侠格外小心，准备寻找时机，帮助香武一把。真让欧阳德猜对了，此时此刻，赛毛遂杨香武已经登上了碧霞岭。

诸位，碧霞岭虽是铜墙铁壁，却挡不住杨香武。他知道前山严紧，所以绕到后岭。后岭尽是悬崖峭壁，别说是人，就是猿猴也难登攀。杨香武转来转去，终于找到了一座较为低矮的小山。他瞄准山头的老树，抖手扔出飞抓，攀绒绳，踏山石，顷刻登上山顶。又用同样的办法，登上另一座较高的山峰，一层接着一层，终于攀上最高峰。有人问：碧霞岭喽啰众多，怎么不在后岭把守？前边说过，后岭尽是悬崖峭壁，根本无人敢上，所以周应龙放松警惕。他万没料到，武林之中会有杨香武这样的高手。

杨香武从后岭入山，沿小路向前行走。正走之间，眼前闪出一片房屋。屋中灯光已熄，估计人已入睡。杨香武脚尖点地，抖身上房。他趴在瓦楞上向下听了听，屋内毫无动静。不由得心中暗想：这是个什么所在？若是有人就好了，我可向他打听一下山中的状况。可惜屋中漆黑，难见内情。香武正在思虑，忽觉得身后稍有响动。他还没等回头，那人飞起一脚，直向香武后腰踢去。幸亏香武功夫极深，他急忙一闪，总算躲开。那人借着月色，看清了香武的面貌。连忙一摆手，低声说道："快随我来！"

"你……"香武没有多想，忙随那人纵下房坡。来到一个僻静之地，那人收住脚步，扭头笑道，"你好大胆，竟然深夜闯山！"

"啊？你是一姑？"

"不是我又是何人？"来者正是香武的未婚妻梅一姑小姐。她与欧阳德一样，每天晚上都要练武。今晚发现一条黑影，一姑便跟了下来。由于香武从后岭上山，所以先到了后寨。刚才见到的那片房子正是寨主夫人、大乡君乌玛卓娃的住所。一姑拿他当采花贼了，为此先踢一脚。后来发现是自己的未婚夫，才将他引到僻静之处。香武有些奇怪："一姑，我让你陪同叔父前往西安府，你怎么会在此处？"

"暂莫多问。你是来盗九龙杯吧？"

"你怎么知道？"

"山上早就哄嚷动了，我日夜替你担心。幸亏你先碰上了我，否则性命难保。"一姑将聚义厅群雄守杯之事简述了一遍。香武听罢大惊："如此看来，盗杯难成了吗？"

"对！你赶快下山，等黄三爷他们来了之后，共同夺杯吧。"

"不行，豁出一把钢筋骨，探探黄河几澄清。我既然来了，绝不空回！"

"你呀！"一姑又疼又恨，"这是办不到的事，何必逞强？"

"我……我一个人办不到，你何不帮我一把！"

"夫君！我若能帮你，死而无怨。可是怎样做呢？"

"你……"香武思虑片刻，"你把那群寨主引出聚义厅，我便可以下手。"

"怎么引呢？"

"我已有了主意。"香武从怀中掏出熏香盒子，这是在索亲王府得的黄三元的，此处正好有用。他低声说道："一姑，请你如此这般，这般如此……"

"唉，你呀！"一姑啼笑皆非，"这手能行吗？"

"只有如此，别无他路可走了。"

"好吧，你要多加小心。"

"破山之后，我立刻娶你！"香武说了句笑话，转身奔往前山。

再说聚义厅。群雄一边品茗，一边清谈。三更已到，仍不见动静。别人高兴，欧阳德心情烦躁：莫非发生了意外吗？若不然，香武也该来了。正在此时，忽听前房檐扑通一响，好似掉下一个人来。碧眼判官蔡天化拍案叫道："杨香武来了，好小辈，我看你往哪里走！"说罢，带头冲了出去。其他众位寨主都想争功，人人皆往外闯。唯有两个人纹丝未动，一是周应龙，他心中暗想：注意，千万别中了杨香武的调虎离山计；二是欧阳德，怪侠心中明白：师弟艺业极高，身轻如燕，他绝不会发出这样沉重的响声。可是除了杨香武又能是谁？倒让怪侠心中纳闷。突然，碧眼判官蔡天化在外边喊道："大寨主，您快来观看，夫人遇难了！"

"啊？"周应龙大吃一惊。因为他的夫人乃是乡君，身份与众不同。万一出现差错，必然惹恼西海公噶尔丹。为此，周应龙不顾一切，扔下九龙杯，提剑出门。怪侠欧阳德更加纳闷：大乡君怎么的了？莫非被香武杀死？他正在犹豫，忽见后窗户纸被人一把捅破，又从窗外伸进一只手来。这只手直向桌案，看样要抓九龙杯。但是，后窗户距桌案足有三尺远，无论如何也够不着。怪侠暗道：这才是杨香武呢，该我帮忙了。于是低声问道："哎呀，是香武师弟吗？"

"大师哥，快把九龙杯递给我！"

"还有双凤印呢，你这王八羔子一同拿走吧。"怪侠说罢，忙将二宝往师弟手中一塞，然后转身走出聚义厅。他来到院中一看，只见地上放着一捆棉被，被中包着大乡君乌玛卓娃。这妇人二目微闭，昏昏沉沉，不用问，准是中了熏香迷幻药。周应龙气得三叉神经暴跳，他仗剑骂道："杨香武，你竟敢侮辱大乡君，我要与你誓不两立！来呀，随同本寨主追拿此贼！"

"哎呀，"欧阳德为了拖延时间，连忙阻拦，"大寨主，还是先看看九龙杯吧，以免上当。"

"对，还是三寨主想得周到。"周应龙急忙回屋，九龙杯早已踪迹皆无。气得周应龙三声怪叫："追！"

再说杨香武，得到二宝，不敢停留，立刻顺着原路奔往后岭。他刚刚爬下山坡，忽听身后脚步声响。随着脚步，又传来一股贼风。香武回头一看，见一把钢刀劈向面门，"哎呀，不好！"

第十五回　西安府众豪杰聚会
碧霞岭两霸天相逢

话说杨香武一见钢刀劈来，不由得大惊。此时再想躲闪已经来不及了，他连忙往地下一躺，利用"时间差"，飞起右脚向那人膝盖踢去。疼得那人向前一扑，连跑数步，几乎跌倒。那人自知不是对手，连头都没敢回，撒腿向前寨跑去，杨香武重任在身，不便追赶。拍了拍身上的尘土，乘月色赶往西安。

再说大寨主周应龙，他连忙派人请来梅一姑，摇头叹道："师妹，你姐姐大乡君被人熏过去了，你赶紧将她抬到后寨，再用凉水把她浇醒。一切多多拜托，我还要率众追贼！"

"是。"梅一姑心中暗笑。根据周应龙的神色，香武肯定得手了。嘿嘿，大乡君是我熏过去的，你还蒙在鼓里！

原来，这是香武与未婚妻定的一条妙计。为了调虎离山，香武请梅一姑用熏香盒子熏倒一人，再将那人从前房檐扔下。不过，被熏之人必须有点身份，否则，不会引起周应龙的关切。梅一姑心想：只有熏倒大乡君了，她既有身份，我又行动方便。可是，大乡君为人不错，若从房上扔下，难免摔坏。姑娘思之再三，才用一床棉被把大乡君包好，然后扔了下去。不出所料，周应龙果然上当受骗。

不表梅一姑照顾大乡君，单说周应龙率领各路寨主冲下碧霞岭，追赶杨香武。正往前走，对面跑来一人。这人慌慌张张，神色不定。周应龙喝道："你是何人？在此何干？"

"您，您可是碧霞岭周大寨主吗？"

"正是某家。"

"大寨主,小人姓韩名寿,外号人称'并力蟒'。原先曾在清水闸占山为王。后来被人破山,现在没有立足之地。正想投奔大寨主,不意在此相逢,还请寨主收留。"

"嗯,你可看见一人,中等身材,二十余岁,身穿短靠,背插单刀……"

"看见过,看见过。"韩寿连连点头,"小人贪黑赶路,原想天亮投山。谁料在后山坡上正碰到那人。那人就是破我清水闸的贼子。为了报仇,小人一刀劈下……"

"好!将他砍死没有?"

"他把我险些踢倒,然后奔东边而去。"

"嘻!"周应龙这个泄气呀!好在知道了杨香武逃走的方向。连忙传令:"众寨主,随我往东边追赶!"

此时已是东方发白,天色明亮。他们追出三十余里,仍不见香武的踪影。正往前赶,从对面跑来一匹快马。马上那人抱腕禀手:"前边可是周大寨主吗?请您快快回山,我有要事禀报。"

"啊?"周应龙抬头一看,见来者正是四寨主,常驻西安府的密探、小诸葛孔原。周应龙心想不好,他今日亲自送信,肯定有重要情报,万般无奈,只得扔下杨香武,率众回山。

原来,钦差彭公与白马李七侯等人在柳林川住了三日,渡河官船便清理、检修完毕。镇长赵守一等当地官员陪同钦差来到黄河沿岸。经过告别仪式,彭公登上官船。只见黄水滚滚,波浪滔天。幸喜官船高大,行驶起来还算平稳。船靠西岸,已经到达陕西省界。由于钦差专司陕甘,河西比起河东另有一番气象。陕西省布政使奉了总督、巡抚之命,亲自在陕北米脂县搭下金亭驿馆。然后又出城十里,迎候大驾。双方见面,布政使丁奉疾步上前。他甩开马蹄袖,单腿打千:"陕西省布政使丁奉参拜钦差大臣。迎接来迟,钦差恕罪。"

"丁大人快快请起,不必多礼。"

"我家督、抚派下官已在米脂县搭下金亭驿馆,请钦差歇息一夜,明日动身,前往西安。"

"丁大人辛苦了。"彭公一声令下,执事道队浩浩荡荡开入米脂。米脂虽说不富,却不敢慢待钦差。当晚大排酒宴,接风洗尘。

次日清晨，执事道队顺路南下。途中免不了饥餐渴饮，夜宿晓行。这天来到陕西中部黄陵县。黄陵县令姓孙名效谋，早闻钦差到来，慌忙迎入城中。作为一个七品小官，如果钦差不传，他是没有资格晋见的，可是又不敢随便离开，只得唯唯诺诺，在外边侍候。时近中午，旗牌官出来呼唤："黄陵县令孙大人何在？"

"卑职在。"

"快随我来，钦差有请。"

"卑职不敢当。"孙效谋随同旗牌官走进客厅，"黄陵县令参拜钦差大人。"

"贵县快快请起，来人，给孙大人看座。"

"钦差在此，卑职怎敢落座？"

"哈哈，"旁边的布政使丁奉摇头笑道，"孙大人，咱们这位钦差待人温和，我已经不紧张了，你也该松弛一些，钦差让你坐，你就快坐下吧。"

"是。"孙县令坐着比站着还要难受。

"贵县，"彭公笑道，"本钦差渡过黄河，连日赶路，身体有些疲倦。经与丁大人商议，决定在黄陵县休息一天。看来，又要给你添些麻烦。"

"钦差过谦了。"孙效谋重新站起，禀手说道，"大人留此，实为敝县的荣耀，您若有兴致，还可以去看看黄帝陵，那里不仅风景如画，而且还是举国第一胜迹。"这位县令见钦差恭顺，未免话多。旁边的布政使丁奉一皱眉头，心中埋怨：嘻，钦差留下，为的是休息，你让他拜谒黄帝陵干什么？万一他不想去，必然烦恼。这样显要的官员，一旦发了脾气，咱们就难侍候了。想到此处，布政使故意打岔："贵县，钦差劳累，也该休息了。你暂且退下去吧。"

"且慢。"彭公一摆手，"久闻西北黄陵县有座黄帝陵，只是闻名，从未见过。你我皆为炎黄子孙，岂有过而不拜之理？今日已晚，明日清晨，你们随我谒拜黄陵！"

"是。"孙效谋见钦差接受了他的提议，心中自然畅快，"大人若无他事，卑职告退，先去做些准备。"

贵县，且不可因我之故而遣散黎民百姓。明日凡拜陵者，皆莫回避。"

"这个……为了钦差大人的安全,我看……"

"不必多说,照我吩咐去做吧。"

"是。"孙效谋只好领命而去。

黄帝陵距县城将近三里,古柏参天,端庄肃穆。当地百姓闻到消息之后,扶老携幼,一同赶来瞻仰钦差的风采。彭公走下绿呢大轿,在丁奉与孙效谋的陪同之下,上前拜谒黄陵。点烛、焚香不必细表,直到将近午时,仪式才算完毕。彭钦差确实有些劳累,他随同众人正往外走,突然,路旁古松之上弓弦响动。说时迟,那时快,一支雕翎直射而来。就在这千钧一发的紧要关头,人群之中弹来一块飞簧石,这块石头打得太准了,不偏不斜,恰恰碰到箭杆之上,那支雕翎,当啷一声,落在平川,好险哪,把陪护官员吓出了一身冷汗。白马李七侯大喊一声:"有刺客!"喊罢,奔那古松而去。他刚要往上纵身,就听树上"哎哟"一声,随之掉下一个人来。李七侯忙用脚尖一点这人后腰,低头细看:"哎呀,原来是你!"

刺客不是别人,正是浙江省绍兴府萧山县大恶霸、恶武举武文华。原来他事败之后,曾被当时的萧山县令彭公充军宁夏。他倚仗广有钱财,再加上义父梁九公的人情,没用多久,便被释放。此贼正想南归,不期又在黄陵县巧遇彭公。为报当年之仇,武文华拦路行刺。谁料行刺未成,反而遭擒。后被斩首问罪,不再细说。

单说白马李七侯向树上喊道:"朋友,救驾之功,高如日月,请下来吧。"

"好说!"话音未落,纵下一人。李七侯愣住了,原来是个亭亭玉立的大姑娘。这姑娘年龄只有十八九岁,青卷帕包头,身穿一套水红色的短靠,足蹬青牛皮底、青缎子面的小战靴。脸上看,红似桃花,润如脂玉,两条柳眉,一双丹凤眼,俊俏之中带着几分杀气。她看了看对方,含笑问道:"您老人家就是白马李七侯吧?"

"小姐,正是在下,请问你尊姓芳名?"

"叔叔在上,侄女参拜。"

这位姑娘名叫蔡金花,人送外号"恶魔女"。她父亲就是黄三太的好友蔡庆,母亲窦氏,外号"金头蜈蚣"。这妇人力大无穷,手使

两把铁棒锤，比起丈夫更高数倍。金花小姐自幼随母亲练武，可谓
"出于蓝、胜于蓝"。尤其是飞簧石打得最准，不仅百发百中，而且力
量极大。前不久，蔡家接到一份请帖，原来是陕西黄陵县老隐士、银
头皓叟罗天堂要办九十大寿。罗天堂乃上三门的老前辈，他武艺不
高，人缘最好，想借九十大寿热闹一番。论起来，蔡庆管罗天堂得叫
表叔，表叔大寿，岂有不去之理？可是蔡庆已去浙江绍兴府黄三太家
为黄母祝寿，一直没有回来。窦氏万般无奈，只好领着女儿，替夫前
往。她们来到陕西黄陵县的第二天，恰逢钦差彭公谒拜黄陵。小姐年
幼好奇，想看看钦差的气势，所以避着母亲跑了出来。谁料武文华行
刺，小姐以石击箭，救了钦差性命。

李七侯听罢小姐的身世，十分喜悦："姑娘，你怎么会认识我？"

"叔叔，现有八十多位英雄集聚我表爷爷家中，他们都是拜寿来
的。我听他们议论，有位白马李七侯扶保彭钦差，我估计就是您老人
家。父亲常说您是他的好友，所以我才叫您叔叔。"

"八十多位英雄？太妙了！姑娘，快随叔父去见钦差。"

"这……钦差的官职好大，我还是不去吧。"

"不行，你救了钦差性命，岂有不去之理？快跟我来！"李七侯带
领小姐来到彭公面前。他又在彭公耳边低声说了几句。彭公听罢，连
连点头："蔡小姐，本钦差深感救命之恩，别无报答，请你领我去为
贵祖父拜寿。"

"什么？"蔡小姐以为听错了，一位奉旨钦差，贵如天子，他哪能
去给一个平头百姓祝寿哇？姑娘由于不信，站着发愣。彭公再次笑
道："来呀，替小姐准备马匹，大家随她前往。"钦差传令谁敢不遵？
旗牌官忙牵战马："小姐，请吧！"

"真去呀？"小姐又惊又喜，钦差拜寿，那是何等荣耀？她连忙飞
身上马，头前引路。

彭公为什么要去拜寿？这原来是李七侯的主意。据他所知，碧霞
岭兵精将广，光靠黄三太手下那三十几位好汉，攻山破寨实为艰难。
钦差重权在握，他可提调官兵，却无处提调战将。既然黄陵县集聚八
十位好汉，何不请他们出头，共破碧霞岭。彭公采纳了他的建议，一
来拜寿；二来聘请豪杰。

执事道队随同蔡小姐返回县城，进城不远，便是罗老隐士的府第。来到门前，小姐亲自往里通报："表爷爷，奉旨钦差彭大人来了！"

"什么？"罗老隐士吓了一跳，"我安分守己，从不违法。钦差干什么来呀？"

"表爷爷，怪我没说清，钦差大人给您祝寿来了。"

"啊？我是什么身份？孩子，你可别胡说呀！"

"是真的！您快去迎接吧！"小姐一时讲不清楚，拉住九旬老祖，跌跌撞撞奔往大门。他们这一闹腾，分散在各屋的英雄们也都出来了。众人来到门外，果见一列道队。从饰物来看：执扇掌扇，缨舞缨幡，白旄黄钺，红罗伞盖，除了钦差大臣，谁敢使用？慌得罗老隐士紧行几步，就要施礼。彭公早已下轿，双手搀扶："老英雄，万万不可施礼，您九旬高龄，下官担待不起。"说罢，亲手将罗老隐士搀到屋中。罗天堂万分感激："钦差大人，快请上座。"

"哈哈，您是老寿星，下官岂敢僭越？请您上座，我要与您拜寿。"

"折杀老朽！钦差到来，已为我罗家增添万种荣耀，若说拜寿，至死不敢承当。"二人谦让了一会儿，只好分宾主落座。旁边那八十几位英雄面面相觑，他们皆不知彭公的来意。白马李七侯早已认出了十几位英雄，他们是：赛叔宝余华、小雄信余光、金刃太岁吕真、粉面金刚徐胜、花头佛祖白良、赤脚大仙宋海、永躲轮回孟明、长生不老阎铁；这些人皆是上三门子弟。另外还有下五门的轧油墩子李思、飞毛腿彭二虎、一本账何来、铁算盘贾和、闷棍手方青、黑心狼戚顺、平天秤杜成、花嘴雕金太等。这些英雄与李七侯寒暄了一阵，李七侯对众人说道："各位弟兄，彭钦差平易近人，与我们绿林道很讲交情，请大家不必拘束，快快落座吧。"

"看出来了，这位钦差大人并不小瞧咱们。就凭他能给罗老隐士拜寿这一举动，我们佩服！"群雄议论纷纷。其中身份最高的是粉面金刚徐胜。这人一把钢鞭，神出鬼没。他对李七侯问道："李贤弟，如果信得过我们，能把钦差的真正来意讲明吗？"

"当然可以！都是自己人，我也用不着隐瞒。如今，甘肃天水府碧霞岭大寨主、金翅大鹏西霸天周应龙图谋不轨、有意造反。为此，彭钦差奉圣旨讨伐叛贼。浙江绍兴府的黄三太等人已去西安护驾。不过，兵多将少，很难取胜。此刻彭大人亲临，一为罗老隐士祝寿；二请诸君鼎力协助，齐心合作，攻打碧霞岭。不知诸君肯帮忙否？"

"国家兴亡，匹夫有责！"罗老隐士击桌叫道，"我们武行有句话，叫作'学会艺业，货卖国家'。今日国家有难，当尽全力效劳。可惜老朽年已九旬，否则，我将带头前往。"

"老前辈言之有理。"粉面金刚徐胜深表赞成："李贤弟，人各有志，不可强求。别人去与不去我不敢说，徐某愿往！"他这一带头，群雄立即响应。永躲轮回孟明笑道："不冲别人，就冲黄三爷，咱们也应该去。说句不客气的话，在座诸君谁有黄三爷名气大？连他都效力当差，咱还有什么说的？"

"对，"赤脚大仙宋海连连点头，"不冲黄三爷，单冲彭钦差咱也该去。人家瞧得起咱们绿林道，咱就该士为知己者死！"

"诸位，"铁算盘贾和抱腕禀手，"据我所知，金翅大鹏西霸天周应龙是你们上三门的豪杰。为了国家，你们大义灭亲、不存门户之见，实在让我们下五门佩服。没说的，我们也愿随钦差大人同往。"

彭公一见群雄奋勇争先，心中万分喜悦："好，下官代表当今圣上感谢大家。诸位皆是绿林豪杰，下官不敢求你们当差，只算我的幕府。从今以后，咱们以朋友而论，凡官场一切礼节，诸位皆可免去。"

"谢大人。"群雄更高兴了。因为在封建社会，等级十分森严。如若当差，凡是见到上级就得磕头，绿林道不习惯这套，难免拘束。彭公深知他们的心情，所以将礼节全部免去。这也是彭公会用人之处。

次日清晨，群雄为罗老隐士提前拜寿，然后随同钦差西征。金头蜈蚣窦氏与金花小姐听说蔡庆已去西安府，愿意一路同往。此时的钦差道队与初进黄陵县时大不相同。八十多位豪杰各跨战马，一个个耀武扬威，精神百倍。李七侯长长地吁了一口气：现在总算放心了，别说没有刺客，即使有刺客也会被群雄吓跑。嘿嘿，罗老隐士堪称周应龙的魁星，他哪里是庆九旬大寿？分明是为国家集聚贤良！若没有这个机会，谁能请到这么些武林高手？

为说李七侯思绪万千，单表执事道队浩浩荡荡挺进西南。非止一日，这天中午来到西安府。根据清代建制，康熙年间，全国共设八督，十二抚。凡是总督均挂兵部尚书衔，为从一品大吏。巡抚则分为两种，有挂兵部侍郎衔者为正二品，不挂衔者为从二品。这些人各踞一方，皆为朝廷重臣。不过，他们身份再高也高不过奉旨钦差。为此，督、抚、院、道全都迎出城外。陕甘总督是位旗人，名叫富尔郭春。他管辖陕西、甘肃、新疆三省，驻地设在兰州府。为了迎接钦差，富总督特从兰州赶到西安。他一见彭公，禀手笑道："钦差大人，本督迎候来迟，钦差莫怪。"

"老制台，本钦差何能？蒙制台大人从兰州远路赶来，深为惭愧！"

"钦差过谦了。您是朝中户部大臣，又是专司陕甘巡按，本督岂有不接之理？钦差，请。"

"制台，请。"二位一品大员寒暄毕，巡抚、提督学政、按察使、盐运使、道台、知府、知州、知县等官员也纷纷上前拜见。众人拜罢，同奔城中金亭驿馆。

来到客厅，富总督急忙令人摆下香案，请钦差大臣宣读圣旨。彭公换上朝服，打开圣旨，朗朗念道："奉天承运，皇帝诏曰：兹有甘肃天水府碧霞岭大寨主周应龙图谋不轨、叛反国家。朕特委户部尚书、黄袍提督彭朋为陕甘巡按，专程擒拿叛首。凡陕、甘、新三省兵力、粮草均归彭朋调遣，陕甘督抚协同作战，不得有误军机。钦此！"

"臣，遵旨。"督、抚、院、道这才知道钦差的真正来意。他们接过圣旨，供奉金亭。富总督传令设宴，为钦差洗尘接风。

酒宴共摆了二十桌，粉面金刚徐胜等八十几位好汉皆被待为上宾。首桌上除了钦差，还有总督富尔郭春、巡抚郑大年、布政使丁奉、按察使刘昌、提督学政王大奇、盐运使萨布以及西安府四品黄堂李家刚，一共八人。席间，富总督叹道："唉，本督身为封疆大吏，实感愧对皇恩。碧霞岭一贯对抗官府，我久欲讨伐，可又不敢轻易下手。"

"老制台，请您详谈。"

"钦差，还是到书房一叙吧。"二人离席来到书房。富总督亲自掩上屋门，低声说道："据我所知，那个周应龙与西海公噶尔丹素有勾结，碧霞岭不仅兵强马壮，而且广有人才。若打碧霞岭，一怕得罪西海公；二怕将力不足。由于本督举棋不定，几乎酿成大祸。"

476

"制台大人，这不叫举棋不定，而是远谋深虑。'欲速则不达'正是这个道理。"

"钦差能体谅我的心情，本督感激之至。请问钦差，朝廷有何打算？"

"噶尔丹谋反，已属'司马昭之心——路人皆知'。当今圣上乃仁慈之君，在叛首宣战之前，只欲感化，不欲仇杀，免得百姓受难。为此，只派本钦差攻打碧霞岭，而不触动西海公。一待夺回九龙杯……"

"什么？"富总督大惑不解，"本督远离京师，孤陋寡闻。从未听说过九龙杯之事，还请钦差赐教。"

"制台容禀。"彭公将九龙杯经过讲述了一遍，只是隐瞒了杨香武盗杯的情节。最后叹道："唉，西海公献杯目的，是要求圣上封他西海大帝。自古以来，天无二日、人无二主，这一要求显然是分裂国家，割据疆土，圣上自然不会应允。可是，不封人家西海大帝，就不能收他贡物。以免造成口实，违背民心。"

"主子圣明，应该把九龙杯退还给他。"

"九龙杯现在周应龙之手，为此，圣上才派我来攻山破寨。"

"哎呀，"富总督万分焦虑，"钦差大人，这可得及早动手，因为周应龙与西海公素有勾结，他若将九龙杯献给西海公，叛匪会以此大做文章。我很了解他，那人阴险狡诈，什么事都干得出来。"

"制台大人言之有理。本钦差在西安府驻扎几日，一待豪杰聚齐，立即发兵。"

"钦差大人，我见你带来八十多位豪杰，难道还不够用吗？"

"另外还有二十几位，为首者乃武林头条好汉，姓黄名三太，外号'飞镖南霸天'。"

"噢？莫非是打虎救驾、得到御赐黄马褂的那位壮士？"

"正是此人。"

"名气好大，我们西隆地界都听说了。"

两位一品大员正在密谈，忽听白马李七侯在门外禀道："彭钦差，黄三太他们已来驿馆，您几时接见？"

"来得好！"彭公起身说道，"本钦差立即迎接。"

其实，黄三太一伙豪杰已经到了三天。由于钦差未到，他们便去云龙镖局等候。谁料，二侠梅映雪也在云龙镖局，彼此见面，十分高兴。梅二侠将杨香武独闯碧霞岭，梅一姑搭救大乡君之事讲述了一遍，最后表示，愿随黄三太一同攻山。黄三太得到了杨香武的下落，虽然松了口气，又替香武担心。他对二侠说道："师叔，您年事已高，打仗就不必您出头了，只陪伴和保护钦差吧，这也是件重任。"

"行啊，老朽听你安排。"

过了三天，他们听说彭公已到，这才赶到金亭驿馆。门丁报告李七侯，李七侯转告彭公。彭公闻讯大喜，亲自出迎。

钦差出迎，谁敢不随？大小官员将黄三太他们请到客厅，李七侯一一做了介绍。先来的那八十多位好汉，有的认识黄三太，有的久已闻名，初次见面。他们见黄三太神采飘逸，谈吐文雅，不由得暗中敬佩。黄三太为人恭俭，禀手笑道："各位英雄，今日聚会，三生有幸。大家齐心协力，何愁不破碧霞岭？"

"黄三爷，"粉面金刚徐胜连忙还礼，"论名望、论武功，我等不及三爷万一。只为三爷打个下手就心满意足了。今后还听三爷调遣。"

"徐仁兄，你我皆是为国效劳，分什么高低上下？黄某难负重名，实感惭愧。"

"哈哈，"彭公捻须而笑，"各路豪杰，今日西安府聚会，乃国家之幸，你们不必谦让，还是共饮一杯！"

"彭钦差说得很对，本督为官四十年，从未见过这种场面。各路好汉，龙腾虎跃，必定攻无不克、战无不胜。本督愿尽地主之谊，敬大家一杯！"富总督一饮而尽。

酒宴吃到深夜方散。

次日清晨，陕西省总镖头、三手将卢云龙又领来了三十几位武林高手。这些人都是各路镖客，应卢老镖头之邀，前来助阵。彭公大喜，三路豪杰加在一起，总共是一百三十七位。那真是：衣分五色、脸分五色；红的红似血、白的白似雪、蓝的蓝如绽、黑的黑如铁。高矮不一、胖瘦不等。高大的威风，瘦小的精神。堪称是：云集七长八短汉，站满三山五岳人！

陕甘总督调齐五万人马，亲自奉陪彭公，浩浩荡荡开往碧霞岭。

这么大的举动，早已震惊西安府。碧霞岭四寨主、小诸葛孔原闻讯之后，不由得大惊失色。他急忙关闭了珠宝店，备上一匹快马，亲回山寨报信，不期半路途中，巧逢周应龙。

周应龙失去九龙杯，本来就很着急。听到这个消息，更是心急如火："罢了，兵来将挡、水来土屯，我碧霞岭不凡，要与他们决一死战！"

"大寨主，"孔原低声问道，"若拼不过他们，您可有打算？"

"四寨主，伏耳过来。"周应龙在孔原耳边嘀咕了几句，孔原点头一笑，不再作声。别人没太注意，以为他俩在商议军情。唯独怪侠欧阳德觉得蹊跷，可是又不便过问。

大寨主周应龙不敢耽搁，立即传令操练人马。二寨主碧眼判官蔡天化熟读兵书，久习战策，指挥操练十分有方。没用三天，碧霞岭准备就绪，单等迎战。

再说钦差彭公，他率领五万大兵，一百三十七位豪杰，日夜兼程赶赴贼巢。这日探马来报，前方到达丹凤阁，距碧霞岭只剩五里之途。钦差闻报，下令扎营。

刨土壕、堆土墙，立营门安下中军帐。竖纛旗、设刁斗，内分五行，外造八卦。远放探马、近站哨兵。中军官高声呐喊："钦差升帐！"

好彭公，文官挂武衔，不怒自威。他从令壶之内取出一文金皮大令："游击将军李七侯何在？"

"末将听令。"

"官军长途跋涉、人困马乏。今日已晚，不利再战。为防贼寇偷营劫寨，我令你率五百名小卒巡逻防范，不得有误！"

"遵令。"李七侯暗想：这么大的营盘，光靠我一个首领岂能照料？我得再要几个人，"钦差，五百小卒足矣，能否再拨几员战将？"

"绿林好汉都是客人，本钦差不宜指派，由你去请。"彭公很会用人，既尊重绿林道，又不误军情。果然有几位豪杰自告奋勇，甘心情愿协助李七侯。

一夜无事，次日清晨彭公升帐："各位英雄，谁去讨敌骂阵？"

"在下愿往。"花嘴雕金太大步上前。此人伶牙俐齿，能说会道。

他领下将令直往军前。其实，用不着讨敌骂阵，碧霞岭早已寨门大开，迎候官军。

两方对垒，杀气腾腾。只听得战马咆哮，嘶声震天。官方豪杰有：南霸天飞镖黄三太、一枝梅梅映雪、凤凰张茂隆、铁番杆蔡庆、花刀无羽箭刘世昌、雨雪豹苏永禄、鱼鹰子何路通、金眼雕邱成、铁臂熊褚彪、神手大将纪有德、八臂哪吒万君兆、小英雄胜官保、三手将卢云龙、赛叔宝余华、小雄信余光、粉面金刚徐胜、赤脚大仙宋海、永躲轮回孟明、轧油墩子李思、花嘴雕金太等。岭上人物也不算少，他们是：西霸天金翅大鹏周应龙、碧眼判官蔡天化、小诸葛孔原、青毛狮子吴大山、大斧将赛咬金樊成、赛瘟神戴成、雪中蛇关保、白脸狼马九、金刀无敌将薛虎、小温侯吕豹、金眼骆驼唐古、火眼狻猊杨治明、玉美人韩山、蝎虎子鲁廷；再加上小东方怪侠欧阳德、水底蛟龙高通海，合到一起也不下百名。这二百多条好汉相聚山前，不用问，定有一场恶战。

周应龙见有人骂阵，扭头问道："诸位弟兄，谁去迎战？"

"大寨主，在下愿往。"火眼狻猊杨治明亮出三节棍，大步上前。他怎么这样主动？原来杨治明与花嘴雕金太素有往来，金太那两下子全在他心里装着呢。若要交手，自己必胜。这是立功的机会，岂能轻易放过？周应龙把头一点："杨壮士，此去小心。"

"寨主不必挂念。"说罢，抢起三节棍，冲往军前。

花嘴雕金太只想骂阵，本不想动手。可是人家上来了，又不能扭头就跑。只得硬充好汉："杨大哥，咱俩往日不错，你若听劝，赶快弃暗投明。他周应龙乃国家反叛，你跟着他也不会有好下场！"

"两军阵前，各为其主。休走，看棍！"杨治明求功心切，一棍打下。

"好棍！"金太全靠嘴把式，论真功夫就差远了。没过三个照面，他那双腿便被杨治明一棍打断。疼得金太满地乱滚，大汗淋漓。杨治明心中高兴，这叫旗开得胜，对出师有利。他凑上一步，举棍就要结果金太的性命，这时，官军中纵出一人，乃轧油墩子李思。此人身高三尺半，横宽二尺九，手操一把小单刀，直向杨治明后屁股捅去，杨治明只得扔下金太，回棍拨刀。由于他用力过猛，李思大叫一声，单刀出手，飞出一丈开外。这个轧油墩子会一招特殊本领——就地十八滚，他见对手厉害，不敢抗衡，急忙往地上一倒，滚得比跑还快，总算逃脱了性命。金太已被官兵抢回去了，他看看李思，李思又看了看他，二人一言不发。

碧霞岭连胜两阵，军威大振。周应龙马上笑道："哈哈，不过如此。来呀，快与杨寨主擂鼓助威！"

粉面金刚徐胜有点挂不住了，因为金太、李思都是从黄陵县来的，连吃败仗，未免给自己丢脸。他从背后抽出竹节钢鞭，禀手说道："钦差大人，在下请求迎敌。"

"噢，"彭公暗想：连败二阵，对军心不利。这位英雄武艺如何？我还不甚了了。万一他再败了，于我方更加不利。想到此处，彭公看了看黄三太。黄三太虽对徐胜不太熟悉，但久闻其名，知其艺业不错。于是点头说道："徐壮士，祝你马到成功。"

"三爷放心。"徐胜迈步来到疆场。通名之后，钢鞭劈下。杨治明正在得意，未把徐胜放在心上。打了三个照面，他才觉出这位比那二位胜强万倍。再想集中精神，已经不赶趟了。徐胜一鞭落下，万朵桃花开，把杨治明打了个脑浆迸裂，嘴眼歪斜。

周应龙见状大惊。对方一伤一败，己方却死了一个，观那英雄的武艺，一般人绝非他的对手。难道要我亲自出马吗？他正在犹豫，身边的二寨主、碧眼判官蔡天化一催战马，手举方天化戟杀往疆场。蔡天化这杆战戟神出鬼没，他与徐胜一个马上，一个步下，二人厮杀起来。直杀得天昏地暗，难见胜负。官军中的黄三太是何等高手？别人看不出来的事，他早已一目了然。不由得暗道：蔡天化勇猛过人，不出十个回合，徐胜必败。趁他现在未败之际，应该早些换下。想到此处，对彭公说道："钦差，步下与马上交手不便，当派人替下徐胜。"

"黄壮士，你看派谁合适？"

"神手大将纪有德乃马上英雄，请派他上阵。"

"好吧。"彭公对黄三太言听计从，连忙请纪有德出阵。纪有德手使一把三股托天叉，力大无穷。人送外号"神手大将"。他奉了钦差之命，拍马迎敌。若论真功夫，他与蔡天化不分上下。可是蔡天化力战徐胜，消耗了许多精力，纪有德却是生力军，无形中占了上风。二人马打盘环，直杀了六十回合。纪有德反背一叉，将蔡天化挑于马下。

周应龙失了二寨主，不由得勃然大怒。他不顾一切，双腿一夹战马，小腹一撞铁过梁，举起熟铜双锏，直取纪有德。不愧是西霸天，只见这双铜锏：

> 上打插花盖顶，下打枯树盘根。托肩挂印惊鬼神，暗藏蛇吐芯。猿猴偷桃献果，玉女巧纫双针。阴阳双锏左右分，摘星布月追魂！

纪有德虽称神手大将，比起西霸天差之千里。没用十个回合，便被打得抱鞍吐血，大败而归。赛叔宝余华也是一位马上将领，他手中也使一对熟铜锏。连忙让过纪有德，拍马举锏，上前迎敌。四把铜锏绕在一起，叮叮当当，火光乱迸。周应龙的锏每把三十斤，一共六十斤。余华的锏每把十五斤，一共三十斤，从分量上就不是人家的对手。只有五个回合，便被西霸天一锏打死在马下。余华的胞弟叫余光，外号"小雄信"，他看哥哥阵亡，不由得二目发红。真是"上阵亲兄弟，打虎父子兵"，余光举起娃娃槊，也不通名，朝下就打。周应龙不慌不忙，双锏合十，口中喊道："开！"他往上一迎，竟将余光震得摇三摇、晃三晃，还没等坐稳，周应龙锏打下来："跟你哥哥一块去吧！"

可怜余氏兄弟，一心报效国家，谁料命丧贼手。这真叫：争天下，难相让，英雄自古轮流丧。瓦罐不离井口破，大将难免阵前亡！

西霸天金翅大鹏周应龙连胜三阵，官军一伤二死，碧霞岭军威重震，战鼓惊天。

南霸天飞镖黄三太大惊失色："哎呀，周应龙名不虚传，诸位弟兄闪开了，待某家会他！"

"三爷，"群雄七嘴八舌，"您是南霸天，他是西霸天，您是步下，他是马上，您可得多加小心。"

"料也无妨！"黄三太从背后抽出银环宝刀，纵上阵前。

第十六回　黄三太两拒五虎块
杨香武三盗九龙杯

　　话说金翅大鹏西霸天周应龙立马横铜高声喝道："来将通名，让你马前送死！"

　　"某乃浙江绍兴府黄三太是也！"

　　"噢？你就是黄三太？"周应龙将对方打量了几眼，心中暗道：此人气宇不凡，我已经力战四将，再与他交手，恐怕要吃亏。干脆，不跟他打了。想到此处，二次断喝："姓黄的，本寨主乃马上的将领，不愿与你们步将交锋，赶紧回去另换他人！"

　　"既然周寨主惯于马战，黄某只好奉陪，稍候了。"三太说罢，返回军中。他对李七侯笑道："贤弟，愚兄那匹走马不能上阵，请你将白龙战马与长枪暂借我用，我要看看他周应龙究竟有多大本领。"

　　"三哥，"李七侯连连摆手，"您不可以己之短对他之长，这样会误国家大事！"

　　"料也无妨。"黄三太心中有底。作为一员大将，必须是马上、步下样样精通，否则就叫"瘸腿"。黄三太这类人物能"瘸腿"吗？他往日保镖时，或步战，或马战，皆未遇到过对手，今天岂能被周应龙吓倒？由于他再三坚持，李七侯只得奉枪献马，口中说道："三哥千万小心。"

　　"不必挂念。"黄三太板鞍认镫飞身上马，小腹一撞铁过梁，二次来到阵前。周应龙没难倒人家，无话可说。只得举起熟铜双铜，搂头盖顶砸了下来。黄三太抖动大枪招架相还，马打盘环，厮杀起来。这正是：

二将阵前把武比，生死输赢赛到底。猛虎摆尾斗麒麟，苍龙摇头金蛟起。大枪荡荡蟒翻身，金铜闪闪挡风雨。沙场大战不寻常，不到身亡心不已！

双铜重，显出了西霸天的威风，单枪快，露出了南霸天的武艺。只杀得山川摇撼，日月无光。二霸天虽无私仇，舍死忘生各为其主。这场恶战直杀到傍晚，仍然不见高低上下。黄三太暗想：周应龙已经力战四将，还是这样勇猛，若是生力军，那就更不可挡了。周应龙暗想：黄三太乃是步将，而马上的功夫却这样娴熟，若是步战，我岂是他的对手？二霸天相互佩服，尽在不言中。又战了二十回合，两人都觉劳累，因为一天没吃饭了，从早打到晚，怎能不累？黄三太又想：官军远路而来，应速战速决。如果力敌下去，何时算了？干脆，我用暗器打他吧！想到此处，借拨马之机，伸手掏出一支单龙头双凤尾又沉又锐的紫金镖。周应龙又想：官军人多势重，若要围困碧霞岭，于我十分不利。我得速胜黄三太，使他们群龙无首。可是真刀真枪胜不了他，干脆，用暗器打他吧！想到此处，也借拨马之机，伸手掏出一把青钢打、崩簧压，又灵又巧的走线飞抓。这把飞抓前头有五把钢钩，中间安着崩簧，只要抓上物品，往后一拽绒绳，钢钩就会越抠越紧。双方都把暗器准备好了，又都是神手，各自以为稳操胜券。他们同时拨回马头，同时喊了一声："着！"

再看，飞抓奔向黄三太的顶梁，金镖射往周应龙的咽嗓。双方若非二霸天，此时此刻全得丧命。幸亏二人武艺高强，身体灵便，各自急闪要害部位，虽说脱险周应龙的右肩头被金镖打中，黄三太的左肩头被飞抓钩上。鲜血淋漓，皆尽受伤。此刻情景，对周应龙有利。于是他不顾疼痛，忙往怀中紧拽绒绳，意欲将黄三太扯于马下。黄三太也不是凡人，连忙抓住绒绳，使崩簧放松，以免抓头那五把钢钩越抠越紧。这一下子可热闹了，两位顶天立地的大豪杰在沙场之上玩开"拉大锯、扯大锯"啦！

天色全黑。按照常规理应收兵，明日再战。可是双方主将相互扯住，想收兵也收不了，后队只好挑灯笼，举火把，擂鼓助战。

再说那条绒绳越绷越紧，形势对黄三太渐渐不利。因为抓头还挂在他的左肩，要想拽住绒绳，双手必须伸向肩头。这样一来，有劲使不上。周应龙就不同了，尽管右肩带镖，双手却能运用自如，无形之中占了上风。他满心喜悦，高声断喝："黄三太，还不下马，等待何时？"

就在这紧要关节的时刻，沙场南面的小树林中纵出一条身影。这条身影奇快无比，如流星、似闪电，眨眼之间来到军前。他将手中小单刀往上一挑，紧绷绷的绒绳立即被他挫断。双方战将摇三摇、晃三晃，几乎坠于马下。他们定睛观看，同时喊道："哎呀，原来是你！"

来者正是赛毛遂杨香武。他在梅一姑和欧阳德的协助之下，二盗九龙杯，逃离碧霞岭。据他估计，彭钦差与黄三太很快就会到来，为此，他在离山十五里之处找了一家店房，暂且住下，等候官军。由于他身带九龙杯，为防万一，他向店家提出要住单间。可是山村小店不备单间，掌柜告诉他说，您若图清净，可以包房。不过，包房得多给银子。杨香武便答应下来。谁料住下之后，他才发现自己的银钱已经不多了。为付店饭账，他于昨天午后去找"财东"。可是附近又没有大户，直走出四十余里才找到一家阔佬。香武偷了二百两银子，返回店房时已是今日傍晚。伙计对他笑道："客爷，您最爱看热闹，可惜昨天没看着。"

"什么热闹？"

"您昨天走了不久，咱这儿就过钦差了。嘿，那道队、人马远去啦！"

"噢？"香武暗想：偏偏在我离开的时候，钦差过去了。赶紧追吧："伙计，快点算账。"

"客爷，这么晚了，您还要走？"

"不必多问。"香武给了店钱，施展陆地飞腾法，片刻之间便到山前。凑巧，二霸天正在疆场"拉大锯"呢，杨香武这才挺身而上，挫断绒绳。

黄三太又惊又喜，急忙从左肩摘下抓头，挺枪问道："杨贤弟，你这是从哪儿来？"

"现在没空细说。"香武忙从身后取下一个包裹，双手捧上，"三哥，这是九龙杯，完璧奉还。您赶紧回去治伤，待我收拾周应龙！"
话罢，他往地下一躺，围着周应龙的战马展开了十八路地滚刀。这躺
刀法太厉害了，周应龙虽勇，铜锏却够不着人家。只能提着丝缰左蹦
右跳，躲躲闪闪。香武耍到第九路刀法时，一眼瞅准了破绽。小单刀
向上一撩，口中喊道："削马腿！"话音未落，便将周应龙战马的后腿
剁断一条。大将无马等于失去双足，若换别人必然栽倒。全仗着西霸
天动作灵活，他甩镫离鞍翻身下马。面对杨香武破口大骂："好你个
贼子，熏我夫人，偷我玉杯，伤我战马，本寨主与你誓不两立！"说
罢，举起双铜向杨香武砸来。香武知他力大无穷，不敢硬碰，只能一
巧破千斤，闪展腾挪，伺机进攻。

周应龙的武功属于特等，本来高于杨香武。此时却不行了。一来
他左肩带有镖伤，虽然拔下金镖，终究疼痛难忍。二来他已力战五
将，尤其是对黄三太那一仗，累得他筋疲力尽，四肢发软。三来他是
马上的将领，若论步战终差一筹。这样一来，杨香武便占了便宜。他
展开一十八路地滚刀，上扎双膝下刺脚面，当耍到第十七路刀法时，
一刀刺进周应龙的腿肚子，疼得周应龙三声怪叫，几乎跌倒。碧霞岭
群雄见主将受伤，连忙一拥而上，有的拦住杨香武，有的抬起周应
龙，慌慌乱乱向山上逃去。黄三太在后军看得清楚，急忙向彭公说
道："钦差大人，机不可失，失不再来。碧霞岭若关上寨门，再备足
灰瓶炮火和滚木礌石，我们就很难攻山了。现在乘他们慌乱，咱何不
一鼓作气，活捉叛贼！"

"壮士言之有理。怎奈你肩头负伤，不能率军前进。"

"大人，在下伤势很轻。料无妨碍。请大人传令吧！"

"众豪杰，速随黄三太攻打碧霞岭。活捉周应龙者，当立首功！"
钦差一声令下，一百三十多条好汉各亮刀剑，冲往阵前。但只见：

> 两军对垒，尽是武林豪杰。征云罩地，杀气冲天。月下
> 排兵，黑天布阵。四下里齐举火把，八方里乱滚灯球。刀剑
> 乱刺，难分敌我，血光逆飞，怎辨善恶。只杀得仇云冲霄
> 汉，星月黑茫茫，碧霞岭前好一场恶战！

不表众将厮杀，单说大寨主周应龙被人抬到寨门之内。四寨主、小诸葛孔原低声说道："大哥，看来山寨难保，咱们还是按第二条计策行事吧？"

　　"唉，只好如此。"

　　"大哥，我搀您快走吧。"孔原扶起周应龙，二人奔往后山。

　　周应龙既然谋反，就得预防官军讨伐。他在后山挖了一条地道，长有六里，直通山外。准备在万不得已时由此逃往新疆，投靠西海公。这条地道只有两个人知道，一是周应龙，二是碧眼判官蔡天化。至于四寨主孔原是这次回山之后才得知此项机密。

　　单说孔原搀扶周应龙奔往后山，他们以为月色朦胧，无人发觉。其实，早有一位好汉暗中跟随。他正是小东方怪侠欧阳德。欧阳德心想：孔原回山那天，曾和周应龙在聚义厅嘀咕了半天。这两个王八羔子肯定有什么密谋。如今扔下大伙，看样想逃跑。吾老人家既然在此，你们两个龟孙还能走吗？怪侠想到此处，便尾随下来。前边二寇慌如丧家犬、忙如漏网鱼，他们无暇顾及身后，只是择路疾走。片刻之间来到地道口，地道口是一眼枯井，上边加一铁盖。由于周应龙两处负伤，行动不便，孔原只得独自一人伏身起封。这铁盖有二百来斤，孔原又是个书生，他费尽九牛二虎之力，才将铁盖欠开一点缝。怪侠欧阳德在暗处看得清楚，知道这是一条地道口。此时不能再等，急忙纵身上前。说时迟，那时快，乘孔原低头伏身之际，怪侠将手中大烟袋一举，烟袋锅子向孔原脑袋砸去，砸得孔原脑浆迸裂，尸体栽倒。欧阳德哈哈大笑："哎呀，你这王八羔子，脑袋是豆腐渣做的吧？太糟了！"

　　"啊？"周应龙见状大惊，"三寨主，你，你莫非是奸细吗？"

　　"哎呀，吾老人家是黄三太派来的。什么奸细奸粗，你王八羔子吃吾一烟袋吧！"说毕，大烟袋一抡向周应龙扫去。周应龙无心恋战，连忙一闪身，"三寨主，周某待你不薄，你不该反我！"

　　"哎呀，吾老人家不该反你，你王八羔子更不该反叛朝廷。废话少说，再吃吾一烟袋。"怪侠的烟袋锅子里总装着烟灰。他把手腕一抖，烟灰冲着周应龙面部扑去。周应龙怪叫一声，忙用双手去捂眼睛。怪侠反臂又是一烟袋，将周应龙拦腰抽倒。还没等他站起来，欧阳德右脚一踩他后腰："哎呀，活该吾老人家立功。先借你王八羔子裤腰带用用。"说毕，解下周应龙的腰带，将其捆上。周应龙紧闭二目，疼得满地打滚。忽然从怀中掉出一件物品，怪侠捡起来一看，正是黄三太的那支紫金镖。不由得笑道："混账王八羔子，这金镖很值银子，你什么时候偷来的？"

"嘻！"周应龙心中暗骂：分明是黄三太用镖打我，他却说我偷镖，这个欧阳德太损了！自己已成阶下之囚，用不着与其争辩，只等一死吧。

"哎呀，混账王八羔子，快跟吾老人家去见钦差吧。"怪侠收好金镖，拎起叛首直奔前寨。

此时，沙场战势渐趋明朗。官军豪杰捐躯二十几个人，山上好汉死了四十多个。欧阳德站在山脚下高声喊道："碧霞岭的弟兄们，咱为周应龙卖命，他却从地道逃跑。这种人不值得保他。吾老人家已将这王八羔子捉住，你们赶紧投降吧，否则后悔不及！"

"啊？"碧霞岭群雄闻讯大乱。他们之间，有的本不想对抗官军；有的大骂周应龙弃友而逃，不讲仁义；还有几个死党见主人遭擒，也立刻丧失了勇气。这样一来，纷纷放下武器，皆愿投降归顺。

彭公见状大喜，传令李七侯查点俘虏。又将马鞭一挥，率众上山。

此时天光大亮，钦差不顾休息，立刻登上聚义厅。他连传三条大令：第一，为怪侠欧阳德立特功一次；为黄三太、杨香武、神手大将纪有德各立大功一次。为赛叔宝余华、小雄信余光各追立特功一次；为混战中阵亡的将士各追立大功一次。待还朝之后，上报天子褒奖。第二，立刻清点碧霞岭物资和军械。清点之后，钦差加印封存，等候圣旨处理。第三，立刻按照花名册，清查山寨要员，凡偏寨主以上，都须弄明下落。三条大令传罢，摆宴庆功。

歇兵三日，班师还朝。山上的后事交予陕甘总督富尔郭春处理。富总督对彭公十分敬佩，一直送出五十里，方才道别回山。

不说总督料理后事，单表彭钦差押运囚车木笼，在黄三太、杨香武、欧阳德、李七侯等好汉的陪同之下，鞭敲金镫响，高唱凯歌还。历时将近半年，回到京师。道队停在午门，彭公金殿交旨。他将攻打碧霞岭的经过讲述一遍，然后奉上九龙杯："万岁，此杯乃绿林好汉杨香武从碧霞岭盗出，臣已给他记下大功，还请圣上封赏。"

"理应如此。"康熙重得九龙杯，心中万分喜悦，"内侍，速传黄三太、杨香武、欧阳德等一班侠士金殿见驾。"

"遵旨。"内侍去不多时，领上一群豪杰。文武大臣一见欧阳德，个个想笑。因为彭公出京时已是深秋，回来时又逢盛夏。欧阳德却反穿皮袄，手持大烟袋，鼻梁上挂着一副大眼镜。怪模怪样，谁能不笑？可是金銮宝殿又不许笑，憋得大臣们直吭哧。康熙皇帝也觉得可笑，为了不失尊严，只得稍稍扭脸，拍案说道："众位壮士，为国讨逆，功劳不小。赶快听封！"

"万岁，"黄三太首先跪奏，"草民散淡惯了……"

"嘿嘿，又是老一套！也罢，既然黄壮士不愿为官，朕只好给些赏赐。来呀，将养心殿桌案上的金盒取来。"

"遵旨。"内侍去不多时，捧来一只金盒。康熙亲手开锁，从中取出一块玉玦。什么叫"玉玦"呀？就是古代的一种贵重饰物。多为环形，上方有一个缺口，用来穿上绒绳，佩戴胸前。这种物品价值不等，有贵有贱。能落入皇帝手中的当然都是特等货。这方玉玦是外邦刚刚进贡的，玉质极美，做工精细。上边镌刻着一大四小五只老虎，因而取名"五虎玦"。康熙以此相赐，说明对黄三太的器重。黄三太暗想：九龙杯也是贡物，已经闹得天翻地覆。五虎玦又是贡物，我一旦弄丢了，必出大乱。干脆，坚决不要。想到此处，向上奏道："万岁，草民何能？蒙圣上已御赐黄马褂，再不敢领五虎玦，请万岁收回。"

"噢？不爱瑰宝，不贪禄位，真英雄也！"康熙更爱黄三太了。心中想道：出征之前我就想封他做官，被他谢绝了，如今又是这样。怎么办？我得"逼"他当官！想到这里，故意把脸一沉："黄三太，你敢抗旨不遵吗？朕将玉玦交你保管，封你为'护玦侍卫'，每月俸银一千两！"康熙这招挺高。五虎玦不是赐你，而是让你保管。每月给你一千两银子的保管费，无形之中让黄三太当官了。他满以为手段高明，岂料黄三太再次摇头："万岁的恩情草民感激。请把这一千两俸禄转交宝库太监，由他替我护守玉玦，一旦丢失，草民甘愿担罪！"

"嘻！"康熙没词了。人家找个代理人，出了差错自己负责，我还有什么话说？好你个黄三太，竟敢两次拒收五虎玦。又可恨又可爱！

哼，我要不让你当官，就不算康熙大帝！想到此处，他把头一扭："彭爱卿听旨。"

"臣，彭朋见驾。"

"凡是攻打碧霞岭的壮士，皆由你领回户部衙门好好招待。等朕看过功劳簿，再量功封赏，若走一人，拿你是问！"

"遵旨。"

"周应龙送交刑部衙门，审清口供后，立即开刀问斩！"

"遵旨。"

"还有，在审问周应龙时，一定要问清他是从何处得到的九龙杯？然后速奏朕知。"话罢，瞟了黄三太一眼。

"这……"彭公有点"打奔儿"。因为这事不必去问周应龙，自己就知道内幕。有心上奏，杨香武肯定担罪，若是不奏，又属蒙君作蔽，这可如何是好？黄三太见彭公为难，连忙奏道："万岁，九龙杯既然寻回，往事又何必追究呢？依草民所见……"

"哼！"康熙皇帝心中好笑，当初你黄三太畅春园见驾时，就对这事吞吞吐吐，朕曾产生过怀疑。现在看来，皇宫盗宝之人肯定与黄三太有关，否则你不会如此掩护。正好，我就在这上边做做文章。康熙拿定主意，一拍龙案："不行，必须将皇宫盗宝之人查清，如若不然，你们全得担罪！"

"万岁，不必费事了。九龙杯是我偷的！"杨香武跪倒丹墀，高声奏道，"盗杯之事与黄三太无关，是杀是剐由我一人领罪！"

文武大臣全吓傻了，就连皇帝也微微一愣："你是何人？报上名来。"

"草民乃直隶乐亭县人氏，姓杨名香武，外号人称'赛毛遂'。"

"嘻！"黄三太暗想：全完了！香武哇香武，你皇宫盗宝就是死罪，金銮宝殿又报的哪门子外号？这叫藐视君王，闹不好就得全家抄斩！事到如今，自己又不敢多说，只能站在旁边观察动静。康熙皇帝不仅没恼，反而微微一笑："杨香武，你们绿林人都有外号吗？"

"差不多，若是没有外号，就不能闯荡江湖。"

"取外号的根据是什么呢？"

"说道多啦。"杨香武见皇帝对外号有兴趣，便无拘无束，信口开河，"万岁，据草民所知，根据共有三条：一是门户、二是本领、三是品德。比如黄三太，他在江南堪称第一高手，所以人称'南霸天'；再如欧阳德，他反穿皮袄，为人仗义，所以人称'怪侠'，还有……"

"杨香武，你这赛毛遂做何解释？"

"因为，因为我会偷……"

"大胆！"皇帝把脸一沉，"就冲你这外号，说明你一贯偷盗，为非作歹。哼，除了朕之九龙杯，你还偷过什么？快快如实招来！"

"万岁，"杨香武早把生死置之度外，"您有所不知，我们绿林人讲究门户，草民乃上白猿门，只取不义之财，从不偷盗良善。"

"胡说！"康熙皇帝刚才是假生气，他审讯杨香武的目的，是逼黄三太就范。现在却是真动怒："杨香武，照你所说，朕之九龙杯也属不义之财吗？"

"这个……"杨香武方觉说话有误。他犹豫片刻，再次奏道："万岁，盗您九龙杯，事出有因。这涉及我们绿林人的内务，草民不便多讲。现在只求一死罢了！"

"噢？"康熙暗道：他们江湖人规矩真多，竟然瞒着圣上。我若追问，显得不尊重他们的人格，若不追问，又让朕心中纳闷。这便如何是好？皇帝正在思寻，忽见黄三太二次跪倒："万岁，恕草民欺君之罪。杨香武皇宫盗杯，全是由我引起。第一，他出师香堂曾邀我参加，我却未到；第二，我手头一时困窘，凭金镖向他恩师借银，情理欠周；第三，他师兄孙孝方应得的宝刀却被我夺来，显得不仁不义。杨香武一怒之下，想与我比武交锋。可是一时又找不到我的下落，他被逼无奈，入宫盗杯。目的只有一个，借万岁的龙威，派我寻他。这样一来，我二人便能会面了。"

"原来如此。"康熙扭头笑道，"哈哈，杨香武，你好大的胆量，竟然给朕支派差事！朕是你的传令兵吗？"

"不敢。"

"你刚才为什么不实话实说？"

"我……我不想说。"

"哼，蒙蔽君王，罪之一也；行窃百姓，罪之二也；入宫盗宝，罪之三也，三罪归一，推出去，杀！"

491

"万岁，刀下留人。"彭公慌忙跪倒，"杨香武乃绿林豪杰，他把'义气'二字看得很重。金殿不说实话，怕的是黄三太脸上无光，并非有意蒙蔽君王。再者说，他又于碧霞岭舍生忘死盗回九龙杯，应该将功赎罪，免他一死！"

"彭大人言之有理。"和硕亲王索额图连忙奏本，"万岁，姑念杨香武年轻无知，又有功于国，就饶了他吧。"

"奇怪！"康熙暗想：彭爱卿与杨香武同打碧霞岭，他们交谊很深，求情尚可理解。你索亲王身为朝廷第一重臣，怎么也出来随便求情？真令人纳闷。于是拍案问道："御弟，你与杨香武从前认识吗？"

"不，不曾相识。"

"既不相识，因何替他求情？"

"奴才，奴才以为，他两盗九龙杯，一是皇家；二是敌巢。由此可见，这人一定本事很高。应该把他留下来，将来于国家有用。"

"他盗杯之事你又没看见，怎么知道他本事很高？"

"我……"索亲王依仗自己的地位和资格，禀手笑道，"万岁，您把九龙杯借我用用行吗？"

"啊？你想干什么？"

"我把九龙杯供在我家后花园，让杨香武再盗一次。如果他将玉杯盗走，就证明他真有本事，万岁恕他一死。如果他盗不走玉杯，二罪归一，再杀不迟。"索亲王想跟康熙动心眼，因为杨香武是王爷的故人之子，又曾夜捉黄三元，救过王爷儿媳的性命，所以索亲王存心保护杨香武。三盗九龙杯只是个借口，不管胜败，都说他大功告成，便可免去香武的死罪。谁料康熙趣味盎然："好主意，今晚掌灯之时，朕亲临你家王府，要和御弟一同看守九龙杯。以鸡鸣为限，杨香武若盗走玉杯，朕一概不究。鸡鸣之后再不盗杯，别怪朕无情！"

"糟了！"索亲王弄巧成拙，后悔不迭！康熙又对黄三太说道："黄壮士，由于杨香武要三盗九龙杯，暂且不必关押，朕将他交你看管，你可愿意？"

"草民遵旨。"

"既然是看守杨香武，朕就封你为'守武'将军，按正三品参将待遇。你还推辞吗？"

"草民散淡惯了……"

"好吧。杨香武乃江洋大盗，别人也看不住他。朕也不用他三盗九龙杯了。与其让他逃跑，还不如现在杀掉。来呀——"康熙为了求贤，有点不讲理啦。他虽是半真半假，却吓坏了黄三太。连忙跪倒丹墀："臣，黄三太，谢主隆恩。"他口中称"臣"，说明愿意当官了。

"哈哈，早要谢恩，何必朕费事？来人，速取三品将服，连同五虎玦，一同交付黄爱卿！"康熙暗笑：斗不过你黄三太，还算什么天子！

卷帘散朝，各自回归官府。

单说黄三太等群雄随同彭公来到户部衙。彭公立刻摆宴祝贺。黄三太一声苦笑："唉，被逼当官，心中真不是滋味。"

"黄将军，现在不必多说了，快问问香武有何打算吧。"

"彭大人，"杨香武满面带笑，"您只管放心，三盗九龙杯乃区区小事，好比探囊取物，开水浇雪，容易极了。"

"杨壮士，圣上亲自守杯，千万大意不得。"

"嘿嘿，我正想在圣上面前露一手呢！"杨香武大吃大喝，毫不在意。别人却替他捏着一把冷汗。

天近傍晚，彭公与黄三太陪着香武来到索亲王府。只见府门内外站满了羽林军，不用问，圣驾已到。他们刚要往里走，总管太监梁九公迎了出来："哈哈，彭大人亲自押差。谁是杨香武？"

"我是。"杨香武把梁九公打量几眼，"老公公，请带我见驾吧。"

"万岁爷说了，他与王爷在后花园玩月楼饮酒，九龙杯就在楼上。让你在鸡叫之前将杯偷走，鸡叫之后就不算数了。此时不必见驾，听明白没有？你这猴崽子小心点！"

"老阉鸡！"香武小声骂了一句，辞别了彭公与黄三太，转身而去。梁九公一愣神："彭大人，那猴崽子说句什么？"

"这，我也没听清。"

"你们二位也回去吧。万岁爷说，除了索亲王，谁也不准进玩月楼。"

"老公公，改日再会。"

"别客气啦。"梁九公送走二人，回到院中。此时，他的贴身书童凑了过来："老爷，刚才那个杨香武曾到咱家去过。"

"什么？净胡说八道！"

"真的。去年秋天，咱家丢了很多银子，小人被捆在葡萄架下。捆我的那个人就是刚才见您的杨香武。他长相特殊，我一辈子忘不了他！"

"噢？猴崽子！既然偷过我银子，我今晚让你好看！"梁九公一咬牙，"来呀，速传三十名羽林军包围后花园，未经我的许可，任何人不准进入！"

"是。"羽林军谁敢违背总管之命？各持刀矛，将花园院墙围了一圈，门前更是人多势众，严紧异常。

再说圣主康熙，他用罢晚饭，便离开皇宫来到索亲王府。索亲王将圣驾接上玩月楼。这楼不算很高，修在百花之中。楼门朝东，南北各有一扇窗户，由于是盛夏，两扇窗户全都开放。北窗下放着一张红木条几，案上供着九龙玉杯。条几后面是一把太师椅子，这是为皇帝准备的，因为皇帝在任何地方都得面南背北。康熙落座后，向索亲王笑道："御弟，你也搭把椅子坐下吧，这里不是金殿，咱当以兄弟而论。"

"谢万岁。"索亲王在南面窗户下坐了下来。

"御弟，杨香武吹出大话，你说他能盗走九龙杯吗？"

"也许能吧？那人本事异常，非同小可。"

"嘿嘿，此处没外人，我跟御弟实说。朕杀杨香武并非真心，只是以此来逼黄三太就范。像黄三太那样的豪杰，岂能久落民间？我要让他为国家效力。哈哈，到底封他一个'守武'将军！"

"噢？"索亲王心中暗喜，"万岁，既然不想杀掉杨香武，何必让他三盗九龙杯呢？我看将他传来，训斥几句就罢了！"

"不行。杨香武性情狂傲，我要灭灭他的锐气。他如果真将玉杯盗走，证明此人手段高强，我则准备重用。"

"他若在鸡鸣之前盗不走九龙杯呢？万岁还怪罪他吗？"索亲王最担心的是杨香武的死活，所以连连追问。康熙从御弟的神色中，多少有些觉察，故意说道："哼，那时定斩不饶！"

"哎呀！"索亲王几乎大叫起来。为了掩饰，他接着说道："哎呀，

494

光顾了拜驾，忘了敬献茶点。来呀，快与万岁献茶。"

不说一帝一王在玩月楼清谈，单表赛毛遂杨香武。他离别了彭公与黄三太，转身奔往后院墙。当初捉拿采花贼黄三元时，他曾去过王府花园，为此路径十分熟悉。依他本意，先从院墙翻过，然后见机行事。谁料后墙外边站着一排羽林军，别说是大活人，就是鹰雀飞过，也会被他们发觉。香武暗中埋怨索亲王：你怎么一点也不帮忙啊？派这么些岗哨，成心与我为难哪！其实，这都是梁九公搞的鬼，香武哪里知道？他从后墙进不去，只得绕到西大墙，西大墙下冷冷清清，香武一跃而过。来到院内，顺花荫小路直奔后宅。谁料本宅与后花园又被一道矮墙隔开，墙外仍然站满岗哨，要想越过比登天还难。杨香武这次可真着急了。连花园都进不去，何谈三盗九龙杯？正在此时，身后有人一拍他肩膀："快随我来。"

"啊？"香武先是一惊，抬头细看，来者正是王府护院教师、吹破天左玉春。左玉春将香武领到自己的房间，低声问道："怎么样？有办法吗？"

"左大哥，你也听说了？"

"王爷急得要命，让我帮你想想办法。"

"嘻！派那么些岗哨干什么？"

"那都是梁九公派的，王爷又无权撤回。"

"老阉鸡！"香武骂了一句。抬头问道："左大哥，你能帮我找一套更夫的号服吗？"

"妙计！"左玉春明白了香武的用意，立刻找来号服和更梆、更锣。香武换上衣裳，扮成更夫模样。他辞别了左玉春，二次奔往花园。左玉春不太放心，后边跟随。香武一边走，一边敲更锣。口中念道："起更了，起更了。"三步两步来到花园门口："众位辛苦，小人乃花园更夫，现在起更了，该我进园值班。"

"嗯，"羽林军头目待理不理，回头向王府差人问道，"他是花园更夫吗？"

"他……"王府差人还没等答话，左玉春上前笑道，"对，他是三天前才雇来的更夫，让他进去吧。"

"你是谁？"羽林军并不认识左玉春。王府差人连忙答道："他是我们王府护院教师，王爷的红人呢！"

"哈哈。"羽林军头目一听是王爷的红人，不敢得罪。赔笑说道："教师爷，晚上也闲不着哇？"

"可不是嘛。圣驾在此，比平时更得小心。"说着话，他与香武一同走进了花园。来到僻静之处，左玉春笑道："总算进来了，贤弟还有什么吩咐？"

"左大哥。"杨香武看了看玩月楼，见上面灯光烁烁，照如白昼，不由得沉思起来。过了一会儿，接着说道："还得求您件事。等鸡叫以后，您必须如此这般，小弟事成，必当重谢。"

"都是自己人，用不着谢。可是鸡叫之后就算误期，你盗来九龙杯也不算数哇？"

"您不必担心，我自有主意。"

"好吧。"左玉春满腹猜疑，转身而去。他来到玩月楼上，对主人禀道："王爷，遵您吩咐，我已经各处查看了一遍，并没什么意外的事情。"

"处处小心，须知圣驾在此。若有情况，随时向我报告。"

"是。"左玉春告辞下楼。康熙问道："这人很精明，是你护院教师吗？"

"正是。他功夫一般，品德不错。"索亲王与皇帝一边品茗，一边闲谈。忽听一声梆锣响动，康熙说道："起更了，咱俩都精神点，别让杨香武把杯盗走。"

"是。"王爷心里焦急，又不敢外露。过了一会儿，梆锣打了二更。紧接着便是三更、四更、五更。五更打过，雄鸡长鸣。皇帝伸伸双臂："嘿嘿，白守了一夜，鸡都叫了，九龙杯纹丝未动。看来那杨香武徒有虚名，不过是个平常之辈。"话音未落，左玉春轻轻进楼，手指南边窗口说道："王爷，您看那是什么？"

"啊？"索亲王连忙起身往后看。由于鸡叫三遍，康熙及身边太监也就不以为意。他们同时奔往南窗户口。只见园中闪着一圈绿火苗，方圆能有三尺。火花跳跃，十分好看。众人不知何物，正看得出神，忽见杨香武跳入火圈，双手将九龙杯高高举起："万岁、王爷，玉杯已到草民之手，请恕草民惊驾之罪！"

"啊?"康熙见杨香武举起九龙玉杯,不由得吓了一跳。他急忙回头向条几望去,条几之上早已空空如也!

索亲王大悦,忙将杨香武传入玩月楼。抚案笑道:"好,不愧是赛毛遂,你果然有些本领。既是三盗九龙杯,万岁金口玉言,必赦你当初之罪。还不谢恩,等待何时?"王爷这是"开方子",只要杨香武一谢恩,便可云消雾散。谁料,康熙还没说话,总管太监梁九公操着公鸭嗓喊道:"现在鸡叫三遍了,虽说盗去九龙杯,却是误期。依奴才之见,还当斩首!"

"嘻嘻,"杨香武摇头笑道,"请万岁看看金表,现在几时?"

"噢?"康熙掏出西洋金表一看,恰是半夜子时。用现代话来说,就是午夜十二点。他不由得心中纳闷:朕分明听见鸡叫,还听见梆打五更。莫非金表出了毛病?

"万岁爷使用的金表是特等货,绝不会出毛病。至于鸡叫嘛,嘻嘻,我再学叫几声。"香武用手一掐嗓子,咕咕咕地叫了起来。那声调简直可以乱真。康熙听罢哈哈大笑:"你真有两手!那更梆、更锣也是你敲的吗?"

"为了麻痹万岁爷,草民只好如此。否则嘛,嘿嘿,活神仙也盗不走九龙杯!"

"那地上的蓝火苗又是怎么回事?"

"草民撒了一圈硫黄焰硝,点着之后,让它冒出蓝火苗,以此将万岁爷吸引到南窗口,然后我又从北窗口去取出九龙玉杯。虽说费力不少,总算侥幸成功。"

"好。"康熙捻须而笑,"看起来你确实有些本领。今日已晚,朕欲回宫。明日早朝你随索亲王金殿见驾。"

"草民遵旨。"

"起驾。"康熙离开王府,回归皇宫内苑。

索亲王送走了皇帝,又将香武招进书房。他们闲谈往事,直至天明。用罢早饭后,一同奔往金銮宝殿。

静鞭三响,皇帝临朝。索亲王跪倒丹墀:"启奏万岁,奴才已将杨香武带到朝房,听候圣意发落。"

"君无戏言。杨香武既然三盗九龙杯,朕将他当初之罪一律赦免。"

497

"奴才替杨香武谢主隆恩。"

"守武将军黄三太听旨。"

"臣在。"黄三太被逼上架，现已换上官服，位列朝班。他听皇帝传他，连忙跪倒："参拜万岁，万万岁。"

"黄爱卿，朕昨夜去王府守杯，功劳簿未及细看，现在还不能论功行赏。请你代朕转告众位壮士，让他们在京多留几个月，任何人也不准随便离开。"

"臣，遵旨。"

"带领杨香武下殿去吧。"

"万岁，杨香武既蒙恩赦，也就不必看守了。臣这个守武将军……"

"以后再议，卷帘散朝！"

康熙为什么要挽留众位壮士呢？据他估计，噶尔丹谋反已久，迟早必有一场大战，留下众位壮士，来日让他们为国效力。

不出所料，碧霞岭的残余逃往西蒙，向噶尔丹讲了九龙杯之事。噶尔丹以为九龙杯流落民间，便以此向康熙发难。康熙虽尽力安抚，还他玉杯，噶尔丹仍率大兵三十万，从西蒙反出，势如破竹，直打到离北京只有九百里的乌珠穆沁。天颜大怒，举国称恨！

好位康熙大帝，为了国家统一、领土完整，他凛然传下圣旨：钦封和硕亲王索额图为正使，加号抚远大将军；钦封兵部大臣明珠为副使，加号承平大将军；钦封户部大臣彭朋为副使，加号承安大将军，一正二副，三位大将军率军五十万北征叛逆！索额图掌管全军，明珠掌管兵马，彭朋掌管粮台、军械、征衣、战马，并且兼管一班战将。钦封黄三太、杨香武、欧阳德、李七侯为三品参将，余者皆为游击、都司、守备、千总、把总；彭朋提名，皇帝加委。望诸卿全力以赴，为国立功。钦此！

三位将军，百名豪杰，浩浩荡荡北征，连战九载。正义终究战胜邪恶。克鲁沦河一战，清军斩敌三千，逆首服毒自尽。这正是：

　　九龙玉杯失复得，绿林豪杰报家国。他留美名传千古，
我编评书与人说！

怪侠欧阳德

楔　子

　　话说清朝入关立国，定都北京。顺治皇帝在位一十八年，暴病而卒。临终时传位于皇三子爱新觉罗·玄烨，取年号康熙。康熙皇帝八岁登基，十四岁亲政。他内除鳌拜、外抗沙俄；平息三藩王、扫灭噶尔丹。从此之后，天下太平。

　　连年征战过后，康熙皇帝不敢喘息。他又传下数道圣谕：废除圈地、减轻赋税、疏通黄河、奖励垦荒。国家渐渐富足起来。

　　这日清晨，静鞭三响，钟鼓齐鸣。文武大臣，排列两旁。康熙皇帝在内侍太监、宫娥彩女的簇拥之下，迈步登上金銮宝殿。他左手轻扶龙书案，右手捻须笑道："吏部尚书李光地听旨。"

　　"臣在，参拜万岁、万万岁。"李光地甩开马蹄袖，紧走几步跪倒在丹墀，三叩九拜，"不知万岁有何吩咐？"

　　"李爱卿，你身为吏部，执掌百官。朕有一事，想与你商量。"

　　"臣不敢当。请传圣谕。"

　　"据朕所知，自从商、周、秦、汉、唐、宋、元、明以来，钦天监衙门都是只设监正一职，别无其他官员。而今，天象气候涉及万物，朕欲在钦天监增设监副一员，你看如何？"

　　"圣意英明，早当如此。臣即刻办理手续，准备发凭放饷，令其尽快上任。"

　　"李爱卿，监副一职，当为几品？"

　　"钦天监监正是正六品，监副当为从六品或正七品较为适宜。"

　　"七品？"康熙皇帝犹豫片刻，摇头笑道，"历代各朝对天象气候都不够重视，钦天监的地位也历来不高。而今非昔比，当注重科学。

依朕之意，钦天监监正可晋为正五品，监副可定为从五品，不知李爱卿意下如何？"

"遵旨。"李光地心想："按大清官制，官员共分九品，每品又分正、从两级，共为九品十八级。头五品为高级官员，有资格参与国家大事。后四品为普通官员，对国事无权过问。尤其是五品与六品之间，虽一级之差，待遇却很悬殊。如今，圣上将钦天监有意提高，其中的奥妙，我自然明白。"

书中交代：古时的钦天监相当于现代的总天文台，是个掌管天文气象的学术机构。早在上古时期，中国对天文气象就很有研究，并且取得过一定的成果。先秦、两汉时，朝中设立太常寺，其职能是掌管宗庙祭祀，兼理天文气象。中唐玄宗时，科学文化逐渐发达，随之增设"司天台"，从此有了管理天象的专门机构。元、明两朝，又将司天台改称"钦天监"，监内设监正一名，负责管理行政事务。至于其他工作人员则一律被称作"郎"，类似现代的研究员、工程师，属于"业务干部"，只有"职称"，而无品级。

康熙是位博学多才的皇帝，他不仅在政治、军事、经济方面很有韬略，对自然科学也有一定的研究。他曾派人将西方学者利玛窦编著的《几何原理》翻译成满文，供自己与皇室子弟学习。同时他还将西方传教士白晋、安多等人请进皇宫，让他们讲解西方的天文和历法。通过这些活动，康熙对西洋的文化知识有了初步了解，并对他们的先进科学倍加赏识。

且说在一个多月之前，钦天监的学者们测量出了一片浓密的云层，并断定这片云层会带来一场狂风暴雨。这个结论是一致的，可是在降雨位置上却发生了严重分歧。两派学者各执己见，互不相让，最后请监正公断。钦天监监正叫吴明恒，此公举人出身，忠厚老实，办事勤恳。怎奈他只懂得政务，不懂得科学，所以难辨是非，不敢擅自做主。为了尊重两派学者，吴监正请他们各具其词，连同自己的报告一起上交翰林院。翰林院是个贤能聚集的地方，官员们大多出身三鼎甲。这些大文豪对社会科学了如指掌，对自然科学却似懂非懂。按理说，他们与钦天监并无隶属关系，这事可以不管。但是文人们的自尊心很强，觉得钦天监看重他们，就该为钦天监拿些主意。几位大学士一商量：当今圣上注重民情，又对天文气象很内行，干脆写份奏折，请圣意裁决吧。

康熙皇帝收到折本之后，果然十分重视。他立即指派吏部大臣李光地陪同英吉利著名天文学家南怀仁先生同往钦天监进行考察。南先生不愧是位大学者，他经过观察和推测之后，准确地指出了云层位置，并断定京西七十里一带将有一场特大的暴风雨。康熙皇帝用人不疑，当即传旨令京西一带做好防洪准备。不出所料，百年未遇的特大水患果然在京西七十里发生了。由于当地早有预防，所以损失较轻，死人无几。这件事情的经过，满朝官员人人皆知，吏部尚书李光地更是一清二楚。

书归前言。康熙增设监副、提高钦天监品级之意，李光地心领神会。他顺着皇帝的心思奏道："据臣所知，钦天监监正吴明恒办事认真，勤勤恳恳，并且很有政绩，由他一人管理事务足矣。至于从五品监副一职，是否当从学者中选拔？"

"李爱卿所奏甚合朕意。由学者充任监副，钦天监将更有成效。依爱卿之见，当派何人担负此职？"

"钦天监内贤才甚多，待臣考察之后，再向圣上推荐。"

"李爱卿，朕已选好一人，由他担任监副最为合适了。"

"不知是谁？"

"英吉利学者南怀仁！"

"啊？"李光地微微一愣。他万没想到皇帝选中了一个外国人来当清朝官员。康熙见他沉默无语，不由得笑道："李爱卿，你身为吏部大臣，切不可墨守成规呀！"

"万岁，此举尚无先例，请万岁三思。"

"没有先例的事多着呢！朕意已决，速传南先生金殿听封！"

"且慢！"文官班中走出一人，他不顾君臣大礼，口中喊道，"此举万万不可，前车之鉴，历历在目。洋人心怀叵测，久欲犯我大清，岂能让他任我五品官！"

"噢？"康熙低头一看，见喊叫者不是别人，正是当朝第一重臣、和硕亲王兼武英殿大学士索额图。索额图的父亲名叫索尼，隶属满洲正黄旗。早年，索尼扶保清太宗皇太极南征北战，东挡西杀，立过不朽的功劳。皇太极驾崩时，任命索尼为顾命大臣，负责照管年方六岁的顺治皇帝。索尼受命于危难之中，对皇室忠心耿耿，直到累死任上。康熙初年，召索尼之次子索额图为近身侍卫。索额图为人机警，才华出众。他曾协助康熙铲除了奸相鳌拜，又曾挂帅印北征俄罗斯、西扫噶尔丹，战功显赫，名噪当时。康熙根据他父子两代的功劳，又根据他本人的才华，对索额图倍加重用，封他为和硕亲王兼武英殿大学士，职位相当于历朝宰辅。索额图不负皇恩，在军政建设、治国富民等方面都曾大力协助过康熙皇帝。他对康熙的一些重大决策历来支持，鼎力照办。今天他却挺身而出，反对起用南怀仁，实属出人意料。此时此刻，金銮宝殿鸦雀无声，众大臣暗想，索亲王是位举足轻重的人物，现在他说话了，准有热闹看吧。唯有康熙心中有数，他对索亲王笑道："御弟，朕欲加封南怀仁先生为钦天监监副，你敢抗旨吗？"

"万岁，奴才斗胆，不敢抗旨。不过，您屡屡告诫过大臣，为君者，当善听逆言，不可自负。既然如此，奴才愿进一言……"

"详情奏来。"

"据奴才所知，我中华地大物博，洋人久欲图谋不轨。远的不说，顺治年间，荷兰兵船屡次侵我东海……"

"哈哈，"康熙仰面大笑，"御弟呀，南怀仁先生是著名的学者，他可是一艘兵船也没有哇！"

"学者？嘿嘿，奴才还记得，南明永历元年，西藩传教士毕方济也自称学者，他曾率教徒三百名，明中传教，暗中插手华夏内务，致使朝廷有令难行……"

"结果呢？"

"结果？当然被驱逐出境！"

"着！"康熙皇帝从龙椅站起，他面色严肃，将手一挥，"天下之大，列有万国，万国竞争，各有所长。我大清坐统中原，若故步自封，将无疑困厄！为此，朕演西洋之算学，习藩人之历法，又将天文、地理拿来我用，旨在富我神州、强我民族，百利而无一弊，又何乐不为？至于洋人中暗隐奸徒，乱我内务者，则另当别论。其一待蠢动，当迎头痛击！"话到此处，康熙重新坐下，笑道，"御弟，民间有句俗话叫作'不可因噎废食'，这个道理你不会不懂吧？"

"这……"索亲王觉得脸上发烧，连连点头，"万岁，圣意英明，奴才明白了。"

"明白就好。还要御弟助我一臂之力。"康熙说罢，又对大臣们问道，"诸位爱卿，谁还有本，从速奏来。"

文武大臣早已心悦诚服。康熙传旨，宣南怀仁金殿见驾。

南怀仁生于英吉利伦敦城，早年毕业于剑桥大学物理学院。有人问：当时有剑桥大学吗？当然有啦。剑桥大学创建于公元1209年，到康熙时已有四百多年历史了。南先生毕业后，曾游学欧洲列国，是当时著名的天文学家。他十分愉快地接受了中国皇帝的封诰。到职以后，不问政治，只是运用西洋科学知识。他首先改建了观象台，制作了六件巨大的天象仪。这些仪器后来发挥了很大作用。时至今天，六件观象仪还陈列在首都北京城的古代观象台上！

天文学十分奥妙，编书人弄不懂，它又与情节无关紧要，故不再细表。

殖民主义者无孔不入，他们见中国皇帝重视西洋科学，便欲乘此机会捞得利益。殊不知，圣主英明，民心难辱。朝野上下，共抗洋教！

野史说部，亦真亦假。本篇楔子讲的是史实，由史实又演化成一部评书。书中有位怪人，他穿怪服，怀怪艺，说怪话，行怪事，使用怪兵器，铲除怪恶之徒。人称他为"怪侠"，怪得可爱，怪得可笑。若问如何怪法，且看正文，自有分晓！

第一回　洋神甫京都行奸计
清大帝宝殿护尊严

话说康熙大帝为了国家繁荣富强，力排众议，弃旧图新，不断吸收先进知识，大胆起用外籍学者，一时天下震动。许多西洋人士闻讯之后，抱着各自不同的目的，纷纷涌向中华。这些人士良莠不齐，五花八门。既有学者、专家，又有失意的官僚政客。同时还掺杂着一些披着宗教外衣的不法之徒。康熙皇帝对他们区别对待，有的封官加赏，有的遣往民间，有的丰衣美食厚养起来，也有的被依法制裁或驱逐出境。由于中国皇帝圣明，西洋人士多数尚能奉公守法，其中敢于胡作非为者实属寥寥无几。

且说这天早朝，礼部尚书彭朋跪倒在丹墀，他三呼万岁，向上奏道："昨日傍晚，西洋传教士马德赖神甫由罗马来到北京。遵照惯例，臣将他安置在外藩驿馆……"

"知道了。"康熙没等彭朋把话说完，摇头笑道，"如今外籍学者越来越多，朕已无暇一一过问了。卿掌礼部，类似之事由卿全权处理。"

"启奏万岁，这位马神甫与众不同，他向臣提出不能住驿馆，而要入国宾馆。同时要求中国皇帝在三日之内务必接见。"

"噢?"康熙有些纳闷，"彭爱卿，这位马神甫是什么身份?"

"臣已问过了，论身份，他只是个普通神甫。可是他带来一封罗马教皇致中国皇帝的亲笔书信。"

"如此说来，他该算是钦差大臣了。"

"他们称作'圣使'。万岁见他不见?"

"既是'圣使'，当然要见。彭爱卿，你可知道教皇的那封信上说了些什么？"

"据马神甫说，那封书信只能面呈中国皇帝，别人无权过问。"

"好吧，传朕圣旨，宣马神甫太和宝殿见驾。"

"遵旨。"礼部尚书彭朋领着通事，也就是现代的翻译人员，一同奔往国宾馆。去不多时便将马神甫带到太和殿。马神甫祖籍意大利威尼斯城，他四十多岁，黄头发，绿眼珠，身材高大。虽是神职人员，却穿着一套黑色大礼服，结着鲜红的领花。进殿之后，满脸傲气，东张西望，并不把中国君臣放在眼里。通事忙用英语喊道："洋人马德赖速速见驾！"

"大清皇帝，你好。"马神甫的汉语说得十分流利。他只向上边微微鞠了一躬，然后站在一旁。康熙对外国人历来尊敬，并不要求他们跪拜，此时心想：他既懂得汉语，我就向他直接问话吧。"你就是西洋神甫马德赖先生吗？"

"正是本人。"

"马先生，据我大清礼部尚书彭朋所奏，你带来了一封教皇阁下致朕的亲笔书信。请呈上来，令通事宣读。"

"嘿嘿。"马德赖冷笑了两声，心中暗道："都说这位大清皇帝不好惹，果然名不虚传，他与我刚刚见面，二话不说，立即公事公办，态度上又不卑不亢。怎么办？我得难为他一下。"想到此处，马德赖掏出信件，并不上交通事，而对康熙说道："中国皇帝，我们教皇阁下的亲笔信是用古罗马文字写成，你们大清王朝中有人认识古罗马文字吗？"

"噢？"康熙皇帝微微一愣。为了实行对外开放，他早就培养了一批外语专门人才，对英语、日语、波斯语、德语已经了如指掌。至于古罗马语言和文字，目前尚无人通晓。怎么办？教皇的亲笔书信事关紧要，如果不能翻译过来，则影响大局。康熙皇帝看了看文班大臣，见大臣们个个低眉俯首，不言不语。别问了，他们当中没有一个是"李太白"，谁也不能"醉草吓蛮书"。想到此处，又看了看马德赖。只见这位西洋神甫面带冷笑，傲气逼人，康熙皇帝心中明白了八九："马先生，据朕所知，古罗马文字已经过时了，今日西洋诸国也很少使用，能读懂古罗马文字的人不多呀。"

"哈哈。"马德赖就等着这句话呢。他不顾中华礼法，在金殿之上放声大笑，"皇帝陛下，本神甫对古罗马文字十分精通，如果陛下允许，我愿代读。"

"有劳马先生。"

"不过，我们西洋人处处讲求效益，让我读信，需出白银一万两，不然嘛，嘿嘿，请皇帝陛下另请高明。"

"你想讹诈吗？"康熙皇帝不动声色，面上仍旧挂着微笑。这样一来，反让马德赖有点手足无措："这，这，不给一万两，给八千两也行。"

"哈哈，我大清国太和宝殿可不是你们的西洋商场。你敢在此讨价还价，理该治罪。姑且念你来自远方，罪过暂免，下殿去吧！"康熙皇帝心如明镜："你是替教皇来办事的，事没办成，回去也无法交代。不用我治你，让你们教皇治你吧。"这招果然高明，马德赖一听让他走，脸色立刻发白："那，那我回去怎么说呀？"

"笑话，你来华目的朕尚不知，难道还让朕批写回文吗？"

"皇、皇帝陛下，我甘愿不取分文，代读书信。"马德赖彻底垮台，完全崩溃。谁料康熙皇帝一摆手："马先生，你以为我大清帝国朝中无人吗？实话对你说，能识古罗马文字者不下数百，根本不用你代读。既是两国公事，我也不难为于你。你暂归驿馆休息，留下信件，三日之内必有答复。"

"这，多谢陛下。"马德赖刚才那股傲气一扫而光，只得随同侍卫离殿而去。

再说康熙皇帝，他从内侍手中接过罗马教皇的亲笔信，信件封筒很大，且很华贵。上边的文字他当然一字不识。礼部大臣彭朋重新跪倒，再次见驾："万岁，臣掌礼部，却不能替圣上分忧解难，特此请罪。"

"彭爱卿，一个人的精力有限，岂能事事都懂？爱卿何罪之有，速速平身。"

"谢主隆恩。万岁，三日之后，马神甫必到礼部讨问回音，臣如何答复于他呢？"

"哼！"康熙皇帝有些动怒，"那个马神甫气焰嚣张，朕要杀杀他

508

的威风。看来他外强中干，不过如此!"

"万岁圣明。"彭朋犹豫片刻，继续说道，"那神甫乃是无赖之徒，既被天颜镇服，依臣所见，应该让他代读信件……"

"若让他读，则失去我大清尊严了!"

"这个……恕臣冒昧，据臣所知，满朝官员并无人识得古罗马文字……"

"有!"康熙捻须笑道，"两国交往，非同儿戏，若是没有后路，朕也不会将那神甫轰走。内侍官何在?"

"奴才候旨。"

"你速去钦天监，传从五品监副南怀仁先生金殿见驾。"

"遵旨。"内侍官奉旨而去。文武大臣们佩服极了。谁也没想起来朝中还有位南怀仁。他虽然也是洋人，却是清朝五品官。食王禄报王恩，为国家效力乃是天经地义之事。亏得皇帝心中有他。尤其是和硕亲王索额图心中更加佩服："当初，万岁起用南怀仁时我曾力加阻拦，今日看来，他目光长远，广见卓识，才干超过我等数倍。有这样一位英主，何愁国家不能强盛!"

话分两头。再说钦天监从五品监副南怀仁到职之后，充分发挥自己的才能，翻译学术著作，开办讲习所，与中国学者密切合作，使钦天监的效率得到了很大提高。他本人也受到了大家的尊敬。按照当时的惯例，凡在中央机构工作、级别又在五品之上的官员，本当天天上朝陪王伴驾。可是南先生是位学者，对政治毫无兴趣。他向康熙提出：自己的时间紧迫，研究项目繁多，为此请求免去朝拜。康熙对他这种治学精神大加赞扬，不仅免去他的朝拜，而且明令宣布：除重大事件外，绝不打扰南先生。这样一来，南怀仁在钦天监中倒很安然。他足不出户，对外界情况一无所知。

这天，南怀仁正在观天台校正望远镜，内侍官风风火火地跑来传旨："万岁圣旨下，宣钦天监从五品监副南怀仁太和殿见驾。火速，钦此!"

"噢?"南怀仁精通汉语，不用翻译便知圣旨内容。他心中奇怪："我到职一年有余，大清皇帝从来没有召见过我，今天让我火速见驾，莫非发生了什么重大事件?"想到此处，他向内侍官问道："亲随阁下，皇帝传我有什么事情？"

"南先生，"内侍官摇了摇头，"您是洋人，对我们大清朝的规矩不太熟悉。万岁召见您的事，别说我不知道，就算知道也不敢随便说。嘻嘻，您刚才叫我什么？亲随阁下？我也成阁下了？您快跟我走吧！"

两匹快马，风驰电掣来到太和殿前。内侍官带领南怀仁金殿面君。康熙皇帝摆了摆手，并不要南怀仁下跪。这不是惧怕洋人，而是尊重人家的风俗："南爱卿，近日身体可好哇？"

"承蒙皇帝陛下关照，臣一向很好，请问陛下有何吩咐？"

"南爱卿，西洋神甫马德赖先生送来一份罗马教皇致朕的亲笔信件。信件是用古罗马文字写成，我朝大臣无人识得。南先生博学多才，曾在钦天监讲解过这种文字。今日特请你来翻译，望勿推辞。"

"臣食中华薪俸，乃大清官员，理当尽职。请陛下取信给我看。"南怀仁从内侍手中接过信件，从头到尾看了两遍。不由得双眉紧皱，只气得脸色发白。他自言自语地说了句英国话。康熙皇帝懂得几个英语单词，听出他说的是"下流"两个字，连忙问道："南爱卿，罗马教皇的信件很无理吗？"

"岂止无理！"南怀仁面带苦笑，"陛下，臣乃耶稣教徒，说来深觉惭愧。人各有志，信仰不同，教皇陛下的这封信件过于霸道了！"

"请南爱卿读与朕听。"

"遵旨。"南怀仁念一句原文，又将它翻译成汉语。最后用汉语将全文宣读了一遍。康熙皇帝与满朝大臣听罢，人人怒从心头起，个个恶向胆边生。索亲王不顾君臣大礼，高声骂道："混账！教皇算个什么东西？竟敢欺侮到我大清头上！"

那么，信上说了些什么呢？

书中交代：由于康熙皇帝大力引进西方先进技术，重用西方学者，这些事情在西洋诸国引起了强烈的反响。一批殖民主义者认为：中国地大物博、人口众多，一旦强盛起来，犹如东方雄狮猛醒，必将不可一世。怎样对付中国？怎样掠夺中国的财富呢？他们再三商议之后，决定先搞文化侵略。于是以罗马教皇的名义给康熙送来一份信件。信件中说：中国的儒教简陋不堪，弊端百出，是不可信仰的。中国人崇拜自己的祖先也是十分可笑的。只有耶稣才是最可敬的，只有上帝才能拯救全人类！为此要求中国皇帝下一道命令，让中国百姓抛弃儒教和自己的祖先，而后全民加入耶稣教！这种无理要求已经粗暴地干涉了中国内政，严重地侵犯了中国主权，难怪康熙皇帝震怒，难怪索亲王金殿咆哮了。

"陛下，"南怀仁把信件交了上去，继续说道，"不知陛下做何打算？"

"南爱卿，"康熙沉着冷静，"你既是耶稣教徒，依你之见呢？"

"臣已说过，人各有志。正如臣是耶稣教徒，圣上并未强迫我改信儒教一样……"

"南爱卿言之有理！不过，这并非单单是个信仰啊！"

"这……"南怀仁若有所悟，"陛下，臣乃学者，不愿卷入政局。若无其他事情，臣想告退了。"

"且慢。朕来问你，那位'圣使'马德赖神甫你可曾有过耳闻吗？"

"马德赖？莫非他有四十多岁，生得高高大大，黄发碧眼，神态总是冷漠孤傲吗？"

"正是。"

"嘻！他算哪家神甫！"南怀仁痛苦地摇了摇头，"教皇陛下好糊涂，怎么能让马德赖这种人充当圣使呢！"

"南爱卿，听你的语气，似乎与他很熟悉呀。"

"他算是我的半个老师呢。陛下，臣在英伦三岛剑桥大学读书时，恰与那个马德赖为同班学友，又被分配到同一间寝室。马德赖是意大利水城威尼斯人，威尼斯人善于经商，他父亲足迹踏遍全球，是个资财雄厚的富商巨贾。马德赖家中奴婢成群，出于全球经商的需要，他父亲又雇用了世界各大国的不同人种为他服务。其中有一男一女两个中国人。姓氏臣已忘记，只记得他俩是一双夫妇。那个男的自幼学艺于四川峨眉山，对中国武术十分精通。那个女的知书识字，可能是位大家闺秀。据说，他们也许是私奔，在中国走投无路，才投靠了外国洋人。马德赖的父亲对这一男一女、一文一武的两个中国人十分欣赏，让儿子从小就跟随他们。这样一来，马德赖不仅和他们学会了汉语汉字、唐诗宋词，而且还学会了中国武术。据他自吹自擂，三五十人休想靠近他。剑桥读书时，他的英语基础很差，为此他提出向我学英语，并教我意大利语。我觉得，地球上华人最众，中国文化更是光辉灿烂，所以要向他学习汉语。马德赖十分痛快地应承下来。我说他是我的半个老师，正在于此。"

"噢，"康熙饶有兴趣地点了点头，"如此说来，南爱卿的汉语是向他学来的了？"

"正是，基础课都是他教的。"

"后来呢？"

"升入大学三年级时，马德赖越变越坏，他天天旷课，追逐戏要妇女。仗着家中富足，出入舞厅、酒吧，夜不归宿。考试时，门门功课都不及格。最严重的是，他夜入民宅，强行奸污一个英国少女时，被少女的父亲发觉。马德赖仗着武术，一脚踢死了那位少女的父亲，连夜潜逃，回意大利了。后来听说，他参加了一个什么黑团体，专搞暴力活动。我与他虽有十几年没见面，据我猜想，这种人绝不会成为一个真正的神甫！"

"原来如此。"康熙皇帝面带笑容，"南爱卿，你今日既翻译了教皇的信件，又帮朕弄清了马德赖的来历，功劳不小。朕特赐你百两白银、一双玉璧。另赐单眼花翎一顶，望爱卿再接再厉，切莫辜负圣恩。"

"多谢陛下。"南怀仁满心喜悦。据他所知，外国人受赏的不少，多为金银财宝，而能得到"花翎"者却绝无仅有。

什么是"花翎"啊？在清朝，官员们都将孔雀翎装饰在官帽后边，俗称"花翎"。花翎上的"眼"越多越珍贵。普通官员多为"单眼"，立大功者可戴"双眼花翎"，至于"三眼花翎"只有亲王大臣、蒙古贵戚才能顶戴。康熙年间，能戴上"单眼花翎"者已经很显贵了，戴"双眼花翎"者不过百人，至于"三眼花翎"尚无一人顶戴。直到晚清咸丰年间，皇帝传旨，凡五品以上官员准戴单眼花翎，亲王、郡王准戴三眼花翎。这是二百年以后的事了，此处暂且不提。

再说南怀仁下殿之后，康熙皇帝向大臣们问道："诸位爱卿，南先生所读信件谅你等均已听清了。罗马教皇要我摒弃儒教并列祖列宗，而独尊西洋耶稣。你等对此有何看法？"

"万岁，"兵部大臣明珠连忙跪倒，"奴才以为，此事万万不可。西藩欺人太甚，天朝应该立即回绝！"明珠字端范、号纳兰，满洲正

512

黄旗人。清朝入关立国后，他首任内务府总管大臣，后任刑部尚书，再任兵部尚书。按照清朝官制，皇帝以下设三殿三阁：保和殿、文华殿、武英殿；体仁阁、文渊阁、东阁。这三殿三阁的正堂官员统称"大学士"，俗称"阁老"，职权相当于历朝丞相。三殿三阁之下又设有兵、刑、工、吏、户、礼六大部。兵部掌军权，刑部掌司法，工部掌工业，吏部掌人事，户部掌钱粮，礼部掌文教。虽然六部正堂皆称尚书，级别也都是正一品，但是兵部尚书权力最大，无形之中成为六部之首。清朝还有个不成文的惯例，凡是内阁大学士出缺，总是由兵部尚书晋补。为此，高级官员之中有句口头禅："兵部无人惹，一步进内阁。"由此可见，明珠的地位十分显赫。别看明珠执掌兵权，他却更有文采，诗词歌赋无所不通。直至今天，江南各地还留有他的许多墨迹。由于他后来晋升为武英殿大学士，所以人们称他为"纳兰学士"。有关纳兰学士的轶事和传说相当丰富，只是与本书无关，不便赘述。这里只说两件事，一是康熙二十二年，他奉命治理黄河，日夜操劳，不辞辛苦。在清理河道时，他采用雇用民夫的办法，免去了强行征派，使黎民百姓减少了终年服役的苦难；二是康熙三十五年，他被授为大将军，随同康熙征讨分裂主义者噶尔丹，为国土完整做出很大贡献。康熙皇帝知人善用，对明珠十分器重。今日听罢他的奏述，不由得点头称是："明珠爱卿之言甚合朕意，想我堂堂大清帝国，岂能任人摆布？"说到此处，他又对索亲王问道，"御弟，你刚才在金殿怒骂洋奸，想来与明珠爱卿所见相同吧？"

"正是！依奴才所见，立斩那个什么马神甫，撕碎那封信件，对那些荒谬之言也不必理睬。"

"嗯——"康熙未置可否，又对礼部大臣彭朋问道，"彭爱卿，接待外使乃礼部之责，你看应该如何处理？"

"依臣所见……"彭朋是汉族官员，在皇帝面前自称为"臣"。至于满族官员则必须自称"奴才"，这算是"内外有别"。这位彭朋字奋斯，号友仁，福建省莆田县人氏。早在十七岁时就考取了进士，被授为三河县七品县令。由于为官清廉，政绩累累，十余年间升任了广西巡抚。后来，索亲王奉旨视察广西，发现彭朋才华出众，胆识过人，所以再三保举，康熙皇帝调他入都，由二品巡抚晋升为一品尚书，掌管礼部。虽说礼部居六大部之末，但权势很显要。这位彭尚书更有可贵之处，身为一品大员，却不以权贵自居。他广交宾朋，结识豪士，朋友之中既有士农工商，又有绿林侠义英雄。如浙江绍兴府三太镖局总镖头、号称"威震三江"的飞镖将黄三太，江南白马坡总辖大寨主、白马神枪李七侯，赛毛遂杨香武，圣手无痕梅映霜，一枝梅梅映雪，银头皓叟胜奎，凤凰张茂隆，花刀无羽箭刘世昌，神手大将纪有德，八臂哪吒万君兆等绿林豪杰都是他的座上客。这些侠义英雄尊称他为彭公，并对他表示，彭公一旦有事，皆愿鼎力相助。这些情况，康熙皇帝早有耳闻，并嘱托彭朋，好好关照绿林豪杰，引导他们为国家效力。

闲话带过。彭朋奏道："臣对索亲王千岁与明珠尚书的见解完全赞同。洋人无理，竟让我强信耶稣，这是绝不可答应的。不过，历来各朝都遵循'两国相争，不斩来使'的章法。杀了马德赖，如除草芥，但我大清会被洋人耻笑。依臣所见，请万岁批下回文，令马德赖限期离境，并不可复来。不知圣意如何？"

"好！彭爱卿所述有理有据，朕当照此办理。"康熙说罢，提起御笔，写道：

"我中华大国，历历数千载，文明道德，举世皆知。我之儒教，博大精深，含天地，括万象，举世皆敬。西藩诸国，科学可取，而宗教岂可强加于我？强加者，涉我内政也！孰不可忍！朕晓谕中华百姓：耶稣基督不可信，坚予取缔，凡信仰者，一月退出，拒退者格杀勿论！凡藩人传播者，限三月之内离我境界，拒离者按大清律斩首正法！

"另，洋人马德赖者，同匪同盗，限本月之内离境，违者斩！此旨晓谕中外，钦此，年、月、日。"

康熙这道圣旨很坚决，态度十分明朗。秉笔太监制成副本，交与彭朋，并请彭尚书转达马德赖。

再说马德赖接到副本之后，先是一惊。暗中想道：这可倒好，本想让他们全国信教，谁料连原有的教徒也得退出。"嘿嘿，"他随后一阵冷笑，"幸亏我早有准备，要不然可就糟了。康熙呀康熙，就冲你这道圣旨，我让你大清帝国地覆天翻！"

第二回　马德赖惑众毁孔庙
牛玉成执法封教堂

　　话说马德赖被康熙皇帝赶出北京之后，并没有回归意大利，而是奔往中国广西西林县。他为什么要去广西呢？当然另有一段缘故。

　　书中交代：马德赖自幼学练中国武术，他的师父名叫牛金成。牛金成祖籍广西西林县，他在四川峨眉山学艺，练成一身好武功，不但刀枪剑戟样样精通，而且轻功更为玄妙。学成之后，牛金成只身闯入成都府。由于有真本领，很快被成都府四品知府白大人雇用为护院教师。当时，这位护院教师刚刚二十岁，小伙子长得漂亮，高高的身材，细腰乍背，浓眉阔目。他不仅武功好，相貌俊，而且很会来事。每逢见到白知府，总是卑躬屈膝，笑脸逢迎，为此深受白知府的器重。

　　再说白知府有个独生女儿名叫翠屏，这位小姐从小读书，胸中有些文墨。一天，翠屏小姐游逛后花园，恰逢牛金成光着膀子正耍六合刀。他那雄健的身材把白小姐深深吸引住了。俗话说"男求女，隔千里，女求男，在眼前"，一来二去，这对少男少女相爱起来。牛金成深知，自己身份低贱，若想明媒正娶知府的千金是根本不可能的。可是他凭借自己的武功，在一个风雨之夜背起白小姐逃回自己的原籍广西西林县。说来也是该他倒霉，西林县县令恰恰是白知府的门生。这县令接到老师的来信之后，立即派出巡捕捉拿牛金成归案。牛金成被逼无奈，刀劈巡捕，带着白小姐逃往广东。这对小夫妻白天不敢走路，只有夜间抄山间小道才敢前行。这晚，一群草寇在大荒山下抢劫一位外国客商，牛金成拔刀相助，救了那外商的性命，保护了他的财产。

那客商非是别人，正是马德赖的父亲。马父见这对夫妻文武全才，于是向他们提出：愿不愿意跟随自己出国？小夫妻正在走投无路，立刻答应下来。马父资本雄厚，眼界很宽，花钱买下两份假护照，把小夫妻带到了意大利水城威尼斯。当时，马德赖刚刚六岁，他对这两个东方人很觉得新奇，十分靠近。马父觉得，儿子将来要走南闯北，学点中国武术可以防身，于是把马德赖交付牛氏夫妻照管。

眨眼三十年过去，那位白小姐早已作古，牛金成也是半百之人了。有一年秋天，马德赖从国外归来，恰逢牛金成重病不起。马德赖顾念师徒情分，来到床榻之前问牛金成还有什么要求。牛金成眼含热泪："少先生，我们中国人最讲落叶归根，可是我这把骨头却要埋在异国他乡了。别的要求没有，我的原籍是中国广西西林县，家中的父母估计早已仙逝，另外还有个胞弟名叫牛玉成，我离家出走时他刚刚十岁，正在读书。少先生周游列国，如果能去中国，求少先生把我的情况告诉我胞弟玉成，省得说我活不见人，死不见尸。少先生若能办到这件事，我在黄泉也就瞑目了！"说罢，牛金成泪如雨下。马德赖心中暗喜："上帝，怎么会这么巧呢？难道这是主的安排吗？"

原来，马德赖在剑桥大学逃跑之后，不久便在意大利西西里岛参加了一个黑组织。这个组织与官方殖民主义者相互勾结，并且利用宗教外衣，流窜到世界各国搞破坏活动，从中牟取暴利。由于他会说汉语，又懂得中文，黑组织便令他以神甫的身份去中国活动。在去华之前，马德赖先回家一趟，不料受到牛金成的重托，真叫他喜从天降："唉，我师母在世时，曾三番五次对我说过，中国礼节最讲究天地君亲师。您是我老师，近在五伦之中。如今您看重我，让我替您寻根，这是当学生的分内之事。我本来不想去中国，既然您让我去，我就跑一趟。请您给师叔写封信，我一定面呈与他。"这家伙说的比唱的还好听，牛金成感动得几乎昏了过去。他立即提笔在手，抱病修书，给胞弟玉成写了一封长信。又过了几天，牛金成含笑而逝。

单说马德赖拿着这封信来到中国广西西林县。西林县地处偏僻，是云南、贵州、广西三省交界之处。北靠上黄山，南倚驮娘江，物产还算丰富，尤其以水晶石闻名于世。本地出产的水晶质地坚硬，透明度极高，除了进贡朝廷，尚远销南亚诸国，换取橡胶与白米。马德赖入境一打听，原来本县七品县令正是牛玉成。这意外的消息使马德赖十分兴奋。他不顾旅途疲劳，立即来到县衙。西林县很少来洋人，衙役不便盘问，慌忙禀报县令。

县令牛玉成四十余岁，举人出身。他为官清正廉明，声誉不错。只是有一件事使牛县令日夜不宁。县城往西六十里是上黄山的支脉，名叫下黄山。下黄山比上黄山更为险峻，山连山，山靠山，共有三十六峰，主峰高有百仞，名唤青剑岭。三年之前，一伙匪徒于青剑岭占山为王，他们抢劫百姓，掠夺水晶石，抗拒国税，走私到境外，闹得地方日夜不安。牛县令心急如焚，屡次上报省府。官兵虽说围剿过几趟，怎奈俱是大败而归。

青剑岭总辖大寨主名叫白起龙，人送外号西路天王、紫面达摩僧。此人手中一条凤翅镏金锏，据说是按照隋末大将、天下第二条好汉宇文成都留下的锏谱练成，有万夫不当之勇。他手下有九员马上副寨主、九员步下副寨主，这十八人号称"十八路诸侯"，个个武艺高强，能征善战。尤其是第二把交椅，坐的是位女寨主，这女寨主二十六岁，生得如花似玉，美艳无双。她名叫桑玉薇，外号九花娘。手中一柄宝剑，奇功盖世，威震武林。山上许多男子追求她，九花娘皆不屑一顾。这伙人出现，扰得牛县令食不甘味，睡不安宁。这天，牛县令又在亲自起草公文，准备请上司再次发兵剿山。衙役进来报告："大人，外边有位西洋神甫要求见您。"

"西洋神甫？"牛玉成微微一愣，心中暗道："如今圣上注重科学，许多洋人纷纷来我大清。可是西林县远在边陲，从无洋人入境，为此也未配备通事。彼此语言不通，相见之后，必定十分尴尬，见不见呢？"他正在犹豫不决，衙役早已看出主人的心意："大人，那位洋神甫会说中国话，刚才和小人唠了半天呢！"

"噢，他会说汉语？"

"岂止会说，听他的话音，多多少少还带点咱们广西味！"

"既然如此，请洋神甫客厅相见。"

"是。"衙役去不多时，将马德赖领进客厅。牛玉成起身抱腕，尽量说些浅显易懂的语言："先生，您好。"

"县令大人，本神甫来得唐突，请县令大人海涵、海涵。"

得，牛县令暗想：他连文绉绉的官话都会说，看来对汉语十分精通了。"先生一路辛苦，本县未能远迎，尚望先生见谅。"

"老父母过于客气了！"马德赖尽量显示自己，他知道中国的知县又称"父母官"，所以把"老父母"也端了出来。牛玉成果然惊奇："先生，请问贵国何处？您来华是为了布教还是为了考察？嘿嘿，本县糊涂了，忘了请问先生的尊姓大名？"

"县令大人，本神甫是意大利人，名叫马德赖。按中国习惯，叫我马神甫好了。至于来华目的，既非布教，又非考察，而是专程寻访我的一位师叔……"

"寻人？"牛县令更觉新奇，"马神甫，您的师叔是位什么人物？"

"哈哈！"马德赖放声大笑，"中国有句俗话，'大水冲了龙王庙，一家人不认一家人。'我的师叔就是您哪！"

"啊？"牛县令眼睛瞪得老大，惊疑地问道，"马神甫，本县不懂您的意思。"

"我这里有封信件，请您过目。"马德赖把牛金成的遗书交了过去。牛玉成接信在手，慌慌忙忙看了一遍，手足情深，先是令他眼圈发红，后来失控，泪如雨下！胞兄失踪三十余年，万没想到他会流落到异国他乡，并且还收了个洋徒弟。于是急切地问道："马神甫，我兄长可好吗？他能不能回来？"

"唉，"马德赖故作悲戚，"恩师在半年之前已经故去了。"

"啊？"牛玉成更加伤心难过，过了半晌，他才抽泣地说道，"兄长走时，我刚刚十岁。常听父母提他，尤其是先母，老人家弥留之际还对我说，无论如何要打听哥哥的下落。"

"你们中国人的道德风范，很令人羡慕。"

"马神甫，您既是先兄的高足，也就不是外人了。请到书房，过一会儿我与先生摆酒迎风。"

"谢谢师叔。"马德赖窃喜，他正想利用牛县令的地位开展自己的工作。

二人来到书房，先后落座。马德赖瞟了一眼书案上的文件，故作吃惊地问道："师叔，您正在办公吗？当县令很忙啊。"

"这个……"牛县令犹豫了一下，中国的内政本不想让外国人知道，可是又一想，人家万里迢迢为我送信，不便冷淡人家，再说，这事与外国人无关，他知道了也不要紧，于是点头说道，"是呀，西林境内出了伙强徒，他们占据青剑岭，胡作非为。本县正起草公文，请上司发兵剿山呢。"

"原来如此。"说者无心，听者有意。马德赖又问了一些青剑岭的情况，皆牢牢记在心中。从此之后，他便以故友的身份留居在西林县衙。这个洋神甫时而流连街头，时而外出"考察"，有时竟数日不归。牛县令对其行踪虽有疑虑，却又不便多问。

一晃过了半年，眼看冬至将近。西林县内竟有数乡居民联名上书，提出自筹资金，于圣诞节时在本乡建立耶稣教堂。这件事让牛玉成十分为难，有心准许，以前并无先例；有心不准，又怕激起民愤，聚众闹事。万般无奈，他只得写下公文，上报督抚。督抚批示：耶稣乃是洋教，与中国的非法教门并不尽同。如今圣上器重洋人，并不禁止耶稣，所以当顺民意，听其自然。尽管如此，牛县令仍是十分慎重。他只准许在县城之内建立一座教堂，至于各乡的请建要求，则一律驳回。

教堂堂址设在县城西大街，紧靠着孔庙。破土动工这天热闹非凡。四乡八镇来了许多信徒，他们顶礼膜拜，态度虔诚。根据教堂的设计图纸来看，其规模比旁边的孔庙宏伟数倍。最令人奇怪的是，这么大的举动，洋神甫马德赖竟然没有出席。县令牛玉成百思不解：发起耶稣教分明是马德赖的蛊惑，此时此刻，他又到哪里去了呢？

原来，马德赖此时正在下黄山青剑岭。

半年之前，这个身怀特殊使命的洋神甫从牛县令处得知青剑岭之事，他欣喜若狂，认为有机可乘。于是在几天后，孤身一人闯上高山。总辖大寨主、西路天王、紫面达摩僧白起龙对这个洋人很感兴趣，将他迎入大寨，热情招待。依白起龙的本意，只是好奇，想从这洋人口中听点"西洋景"。马德赖正合心意，他借题发挥，从西洋的政治、经济、文化，一直讲到耶稣教，并对《圣经》大肆宣传。由于他讲得头头是道，白起龙和"十八路诸侯"听得入迷了，于是向他问道："马神甫，我们中国人入耶稣教行吗？"

"嘿嘿，"马德赖故意神秘地笑道，"白天王，本神甫此次中国之行，专为了找你呀！"

"找我？"白起龙大惑不解。

"白天王，据罗马教皇夜观天象，上帝已指派巨星诞生在东方，这颗巨星将成为东方之主。据方位推算，巨星将成事于广西一带，本神甫奉教皇差遣，专程来此寻访。今观天王风采，正是那颗巨星。此行不空，上帝保佑，阿门！"这家伙使了个"洋为中用"，白起龙被捧得晕头转向："马神甫，什么叫'东方之主'，'巨星'又怎么讲？"

"用你们中国的说法，'巨星'即是'紫微星'，又称'帝座星'。至于东方之主嘛，哈哈，那就是皇帝呀！"

"我能当皇帝？"白起龙半信半疑。

"当然！"马德赖语气十分肯定，"白天王，如今满洲人称帝，汉民人心不服，这正是你夺取天下的大好时机。不过，统一民心，需有信仰，东汉的赤眉，三国的黄巾皆是此理。"

"差矣！"白起龙有点生气，"马神甫，赤眉、黄巾都没有好结果呀！"

"他们的失败，在于孤立无援。而我耶稣教遍布全球，信徒数千万众。西洋诸国中，许多国王、皇帝都是耶稣教徒。你若起事，他们可以援助洋枪、火炮、黄金、白银……"

"马神甫，你这话算数吗？"

"先决条件，你必须入教，并多多地吸收教徒。待到成功后，还要命令全国入教。那时，一切国政需取得教会同意。这些条件，你能答应吗？"马德赖并非真正的神甫，他只是披着宗教外衣，搞的是非法活动。他所谓的教会，正是那些殖民主义者。谁料白起龙利令智昏，满口应承："行，第一步让我与十八路诸侯先入教；第二步，我派出人马四乡动员，凡是入教者，赏白银二两。待人多势众时，再扯旗造反，不知神甫意下如何？"

"妙计！"马德赖没想到白起龙会这么痛快。于是他立即布置，吸收下黄山青剑岭大小头目全体入教，并把随身带来的二十几枚"十字架"赠给白起龙等人。第二天，他又找来一百多名能说会道的喽啰，向这些喽啰讲了半个月所谓的《圣经》，然后派这些人出去游说。西林县居民有的被《圣经》吸引，也有的贪图那二两白银，不下半年，入教者竟达三万。这些教徒联名上书筹建教堂，至于资金，当然出自青剑岭。

马德赖为了避嫌，没有出席奠基仪式。同时，他已接到主人的来信，让他返回罗马。奠基仪式开始时，白起龙正在为他饯行。饯行之后，马德赖踏上了归途。回到意大利，他向主人报告了工作情况，主人十分满意。经过商量，决定第一步先拉拢康熙皇帝，若拉拢不成，则尽全力支持白起龙。就这样，马德赖摇身一变，以"圣使"的身份再赴中华，不期被康熙皇帝撵出京都。

看官，您读到此处准会疑问：历史上真有这件事吗？不瞒诸君，野史说部虽有虚构，历史事件却不敢胡编。据史料记载，公元1705年和1720年，也就是清朝康熙四十四年和五十九年，罗马教皇曾先后两度派出"圣使"来到中国，强迫中国只准信仰耶稣，而不准信仰儒教，这实际上是干涉中国内政，侵犯中国主权，所以遭到康熙皇帝的有力回击。康熙曾明令宣布：耶稣教在中国是非法的，不准传播。那些殖民主义分子当然不死心，一位马神甫曾在广西西林一带勾结匪徒，对抗官府，最后有二十六人被处决，这就是历史上著名的"西林教案"。这部《怪侠欧阳德》借用这段历史，演义而成。闲话带过，书归正传。

却说马德赖饥餐渴饮，夜宿晓行，非止一日来到广西境内。由于他是被中国皇帝赶出来的，途中倒也不敢放肆。来到广西，他更不敢接触官府，只能偷偷摸摸奔往下黄山青剑岭。他这一去又有半年，白起龙见他之后，表现得十分亲热："马神甫，您可算回来了。自从您走后，我又吸收了两万多个教徒。咱们的势力越来越大。这些教徒中，不仅仅是平头百姓，而且还有许多武林高手。他们愿意合作，共举大业。只不知教皇陛下可支持咱们吗？"

"当然支持。洋枪、火炮不日即可运来。"马德赖吹牛不眨眼，哄得白起龙眉开眼笑，"马神甫，从现在开始，你就是青剑岭的大军师了，一切事宜，请你多出主意。"

"行啊！白天王，咱们要想多得到支援，就必须大造声势，干些轰轰烈烈的业绩。依我的打算，你立即通知教徒们，三天之后集聚在教堂，由我亲自布讲福音，参加的人越多越好。"

"行，就照军师的吩咐去干。"白起龙对马德赖言听计从，他立即派人通知，凡去听讲者，每人五个馒头、一斤酱牛肉。这招果然奏效，开讲那天，教堂聚集了一万余人。其中混杂着许多青剑岭的喽啰和当地的流氓无赖。这些人对什么基督耶稣根本没有兴趣，他们横冲直撞，到处乱窜。尤其是对大姑娘、小媳妇更是嬉皮笑脸，有的甚至动手动脚。

天到辰时，也就是上午十点钟，马德赖身穿长袍，神态严肃地走向讲台。他的声音不错，讲起教来真有几分娓娓动听："教友们，始祖获罪，人类代承，要把众生打入地狱。为了拯救人类的苦难，上帝对他的独子说：'速去投胎，救赎众生！'帝子遵旨，从童女肚中出生。充满宇宙的神，装进了一个犹太人的躯壳……"他音调时高时低，抑扬顿挫十分得体，间或穿插一些外国故事。这样一来，把台下的教徒们深深吸引住了，就连那些地痞流氓也不再走动。马德赖见时机已到，他话锋一转："教友们，全球信仰耶稣者数千万众，咱们西林县的教友也会越来越多。这小小教堂，早已容纳不下了。我们必须扩建教堂，如何扩建呢？本神甫觉得，中国的儒教是陈腐不堪的，教堂东侧的孔庙必须拆除，用那地盘扩充我教堂最为适宜了……"他话音刚落，青剑岭的头目们立即响应："是呀，留着孔庙没用，教友们，拆庙去呀！"说罢，举起事先准备好的钢锹铁镐，带头向孔庙拥去。教徒们迷惑了，有些老实人不敢妄动，女教徒们吓得缩成一团。青剑岭的头目们只得向那些地痞流氓求援："凡去拆庙者，赏白银十两。"重赏之下，必有勇夫。财帛动人心，一群愚氓跟随那些头目冲向孔庙。锹镐齐举，片刻间孔庙被毁，破烂不堪。

早有乡长里长跑向县衙，将这案件上报县令牛玉成。此时，牛县令正在书房阅读公文，这道公文是府中刚刚发来的，内容是下达皇帝圣旨，禁止传播耶稣教，违者斩首。牛县令暗中庆幸："当初十几个乡镇都要建立教堂，我只准建立一座，如果都建起来，现在禁止就费事了。至于孔庙西侧的那座，我也得赶快查封。"他正要动身，接到报案，立即紧张起来。他顾不得乘轿，备上一匹快马，带领三班衙役和二十名本县的士兵往教堂跑去。

此时，大街小巷买卖关门，商家闭店，行人飞跑着往家赶。牛县令一见此景，更是心急如焚，来到孔庙大喊一声："住手！你们这些罪犯，心中还有点王法吗？"他毕竟是一县之主，几声怒吼，终究把人们镇住。牛县令取出公文，又高声说道："如今，万岁传下圣旨，明令耶稣教是非法教门，一律禁止！来呀，先把教堂封上，然后再追究毁坏孔庙的匪人！"

"是。"差役刚要上前动手，马德赖分开人群，高喊一声："慢来！"

"是你？马神甫，你几时回到西林县的？"

"哈哈，本神甫早就回来了。县令大人，论排辈，你是我师叔，本神甫先君子后小人。若听我的劝告，师叔何不撕毁公文，背叛朝廷，与下黄山青剑岭的白天王兵合一处，共抗大清？有我们耶稣教支持，将来必成大器。那时，师叔会封王拜相，富贵绵长！"

"胡说，你要造反吗？"

"正是。师叔若不听我劝告，死在眼前！来人哪，点炮发令！"

原来，马德赖与白起龙商量好了，今日传教时，先毁孔庙，然后便扯起反旗，正式背叛。他们规定以号炮为令，炮声响，叛军入城。白起龙早已率领"十八路诸侯"和三千喽啰兵埋伏在县城周围，听得炮声，伏兵四起，一齐向县城攻去。西路天王、紫面达摩僧白起龙一马当先来到教堂，他首先看见了县令牛玉成，不由得胸中火起："就是你几次请兵攻山，与我仇深似海。今日冤家路窄，我先结果了你吧！"

第三回　彭钦差挂印巡两广
黄镖头提刀镇三江

　　却说下黄山青剑岭总辖大寨主白起龙催马来到牛县令面前。他勒住丝缰，高声喝道："呔，看你的顶戴花翎，莫非是西林县七品狗官牛玉成吗？"

　　"你，你是何人？竟敢出口不逊，辱骂朝廷的命官！"

　　"哼，你这狗官，三番五次请兵讨我青剑岭，搅得本寨主不得安宁。今日见面，我要让你知道本寨主的厉害！"

　　"噢？如此说来，你就是那个祸国殃民的贼子白起龙吗？"

　　"哇呀呀，气死某家！"白起龙听人叫他"贼子"，不由得怒从心头起，怪叫三声，向牛县令冲去。站在旁边的马德赖连忙摆手："白天王，且慢动武，待本神甫问他三件事，然后动手也不为迟。"说罢，扭头向牛县令笑道，"第一，我的教徒毁了孔庙，请问，他们可有罪吗？"

　　"有！首犯按律当斩！"

　　"好。我再问你，西林县耶稣教堂狭窄简陋，若是扩建，你愿协助吗？"

　　"哼，别说扩建，就连现存的教堂也得封闭。这是圣旨，看你们谁敢违抗！"

　　"第三件事，青剑岭上的白天王乃巨星降临，他在我耶稣教的支持下，准备招兵买马，扯旗抗清，与康熙皇上争夺天下。凡响应者皆为开国元勋，将来必定封王拜相。牛县令，你若与白天王合作，胜过这小小七品官，不知尊意如何？"

"啊？你们想造反？"牛玉成大惊失色！他原先以为，白起龙虽然凶恶，罪过累累，充其量是一伙占山为王的草寇。如今他们却要分裂国家，背叛朝廷，这可是惊天动地的重大案件。想到这里，牛玉成吓得半晌无言。白起龙坐在马上也吃一惊。心中暗道："军师呀军师，你太大胆了。咱们造反的事还无眉目呢，你怎么给捅出去了？我占山为王，抢劫财物，走私抗税，反击官府，虽说也是犯罪，终究罪名较小。县里、府里，顶多由省里过问一下也就是了。至于造反可就大不相同，俗话说'功大莫如救驾，罪大莫如造反'，一旦事败，那就得锯树刨坟、锉骨扬灰、灭绝九族、千刀万剐呀！再者说，造反之事很快就得报到北京，那康熙是好惹的吗？发来正规军队，青剑岭如何能够抵抗？白起龙越想越怕，不由得看了马德赖几眼。其实，这是马德赖的一条诡计。马德赖唯恐白起龙出尔反尔，他正式宣布造反，等于将白起龙推上了老虎背，白起龙再想反悔也来不及了。他见白起龙观望自己，更是扬扬得意："白天王，唯大英雄能本色，做真名士自风流！此时此刻，你还等待什么？那姓牛的狗官不会答应咱的条件，他活够了，你那鎏金锏也该开开杀戒了。哈哈，堂堂天王，不会胆怯吧？"这是激将法，若杀了皇家命官，便是又向深渊走近一步。白起龙骑虎难下，把心一横，举金锏朝着牛玉成头上砸去。可怜牛县令，当场毙命。

一不做，二不休，白起龙传下山令，派手下"十八路诸侯"和喽啰们攻取县衙，屠杀衙役。西林城内一场血战，只闹得尸横遍野，哭叫连天！

"西林教案"早已惊动了广西巡抚，他们一面调兵遣将，准备讨伐，一面上呈折本，以八百里特快加急送往北京。

再说康熙皇帝，接到广西奏折之后，并未惊慌。他传下圣旨，召集几位王公大臣、三殿三阁大学士及六部尚书参加御前会议。大臣们听罢情况介绍，各抒己见。工部尚书梁清标首先奏道："万岁，自我大清开国以来，数年征战不绝。首讨吴三桂，再伐尚之信、耿精忠，东收台湾岛，北拒俄罗斯，西灭噶尔丹。屈指算来，耗费了多少兵力与财物。如今广西起事，依臣所见，当以安抚为上策。"

"安抚？安抚能有几条好处？"

"有三条好处：第一、节省兵力与财物；第二、显得圣上仁慈为怀，宽宏大度；第三、广西事件牵扯洋人，如调兵讨伐，洋人会怨我大清'排外'，今后就不会与我往来了。"这位梁尚书年届六旬，宦海沉浮四十年，总算熬到正一品。他为什么极力主张安抚呢？原来在两年之前，梁清标秘密加入了耶稣教。那时的耶稣教尚属合法。后来被康熙取缔，梁清标唯恐惹起圣怒，便将入教之事隐瞒起来。谁料不法之徒抓住他的把柄，屡次威胁，让梁清标向教会提供秘密情报。这样一来，他越陷越深，难以自拔。今日御前会议，他力主安抚，也是出于个人目的。哪想话音刚落，兵部尚书明珠一声冷笑，"梁大人，征讨叛逆与'排外'之说乃风马牛不相及，我看梁大人有点过虑了！"

"明爱卿，御前会议，各抒己见。你既反对安抚，一定力主讨伐了？"

"正是。启奏圣上，那马德赖身为教皇圣使，插手大清事务。不除外辱，要兵部何用？"

"好。"康熙不动声色，继续问道，"诸位爱卿，是抚是战，皆尽奏来。"

"万岁容禀，"礼部尚书彭朋奏道，"依臣所见，梁大人言之有理。"

"啊？"明珠一愣："彭朋历来很明智，怎么竟会同意梁清标的主张？"梁清标见有人支持他，更来劲了："是呀，彭大人既也主抚，想来理由比下官充足。"

"非也。"彭朋摇头说道，"连年征战，耗费了许多兵力和财物，若再围剿白起龙，国家负担太重。从这点看来，梁大人的见解是对的。可是白起龙杀官造反，罪大恶极，马德赖干涉大清内政，决难饶恕。依臣之见，应该有个两全其美的办法，既要减轻国家负担，又能灭息叛匪……"

"嘿嘿，"梁清标冷笑三声，"彭大人，莫非你会请天兵天将吗？"

"虽非天兵天将，也敢保他们马到成功！"

"嗯，朕明白了。"康熙皇帝聪明过人，他早就听说彭朋结交了一群绿林朋友。那些人武艺高强，胆大心细，时常进京与彭朋来往。今日听彭朋的语气，似乎想让这些人为国立功，若真是这样，堪称两全其美。想到此处，皇帝问道："彭爱卿，莫非你想起用绿林英雄吗？"

"万岁圣明。那些绿林豪杰不仅武艺高超，而且品德端正。他们久欲报效国家，只愁没有机会。再者，白起龙造反与吴三桂、噶尔丹不同，吴、噶皆为藩王，帐下拥有重兵，而白起龙乃山贼草寇，手下人尽是飞来飞去的武林强徒。若用国家正规军讨伐，如同五指按跳蚤，未必有利；而绿林人出头，恰到好处。"

"妙！"康熙拍案叫绝，"彭爱卿，你曾为广西巡抚，对广西地理、民俗极为熟悉。除此而外，那些绿林豪杰又都是你的良朋挚友，据说他们重义气，讲交情，别的官员很难指挥他们。为此，朕欲派你辛苦一趟，不知爱卿意下如何？"

"臣愿为国效劳。"

"彭朋听封，朕命你为代天巡狩，钦差大臣，有权过问两广军政事务，钦此！"

"谢主隆恩。"

"且慢。"朝廷第一重臣，和硕亲王兼武英殿大学士索额图向上奏道，"万岁，据奴才所知，帘外那些封疆大吏各持一方，他们重兵在握，目空一切。彭大人身为礼部，品级与两广总督相同，若想调动当地兵马，恐有波折。万一出现内讧，则对讨伐不利。请万岁三思。"

"是呀，多亏御弟提醒。帘外大吏那些弊端，朕也早有耳闻。彭爱卿，朕再晋封你为武英殿协理大学士，出巡期间，挂神威将军衔，另赐御札十道、金印一封。望卿莫负朕意，为国立功，钦此！"

"谢主隆恩。"彭朋的身价立刻提高了。协理大学士相当于宰相助理，算是候补阁老；神威将军是武职，按当时官制，"大将军"可以提调全国诸省地方军队，"将军"可以提调一省至三省地方军队。至于"御札"相当于皇帝使用的便笺，效力几乎等同圣旨，金印则是钦差凭证了。这样一来，彭朋的职位已经非同小可。康熙封罢，接连问道："彭爱卿，不知你何日动身，朕与爱卿设宴饯行。"

"臣不敢当。万岁，依臣之意，秘密动身，离京时不必让外人知晓。"

"噢？"皇帝不解，"自古以来，'钦差出朝，地动山摇'，你却秘密出京，是何道理呀？"

"臣的那些绿林朋友常来京师看我，据他们说，耶稣教会遍及全国各地，圣上虽明令禁止，他们仍在暗中活动。教徒之中，有许多江洋大盗与亡命之徒，他们若知我出京，必然狗急跳墙。一旦集聚青剑岭，与白起龙兵合一处，将打一家，将给剿山灭寇带来困难。为此，臣秘密出使，先云浙江绍兴府，请出绿林头目黄三太。神不知，鬼不觉，以迅雷不及掩耳之势一举攻打青剑岭。即使各路匪徒想协助白起龙也来不及了。"

"好，照卿所奏。途中多加小心，以防不测。"康熙旨罢，卷帘散朝。

不表别人，单说工部尚书梁清标刚刚回到府中，仆从来报："大人，西门脸儿马回回已在书房恭候多时，他说有要事相见。"

"啊？"梁清标一惊。

原来这个马回回公开身份是开饭馆的老板，实则是耶稣教京都教堂神甫。他掌握梁清标加入教会的秘密，所以常来要挟，迫使梁清标出卖情报。梁清标深知，马回回一旦翻脸，自己便是死罪，所以不敢得罪人家，只好待如上宾，让他随便出入书房。此时马回回来访，不见不行，只得到书房相会。马回回开门见山："梁大人，您上次写的那些材料，主教大人很满意。给您五千两银子赏金，明天送到。"

"谢谢马先生。"

"还有，最近广西闹事，主教大人请您查明朝廷的打算，教会好做些准备。"

"这……"梁清标吞吞吐吐，最后一狠心，把彭朋出巡的机密说了出来。马回回一惊：这彭朋可够高明的。秘密出京，让我们毫无准备，他打个措手不及。如果事成，马德赖费的九牛二虎之力，将付之东流。幸亏收买个梁清标，不然就糟了。事不宜迟，马回回起身告辞："梁大人，您致忠耶稣，这条消息最少能值一万两银子。等着领赏吧。"说罢，急忙出府。梁清标脸色煞白，心中暗想："彭朋与我同殿称臣，此次出巡，凶多吉少，我对不起他了！"

话分两头，再说彭朋回到府中，夫人吴氏连忙迎出："老爷，下朝这么晚，莫非又有大事？"

"一言难尽。"彭朋简要地说了几句，然后吩咐道，"夫人，你与我找出几件平常的衣服，再让彭安、彭定、彭兴、彭旺四个家人做些准备，三天之后，本官秘密动身。"

"这，老爷，途中有没有危险哪？"

"夫人放心，本官化装成商人，谁也不知我的身份。只要到达绍兴府，便万无一失了。"

"还是小心行事。"吴氏夫人很替丈夫担心。国家大事，又不敢多说，只得对四名家人千叮咛，万嘱托，让他们途中小心服侍。一晃过去两天，准备工作完全就绪。当天晚上，和硕亲王索额图又派来一人，这人姓左名逢春，外号吹破天，是王府中的护院教师。左逢春乃武当派正宗门人，他功夫不深，平平常常，论品德还算正派，只是有一个毛病，专爱吹牛说大话，因而得了个"吹破天"的雅号。他一见彭朋，立刻吹道："大人，我们王爷对您老人家特别关心，怕您路上出错，决定派一名高手保护大人。王爷千挑万选，从护院教师中把小人选拔出来了。您只管放心，有小人跟着您，别说强盗不敢来，即便来了，小人一瞪眼，他扭头就得跑！"

"多谢壮士。"彭朋心想：这人太玄。就连黄三太也不敢说此大话。可是索亲王派他来的，又不便退回，只得热情招待。左逢春也看出彭大人的心思，连忙笑道："大人，小人外号吹破天，刚才说几句大话，您别往心里去。其实我武功平常，没啥本事。不过，小人有个专长，那就是经得多，见得广。武林中人，不论是上三门、下五门，都与小人有点交情。他们若是见到我，我说什么，他们都得听从。"吹破天又吹起来。

第三天清晨一早，奉旨钦差彭朋化装成商人模样。他光头不戴帽，一把抓的大辫子垂在脑后，身穿青布长袍，脚蹬礼服呢面、香牛皮底的便鞋。座下骑一匹大走骡，这骡子菊花青色，头高体壮，骡子肚下挂一个大褡套，褡套中装些细软之物。另有一黄绫子包裹，内装金印。至于圣旨和御札不敢装进褡套，而由左逢春背在身后。时逢盛夏，几名家将和左逢春都是短衣巾、小打扮，他们分乘几匹高头大马，随同钦差出京南下。

饥餐渴饮，夜宿晓行。走大兴，越沧州，穿过德州府，又渡黄河界，这天来到济南。一路之上，平平安安，谁也不知钦差身份。彭公赶路心切，恨不得立刻见到黄三太，所以他不到天黑绝不住店。这天傍晚，主仆六人进入一座小镇，忽然吹过一阵凉风，六月天儿，孩儿脸儿，说变就变，下起雨来。总管彭安怕大人被淋生病，忙对彭定、彭兴、彭旺说："我到前边看看有没有店房，你们照顾老爷。"说罢，拨马要走。吹破天左逢春一摆手："总管，看样暴雨马上就来，进村找店不赶趟了。你看村口有个棚子，棚顶挂酒旗，估计是个小饭馆，咱干脆到那儿避避雨，捎带用晚饭吧。"

"也行，左英雄说得对。"主仆六人奔向木棚而来。这小店面积不大，只摆着几张长条桌案，收拾得还算干净。此时正是饭口，虽说下大雨，仍旧有人就餐。他们拣了张桌案就座，堂倌赶紧过来照应："客爷，真对不起，小店简陋，没有马棚，您几位的脚力只得挨浇了。"

"没什么。"左逢春吹道，"家里骒马成群，浇死几头再换新的。快把酒食端来。"

"是。"伙计转身而去。

这时，坐在旁边的几位客人看了看彭公，一人说道："和字儿，调瓢把活，海翅子入窑，青子挡锋点儿，浑天摘瓢，见舵把子，储头子海啦！"

"新鲜，他们说的哪国话？"总管彭安觉得可笑。左逢春暗中叫苦，糟了，大人的身份被贼人认出来了。那伙人说的是绿林黑话："和字儿"是同伙的；"调瓢把活"是回头快看；"海翅子入窑"是大官进屋了；"青子挡锋点儿"是把刀磨快点儿；"浑天摘瓢"是黑天杀他；"见舵把子"是报告首领；"储头子海啦"是赏银子很多！如果连贯起来就是："同伙的，回头快看，大官进屋了，把刀磨快点儿，黑天杀他，回去报告头目，赏银子准能挺多！"

左逢春暗道："若论吹牛，我谁也不怕，敢称天下第一。若论真功夫，别说他们是一群，就是一个人我恐怕也对付不了。大人身份高贵，万一有险，我责任太大了。怎么办？只得跟贼人动心眼儿吧。"想到此处，对堂倌问道："伙计，这镇里有好店房吗？我们不怕花钱。"

"客爷，要说好店房，就得算宏升客栈了。干净、明亮。开张之后，把别的店房都挤兑得黄铺了。"

"好，你这饭棚吃食太差，给你一两银子赏钱，我们上宏升店吃饭去。"说罢，拉起大人就往外走。来到街上，才把黑话翻译一遍。彭公真有些后怕："左壮士，快赶路吧。"

"大人是金玉之身，不可劳累。据下差估计，那些匪人今夜准去宏升店行刺。咱们另找住处，让他们一头扑空。这是我略施小计，声东击西，管保让他们上当。"左逢春又吹了起来，一边吹牛一边用手一指，路东果然有家店房，白墙黑字"安寓客商姜家老店"。大概是天已黑了，店房关门闭户。彭兴催马上前，敲打门环。过了片刻，门闩声响，从里边走出个老者。他看了看众人，抬头问道："客官，是要住店吗？"

"对，有闲房子吗？"

"有，众位里边请。"老者把众人领到上房，又将马匹拴在槽头。左逢春见他忙里忙外，不由得紧皱眉头："店家，我们一路饥渴，衣服也被雨浇湿了。虽说是盛夏，身上也不好受。你快让伙计点上盆火，我们得烤烤衣裳。再端来酒菜，我们还没吃晚饭呢！"

"客官，真对不起。"老者苦笑道，"小老儿姓姜，名叫够本，这个名字取糟了。小店的生意都被本镇宏升店抢走，我数日难得开张。姜够本，嗐，连本也不够了。小老儿只得辞退伙计，里里外外一人忙，还请客官担待。"他这一番话，把众人都说笑了。左逢春只得与家人齐忙动手，拢起火盆，为彭公烘烤衣服。正在这时，忽听店门又被敲打，彭公说道："姜老头儿也够可怜，彭旺，你替他开门去吧。"

"是。"彭旺打开店门，见门外立着一匹战马。借月色观瞧，这匹马浑身雪白，一尘不染。马上坐着一人，身穿箭袖，腰佩宝剑，年纪在三十多岁，五官端正，相貌堂堂。他看了看彭旺，不由得满脸惊疑："嗯？你不是彭公的亲随家人吗？怎么会在此住店？"

"哎哟，李七爷！您这是从哪儿来呀？我家老爷在里边呢。您快请进来吧。"

"什么？你家老爷怎么会住这种小店？莫非，莫非罢职……"

书中交代，来的这人名叫李七侯，外号人称白马将。李七侯的哥哥叫李五侯，曾与彭公为同科进士，二人来往密切，情同手足。为此，七侯与彭公也极为熟悉。李七侯不喜读书，专爱练武，一条银枪神出鬼没。又因为他爱骑白马，所以人称"白马将"。一个月之前，李七侯接到一份请帖，邀他去杭州参加"三江擂"。什么叫"三江擂"呀？原来，江苏、江西、浙江三省巡抚都是武将出身，为了让武术发扬光大，三巡抚出资设立了一座擂台，请三省武林高手比武会友。由于三省都带一个"江"字，所以取名"三江擂"。李七侯来到杭州，见许多著名豪杰都已聚齐，其中既有上三门，又有下五门。擂期定为二十天，拳脚、兵刃、暗器、刀马各比赛五天，胜单项者赏银一千两，胜全项者赏银一万两，并由三省巡抚贺号"威震三江"。这样的殊荣谁不想夺？只看本事如何了。结果，浙江绍兴府三太镖局镖头、南霸天飞镖黄三太凭着三支金镖和一口宝刀勇取第一名，取得了"威震三江"的称号。尽管有人不服，却也无可奈何。

白马将李七侯是黄三太的好友，本想在擂台过后多住几天，替黄镖头摆宴祝贺。谁料家人跑到杭州送信，言说其兄李五侯病危，请七侯速回原籍山东滨州府照料。七侯告别黄三太，日夜兼程奔往山东，不期济南郊外遇雨，巧逢彭公，二人相见，自然喜出望外。

"七侯，你哥哥可好吗？屈指算来，有十年未见了。"

"唉，彭公，家兄病危，我正要赶回呢！"李七侯将杭州擂讲述了一遍，接着问道："彭公，您怎么会住在这种小店？"

"这……七侯，我不想瞒你，你千万不可外传。"彭大人把自己的使命讲罢，又讲了请黄三太帮忙之事。李七侯点头应道："天下英雄聚集杭州，正是好机会。大人不必去绍兴了，直接奔杭州吧。可惜家兄病重，恕不能奉陪。"

"代我向五侯问好，并盼你能早日赶到广西。"

"七侯愿为国效力。"二人正在交谈，吹破天左逢春进来了。他与李七侯早就认识，连忙寒暄起来。彭公问道："左壮士，你干什么去了？"

"别提啦，我想大人又饥又渴，所以到厨房催饭。谁料厨房空无一人，连火也没点，姜够本老头儿也不知死哪儿去了！"他话音刚落，只听门外喊道："客官，酒饭来啦。"门外进来一个小伙，手托食盒，满脸笑容，"客官，姜老头儿是我舅舅，由于连月赔本，他的店房什么吃食也没有了。刚才他到我家，让我帮忙。我寻思这么晚了，现买菜做饭也来不及。所以在本镇醉仙居酒楼叫了几个菜，众位将就一顿吧。"说着，小伙打开食盒，端出几盘鸡鸭鱼肉并四瓶好酒。这些人早就饿了，左逢春斟满酒杯："大人、李英雄，请!"

他们刚把酒杯举起，忽听后窗户噗的一声。李七侯眼观六路，耳听八方，连忙停杯回头观看。只见窗户纸已经破裂，从外边捅进一个烟袋锅子。这烟袋锅子足有碗口大小，里边最少能装四两烟叶。说时迟，那时快，烟袋锅子横着一扫，准极了，竟把三盏酒杯全部扫落。彭公大惊失色，这要扫在头上，谁还有命啊? 幸亏李七侯在此，不然就糟了："七侯，快抽宝剑，窗外有刺客!"

"哈哈，"李七侯大笑，"彭公放心，此人出现，灭青剑岭、捉白起龙易如反掌!"

第四回　大侠客海南收弟子
小东方川西拜恩师

　　且说白马将李七侯一见那个大烟袋，不由得心花怒放。他向后窗户高声叫道："欧阳兄，你又开什么玩笑？快请到屋中来吧。"

　　"唔呀，李七侯贤弟，吾老人家救了你老人家一条小命，你老人家怎么还埋怨吾老人家呀！"随着话音，从门外走进一人。彭公和手下的家人们一见这人，全都忍不住笑了起来。现在正是盛夏时节，人们脱光膀子还觉得酷暑难熬，可是眼前这人却身穿老羊皮袄，板朝里，毛朝外。这皮筒子是纯正的西口货，质地极好，弯弯曲曲的白毛足有一拃多长，如同成熟的麦穗。腰中扎一条蓝布大带，大带上挂着一个枕头大小的吼布口袋。头上戴一顶黄不黄、黑不黑的金边沿毡帽，迎门不镶美玉，不镶珠宝，而镶着一块雪白的牛骨头片。下身穿粗灰布兜裆马裤，足蹬高靿薄底快靴。脸上看，紫微微的面皮，鼻直口阔，大耳垂轮。只是看不清他的二目，因为他戴着一副特大眼镜。这眼镜是用紫红色玳瑁做框，深茶色水晶做光片，每个光片都有巴掌大小，把脸面的上半部几乎全部挡住。看年龄，不会超过四十岁。他手中擎着一根五尺多长、风磨铜杆、白金锅子、翡翠嘴子的大号烟袋。书中暗表，这烟袋净重三十六斤，既可抽烟，又是兵刃。在烟袋锅子里还暗藏五枚钢球，每枚二两七钱。必要时，口衔翡翠嘴，用丹田力将钢球吹出。这暗器百发百中，八十步内可置敌死地。他是谁？看官自喻，当然是本书"书胆"——怪侠欧阳德！

　　欧阳德祖籍浙江嘉兴府平湖县西塘镇。他父亲欧阳化乃举人出身，自称北宋文学大家欧阳修的远代玄孙。欧阳化读书刻苦，文采出众，怎奈命运不济，一生也未能考取进士。直到五十多岁时，才被推荐为广东海南岛陵水县九品典史。欧阳化发妻早丧，身边只有一子，取名欧阳德，当时年方六岁。父子同到海南，人生地疏，语言又不通，再加上当地的土著十分排外，逼得欧阳化心灰意冷，只得闭门不出，每日以教子读书为乐。谁料想福不双降，祸不单行，欧阳化心情郁闷，又水土不服，刚刚到任三年便一命呜呼了。欧阳德未满九岁，虽然是个通晓经纶的少年才子，却对老父的后事无能为力。他痛哭过后，只好东奔西走，哀求官府料理丧事。可是海南陵水县的主要当权者皆是本地土著，他们根本不把那个外来的汉族官员放在眼里。任欧阳德百般哀求，仍是置之不理，甚至还说上几句风凉话。欧阳德虽说年少，却很早熟。他心中发恨："人情淡如水，半点不假！不怪古代有些豪杰游戏人生。等我长大之后，也要效仿这些豪杰，戏弄人间几十年！"发恨归发恨，眼下的丧事怎么办呢？这少年走投无路，只得亲手写了一张告白，卖身葬父！一连三天，无人过问，急得欧阳德几乎昏倒。这日傍晚，人群外走进一位绿林英雄，他穿短打，佩宝剑，年近四旬，操着浙江的口音叹道："可叹，可怜，可贵！这位小兄弟，你埋葬老父需要多少钱哪？"

"啊？"欧阳德听对方的口音，知是大同乡，倍觉亲切起来。于是他用带有海南味的嘉兴话答道："唔呀，吾先谢谢你老人家。若有二十两银子，吾埋了老父，就随你老人家去呀。"

"二十两？"绿林人微微一颤，若有所思。

书中暗表，这人姓梅名映霜，外号人称"圣手无痕"，乃江湖路上一位著名人士。

当时的江湖路、绿林行共分为上三、下五八个门户。所谓"上三门"，指的是武当、少林、峨眉。门人学会武艺，或报效国家，或开设武馆，或保镖押运，最不济的也当护院教师，总之一句，都是自食其力，靠功夫谋生糊口。至于"下五门"就大不相同了。"下五门"指的是黑虎、白猿、玄狐、鹌鹑、蝴蝶五种。黑虎门靠拦路抢劫；白猿门靠深夜偷盗；玄狐门靠坑蒙拐骗；鹌鹑门靠赌博弄鬼；至于蝴蝶门就更坏了，专讲采花盗柳、奸人妻女。各门户之间界限极为严格，如果超越界限，比如黑虎门的人胆敢采花盗柳，那么绿林道有权问罪。

　　闲话带过。单说梅映霜自幼拜在白猿门第三门长、身形无影夜摸天宋连峰膝下为徒。学艺八载，练就一身好武功，人称圣手无痕。他走上江湖路后，按照门规，当然是以偷为业。有一次夜间行盗，他偷了人家二十两白银。次日清晨，无意之中又从这家路过。只见这家门前跪着一个小男孩，年龄不满十岁，边哭边诉："叔叔、大爷，我爹病重，借了二十两银子给他治病。可是黑心贼把银子偷去了，我爹一着急，昨晚半夜死啦。爷太们，为我爹发丧，小人甘愿卖身为奴，哪位行行好，把小人买去吧……"孩子泪流满面。梅映霜心中十分难过，暗暗埋怨自己："干的这叫什么事呀？虽未亲手杀人，也算欠人命债！"他连忙给那男孩二十两纹银，未及孩子感谢便跑回住处。一连数日，梅映霜心中很不安宁。他暗自想道："既入白猿门，就得以偷盗为生。可是这种行当不仁不义。男孩卖身葬父被我偶然撞见，没撞见的一定会更多。今后怎么办呢？若是再偷，定会心虚手怯，若是不偷，又别无生计。"梅映霜思来想去，突然眼睛一亮："有了，今后再行窃时，不偷平民百姓、善良人家，而专偷那些富而不仁的贪官污吏、土豪劣绅。这些人贪赃枉法，盘剥黎民，他们家财万贯，别说丢二十两，即使丢二百两、两千两，也是九牛一毛！"主意拿定，心情顿觉轻松起来。

　　从这日起，梅映霜专偷那些行为不端的恶人，并将所得财物散发给贫困的百姓。一晃十余年，他又落了个"大侠"的美誉。梅大侠不敢辜负这个"侠"字，他常常规劝本门弟兄，希望大家效仿自己。谁料这样一来，却遭到一些门人的反对。有人骂他沽名钓誉，有人怨他管事太宽，还有人到他恩师宋连峰跟前告状。反对者不少，拥护他的人更多。凡有些正义感的门人都对他劝道："海阔凭鱼跃，天高任鸟飞，人各有志。梅大侠，咱何不另立门户，我们就举你为门长。"

　　"不行。"梅映霜摇头说道，"江湖路上只有上三、下五、八个门户，另立新门户不会被人承认。再者说，咱们虽属偷富济贫，终究离不开一个'偷'字。既然是偷，除了白猿门，别无出路。"

　　"可也对，总得想个办法呀。"大家议论纷纷，最后有人提议，"既有上三门、下五门之分，咱何不也来个上白猿，下白猿。凡赞成偷富济贫的，属上白猿，见谁偷谁的属下白猿，一门两枝，各行其是!"

"妙!"大家一致赞同。

人无远虑，必有近忧。梅映霜另立门户属于"叛变"行为，白猿门总门长下令将其开除，并派出杀手取其性命。多亏有人提前报信，梅映霜连夜逃走。内陆不敢逗留，这才来到海南岛陵水县，不期恰逢欧阳德卖身葬父。当欧阳德说到"只要二十两"时，梅大侠又想起当年被偷的那个男孩，不由得浑身一颤，深觉往事不堪回首。

"小兄弟，你葬父的银钱我给了。你小小年纪，将来如何生计呢?"

"唔呀，谢谢你老人家。葬父之后，吾跟你老人家当差好啦。"

"当差倒不必。我见你人很机灵，想收你当个徒弟，教你武艺，你可愿意吗?"

"唔呀，恩师在上，徒儿给你老人家磕头了。"欧阳德纳头便拜，喜得梅大侠眉开眼笑。

丧事完毕，梅映霜在陵水县租了几间房子，带着欧阳德住了下来，每天早起晚睡，教他武艺。眨眼又是一年，欧阳德的腰腿有了些基本功了。梅大侠心中又喜又忧，喜的是欧阳德极为聪明，天生的练武材料，忧的是囊中渐渐空虚，师徒二人的吃喝花费眼看用尽。自从被白猿门开除之后，自己就再未行偷，怕的是门中人说三道四。今后如何度日呢? 海南岛人地两生，只有回归内陆另想办法。好在躲了一年，追杀自己的那股风估计过去了，干脆，回去吧! 拿定主意之后，梅映霜带领欧阳德离开海南，回到浙江杭州府。

果然不出他所料，在他的授业恩师、白猿门第三门长、身形无影夜摸天宋连峰的极力周旋下，白猿门总门长已经撤回了杀手，对他不再追捕。可是开除门户的决定绝不收回，若发现他再行偷窃，则格杀勿论。这正合梅大侠之意，他早已不想再干偷盗之事了。于是邀请了十几位好友，当众金盆洗手，从此跳出界外。依他本意，凭着满身武功，不愁混碗饭吃。谁料想做人难，做好人更难。不明真相者，一听他是被门户开除的，便以为他大罪弥天，不敢录用; 明真相者，又怕得罪白猿门，对他也敬而远之。由此一来，梅大侠贫困潦倒，几乎带着徒弟乞讨街头了。

天无绝人之路，正在此时，南七北六十三省总镖头、神镖将胜英胜子川恰好押运镖车从京西宣化府来到杭州。他闻知梅映霜之事，深表敬佩与同情。于是出资白银一万两，在杭州开了一处镖局分号，并请梅大侠担任镖头。梅大侠绝地逢生，千恩万谢。胜英为人仗义，又提出与梅大侠冲北磕头，八拜结交，于是二人结为兄弟。胜英有位心爱的弟子，就是如今"威震三江"的飞镖黄三太。当时，黄三太尚未出师，遵照胜英的吩咐，也与欧阳德拜为弟兄。老少四人欢聚半月，各自散去。梅大侠用胜英的银子买了一处宅院，这宅院种满枫树，每到深秋，一片火红。大侠暗想："我名映霜，这满院的枫树是好兆头。"于是取名"枫院镖局"，替胜英照管江南业务。

什么叫镖局呀？原来在康熙年间，邮运工作尚未开展。有些大商家要办置南北货物，有些官僚和民间富豪也要往原籍家中运送金银财宝。可是途中不安全，常有山贼草寇拦路劫抢。为了保护财产，人们便请有关部门负责押运。这个部门便称作镖局，其首领则称镖头。镖头必须武艺高强，否则镇不住群寇。当时，全国总镖头就是胜英。他令梅大侠在杭州开设分号，也是对梅大侠的信任。梅映霜不负所望，果然将枫院镖局办得红火起来。

眨眼又是二年，欧阳德在枫院日夜苦练，基本功已经十分娴熟了。从第四年开始，梅大侠教他轻功，蹿高蹦矮，滚瓦爬坡，一练又是二年。待轻功练就，始教兵器。欧阳德对刀枪剑戟皆无兴致，却喜欢使棍。根据本人爱好，梅大侠为他打造了一根熟铜棍。这条棍净重三十六斤，外表镏上一层金水，锃光瓦亮。二年过去，欧阳德的棍法已是神出鬼没了。

这天，梅大侠叫来徒弟，说道："德儿，你九岁学艺，如今已经十六岁了。为师本该再教你几年，怎奈你过于聪明，把我这点本事全掏净了。昨天，京西宣化府胜老英雄派人送信，言说他那得意高徒黄三太即将出师，定于三月十五摆设香堂盛会。届时，南七北六十三省上三、下五各门豪杰都要在宣化府集聚，一为胜老英雄祝贺，二为其高徒黄三太贺号戴花。为师乃胜老英雄门下的分号镖头，既接到请柬，绝无不去之理。"

"唔呀，师父哇，胜老英雄为弟子摆设香堂，一定很热闹哇！"

"当然，根据胜老英雄的人品、武艺、门户，参加香堂盛会者必将空前。"

"唔呀，你老人家把徒儿吾也带去吧，让徒儿也开开眼界呀。"

"这……"梅大侠沉默片刻，一声长叹，"德儿，不行啊。为师是胜老英雄的门客，你算什么身份呢？"

"唔呀，吾是你老人家的徒弟呀！"

"唉，正是如此，你更不能去了。德儿，为师的经历你也知道，我是被白猿门清除的人物。根据绿林规矩，像我这种人是没有资格再收徒弟的。即使收徒，也不敢摆设香堂，徒弟出师之后，也不被江湖承认。"梅大侠说到此处，眼圈发红，"德儿，为师把你的前程耽误了。不但不能带你去京西宣化府，而且还想打发你走。"

"唔呀，"欧阳德慌忙跪倒，"师父，徒儿不去就是了，你老人家别生气呀。一日为师，终身是父。什么门户不门户的，吾可不在乎哇！"

"非也。"梅大侠摇了摇头，"当今状况就是这样，没有门户，即使有天大的本领，也难闯出一番事业。另外，我打发你走，也不是光为门户。刚才说过，我的武艺被你学尽了，再留下去，于你无益。所以你应该单独去闯，若逢机会，可以另投一位正门正户的师父重新学艺。至于我嘛，就把你当成一个螟蛉义子好了。德儿，你才十六岁，前途无量。我意已决，不必多说。赶快去收拾收拾，明日清晨咱们一同上路。"

"嗯……师父在上，受徒儿大礼参拜。"欧阳德知道难以挽回，忙给师父磕了三个头，回到自己的住处。当夜，他无论如何也睡不着觉。心中暗想："世上最难琢磨的是'人情'二字。当年，老父病丧海南，人情淡薄，若不是碰上师父，自己的小命也早就完了。而今，师父侠肝义胆，品格高尚，却又被这'人情'二字闹得如此烦恼，就连亲授弟子都不敢公开。哼，我就不信这些，将来倒要拿它开点玩笑，看你世人敢对我如何！"欧阳德越思越想心中越乱。反正是睡不着，他点上油灯，取出一本书来灯下观看。这是本杂书，名叫《游侠列传》。取材于历代传说，按着明清章回小说体加工而成。其中有一段《滑稽侠笑谏汉武帝》。描述的是西汉大臣、文学家东方朔讽谏汉武帝刘彻的故事。这位东方先生性情诙谐，语言幽默，由于他玩世不恭，得罪了一些人，就连皇帝也对他不满。东方先生却毫不在意，挥笔写了一篇文章，名叫《答客难》，把世间"人情"分析得十分透彻，文章上交皇帝后，他便骑上白马，游侠天下去了。欧阳德读罢这篇小说，拍案叫绝！

"唔呀，东方先生好高明啊，这么多年前便看破了人情，比吾强多了。他骑上白马，诙谐滑稽，真有意思呀！对呀，吾们练武的人都得有个外号，什么摆设香堂，贺号戴花，去他个王八羔子吧，吾老人家自己为自己取个外号，就叫'小东方'好了！小东方，太美了，美死吾老人家！"欧阳德自言自语，乐得手舞足蹈，折腾了整整一夜也没睡觉。次日清晨随同师父出离了杭州，一同北上。这天来到嘉兴府平湖县西塘镇，梅大侠买来些纸马香烛，让欧阳德去祖宗坟前烧化祭奠。祭奠完毕，梅大侠说道："德儿，咱爷儿俩该分手了。为师要去北方的宣化府，你想到哪儿去呢？"

"唔呀，师父去北方，徒儿不敢同行。咱是从南方来的，吾又不能往回走，东边是汪洋大海，吾只能往西边闯闯了。"

"也好。不论走到哪儿，都要小心谨慎。"

"是。师父一路珍重。以后有了机会，吾再看望你老人家。到了宣化府，替徒儿向胜老英雄与黄三太大哥问好。"

"知道了。"梅大侠强忍悲痛，给了欧阳德二百两纹银，师徒洒泪而别。

且说欧阳德行无定所，饥餐渴饮，一路向西，这天来到四川省峨眉县。峨眉县东临岷江，西靠峨眉山，物阜民丰，景色宜人。欧阳德面对这无限风光，万分感慨："不怪人家峨眉派是上三门，人杰地灵，造化出多少好汉！待休息两天，我倒要进山走走。"当晚，他住在店房，但店房的大门、二门、客房门都张灯结彩，对联高挂。他对伙计问道："唔呀，堂倌，你们掌柜的要娶媳妇吗？"

"客爷真爱玩笑。我们掌柜的都快七十啦，娶哪门子媳妇？"

"那为什么挂灯结彩呀？"

"客爷，您年龄不大，怎么糊涂了？今天是大年三十，明天过年哪。"

"唔呀，吾老人家真过糊涂了。"欧阳德暗笑："阳春三月在嘉兴府与恩师分手，一路游游逛逛，竟连过年都不知道。"伙计也暗笑：

"这小爷不过二十岁，却自称'老人家'。南蛮子都有钱，我顺着他说，准有好处。"于是笑道："过年了，您老人家添什么东西，把银子交给小的，小的替您老人家购置。"

"唔呀，你这王八羔子想经手三分肥呀？吾老人家不用你，自己去买呀！"欧阳德走出店房，打算买点年货。忽然，一阵小北风刮来一片乌云，飘起了小清雪。四川很少下雪，欧阳德生在江南也很少见到雪，所以十分高兴，流连忘返。他走大街，串小巷，直到傍晚还不想回店。谁料越走越冷，冻得他浑身打战。欧阳德心想："南方人不禁冷，我添置几件衣裳吧。"他在一家铺户买了棉衣、棉帽，当即穿戴好，顿觉暖和了许多。走出铺户时天已黑了。糟糕，人生地疏，再也找不到自己的店房。正往前走，路边有座破庙，为避风雪，他走进庙中。这庙的一角已经塌了，风雪直往里灌。供桌上点着一盏小油灯，借灯光观看，供桌下边有一堆破烂草，草丛中躺着一人。这人是个讨饭乞丐，头旁置放着破瓦罐，旁边扔着打狗棒。那乞丐五十多岁，光着膀子，赤着双足，浑身只穿一条短裤。他四肢伸开，躺卧在草中。欧阳德心想："天寒地冷，乞丐莫非冻死？"走到切近用手摸了摸鼻息，二气尚存。于是他脱下新买的棉袄，盖在乞丐身上。谁料那乞丐冲他一瞪眼："你想干啥子？老子睡得好好的，你用棉袄闷死我，噢，图财害命，想谋我的瓦罐和打狗棒吗？"

"唔呀。"欧阳德哭笑不得。心想："这人要冻死了，说胡话呢。"笑道："你老人家把吾老人家的好心当成驴肝肺了。吾怕你冻坏，才把新买的棉袄给你盖上。"

"噢？"那人从草丛中坐起道，"误会了，你老人家救人救到底，把棉帽子也赏给我老人家吧。"

"唔呀，咱俩都是老人家，行啊。"欧阳德往头上一摸，想摘帽子，谁料头上光光，那顶棉帽不翼而飞。他正纳闷，帽子几时丢的，怎么毫无感觉呢？忽听那乞丐笑道："这棉帽是兔毛的吧，挺暖和。"

"啊？"欧阳德一看，帽子早已戴在乞丐头上了，"唔呀，真可恶，你怎么偷吾老人家的帽子呀？"欧阳德当事者迷，他应该想想，神不知，鬼不觉，对方能从他头上摘走帽子，那就绝非等闲之辈。可是他光顾生气，忘了这些。那乞丐笑道："嘿嘿，这般小气，帽子还给你，连棉袄我也不要了。"说罢，又重新躺下。欧阳德心中有气，抱起衣帽走出庙门。西北风一吹，他打个寒战："唔呀，天气这般冷，那花子赤身裸体，一夜就得冻死。吾不能见死不救哇！"于是他二次返回："吾老人家不跟你一般见识，衣帽留下，再留一两银子，明天过年吧。"说罢，对方却未回答。欧阳德不由得自言自语："唔呀，全怪吾老人家，吾老人家不该怄气而走哇，他老人家准是冻坏了。"一边说话，一边凑向乞丐。来到乞丐身旁，不由得大惊失色。见那乞丐赤身而卧，尽管墙角漏着风雪，他身上却热气腾腾，睡得十分香甜。嘴里嘀嘀咕咕还直说梦话："小南蛮子好狠心，想把我冻死。哈哈，我可不怕冷，好热，好热呀！"

"唔呀，碰上活神仙了！"欧阳德这才明白，身旁的乞丐乃是世外异人。怎么办？恩师梅大侠让吾闯荡江湖，今日恰逢异人，绝对不能放过。可是这位异人神神怪怪，若用普通招法，他未必收我。有了，对怪人用怪招。欧阳德也将衣服脱净，顺着乞丐身旁躺下。乞丐浑身冒汗，他却冻得要死。上牙打下牙，身上发紫，眼看昏死过去，却又一声不吭。到了后半夜，那乞丐吃不住劲了，厉声喝道："起来，要死，死在别处去！"

"唔……唔呀，你老人家把不怕冷这招教给吾老人家，吾老人家就起来。不……不教，吾老人家就不起来！"

"嘿嘿，无赖！"乞丐笑道，"你小子挺怪，跟我还算投缘。告诉你，不怕冷这招，可不是三天两天能学会的。"

"吾跟你老人家学定了，十年八年也行。"

"穿上衣裳，收拾收拾跟我走。"

书中交代，这乞丐复姓诸葛单名方，人称外号"丐剑哈哈叟"，乃川西峨眉派第六代正宗传人。他的授业恩师红莲长老现为峨眉派总门长。诸葛方武功绝伦，堪称川西高手。除了轻功、硬功，他另有三种奇艺。一种称作"寒暑不侵"，严冬赤身不冷，酷夏穿皮不热；二种称作"五星连珠"，属于暗器。既非金镖，又非袖箭，而是五枚钢球，每枚二两七钱，既可单发，又可齐发，一旦抛出，定取人性命；三种称作"点穴法"，根据人体周身穴位，按不同时间，只要用手指一点，便可切断血液循环，使对方产生麻木感，再也动弹不得，就如同今日的针刺疗法和压迫疗法，施展起来十分管用。乞剑哈哈叟诸葛方尽管身怀绝技，怎奈脾气古怪，亦真亦假，所以落落寡合，就连收下徒弟后，不出三个月也会被他撵走。他的授业恩师红莲长老屡次劝他，让他改改毛病，并警告他说："长此下去，不会有人跟你学艺，这一支派就会失传。"又有一些本门师兄弟戏称他"绝户武功"。诸葛方不服，声称走遍天下也要寻访一名得意传人。不期破庙逢欧阳德，诸葛方十分高兴，心想："这少年屡送棉衣棉帽，可见他怜悯孤苦，心地善良。另外，他冻得浑身发紫，几乎死去，却一声不吭，可见他意志坚定，性情果敢。最主要者，他竟效仿我，赤身而卧。这一招法挺怪，怪得与我相同。天赐良缘，不收此徒还收何人？"诸葛方拿定主意，带领欧阳德回归峨眉山。

按说，欧阳德已经十六岁了，学练武功起步已晚。幸喜他在梅大侠手下早已打好基础，跟随诸葛方练武还不算吃力。一晃又是九年，欧阳德已经二十五岁。他将师父的武功和三种绝艺完全学会，某些地方甚至超过其师。诸葛方年近花甲，对欧阳德叹道："你武功已成，你是我唯一的徒弟，可是我又不能为你摆设香堂。"

"为什么？"欧阳德大惑不解。

"德儿，你曾随梅大侠学艺，他是下五门，我是上三门，上三门抢下五门的徒弟，江湖上会议论纷纷。"

"唉，"欧阳德心中难过，"您与梅大侠都是可敬的长辈，却也卷在'人情世故'之中。吾不在意这些，您二位都是恩师，至于香堂之事，徒儿并不看重。"

"难得。为师虽不能为你摆香堂，却可以领你去拜见师祖。"说罢，领着欧阳德奔往清音阁。清音阁位于峨眉山牛心岭，东有白龙江，西有黑龙江，二江合流处有一怪石，颜色黑红，光泽闪闪，高数丈，状若牛心，取名牛心石。牛心石两侧各有一座拱桥，取名双飞桥，越过拱桥便是清音阁。寺院宏伟，峨眉派总门长红莲长老便住在这里。高僧年届九旬，见到徒孙十分偏爱。欧阳德演武之后，长老更加欢喜："呵呵，有其师必有其徒，一对怪才，怪得可爱。祖孙初次见面，若不赠些礼物，你师父就该背后骂我了。"

"徒儿不敢。"诸葛方笑道。

"来呀，"长老对小沙弥吩咐，"快去葫芦顶，将那杆烟袋取来。"

"是。"小沙弥去不多时，扛来一杆特大烟袋。这烟袋长有五尺，风磨铜的杆，白金锅子，翡翠嘴。长老接过烟袋，对徒孙笑道："本师祖乃边北辽东人氏，少年时期，曾随同老罕王征战天下。那时，本师祖最喜丹白桂，也就是烟草。每天吸上三五袋才觉过瘾。后来二帝皇太极继位，下旨严禁丹白桂。本师祖年轻火气旺，声言丹白桂补气提神，有益无害。皇上闻讯，将我传去，又把这只大烟袋交我，令我在金殿吸尽一锅。谁料刚吸了一半，便猝然昏倒，方知丹白桂有毒。皇上圣明，将这大烟袋赐我，令我现身说法，警喻世人。从此，本师祖戒烟，又将烟袋当作大棍，横扫天下。"

"唔呀，"欧阳德叫道，"烟袋当大棍，奇了！"

"哈哈，"长老大笑，"不仅当棍，而且藏有暗器。徒孙哪，将你那五枚钢球拿来。"

"是。"欧阳德不知长老用意，忙将钢球送上。红莲长老把五枚钢球装进烟袋锅子，口衔翡翠嘴，来至庭院，用力一吹，但见五珠联璧，同时飞出，啪啪啪……将五条树枝一齐斩断！欧阳德目瞪口呆，就连诸葛方也吃了一惊："师父好偏心，只教徒儿用手发钢球，烟袋藏暗器却从来不露。今日当众显示，莫非有意传授徒孙吗？"

"正是。"长老把烟袋交与欧阳德，又对诸葛方说道："人称你为'丐剑'，三尺青锋已自成一家。而德儿恰喜使棍，本师'五珠连璧'不可失传，正好授他。"

"德儿，"诸葛方叫道，"还不磕头谢恩，更待何时？"

"谢师祖。"欧阳德大礼参拜。

弹指之间，又是一年。欧阳德日夜苦练，已深谙"五珠连璧"之功法。这日辞别师祖，走下峨眉山。

忆当年，父死难治丧，梅大侠授艺却不敢收徒，诸葛剑客为上三门豪杰名士，他也为了声誉，免去香堂盛举。这件件往事，使欧阳德看破红尘，他决计笑闹数十年，来上一番"人生游戏"。首先从服装做起，由于掌握了"寒暑不侵"之功，所以一年四季反穿皮袄，又配上一副特大号茶色眼镜，使人看不清他的庐山真面目。手拎大烟袋，暗藏钢球，自称"小东方"，一头闯入江湖。江湖路上共分上三、下五八个门户，除了蝴蝶门采花盗柳他绝对不干，余下的七门他见啥干啥。上三门的保镖、护院、卖艺他干过，下四门的抢劫、偷盗、拐骗、赌博他也干过。不过，皆是对付坏人，对忠臣孝子又尽力保护。他横行江湖，引起各门重视，他所作所为，又引起各门不满。怎奈他没有门户，对他难以制约，只得用武力清除。想用武力对付他谈何容易？多少位武林高手皆成了他手下败将。欧阳德比武原则是只将对手打败，而不打伤，更不打死。武林中也有"欺软怕硬"的陋俗。一晃十余年，他们不仅承认了这位"小东方"，又为他贺了一个"怪侠"的美誉。除了蝴蝶门，其余七门联合决定：小东方怪侠欧阳德愿干什么就干什么，各门各户不准干涉。这样一来，欧阳德反觉尴尬。他带足金银，云游名山大川去了。两年之间，绿林人不知他的下落。

　　书归正传。再说白马将李七侯一见后窗户捅进大烟袋，就知怪侠光临，连忙请到屋中。欧阳德望了彭公几眼，笑道："唔呀，你就是奉旨大钦差呀？哈哈，死期不远了！"

第五回　金印岭钦差失金印
黄花庄怪侠会黄花

钦差彭朋心中暗道："我的绿林朋友很多，却从未见过此人。据他这身打扮，可能是一位世外奇才。"于是扭头问道："七侯，这位英雄是谁？请与下官指引介绍。"

"大人，您虽与他不相识，估计早听黄三爷他们说过。这英雄大名鼎鼎，如雷贯耳，他复姓欧阳单名德，自称小东方，人称怪侠，乃武林之中第一高手！"

"噢？"彭公连忙走近，抱腕拱手，"您就是欧阳侠客？久仰大名，未见其面。下官与黄三太、杨香武、李七侯等各位豪杰皆为至交，他们曾屡次提到侠客大名，并对侠客的品德及武功赞颂不止。下官久欲相会，只恨无缘，今日见面，真三生有幸也！"

"唔呀，你们当官的说话太啰唆呀！吾老人家可不会客气，请问钦差，你老人家有几颗脑壳呀？"

"啊？"彭朋一愣。白马将李七侯心中暗道："怪侠有点过火啦。彭公不是一般人，他乃代天巡狩，钦差大臣，又是朝中礼部尚书，对这样的大员，还是应该尊重。"为此，七侯赶紧解围："彭大人，欧阳怪侠历来诙谐，他和您开玩笑呢。"

"唔呀，七侯兄弟，吾老人家可不是开玩笑哇，你们往地下看看就明白了。"说罢，他往地下一指。众人顺着他手细看，只见酒杯落处，木质地板已经烧黑了一片。李七侯大惊失色："欧阳兄，这是怎么回事？"

"唔呀，你白马将也算武林中人吗？若不是吾老人家用烟袋捅飞酒杯，你老人家早没命了。你死不打紧哪，钦差官陪你一死，谁去青剑岭抓白起龙那王八羔子？"

"欧阳侠客，"彭公再次拱手，"下官多谢救命之恩。去青剑岭捉拿白起龙之事，侠客从何处得知？"

"听吾老人家慢慢说呀。"欧阳德玩世不恭，他连皇帝老子也不放在眼里。可是与彭公接触不久，便对这位钦差大臣的一身正气产生了敬意。他收起常态，一本正经地讲了起来。

原来，欧阳德被绿林各派承认之后，便收敛锋芒，云游名山大川去了。泰山素称"五岳之尊"，奇峰峻岭不可不游。游罢东岳，他又来到济南府大明湖，准备一览趵突泉。趵突泉不愧为七十二泉之首，果然别有风光。但见泉源上喷，水涌如轮，浪花四溅，声若隐雷。欧阳德诗兴大发，仰面唱道：

> 四面荷花三面柳，
> 一城山色半城湖。
> 白云紫雾相缭绕，
> 波涛声震耳聋无！

诗未唱尽，忽听身后笑道："好，难得侠客爷也有这种雅兴。多日不见，侠客爷一向可好？"

"唔呀，"欧阳德回身一看，见身后站着四个人。他们是金眼骆驼唐治古、火眼狻猊杨治明、双麒麟吴铎、花叉将杜茂。前二者是黑虎门传人，专干拦路抢劫勾当；后两个是玄狐门子弟，只会坑蒙拐骗。怪侠笑道："唔呀，你们四个王八羔子从哪里来呀？趵突泉游人很盛，连抢劫带拐骗，龟孙们发大财了。分给吾老人家一半吧。"

"嘿嘿，侠客爷见面就骂。反正咱也惹不起你老人家，挨骂也得忍着。走吧，先请侠客爷去吃午饭。"

"唔呀，王八羔子孝敬吾老人家，吾老人家只得赏脸哪。"

众人边说边走，一路来到太白楼。金眼骆驼唐治古是四人的头目，他向堂倌要了一间雅座，又点上酒菜，痛饮起来。据怪侠估计，这四贼可能买卖得手，发了一笔小财，所以才宴请自己。谁料四贼边饮酒边和欧阳德套近乎："侠客爷，圣手无痕梅映霜是您的启蒙老师，论门户，您也算咱下五门弟子。既然不是外人，我们就实话实说。这次来济南，可不是为了抢劫，拐骗，而是要干一件惊天动地的大事！"

"哈哈，"怪侠故作不信，"就凭你几个龟孙的功夫，还能干什么大事？"

"是呀，正因为我们武功不行，所以才请侠客爷喝酒。您老人家若肯帮忙，咱们后半辈富贵无穷。"

"唔呀，说给吾老人家听听。"

"您千万别外传。"唐治古压低声音，"前不久，西路天王、紫面达摩僧白起龙在广西西林县下黄山青剑岭举事反清。"

"吾老人家听说过，乌合之众，成不了大事。"

"光是白起龙当然不行。如今外国耶稣教支持他，听说向他援助洋枪洋炮。另外，中国的耶稣教徒为数不少，若是抱成一团，也够康熙皇上难办的。"

"唔呀，康熙皇上可不是好惹的，他不能不管哪！"

"对，皇上采纳了礼部尚书彭朋的主张，准备起用黄三太、李七侯他们上三门攻打青剑岭，然后再杀伐全部耶稣教徒。您大概也有耳闻，咱下五门豪杰在教的很多，彭朋一旦得手，咱就大祸临头。为此，下五门各路总门长联合决议：凡本门中的耶稣教徒，均要协助白起龙共反大清。至于非教徒，凡自愿参战者，皆有重赏。听说白起龙很感谢下五门，已经拨了白银十万两，每门两万，做活动费用。"

"哈哈，吾老人家明白了。你们四个混账王八羔子武功不行，想拉吾老人家入伙，同去青剑岭协助白起龙吗？"

"侠客爷只猜对一半。我们想拉您入伙不假，但是不去青剑岭，而是在途中截杀彭朋。"

"唔呀，彭朋是钦差大臣，钦差出朝，地动山摇，随便下得了手吗？"

"彭朋狠毒，为了奇袭青剑岭，他化装成商人，秘密行动。据我们所知，他身边有个姓左的负责保护。这姓左的原为索亲王护院教师，也是上三门门人，估计武艺高强，不然也不敢孤身一人保护钦差。我们四人武功不高，怕非姓左的对手。所以想请侠客爷协助，大功告成后，白起龙能赏两万两。"

"唔呀，你们若是碰不见吾老人家，彭钦差就平安无事了。"

"不能便宜他。彭朋去绍兴府密邀黄三太，他们一旦会合，凭黄三太的金镖、宝刀，咱就不敢下手了。为此，下五门从山东济南府开始，直至浙江杭州府，穿越鲁、皖、苏、浙四省，布下三十六道埋伏。我们守在济南，是头道杀手，后面还有三十五道，想那彭朋插翅难逃！"

"噢？钦差私行乃朝廷重大机密，你们几个王八羔子怎么会知道得这样清楚？"

"这……据说朝中有位重臣也是耶稣徒，是他提供了消息，不会有错。"

"唔呀，吾老人家既是下五门，理当出头。不知彭朋何时到达？"

"多谢侠客爷。"四贼一见他愿帮忙，自然喜出望外，"不瞒您老人家，我们哥几个都不认识彭朋。所以指派胡铁丁带着几个踩盘子小伙计在官道上把守。胡铁丁外号胎里坏，北京天桥人氏。他经常见到彭朋上朝下朝，所以对那狗官十分熟悉。一旦发现彭朋，胡铁丁立刻会来报信。"

"唔呀，胡铁丁那混账王八羔子吾也认识。他好酒贪杯，又无本领，办不了大事呀。还是吾老人家去一趟吧。"

"那更好了。您认识彭朋吗？"

"只要见到胡铁丁，也就找到彭朋了。"怪侠说罢，告辞而去。

再说四贼，他们见怪侠走了，满腹狐疑。三贼向金眼骆驼唐治古埋怨道："大哥，怪侠为人神出鬼没，他与下五门有交情，可是与上三门也是朋友。你不该把底细全部透露，万一有变，咱可不好收拾。"

"嗐，求他帮忙心切，只得听天由命吧。"

一晃两天，这日傍晚，胎里坏胡铁丁跑到下处送信："彭朋来了，住在济南郊外姜家老店。"

"噢？看准了吗？"

"一点不错。他们一行六人，除了彭朋，还有一个保镖的及四名家丁。那个保镖的好机灵，可能对我们有所觉察，他声言要住宏升客栈，结果住进姜家老店。幸亏我暗中跟随，险些上当。"

"怪侠呢？"

"什么？哪位怪侠？"胡铁丁一愣，"您说欧阳德？我已经几年不见他了。"

"他没去找你？糟了！"

"大哥，"火眼猰㺄杨治明苦笑一声，"别怪我埋怨你，那欧阳德和咱们根本不是同路人。你把底细都交给他，依我看，他不会帮助咱们，很有可能去帮助彭朋。唉，他若真与咱们作对，别说咱哥四个，就算四十个也不是他的对手。"

"现在说什么都晚了。"唐治古自我解嘲，"也许怪侠没找到胡铁丁。"

"我倒有个主意。"胡铁丁见几人害怕怪侠，连忙献策，"离此不远，有座黄花庄。黄花庄有两位豪杰，黄龙、黄虎。他们虽是峨眉门弟子，却与我有些交情。你们几位只管去行刺，我请二黄打接应。不是说大话，二黄若肯出手，就不怕什么怪侠了。"

"好，既然如此，就请老胡辛苦一趟。事成之后，定有重赏。"他们派走胡铁丁，来到姜家店。正逢钦差彭朋与白马将李七侯叙旧。四贼暗想："一个姓左的护卫，我们都未必能胜，再加上白马将李七侯，取胜更难。看来只有暗算，不可明斗。"于是他们分头动手，绑上店东姜够本，又从附近饭馆弄来酒菜，酒中撒下烈性蒙汗药，准备把彭公等人撂倒。多亏欧阳德用烟袋打落酒杯，救下诸人。

欧阳德简单讲罢经过，白马将李七侯忙抽宝剑："欧阳兄，那四贼在哪里？我去擒他。"

"唔呀，等你擒他，晚半月了。吾老人家用点穴法点住四贼，他们都在院里站着。待吾去为他们解开穴道，交钦差盘问吧。"怪侠说罢，领着李七侯、左逢春来到院中。抬头一看，不由得大惊，院中哪有四贼的踪影。

"唔呀，吾老人家可从来不吃这个，今日算是栽了。李七侯贤弟，你在此保护钦差，吾老人家追那龟孙一程！"说罢，抖身上房，眨眼不见踪影。

"栽了？"吹破天左逢春望着怪侠的背影，疑惑不解，他向李七侯问道："什么叫栽了？惹得怪侠如此动怒？"

"左贤弟，你在王府多年，对外界不甚了解。这位欧阳德身怀三绝艺：寒暑不侵、铁弹伤人、点穴法。他的点穴法是按人体周身穴位，只要点上，谁也动弹不得。除非怪侠再解开穴道，否则寸步难移。而今四贼能够脱逃，必有另外一个人替他们解通穴道。能够解开穴道者，必是高手。"

"我还不明白。"左逢春摇头问道，"即使那人会解通穴道，也只不过与怪侠平等，怪侠又栽在何处？"

"左贤弟，怪侠的武功与你我不同。他眼观六路，耳听八方。刚才他在屋里，对院中的所作所为竟毫无察觉，由此可见，那位高手的轻功举世无双，所以怪侠才承认栽了跟头。"

"原来是这样。"二人回到屋中，向彭公讲述了经过。这时，天已渐亮了。众人折腾了一夜，谁也没睡。李七侯派四名家丁在马棚里找到店东姜够本，老头儿被捆得手脚麻木，苦不可言。彭公给他五两银子，又派他买来些酒菜，一边吃饭，一边等候欧阳德。天到近午，仍不见怪侠归来。彭公说道："下官公务在身，不敢耽搁。既然欧阳侠客至今未归，我就不等他了。七侯哇，令兄五侯重病在身，你也该早日回家探望。见面之后，替下官向他问好。"

"是，多谢大人。"李七侯说罢，就要起程。吹破天左逢春慌忙拦住："慢走。在下有一事不明，想跟李七爷请教。"

"左壮士太客气了。"

"请问七爷，国家和自家哪个重要？"

"当然是国家重要。没有其国，哪有其家？"

"既然这样，我向李七爷直说了吧。在下人称'吹破天'，论说大话，天下第一，论真本事，稀松平常外带二五眼。我受索亲王的委派，一路保护彭公。原以为彭公秘密私行，无人知晓，我也倒不必紧张，不必害怕。据欧阳怪侠刚才所述，下五门与青剑岭携手合作，一路派出三十六道杀手谋害钦差。不知底细者，以为我孤身保驾，是条豪杰，其实动起手来，我必败无疑。在下如同草芥，死而无怨。钦差身负国家重任，一旦危险，后果不堪设想。李七爷，自古以来忠孝难以双全，我求您保护钦差南下，为国家尽忠；在下甘愿去滨州府，侍奉李五爷，替七爷尽孝。李五爷万一不测，在下披麻灵前，尽人子之劳。李七爷，看在国家和黎民百姓的分儿上，您答应了吧！"话毕，左逢春双膝跪倒，磕下头去。李七侯热泪盈眶，慌忙扶起，心想："左逢春外号吹破天，从不承认自己无能。今日为了保护钦差，竟然给我下跪，让我怎敢推辞？"于是说道："左壮士，肝胆相照，光明磊落，令七侯十分敬佩。家兄患病，自有家嫂和晚辈们照料，岂敢劳动大驾。在下不才，愿陪左壮士一道保护钦差。"

"多谢了。"左逢春深知白马将李七侯的本领，有他保驾，料无妨碍。彭公笑道："七侯，你不回家，五侯兄也不放心。下官写封书信，让彭兴送交五侯，省得他惦念。"彭公与李五侯是同榜进士，彼此熟悉，修书完毕，家人彭兴奉命而去。

当天下午，众人动身。又是三五天，平安无事。正往前走，对面闪出一座荒山。这山不算太高，却四四方方。山脚下立一石碑，上写"金印岭"三个红色大字。七侯笑道："大人，名副其实，这山的形状确似一方金印。"话音未落，只听铜锣山响，有人高声喝道："此路是我开，此树是我栽，有人从此过，留下买路财，胆敢说不字，管杀不管埋！"随着喊声，山环中跑出一哨人马，前边是六七十名喽啰，都是青布手巾包头，身穿青布裤褂，白袜子，打绑腿，手执四尺八寸长、二寸八分宽的斩马大刀。为首一人，年龄在二十多岁，一身宝蓝缎子箭袖花袍，面如团粉，白中透红，斜眉入鬓，目若秋水，手使一口单刀，拦住众人去路。吹破天左逢春一看，认识此人。这人姓韩名山，人称"玉美人"，乃蝴蝶门子弟，专讲采花盗柳。要搁平日，左逢春不稀理他。今日保送钦差，多一事不如少一事。为此，左逢春上前叫道："哈哈，这不是玉美人韩贤弟吗？你拦路抢劫，不怕黑虎门找你算账吗？"

"噢？我当是谁，原来是吹破天左大哥。你一向可好哇？"

"韩贤弟，"左逢春手指彭公说道，"这位是敝东家，茶叶商人。看在愚兄分儿上，让我们过去吧。"

"哈哈，凡是熟人一律放行，让我们喝西北风吗？休走，看刀！"韩山知道左逢春武艺平常，并不惧他。左逢春连忙抽刀招架，没过三招两式，败下阵来，白马将李七侯让过吹破天，挺枪催马直取韩山。韩山不认识李七侯，只以为他是个镖客，并未放在眼里。谁料行家伸伸手，便知有没有，七侯大枪一点，刺破韩山左肩头，喽兵大乱。这时，铜锣再次响起，山环中又走出一哨队伍，为首者手持方天化戟，跨骑胭脂马。他来到山口，高声叫道："大水冲了龙王庙，一家人见面不相识。眼前可是白马将李七爷吗？"

"噢？"李七侯抬头一看，认识。来者姓戴名成，外号赛温侯。戴成抱腕拱手："李七爷，韩山初入绿林，不识金面，七爷多多原谅。"

"不敢当。戴寨主，既然都是朋友，请放我们过去吧。"

"哪儿的话？七爷贵足踏贱山，岂有越门而过之理？敝山虽说贫困，凉水烧成热水也得款待七爷，您若瞧得起我赛温侯，请！"

"这……"七侯暗道："看来不去不行了。他不会轻易放我们过山。也罢，这赛温侯戴成若是三十六路杀手之一，免不了一场血战。若非杀手，寒暄几句也不算什么。"想到此处，低声与彭公打个招呼，催马上山。

来到聚义厅，戴成命喽啰看茶，又起身问道："李七爷，这几位都是何人哪？"

"噢，忘了介绍。这位是敝东家，茶叶商人。这几位是他的仆从。至于左逢春，嗯？左壮士哪里去了？"李七侯这才发现左逢春并未上山。戴成对左逢春并不关心，只向彭公说道："您是李七爷的东家，请来上座。来人，赶快摆酒，与李七爷迎风洗尘。"吩咐下去，酒宴摆上。事到而今，七侯不便推辞，只得入席。不过，他加着万分小心，看看杯中酒，不浑不黄，清澈到底，闻了闻也无邪味，这才暗示彭公，饮了下去。糟了，天旋地转，头重脚轻，虽知受骗，又无可奈何，片刻昏了过去。

戴成大笑，命喽啰捆上众人，又向偏寨叫道："你们都出来吧，大功告成了。"

"哈哈，戴寨主功高如日月。"随着笑声，从偏寨走出四人。一个道家打扮，三个武生。书中暗表，这四人是劫杀钦差的二路埋伏。老道姓马名道玄，人称恶法师。三个武生是蝎虎子鲁廷、小金刚苗顺、青毛狮子吴太山。他们四人从济南府跟踪彭公，由于李七侯保驾，一直未敢动手。恶法师马道玄是赛温侯戴成磕头的盟友，所以请戴成帮忙。戴成情面难却，才用特制的五灵返魂酒醉倒诸人。

戴成传令："快用凉水把他们浇醒。"

彭公与李七侯醒来，发觉被绑，自知上当，凶多吉少。七侯骂道："戴成，我与你往日无冤，近日无仇，你又因何绑我？"

"哈哈，李七侯，此事与本寨主无关。我只是受马道爷之托，你有话讲给他吧。"

"哪个马道爷？"

"无量天尊，贫道便是。"

"马道玄？"七侯暗想："这恶道心黑手狠，落他掌中，九死一生。"

"李七爷，你那贵东翁是谁呀？"

"他乃茶商，要去苏杭办货。"

"茶商？未必吧。"恶道话音刚落，大厅门外跑进一名头目："报告大寨主，从他们马匹的褥套中搜出一块四四方方的黄金，上边刻着字，我们都不认得。"

"噢？"戴成接过一看，原来是封金印，上边八个篆字"代天巡狩如朕亲临"。看罢金印，戴成紧张起来："马道爷，您只说这掌柜是您的仇人，可没说是钦差大臣哪！拦劫钦差，国法难容，祸惹大了！"

"戴寨主不必惊慌，一切后果本道承担。"马道玄接过金印，又向头目问道，"还有别的物品吗？"

"还有些财物和衣服，我去取。"

"不必了。"马道玄本想搜出圣旨，岂不知圣旨背在左逢春身上。他手托金印，向李七侯笑道："哈哈，茶商？好大的茶商啊！今天让你们死个明白，贫道奉了五路门长之命，一路劫杀狗官。冤家路窄，休怨贫道无情！"说罢，抽出宝剑就要下手。戴成慌了："马道爷且慢，要杀钦差，你往别处去杀，千万别给我金印岭惹祸。"

"戴寨主，你的胆量太小了。"

"你胆大又何必求我用五灵返魂酒？"

他们正在这争论，喽啰跑来报："启禀寨主，山下来了一人，口口声声让您接他。"

"什么人这样无理？"

"嘻嘻，怪人，五黄六月穿皮袄，还拎着个特大烟袋……"

"哎呀，一定是怪侠欧阳德。多年不见，待本寨主亲自迎接。"说罢，他又看了看马道玄等四人，唯恐自己下山，马道玄对钦差下手，为此又道，"你们跟我一块迎接，让玉美人韩山先把钦差押到后寨。"

"哼！"马道玄心中有气，可是在人家一亩三分地，又不敢如何。暗想："迎接怪侠也好，如果能把欧阳德拉过来，连你戴成一块杀！"

来到山下，戴成紧催战马，来至近前，抱腕当胸："欧阳侠客，多年未见，难得相逢。快请山上一叙。"

"唔呀，没时间上山哪。戴寨主，你快把那个卖茶叶的交出来。他欠吾二百斤碧螺春茶，吾老人家来呀！"

"啊？"戴成蒙了。

原来，欧阳德那夜离开姜家店后，发现前边有一条黑影。那黑影似箭离弦，奇快无比。怪侠暗道："好身法，若用陆地飞腾术，一时半会儿追不上他。"于是将腰向前一弯，施展独特奇功"金蛇狂舞"。绿林人的"跑功"大致可分三类：一是飞行术，属于初级，二是雁行术，属于中级，三是金蛇狂舞，属于高级。这种高级跑功脚不离地，如同蛇行，类似现代的"溜旱冰"，十秒钟足能冲刺一百米，和奥林匹克运动会短跑冠军不相上下！

闲话带过。欧阳德虽然施展奇功，哪料黑影比他更快。人家跑跑停停，似乎有意勾引。来到一道院墙之外，黑影越墙而入。欧阳德穷追不舍，也翻过墙去。那黑影在暗处，本想绊倒欧阳德，谁料事出意外，脚下却踩上一块碎瓦片，几乎跌倒。不由得叫道："啊，好险！"

"唔呀！"欧阳德一听声音，不由得愣住，"原来是个坤道，老娘儿们，臭脚婆娘！吾老人家好男不跟女斗，母鸭子快起来，把那四个混账王八羔子交给吾老人家。"

"臭蛮子，嘴太损了，吃姑奶奶一刀！"女子说罢，抽刀便砍。怪侠不想和她交手，躲躲闪闪："唔呀，好快刀，就是砍不上啊！"他俩这一闹腾，早已惊动院中的主人。这院中主人是亲哥儿俩，年龄都在三十上下岁。他俩来到后院，不由得叫道："哎呀，姐姐快住手，他是咱师兄怪侠欧阳德呀！"

"啊？"女子收住刀法，又看了怪侠几眼，说道："好哇，出口不逊，见面就骂。我看你称'怪人'还行，实在辜负了那个'侠'字！"

"唔呀，臭……"怪侠暗道："这女子好大口气，竟然教训起吾来了。不过，人家说得也有道理，既称"侠客"，就得有侠风。为此，欧阳德只说了个"臭"，"婆娘"二字未敢出口。他看看那女子，年龄不小了，能有三十多岁。姿色虽不出众，却有一团正气。这时，旁边的二位壮士上前施礼："师哥，您这是从哪儿来呀？"

"唔呀，原来是二位贤弟呀。"

书中交代：这二人皆是峨眉派子弟，哥哥叫黄龙，人称云中雁；弟弟叫黄虎，外号草上飞。今日傍晚，胎里坏胡铁丁来到黄花庄，请黄氏兄弟去姜家店协助他们刺杀钦差。黄龙、黄虎婉言拒绝。这件事被他们的姐姐黄花知道了。黄花自幼跟随白衣道姑学艺，论功夫在两个弟弟之上。不仅刀法好，还会点穴法。只是脾气有些古怪，为此人称"魔侠女"。有了这个外号，谁敢娶她为妻？三十多岁还老在家中。她对两个弟弟说："咱们学会武艺，首先得报效国家。不仅要拒绝胡铁丁，而且还应该保护钦差。今晚我去一趟，见机行事。"

"这……"黄龙、黄虎深知姐姐的脾气，不敢阻拦。天黑时，魔侠女黄花来到姜家老店。她见院中站着四个人，皆被点穴法定位，黄花以为他们是钦差护卫，所以上前打通了穴道。岂不知这四人正是被怪侠点住的杀手。他们得救之后，望影而逃。黄花来到窗外偷听，方知自己弄巧成拙，转身而去，不期被怪侠追到家中。

此时天已破晓，黄氏兄弟请怪侠来到客厅。稍事休息，摆宴接风。由于都是自家人，魔侠女黄花也出席作陪。席间，黄龙、黄虎看看姐姐，瞧瞧怪侠，暗想："他们一怪一魔，倒是天生的一对。"因而问道："欧阳师兄，您成家了没有？"

"唔呀，吾老人家四海为家，只是没有自己的家呀。"

"这，是呀，噢，嘿嘿……"黄龙、黄虎有点为难，当弟弟的不便为姐姐做媒呀。魔侠女黄花已经看出了弟弟的心意，她对怪侠放声笑道："喂，你既然尚未成家，看我咋样？"

"唔，唔呀，吾看你比吾老人家还怪呀！"欧阳德嘻嘻哈哈，不加可否，告辞而去。

"哼，好你个欧阳德！"魔侠女紧咬银牙，转身回归绣房。她越想越恨："你瞧不起我，我偏要露两手让你看看。"黄花换上短衣巾、小打扮，带上钢刀和百宝囊，瞒着二兄弟走出家院。

再说欧阳德回到姜家老店，一打听知彭钦差已经离去，于是向南追下。途中巧遇左逢春，知钦差被劫之事。

书归正传。左逢春有怪侠撑腰，便又"吹"了起来："呔，山贼听真，快将人员放还，不然的话，左老爷率领欧阳德杀你们个鸡犬不留，人仰马翻！"

"糟了！"恶法师马道玄大惊失色："欧阳德若要闯山，谁是他的对手？乘现在混乱之际，我携带钦差金印逃跑了吧。"想至此处，他冲青毛狮子吴太山等人一努嘴，四贼拐印而逃！

第六回　老英雄醉上北丘寨
小蝎子笑闹璞球山

　　且说赛温侯戴成，他本不敢谋害钦差。此时欧阳德管他要人，更有几分后怕："欧阳侠客，您就不必与我取笑了。您要见的那人，其实并非茶商，他乃当朝尚书、奉旨大钦差彭朋……"

　　"唔呀。"怪侠暗吃一惊，心想："他既知道了钦差的身份，看来彭公凶多吉少。"连忙问道："戴成，莫非钦差被你谋害了吗？"

　　"请您放心，钦差大人安全无恙，已被在下保护起来了。"

　　"你若说半句假话，吾老人家的烟袋锅子敲碎你的脑壳呀。"

　　"请您上山，一看便知。"

　　"吾当然要上山。"欧阳德带领左逢春登上金印岭。戴成不敢怠慢，忙从后寨请出彭公和李七侯。李七侯恨得咬牙切齿，欲与戴成决一雌雄。怪侠劝道："七贤弟呀，这都怪马道玄那个混账老杂毛，你就原谅戴寨主一次吧。"

　　"哼。"七侯手扶宝剑把，"姓戴的，看在怪侠分儿上，咱算罢了。马道玄呢？我要跟他算账！"

　　"这……"戴成这才发现，四贼早已踪迹皆无。七侯余怒未息："两山碰不上，两人总会再遇。一旦见面，决不饶他。姓戴的，快把钦差金印交还，我们还得赶路呢。"

　　"金印？哎呀，金印带在马道玄身上，他，他拐印逃跑了！"戴成深知金印重要，不由得大惊失色。

　　按当时的王法，当官的丢了大印，最轻得处斩罪，重一重就得抄家灭门。彭公闻听金印丢失，顿觉紧张起来："糟了！自己获罪事小，没有金印便不能执行职权，调动不了两广人马，如何平剿青剑岭？"李七侯一把揪住戴成，口中骂道："你这贼子，快将马道玄交出来，不然的话，休怪七爷剑下无情！"

"唔呀，"欧阳德拉开李七侯，"七贤弟呀，现在说什么都晚了，赶紧追捕马道玄，夺回金印才是正理呀。"

"人海茫茫，天宽地阔，到哪儿去追呀？"李七侯束手无策。

"追捕马道玄，讨还黄金印的事情就交给吾老人家去办。你与左壮士赶紧保护钦差大人南下绍兴府。七贤弟呀，不是吾信不过你，因为下五门中也有许多能人高手。你在途中千万小心，以免出错呀。"

"记住了。"李七侯深知怪侠说到做到，他既然答应去寻找金印，肯定能把金印找回来。自己只要一心一意保护钦差也就行了。为此，他向身边的左逢春问道："左贤弟，咱们几时起身哪？"

"这……"吹破天不敢再"吹"了，心中暗道："我是受索亲王委派保护钦差的，责任比别人更重十分。现在刚刚出京，便遇上两路杀手，据说前面还有三十几路，肯定是一路更比一路凶。李七爷的功夫虽说比我高出数倍，可是他敢保钦差平安无事吗？不见黄三太，总是让人提心吊胆。"想到此处，左逢春抱腕拱手："李七爷，您并非公差，护送彭大人完全出于客情。根据眼下的形势，让您劳力劳心，倒不如另做安排。"

"请左贤弟明言。"

"由于朝中出了内奸，将钦差私巡的机密泄露给耶稣教，这才致使下五门派出三十六路杀手一路阻劫。由此可见，钦差私巡再无意义了。既然如此，反不如将钦差的身份公之于众，并让沿途的各州城府县派兵保护。人多势众，再有李七爷不离左右，彭大人将万无一失，保证安全。"

"唔呀，好主张，"欧阳德首先赞成，"这就减轻七侯的负担了。吾老人家再补充一条吧，待钦差与官府接头之后，左壮士可立即赶奔绍兴府，请黄镖头北上迎接钦差。有黄三太保驾，下五门的杀手们就老实多了。"

左逢春一听怪侠抬举黄三太，唯恐李七侯多心，连忙笑道："不必了，有李七爷保驾，杀手们也不敢乱动。"

"哈哈，"七侯大笑，"左贤弟，你不必捧我，不服高人有罪，只有黄镖头才能镇住杀手。你还是遵照怪侠的吩咐，赶快南下吧。不过，钦差金印丢失，如何与官府联系呢？"

"我身上还有圣旨与皇帝御札，可以证实钦差的身份。现在转交七爷，小弟先行一步。"左逢春将包袱交付七侯，告辞而去。

李七侯保护钦差走下金印岭。再往南走，便是江苏省徐州府。徐州府四品黄堂姓丁，他一见奉旨钦差，吃惊非小。李七侯说明意图，丁知府不敢怠慢，立刻派出本城守备率三百名差官保护彭公。直到安徽省淮北府，两下做过交接，才敢返还。就这样，一站接一站护送，暂且不提。

再说小东方怪侠欧阳德。他辞别了彭公和李七侯，独身一人寻访金印。正如李七侯所说，人海茫茫，天宽地阔，到哪里去找恶法师马道玄呢？怪侠自有主张："马道玄武功平常，手中宝剑属于中下等。他之所以能在绿林道站住脚，全凭着一肚子坏水，满脑袋鬼主意。这种人不能独闯天下，势必有所依附。此时此刻，他身背黄金印，绝不敢远走高飞。我只要打听一下周围附近哪儿有高山，哪儿隐大盗，便可找到恶法师的下落。"想到此处，欧阳德向身后送行的赛温侯戴成问道："你这龟孙阻截奉旨钦差，虽说不知情，也算有罪。吾来问你，想死想活？"

"侠客爷，有话明说，您就别吓唬我啦。"

"吾问你，在你这金印岭附近，还有哪路响马？偷鸡摸狗的蟊贼草寇不必细说，只说江洋大盗。"

"这……"戴成思虑片刻，只得说道，"由此向西二百里，有座璞球山北丘寨。大寨主外号人称玉面坐山雕，姓周名应虎。这周应虎本是武当派弟子，正宗上三门，他本不应该占山为王。可是他的胞兄、西霸天周应龙因为勾结藩王噶尔丹谋反大清，被黄三太、杨香武他们捉往京都正法了。为此，玉面坐山雕周应虎怀恨在心，誓与大清为敌。我听说，他正在招兵买马，聚草屯粮，准备起事造反。"

"唔呀，周应虎那个混账王八羔子是不是耶稣教徒？他与广西的白起龙有勾结吗？"

"这我就不知道了。前些日子，周寨主曾派人与我联系，让我归附璞球山。我尚未答复他，因而才知道他的一些机密。侠客爷若去攻山，千万别把我卖了。我们这些小寨主可惹不起人家。"

"龟孙放心，吾绝不卖你。"

"谢侠客。"

"吾只告诉周应虎，你是不会归附他了。"

"啊？这跟卖我一样！"戴成哭笑不得，欧阳德离山而去。次日正往西走，眼前闪出一座集镇，怪侠本想打尖吃饭，忽见镇中心围着一伙人，人群中一老一少正在卖艺。那老者年近半百，面如晚霞，手中擎着一口金背刀。旁边立一少年，十五六岁，黄脸膛，一对大眼珠滴溜乱转，分外有神。模样虽说不俊，却从里往外透着一股机灵劲儿。老者说道："诸位君子，我们爷儿俩浅在这儿了，我先孝敬诸位一套六合刀，再让我外甥给您耍趟行者棍。您若看得上眼，就赏我们爷儿俩几文。"说罢练了起来。他练罢单刀，那孩子上前耍棍。但只见：身似流星眼似电，腰如蛇行腿如钻。手眼身法步，处处皆到好处。欧阳德是武术大师，立即看出优劣。暗想："这孩子虽小，肯定受过高人指点，武功在老者之上。我得帮他一把。"刚要掏银子，又听人群外有人叫道："哎呀，刘老英雄！"

"噢？"老者顺声音望去，只见人群外走进一人。这人年龄在二十出头，眉清目秀，齿白唇红。穿一套素白缎子扎巾箭袖，肋佩三尺剑，好一团英俊、威武的精神。他向老者拱手笑道："老前辈，不期在此相遇，快把场子收了吧。"

"原来是徐壮士。三江擂一别，又有数日不见了。听说您与黄镖头同去绍兴府……"

"是呀，败在他手下，心服口服。去绍兴跟他学了几天镖法，前天才归来。"

"噢？听您话音，此处是您的故乡吗？"

"正是。刘老英雄，您怎么在街头卖艺？"

"投奔朋友，不能两手空空。想赚上几文，为人家做见面之礼。"

"不必了，一切自有晚生安排。"这人遣散观众，将一老一少领进了酒楼。怪侠暗道："这三人我虽不识，但他们提到'三江擂'，又跟黄镖头学练镖法，想那黄三太乃我自幼结盟的兄长，现今，钦差彭公又去请他，我也应该打听一下黄三太的近况。"想到此处，怪侠随同三人一道登上酒楼。那青年武生向堂倌吩咐道："我今天请客，来两壶竹叶青、两壶莲花白，再炒四荤四素，一碗三鲜汤。"

"是。"堂倌转身来到怪侠的桌前，心中暗笑："这位什么病？六月穿皮袄！"问道："客爷，您吃点什么？"

"唔呀，来两壶竹叶青，两壶莲花白，再炒四荤四素，一碗三鲜汤啊。"

"噢，您也请客？"

"是呀，吾老人家想请你一块吃呀。"

"您真会开玩笑，我们可不敢陪客人吃饭。"堂倌说罢，转身去了厨房。欧阳德自言自语："唔呀，瞧不起吾老人家，请客不请吾，吾老人家阔得很哪，一个人跟你们三个人吃一样的酒菜呀！"

"嗯？"青年武生一皱眉，刚要发作，那老者一按他肩头："徐壮士，初到贵宝地，打扰了。"

"刘老英雄，咱又没招他，没惹他，他这是故意找碴儿啊！"

"据我猜想……"老者在青年武生耳边小声嘀咕了几句，武生眼睛一亮："噢？如果真是他，我想请还请不到呢！"二人只顾耳语，旁边那少年把眼睛眨巴了几下，起身来到欧阳德桌前。他说话也是南方口音："唔呀，老蛮子，人家请吾小蛮子吃饭你眼红啊？想摆阔上别处摆去，吾小人家可不怕你老人家！"

"唔呀。小蛮子，你吃你的，吾吃吾的，吾老人家也不怕你小人家呀！"

"唔呀，"小蛮子一笑，手扶桌子角，本想把桌子捅翻了，岂料老蛮子不慌不忙，抽出大烟袋往桌子心上一按，小蛮子使出全身力气，桌子竟纹丝未动。小蛮子傻啦："唔呀，老蛮子比小蛮子劲大呀，招拳！"他推不动桌子，一拳向怪侠劈去。欧阳德微微一闪，又把大烟袋嘴子朝前，锅子朝后向小蛮子身上一捅，再看小蛮子，瞪着一双亮眼睛，举着拳头，再也动弹不得。旁边的老者慌了，忙跑过来抱腕拱手："看您的穿戴和功夫，大概是欧阳侠客吧？恕我外甥年少无知，请您替他打通穴道。"

"唔呀，不用打通，吾点的是'轻穴'，他立即就能恢复哇。"果然，那小蛮子恢复了常态。他二目圆睁，回身操起铁棍，冲着怪侠叫道："唔呀，你老人家把吾小人家害苦了，吾跟你没完，快说，认打认罚吧？"

"唔呀，小蛮子好野。吾要认打怎样？"

"你把破皮袄脱了，让吾打你三百棍！"

"哈哈，吾要认罚呢？"

"你老人家收吾小人家当个徒弟吧，"小蛮子跪倒就磕头，"师父老人家在上，受吾小人家大礼参拜！"

"哈哈，吾还不知你小人家老大贵姓呢，怎么拜起师父来了！"

这时，青年武生走了过来。他满面带笑，抱腕当胸："欧阳侠客，久闻大名，听说您为人诙谐，今日见面，果不虚传。在下姓徐名胜，外号粉金刚。这位老英雄叫刘世昌，人称花刀无羽箭。小壮士是他的……"

"吾叫武杰，嘉兴府桐乡县人氏。吾老父亲叫武世宗，外号神棍手。他老人家是保镖的，吾从小跟爹练棍，外号小蝎子。两年前吾爹病故，吾跟娘舅刘老英雄出来了。今天碰上师父，明天去拜师娘……"小蝎子武杰舀滔不绝，说得众人大笑起来。

粉金刚徐胜是本地头面人物。他出身上三门，前不久曾去参加"三江擂"，从而结识了刘世昌。今日又逢欧阳德，自然十分高兴："侠客爷，我看武杰与您有缘，您就收下他吧。"

"唔呀，吾是无门无户的散仙，哪有资格收徒哇？"

"唔呀，无门走窗户，吾是拜定了！"

"堂倌，"徐胜笑道，"今天是大喜之日，你给我们开间雅座，再上桌酒席，我请客。"

"是，请徐爷放心。"堂倌立刻准备，又将四人请进雅座，片刻酒席摆上。席间，徐胜问道："欧阳侠客，您怎么来到这里？莫非还在游逛名山大川吗？"

"唔呀，一言难尽。"欧阳德把钦差丢失金印，自己准备去璞球山北丘寨查访之事讲述了一遍。老英雄刘世昌听罢一皱眉："欧阳侠客，您不必去了，还是让我去一趟吧。"

"你去？"

"在下与璞球山北丘寨总辖大寨主周应虎曾冲北磕头，八拜结交。前不久，周应虎向我发去邀请信，请我上山帮他料理事务。我原来以为，周应虎是上三门门人，即便占山为王，也是自种自吃，不会骚扰百姓，所以答应了他。哪知他反叛国家，图谋不轨。我想明日上山，一来看看恶法师马道玄是否在山上，二来规劝应虎弃恶从善，改邪归正。"

"唔呀，不那么简单吧？"

"放心，应虎与我过命之交。如果马道玄真在山上，我让应虎捉他归案，奉还金印也就是了。"

"一待事成，吾在钦差面前替老英雄请功。"

酒过三巡，菜过五味。刘世昌已经有些醉了。人若喝醉了都爱说大话："欧阳侠客，不是我吹，周应虎要敢不听我的，我拎着他的首级来见你！"

"唔呀，"武杰一摇头，"舅舅，吾跟您一同去吧，多少算个帮手。"

"用不着。你和你师父先住在徐壮士家中，只管等候好消息。"刘世昌一步三摇，走下酒楼。欧阳德与他初次见面，不好深说，只得带领徒弟暂归徐府。

单说花刀无羽箭刘世昌来到璞球山。通名报姓后，周应虎亲自迎接。来到聚义大厅，见无数绿林人坐在两旁。什么花脸雕贾虎、吊死鬼刘芳、红眼狼杨春、黄毛吼李吉、金眼骆驼唐治古、火眼狻猊杨治明、双麒麟吴铎、花叉将杜瑞、蝎虎子鲁廷、小金刚苗顺、青毛狮子吴太山、恶法师马道玄……刘世昌暗中叫苦："应虎哇应虎，你死到临头了。"他仗着酒劲，不顾群寇在场，开门见山地说道："贤弟，我来问你，恶法师马道玄可曾带来一封金印吗？"

"大哥，你消息好灵通啊。"周应虎警惕起来。

"贤弟，快将金印交出来吧，不然……"

"大哥，"周应虎拍案而起，"我请您上山，可不是让您来当说客的！实话告诉您，胞兄周应龙之仇，誓死要报！"

"贤弟，你，你……"

"嘿嘿，贱山不敢留官府说客，请吧！"

"嘻！"刘世昌长叹一声，"贤弟，你我磕头在五伦，好比同胞一母亲。愚兄为你着想，再三苦劝。谁料你执迷不悟……"老英雄声泪俱下，酒劲也解过来了，心想："我在欧阳侠客跟前说了大话，一事无成，还有何脸面见他？"刘世昌正在犹豫，马道玄一捅身边的花叉将杜瑞，杜瑞点了点头，射出一只花叉，正中刘世昌哽嗓咽喉。也怪老英雄毫无防备，大叫一声，当即身亡！

"这是谁下的狠手？"周应虎有些恼怒。

"是，是我。马道爷让我射的。"

"寨主爷，"马道玄一脸阴险地笑道，"后患不可留，留下必成仇。那老东西是官府派来的奸细，咱与他们誓不两立！"

"唉，虽说水火不同炉，他终究是我的盟兄啊。"

"您若将义气看得这么重，将来就很难成其大事了。"马道玄尽挑拨离间之能事，说得周应虎连连点头。周应虎派人厚葬刘世昌，不必细说。又是三天过去。喽啰来报："启禀寨主，山外来了一人。他说要上山找他师兄刘世昌，不知寨主见他不见？"

"噢？刘世昌的师弟来了？他姓甚名谁？"

"人家没报名。这人很怪，六月天还穿着老羊皮袄……"

"哎呀，欧阳德！"马道玄首先大吃一惊。金眼骆驼唐治古等人想起店房被点穴，几乎丧命之事，更是浑身打战。就连总辖大寨主、玉面坐山雕周应虎也有几分担心："奇怪，欧阳德怎么成了刘世昌的师弟？他另有企图吧？"

"周寨主，"马道玄稳了稳精神说，"肯定有诈。据贫道估计，欧阳德是为了金印而来，贫道还是先躲一躲吧。"

"对，对，我们也得躲一躲。"唐治古随声附和。

"哼，"周应虎有些不悦，"仅仅一个欧阳德就把你们吓成这样，将来还能成什么大事？"

马道玄摇头说道："大寨主，小不忍则乱大谋。依贫道之见，您如此这般，这般如此……一旦成功，必让欧阳德死无葬身之处！"

"也罢，就依道长。"周应虎传令，将怪侠欧阳德请上北丘寨。

原来，花刀无羽箭刘世昌一去三天，音信皆无。粉金刚徐胜估计，老英雄凶多吉少。欧阳德让徐胜照管小蝎子武杰，自己独闯璞球山。他来到大厅，先往四处看了看，并不见恶法师马道玄等人，于是问道："唔呀，周大寨主，我师兄刘世昌在哪里呀？"

"欧阳侠客，"周应虎故作生气，"那刘世昌也是我盟兄，他老糊涂了。来到北丘寨，二话不说，虎头双勾直刺恶法师马道玄。人家马道爷没招他，没惹他，冲着我的面子又不便还手，只得下山而去。我那盟兄却不依不饶，追了下去。一连三天，他们谁也没回来！"周应虎满嘴说胡话，其实都是恶道的安排。欧阳德似信不信："唔呀，你不是欺骗吾老人家吧？"

"不敢。"

"既然如此，吾老人家告辞了。若发现你说假话，吾再找你算账。"

"侠客难得来一趟，岂有不招待之理？来人，酒宴侍候。"周应虎再三挽留，欧阳德盛情难却，只得重新坐下。

其实，这又是恶道马道玄的主意。马道玄出身玄狐门，专讲坑蒙拐骗。他师父曾传给他一个葫芦，内装五灵返魂丹一百粒。这种药乃是五种毒草制成，取一粒泡进酒中，无色无味，会将人醉倒。欧阳德只喝了一口，便一头栽倒，马道玄从偏厅跑来，面带冷笑："嘿嘿，人称怪侠，不过如此，看剑！"

"慢来，"周应虎一摆手，"马道爷，据你所说，欧阳德乃是钦差彭朋的党羽。他独闯璞球山，恐怕不是单单寻找刘世昌，而是另有目的。为弄清朝廷的底细，我要亲自审他，审后再杀不迟。来呀，先把他绑上，再用凉水浇醒。"

"是。"头目绑上怪侠，又浇了半桶凉水，把老羊皮袄都浇透了，欧阳德才渐渐醒来："唔呀，混账王八羔子，臭脚婆娘养的，吾老人家上当了。"

"欧阳德……"周应虎刚要审问，又有喽啰跑来："寨，寨主爷，大事不好，山下又来了一个小南蛮子，他拎着一条铁棍，口口声声要找他舅舅，已经把弟兄们打死打伤十几个了！"

"啊？先把欧阳德押下去，小心看守。本寨主迎敌之后再加审问。"周应虎率领群寇走下山寨。来到寨门一看，眼前那人原来是个十几岁的孩子。他手拎一条铁棍，横推竖砸，正与喽啰交手。周应虎断喝一声："不得无理，谁家顽童，竟敢闯我山寨？"

"唔呀，龟孙王八羔子。快把吾小人家娘舅刘世昌交出来！"

"噢？你是刘世昌的外甥？"

原来，武杰住在粉金刚徐胜家中，一连三天，不见舅父归来。这小子鬼机灵，他见师父与徐胜密谈，便蹲在窗外偷听。当听说舅父凶多吉少时，武杰急了。他也没打招呼，拎起铁棍直奔璞球山。由于脚下功夫不如欧阳德，所以现在才赶到。红眼狼杨春认为他年少好欺，提刀上前欲立头功，一刀劈下，小蝎子武杰一转身，钢刀走空。说时迟，那时快，武杰把铁棍往杨春裆里一杵："唔呀，王八羔子，吾小人家给你来个铁棍钻窝。"这一钻，把杨春的"三件"钻得粉碎。恶贼大叫一声，昏了过去。青毛吼李吉提刀上前，还未动手，武杰铁棍点地，双脚飞起："唔呀，吾小人家用脚也能胜你！"果然将李吉踢了一溜跟头。周应虎见他厉害，催马上前。门扇大刀劈风而落。正在此时，忽然从东边的树林中飞来一颗弹丸。这弹丸带着风声，直奔周应虎太阳穴。周应虎反应灵活，忙一闪身，弹丸打中他的右臂。武杰乘此机会，来了个小鬼推磨："唔呀，扫马腿儿！"一棍下去，将马腿打断两条。周应虎连忙甩镫落马，冲树林喊道："何等小辈，暗箭伤人！"

"哈哈，某家来也！"笑声过后，林中走出一位英雄。

第七回　三义士勇战周应虎
二侠客智擒马道玄

树林中有五辆镖车和三位镖头。为首者姓褚名彪，外号铁臂熊。这人弹弓打得最准，十丈之内百发百中。刚才射向周应虎的那颗弹丸便是出自他手。另外的二人是亲哥儿俩，哥哥叫杜清，外号赛霸王，弟弟叫杜明，外号勇金刚。他们在河南陈州开设镖局，今日押送镖车路经此地。

褚彪说道："二位贤弟，前边有座高山，逢山必有寇，你我弟兄押运镖车，责任重大，还要多加小心为是。"

"知道了。"弟兄们令趟子手将镖车赶进树林。树林距前山不远，由于枝叶茂盛，只能从里边看清外边，外边却看不清林中。此时，小蝎子武杰正在与红眼狼杨春交手。褚彪叹道："这是谁家的孩子？看样也就十五六岁，他孤身一人岂是满山贼寇的对手？"

"大哥，"杜明答道，"这孩子我不认识，与他交手的那人名叫杨春，外号红眼狼，是个专干坏事的草寇。"

"既然如此，你我以观动静。必要时，咱帮那孩子一把。"褚彪说罢，摘弓搭弹，做好准备。当周应虎刀劈武杰时，褚彪怕孩子躲闪不及，所以一弹射出，伤了恶贼的右臂。武杰并不认识褚彪，他嘻嘻一笑："唔呀，老大叔，断腿马上的这个龟孙交给你了，吾小人家上山找吾舅舅去，回头见。"说罢，奔后山而去。周应虎急忙换了一匹战马，手举大刀喊道："朋友，过来吧，我倒要会会你是何路高手！"

"来了！"褚彪背好弹弓，对杜清、杜明说道："这五辆镖车押存三万两白银，你二人要小心看守，待我上前会会这个草寇。"

"大哥多加小心。"杜氏兄弟与趟子手守候镖车，褚彪催马拧枪来到山前："草寇，依仗尔等人多，竟对一个孩子下此毒手，良心何在？休走，看枪！"话到枪到，战马盘环一处，恶战起来。褚彪的功夫不错，在绿林之中也算条豪杰。怎奈周应虎比他更猛。这恶贼自幼随同长兄西霸天周应龙学艺，刀马娴熟，力大无穷。只战了十余回合，褚彪便渐渐不支了。后军的杜清、杜明看得清楚，连忙拍马提枪上前助阵。三杆大枪与一口大刀混战起来。璞球山众贼本想上前协助寨主，可是他们皆为步将，对马战不太习惯，为此不敢贸然上前。其实，周应虎也不用他们帮忙，自己的跨下马、掌中刀足可力战三敌。只是右臂曾被弹丸射伤，新换的战马又不顺手，一时半刻难以取胜。

但只见：三杆长枪、一口大刀，长枪如怪蟒翻身，大刀似蛟龙出水。两家对头，四般兵器，恶以恶为强，善以善为宝。长枪吐芯，大刀劈风，面对面，不留情，生生死死一场恶战！

四人打了三十多个回合，尚且难分难解。突然，树林中一片大乱。保镖押车的趟子手高声呼喊："褚镖头、杜镖头，救命啊——"

"啊！"三义士拨马回头，只见趟子手死的死，伤的伤，五辆镖车正被喽啰们赶往璞球山。

原来，这都是恶法师马道玄的主意。他见山上的步将们帮不了周应虎，便带领一群喽啰和头目去树林之中抄三义士的后路。褚彪等人果然惊慌，急忙扔下周应虎去追镖车。岂料璞球山乱箭齐发，射得三人落荒而逃。

周应虎大获全胜，又得了三万两镖银，心中十分喜悦。回山之后，大排酒宴，直吃到天黑方散。他向头目吩咐道："来呀，你把那个欧阳德押到聚义厅，本寨主乘着酒兴，连夜审问。"

"是。"头目刚要往外走，恶法师马道玄一摆手："慢，想那欧阳德才高智广，武功超群，鬼主意又很多，现在已是黑天，头目去押他很不保险。依贫道所见，不如派几位绿林英雄去押解，途中以防不测。"

"嘿嘿，马道爷被欧阳德吓昏了。他武功再高，计策再多，一个被绑之囚又能如何？也罢，"周应虎用手一点，"蝎虎子鲁廷、花叉将杜瑞，你二人跟随马道爷去押解欧阳德吧，途中要听马道爷吩咐。"

"是。"二贼随同马道玄离开聚义厅，赶奔后寨土牢。他们俩都是蝴蝶门弟子，平日专讲采花盗柳，奸人妻女，论起武功皆属平常之辈。鲁廷会爬高墙，外号蝎虎子，杜瑞会打飞叉，外号花叉将。两年之前，他俩随同一伙师兄弟加入耶稣教，并非信仰上帝，只为人多势众，相互有个依靠。如今下五门大联合支持耶稣教和白起龙，二贼迫于形势，归属璞球山。一晃数日，只在山上训练，不能下山采花，二贼心中常常埋怨。今晚派他们跟随马道玄押解欧阳德，他们倒是很高兴。暗想，土牢在后山，紧靠着周应虎的寝寨。寝寨之中既有压寨夫人，又有丫鬟使女。虽说不敢轻易动手，却能一饱眼福，也是件快事。他俩一边走路一边说笑，不知不觉来到后寨。正在此时，马道玄一捅二贼，说道："小声点，快往东边看，好像有条黑影。"

"噢？"二贼先是一惊，又道，"是不是周寨主的家眷哪？"

"不可能。我见那条黑影行动很快，看样好像绿林人，咱们要多加小心。"

"听您的。"二人暗想："这老杂毛疑神疑鬼。后寨戒备森严，山势显要，哪来的绿林人哪！"他们继续往前走，谁也不说话了。忽然，前方那条黑影又一闪现，眨眼不见。三贼这才紧张起来。恶道吩咐："咱们赶紧奔往土牢，以免有人搭救欧阳德。"说罢，疾步如飞，向前走去。来到土牢门口，只见四名喽啰各抱刀枪正在打盹儿。马道玄大怒："混账东西，等我禀报寨主，杀了你们，以正山规！"

"道爷饶命。"四喽啰都吓醒了。

"欧阳德呢？"

"在里边押着呢。他骂了半天街，把我们哥儿四个骂火啦，刚才进去收拾了他一通。谁料他被绑着也挺厉害，累得我们呼哧带喘，所以才睡着了。道爷开恩，千万别告诉寨主。"

"哼，自不量力。就凭你们还想收拾欧阳德！"恶道听说欧阳德仍被关押，也就放心了。他带领鲁廷、杜瑞打开牢门，刚要往里走，忽听身后有人说道："唔呀，混账王八羔子，龟孙们快来送死呀！"这声音虽说不高，仿佛在马道玄耳边响起炸雷，吓得恶道浑身发软。他急忙抽出宝剑，回身观看，只见身后站着一个十五六岁的孩子，手拎铁棍，耀武扬威。来者不是别人，正是怪侠欧阳德新收的徒弟、小蝎子武杰。

　　书中交代：今日过午时，武杰棍挑杨春，脚踢李吉之后，便欲上山寻找舅父。他并不知道老英雄刘世昌已经被害，还以为舅父遭擒，囚禁在璞球山中。前山寨门严紧，又有喽啰把守，想要进去比登天还难。为此，武杰绕到后寨，想寻一条登山之路。谁料后寨比前山更难通过。虽无喽啰把守，却有三道险峰拦劫。这三峰称作通天峰、灵牙峰、过云峰，过了三峰才有一条通天小路，真是一夫当关，万夫莫过。小蝎子武杰绕来绕去，一直绕到天色傍晚，仍是一筹莫展，无法攀登，急得他坐在山石上唉声叹气，又不愿离去。正在此时，忽然从头顶悬崖上飞来一颗石子，险些落在他的身上。武杰有点后怕，若是落下巨石，岂不砸得粉身碎骨。他捡起那颗石子一看，不由得愣住了。这颗石子分量挺重，表面光洁，并非山中碎石，而是绿林人使用的"飞蝗石"。这种石子既可"投石问路"，又可当作暗器。武杰大惊，连忙提起铁棍仰面观看。山中静悄悄，并无人影。可是在身后的悬崖之上却垂着一条绒绳。武杰喜出望外，他拽了拽绒绳，拴得很牢靠，心中暗道："莫非有高人帮我上山吗？"此时顾不得多想，手抓绒绳，脚登悬崖，渐渐向山顶爬去。武杰外号小蝎子，对于爬行很有功夫，片刻爬到山顶，过了三峰，眼前闪出一条羊肠小道。小道入口处有三间班房，班房门外躺着几具喽啰的尸体。鲜血正流，看来刚刚被杀。武杰又想："前边这人身法好快，为我扫平道路，只是不知他是何人？"穿过山路，便到后寨。正往前走，恰逢马道玄等三人从对面走来。武杰连忙一闪身，躲在山环之中。他听恶道口口声声说快去土牢，便以为土牢之中押着舅舅刘世昌，所以暗中尾随下来。到了土牢门口，恶道斥责喽啰，武杰方知牢中押的是师父欧阳德。于是他大喊一声，准备拼命救师父脱险。

　　"原来是你，"马道玄见并非欧阳德，才算把心放下，他手擎宝剑，微微冷笑，"小娃娃，你白日攻山时，曾自报是刘世昌的外甥。小小年纪，武功不错。本道长放你一条生路，快快下山去吧。"

　　"唔呀，老杂毛，混账王八羔子，吾小人家既敢深夜闯山，绝不空回，快把吾师父他老人家放出来！"

　　"啊？你师父是谁？"

"吾师父就在里边押着呢！"

"欧阳德？"恶道一惊，心想："难怪他武艺高强，原来是怪侠的徒弟。"岂不知武杰只是随父学艺，并未受过怪侠的传授。

"着棍吧！"武杰见恶道发愣，一棍扫来，直取恶道双腿。马道玄不敢硬拼，连忙闪身，武杰不留空隙，反臂又使"小鬼推磨"，马道玄急忙缩颈藏头。刚刚躲开两棍，第三棍又砸下来。武杰今晚耍的是"行者棍"，讲究"缩小绵软巧"五种轻功。他边打边喊："唔呀，老杂毛，老混账，吾小人家好比孙悟空，你个牛鼻子老道好比牛魔王。吾砸烂你的牛头，砸烂你的牛腚，砸烂你的牛蹄子，砸烂你的牛三件，让你一辈子见不着铁扇公主。唔呀，着棍吧，捅你的牛鼻子！"

"嘿！"马道玄气得眼睛发蓝，浑身发抖。他的剑法平常，本来就不是武杰的对手。再加上生气，没过几个照面，便渐渐不敌。旁边的蝎虎子鲁廷、花叉将杜瑞也算是武林中人，他们已经看出高低。鲁廷说道："杜贤弟，你在这助阵，我赶紧去前厅报信。"

"什么？"杜瑞暗骂：你见人家厉害，想躲呀。"别去啦，马道长眼看着要败，咱俩一快上吧。"

"嗜，咱仨也不是小蛮子的对手。我走啦。"鲁廷说罢，扭头跑往前厅。杜瑞虽然有气，总不能跟他一同逃跑，回头再看，马道玄剑花散乱，被武杰逼得步步后退，险情就在眼前。杜瑞不敢上阵，忙从怀中掏出一把小飞叉。他这飞叉有三寸多长，前边是两个叉尖，如同"金簪花"，后边是喇叭形叉托，如同"牵牛花"，为此，杜瑞的外号才叫"花叉将"。这贼刀法稀松，叉法却不赖，虽不敢称百发百中，也倒十拿九稳。他托叉在手，冲着武杰的哽嗓咽喉猛然射去。武杰正在勇战马道玄，根本没有防备暗器。这叉若是射上，九死一生。在此千钧一发之际，西房坡上突然发来一块飞蝗石，准得不能再准了，不偏不斜正好打在飞叉之上。飞叉落地，叮当有声。武杰一愣，真有几分后怕。恶道乘此机会，连忙跳在一旁。房坡上笑道："欺侮小孩不算英雄，我来也！"随着话音，飞下一人，身轻如燕，落地无声。此人下中等身材，穿一套墨绿色三岔通口夜行衣，手持单刀，肋佩百宝囊。脸上看，蒙着一块墨绿色头巾，不见面貌。武杰暗想："根据飞蝗石击落花叉，他肯定是引我上山的高人。"于是问道："唔呀，这位老前辈，谢谢你老人家救命之恩。不知老前辈贵姓啊?"

"快去救你师父，不必多问。"蒙面人话音很低，却提醒了武杰:
"唔呀，对了。吾小人家去救吾师父去了。"说罢，手提铁棍，冲向土
牢。马道玄和杜瑞刚要阻拦，蒙面人钢刀一挥，杀向二贼。恶道举剑
招架，不顾多想。花叉将杜瑞却是一愣。此贼一贯采花盗柳，经验十
分丰富。他见蒙面人虽勇，但手脚身材、形体动作却不像男人。这淫
棍已经两个多月没作案了，来后寨的主要目的是想看看丫鬟使女、夫
人小姐，谁料一个也没看见。此时估计蒙面人是个女子，不由得想入
非非:"这女人长得什么样? 根据身材，准错不了。嘻，蒙着脸比露
着脸更有味道，让人有个琢磨的劲头……"淫贼正在胡思乱想，蒙面
人一刀劈下。他未及躲闪，当场身亡，奔往西天大路做美梦去了。杜
瑞一死，马道玄更加惊慌失措。他刚想逃跑，土牢中一大一小两个南
蛮子同声叫道:"唔呀，老杂毛，混账王八羔子，看你还往哪儿走?"

"哎呀，我命休矣!"马道玄出了一身冷汗。恰在此时，蝎虎子鲁
廷将群贼领到后山。

"师父!"武杰说道，"你老人家先活动一下手脚，吾小人家去收
拾他们。"

"唔呀，徒弟呀，师父吾老人家一时不慎，误饮毒酒，若不是你
小人家搭救吾老人家，吾老人家就完了。现在你先歇会儿，把铁棍借
给吾老人家，待吾去敲碎那龟孙们的脑壳!"

"师父哇，你老人家的大烟袋呢?"

"唔呀，被周应虎那王八羔子没收了。吾老人家那烟袋很值些银
子呀，他龟孙要是当破铜烂铁卖了，就坑了吾老人家了。"

"师父哇，"武杰伸手从杜瑞尸体的背后拔出单刀，说道，"你老
人家先用这破铁片防身吧，吾小人家的铁棍不能借给你老人家，还得
用它替你老人家打头阵呢!"

"嘻!"蒙面人紧皱眉头，被这对老人家、小人家弄得哭笑不得，
"二位别叨咕了，山贼已经上来，快准备迎敌吧!"话毕，手举单刀冲
了上去。小蝎子武杰和怪侠欧阳德也不怠慢，各操兵刃，杀向群贼。

但只见:征云罩地，杀气冲天。月下排兵，黑天布阵。四下里齐
举火把，八方里乱滚灯球。北丘寨数员战将厮杀，璞球山百名喽啰呐

喊。刀枪乱刺，难分敌我。剑戟相击，撞出火星。只杀得满山之中血光冲天！

若论怪侠欧阳德的武功，胜山贼何止数十倍。怎奈手中没有大烟袋，单刀又使不习惯，只有靠双拳两掌十指迎敌。幸亏会点穴法，将许多山贼点得动弹不得。可是山贼越聚越多，他们只有三个人，若想取胜比登天还难。怪侠心想："吾闯上北丘寨的目的是追捕马道玄，夺回黄金印，如此恋战下去何日是了？倒不如重点突破，只对恶道一人下手。"想到此处，怪侠跳出战场四处观望。但见恶法师马道玄站在周应虎身旁指手画脚，似乎又在施展诡计。刻不容缓，欧阳德高声叫道："唔呀，马道玄老杂毛，快将金印交给吾老人家。"说罢，脚下一碾劲，向马道玄飞去。恶道大惊，自知不是怪侠对手，扭头就跑。蒙面人正在力战群贼，他见欧阳德赤手空拳追向恶道，唯恐怪侠吃亏，连忙虚晃一刀，也跟了下来。小蝎子武杰叫道："唔呀吾小人家刚刚杀上瘾来，怎么说撤就撤呀？师父不必着急，待吾小人家活捉那老杂毛！"武杰手拎大棍，转身欲追。周应虎气得暴跳如雷："哼，他们总共才三个人，把我璞球山北丘寨搅得天翻地覆。欧阳德与蒙面人已经走远，我绝不能放过这小南蛮！"说话间抽出三尺宝剑，直向武杰刺去。他本是马上将领，对步战不太习惯。武杰连忙一闪身："唔呀，龟孙没扎上，该吾小人家打你了！"铁棍一抡，向周应虎扫去。周应虎未及躲闪，二棍又到，紧接着又是一招"夜叉探海"，打得周应虎蒙头转向。这恶贼狠了狠心，将腰一弯，手按崩簧，从后背射出三只弩箭。武杰手疾眼快，忙用铁棍拨打。奇怪，弩箭在铁棍上吱吱乱转，并不落地。武杰大惊，不敢恋战。他虚晃一棍："让龟孙多活几天，吾去也！"

再说欧阳德，一路追赶恶道。马道玄依仗地形熟悉，连忙钻进山环，在一块怪石底下隐藏起来。欧阳德追进山环一看，不见恶道。他正在寻找，忽听山坡有人叫道："老道，怪石底下虽说隐蔽，可是也不保险哪！"

"嘻！"恶道大惊，钻出怪石句西逃跑。欧阳德继续追赶，前边有座古墓，墓前石碑高有九尺。恶道一哈腰，钻到石碑背后。欧阳德又愣住了，正在四处张望，树上喊道："马老道，石碑虽高，绝非藏身之处哇。"

"嘻!"恶道又恨又怕,慌忙逃窜。正往前跑,眼前闪出山神庙。马道玄一头扎入。欧阳德赶到时,又不见他踪影。这次怪侠也不再找了,只向周围问道:"唔呀,朋友,马道玄跑到哪里去了?"

"哈哈,"树上一笑,跳下蒙面人,用手指指山神庙,"马道玄已经藏入庙中,不过你可不能进去。"

"唔呀,他在暗处,吾老人家在明处,要防备暗算哪。"

"对了。"

"对什么呀?他要一年不出来,吾老人家还能干等他一年吗?"

"嘿嘿,还敢称'怪侠'呢,你就不会想条计策吗?伏耳过来……"蒙面人在欧阳德耳边小声嘀咕了几句。怪侠笑道:"唔呀,引蛇出洞,妙哇!你老人家今夜屡次帮忙,快将面罩摘下来吧,让吾老人家看看你到底是哪位高人!"

"没到时候,现在还不能摘下面罩。赶快行动吧。"

"你老人家闷死吾老人家了。"欧阳德一边说话,一边脱下老羊皮袄,交给了蒙面人。蒙面人穿上皮袄,奔往庙后。欧阳德来到庙门之外,高声喊道:"唔呀,老杂毛,混账王八羔子,你躲在庙里,想暗害吾老人家,吾老人家可不上当啊。你等着,吾去后窗户放把火,烧死你个杂毛老道。"说罢,怪侠隐蔽起来,庙里的马道玄大惊,他往后墙看了看,果然有个十分窄小的窗户,往外钻人不行,往里扔火把却绰绰有余。这怎么办?有心开门逃走,又怕怪侠有诈。正在犹豫,忽见后窗户外边人影走动,老羊皮袄时闪时现。恶道心想:"看来欧阳德真要放火。乘他在庙后,我赶紧跑吧。"恶道打开庙门,刚刚探出身来,欧阳德箭步而上,用手一点:"唔呀,老杂毛别动了!"点穴法百发百中,马道玄寸步难移。

这时,蒙面人已从后窗户飞到山神庙的房顶,他将老羊皮袄往下一甩:"接着,后会有期!"

"唔呀,你老人家还没摘面罩呢!"欧阳德不顾接皮袄,飞身追去。蒙面人步法奇快无比,刚要转身,又听对面有人笑道:"唔呀,可算追上你老人家了。"

"啊?"抬头一看,原来是小蝎子武杰站在眼前。武杰满面带笑,右手拎着铁棍，左肩头扛着一根大烟袋，摇摇摆摆拦住蒙面人的去路。师徒前后阻劫，蒙面人只得站住。

书中交代：武杰力战周应虎，起身已晚。周应虎那三只特殊的弩箭又很令他担惊。为此慌不择路，竟然向前寨跑去。正跑之间，对面走来四名喽啰，武杰问道："唔呀，快说何处可以下山？"

"蛮子来啦！"喽啰把他当成欧阳德，撒腿就跑。武杰箭步追上，这才发现喽啰们扛着一根五尺多长的大烟袋。他知这是师父的兵器，一把夺过："唔呀，怎么回事？"

"小，小蛮子老爷，"喽啰跪倒求饶，"马道爷吩咐我们把烟袋藏起来，省得被老蛮子夺回去了。谁料老蛮子没来，小蛮子却来了……"

"少废话呀，领吾小人家下山。"

"是，是……"喽啰将武杰领到寨口，武杰一通横扫，闯出山外，不期在山神庙前巧遇恩师。

"唔呀，吾老人家谢谢你小人家呀。"怪侠接过烟袋，扭头对蒙面人笑道，"朋友，面罩若不摘下，吾是不能放你走哇！"

"这……"蒙面人左右为难，武杰乘其不备，上前一把掠下墨绿色头巾。欧阳德借着月色上前一看，不由得大笑："吾猜着是你！果然是你！"

第八回　怪侠客相邀五魁首
粉金刚诈降三杰村

蒙面人乃是魔侠女黄花！

数日之前，黄花亲自求婚，怪侠置之不理。这位魔侠女的"魔"劲上来了，她一路暗中跟随，把欧阳德的所作所为全都看在眼里。后来，欧阳德独闯北丘寨，天黑未归。黄花怕他遇险，才从后寨上山寻访。途中又发现了武杰，知他是欧阳德的徒弟，于是暗中帮忙，甩下绒绳，才将武杰引上山寨。黄花原想不露本色，继续暗中行事。谁料被武杰掠下头巾，魔侠女虽有"魔"性，此时也有几分尴尬。

怪侠笑道，"唔呀，多谢黄小姐屡次相助，吾欧阳德感激不尽哪！"

"哼，光是感激吗？咱俩的事怎么办？"

"咱俩的事……唔呀，好热的天哪……"欧阳德心想，黄花的人品、武功、脾气对自己都很适合，更何况她一片痴情。怎奈自己早已看破人生，只想游游逛逛，不想成家立业。若答应她的亲事，与自己立志相违，还是不应为妙。为此，怪侠有意岔开话题，扯起了"好热的天"。黄花有点生气，她柳眉倒竖，杏眼圆睁："欧阳德，你少跟我耍怪。告诉你，我魔侠女想干的事，没有干不成的！你说句痛快话，到底应不应亲事？"

"嘻嘻，哈哈，唔呀，有点意思。"小蝎子武杰望着这一怪一魔，不由得笑了起来。他冲黄花深施一礼："你老人家就是吾小人家的师娘吧？师娘在上，小徒有礼了。吾师父三十多岁，不能总打光棍儿呀。有您这样的师娘，他老人家偷着乐去吧！不过，天上无云不下雨，地上无媒不成婚。据吾小人家看来，二位老人家还缺少个媒人。

吾若当媒人呢，还是个徒弟，辈分不对路。依吾说呀，今日夜晚，怪、魔二侠智擒马道玄，干脆，就请那个老杂毛当媒人吧。山神庙就做洞房。师父、师娘到里边去成亲，吾小人家在门口站岗放哨……"

"哼！"黄花一扭头，"有怪师必有怪徒！"

"混账王八羔子！"欧阳德踢了徒弟一脚，说道，"你把马道玄捆上，过一会儿吾还要审他呢。"

"是。"武杰解下恶道的丝绦，将其绑好。由于马道玄穴位未通，只得任武杰摆布。

"唔呀，黄小姐呀，"怪侠抱腕拱手，"钦差彭公丢了金印，吾答应替他寻找。受人之托，忠人之事，吾要审问马道玄，请黄小姐自便吧。"

"撵我走？哼，你说句实话，到底成过家没有？"

"吾以前没成过家，今后也不想成家。"

"哼，"黄花一跺脚，"好个怪侠，咱们走着瞧。前途坎坷，我也许再帮你，你也许有用我的时候。"说罢，转身而去。武杰急了，上前就要追赶，他的脚功岂能追上黄花？

欧阳德目送黄花走远，心中也有些惆怅。他打通了马道玄的穴道，当场审问："混账王八羔子，你龟孙把钦差金印放在哪里了？若不说实话，吾老人家废了你！"

"侠客爷饶命。"恶道周身发麻，哆哆嗦嗦地答道，"我奉下五门各路门长之令，协助白起龙和耶稣教反抗大清，所以才盗走金印，准备领赏。可是贫道自知武功有限，如将金印带在身上，早晚必遭其害。为此将金印交给了璞球山大寨主、玉面坐山雕周应虎。周应虎武功高强，又有山峦做屏障，由他掌管金印，则万无一失了。"

"唔呀，糟糕！"怪侠心想，璞球山方圆数里，易守难攻。周应虎手下又有数十个强徒，几百号喽兵。凭我师徒二人，只能探山，而不能破山。擒不住周应虎，便夺不来金印，这可如何是好？小蝎子武杰初出茅庐，没有师父想得长远。他将铁棍一晃："师父，凭您的烟袋和吾这铁棍，扫平他的璞球山！"

"唔，唔呀，"欧阳德望着铁棍出神，"徒儿小人家，你这棍上粘的是什么呀？"

师徒细看，只见铁棍之上钉着三只弩箭，箭头扎入半寸多深。武杰大叫："唔呀，周应虎这个王八羔子，他练的是哪门功？把吾的铁棍扎了三个窟窿眼子！"他这一喊，惊动了旁边的马道玄。这恶道连忙讨好："侠客爷，据小道所知，周应虎背后有个弩筒，内装一百零八颗螺旋弩。他只要一按崩簧，可以连续向外发射，并且百发百中……"

"唔呀，吾小人家不明白，他的弩箭怎么能钻进铁棍哪？"

"螺旋弩是娃娃铁打造，锋利无比。射出之后，自身旋转。碰到物体，如同拧螺丝一样，自动向里推进。周应虎是马上将领，每逢打仗，他的对手都顶盔挂甲。可是再好的盔甲也挡不住螺旋弩。那弩锋如同宝刀宝剑，可以穿铜透铁，"说至此处，恶道壮了壮胆量，"侠客爷，恕贫道直言，那周寨主的弩箭十分珍贵，不到万不得已，他从来舍不得发射。今晚只打令徒三弩，算是令徒命大。他若将一百零八弩连珠射出，恐怕，嘿嘿，恐怕活神仙也无法抵挡！"

"唔呀，严重了！"武杰想起以棍拨弩的局面。人家只射了三弩，自己勉强拨出，且将铁棍损坏，若再射几弩，性命休矣，好险，好险！怪侠听罢恶道所述，也有些吃惊："马老道，螺旋弩这般厉害，难道无法攻破吗？"

"这……"恶道十分狡诈地一笑，"侠客爷若能饶我性命，我可以实话实说。"

"唔呀，吾不杀你，说吧。"

"一言为定？"

"吾老人家是侠客，说话算数。"

"据周寨主说，鲁南微山县三杰村有个宋仕奎，此人富甲天下，珍藏一面狻猊盾牌。听说狻猊是大狮子，最为厉害，日行五百里，专以虎豹为食。它的皮又坚又硬，任何利器也难穿透。周寨主告诉我们，螺旋弩碰上狻猊盾就算失效，还说，谁能把盾牌弄来，赏黄金百两。怎奈宋仕奎也很难惹，干眼馋，没办法……"

"你说的可是实话？"

"不敢撒谎，请侠客爷放我逃走。"

"好了。"欧阳德说一不二，刚想为恶道松绑，武杰一摆手："马老道，吾再问你一件事，吾舅父刘世昌曾上山劝降，他老人家一去三天，现在哪里呀？"

"嗯……贫道不敢隐瞒，刘老英雄，被花叉将杜瑞用花叉射死了。"

"唔呀！"武杰大恸，"杜瑞现在何处？吾要寻他报仇。"

"杜瑞已被那蒙面人斩首……"

"唔呀，你是他的同伙吧？"武杰二目发红，血灌瞳仁，"杜瑞虽死，吾要杀你这恶道祭奠舅父亡灵！"说罢，一棍下去。马道玄惨叫几声，扑通摔倒。小英雄只顾一时痛快，哪料惹下大祸。马道玄的胞弟、玄狐门第二门长、赤发灵官马道青将来寻找武杰替兄报仇，又曾引起一场恶战。此是后话，暂且不提。

欧阳德见恶道已死，连连埋怨："吾说要放他，不能言而无信哪！"

"师父，这事与您无关，"武杰将恶道尸体扔进山涧，"咱去攻山吧，替我舅父报仇！"

"不行。周应虎利弩难防，璞球山势众人多。凭咱爷儿俩很难力战群贼。还是找粉金刚徐胜去吧，看看他有什么办法。"

此时天已破晓。二人回到徐胜家中。徐胜正为他们着急呢，一见师徒归来，不由得大喜："欧阳侠客，可曾找到马道玄？钦差金印是否夺回？"

"唔呀，马道玄死了，金印没见着哇。"欧阳德叙罢经过。徐胜闻听刘世昌捐躯，也十分伤感："唉，老英雄死得可惜。请问侠客爷，不知下步做何打算？"

"当然要攻山破寨，夺回金印。但是，现在不能动手。一来吾们的人太少，与璞球山众寡悬殊；二来宋仕奎的狻猊盾尚未到手。徐壮士，你久居山东，这两件事都得靠你帮忙。"

"宋仕奎只有耳闻，详情不知。至于请人破山，我倒有个主意。由此往南一百六十里，有座鳌头岭蔡家寨。老寨主名叫蔡庆，人称铁幡杆。夫人窦氏，手使铁棒槌，比其夫更勇猛几分，外号人称金头蜈蚣。除此夫妻，另有五家偏寨主：红旗李玉、铁掌方飞、花驴儿贾亮、蓬头鬼黄顺、落马川刘珍。这五人各怀绝技，号称'鳌头五魁首'。山上养喽啰三百，自种自吃，既不向官府纳税，也不骚扰百姓。老寨主蔡庆五十多岁，与我算是忘年交，常常有些来往。我若请他出头，再加上欧阳侠客的面子，料他不会拒绝。"

"唔呀，好得很哪。吾老人家陪你去一趟，见到蔡庆，把他的‘五魁首’和三百喽啰全部借来，攻打璞球山就容易多了。"

"欧阳侠客，"徐胜摇了摇头，"借‘五魁首’不难，借三百喽啰却不易。因为那些喽啰实际上都是农夫，根本不会打仗。蔡老寨主爱兵如子，不会让部下来白白送死。再说，现在正是铲地季节，喽啰下山，田园荒废呀。"

"这就难了，璞球山喽啰甚多，咱不能光有将没兵啊！"

"我已经想妥了。本城守备与我有一面之交。我去见他，若能借来官兵，岂不更好。"

"唔呀，有了。咱何不公事公办？"

"侠客爷，此话怎讲？"

"彭钦差丢失金印，本地官员责任重大。他们发兵剿匪，乃分内之事。不是他们帮咱，而是咱们帮他呀。"

"话虽如此，可是咱们空口无凭，钦差丢印之事，官府未必肯信哪。"

"吾与彭公分手时，得知他带着十道皇帝御札。这些御札等同圣旨。让吾徒弟武杰带着吾的书信去追彭公，请钦差发下御札，本地官府岂敢不听？"

"这就太好了。"徐胜立刻备下文房四宝，欧阳德写下亲笔信，信中说明璞球山的情况，请钦差发来御札，调官兵破山。武杰收信告辞，南下追寻彭公，暂且不提。

单说欧阳德与粉金刚徐胜，经过商议，第一步先去鳌头岭搬兵求将，然后想办法再取狻猊盾。一百六十里地，二英雄当天就赶到了。傍晚住店，次日清晨来到山寨。"五魁首"皆与徐胜有交情，又久闻怪侠大名，亲自迎出寨外。来到聚义大厅，献茶招待。徐胜有些纳闷："众位寨主，因何不见蔡老英雄？"

"一言难尽，"红旗李玉叹道，"徐壮士与欧阳侠客都不是外人，我实话实说，还得请二位英雄帮我拿些主意。"

原来，距鳌头岭蔡家寨十五里便是三杰村。这村庄依山傍水，景色宜人。村中原有三位员外：刘杰、赵杰、宋杰，"三杰村"因而得名。两年前，宋杰病故，其堂兄宋仕奎赶来为弟吊丧。宋仕奎原籍塞北黑龙江，家财万贯，豪富无比，因而外号活财神，又叫赛沈万三。由于他久居寒冰地带，所以患有哮喘病，每逢严冬必咳嗽不止，闹得他十分痛苦。这次南行，一来为堂弟吊丧，二来想找个名医治病。谁料在三杰村住了一个冬天，哮喘病竟不治自愈，宋仕奎很迷信，他不懂得气温养人，而以为这是天意。于是请来位算卦先生为他算命。凑巧，这个卜人乃是耶稣教徒，他知宋仕奎豪富，借机敲诈，大讲特讲耶稣基督，还说什么大病痊愈都是上帝保佑，打算把宋仕奎拉入教内。宋仕奎有些犹豫："入教之后，对我会有什么好处呢？"

卜人信口开河："三杰村乃王霸宝地，只缺英主。宋员外入教之后，在上帝保佑下，必能封王拜相，官居一品。"他说得头头是道，天花乱坠。宋仕奎本来就十分迷信，此时更加深信不疑。重赏卜人后，又办了入教手续。既然三杰村是王霸宝地，他便变卖了塞北的产业，举家南迁，落户于此。由于资金雄厚，他很快吞并了全村的土地，并将刘杰、赵杰撵往他乡，三杰村更名宋家堡，宋仕奎作威作福起来。

且说四个月之前，三杰村来了个洋人，自称是罗马神甫。他对宋仕奎说道："你入耶稣教时，王霸基业已定。根据上帝的意图，现在应该动手了。如今，广西白天王起事，你应辅佐他，事成之后，你即为亲王。赶紧招兵买马吧，机不可失，时不再来！"

宋仕奎利令智昏，又迷信洋人，连连答应，一切照办。他招下五百庄兵，又设立集贤馆，收养一批绿林武士，加紧操练。只等令下，配合白起龙造反。

世上没有不透风的墙，宋仕奎的行动引起了官府的怀疑。三杰村隶属山东济宁府微山县管辖，县令姓周。他没有抓住真凭实据，被宋仕奎搅得日夜不安。周县令有心查封三杰村，又惧其武力，不敢贸然行事。他手下的三班都头名叫张耀宗，原是绿林中人，镖法不错，人称三手将。张都头向县令说道："周大人，您也不必发愁。宋仕奎既然谋反，大罪弥天。您何不向府里、省里报告，请上司发下大兵讨伐？"

"唉，"县令叹道，"说他谋反，并无凭据。这类重大事情，万一报告错了，则是制造混乱，干扰国政。我这小小七品县令，如何担待得起!"

"可是，宋仕奎若真正谋反，您不向上司报告，咱的罪过就更大呀!"

"进退两难。最好的办法是摸清宋仕奎的底细。他若谋反，就请上司发兵，他若只是以武会友，咱就置之不理。可是这个底细派谁去摸呢?"

"下差不才，愿替大人分忧。"

"不行。谁不知你是微山县三班都头？不但摸不来底细，反而打草惊蛇。"

"那就另派一位面目生疏的差官……"

"更不行。别的差官武功皆属平常，万一出事，分明送死。"

"这就难了，"张耀宗沉思良久，点头笑道，"大人，下差倒是想起一位英雄。他武功很高，身份又很合适。由他去探三杰村，必无差错。这个人现居本境鳌头岭蔡家寨，姓蔡名庆，外号铁幡杆，乃是绿林中著名英雄。下差与他交情不错，若大人出张请帖，他肯定会来帮忙。"

"嗯。蔡寨主的情况，我也听说过一二，他若出头，当然最好。不过，宋仕奎手下有许多绿林人，如果认出他来，如何是好?"

"下差之见，蔡庆不必隐瞒身份。宋仕奎开设集贤馆，就让蔡庆去应贤招聘是了。"

"也好。"周县令亲笔修书，派张耀宗送往鳌头岭。蔡庆见信，一来不便反驳县主，二来也该为国效力。于是他嘱托五位副寨主几句，自己奔往三杰村而去。一晃七天，音信皆无。

书归正转。红旗李玉叙罢经过，欧阳德又惊又喜："巧哇，一举两得了。"他把上山来意和取得狻猊盾之事讲与"五魁首"。李玉应道："侠客爷亲自相邀，这是瞧得起我们，我们理当效劳。怎奈寨主不在山上，我们不好私自行动啊!"

"五魁首"中有位花驴儿贾亮。他身材瘦小，不足五尺，却是足智多谋，机灵过人。手使两根青铜刺，每根只有二斤半重，座下骑一头山西大花驴。这头驴经过特殊训练，学会了蹿蹦跳跃，踢人咬人，一般武士都非它的对手。贾亮久闻欧阳德大名，又敬佩他的人品，因而很想与其合作，于是笑道："这事容易。我家总寨主现居三杰村，欧阳侠客恰巧也要去三杰村取得狻猊盾。你们见面之后一商量，这事就算定啦。"

"唔呀，言之有理。宋仕奎设有集贤馆，吾老人家就去公开应聘哪。既能见到蔡寨主，又能探听狻猊盾，何乐不为？"

徐胜答道："依在下所见，欧阳侠客名声太大，你的穿衣打扮、兵刃暗器也瞒不住人，因而不易露面。如果只为探听消息，那就由我前往吧。"

"也好。"众寨主一致赞同。欧阳德暂住鳌头岭，徐胜奔往三杰村。

十五里地，一哈腰便赶到了。三杰村经过修整，俨然是个小城堡。四面设有庄门，庄丁各佩刀枪，来回巡逻。徐胜向他们问道："总管，请问集贤馆在什么地方？"

"噢？你是应聘的武士吧？一直往东走，有个红油漆大门便是。"

"谢过。"徐胜来到集贤馆，说明来意，被庄丁引进演武大厅。集贤馆首席考官名叫尤四虎，他见徐胜长得俊俏，不由得一撇嘴："小白脸，就你这模样，也会练武吗？"

"会练不会练，你可以考哇！"

"嘿嘿，挺狂啊，黄大力，上！"

黄大力足有三百斤，饿虎扑食，冲向徐胜。徐胜闪身抬腿，将大胖子踢出五尺。

"好英雄！"随着话音，从偏屋走出一人。这人头戴方巾，身穿夹袍，年近五旬，面皮白中透青。他向徐胜笑道："好快的腿脚，请问应聘武士尊姓大名？"

来者正是活财神、赛沈万三宋仕奎。他方才看了徐胜的武功，知是高手，所以十分客气。徐胜不报真名，只说："在下余双人，山东人氏。听说贵庄招贤，特来应聘。您就是宋庄主吗？"

"正是。"宋仕奎见徐胜仪表堂堂，便有心提拔他，回头吩咐道，"尤教师，你去将那些应聘教师都请来，让他们和余英雄相见。"

"是。"尤四虎去不多时，领来了一批武士。宋仕奎介绍道："他们是：赛叔宝余华、金刀太岁吕胜、永躲轮回孟不明、轧油灯李斯、飞腿彭二虎、一本账何苦来、铁算盘贾和、闷棍手方回、黑心狼戚顺、天转星杜成、狼狈金永太；另外还有这位老英雄，刚刚到我集贤馆的铁幡杆蔡庆……"

蔡庆已经来了七天，摸到一些底细。他正想借机出去向周县令报告，不意遇到好友徐胜。老英雄暗想："他怎么改名叫余双人哪？噢，余双人合起来仍是个'徐'字。既隐真名，必有来意，我还是假装不识吧。"

再说宋仕奎介绍完毕，又向众人笑道："集贤馆越来越旺，本庄主打算请余壮士做总教师。各位若有不服者，可与余壮士比武。"一言未尽，轧油灯李斯上前交手。这李斯又矮又粗，只一个回合，便被徐胜踢得打滚。飞腿彭二虎自恃高于李斯，纵身而上。他的双腿有些功夫，没等徐胜进招，便接连飞起三脚。徐胜暗笑，趁其不备，伸右手抓住彭二虎的脚脖子，用力向外一抖，恶贼险些摔昏。闷棍手方回是彭二虎的把兄弟，他不言不语，悄悄来到徐胜身后，二话不说，闷棍砸了下来。徐胜早已听见脑后的贼风，连忙闪身，闷棍走空。英雄骂道："暗箭伤人，算得哪路好汉？休走，着拳！"说罢，一拳击向方回的面门。这拳劲头太大，打得方回鼻口冒血，二目发青。徐胜连赢三阵，无人再敢向前。赛叔宝余华乃众人之首，他的拳脚受过高人指点、名家传授，敢称绿林道中一条豪杰。此时见徐胜勇猛，抱腕说道："在下余华，与余双人壮士乃为同宗。比武会友，愿受指教。请进招吧。"

"请。"徐胜暗道："这人的档次高于群贼，我要小心行事。"

二将打拳拉四平，斜身绕步转身形。这个双峰来贯耳，那个猿猴单膀擎。上打八卦式，下踢七星灯，铁锤砸山倒，铜臂万里弓，猛虎伸利爪，秃鹰傲苍穹。棋逢对手二良将，下山虎相遇雾中龙！

三十回合，难分上下。老英雄蔡庆唯恐徐胜吃亏，上前拦住双方："哈哈，都是自己人，点到而已，不必再打了。"

"对，对。"宋仕奎更加高兴，"集贤馆英雄辈出，休要伤了和气。依我说，二位都是高手，又都姓余，应该是亲兄弟。本庄主宣布，赛叔宝余华为左路总教师，余双人为右路总教师。今后携手合作，前程无限。来呀，后花厅摆设酒席，痛饮三杯！"

杯盘罗列，直吃到二更方散。

徐胜向蔡庆使了个眼色，老英雄也微微点头。酒席散后，二人走出宅院，向西边的小树林而去。

"徐老弟，"蔡庆低声问道，"你干什么来了？怎么改名换姓，莫非诈降吗？"

"老寨主，你七天未归，那'鳌头五魁首'可急坏了。怎么样？有了准确的消息吗？"徐胜将自己的经过简述了一遍。蔡庆点了点头："消息有了些，但不全面。宋仕奎谋反之事可能是真的。但他十分机密，一切守口如瓶。集贤馆的主考尤四虎跟随宋仕奎多年，是一块儿从黑龙江过来的，可谓亲信。前天晚上，我请尤四虎喝酒，那贼有点醉了，似露不露地说了几句。好像和什么外国教会有关。我正想深问，他便睡去。昨天一早，尤四虎对我千叮咛，万嘱托，唯恐我把话传出去。叫我说，想知根底，只有审问尤四虎。徐老弟，你来诈降太好了，有事咱俩可以商量。"

"蔡老英雄，集贤馆那些贼寇都是什么来历？他们知道内幕吗？"

"据我猜想，这些人多数是来混碗饭吃，宋仕奎的底细，他们未必知道。"

"有备无患，对这些贼寇也要多加提防。咱回去吧，以免引起怀疑。"

二人刚要转身往回走，忽听树上有人嘿嘿冷笑："好个内奸，诈降三杰村，胆量不小！"

"啊！"徐胜与蔡庆大惊失色！

第九回　尤四虎弄鬼成冤鬼
　　　　欧阳德装神戏财神

　　树上跳下两个人来，乃赛叔宝余华、金刀太岁吕胜。他们抱腕拱手，满面含笑："蔡老英雄、徐英雄，刚才开个玩笑，多有冒昧。"

　　"噢？"徐胜听二人的语气，并无恶意，于是连忙还礼："余英雄、吕英雄，不期此处相逢，您二位这是……"

　　"唉，"余华叹口气道，"我与吕胜乃一师之徒，正宗武当门弟子，业艺学成后，一心想报效国家，曾经投靠广西提督萨布素大帅，在他帐下任千总。萨大帅乃满洲正黄旗人，他与朝中索亲王交往甚厚。前不久，萨大帅派我二人为索亲王送寿礼。这寿礼是两对猫眼儿，十分精致。谁料途经皖鲁交界时，我二人一时不慎，将宝物丢失。有心回广西，那萨大帅脾气暴躁，他若听说寿礼丢失，定斩我二人首级。为此，我们师兄弟来到三杰村集贤馆，明中投靠宋仕奎，暗中想借他的力量寻找寿礼。可是来到集贤馆一看，哪有武林豪杰？全是些杀了人的凶犯、滚了马的强盗，令我弟兄大失所望。正想离开，恰逢徐壮士来临。我见您是位高手，所以酒席散后跟了下来，目的是请您帮忙，打听寿礼下落。出人意料，却听见您与蔡老英雄的一番谈话，才知宋仕奎图谋不轨，意欲造反！嗐，我弟兄命运不济，丢了寿礼，又误上贼船，二罪归一，岂有活命？徐壮士，看在武林分儿上，请您指明一条出路。"

　　"言重了，"徐胜连忙摆手说道，"余英雄、吕英雄，请放宽心，不必忧愁。您二位不但没罪，而且还有立功的机会。"

　　"愿闻高见。"

"如今，礼部尚书彭公奉了皇帝圣旨，正往广西平息叛乱。萨大帅身为广西提督，势必拜见钦差。他们见面时，请钦差替二位英雄求个人情，萨大帅脾气再暴，也不敢卷钦差的面子吧。"

"当然。可是钦差乃当朝重臣，怎肯与我们求情？"

"二位有所不知，钦差的黄金大印流落在璞球山。为攻山破寨，捉拿周应虎，在下才来找蔡老英雄搬兵借将，谁料半路上又出了个宋仕奎。现在看来，只有先破三杰村，后打北丘寨了。二位英雄均怀绝艺，若与我们携手合作，岂不是立功的好机会吗？"

"对呀，"金刀太岁吕胜笑道，"立功不敢指望，帮钦差夺回金印，钦差就能替咱求情了。大哥，快答应吧。"

"当然要答应，"余华振奋起来，"徐英雄，我们师兄弟听您的，请吩咐。"

"当仁不让了。先要弄清宋仕奎的底细，好向周县令交差。这事耽误不得，越快越好。据蔡老英雄说，只有尤四虎知道内幕，我们要想方设法让他说实话。"

"难了。那走狗与主人形影不离，总不能当着宋仕奎的面来审问尤四虎哇！"

"那就把他调开。"四位英雄商量了一阵，最后定下一条巧计。

次日清晨，赛叔宝余华来到集贤馆，尤四虎心中暗骂："哼，当上了左路总教师，立刻就会摆谱，跑到集贤馆显摆什么呀？"有心不理，人家地位比自己高，只得点了点头："余总教师，请多指点。"

"尤总管，您可别这么称呼我。谁不知您是从黑龙江过来的，是宋庄主的嫡系呀。"

"嫡系管个屁用！"尤四虎嘴里骂街，心中却对余华产生了好感。余华借题发挥："是呀，宋庄主是明白人，有时也办事不妥。总教师应该是尤总管的，何必让我和新来的那个人当什么一左一右呢！"

"你们本领高哇，咱不行喽。"尤四虎酸溜溜的，说话带刺。余华似乎不觉："我正想和您商量，左路总教师我不想干了，已经禀明庄主，让您来干。"

"真的吗？"尤四虎官迷心窍，"庄主答应没有？"

"嗐，全怪那位右路总教师，他说尤总管功夫不行，硬是拦回去了。不过，您千万别去问庄主，如果去问，就把我卖了。"

"哪能呢。"尤四虎心中暗恨，脸色铁青。余华一见时机已到，低声说："我有个主意，今晚请到我房间去一趟，咱们商量商量。"

"这……庄主不信任我，可又离不开我。我不敢随便走出集贤馆哪。"

"也对，"余华故作惋惜，"错过机会就晚了。这样吧，您今晚把从人都打发走，我来找您。"

"行啊，余总教师，够朋友。"

天渐黑时，余华带着两瓶高粱烧酒、四斤酱牛肉、两个大猪蹄、一只炸鸡、一只卤鸭，笑呵呵地走进集贤馆。尤四虎一见有酒有肉，十分高兴："真让您破费了，替我办事，让您花钱，明天我请您。"

"尤总管别客气呀。"

酒过三巡，尤四虎已经半醉，他急不可待地问道："余总教师，您有什么主意？"

"把右路总教师余双人轰走。"

"嘻，跟没说一样！"尤四虎暗道："别说我轰不走余双人，就连你赛叔宝余华也轰不走人家。恨归恨，论武功人家确实高明。"余华看出他的心意，笑道："尤总管，硬拼当然不行，咱可以智取。"

"说说看。"

"三杰村西门之外有一片坟地。今夜二更天，请尤总管头戴高装白纸帽，身披白色斗篷，再用红纸做个假舌头，事先隐藏在古坟之后。三更天时，我以演武为由，将余双人骗到坟地，届时，尤总管装成厉鬼，向余双人扑去。俗话说'虎死如绵羊，人死如猛虎'，敢保将余双人吓得丢魂丧胆。他即使不死，也不敢在三杰村待了。只要他一走，我立刻让位，总教师就是您的了。"

"妙，妙，妙绝呀，难为您怎么想出的高招。据我猜想，宋庄主三更半夜不会找我有事，我马上就去准备。"尤四虎借着酒劲儿，回屋打扮去了。

余华一见大功告成，连忙起身去通知徐胜，再加上蔡庆、吕胜，四英雄同往庄西坟地。蔡、吕二人隐蔽起来，余华对徐胜说道："右路总教师，昨日比武，未及充分较量，今夜必须见个高低，倒要看看鹿死谁手？”

“请左路总教师进招。”

他俩假戏真唱，各舒拳脚，打了起来。

再说尤四虎，他藏身坟后，看得真切，此时往外一跳，装成厉鬼，怪吼一声。依他的打算，那个余双人不死也得昏倒。谁料对方毫不在意，只是微微冷笑，一个箭步蹿到他的跟前，刀压脖项：“别喊，别动，不然就杀了你！”

“啊！左路总教师，快救命啊！”

“哈哈……”余华大笑起来。这时，蔡庆、吕胜也出来了，捆好尤四虎，带到僻静之处。恶贼方知上当受骗：“这，这，别杀我。你们要干什么？”

“你听着，”徐胜怒道，“第一，你快把宋仕奎的底细告诉我们；第二，宋家珍藏的宝物狻猊盾现在何处？若有半句谎话，休想活命！”

“我，我，我说。宋庄主是耶稣教的人，他，他与广西白起龙……”尤四虎端出底细，继续又道，“狻猊盾是宋家祖传的宝贝，由庄主亲自收藏。至于藏在什么地方，我，我确实不知道。”

“哼，”徐胜看他没敢说谎，有心留下他，又怕他报告宋仕奎，坏了大事，为此钢刀向下一推，结果了尤四虎的狗命。可叹这贼装鬼不成，反而做了刀下之鬼。

四英雄将尤四虎的尸体埋葬，扫清血迹。经过商议，由徐胜夜奔鳌头岭，报告欧阳德。徐胜去了一夜，次日清晨赶回三杰村。他将欧阳德的打算告诉了余华等人，众人听罢，大笑起来。

再说活财神、赛沈万三宋仕奎，一连两天不见尤四虎，他心神不定，暗想：“尤四虎知道的内幕太多，他两日不归，莫非被官家捉去？真是这样就糟了。我的根基尚未站稳，官府若来讨伐，性命休矣！”他心慌意乱，又不敢向人声张。徐胜看在眼里，心中暗笑，他向宋仕奎有意引起话题：“庄主，看您神色，印堂有点发暗，莫非有什么心事吗？”

“没，没有。”宋仕奎故作轻松，“余教师，昨晚出去游玩时，本庄主看见两条黄狗。哈哈，畜生也很有趣，它们蹲在对面，哼哼唧唧，似乎也在说话，有意思。”老贼胡诌白咧，岔开话题。徐胜十分机灵，心中一动，想跟老贼开个玩笑："哎呀，大事不好了！"

"啊？"宋仕奎心中本来有鬼，此时被徐胜吓了一跳，"余教师，此话怎讲？"

"庄主恕我直言。请问，牢狱的'狱'字您可会写？"

"我当什么大事！牢狱的'狱'字谁都会写，乃左边一犬，右边一犬，中间是个'言'字，如同二狗说话……啊？糟，糟了！"宋仕奎若有所悟。

"庄主看见二狗说话，恐怕会有牢狱之灾呀。"徐胜又攻一步。

"余教师，您是武术家，不料还会相面测字。请问，此灾如何解脱？"

"在下道行不高，束手无策。我有一位师父，乃八蜡山灵牙寨七宝藏真洞的华阳老祖。他能呼风唤雨，云雾中行。待我请来师父，帮庄主想些办法。"

"多谢，多谢。"宋仕奎本来十分迷信，如今又被徐胜吓唬得六神无主。

"不过，我师父最喜清静，如果人多，他未必肯来。只让左路总教师余华陪伴庄主就行了。"

"一切从命。"

当晚三更，后花园搭了几张桌子，冒充法台。徐胜净手焚香，口中念念有词："弟子余双人，特请仙师华阳老祖圣驾光临。"

"唔呀，吾神来也！"金身由天而降。

原来，这都是欧阳德做好的圈套，他利用宋仕奎的迷信心理，准备取得狻猊盾。宋仕奎哪辨真假，连忙磕头："仙长光临，保佑信士弟子逢凶化吉，遇难呈祥，弟子感恩不尽。"

"吾老人家前知五百年，后知五百载，善晓天文，深知八卦，夜观天象，见紫微星落于广西，将相星下坠山东。为此，特派吾徒余双人前来查访，吾老人家随后赶来，要帮你等共成大事！"

"请仙师花厅上坐。"老贼见人家说得头头是道，更加深信不疑，来到花厅，拱手问道，"今夜仙驾至此，不知吃素吃荤？"

"吾在山上吃素，下山就开荤酒。整猪整羊快快端来。"

"是。"老贼不敢怠慢，摆下酒宴。余华、徐胜陪坐两旁。欧阳德问道："宋施主，有什么要求快快讲来。"

"这……"老贼看看二位教师，吞吞吐吐，"请问仙师，如何解脱眼前之灾？"

"唔呀，待本老祖与你算上一卦。"欧阳德一边吃酒，一边嘟嘟囔囔，谁也听不清他说些什么，突然，他将酒杯往桌上一蹾，大声叫道，"哎呀，大事不好，要了你的命了！"

"仙师救我！"宋仕奎惊慌失措。

"本老祖推算，两三天之内，必有官兵讨伐三杰村。官兵来势凶猛，锐不可当，宋施主轻者坐牢，重者杀头。不过，你不必害怕，本老祖既来了，当然要助你一臂之力。明晚二更天，请宋施主在后花园搭上法台，再准备些黄香、红烛、朱砂、白及、一支新笔、两刀黄表纸，届时，本老祖登坛作法，邀请天兵天将降临人间。唔呀，官兵再勇，也敌不住天兵啊！"

"多谢仙师。天兵天将真能来吗？"宋仕奎虽说迷信，却也有点怀疑。

"唔呀，这就看你造化如何了！"欧阳德谈笑风生，神情自若。

天色将亮，怪侠唯恐群寇认出自己，所以告辞而去。宋仕奎望其背影，心中暗道："果是仙家，三伏大暑竟穿皮袄，凡人岂不热死死！"由于这老贼久居塞北黑龙江，当时的交通、通讯又不发达，所以他对怪侠的名声毫无所闻。徐胜与欧阳德正是利用这种机会，促其上当受骗。

闲话带过。粉金刚徐胜送走欧阳德，故作神秘地对宋仕奎说道："庄主，华阳老祖今夜做法之事，请您千万不要声张，真言不传六耳，若被集贤馆众武士知道，他们必来观看，恐怕法术就不灵了。"

"我明白。"宋仕奎连连点头。

再说小东方怪侠欧阳德，离开三杰村，回到鳌头岭。他向红旗李玉等人吩咐道："你们立刻去找周县令，告诉他，宋仕奎确系反叛，请周县令向府里调三百官兵，今晚二更天，围剿三杰村。"

"欧阳侠客，周县令只请咱们打探底细，听您的语气，莫非要参战吗？"

"当然，捉拿国家反叛，乃绿林豪杰分内之责，更何况宋贼手中藏有狻猊盾。不仅吾老人家要参战，你们也要参战……"怪侠向"五魁首"说出自己的计划，五人连连点头称是。李玉即刻下山，请周县令调拨官兵，暂且不提。

单说欧阳德，天色傍黑时重返三杰村。宋仕奎早已按照吩咐，做好一切准备。后花园高搭法台，足有九尺。法台上设有法案，案上摆满祭品。天至二更，欧阳德在宋仕奎及徐胜、余华的陪同下，登台做法。好位怪侠，装模作样，他披开头发，手仗宝剑，又用朱笔胡乱画了几张谁也不懂的灵符，在红烛上边烧了，然后口中念念有词："天灵灵，地灵灵，孙悟空、猪悟能，李靖带着三太子，赤脚大仙太白星。你们全来接法旨，帮助老祖立奇功！唔呀，托塔天王李靖何在？"

"吾神来也！"北上房下来一位神仙，他面如紫玉，雄眉阔目，身穿长袍，背插宝剑，在法台下边高呼道："华阳老祖，吾神李靖听候法旨。"

"你守在北墙，不许有人出入。"

"遵法旨。"这位"李靖"站在北墙之下。紧接着，"华阳老祖"又呼来二郎神杨戬、哪吒、木吒三位大仙，分别守住东、南、西三面院墙。最后又呼道："八仙中的张果老快听法旨。"

"嗷，嗷——"未见人影，先听驴叫。房上跳下一头山西大花驴。这头驴不备鞍鞯，不带嚼环，是所谓的"光屁股驴"。它身体轻便，落地无声，冲着法台几声长嘶。这样一来，宋仕奎对"华阳老祖"可就深信不疑了："若非张果老，谁有这样的神驴！"大花驴上坐着一人，他脸朝后，背朝驴头，对着法台抱腕拱手："小仙张果老正在西天听如来佛讲法，忽然孙悟空那个猴头领着他师弟猪八戒也去了。老猪见我骑的是骒驴，便上前调戏……"

"唔呀，住口。法台之前不准讲淫词浪语，快站在中心，等吾法旨。"

其实，来者五人正是鳌头岭"五魁首"。假扮张果老者，乃花驴儿贾亮。"五魁首"遵照怪侠的吩咐，夜闯三杰村，共同歼敌。欧阳德见他们到齐，仗剑传旨："你们各自守住方位，官兵若来进犯，杀他个片甲不留。"

"启禀华阳老祖，"贾亮按照事先的安排，虚张声势，"猪八戒调戏骡驴，被我喝退。那厮恼羞成怒，拔了他师兄孙悟空的一把猴毛，化作枣核神钉，正在后边追赶。枣核神钉锋利无比，吾等小神难以躲避。他若追来，吾等只好逃跑，无力在此对抗官兵。"

"唔呀，"欧阳德故作紧张，"枣核神钉如此厉害，难道破不了吗？"

"若破枣核神钉，除非有太乙真人的狻猊盾。可是那盾牌流落人间已有千年，一时半会儿无处寻找哇。"

"噢……"宋仕奎心中一动，"我那狻猊盾原来还是太乙真人的宝物。今天既然派上用场，足以证明天助我成功。"于是笑道："华阳老祖，那狻猊盾恰在我府收藏。待我取来，防御猪八戒的枣核神钉。"

"快去，快去。"欧阳德暗中惊喜。

"遵法旨。"宋仕奎急步走下法台，奔向后院聚宝楼。欧阳德见他走远，低声吩咐："待宝盾到手，立刻点燃号炮。内外夹攻，大破三杰村。"

"是。"徐胜摸出火石火绳，准备点炮。正在这时，只见宋仕奎慌慌张张跑到法台："启禀老祖，弟子取来狻猊盾，本想面呈。岂料途中遇上了南海洛迦山观音大士。她说，猪八戒近在咫尺，由她拿着宝盾去退兵，告诉您只管按计划行事，狻猊盾保证丢不了。"

"啊！"欧阳德和徐胜等人都大吃一惊。到嘴的鸭子飞了，从哪儿又冒出一位观音大士？现在若追，肯定追不了，只得先顾眼前，从长计议吧，待捉拿宋仕奎之后，再寻访劫盾之人。想到此处，欧阳德再次"作法"："天灵灵，地灵灵，吾老人家搬神兵。"这是暗语，徐胜听罢，点燃号炮。

济宁府守备高世忠与微山县周县令早已经率领三百官兵埋伏在三杰村周围。他们听到号炮，立刻传令总攻。

但只见：杀气征云起，战鼓咚咚鸣。旗幡风中展，戟剑鬼神惊。人似离山虎，马似出水龙。愁云遍地长，苦雨凭空生！

官兵虽然三百，终究以正压邪。庄丁五百，却慌如丧家之犬，忙像漏网之鱼，一个个丢枪扔刀，被打得鼻青脸肿。恨爹娘少生了两条腿，今日要有四条腿，也许能逃脱活命！

不表前村，单说后花园。粉金刚徐胜与赛叔宝余华各拉钢刀逼住宋仕奎。宋仕奎先是一惊，后知上当。欧阳德让徐胜将他捆好，安放在花厅墙角，绑在明柱之上，然后各亮兵器杀向集贤馆。此时，集贤馆早已大乱。铁幡杆蔡庆与金刀太岁吕胜正与群寇交手，他们虽说勇猛，怎奈强徒人多，眼看二将渐渐不支。徐胜一马当先，冲了上去，钢刀横推竖挡，敌住群贼。鳌头岭"五魁首"与赛叔宝余华各抖雄威，共同作战。贾亮的大花驴也不甘示弱，后蹄子一甩，把轧油灯李斯踢了一溜跟头。群寇不愿失败，继续负隅顽抗。欧阳德把大烟袋一挥："唔呀，混账王八羔子，龟孙子、龟儿子们，吾老人家来也！"说罢，左手抡烟袋，右手用点穴法，杀向群贼。铁算盘贾和头脑灵活，他一见是怪侠，立刻上房逃走。欧阳德看得真切，忙将翡翠烟袋嘴往口中一衔，用力吹去。烟袋锅里暗藏五枚钢球，飞出一枚，正打在贾和头上。可叹这贼逃跑未成，当场毙命！

贾和一死，群匪大乱。他们慌不择路，竞相脱逃。这时，济宁守备高世忠也率领官兵杀了进来。好场恶战，直杀到天亮方才罢手。

经过查点，庄丁死伤七十余人，逃走二百余人，所剩者皆愿投降。群贼之中，只有贾和丧生；一本账何苦来、轧油灯李斯、闷棍手方回三人遭擒；永躲轮回孟不明、飞腿彭二虎等十几名强徒逃脱了性命。官方大获全胜。

守备高世忠与周县令翻身下马，来到群雄跟前，笑道："多亏诸位好汉帮忙，才得平息叛乱。本官回去之后，立刻报告抚院大人和制台大人，请上司嘉奖。"

"唔呀，不用奖了。二位大人，叛首宋仕奎现在扣押在花厅，请二位押走吧。"

"好，好，有劳各位英雄。"

众人带着差官、刑具来到后花园，推开花厅大门一看，不由得惊叫起来！

第十回　微山湖群雄小聚会
璞球山众寇大逃亡

原来，匪首宋仕奎踪影皆无！

欧阳德惊道："唔呀，栽了！能在吾老人家眼皮底下劫走宋仕奎，且不留任何痕迹，真乃高手也！"

徐胜连忙解围："纷乱之中，难免出错，侠客爷不必着急。天网恢恢，那老贼迟早都会被绳之以法。"

"话虽如此，吾总不安哪。"

这时，高守备与周县令也过来了。由于欧阳德等人是绿林侠义，并非官差，帮助擒贼乃是客情，所以他们不敢责备，劝道："匪首虽逃，贼巢总算攻破，各位义士功劳不小，请协助我们清点赃物，上报督抚吧。"

"清点赃物乃官府之事，吾等另有公干，暂且告退了。"怪侠说罢，与众人同归鳌头岭。

如今，已有红旗李玉、铁掌方飞、花驴儿贾亮、蓬头鬼黄顺、落马川刘珍、赛叔宝余华、金刀太岁吕胜、粉金刚徐胜、怪侠欧阳德九位英雄了；老寨主、铁幡杆蔡庆表示，可以让夫人金头蜈蚣窦氏镇守鳌头岭，自己愿随欧阳德攻打璞球山。这样一来，便凑足十人。虽说仍很薄弱，总比先前强盛了许多。怪侠欧阳德且喜且愁，喜的是壮大了势力，添人进口，愁的是狻猊盾被"观音大士"劫去，至今下落不明。没有狻猊盾，难挡螺旋弩，这便如何是好。粉金刚徐胜也很着急："嗐，那'观音大士'到底是谁呢？他曾让宋仕奎转告咱们，说什么狻猊盾丢不了。听这话音好像是自己人……"

"自己人？"欧阳德若有所悟，不由得自言自语，"唔呀，肯定又是她了，这是成心跟吾老人家捣乱哪！"

"您说是谁？我去找他。"

"你去不灵啊，除非吾亲自去一趟。唉，乱麻缠腿，甩不掉了。"

蔡庆疑惑地问道："侠客爷，听您语气似乎与那'观音大士'很熟。"

"是呀，吾估计是黄花干的。"欧阳德为保持黄花的声誉，只轻描淡写地说了几句。

"哈哈，"蔡庆笑道，"我已听出弦外之音，不是我倚老卖老，你们一怪一魔二位侠客，年龄都不小了，这是好事呀！"

徐胜也笑道："如果真是黄女侠干的，咱就放心了。"

正在这时，喽啰跑进聚义大厅："启禀老寨主，山下的树林中飞来一支利箭，射在寨门之上。箭杆上带着一封书信，请寨主过目。"

"噢？"蔡庆拆开信封，抽出信纸。见上面写着四句话：

> 若寻狻猊盾，请往微山湖。
> 不逢海底蛟，金印永世无！

"嗯，这是什么意思？"蔡庆将书信递给欧阳德。欧阳德看了几遍，不由得叫道："唔呀，准是钦差金印又出错了。至于详情，吾老人家也闹不清楚。请问蔡老寨主，微山湖距此多远？"

"不远，只有二十余里。"

"吾立即就去。"

"咱大家何不同往？"铁幡杆蔡庆让夫人窦氏镇守鳌头岭，十英雄起身下山。

二十里地眨眼就到。这微山湖乃是山东、江苏两省的界湖，方圆一千二百余里。湖心有座微山岛，相传在殷商末年，朝中大臣微子规劝纣王多行善事，而纣王拒谏。他宠妲己，烙比干，挖酒池，造肉林，微子知殷商气数已尽，于是隐遁小岛，以终天年。微山岛与微山湖因而得名。

闲话带过。十侠义来到湖边，但只见，烟波荡荡，湖浪悠悠，烟波荡荡似接天河，湖浪悠悠如连地脉。潮来汹涌，水浸湾环。波面上龙作鱼游，浪头中蛟如虾戏。好一派壮阔的景色！

他们正在观望，忽听芦苇荡中渔歌嘹亮：

> 不种桑麻不称田，
> 一生全靠打鱼船。
> 敢向天河撒银网，
> 捞来星斗换酒钱！

歌声过后，漂漂荡荡，漂来了一艘打鱼的小舟。十侠义听他的渔歌，就知这人有些来历。蔡庆高声呼道："渔家，这边来，我们请你摆渡。"

"来了。"渔家长篙一点，小船靠近岸口。他看了看众人，尤其注视了欧阳德几眼，停舟问道："诸位，你们去湖心微山岛，还是去南岸口哇？"

"我们……"十侠义难住了。他们心中没数，也不知该去哪里。粉金刚徐胜问道："船家，请问这微山湖一带可有位叫作'海底蛟'的人吗？"

"哈哈，我们这里只有湖，没有海。只有湖中鱼，没有海底蛟。各位要找海底蛟，应该往东，再往东，一直走到东洋大海……"

"好小子，这是要我们哪！"花驴儿贾亮心中有气。他看了看这船家，见他身高七尺，不算矮，却生得骨瘦如柴，年龄二十上下，五官还算端正，只是一双眼睛大得出奇。他上身赤裸，下身穿一条散腿灯笼裤，手握篙杆，神情扬扬得意。贾亮乘他不注意，用手一拍驴屁股。这头大花驴深通人性，明白了主人的命令，它将前腿抬，后腿蹬，驴身一纵，跳上了小船，将小船压得左右摇晃。船家万没想到驴会"轻功"，吓得他连忙闪身，几乎跌进水中。大花驴却不依不饶，后蹄子一蹬，飞向船家。船家惊魂未定，跳到船头，抢起篙杆向驴背砸去。大花驴一拧腰，躲过篙杆，前腿一抬，搭在船家的双肩之上。船家傻了，从来没跟驴打过仗，更不知驴的招法。他正在发愣，大花驴一伸驴舌头，向他脸上舔去。船家差点吓死！这时，船舱中传来哈哈大笑："儿呀，说你不行，你偏要逞能。怎么样？你这点武功连驴都不如，还想戏耍武林高手呢！"随着话音，船舱中走出一人。这人四十多岁，身材与那年轻船家相仿，只是一双眼睛更大，不但眼圈大，而且眼皮鼓得很高，几乎努到眶外，他向贾亮抱腕拱手："贾贤弟，你就别吓唬孩子啦，快把神驴唤回去吧。"

"哈哈，原来是高大哥。"贾亮一声呼哨，大花驴跳回岸上。

十侠义有的认识，有的不认识。贾亮连忙介绍："这位老英雄乃水上豪杰，姓高名恒，外号'鱼眼'，与我有十年交情，不期此处相逢，真乃幸会。"

"久仰，久仰。"众人一一见过。鱼眼高恒向欧阳德笑道："这位就是怪侠吧？久闻大名。只是水旱分两路，从未见过。请上船吧，在下特来迎接。"

"唔呀，高老英雄，听您语气，莫非知道吾们要来吗？"

"当然知道。要不怎么会特来迎接呢。"

"吾糊涂了。是谁让您来接的呀？"

"哈哈，现在我可不能说。到了微山岛，自有人向您交代。"

众人登上小船，高恒调拨船头，向湖心划去。

贾亮笑道："高大哥，听说您一直活跃在三江地带，几时到的微山湖哇？"

"说来话长。半年之前，我父子在浙江杭州湾捕鱼。出人意料，那日竟然捕到一条绿鲨，估计它是从东洋大海误入杭州湾的。这条绿鲨不算太大，只有五百多斤，鱼肉不值钱，鱼皮却很珍贵。咱们练武人的刀鞘、剑鞘都是白鲨鱼皮制成，为了外表美观，染成绿色，真正的绿鲨鱼皮鞘极为罕见。为此，我将鱼皮扒了下来，熟透之后，敬献给武林高手黄三太。唉，人家黄三太一跺脚，三江乱颤，是个大人物，却从来不小瞧咱们，处处给予照顾。送人家一张鱼皮，够寒酸的了。谁料人家非给五百两银子不可，我若不收，他就不要那张鱼皮。无奈，我推托有病，背不动五百两银子，答应让我儿子改日来取。黄三太信以为真，才放我回家。为了不受这笔钱，我领着儿子连夜北上，来到这山东微山湖重闯家业，一晃半年，混得还算不错。"

"唔呀，"怪侠笑道，"你与黄三太都是仁人君子。你们老一辈只

599

顾讲交情，却苦了令郎。他既没得到银子，又得随父奔波呀。"欧阳德有意将话题引向青年渔夫，谁料那青年并不搭话。鱼眼高恒也不做介绍，使众人纳闷不已。

渔舟劈风斩浪向南行驶。中午时分，靠近微山岛。众人弃舟登岸，来到高恒的住所。这是五间向阳宅院，修在南山坡上，院中栽着几棵钻天杨、金丝柳，显得清静、幽雅。高恒家中没有奴仆，他父子亲自动手烧水沏茶。茶罢，高恒笑道："难得诸位光临，山村水巷没什么招待。幸喜昨晚捞得一条金翅鲤鱼，足有三十几斤。鲜鱼美酒，也算一件快事……"

欧阳德心急如焚："唔呀，高老英雄，吃鱼的事不着忙。吾来请教，这微山湖一带可有位海底蛟吗？"

"既来之，则安之。有什么事也得先吃饭哪。"

"不见海底蛟，吾什么也吃不下去呀。高老英雄，听你语气，好像胸有成竹。别难为吾了，快实话实说吧。"

徐胜劝道："高老英雄，欧阳侠客最重'信义'二字。他曾答应为钦差彭公寻找黄金大印，而至今尚无着落，他岂能不急？您既知底细，就快点告诉我们吧，省得黄金大印出现差错。"

"嘻，已经出现差错了，急也没用！"

"此话怎讲？"欧阳德大吃一惊。

"这……"鱼眼高恒抖了抖手，说道，"我这人不会撒谎。人家怕你着急上火，让我先瞒你一时。可是见你们追问，我给说漏了。得啦，把本人请出来，你们见见面吧。"说罢，又向里屋喊道，"几位快出来吧，我应付不了啦。"

十侠义抬头观看，见里屋走出一女三男四个人来。为首者正是魔侠女黄花！

黄花面带冷笑，狠狠地瞪了欧阳德一眼："侠客爷，没想到在此处又见面吧？"

"唔呀，早就想到了。除了魔侠女，谁会装扮观世音？"

"哼！"黄花见他不冷不热，这回真正有点伤心了。她眼圈微微一红，又怕人察觉，连忙低下头去。徐胜上前解围："黄女侠，您对怪侠屡次协助，怪侠曾经感激不已。他所以被称为'怪侠'，就是有个

600

怪脾气，您千万别往心里去。如今，您把我们调到微山湖，定有高见。请黄女侠明言指教。"

"嘿嘿，"黄花摇头叹道，"欧阳侠客乃绿林头条豪杰，有他出头，我本不该多此一举。可是为了国家，为了黎民百姓，我又不能袖手旁观。你们都请坐，听我从头说起。"

书中交代：黄花在山神庙一怒而去，本想回家，再不出头露面。她一边沉思，一边赶路。再加上山连山，山套山，不知不觉来到后寨。心想："怎么绕到这来了？昨天晚上从此上山，为了帮助小蝎子武杰，曾将绒绳拴在树上。由于当时匆忙，绒绳并未解下。一条绒绳不值几个钱，却使用习惯了，再买新的未必顺手。既然路经此地，还是解下来吧。"想到此处，她向拴绳的大树走去。居高临下，忽然发现山环中走出几个人来。此时天已微明，黄花隐身细看，见前边是十来个喽啰，后边两个好像偏副寨主，中间绑着三名武士。一个副寨主边走边骂："哼，好大的胆子，竟敢来探璞球山，看样是活够了！"

"二哥，"另一个副寨主说，"干脆，给他们一刀算啦，扔到山涧喂老鹰吧。"

"不行，还是交给周寨主，说不定赏咱点钱呢。"他们骂骂咧咧，越走越近。黄花明白，这三名武士一定是绿林豪杰，不幸遭擒。既然碰上了，不能不管。好一位魔侠女，抽刀在手，云里翻身，跳下山崖，拦住去路。喽啰一惊，还没等问话，黄花将刀一推，先斩了三五名。两个副寨主魂飞天外，"你，你是谁？好快的招法！"

"姑奶奶是你的要命鬼！"黄花飞身纵向二贼。二贼自知不是对手，扭头想跑。黄花反臂一刀，结果了一贼性命。剩下的那贼跪倒求饶："姑奶奶放我一条生路，大恩大德永世不忘！"

"你是什么人？清晨早起又干什么去？"

"我，我是个头目，奉命巡山。"

"别听他胡说，"被绑的武士喊道，"他是副寨主，不是巡山，而是，而是……"武士急得满脸通红，却找不到适当的词句。

黄花见喽啰已经跑尽，忙用钢刀挑断三人的绑绳，回头对那贼问道："你还想活命吗？要想活命，快说实话。"

"我，我说实话。"

原来，欧阳德、黄花、武杰大闹璞球山，扰得周应虎心绪不宁。匪首恨道："哼，欧阳德等人是为黄金印而来，既未得到手，肯定还会上山。我让你们空操劳，白费力，永远得不到金印！"

"对！"群寇助威，"寨主爷，彭朋狗官丢失金印，不用咱们动手，皇帝老儿也得杀他。朝廷内乱，对咱有利。不知寨主爷有何良策？"

"我璞球山后有一眼寒泉穴，穴深无底，寒凉刺骨。我若将金印扔进寒泉，他们万世也休想得到。来呀，将金印呈上。"

"是。"亲随取来金印，交给周应虎。老贼将金印用红绸子包好，扭头吩咐："花脸雕贾虎、吊死鬼刘芳，你二人带领十名喽啰速去寒泉，扔印之后，回寨领赏。"

"遵令。"二贼是璞球山的班底，跟随周应虎已有十年，对山寨的地形了如指掌。他们接过金印，带领十名喽啰奔往后寨寒泉。

事出偶然，河南陈州镖局的三位镖头、铁臂熊褚彪、赛霸王杜清、勇金刚杜明因在前山丢失镖车，几次攻打，皆被乱箭射退。万般无奈，他们也绕到后寨，准备夜探璞球山，寻找镖车的下落。冤家路窄，三义士恰在暗中发现了贾虎、刘芳等人。若依杜清、杜明，本想上前交锋。褚彪摆了摆手，低声说道："不行，他们一共十二人，我们不能同时抓获。若有逃跑者，必给周应虎报信，这样一来，反而不美。山上有了准备，夺镖银更难了。"

"怎么办？"

"暗中跟随，把他们当作向导，进寨之后，见机行事。"

三义士拿定主意，跟踪下来。他们自以为说话的声音很低，无人察觉，岂不知贾虎、刘芳久居山林，耳朵练得特别灵敏。二贼相互望了一眼，自知武功有限，不敢硬拼。于是递了个眼色，向西边走去。西边是荒草坡，挖了不少暗坑，准备陷落山中的猛兽。贾虎、刘芳地形熟悉，他们绕过陷阱，三义士却落到坑中。坑中吊着大号的棕绳网，三义士越是挣扎，网兜越紧。二贼在上边大笑起来。

"哈哈，无能之辈，自讨苦头。"刘芳吩咐，"把他们摇上来，我看看是谁？"

"是。"喽啰转到树后，这里暗藏摇把，摇上吊网，将三义士捆好。

"噢，原来是丢镖车的三位镖头哇？"贾虎冷笑几声，扬风参毛。刘芳摆了摆手："贾二哥，天快亮啦，咱们扔印要紧，别再耽误时间，快走吧。"

"走！"贾虎抽出钢刀，押着三人一同来到寒泉。当他们把金印扔进水中时，三义士吓得一闭眼睛，心中骂道，这伙强盗胆大包天，此行此举，分明是造反哪！怎奈身遭五花大绑，无能为力。

二贼扔罢金印，押着三义士从后寨回山。不料碰上魔侠女黄花，黄花刀斩刘芳，救下三义士。贾虎吓得浑身发抖，不敢隐瞒，只得讲述了真情。杜清、杜明深恨此贼，一刀下去，结果了他的狗命。褚彪说道："喽啰们已经逃跑，必为周贼报信。此处不可久留，赶紧下山吧。"说罢，四人离开后寨，走出三十余里，寻店房暂住。褚彪已经知道了黄花的姓名，抱腕拱手："多谢女侠救命之恩，不知今后做何打算？"

"我……"黄花心想："我本想回家，再也不管欧阳德之事。可是钦差金印落入寒泉，这关系到国家安危，我又不能不管。究竟怎么办呢？"一时又拿不定主意，只得说道："当然得攻打璞球山。既要为褚镖头夺回镖银，又要捞取金印。可是寒泉水深无底，难哪！"

"黄女侠，我们从河南北上时，曾路经微山湖。意外碰上一位朋友，这人是水路豪杰，叫作鱼眼高恒。高恒的水性极好，年轻时曾在水底待过三天三夜。他有个儿子，名叫高通海。据说这孩子武功一般，水性却超过其父数倍。为此，外号人称海底蛟。若捞黄金印，除了高家父子，再无别人。"

"噢？他们肯出头吗？"

"咱去请请看，只要申明大义，高氏父子必肯帮忙。"

"好，咱们马上动身。"四人来到微山岛。

高恒不负所望，愿为国效力："黄女侠，咱们明去，还是暗去？"

"寒泉就在后寨，怕是瞒不住周应虎。"

"实话实说，论水性，我父子还算可以，论武功，属于平常。若双方动起手来，您四位敢保取胜吗？"

"哎呀，多亏老英雄想得周到。"黄花秀眉双展，连连点头。

高恒又道："距此二十里，有座鳌头岭。老寨主蔡庆兵多将广，他夫人窦氏号称金头蜈蚣。他们若肯帮忙，万无一失。可惜我只闻其名，并无交情啊。"

褚彪说道："蔡庆与我相识多年，我若去请他，这点面子他不能不给。"

黄花点了点头："我也去，拜见一下金头蜈蚣窦氏，女人们说话比较方便。"

褚彪、黄花来到鳌头岭，窦氏夫人将他们迎入寨内。问明来意，窦氏笑道："巧啦，怪侠欧阳德也曾上山搬兵，如今，他们都在宋仕奎家中，待他们回来，再共同商议。"

"多谢夫人。"黄花起身说道，"我们也去看看吧。"说罢，带领褚彪夜入三杰村。来到后花园，恰逢欧阳德"作法"。黄花哭笑不得，心想："他在这装神弄鬼，一会儿还得有场血战。身背狻猊盾，总不太方便。我给他拿走吧，省得得而复失。"这样，黄花假扮观音大士，将宝盾携往微山湖。次日又派褚彪送信，引来诸人。

书归正传。凭空又添了黄花、高氏父子、褚彪、杜清、杜明六名战将，欧阳德自然高兴。可是闻知金印落在寒泉，又令他有几分担心。事不宜迟，众人次日起身，返回徐胜家中。

这时，小蝎子武杰已在江苏金陵府找到了钦差，并向彭公请来了御札。彭公嘱托他们，得到金印之后，立即赶往金陵聚会。

皇帝御札不愧是圣物，果然权势无边。当地官员按照御札的吩咐，立刻调齐一千人马，由都司将军彭云龙率领，协助众侠义攻山破寨。

但见：四下里炮火乱响，八方面快马如梭。军官踊跃齐上阵，侠义奋战立奇功。欧阳德一马当先，烟袋横扫，敌军丧命。魔侠女紧跟在后，钢刀过处，血肉横飞。更有武杰、徐胜、余华、蔡庆、褚彪、吕胜、杜清、杜明，鳌头岭"五魁首"，人人奋勇，山西大花驴不甘落后，踢跳咆哮，看样也想立功。璞球山草寇虽多，终是乌合之众，岂能挡住群雄与官兵的讨伐。周应虎一见大事不妙，狠狠心，咬咬牙，将头一低，手按崩簧，螺旋弩如同连珠炮，直向怪侠欧阳德射去。魔侠女黄花早有准备，她箭步上前，推开怪侠，忙将狻猊盾迎架上去。果然是一物降一物，螺旋弩在狻猊盾上转了几转，仍是钻不进去，最后落了下来。周应虎大惊失色："哎呀，狻猊盾！"说罢，拨马欲逃。怪侠岂能放他？将翡翠烟袋嘴往口中一衔，用力吹去。烟袋锅中的钢球随即飞出，不偏不斜正落在恶贼头上。只见万朵桃花开，周应虎坠马身亡。他这一死，群龙无首，草寇们无心恋战，纷纷逃去。官军大获全胜。

经过查点：璞球山喽啰死亡一百七十余人，投降六百名。偏副寨主多数被擒。可惜那些江洋大盗、下五门门人却皆逃生。

都司彭云龙率众上山，清查赃物，不必细表。欧阳德等侠义英雄休息了一夜，次日清晨，褚彪引路，来到寒泉穴。高氏父子站到泉边，看罢多时，不由得紧锁双眉！

第十一回　彭钦差遇难金陵府
　　　　怪侠客巧探西皇庄

寒泉穴在璞球山西北，四周峭壁直立，寸草不生。唯有阴风猎猎，冷气凄凄。不但走兽绝迹，就连飞禽也十分罕见。泉水自山北流出，呈墨绿颜色，经过一段漕沟，归入寒泉穴中。这穴眼方圆不足一丈，表面看来平如明镜，外行人以为是潭死水。高氏父子久经沧海，他们从微漾的旋涡中，早已料到水深无底，越往下去抽力越大。

群雄站在岸边，人人冻得发抖。唯有欧阳德浑然不觉，他为了让大家轻松下来，笑道："唔呀，吾老人家寒暑不侵哪。谁要是怕冷，吾将皮袄卖给他，一万两银子就行……"

"看你！"黄花瞪他一眼。

"吾是为了让大家高兴才说句笑话，你老人家瞪吾老人家干啥？"一句话引得诸人大笑起来。

鱼眼高恒说道："据我观察，这寒泉水深无底，可能呈漏斗形，中心是泉眼，通往地心。若钦差有福，金印落在边上，还可捞到。不然的话，金印顺泉眼落进地心，别说是我父子，东海龙王至此也束手无策！"

"唔呀，"欧阳德紧张起来，"高老英雄，今日全看贵父子了。"

"为国效力，理所当然。"高恒说罢，准备更换水衣水袯。海底蛟高通海一摆手："爹，若在二十年前，我不拦您。如今您已年迈，该孩儿下水。"说罢，将水衣水袯穿在身上，舒了舒筋骨，跳入水中。高恒连忙搂了一堆柴草，拢上篝火，又在火中吊起一把铜酒壶，将酒烧得滚烫，同时取出十几个通红的干辣椒，在火边煨好。准备就绪，紧盯着水面。过了足有半个时辰，但见水花翻滚，高通海冒了上来。他脸色又青又紫，浑身颤抖，勉强登岸。手中托着一个红绸子包，往岸上一扔，扑通栽倒。鱼眼高恒眼含热泪，忙用热酒为儿子擦遍全身，又灌了他几口。欧阳德将老羊皮袄盖在高通海身上。高通海啃了两个干辣椒，渐渐缓过气来，说道："老天助我，金印被水草拦在坡上。"

"唔呀，好小子，你是头功！"怪侠验罢金印，又让徐胜等人背着高通海返回北丘寨。

大功告成，都司彭云龙代表官府摆宴庆贺。休息了两天，高通海身体复原。怪侠欧阳德邀请诸英雄同去金陵府会见钦差。大家皆表赞成。唯独魔侠女黄花满腹心事，默默无语。鱼眼高恒与铁幡杆蔡庆依仗年迈，对欧阳德埋怨道："侠客爷，你素日千灵百怪，此时怎么糊涂了？黄女侠的事应该尽快安排呀！"

"唔呀，"欧阳德摇了摇头，长叹一声，"唉，黄女侠夜探璞球山，救吾性命。山神庙擒拿马道玄，三杰村保护狻猊盾，微山湖请出海底蛟。论功劳，她列前茅，吾一定禀报彭钦差。至于吾老人家，一生孤独惯了……"

"嘻！"黄花低眉俯首，"诸位英雄，后会有期。"说罢，转身而去。

黄花虽说年过三十，终究算个老姑娘。她在黄花庄、山神庙、北丘寨三次提婚，均被怪侠谢绝，魔侠女岂能不恼。到后来，为破九花娘桑玉薇的七星迷魂帕，欧阳德三请魔侠女，才算了结这段姻缘。

次日清晨，褚彪等人押镖车北上，蔡庆同"五魁首"回归鳌头岭。余下的众人辞别彭云龙，携钦差金印奔往江苏金陵府。路经微山湖时，高氏父子把船只安排停当，愿随怪侠为国效力。

这天来到金陵，找到金亭驿馆，说明来意。门差一愣："噢，是，请各位稍候，我去报告李七爷。"

"唔呀，不对呀，他应该报告钦差，怎么报告李七爷呢？"

这时，七侯迎了出来。他面容憔悴，二目通红："欧阳侠客，您可来了。快往里请吧。"

"唔呀，李贤弟，出了什么事吗？"

607

"到里边细说吧。"七侯将诸人引进客厅。

"唔呀，李贤弟，钦差大人在哪里？吾得把金印交还他呀。"

"唉，怪我无能，"李七侯痛苦万状，"我们来到金陵府的第二天，令高徒武杰便带着您的亲笔信来请皇帝御札。彭钦差得知金印有了下落，自是十分高兴。他决定在金陵府休息几天，以便恭候各位来临。就在前天一早，金陵知府傅国恩亲自来到驿馆，他邀请钦差去赴午宴。当时，我觉得身体有些不爽，便留在驿馆值班，让吹破天左逢春陪同彭公前往。当天晚上彭公未归，我以为他夜宿知府衙，并无多疑。谁料昨天去知府衙迎接时，傅知府却说钦差已于饭后返回，我这才察觉大事不好。傅知府也慌了，忙派差官四处寻找，谁料至今尚无下落！"

"唔呀，大活人怎么会丢哇？何况是奉旨钦差。据吾估计，肯定又是下五门与耶稣教他们干的。"

"不管是谁干的，得尽抉把彭公找回来。彭公若有不测，我也没脸活在世上。"李七侯悲愤交加，泪流满面。

众侠义安慰道："七爷，您别上火。既有吹破天左逢春保驾，料想钦差不会有险。左逢春武艺虽然不高，但头脑灵活。若有差错，他会来报信的。"

"唔呀，奇怪呀！"欧阳德若有所思，"李贤弟，彭公赴的是午宴还是晚宴？"

"午宴。傅知府一早便来邀请，天过辰时，他们一同离开的驿馆。"李七侯疑惑不解，"侠客爷，这里边有什么说道吗？"

"吾再问你，据傅知府说，钦差几时离开的知府衙？"

"他说吃完午饭就回来了。估计是未时，不会超过申时。"

"怪就怪在这里！"

原来，康熙年间的计时方法与现代有些不同。那时将每天分为十二个时辰：子、丑、寅、卯、辰、巳、午、未、申、酉、戌、亥。每个时辰等于现代的两个小时。半夜十一点到凌晨一点为子时，以此类推，未时是午后一点到三点，申时是三点至五点。

欧阳德见众人不解，于是说道："现在临近夏至，白天最长。即使到了申时，仍旧阳光充足。钦差离开知府衙，路上若有歹徒劫持，左逢春肯定会舍命护驾，街头必有一场血战。金陵府乃是大都市，地面繁华，青天白日在街头血战，必然轰动全城。而现在平平静静，没有半点风声，这不奇怪吗？"

"对呀，"众侠义点头称是，"分析得很有道理。左逢春是奉索亲王谕旨保护钦差的，若途中有人劫持，他必拼死反击。"

"我懂啦！"李七侯咬牙切齿，手扶剑把说道，"根据侠客爷的分析，钦差根本就没离开知府衙。肯定是那狗官傅国恩在里边搞鬼！"

"唔呀，这只是第一个猜想，吾老人家还有第二个猜想呢。"

"侠客爷明谈。"

"彭钦差赴罢午宴，走上街头。恰巧在街上碰到一个熟人，这人又是钦差十分信任的朋友。他花言巧语，将钦差骗走。只有这样才兵不血刃，达到劫持彭公的目的。"

"也很有道理。"众侠义对欧阳德的见解十分敬佩。七言八语，归纳成两条：第一，金陵知府傅国恩扣押了钦差，使钦差蒙难于知府衙；第二，钦差在街上被人骗走，行骗者绝非平常之辈。根据这两条猜想，众人兵分两路，一路由赛叔宝余华率领，夜探知府衙；另一路由粉金刚徐胜率领，分别走大街，串小巷，寻找线索。第一路目标明确，第二路却是大海捞针。至于怪侠欧阳德与白马将李七侯则坐镇金亭驿馆，等候消息。诸事完毕，分头行动。

且说欧阳德的弟子，小蝎子武杰被分配在第二路，他向徐胜问道："大叔，咱是合伙走，还是单独行动？"

"听从自便。"

"既然如此，吾小人家先行一步了。"武杰手拎铁棍，告辞而去。由于行无定所，他只好东游西逛。什么茶楼酒肆，商家铺户，凡能出入的地方，都走上一遭。结果，从中午转到傍晚，从傍晚转到天黑，仍旧是一无所获。小武杰有点心灰意懒，这样瞎转下去，何时是头啊？有心回驿馆，又想争强好胜，不回去吧，又实在太累了。他找了一处墙根，坐了下来。这时，天已二更。突然，从小路口闪进一条黑影，这黑影身体轻便，抖身纵上墙头。武杰一见，立刻兴奋起来。他躲在暗处，待黑影进院之后，他也跟随下来。只见前边的黑影溜房檐，蹿墙根直奔后院，到了一座木楼下边，左右观望片刻，然后纵身上楼。趴在楼窗外，往里偷听。武杰明白："这人不是大盗便是淫贼。既然找不到钦差下落，吾小人家就管点闲事吧。当然，不能在院里动手，以免惊吓着主人。"想到此，他伸手取出一块飞蝗石，冲着黑影的面门抖手扔去。那黑影耳音不错，听到贼风，连忙低头。飞蝗石未中面门，而打中其帽。黑影做贼心虚，转身逃走。武杰岂肯放他，手拎铁棍紧紧追赶。黑影的脚程属于中等，跑出西城门不远，便被武杰渐渐追上："唔呀，哪里跑哇，吾小人家要你的狗命啊！"

"啊？"黑影先是一惊，紧接着又摇了摇头："不对，话音童声童味，不会是他。"这一愣神的工夫，武杰已经追赶上来。二话不说，抡棍就砸。那人慌忙接架相还。可是他这口刀岂是武杰对手，没过三招两式，便被武杰一脚踢倒。小爷箭步上前，踩住那人前胸。厉声问道："唔呀，混账王八羔子，你是谁？"

"小，小侠。您不认识我，我可认识您小人家。在下名叫鲁廷，外号蝎虎子，当初曾在周应虎寨前当差。如今改邪归正，重新做人。"

"哈哈，你这龟孙胡说八道，想哄骗吾小人家吗？什么叫改邪归正？你夜入民宅，非奸即盗，这也叫改邪归正吗？"

"这……我对您说实话，您可别杀我。如今，在下已经投靠了裕王府。王爷对待绿林人很是高看。他昨天对我说，城北徐府有件祖传之宝，称作羊脂球。本想重金购买，怎奈徐家不卖。他让我替他想想办法。王爷的吩咐，不敢不听，为此，我才来徐家……"

"唔呀，夺人之美，算什么王爷？"武杰心想："这贼已是王府差人，是杀是放呢？"他这一犹豫，精神便松懈下来。鲁廷乘此机会，往武杰腿上击一猛掌。打得小爷疼痛难忍，连忙把腿一缩。鲁廷翻身而起，落荒逃去。武杰大怒："王八羔子，吾不能让你走了！"说罢，步步紧追。由于腿疼，追的速度减慢。鲁廷一直跑到郊外，眼前闪出一片松林。武杰心急，他进了松林，就捉不住他了。于是强忍疼痛，加快步伐。刚到林边，突然从树林中飞出一支钢镖，这钢镖带着风声，直奔武杰咽喉。小爷毫无防备，连忙闪身，稍慢半步，钢镖打入左肩头，不觉疼痛，只觉麻木："唔呀，毒药镖，吾小人家性命休矣！"话音未落，林中走出一人。这人二十多岁，仪表不俗，只是脸色白中透青，缺少红润。他向鲁廷一笑："哈哈，鲁大哥，怎么被一个孩子追成这样？"

"贤弟休要取笑。这孩子武功非凡，快快结果他的性命。"

"嘿嘿，不用杀他。毒气归心，三天之内必死无疑！"

"还是杀了好！"鲁廷举刀过来，就要下手。恰在此时，树尖上飞下一条身影，好轻功，如小燕展翅，直取恶贼。鲁廷连忙躲闪，借月光细看，原来是个十六七岁的美貌少女！他淫心大动，嬉皮笑脸："哈哈，送上门的肥羊，该我尝鲜……"

"大哥，快跑！"旁边射镖的那贼一见少女，大惊失色。拉起鲁廷，仓皇逃窜。由于武杰受伤，少女无心追赶。她低头问道："觉得怎么样？"

"唔呀，左臂麻木了，吾小人家要归位呀！"

"你死不了。能走动吗？"

"唔呀，腿还可以。"武杰勉强站起，摇摇晃晃。少女只得过来搀扶。古人封建，武杰本想谢绝，少女一瞪眼："快走！"

二人行行往往，来到城中的一家店房。此时天色微明，少女叫开店门，走进北屋："爹，您快来看看，这人中毒药镖了。"

"噢？他是谁呀？"里屋走出一位老者。脸上看，老者的皱纹不多，年龄也就五十多岁。往头上看，却是满头华发，白如三冬雪。他看了武杰几眼，回头对女儿问道："这是怎么回事？你从哪里救来的此人？"

"爹，昨夜二更天，我在后院练了一趟七星刀，本想回屋睡觉。突然闻到一股异香，好似五鼓返魂散。这种熏香是咱家独传，女儿特别敏感。为此用上解药，顺香气寻找。"

"看见谁了？"老者神色惊异。

"爹，正是您要寻找的那个败类！他用您传授的熏香，正在熏一个住店的女子。当他见到女儿，立刻逃跑。女儿用雁行术跑在他前面，纵到树梢，等候擒他。谁料他用毒药镖打伤此人。女儿心想救人要紧，没去追他。爹，您看这人伤势如何？"

"嗯，"老者用剪刀铰去武杰肩头的衣服，看了看伤口，笑道，"刚刚中毒，伤势很轻。"

"爹，是用五福化毒散，还是用八宝解毒膏？"

"用五福化毒散就行了。你再让店房煮碗鲫鱼汤来。"

"是。"少女出去。老者给武杰上了解药，又喂他半碗鱼汤，武杰渐渐精神起来。

"小壮士，你姓甚名谁？为何半夜追赶贼寇？"

"唔呀，他入宅作案，吾才追他。"武杰不知老者身份，所以对钦差丢失之事，未敢直言。老者也不深问，只说："你家长是谁？住在哪里？请小壮士讲明，我好送你回去。"

"吾师父叫欧阳德，住在驿馆。"

"噢？怪侠小东方吗？久闻大名，从未见过，正好拜访他。女儿，你跟为父一同去见见高手。"

父女二人雇了一辆马车，将武杰送到金亭驿馆。由于武杰一夜未归，众侠义正着急呢。欧阳德见徒弟带伤回来，十分惊讶。问明经过后，更加奇怪："唔呀，哪里来的王八羔子？竟敢打伤吾的徒弟？"

"师父，救命恩人还在门房呢，你老人家快请人家进来呀。"

"吾忙糊涂了。"欧阳德亲自将父女请进客厅。鱼眼高恒一愣："哎呀，我当是谁？原来是胜贤弟。数年不见，别来无恙？"

老者姓胜名奎，人送外号银头皓首。他父亲便是南七北六十三省总镖头、神镖将胜英胜子川。胜老侠客早已作古，其弟子黄三太名扬天下。前不久，黄三太主持三江擂时，曾给师兄发去请柬，望他到杭州助阵。胜奎有一儿一女，儿子胜官保、女儿胜玉环，兄妹从小随祖父学艺，武功皆属上乘。胜奎为让儿女开开眼界，父子三人同下杭州。三江擂后，官保留在黄三太身边闯荡江湖，胜奎带着女儿胜玉环准备回家。临行之前，黄三太问道："师兄，有个叫尹亮的绿林人，您可认识？"

胜奎怒道："哼，别提他了。尹亮乃直隶沧州尹家寨人氏。他父亲尹禄，外号镇山豹。原是玄狐门子弟，后来金盆洗手。虽仍占山为王，却是自种自吃。那年尹禄病危，我去看他，他对我说，别的事情均无后虑，只是儿子尹亮让他闭不上眼。那年尹亮十六岁，竟学会了吃喝嫖赌。尹禄一生有两种宝，一是五鼓返魂散，二是毒药镖。由于儿子学坏，他竟不敢下传。我一时动了恻隐，劝道：孩子年少，找个严师管教会改邪归正的。谁料尹禄竟然病榻托孤，不仅让儿子拜我为师，而且将毒镖、解药、返魂香全部交我手中。受人之托，忠人之事。尹禄死后，我将尹亮带到京西宣化府，授艺三载，并将毒镖、熏香交还给他。由于对他不放心，留下解药，以防不测。谁料那畜生人面兽心，武艺学成，竟对他师妹玉环强行无礼。幸亏玉环武艺高他数倍，将那畜生赶走。一晃二年有余，音信皆无。师弟，你今天为何提起他来？"

"唉，果然是您的弟子！师兄啊，这个尹亮外号人称采花蜂，专门奸人妻女，曾在杭州屡屡作案。有一次被我碰上，我本想除他。他却称我师叔，言说是您的徒弟，并保证改邪归正，永不再犯。看在师兄的分儿上，他又表示悔改，我便将他饶恕。三江擂上，赛毛遂杨香武告诉我，采花蜂尹亮仍在江苏金陵一带不断作案，并有一位什么郡王保护他，使他有恃无恐。师兄，尹亮既是您的门徒，就算上三门弟子。上三门弟子采花盗柳，好说不好听啊！"

"嘿，气死我也！"银头皓首胜奎浑身发抖，立刻辞别黄三太，带领女儿胜玉环来到金陵。他本想清除尹亮，以正门规。谁料胜玉环巧救武杰，又与怪侠欧阳德相会。

胜奎叙罢经过，欧阳德沉思起来。

原来，昨夜晚间，赛叔宝余华奉命暗探知府衙，回来报告："衙中并无异常现象，只是半夜二更时，知府傅国恩到账房去了一趟。他再三嘱咐管账师爷：郡王千岁赏赐的那三千两白银且莫入账。还说：明日去王府只表示口头谢恩，不要留下收条。"

当时，欧阳德对这条消息并未在意，以为是官宦之间狗扯羊皮，与己无关。如今，徒儿武杰与老英雄胜奎都提到郡王府，尹亮与鲁廷俱是郡王的差人。身为王爷，豢养淫贼，这位郡王究竟是谁？他与钦差失踪有没有干系？真让人百思不解。粉金刚徐胜见他沉思，说道："欧阳侠客，论武功、论身份、论威望，您是我们大伙的主心骨。彭公丢失，事在燃眉。您有何打算，只管吩咐，我们一定尽力而为。"

"唔呀，奇怪呀。大清国的亲王、郡王人数很少，他们不在北京，怎么来到金陵呢？"

赛叔宝余华答道："我在广西提督府混过几年，提督大人萨布素乃是正黄旗，对朝廷内幕知道很多。据他说，大清国入关之前，曾加封过八家铁帽子王，这八家王爷世袭爵位，辈辈皆为亲王。除了他们，另有老罕王的嫡系子孙也被封为王爵。这些王爷没有战功，不戴铁帽子，每辈降一级，最后降为白丁。人们习惯地称之为'散王'。顺治皇爷登基之后，孝庄皇太后唯恐这些散王作乱，便将他们遣往各地，只享清福，不掌实权。据我猜想，金陵的这位郡王可能就是这类人物。"

"原来如此。"欧阳德点了点头，"郡王虽无实权，身份却很显贵。他既然能豢养采花蜂尹亮和鲁廷，就能豢养更多的强徒。我想从他下手，寻找钦差的去向。"

众侠义对欧阳德的主张都很赞成。于是分头调查郡王的情况。这位郡王在金陵府名声极大，很快便调查清楚了。

原来，老罕王努尔哈赤有位幼弟名叫布查金，十九岁时战死沙场。布查金遗有一子，刚刚半岁，取名哈朗。努尔哈赤为抚恤幼弟，加封哈朗为裕亲王。这位裕亲王为人忠厚，与世无争，再加上没啥本事，所以在顺治年间便恳请退位。顺治皇帝恩准，按照承袭法，加封哈朗的长子亚布力为裕郡王，并将他父子派往金陵。如今，退位亲王哈朗已经八十多岁，尚且强壮。其子裕郡王亚布力年近五旬，主持王府一切事务。裕王府不在城里，而在金陵西郊。由于他们是皇族，俗称王府为"西皇庄"，据说是好大一片宅院。

怪侠欧阳德了解这些情况之后，决定探听西皇庄的底细。但是探王府非同小可，必须慎重行事。派别人去放心不下，只能亲自前往。怎么去呢？怪侠自有怪招：他命彭公的亲随彭兴取出钦差的官服，自己脱下老羊皮袄，假扮成奉旨钦差。又令徐胜、余华、吕胜、高通海扮成轿夫，胜奎、高恒扮成老仆。轿内藏好大烟袋，以参拜王爷为由，奔往西皇庄。小蝎子武杰也闹着要去，怎奈镖伤未愈，只得留下，由胜玉环负责照料。白马将李七侯驿馆值班。

前呼后拥，跟真的一般。武杰望着众人走远，有点眼热。白马将李七侯劝道："小壮士，往后立功的机会很多，不在这一时。怪侠让我留在驿馆值班，我也得服从，何况你是他的徒弟。"

"嘻，全怪尹亮那混账王八羔子！"

二人正在说话，门差进来报告："李七爷，驿馆之外有人求见。"

第十二回　嘻嘻嘻小爷耍知府
哈哈哈大侠戏郡王

来者不是别人，正是金陵府四品黄堂傅国恩。

李七侯暗道："他来干什么？根据欧阳侠客的分析，这个人有很多可疑之处。"有心不见，人家是朝廷命官，不好拒绝。有心见他，又怕自己一时失控，说出不该说的话来。武杰冷眼旁观，看出了李七侯的心事："七叔，昨晚三更，余华大叔他们夜探知府衙，虽未抓住把柄，却也得知他和裕郡王有些勾搭。依小侄所见，他来驿馆可能别有用意。干脆，你老人家躲起来，由吾小人家对付他。"

"你对付他？也行。我看你小子满肚子心眼儿，跟你师父一样，机警过人。只是你年龄太小，怕那傅国恩瞧不起你……"

"唔呀，恰恰相反，正因为吾小人家年龄小，傅国恩才会放松警惕呢。"

"好吧，这回看你的啦。"李七侯躲进里间屋，门差将知府请进了客厅。傅国恩以为客厅会有不少人，出乎意料，只见武杰一个。不由得心中有些纳闷："欧阳德、李七侯他们干什么去了？怎么派个孩子接待我？这孩子是欧阳德的徒弟，前些天曾来金陵请过皇帝御札，估计是钦差的亲信，我别得罪他。"于是满面堆笑，抱腕拱手："小英雄，下官有礼了。"

"不敢当。您是朝廷四品大员，吾小人家是平民百姓，吾给您见礼才对呀。"

"哈哈，"傅国恩被武杰捧得挺美，"小英雄，我这四品官在钦差面前微不足道。未朝天子先拜相，小英雄不必客气了。"

"老大人请坐。"

"小英雄，这金陵府乃历代名城，栖霞寺、燕子矶、莫愁湖、三藏塔皆是胜地，若有闲暇，下官派几名公差领你游玩几日，望多多赏脸。"

"唔呀，钦差大人失踪，吾小人家哪有心思游逛啊？"

"啊？钦差还没回来吗？李七侯将军曾去知府衙询问过，我还以为钦差早就回归驿馆，今日特来请安……"

"唔呀，钦差要是回来就好了。他这一失踪，吾们全乱套了。有人怕担责任，吓跑了，有人着急上火，吓病了。只剩下吾师父和吾，吾师父上街打探消息，吾留在驿馆等候消息，可是一直没有消息，老大人送来什么消息？"

"我哪来的消息？"傅国恩连连摇头，"我连钦差失踪都不知道！唉，本府发生这样重大的事件，下官有失职之罪。请问小英雄，诸侠义有何打算？"

"唔呀，吾们也没有打算哪。"武杰心想：他这样急着发问，是为了钦差，还是为了摸底？吾对此人不得不防，"老大人，按照常理，钦差失踪应该上奏皇帝，可是吾们这些人都是彭公私人聘用的保镖，与朝廷毫无关系，为此吾们也无权上奏。再过几天，如果仍旧不见钦差，吾们就想散伙了。"

"哎呀，你们千万不能走哇。若找不到钦差，下官就得祸灭九族！我请你们多留几日。"傅国恩语言恳切，脸上却不甚焦急，时不时地还露出一点喜色。武杰虽说年少，却天资过人，心中暗想：这知府把我当成小孩，表面上应付我，神情上却毫不掩饰。吾再试探几句，看他到底是人是鬼，"老大人哪，吾小人家天生的心慈面软。你既然挽留吾们，吾们只好照办，暂时不走了。等找到钦差之后，再向你告辞。"

"这……"傅知府神色一变，"小英雄，你的心意我领了，可是你们不拿国家俸禄，为了下官吃苦受累，让下官如何安宁？你们该走还是走吧。金陵府看守备、千总、把总和地方军队，他们平日无事可做，现在理当为国家效劳。这样吧，明日下官备酒，为诸位侠义饯行。"

武杰心中暗笑，这老家伙肯定不是好货，他迫不及待地撵我们快走，一定别有用心。小爷今天反正没事，我要要你吧，也许能有点意外收获，"嘻嘻嘻，老大人忠心报国，够可怜的。找不到钦差，你这老命就完啦。干脆，你也跟吾们一块走吧，吾小人家教给你几招武艺，走到天涯海角也饿不死。"

"不行，不行！"傅国恩连连摆手，"我乃朝廷命官，岂能干违法之事？"

"嘻！"武杰故作显摆，"老大人还怕违法呀？违一回也是违，违两回也是违，你就违起来看吧……"

"啊！"傅国恩有些惊慌，"小英雄，你这话什么意思？下官从来不违国法。"

"算了吧，你要不违国法，吾师父老人家怎么会指责你？"

"噢？"傅国恩由惊慌转作紧张，"欧阳侠客指责我了？我，我，我错在哪里？"

"钦差失踪与你有关！"

"哎呀！"傅国恩脸色煞白，话音发抖，"这，这是从何谈起？我，我只不过是……不，不，噢，欧阳侠客说些什么？"

"嘻嘻，吾师父不让吾往外说。"

"小英雄，"傅国恩把武杰当成小孩，他将手中折扇举起，说道，"你看我这两块扇坠好吗？一块祖母绿、一块猫儿眼，你要喜欢，可以都送给你。"

"吾瞧瞧，"武杰接过两块宝石，心想：老狐狸的尾巴露了，吾小人家再要要他，"唔呀，看在这两块石头分儿上，吾告诉你吧，吾师父说，知府要不请钦差赴宴，钦差也丢不了。全怪官场规矩太多，也怪知府太讲究礼节了。"

"就这些？"

"对呀，没别的。"

"哼！"傅国恩气得五官挪位，两块宝石又不好讨回。

武杰见状，心中暗笑，又唬他几句："老大人，说句实话吧，钦差的下落吾们已经掌握了，不出两天，准把钦差请回来。到那时候，你就等着受罚吧！"

"罚我？"傅国恩刚刚把心放下，一听这话，心又提起来了，"罚我什么？"

"罚你摆几桌酒席，吾们这些人在你知府衙住上几天，非把你吃穷不可！"

"嘻！"傅国恩哭笑不得，"诸侠义若瞧得起我，下官将来亲自邀请。"

书中交代：傅国恩乃两榜进士出身，他是当朝工部尚书梁清标的门婿。数年之前，梁清标加入耶稣教时，曾再三劝他一道入教。可是他胆小怕事，虽然当时入教不犯法，他也婉言谢绝了。为不得罪有权有势的老丈人，他曾再三表示：虽非教徒，凡教会之事，愿尽力而为。梁清标看他是个扶不起来的书生，也就再不找他，傅国恩过得还算安稳。

且说三天之前，钦差彭公突然光临金陵府，傅国恩有些纳闷，却不甚紧张。因为在当时，朝廷大员秘密出巡的事例很多，不足为怪。再加上自己奉公守法，只要小心侍候，也就行了。至于钦差出巡的目的，他也不敢多问。谁料在当天下午，他突然接到一份请柬。西皇庄裕郡王亚布力请他去王府赴宴。傅国恩左右为难："裕郡王是金陵一霸，无人敢惹。平常素日，自己这个小小四品官对人家敬而远之，并无往来。他突然请我赴宴，定有要事。如果不去，郡王乃是皇族，当今圣上得称他叔叔，怪罪下来担当不起。"万般无奈，他才来到西皇庄。可是裕郡王并未将他放在眼里，只派总管出头接待。这总管名叫花得雨，会几招武术，虽说不高，自己也取了个外号叫"阳春三月"。主人多大奴才多大，这皇庄总管狐假虎威："贵知府，你摸摸你还有脑袋吗？"

"啊？此话怎讲？"傅国恩莫名其妙。

"哈哈，奉旨钦差来到金陵，你知他出巡目的吗？"

"听说要去广西，只是路经金陵府。"

"对！彭朋去广西捉拿白天王。那白天王在耶稣教洋神甫支持下，举旗造反了。这样一来，凡是耶稣教徒，全得开刀问斩。王爷让我转告你，贵岳翁梁尚书不但在教，而且为教会出过许多力。他的罪名很大，一旦被发觉，必然户灭九族！贵府是他女婿，在九族之列。所以我让你摸摸还有脑袋吗？"

"啊？"傅国恩大惊失色。

"还有呢，你曾对你老丈人说过，凡是耶稣教的事，尽力而为。就冲这句话，皇上不剐你才怪呢！"

"总管大人，这些内情您怎么会知道？"

"这你就别管啦。只说有没有这事吧？"

"请王爷救我。"

"王爷让你来，当然为了救你。出路只有一条，看你胆量如何？"

"总管指点。"

"杀死彭钦差，投靠耶稣教！"

"啊？这可是死罪呀！"

"你以为不杀钦差就能活吗？"花得雨冷笑几声，"如今，广西白天王在青剑岭招兵买马，聚草屯粮。一待羽翼丰满，立刻发兵北上。到那时候，嘿嘿，你就不是四品知府啦，起码也能弄个尚书、侍郎……"

"总管大人，既然白天王势力强大，又何必让我谋杀钦差？"傅国恩瞻前顾后，犹豫不决。花得雨摇了摇头说："第一，白天王正在准备阶段，现在兵马还不完善，西洋火器也没运到，此时与朝廷交锋为期过早。如果杀死彭朋，皇上再派二路钦差，最少也得耽误半年，这半年之中，白天王早就万事就绪了。第二，白天王手下都是武林高手，他们不惧官兵，却对绿林人有些打怵。绿林人都是散仙，对皇王圣旨可听可不听，但对彭朋都十分敬重。杀了彭朋，他们就未必再肯出头。只要绿林人不参与，青剑岭便可纵横天下！"

"总管大人懂得真多。"

"别给我戴高帽子，这都是王爷吩咐的。你痛快说干不干吧？"

"我……我读书人出身，连鸡都没杀过，何况是钦差大臣？"

"哼，王爷估计得果然不错。傅知府，既然你不敢亲手杀人，那就间接帮个忙吧。明天中午，你请钦差去知府衙赴宴，傍晚时让他回归驿馆，别的事就不用你了。"

"这，这还可以。"傅国恩心想："这回可沾岳父的光了。看来，梁清标的底细，裕郡王已全部掌握，那么裕郡王是什么身份？他乃皇室，怎么会帮助白天王争夺大清天下？自己虽说百思不解，却也不敢多问。"花得雨见他答应了，很是高兴："贵府，王爷吩咐过，事成之后赏你白银三千两。哈哈，领到赏银别忘了请我喝酒！"

"总管取笑了。"傅国恩告辞回府。遵照花得雨的指示，请彭公府衙赴宴。彭公不知有诈，又不愿让地方官员难为情，所以带领吹破天左逢春前往。酒宴过后，坐轿离去。至于后事，傅国恩则一概不知了。当天晚上，郡王府果然送来三千两赏银。傅国恩提心吊胆，不敢花用，命令账房师爷封存起来。为了探听底细，他今天又来到金亭驿馆，不料被小蝎子武杰戏弄了一番。

话归前言。傅国恩不敢久留，辞别了武杰，回归知府衙。

武杰送走知府，回头对李七侯说道："七叔，您在里屋都听见了吧，据小侄所见，这知府肯定有鬼。"

"是呀，他盼望咱们快走，就冲这点看来，钦差失踪准保与他有关。"

"不过，钦差未必在知府衙。"

"何以见得？"

"吾曾唬他说，将来罚他几桌酒席，吾们这些人去知府衙住上几天。七叔您想，钦差若在知府衙，那狗官肯定惊慌。可是他无动于衷，毫不在意。由此可见钦差不在那里，而另在别处。"

"言之有理。可是，傅国恩也许故作镇定，瞒天过海……"

"嘻嘻，我看那狗官是草包一个，喜怒哀乐都表现在脸上，他懂得什么叫瞒天过海？"

"你小子心眼儿真多。"李七侯笑了起来。

"七叔，根据吾师父老人家的分析，钦差不在知府衙，必在西皇庄。他们去了多半天，也不知情况怎么样了。可恨吾这镖伤，只得守在驿馆。唔呀，急死吾小人家了！"

那么，怪侠欧阳德一伙现在如何呢？

花开两朵，各表一枝。

欧阳德假扮钦差，带领群雄奔往西皇庄，十五里地，眨眼就到了。王爷府第果真与众不同。

但只见：青堂瓦舍，对缝磨砖。院墙高有二丈，墙头镶着黄绿琉璃瓦。红油漆大门，钉满了碗口大小的金钉。左右各有一只石狮，爪按绣球，口衔明珠。门前七级台阶，都是汉白玉制成，上镂游龙舞凤。大门顶上挂着一盏气死风的红纱宫灯，灯中点着胳膊粗的明烛。

顺着角门往里看，迎面有一道影壁花墙，墙上画着一棵古松，松树上边蹲着个金丝猴。这小猴手握竹竿，正捅树尖的马蜂窝。松树下边是一头大象，前腿打跪，好似磕头拜礼。画中有蜂、有猴、有下拜的大象，暗喻"封侯拜相"。欧阳德觉得好笑："唔呀，身为郡王，还想着封侯拜相，真是人心无举呀！"他们正在此张望，门差走了过来。若是普通人，门差早就骂上了。但欧阳德头戴亮红顶子，插双眼大花翎，身穿官袍，上绣仙鹤。这种服饰都是正一品的标志。为此，门差比较客气："请问大人，莫非是拜见王爷的吗？"

"正是，"徐胜上前答话，"总管，请禀报王爷千岁，就说……"话音未尽，从里边走出一人。这人身穿六品官服，王官打扮。门差连忙施礼："总管大人，他们要拜见王爷。"

"噢。"这六品总管正是阳春三月花得雨。他看看欧阳德，知是一品大员，不敢慢待："您是什么职务？官讳怎么称呼哇？"

"唔呀，吾老人家姓彭名朋，乃当朝礼部尚书、奉旨钦差呀！"

"啊？什么，什么？"花得雨以为耳朵出了毛病，惊讶问道，"你是彭钦差？奇怪，你真是彭钦差吗？"

"唔呀，如果吾老人家是假钦差，莫非还有真钦差吗？"欧阳德已经觉察出几分破绽。

"不，不是这个意思，"花得雨连忙稳住自己，"请钦差稍候，我去报告王爷。"说罢，跑进院里。欧阳德不由得暗笑："这回算来着了，就冲总管这个神色，内中肯定有鬼。"

未过多久，只听院中有人说道："钦差在哪里？本王迎接来迟，望钦差莫怪。"随着话音，走出几人。为首者年近五旬，煞白的一张脸，不带血色，身穿便装，一条大辫子垂在脑后。他把欧阳德看了半晌，拱手问道："你就是彭钦差吗？"

"唔呀，正是。下官参拜王爷千岁。"

"请府中一述。"裕郡王亚布力心中纳闷："这钦差很眼熟，好像在哪里见过，却一时又想不起来。"宾主走进客厅，仆从献上茶来。欧阳德笑道："唔呀，下官奉皇上圣旨，南巡两广。路经金陵府，特向王爷请安。"

"不敢当。本王在帘外多年，很久未进京都，对朝廷大臣多有不识。彭钦差，你是几时进京述职的？"

"吾在西南当了三年知县，半年前调入北京，官拜礼部尚书。"

"新鲜。小小县令一跃而为尚书，旷古未闻。请问钦差是何出身？"

按当时科举制，县里考秀才，省里考举人，中央考进士。进士再经殿试，也就是皇帝御考之后，产生三鼎甲：状元、榜眼、探花。这三位要入翰林院效力，几年之后，任命大官。凡是读书人，均以入翰林院为荣。只要是翰林出身，价值高人万倍。康熙皇帝重视培养人才，他常常把有前途的翰林放出去当小官，锻炼几年，破格重用。不过，从七品提到一品的极为罕见，所以裕郡王才觉得奇怪。他满以为眼前这位钦差定是翰林出身。谁料对方答道："唔呀，吾出身微贱，只是个秀才呀！"

"秀才？嘿嘿，取笑了！"

"是呀，秀才出身的人，按说一辈子也熬不到尚书。唯吾例外，吾有特殊本事。"

"噢？不知钦差有何奇能？"

"吾会相面，一相一个准。给皇上相过几次，全应验了，所以吾当上大官。"

"哼，"亚布力有点生气，"贵钦差，我可是堂堂郡王，也是你随便戏耍的吗？"

"吾不敢哪，王爷若是不信，吾给你老人家相上一回，保证准。"

"这……你说说看。"

"王爷呀，吾说了你可别恼。吾看你印堂发暗，眼圈发黑，不是招祸，就有是非。最近，王爷要有灾难！"

"胡说八道，你是什么人？"

"吾是钦差呀，官服为证，莫非王爷有所怀疑？"

"不，不是。我只觉得你有点怪……"

"吾不怪呀，王爷才怪呢。"

"我怪？我怪在哪里？"

"人生二目，如同天有二光。左日右月，左阳右阴。而王爷恰恰相反，阴阳颠倒，所以总办错事……"

"大胆，你敢辱骂本王？"

"吾说的都是实话。据我观察，王爷最近就办过错事，这件错事极为重大，致使王爷贻误终身……"

"啊？你……"亚布力变颜失色。

"哈哈哈。"欧阳德大笑起来。就冲裕郡王的神态，十有八九彭公就在王府。吾何不乘胜追击，再刺他一枪："王爷，莫非吾说错了吗？"

"这，本王从来不做错事！"

"唔呀，王爷把话说得太绝了。请问，您给金陵知府傅国恩送去白银三千两，这是怎么回事？"

"啊？"裕郡王一惊，"哪有这种事？本王什么身份，何必给知府行贿？"

"不是行贿，是大有文章啊！"

"你究竟是谁？"

"哈哈哈，王爷再三盘问，疑虑不小。吾是彭朋，是钦差呀！"

"未必吧？"裕郡王一招手，叫过总管花得雨，又在他耳边吩咐了几句。花得雨领命而去。

此时的客厅剑拔弩张，双方相互观望，谁也不多说话。粉金刚徐胜等人已经料到，今日少不了有场恶战。他看了看欧阳德，怪侠面带微笑，岿然不动。徐胜明白："郡王不是普通人，没有真凭实据，谁也不敢贸然行动。"其实，裕郡王心里也犯嘀咕："这钦差是谁？若是假扮，官袍带履却都是真的，更何况金陵知府傅国恩受银三千两的事他怎么知道？一定是傅国恩向钦差报告了。哎呀，他若是真钦差，我昨日骗来的那人又是谁？事关重大，一步棋走错，满盘俱是空，真叫本王深浅莫测。还有，我见眼前这钦差十分面熟，似曾相识，又想不起在哪里见过。莫非某年进京时见过他吗？如果这样，他更是真的了！"

正在这时，总管花得雨从外面走进，他小声说道："禀王爷，我把他带来了，现在客厅门外。"

"好，快让他进来，也许他能辨出结果。"

"是。"花得雨从门外领进一人。这人年届五旬，神色疲惫不堪。他走进客厅，第一眼先看到了粉金刚徐胜，紧接着又看见了怪侠欧阳德，不由得惊声叫道："哎呀，你们把我害得好苦，今日自投罗网，我跟你们拼了！"说罢，抽出宝剑冲了上去！

第十三回　马道青天涯寻杀手
宋仕奎就地骗钦差

　　来的这人乃是活财神宋仕奎。

　　书中交代：怪侠欧阳德为取狻猊盾，曾假扮华阳老祖，大闹三杰村。当时，他将宋仕奎绑在后花厅，准备交给官府。谁料破村之后，却不见老贼踪影。那么，宋仕奎是被谁放走的呢？原来，欧阳德、徐胜等人去前宅不久，便有一个老道闯进花厅。这老道身高六尺，膀阔三停，天生的红头发、红胡子，两道红眼眉足有多半寸。大额头、大下巴、一双死羊眼，面貌极其凶恶。宋仕奎吓了一身冷汗，以为又碰上神鬼。这道人用宝剑挑开老贼绑绳，背起他来往外逃走。也不知走了多远，来到一座古庙，进庙之后，老道恶声恶气地问道："看你这身穿戴，从头到脚奢侈华贵，莫非是三杰村的首领吗？"

　　"这……道爷待我有救命之恩。不敢隐瞒，在下正是三杰村村主宋仕奎。由于得罪了地方官府，不幸被捉。承蒙道爷搭救……"

　　"我不听这些废话。你既是村主，我来问你，你手下可有个叫武杰的，他现在何处？"

　　"武杰？"宋仕奎沉思良久，"道爷，三杰村并无此人哪。"

　　"什么？你敢骗我？"

　　"不，不。在下的生死在道爷手中，岂敢对您说谎。"

　　"嗯。"老道点了点头，"也对，你是不敢骗我。奇怪呀，莫非我哥哥弄错了吗？"

　　原来，这老道名叫马道青，人送外号赤发灵官，乃恶法师马道玄的同胞兄弟。论武功，马道青比其兄长强万倍。手中一口霹雳宝剑，纵横天下。他不但武功好，品德也算说得过去。主持飞云观，以庙产为生计，很少坑害百姓。前不久，马道青在北丘山下的大沟里演练气功，突然发现眼前有具尸体。他走近一看，正是胞兄马道玄，不由得大惊失色，连忙用手摸了摸胞兄的前心，一息尚存。前文书交代过：小蝎子武杰急于替舅父报仇，打了马道玄一猛棍，并将他踢下山涧。涧下空气清新，犹如今日的"输氧"，使马道玄缓过一口气来。赤发灵官马道青不敢耽搁，举双掌向胞兄发射内功，累得他浑身冷汗，面色煞白，马道玄总算睁开二目："贤弟，是你？快替愚兄报仇！"

"凶手是谁？他在哪里？"

"凶手是，是武杰。他，他现在三杰村……"恶道说罢，吐出了最后一口闷气。

"哥哥，谁叫武杰，他什么门户出身？为什么要害你？三杰村在什么地方？你说，你说呀，你再说一句！"任凭马道青呼天叫地，马道玄再未苏醒。马道青含泪掩埋了哥哥的尸体，回归飞云观。这道人的品行虽说不坏，他也深知哥哥的为人，但毕竟是手足之情，不由得心中发狠："不杀武杰，誓不为人！"

可是武杰究竟是何许人物？门户、年龄、身份、外号他都一无所知。若想访到仇人，只有去三杰村了。三杰村在哪里？据他估计，这种地名是大路货，全国不止千万，只能从近处查起。于是他首先访到宋仕奎的巢穴。入村一看，见有许多官兵包围，他不理这些，直奔后宅，恰巧看见宋仕奎被绑。根据服饰，他觉出老贼身份很高，这才将他背到飞云观。由于武杰年龄幼小，刚刚步入绿林，所以在江湖路上并无名气，宋仕奎也不知武杰是谁。他见马道青面沉似水，唯恐人家生气，连忙谄媚："道爷，俗话说两山碰不到一块儿，两人总会碰上。您若想找武杰，我甘愿陪您一块儿找。绿林中我的熟人挺多，咱慢慢打听，准跑不了他。"

"也罢，哪怕走遍天涯海角，我也要替兄报仇。咱们准备一下，明日动身。"

"听从道爷吩咐。"

次日清晨，二人起程南下。马道青功夫很高，脚下如飞。而宋仕奎乃活财神出身，素日养尊处优，吃喝享受，哪里经得起这般辛苦，可是他又不敢多说，只得拼命相随。谁料到了金陵府，他再也走不动了。马道青有气，带这么个累赘，何年何月能找到武杰？一怒之下，他扔下宋仕奎，自己走了。这样一来，可苦了这位活财神。他身无分文，住店吃饭都发生了困难，连累带愁，病倒在破庙，眼看着奄奄一息。也是天无绝人之路，这日中午，绿林飞贼永躲轮回孟不明、飞腿彭二虎意外发现了他。这二贼皆在三杰村集贤馆混过数日，算是宋仕奎的"贤士"。他们还算有点良心，不忘旧主之恩，将宋仕奎抬到店房。老贼心中感激："多谢二位英雄。患难见真情，往后我就跟随你们吧。"宋仕奎想找"饭东"。

"宋庄主，"孟不明摇头笑道，"您是大财主出身，享受惯了，我们可养不起您。不过，您别着急。金陵城郊有座西皇庄，乃当朝裕郡王的封地。我们哥儿俩为了混饭，现在西皇庄当护院教师。王爷待我们不错，经常摆宴招待。那天喝酒时，我们哥儿俩提起您来，王爷对您很感兴趣。并说：若能见到活财神，愿意交个朋友。您说巧不巧，老天爷真把您送来啦。没别的，您在店房将养几天，我们去报告王爷。"

"谢谢二位，望多加美言。"

过了两天，裕郡王果然派花得雨将宋仕奎接到西皇庄。

这还不算巧，更有一件巧事：

由于宋仕奎出身高贵，裕郡王另眼看待。摆酒迎风这天，竟请出八旬高龄的老亲王哈朗作陪。老王已经退职了，平日很少出头露面。近日来，他见儿子神神怪怪，聚集了一批不三不四的人物，为此很不放心。于是借酒会之机，打算观察动静。酒过三巡，老王问道："宋先生，请问你原先居住何处？"

"老王爷，在下原居山东三杰村。因为得罪了官府，被害得家破人亡，流落四方。"

"你是山东人？错了，错了。老朽年迈眼花，险些闹出误会。"

"父王，"裕郡王问道，"怎么回事，莫非您认识宋先生吗？"

"说来话长。"老王叹道，"你爷爷十九岁战死疆场，我跟随老罕王长大成人。罕王驾崩，四殿下皇太极继位。那时还没进北京，国都设在东盛京。一天，皇太极接到边报，言说黑龙江绥化一带有匪徒叛乱，请朝廷速发天兵讨伐。于是，皇太极加封我为镇远将军，率军出征。当时我才二十五岁，不知天高地厚，也不懂用兵之法。一战下来，损兵三百余人，粮草、马匹被掠走无数。我当时十分害怕，如此惨败，皇上肯定要加罪。正在走投无路时，呼兰县首户宋治文来到兵营。这宋治文富甲江北，人称外号也叫活财神。他对我说，为铲除匪患，甘愿捐赠白银三万两、粮草五万担、战马二百匹，并派五百庄丁协助作战。真是柳暗花明又一村，对宋治文的壮举人人称赞。我吸取了首战的教训，二度剿匪，大获全胜。并准备将宋治文的功绩写成折本，上奏朝廷。谁料宋治文婉言谢绝，他只图家乡安静，不图功名利禄。回到盛京后，我屡次给他写信，他却只字不答。一晃五十余年，再未见他。今日见到这位宋先生，身材、相貌与宋治文十分相似，外号也叫活财神。我由他而想起宋治文，满以为他们会有些血缘关系。可惜眼前这位宋先生是山东人，而宋治文是黑龙江人，相隔数千里，看来我弄错了。"

"哎呀，"宋仕奎失声叫道，"您就是当年那位小王爷吗？请问，鸿禧夫人还在不在？她那双九龙玉璧仍藏身边吗？"

"你，你是谁？"

原来，宋治文曾将舞伎鸿禧献给了当年的小王爷，并陪送一双九龙玉璧。这事鲜为人知，此时却被宋仕奎说破："老王爷，宋治文乃是先父，我从黑龙江南迁山东不过数载。今日与老王爷重逢，岂非天意？"

"好，好！"老王大悦，"我久欲报恩，苦无机会。既然相逢恩公后代，理当答谢。"他扭头对儿子吩咐："对宋先生要厚待，王府中还有好差事吗？"

"父王放心，"清朝皇室最重孝道，别看老王退居"二线"，裕郡王亚布力仍不敢惹他，笑道，"除了三品长史由皇上任命而外，余者职务任凭宋先生挑选。"

"不，不。王爷只要赏碗饭吃就行了。"宋仕奎连忙谦让。

"这样吧，宋先生暂时屈尊慕宾馆馆长，算是王府贵客，不是差人。"

"多谢王爷。"

宋仕奎入主慕宾馆之后，经永躲轮回孟不明、飞腿彭二虎四处张扬，便有很多"慕宾"相继来投。这些"慕宾"中，除了三杰村的余党，便是璞球山的漏网贼寇。另有采花蜂尹亮等"散仙"也来聚集，一时，西皇庄成了群贼的安乐窝、避风港。他们借着郡王的势力，胡作非为，干尽坏事！

再说裕郡王亚布力，这个人野心勃勃，对皇位垂涎三尺。他时常暗想："我的先祖也是老罕王努尔哈赤的嫡系皇子，只因错过机遇，使皇权丧失，如今只落了个郡王空头衔。若再过几辈，就变成平民百姓了，有苦向谁诉？"

根据清代承袭法，亲王为最高爵位，只有皇子与蒙古权贵才能得到。这些亲王中，战功累累、政绩显赫者，可恩封"世袭罔替"，又叫铁帽子，辈辈为亲王。余下的则要逐渐削爵。如亲王的长子只承袭郡王，下传贝勒、贝子、国公、将军，直至恩骑尉，共十一代，从第十二代起便是平民了。这种规定，也是削弱皇族内部斗争的具体措施。既有此法规，一些闲散皇族难免怨气冲天：老实的，忍气吞声；强硬的，跃跃欲试。到后来，康熙驾崩时，诸皇子争夺帝位、血溅京都，就是这个道理。

闲话带过。裕郡王既有野心，便预谋豢养死士。一旦有机会，他也想做几天皇帝。此时，他见宋仕奎招来这么些绿林高手，心中窃喜。于是对宋老贼更加重视，百般照顾。

这天，宋仕奎来见郡王："千岁，有位外国洋人来到慕宾馆，他要求见您，称有机密大事。"

"洋人？他叫什么名字？"

"他自称马德赖神甫，汉语说得流利。"

"马德赖？好耳熟哇。"裕郡王思考片刻，终于想起来了，前不久，朝廷有圣旨告知天下，明令禁止耶稣教，并驱逐马德赖立即离华。莫非是这个人来了吗？如果真是他，我倒应该亲自接见，"宋先生，传他到内书房会晤。"

"是。"宋仕奎将那洋人领到书房，自己很知好歹，退了出去。

来者正是那个洋奸！

原来，裕郡王称帝之心早被宋仕奎察觉。宋老贼在三杰村时已归属白起龙，他见有机可乘，便派飞腿彭二虎前往广西青剑岭报信。马德赖闻讯大喜，能有大清郡王加入反叛行列，这可太妙了。他的作用别人是起不到的。由于郡王身份高贵，他这才决定亲来西皇庄。

"参见王爷千岁，本神甫贸然而来，打扰了。"

"先生请坐。不知先生找本王何事？"

"王爷，我们西洋科学发达，根据星斗推测，王爷乃天降大任……"这洋奸中外合用，又胡诌起来。

"请问先生，天降大任做何解释？"

"说穿了，您应该是中国皇帝！"

"大胆！"裕王虽有谋反之心，此话出自洋人之口，他也难免一惊，"这话是随便说的吗？你若不是洋人，本王定送交官府。"

"哈哈哈。"马德赖毫不在意，"王爷，据我所知，您是先帝嫡系传人。可如今只闹个郡王，并被康熙撵出京师，您不觉冤枉吗？"

"这……"裕郡王确实感到冤枉。

"直言奉告，本神甫来自广西西林县青剑岭，乃西路天王白起龙帐下大军师。那白起龙只是一颗大星，有将帅之福，无帝王之命。至于紫微星，非郡王莫属。您若举旗起事，我们可以捐赠西洋火器，不出二年，包您稳坐紫禁城……"马德赖还是那套旧话，裕郡王听来，却感新奇："先生，你们不会无缘无故支持我吧？请讲讲条件？"

"第一，您立刻加入耶稣教，并替教会办事。其实，朝廷工部尚书梁清标、您手下的宋仕奎都是教会中人。第二，奉旨钦差彭朋此时已到金陵府，这人是武林界精神领袖，您必须尽快将他除掉！可以利用金陵知府傅国恩，他是梁清标的门婿。第三，最重要的一条，您称帝之后，必须让全国信仰耶稣教，给教会特殊利益。若应此三条，保您九五之尊，早登皇位！"

"容我想想。"裕郡王亚布力沉思良久，这"皇帝"二字太有吸引力了，利令智昏，他点头称是，"先生，您说话可得算数！"

"我们洋人历来讲究信誉。"其实，他历来不讲信誉。插手中国内政后，已经"封"了白起龙、亚布力两个皇帝。将来根据需要，不知还要加封多少。他为裕郡王办理了入教手续，没有久留，回归广西去了。

裕王投靠洋奸，事情干得十分机密。除了宋仕奎，就连老王哈朗也瞒得严严实实。俗话说"知其子者莫如其父"，哈朗觉得儿子有些反常。几经询问，亚布力仍是只字不露。老王无奈，暗中细心观察，暂且不提。

　　单说宋仕奎，自裕郡王入教后，他的地位又提高很多，几乎成了王府的二号人物。他本来是富豪出身，一旦得势，旧病复发，立刻排场起来，每天带着几个亲随，出入茶坊酒肆、秦楼楚馆。这日，又领着孟不明、彭二虎、李吉、鲁廷几个贼寇到醉仙楼吃酒。酒至半酣，忽见楼下走上一人。这人头戴金边檐毡帽，迎门镶着一块白骨头片。身穿老羊皮袄，板朝里，毛朝外，戴一副大号眼镜，腰扎蓝布大带，下穿兜裆滚裤，手中擎一根五尺长的旱烟袋，走上酒楼，高声叫道："唔呀，快把好酒好菜端来，吾老人家要痛饮几杯！"

　　"怪侠！"蝎虎子鲁廷和青毛吼李吉乃璞球山的逃寇，他们被怪侠吓得闻风丧胆，望影而逃，今日一见怪侠上楼，只觉得背后冒凉气，脑皮发炸。宋仕奎、孟不明、彭二虎是三杰村的人，只把怪侠当作"华阳老祖"，这"老祖"的厉害早已领教。为此，五贼连忙缩项藏头，小声嘀咕起来，孟不明说道："这人武艺太高，咱们快跑吧。"

　　"对，对。一会儿就跑不了啦。"宋仕奎随声附和，早把身份忘到九霄云外。

　　李吉和鲁廷一咧嘴："三位，你当现在就跑得了吗？咱们只要一站起来，人家立即会发现。他用手指一点，谁也动不了，那叫'点穴法'。别说咱五个，再比咱高一万倍，也逃不出酒楼！"

　　"嘻！"彭二虎急得要哭，"昨天晚上我净做噩梦，就知今天要倒霉。闲着没事，上酒楼干什么！"

　　宋仕奎掏钱请客，对彭二虎这话虽然不满，也不敢发作，小声说道："总得想想办法呀！"

　　"什么办法？"李吉心眼稍快，"现在只有一条，上前哀求饶命。万一人家高高手，咱也许就能过去。"

　　"对，李英雄言之有理。一事不劳二主，办法是你想的，你快去求情吧。"四贼得过且过，公推李吉上前。李吉无奈，硬着头皮走近怪侠，二话不说，双膝跪倒："大侠，请您老饶命！您是我活爹亲祖宗。只要不杀我，我先给您磕头了。至于杀别人，与我无关。"一句话，差点把旁边四贼吓死。谁料怪侠满脸疑惑，不解地问道："唔呀，你快快起来。吾凭什么杀你呀？吾与你素不相识，你认错人了吧？"

"大侠，您别拿我开心了……"

"吾真的不认识你呀。"

"太妙啦！"李吉小声叫了一句，心想："璞球山大战时，双方兵将甚多。我又不是著名人物，可能怪侠没注意我。早知如此，偷着下楼该有多好。"想到这里，他抬头看了宋仕奎一眼。宋仕奎暗恨：完啦，他不认识李吉，肯定认识我。在三杰村后院待过很长时间，是他把我亲手上绑的。李吉呀李吉，你看我这一眼，简直是送我性命！事到如今，躲不过去了，我也采取主动吧，"华阳老祖，饶命！"

"唔呀，奇怪呀。吾分明是大活人，怎么成了华阳老祖？"

李吉连忙谄媚："宋大爷，您弄错啦。他老人家乃当代武林第一高手，怪侠欧阳德！"

"唔呀，哈哈哈。"这人大笑起来，"吾老人家明白了，你们这群混账王八羔子是被欧阳德吓傻了。其实，吾并非欧阳德，吾闯荡天下七年，正是为了寻他。你们既然认识怪侠客，快告诉吾他在哪里？"

"你不是怪侠？"五贼上下打量良久，面貌太相似了，服装、兵器、口音、派头也完全一样，只是年龄略小几岁，若不细看，难辨真伪。五贼大怒，既不是怪侠，让他把我们吓成这样，太冤枉了。青毛吼李吉又来精神了："好小子，竟敢冒充怪侠哄骗我们。看拳！"说罢，一拳砸下。那人不慌不忙，只微微一扭头，躲了过去，然后伸出右手二指，往李吉身上一点，再看李吉，动弹不得。飞腿彭二虎大惊："哎呀，他也会点穴法！"

"唔呀，一群王八羔子。吾老人家并未招惹你们，你们先给吾磕头，又跟吾动手，这怨吾吗？快说欧阳德现在哪里？"

"大，大侠，您先把李吉放开，听我们慢慢说。"宋仕奎眼珠一转，计上心头，待那人放开李吉之后，宋贼又道，"大侠，不打不成交，请到雅座详谈。"

"唔呀，谅你们不敢害吾。"

六人来到雅座，也就是现代的单间小餐厅，分宾主落座。宋老贼笑道："大侠，看您武功，定是高手，敢问大侠尊姓高名？不知您找欧阳德所为何故？"

"唔呀，想套吾底细吗？告诉你们也无妨碍。"

书中暗表：这人复姓赫连双名宝吉，乃四川峨眉派嫡系传人。他的受业恩师名叫皇甫松，外号圣手昆仑剑，与欧阳德的老师亏剑哈哈叟诸葛方为一师之徒，同出峨眉派总门长红莲长老之门下。那皇甫松的武艺不低于诸葛方，他传授赫连宝吉整整十年，将寒暑不侵、点穴法、雁行术等本门绝技倾囊相赠，使徒儿成了一代奇才。赫连宝吉师满下山时，老剑客皇甫松对他说道："徒儿，你有位本门师兄叫欧阳德，乃你师伯诸葛方的顶门弟子……"

"师父，徒儿知道。您对我提过不止百次了。"

"你不要不耐烦。据为师观察，你武功不错，性情、修养却差得很远。你那师兄欧阳德我曾见过，他不仅武艺精湛，而品德更好。你闯荡江湖时若能碰到他，还要多多向他请教。"

"师父，人海茫茫，我到哪里找他？"

"哈哈，你欧阳师兄有特色。他一年四季反穿皮袄，手擎大烟袋。说话嘉兴口音，自称'吾老人家'，见坏人常骂'混账王八羔子'。至于面貌，与你还有几分相似。"

"徒儿记住了。"

"你师兄在武林名望极大，人们敬佩他，称他为'怪侠'，这个'侠'字……"

"师父，您怎么总长他的威风？师兄再好，也是师伯的徒弟！"

"大胆！"老剑客极为不满，"他为咱峨眉派增光，我当然要夸他。你呀，哼，性情骄傲，缺少谋略，虽说武功上乘，却永远担不起一个'侠'字。你也练就了寒暑不侵，夏天也善穿皮袄，干脆，师父也赠你一根大烟袋，再为你取个外号，叫作'怪客'。你师兄是'侠'，你是'客'。只有紧跟他，你才能沾上'侠客'二字的边缘！"

"这……徒儿知道了。"赫连宝吉表面不敢违反师命，心中却暗自不服。他下山之后，首往嘉兴府，意欲寻访师兄，比个高低。没访到欧阳德，却学会嘉兴话。于是他也反穿皮袄，手擎烟袋，说话"唔呀，唔呀"，并将外号改为"盖欧阳"，想以此引来怪侠。谁料怪侠正在云游天下，行无定所。赫连宝吉访了七年，竟未访到。今日见五贼认识欧阳德，机会岂能放过。

话归前言。赫连宝吉不便露出门户，只是说道："吾既称为'盖欧阳'，势必会会欧阳德。你们快说他在哪里？"

"赫连大侠，您若想会他，请随我们走一趟。"宋老贼主意已定，将赫连宝吉引到西皇庄。

再说裕王亚布力，一见赫连宝吉，心中暗笑："这人夏天穿皮袄，他不怕热吗？宋仕奎真有办法，竟能招来这种异人。"他刚要说话，赫连宝吉问道："唔呀，欧阳德在哪里呀？"

"欧阳德？"裕王不解。

宋仕奎连忙答道："您别急，只要听从王爷安排，准能见到怪侠。"

又是几天过去。这日午后，裕王对赫连宝吉说道："大侠，请您跟随宋先生出去一趟，定能将欧阳德引来。"

"干什么去？"赫连宝吉虽有疑问，却不顾多想。他跟随宋仕奎来到金陵知府衙外。等了片刻，衙中出来一群人，为首者上了大轿。宋仕奎道："大侠，我上去搭话。您见大轿启动时，不必多问，扭头回奔西皇庄就行了。不出三天，欧阳德准来找您。"

"真的吗？"赫连宝吉点头应承。

宋仕奎来到轿前："请问，这是彭钦差的大轿吧？"

"什么事？"吹破天左逢春上前护驾。

宋仕奎用手一指赫连宝吉："那位英雄请钦差去一趟，他说有要事报告。"

"噢？"左逢春一看，"哎呀，是怪侠欧阳德呀。他怎么不过来？"

"左壮士，"彭公早已听清一切，在轿中吩咐，"欧阳大侠办事一贯稳重。他去追金印，可能又有意外，所以不便直接上前。来呀，跟随欧阳大侠而去。"

"是。"左逢春命令起轿，跟着赫连宝吉来到西皇庄。

这些，都是宋仕奎设下的阴谋诡计。他利用赫连宝吉与欧阳德相貌、外表酷似一人的特长，使用奸计，兵不血刃，将彭公骗入虎穴，真是神不知，鬼不觉，难怪金陵府没有半点动静。可叹赫连宝吉，只顾意气用事，充当了帮凶，一步走差，铸成大错！

裕王亚布力一朝得手，精神振奋！他遵照洋奸马德赖的命令，将彭公绑在厅前："嘿嘿，今日让你死个明白。本王即将称帝，已与白起龙携手合作。来呀，速将狗官开膛摘心！"

"是。"刀斧手刚要上前，突然从院外闯来老王爷哈朗。前文书说过，老王哈朗见儿子最近反常，所以时时注意他的行动。今日见儿子要杀人，不由得怒冲牛斗："你要造反吗？国家钦差大臣，你竟敢任意杀害，孽子，孽子！早知你这样，我不该让位！"

"这……父王息怒。"亚布力终究不敢惹他亲爹，只得吩咐，"先将彭朋押入迷人馆，待我慢慢处置。"

"不行！"老王一瞪眼，"你赶快请罪，释放奉旨钦差！"

"父王，我不杀他就行了，绝对不能释放，若放了他，我就没命了！"

"嘿嘿，孽子。你想瞒着我暗中下手吗？反啦，反啦。我年过八旬，管不了你。保护钦差大人是我的责任，走，我陪钦差同去迷人馆，你要敢碰他，我在你面前一头撞死！"

"唉！"反王在亲爹面前束手无策。

老王解开彭公和左逢春的绑绳："钦差，跟我走吧，只要有我，就有钦差。将来见到皇上，还望钦差美言，只杀孽子一人，千万别刨我家祖坟。"说罢，声泪俱下，领二人奔往后院走去。

亚布力无奈，只得任听其便。他本想另寻机会杀害彭公，谁料那位钦差入了迷人馆，却又有一位钦差找上门来。为辨别真假，他才叫花得雨传来宋仕奎。

大段倒插笔交代完毕，书归正传。

宋仕奎一见欧阳德，先是害怕，后仗王府势力，大喊大叫起来。反王亚布力这才明白："我觉得眼前钦差面熟呢，原来他与赫连宝吉生得一模一样。有了，既然赫连宝吉为他而来，我何不让他们鹬蚌相争！据我手下的武士们传说，那赫连宝吉的功夫已炉火纯青，登峰造极。他若能杀死欧阳德，也算解我心头之恨！"想到这里，反王吩咐："花总管，快请赫连大侠！"

第十四回　西皇庄怪侠斗怪客
东帝岛善人逢野人

"是。"花得雨领命而去。

欧阳德暗道："赫连大侠是谁？既敢称'大侠'二字，绝非平常之辈，看来今天定有场恶战。王府人多势众，大意不得。这客厅天地狭窄，一旦房门被他们堵住，吾们就无法施展了。"想到此处，他将手一挥："诸位侠义，随吾到院中会敌。"

王府院落很大，中间是个空场，平常，裕郡王常常在此观看群贼演武。欧阳德胆大心细：自己穿着彭公的官服，十分不妥。一来，官服很贵重，钦差还得穿它办公，万一打仗时损坏，彭公再穿，有失官体。二来，不知赫连大侠是哪路人物，动手比武时，穿衣服很不方便。为此，欧阳德对徐胜吩咐："唔呀，快从轿中取来吾的衣服和烟袋。"

"是。"徐胜照办。

欧阳怪侠脱去官服，换上老羊皮袄，扎紧蓝布大带。他刚刚穿戴完毕，花得雨便将赫连宝吉领到演武场。徐胜、余华等人一见：这回热闹了，左右两位怪侠，服装、兵器、模样完全相同。除了年龄上有些差距，很难辨出谁真谁假。

此时，赫连宝吉已经认出欧阳德，不由得心中大悦："访他七年，今日总算相会，我倒要看看他是何许人物？"想到此处，上前一抓欧阳德的手腕，满脸堆笑，貌似亲热："唔呀，吾叫赫连宝吉，外号盖欧阳。吾老人家今日总算见到你老人家！"说笑之中，右掌一较劲，这功夫称作"折松断柏"，暗喻松树、柏树也会被掐断，何况人的手腕。谁料欧阳德毫不在意，他将五指一翻，这功夫称作"乱山环抱"，也将对方的腕子"抱"在掌中，哈哈笑道："唔呀，好一位盖欧阳，真想盖住吾老人家，恐怕不那么容易！"

表面看来，无声无色，其实，二人的功力全在掌中。他们各自觉得对方的手腕如同一块烧红的生铁，既坚硬无比，又火热滚烫！过了半盏茶的时间，赫连宝吉面色微红，额头冒出细汗，暗中叹道："怪侠名不虚传，果然胜吾一筹。"欧阳德心里也合计："吾闯荡江湖十余年，能挺过吾七分力者从未见过，眼前这人却挺过吾九分力，真豪杰也！"二人相视一笑，各自松手。赫连宝吉抱腕当胸："不知大侠光临，恕未款待。来人，快与大侠献茶。"

"多此一举。"反王亚布力暗皱眉头，"我让你来杀他，你怎么跟他客气上了？"于是说道："赫连大侠，院中缺少桌椅，茶水免了吧。"

"想要桌椅，极其容易。"赫连宝吉一转身，奔花圃走去。花圃中有张石桌，少说也够七百斤，他双膀一晃，将石桌举到院心，轻轻放下。亚布力傻啦，好大的劲头！千万别得罪他："花总管，快，快快献茶来！"

"唔呀，且慢，"怪侠笑道，"赫连大侠，咱们是先君子，后小人。你现在跟吾客气，过一会儿势必交手。可是你把石桌摆在院心，当不当，正不正，把地盘全占了。吾看，先把石桌挪边上去吧。"说话间，怪侠抬起右脚往桌上一踢，神啦，这七百斤重的石桌滚了几滚，稳稳当当立在旁边，简直比摆的还要端正。赫连宝吉大惊："此人力量大吾十倍！"

这时，花得雨托来茶盘，盘中有两只大号瓷杯。赫连宝吉端过一只放在桌上。他伸出双掌将瓷杯一推，貌似奉茶，其实，早将内功运到掌上："欧阳大侠，请！"

这招法十分厉害，不必接触人体，只用空气压力，便能将对手五脏击碎！

怪侠大怒："吾与你何仇何恨，你竟然下此毒手？"不敢耽搁，他一面运气封闭躯体，一面将瓷杯往回推动："吾不喝茶，留着你喝吧！"当然，他的双掌也用上内功。此时，怪侠才觉出赫连宝吉的功力只发向瓷杯，而未发向自己的内脏。不由得暗道："这人不仅武艺高强，心地也不坏。若能将他收下，胜过粉金刚数人。"

他俩在这儿较量内功，别人都愣了，只见瓷杯在石桌上"跳舞"，一会儿往左，一会儿往右，谁也不碰它，它却自己乱转。反王亚布力哪见过这种场面，惊声叫道："闹鬼，瓷杯怎么长腿了？"一语未落，瓷杯自行爆炸！

"好位怪侠！"赫连宝吉跳到场心，"内功外力，令人佩服。请操兵器吧。"

"唔呀，看来得比画比画了。"

二位高手各操大烟袋，走行门，过步眼，交织在一处。好武功，只见两件皮袄如同两朵白云飞舞，两根烟袋杆好似两条闪电交错。轻似猿猴，快如狸猫，只闻风声，不见人影！这真叫：

一根烟袋，两根烟袋，紧一下，慢一下，虚一下，实一下。你快我也快，你轻我也轻。老虎斗麒麟，金蛟咬苍龙，也不过如此！旁边的观阵者，再也难分真假欧阳德！

突然，一人倒地："唔呀，绝命三招！"

"唔呀，知道了就好！"另一人箭步上前。

千钧一发，倒地者后脑勺着地，后脚跟着地，身躯却向上挺着，如同弯弓状态。这招法称作"铁板桥"，他见对方烟袋落下，口中惊呼："唔呀，你这招叫作'飞流直下三千尺'。"说罢，挺身飞跃，落到对方身后，又用烟袋嘴往对方后背一捅，"吾这招叫作'疑是银河落九天！'好快，全部动作只在眨眼之间！

再看前边这人，张嘴瞪眼，动弹不得。不用我说，看官自知，失败者当然是赫连宝吉。

赫连宝吉虽被点穴，心中叹服："吾访他七年，毁于一旦。论点穴，吾只会点前胸，他却会点后背。只此一招，吾还得练上三年！"

反王大惊："谁去擒敌？"

宋仕奎忙道："千岁，别问啦，谁也不敢上。快放箭吧！"

"来，来呀，乱箭齐发！"

弓箭手早被宋仕奎安排到两旁，乱箭似飞蝗，一同射出。欧阳德不敢恋战，背起赫连宝吉，回归金亭驿馆。

再说白马将李七侯与小蝎子武杰送走金陵知府傅国恩之后，对欧阳德等人十分挂念。他们几次到驿馆门外等候，忽见众人归来，连忙迎入。走进客厅，怪侠为赫连宝吉解通穴道。赫连宝吉羞愧难当："欧阳大侠，吾甘拜下风了。是杀是剐，任凭大侠！"

"唔呀，赫连大侠误会了。吾将你背出来，并非害你，而是要救你。那裕王谋反，不会有好结果。将来朝廷怪罪，你跟他玉石俱焚……"

"什么？"赫连宝吉一惊，"裕王谋反，这是真的？"

"吾既称侠客，岂能骗你。"

"嘻，吾闯了大祸。"赫连宝吉将自己引骗钦差之事一一交代。白马将李七侯大怒："哼，你干的这叫什么事？既有损国家，又有损怪侠名誉！"

"唔呀，过去的事不要提了。赫连大侠一时意气用事，铸成大错。今后咱们携手合作，共同为国效力。不知赫连大侠意下如何？"

"您别再称吾大侠，吾根本不够侠。临下山时，恩师赐号'怪客'，吾不知天高地厚，自命盖欧阳。从现在起，恢复'怪客'之号，再不敢称'盖欧阳'了。一切行动，愿听从大侠吩咐，并按门规，当为大侠同门师弟。"

"知错就改，也算英雄，"欧阳德收下赫连宝吉，十分欢喜，"唔呀，钦差帐下又多了一员大将。诸位侠义，咱们赶快商量一下，如何搭救彭公呢？"

李七侯虽说对赫连宝吉不满，可人家已经投诚了，又是欧阳德的师弟，自己也就不便再加责备，只是问道："怪客，你曾在王府当差，可知彭公现状如何？"

"唔呀，"赫连宝吉内心痛悔，"实话实说，直到现在吾才知道被吾拐骗之人乃是钦差。从前，宋仕奎那王八羔子一直瞒着吾老人家。至于钦差下落，吾真的半点不知呀。"

"你不必为难，"欧阳德见他态度诚恳，连忙安慰，"赫连师弟，你虽不知钦差下落，对王府情况总比吾们熟悉。请问，那反王的心腹之人都是哪些？"

"据吾所知，一是慕宾馆馆主宋仕奎，二是王府总管花得雨。"

"唔呀，慕宾馆群贼云集，若抓宋仕奎，必定费事。干脆，拿花得雨开刀吧。"

小蝎子武杰立即上前："师父，大闹王府，徒儿没赶上，其实，我的镖伤已经好了，收拾花得雨，就交给吾小人家吧。"

"王府戒备森严，你一人去，吾老人家不放心哪！"

"吾愿将功赎罪，随这小英雄同往。"赫连宝吉主动请战。欧阳德点头称是："徒儿，你师叔陪你去，就万无一失了。你们到王府之后，千方百计将花得雨弄到驿馆来。记住，要留活口，不准伤其性命。"

"知道了。"武杰看了看怪客，并未把他放在眼里。二人提前吃饭，准备晚间动身。

李七侯又将知府傅国恩曾来驿馆之事向怪侠做了报告。怪侠叹道："看来，傅国恩靠不住了，起码也是反王的走卒。将来攻打西皇庄时，光靠你吾数人不行，还得依靠当地官府。既然傅国恩助纣为虐，只好与两江督抚取得联系。可是，咱们并无功名，唯恐两江督抚信不过呀！"

"大侠，咱有钦差的金印、御札。将来调兵时，可以动用。"

"钦差不在，私用金印、御札行吗？"

"事在燃眉，只得如此。"

当时，两江总督辖江苏、江西、安徽三省，驻地江宁府。江宁在金陵以南，不足百里，一品总督乃是旗人，名叫富察布金。此公忠正廉明，官誉不坏。他接到钦差公文后，协力合作，攻打裕王府，这是后话，暂且不提。

再说小蝎子武杰与怪客赫连宝吉，当晚辞别诸侠义，直奔西皇庄。武杰心想："师父太仔细了，捉一个小小王府总管，还派两人同往。这位赫连师叔未必有大本事，带着他去真是个累赘。"其实，武杰没看见"二怪"交锋，他若看见，也就服了。正往前走，突然从坟地里蹿出一只野猫。这野猫一见人来，飞快逃去。武杰为了摆脱赫连宝吉，笑道："师叔，您先慢慢走着，吾小人家前去捉它。"说罢，追了下去。野猫见人追它，跑得更快，眨眼不见踪影。不但野猫没影了，身后的赫连宝吉也没影了。武杰暗笑，自言自语："这么慢的脚程，还敢给吾当师叔？嘻嘻，吾给他当师叔都嫌丢人！甩下他更好，捉拿总管花得雨的功劳是吾一个人的。"他正在摇摇摆摆，眼前闪出一片酸枣林，林外蹲着一人，对武杰笑道："唔呀，快吃酸枣哇，大个的给你留着呢。"

"师，师叔，您几时越过去的？"小爷有点发傻。

"吾替你追猫哇。年轻人贪玩，可是不能带着野猫去闯王府。吾把它吊在树上，见你没上来，又摘点酸枣，吾吃过了，你吃吧。"

武杰往地下一看，见扔着一堆枣核，证明人家早就到了，心想："得啦，我还是老老实实当徒侄吧。"

经过这段插曲，小爷心悦诚服，甘愿服从怪客指挥。

爷儿俩来到西皇庄，赫连宝吉轻车熟路直往后宅。他本想抓个更夫，打听一下花得雨的房间，谁料到后宅一看，方知此事不易。由于群雄大闹西皇庄，吓得反王心惊肉跳。他唯恐夜间出事，所以在后宅布置了许多岗哨。武杰为难："师叔，怎么下手哇？"

"再等一等。"话音刚落，只见从小角门走出一人，这人走路如同风摆柳，根据身形，估计是个女子。怪客吩咐："武杰，跟上她。"

"是。"二人暗中相随。

这女子东张西望，来到一座小院。她见左右没人，低声叫道："死鬼，我来了。"

"快进屋。"一人将女子迎入屋中。

"唔呀，这声音好耳熟哇，莫非这么巧吗？武杰，你给吾待着，待吾观看。"怪客用前脚尖钩住房檐，金钩倒挂，捅破窗户纸，往里望去。果然，屋中那男人正是总管花得雨。

书中交代：花得雨年轻，地位也高，模样又不错，所以被裕王的心爱侍妾花好相中。这花好芳龄二十，俊美无双，外号"花不棱登"。由于二人都姓花，先前称哥道姐，后来通奸有染。今日傍晚时，花得雨偷着叫情妇来幽会。二人相见，花不棱登笑道："死鬼，你胆子比老倭瓜还大吗？今晚王爷心烦，一直没睡。院里又增了挺多岗哨。你偏偏叫我来，万一被人发现，谁也活不了。"

"嘻，都是欧阳德他们闹的，假扮钦差，扰乱王府，还把赫连大侠劫走了……"

"我说王爷这么紧张呢。死鬼，既然这样，你干吗非得今晚找我？"

"别提啦。我明天一早就得走，说不定几时才能回来呢！"

"上哪儿啊？"花好贱声贱气。

"我告诉你，你可别外传。咱后院画春园中有座迷人馆，馆里囚着一个重要人物。王爷担心欧阳德他们破馆救人，所以派我去杀死摆馆的那个老头儿……"花得雨话音越来越低，渐渐听不清了。又过一会儿，屋中熄灭了灯光。

赫连宝吉大惊，若将摆馆之人杀死，搭救钦差则无希望，幸亏今夜赶来，否则后悔不及。他低声与武杰商量几句，武杰点头暗笑，然后把嗓子一捏，细声细气："大姐跑哪儿去了？王爷让我找她，我可上哪儿找哇！"话音不高，屋中的狗男女差点吓死！花好连大气也不敢喘，急忙穿上衣服，扒在窗户上听听动静，见外边无声，才开门跑去。花得雨紧张万分，他高抬脚，轻落步，来到院中张望。好怪客，如大雁展翅，飞向恶贼。没等恶贼说话，伸手一点，封闭其穴道，又往自己身后一背："武杰，大事已毕，快撤！"

这一切行动，完成在眨眼之间！

武杰佩服："唔呀，师叔老人家，咱们这门都是武林高手哇！"

回到金亭驿馆，天色已露微明。

诸侠义连忙起床，除了白马将李七侯，别人都见过花得雨，七侯笑道："武杰，马到成功，你真有两手。"

"唔呀，这可是师叔的功劳哇。他老人家身法好快，除了吾师父，他属第二，吾小人家只能属第三……"

"王八羔子，净胡吹什么！"欧阳德喝住徒儿，又为花得雨解通穴道。

花得雨早吓蒙啦，如今只求活命："大，大侠，您积恩积德，千万别杀我。"

"只要你说实话，吾就饶你不死。"

"说，说！凡是我知道的，您随便问。"

"钦差彭公现在哪里？"

"我们王爷本想杀害彭钦差，可是老王死活不让杀。如今，老王陪着彭钦差囚禁在画春园迷人馆……"

"唔呀，迷人馆又是怎么回事？"

"迷人馆是一片房子的名称。馆中尽是机关埋伏，外行人进去出不来，弄不好就得搭上性命。不瞒大侠，小人在王府当差十年，从来没进去过，详情我也说不清楚。"

"噢?"欧阳德紧张起来，对于机关埋伏之说，他只有耳闻，却一窍不通。如今彭公被囚迷人馆，搭救起来，必费周折，急忙问道："花得雨，对于那些机关埋伏，西皇庄中，净有谁能懂得?"

"除了我们王爷，别人谁也不懂。"

"那么，迷人馆又是谁给摆设?"

"这……大概是王爷自己摆的吧。"

"唔呀，混账王八羔子!"怪客赫连宝吉旁边搭话，"你这龟孙活够了，吾老人家给你一烟袋吧。"

"赫连大侠饶命，小人不敢撒谎。"

"还不撒谎? 反王派你今天去杀害摆馆的那个老头儿，昨夜你与情妇幽会时，亲口对她说的，吾老人家全都听见了。快说，摆馆老头儿是谁?"

"小人该死，我说，我全说!"花得雨万般无奈，从头到尾讲了起来。

西皇庄向北六十里，有座山峦。这山上的石头很特殊，只呈黑白二色，交叉布满。人们传说，古代棋圣弈秋先生曾在此下过围棋，黑白石头便是他撒下的棋子，为此，山峦取名"弈秋嶂"。弈秋嶂上有座棋王庙，庙主名叫纪有德，道号"神手善人"。这善人已有八十多岁，平常很少露面。

据说在五十年前，神手善人纪有德乃是一位渔夫，盛夏，他与一群同伙闯入东洋大海捕捞鲜鱼时，不幸碰上了台风。这台风铺天盖地，把海浪卷起数丈高。小小渔舟怎禁吹打，同伴们皆落海中，葬身鱼腹。唯独纪有德没死，他拼命抱着一块船板，顺水漂流，也不知漂了几天几夜，终于爬上一座无名小岛。这时，他已筋疲力尽，昏了过去。再醒来时，发觉自身躺在棕木床上，床旁边站着一个怪物，太可怕了，身似人形，长长的黄头发足有五尺，一双绿眼睛闪着幽光，腰扎黄羊皮围裙，光着一双大脚，脸上似笑非笑，神色古怪。

"野人?"纪有德大惊失色。

那"野人"不通汉语，却似乎明白纪有德的心情。他叽里呱啦叫了一阵，并无恶意。过了一会儿，又取来鲜鱼汤、大麦饼与纪有德充饥。从此，纪有德便在小岛住了下来。

过了些天，纪有德身体复原，对"野人"也不觉得可怕了。他们先用手势比画，又用语言交谈，渐渐明白了对方的意思。"野人"告诉纪有德说："我是西洋机械科学家，名叫巴罗尼。由于海难，流落到孤岛已经整整七年。我为孤岛取名'东帝岛'，相信东方大帝能来救我。果然遇上一个东方人，咱们算是最好的朋友了。"

纪有德对这位西洋科学家万分感激，二人相依为命，共建东帝岛。

为了生存，巴罗尼根据野兽的行动规律，在岛上挖了许多陷阱。又运用机械原理，把硬木削成齿轮、转轮。只要轮子启动，便有很大收获。除此之外，又在住房附近安了许多竹箭，总崩簧挂在床头，用手一拽，就能将猛兽射死，既安全，又有猎物。

最初，纪有德只为巴罗尼充当助手，后来，他对机械科学也产生了浓厚的兴趣。二人切磋琢磨，对岛上的机关又做了很大的改进，猎物越捕越多，生活也渐渐富裕起来。

陆地机关研究了三年，他们又开始研究水源机关。小岛周围环海，二人利用水的压力，制成启转水轮，以此捕捉鱼类。有时，竟把数百斤的大鱼轻巧杀死！他们的技能，已经达到神化境界。

依二人打算，准备老死在东帝岛。谁料天无绝人之路，纪有德登岛十年之际，竟有一艘西洋大船路经于此。船长惊叹二人的毅力，把他们分别送回祖国。

纪有德回到故乡，早已妻离子散。他放弃了渔夫生涯，出家当了老道，后来定居弈秋嶂，当了棋王庙庙主。

一晃又是四十年，在此期间，他潜心钻研，把西洋机械科学与道家理论有机结合在一起，按三才、五行、九宫、八卦，自成一派，远近闻名。

且说十年之前，花得雨还是个小贼。他不敢拦路抢劫，只干点偷鸡摸狗的勾当。一天，他夜入棋王庙，想浑水摸鱼，捞上一把。谁料刚进配殿，殿门自动关闭，任他使出牛劲也难打开。突然，从顶棚落下一个大网，把他罩住，他越是挣扎，大网越紧，最后被小道人捉往后庭。纪有德慈悲为本，给他二两银子，放他逃命。花得雨却赖着不走，非要留在庙中出家。纪有德明白，这种人难以跳出三界外，只好吩咐："你暂留下，先做些杂务吧。"

"是。"花得雨心想："你只要留下我，我就能偷艺，学会摆设机关埋伏，一辈子就会富贵无穷。"为此，他假装老实，干活勤恳。可是纪有德早已看穿他的本质，对他一字不露，使花得雨干着急，却也束手无策。

这天，他进城买炭，见城墙上贴着一张告示：裕郡王亚布力欲兴土木，征集高手设摆楼台殿阁，若能独出心裁，必有重赏。花得雨喜从天降："干脆，我把纪老道卖给王爷吧！"他不顾买炭，奔往西皇庄，见到裕王后，真真假假大吹一通，把纪有德说成天神。裕王大喜，立刻派人请来纪有德，说道："仙长，我王府中有许多宝物，都是皇上御赐的，为了保护这些东西，请你替本王摆设一套房屋，内装机关埋伏，事成之后，本王赏银三千两。"

"这……"纪有德犹豫不决，"王爷，根据您的身份，我相信王府藏有重宝。不过，若让贫道摆设机关埋伏，您得应我三个条件。"

"仙长请讲。"

"第一，我设计图纸时，不准任何人过问，包括王爷在内。第二，事成之后，王爷要严守机密，对任何人不准提我，贫道只摆此一次，不再摆二次。第三，最重要的一条，房屋建成，只能藏宝，不能藏人！"

"行，本王全部应承。"

"王爷若违背盟约，休怪贫道无情。我将全部机关埋伏一律报废！"纪有德告辞回庙，半年之后，才交出图纸。

裕郡王按照图纸，分别兴建起来，雪花白银用了四万两，才算正式竣工。他为这套建筑群取名"迷人馆"，又在馆址四周圈上院落，取名"画春园"，全部工程用了三年时间，可谓博大浩瀚。

由于花得雨荐贤有功，本人又善于溜须拍马，为此被裕郡王封为六品总管。

起初，裕郡王尚能遵守诺言，只在迷人馆珍藏财宝。后来谋反，他将彭公囚禁馆中，不由得想起与纪有德的盟约：若是藏人，让机关埋伏报废。为此，反王心生杀机，派花得雨刺杀纪有德。谁料花得雨与情妇幽会时，吐露了真情，才被怪客赫连宝吉捉来审问。

话归前言。花得雨浑身发抖，讲罢经过，最后说道："欧阳大侠，纪有德摆馆，只有小人知道。我愿将功赎罪，领您诸位去弈秋嶂棋王庙请出神手善人，不过，您得饶我性命……"

"唔呀，只好如此。"怪侠应承。

花得雨一见有了转机，如同赖狗长毛，立刻提高身价："光将功赎罪可不行，多少得给点赏钱……"他话音未落，旁边有人冷笑："嘿嘿，根本用不着你这浑蛋，只要我去一趟，纪有德马上就来！"

第十五回　父与子两上弈秋嶂
师和徒首探画春园

　　搭话者乃是水路老英雄，鱼眼高恒。

　　怪侠吩咐："把花得雨这王八羔子暂且押下去。"

　　高恒说道："提起纪有德，算我半个师父呢。早在五十多年前，我还不满十岁。由于天性爱水，所以常在海边游泳。一天，我玩得高兴，忘了大海涨潮，眼看就被浪涛卷走。恰在这时，一位中年渔夫跳进海中，把我救了出来。这位救命恩公，便是纪有德。"

　　"唔呀，你与他老交情了。"欧阳德高兴起来。

　　"是呀，纪有德把我领到他的家中，还对我说，要想练习水性，不能只凭天资，更要靠人指导。从那日起，他便天天教我游泳。虽说没行过大礼，他也算我半个师父。学了将近二年，我的水性进展很快，纪先生逢人便夸'这孩子将来准是个好渔夫'，并为我取了个'鱼眼'的外号。那年夏天，他又出海捕鱼，从此一去未归，家人都以为他遇海难身亡。师母也改嫁了，我离开纪家，到处流浪。纪先生是我救命恩人，又是我启蒙恩师，我永怀难忘。唉，没想到他老人家还活着，又有那段特殊经历。欧阳大侠，根据我们这些情谊，小老儿去请他帮忙，料他不会拒绝。"

　　"妙！搭救钦差，迫在眉睫。请高老英雄尽快辛苦一趟。"

　　"好，我马上动身。"

　　"让通海跟您一道去吧，若逢意外，父子也能有个照顾。"

　　"还是大侠想得周到。"鱼眼高恒带着儿子高通海当即起身。

　　金陵府距弈秋嶂只有六十余里，父子二人当天中午便赶到了。

弈秋嶂南北十九峰，山势险要。山下有座小镇，名叫棋王庄。庄心有条石板路，路两旁布满商家铺户。由于时近中午，高氏父子走进一家小饭馆。他们叫上酒菜，又向堂倌问道："你们这里挺偏僻，游人也不多，怎么买卖成群哪？"

"客爷，您说错啦。我们这里虽然偏僻，游人可不少。因为背靠弈秋山，山上有棋王庙，每年都有许多棋迷来此朝圣。现在是淡季，到了旺季，还得开设许多临时买卖呢。"

"原来如此，"鱼眼高恒顺口搭音，"棋王庙离这儿还有多远？"

"不远啦。弈秋嶂共有十九峰，棋王庙就在第一峰上。二位，你们也是朝圣的吗？"

"不是。我们想拜望一下棋王庙庙主、神手善人纪有德。"

"二位，据我估计，你们得白跑一趟。纪先生德高年长，轻易不露面。小人来此地三年多了，从没见过纪先生呢。"

"哈哈，"高通海年轻，对堂倌打趣道，"你光顾了挣钱，不去棋王庙，当然见不到他。"

"您又说错了，"堂倌爱说爱唠，"纪先生是我们这一带的圣人，谁不想见？为了见到他，我请刘先生白吃白喝，结果怎么样？还是不行！"

"刘先生是谁？"高恒追问。

"刘先生名叫刘德太，外号铁胳膊。他家住棋王庄紧西头，是纪老先生的徒弟，只有他能见到纪先生。据刘先生说，若有机会，为我指引一次。可惜……"堂倌正讲得来劲，从饭馆门外走进一人。这人二十多岁，武生打扮，论模样还算端正，只是脸色煞白，不带血色。他看了高氏父子几眼，便在对面坐下："堂倌，棋王庙庙主纪有德，你可曾见过吗？"

"嘻嘻，今天是什么日子，都问纪庙主。"堂倌又啰啰唆唆讲了起来。那人似听非听，叫上酒菜，自斟自饮。

高恒暗想："这人是谁？他为什么也访纪有德？看来还要多加防备。"

正在此时，饭馆门前来了两匹桃红马，马上端坐两位姑娘，看样是一主一仆。丫鬟叫道："小二哥，我和小姐赛马，小姐又累又渴，快端杯茶来。"

"哎哟，刘小姐，又去打猎呀。"堂倌满脸堆笑，连忙献茶。那小姐喝毕，道谢而去。

"好野性！"青年武士二目发直，面带淫笑，"堂倌，你们这儿的姑娘真大方啊！"

"客爷，"堂倌说道，"我们棋王庙一百多户人家，尽是猎户。这位小姐弓马娴熟，前年随他爹进山，曾射死过一头金钱豹！"

"够味儿！她爹是谁？住在哪里？"

"她爹也是你们武林中人……"

海底蛟高通海低声说道："爹，这小子准是蝴蝶门的采花贼，我看他没安好心。"

"办大事要紧，少管闲事。"高恒付了饭费，带领儿子奔向棋王庙。

棋王庙不大，只有五间正殿，四间厢房。高恒对小道士说道："仙长，我们远路而来，想见见贵庙庙主，请你通报。"

"二位施主，稍候。"小道士去不多时，领来一位道长。这道长五十多岁，神采飘逸："无量天尊，二位施主传本道有何吩咐？"

"这……"高恒摇头笑道，"仙长，我们要见贵庙庙主……"

"对呀，贫道便是。"

"噢，我们大意了。不是现任庙主，而是老庙主、神手善人纪先生。"

"唉！"老道叹了口气，"纪先生乃我恩师，他老人家早在五年之前仙逝了。二位施主来得太迟，再难见到！"

"啊！"高恒惊叫，"他，他，他怎么会死呀！"这话的本意是：钦差被困，靠他搭救，他应该活着，而不能死。盼其不死，只是个愿望。谁料那庙主微微一颤："二位施主，今日上午，也有位武林人物来拜访先师，他还看过先师的坟墓。你们二位去不去呀？"

"当然要去，我应该坟前祭奠。"

"请随我来。"庙主领着高氏父子来到后山。山环中有一孤坟，坟上长满黄白草，坟前立一石碑，上刻"先师纪公讳有德之墓"九个大字。高恒怀念纪公的恩德，不由得老泪纵横，坟前跪拜。

高通海向庙主问道："仙长，今天上午来拜访纪先生的，是个什么人物？"

"那人二十多岁，相貌挺端正，只是脸色煞白，缺少红润，看样是个武生，佩着钢刀，穿着短打……"

"知道了。"高通海断定，"准是饭馆所见之人。"他等父亲祭奠完毕，辞别了庙主，双双下山。

"唉，"高恒叹道，"我与纪公离别五十年，刚刚有了消息，他却死了。"

"爹，据我估计，内中可能有诈！"

"此话怎讲？"

"您光顾了难过，没注意庙主的神情。当您说到'他怎么会死时'，庙主身上一颤，连忙领咱去拜坟墓，很有些'此地无银三百两'的味道。"

"是吗？"高恒半信半疑。

"还有，据庙主说，纪先生已死了五年，可是山下饭馆的堂倌却说，他来棋王庄三年，为了拜见纪先生，曾请刘先生白吃白喝。那位刘先生是纪公的徒弟，来往密切，他说有机会愿为堂倌指引，却从未露过纪公之死。爹，这些事情，您不觉得奇怪？"

"嗯，是有点怪。不过，刘先生若是骗吃骗喝呢？"

"一个练武之人，又有些名望，为了几顿吃喝而骗堂倌，我想他不会这样下贱。"

"言之有理。"

"除了以上两条，还有重要的一条。据那庙主说，纪公仙逝五年，可是坟墓却很新……"

"错了，坟上长满黄白草……"

"现在正是夏末秋初，花草理当旺盛。可是坟上的野草却呈现黄白枯萎，肯定是刚刚移栽，根基不牢造成的。"

"小子，你长出息了！"高恒见儿子有些韬略，不由得兴奋起来，"你说，下一步怎么办？爹听你的。"

"据我估计，只有两个人能说明真相。一个是棋王庙现任庙主，另一个便是那位刘老先生。爹，事不宜迟，咱爷儿俩分头行动吧。您去找那庙主，我去访访姓刘的。"

"好，你要小心行事。"高恒说罢，重返弈秋嶂。

单说海底蛟高通海，孤身一人来到刘宅。荒山空地多，刘宅面积很大。主人刘德太四十多岁，猎户出身。由于他擅拉强弓硬弩，所以得了个铁胳膊外号。他将通海迎入客厅，笑道："壮士，看您远路而来，不知找我为何？"

"刘先生，我是奉旨钦差彭公所派。恕我直言，请问神手善人纪有德现在何处？"

"纪有德？哈哈，上差弄错了，在下乃是猎户，对纪公只有耳闻，从未见过呀。"

"嗯？您不是纪公的徒弟吗？"高通海把堂倌所说重述一遍。刘德太听罢，大笑不止："无稽之谈！那日酒醉，我跟堂倌说句笑话，他却当真了。壮士，误会，误会呀！"

高通海年轻气盛，他见刘德太不阴不阳，心中有点冒火："姓刘的，我为国家大事而来，并非私人求你。也罢，有你后悔的时候！"说毕，转身而去。

回到店房，越想越生气。怎么办呢？嘿，量小非君子，干脆，我今晚掏他老窝吧，只要把钢刀压在他脖子上，看他还敢不敢骗我！想好主意，换上夜行衣，二更时分又到刘宅。突然，见前面有条黑影一闪，好快的身法，眨眼之间越墙而入。通海暗道："糟了，刘德太已有防备。事到而今，龙潭虎穴也得闯，我跟他一块儿进去吧。"

再说那条黑影，入宅之后，直奔后院。后院占地宽阔，是座大花园。东边堆着假山，西边是座人工水池，池中引来山泉，清波荡漾。靠着水池有座木楼，楼梯弯弯转转，足有三十几磴。黑影左右瞧了瞧，见四处无人，便拾级而上。他刚走了十磴，忽觉脚下发软，楼梯板一翻，从中伸出两副铁环，套向他的双足。黑影也算高手，慌忙提气纵身，飞跃而起。他刚在楼门外站稳，又从东西两侧墙洞中钻出两条恶犬，直扑而来。黑影大惊，手起刀落砍向狗头。谁料狗头落地，却不见血，只在腔子里弹出一堆崩簧，原来是条木狗。黑影方知此宅厉害。他转身要跑，这时，屋中走出一位姑娘，手擎柳叶刀，面带冷笑："淫贼，饭馆见到你时，就知你不是好人，哪里走！"

"啊！"黑影更加惊慌，他不敢恋战，伸手掏出钢镖，反臂射去。

这镖正中姑娘肩头，姑娘觉得麻木，大叫道："哎呀，毒药镖!"

"知道就好!"黑影转身欲走。

这一切经过，全被高通海看得清清楚楚。通海暗想："若要拔刀相助，我肯定不是恶贼的对手，得了，以我之长，胜你之短，院中凑巧有水池子，咱俩一块进去吧，那里是我的天下。"想到此处，他急忙从假山上搬起一块巨石，乘恶贼走到水边，突然砸去。那恶贼正处于慌乱，又毫无思想准备，一脚没站稳，落于水中。高通海大喜："哈哈，老子陪你来个凉水澡!"说罢，纵身跳入池中。

这一闹腾，早已惊动铁胳膊刘德太。他来到花园，第一眼先看见女儿受伤，慌忙问道："芳儿，这是谁打的?"

"爹，毒药镖!"姑娘脸色发青。

"不要紧，料无妨碍。"刘德太乃猎户出身，对各种毒器均有研究。他命人取灯，查看女儿伤口，看罢大惊："哎呀，这是什么毒？我从未见过，只有独门解药才能有效。射镖之人现在何处?"

"他，他好像落水了。"

"快随我捉贼。"刘德太带领家人来到水边。

这时，高通海已将淫贼拽到池心。别说淫贼不会水，即便水性再高，也非海底蛟对手。通海用手一捅淫贼软肋，淫贼张嘴灌水，没用片刻之功，肚子就圆了。通海怕他淹死，连忙将他拉上岸边。

刘德太已向女儿问明经过。上前拱手："原来是上差，多谢您搭救小女。快将这贼弄醒，我要他交出解药。"说罢，命家人提起淫贼双脚，控出腹水。又过了一会儿，淫贼苏醒过来。绑上淫贼，同到客厅。刘德太问道："畜生，你姓甚名谁! 快快把解药拿来!"

书中交代：这贼正是裕郡王的心腹、采花蜂尹亮。

原来，裕郡王亚布力派花得雨刺杀纪有德，谁料花得雨却失踪了。裕王心中没底，又派尹亮为二路杀手，上山行刺。尹亮来到棋王庙，听说纪有德已死了五年，又看过坟墓，也就算完成任务了。他在山下饭馆吃饭时，恰巧看见了刘德太的女儿刘云芳向堂倌讨茶。见美色，起淫心，尹亮便跟踪下来。他的行为，早被云芳觉察。姑娘在宅门口故意放风："丫鬟，把后花园木楼打扫干净，今晚我要在花园赏月。"

"妙！"尹亮以为这美女对自己有意、暗中报信呢。岂不知，花园木楼尽是机关埋伏，楼梯布满陷坑、楼口安放木狗流马。姑娘存心要捉拿此贼。可是尹亮轻功绝妙，武艺超群，不仅躲过机关埋伏，而且还射了小姐一镖，若非高通海施展水战，恶贼早就逃走了！

尹亮被捉，自知凶多吉少。为了活命，他编造谎言："老英雄，我从小喜爱机关埋伏，为了向您学艺，夜登木楼，误伤小姐，实感惭愧。至于解药，我身上带着几副，却被水淹湿，失去效力，待我回去求告恩师，讨药救人。"

"你师父是谁？"

"我师父名声很大！"尹亮吹道，"他乃神镖将胜英之子，银头皓首胜奎。"

"你叫尹亮，外号采花蜂？"高通海想起武杰中镖、胜奎父女搭救之事。尹亮一听说出他的外号，不由得一惊，因为这个外号太不光彩了，连忙问道："你，你是何人？"

"嘻嘻，我是胜奎老先生的好朋友！姓尹的，你师父正在捉你，恨不得杀你人头，以正门规。你向他讨解药，不怕自投罗网吗？"

"我，我……"尹亮傻啦。

高通海向刘德太讲了尹亮的经过，刘德太大怒："把他押下去，来日交他师父处理。"

"是。"家人押走恶贼。

刘德太挂念女儿："高英雄，小女镖伤，只盼胜老英雄搭救，请您多多帮忙，在下感恩不尽。"

"嘿嘿，"高通海冷笑，"不行啊，胜老英雄自身难保，哪有心思多管闲事？"

"啊？此话怎讲？"

"我并非乘人之危来要挟你，因为胜老英雄是钦差的随从，如今钦差有险，危在旦夕，胜老英雄无暇他顾……"

"请您详谈。"

"除非神手善人纪有德重生！"高通海讲了彭公被困之事。

"唉，你怎么不早说。其实，我恩师没死，他摆下迷人馆，怕受牵连，诈死埋名。"

"哈哈，我早就估计到了。不然，也不会来找你。请问刘先生，令师现在何处？"

"弈秋嶂共有十九峰，其中第三峰称作独秀嶂。明天我领你去一趟，恳请恩师出山。"

"现在已经亮天了，咱们赶快动身吧。"高通海心急如火，刘德太只好答应。他先喂女儿吃了点抗毒的药，然后起程。先到棋王庙找到高恒，又登上独秀嶂。

独秀嶂有座古庙，神手善人纪有德一直在此静养。他见刘德太领来二人，不由得一愣。没等他说话，鱼眼高恒上前跪拜："老人家，您还认识我吗？我叫高恒，五十年前，您为我取了鱼眼的外号。"

"鱼眼？噢，想起来了，过来让我看看。"

"老人家，我一来看望您，二来恳请您再度下山。"高恒讲了钦差之事。

"唉，想躲也躲不过去了。半年之前，我听说裕王养了许多武士，就知他居心不良，为了不受牵连，我才诈死埋名，本想不问人间之事，可是他囚禁钦差，我又不能不管。"

"对呀，事关万民，请老人家辛苦一趟吧。"

"我年龄太高，行动不便。若把迷人馆馆图交给你，你能看懂吗？"

"我，我怕看不懂。"

"德太徒儿，你受我亲传多年，也该为国家立功。我把馆图给你，你替师父破馆去吧。"

"谨遵师命。"刘德太领了馆图，辞别恩师与高氏父子一道下山。

天色渐晚，众人只得在棋王庄休息一夜。次日清晨，刘德太备了两乘小轿，将女儿云芳和采花蜂尹亮分别装在轿中，余下之人各骑战马，离开山村，奔往金陵府。

再说怪侠欧阳德，自从高氏父子走后，他的心情很不安静。既然卷入这场是非，就得管到底。如今，诸侠义把自己视为首领，担子可不轻松。钦差被困，非同儿戏，万一发生不测，吾老人家上对不起国家，下对不起万民。

直到天黑，高氏父子尚未归来。

怪侠坐卧不宁，弈秋嶂距金陵府六十里，若是顺利，也该有回信了。莫非纪有德不肯帮忙？唉，一位八旬老叟，令人不敢指望。此时此刻，吾必须有两手准备，才能防患于未然。

"欧阳大侠，"七侯问道，"您整天不言不语，莫非有什么心事？"

"诸位侠义，高家爷儿俩走了一天，他们若能请来纪有德，当然最好。万一请不来，只有靠吾们自己动手了。"

"唔呀，师父说得对，不能在一棵树上吊死呀。"武杰随声附和。

"若破迷人馆，先得心中有数。吾想在今晚去探探虚实……"欧阳德话音未落，李七侯连忙摆手："侠客爷，您是我们大伙的主心骨，不能铤而走险。若探迷人馆，应委派别人。"

"别人去吾不放心，还是吾亲自前往为好。徒儿武杰，你陪吾老人家一块去。"

"好极啦，吾小人家正想去呢！"武杰高兴起来。

当晚二更天，师徒二人出离驿馆，轻车熟路，来到西皇庄。

根据花得雨的口供，他们知道画春园在王府的北侧。果然，这里有一片宅院，院墙高大，墙头上镶着黄绿琉璃瓦，师徒二人飞身而跃。来到院中一看，太豪华了，处处雕梁画栋，龙盘翠嶂，时值初秋，园中百花斗艳，夜风袭来，香气迷人。百花丛中有一座馆舍，占地足够半亩。爷儿俩明白：这必是迷人馆。令人奇怪的是，偌大所在，竟无一人把守。

"师父，既然四处无人，咱爷儿俩进去看看吧？"

"不行！裕王不是傻子，既不派人把守，必有他的道理。咱只在外边转转，不准入内。"

"是。"武杰心中不服，却不敢抗命。

迷人馆共有八个门，八个门的颜色、造型、高矮、宽窄完全一致。除此而外，连一扇窗户也没有。馆墙高大，一律涂成黄色。欧阳德用烟袋敲了敲，墙心有空有实。他们转了两圈，有点发蒙。武杰叹道："唔呀，还没进馆呢，吾小人家就找不着北了。"

"厉害得很哪！"

"师父，咱不能白来一趟啊！"武杰年轻好胜，未经师父允许，他伸出铁棍，一点馆门，心想："我虽不敢进去，也得看看里边啥样？"欧阳德未及阻拦，慌忙一推徒弟，唯恐门中发出暗箭。谁料门开之后，走出一人，这人举枪便刺，刺空，转身就往回走。

"唔呀，师父，这人走路不抬脚！"武杰无比新奇。

"别说话！"怪侠忙将烟袋嘴往口中一衔，奋力发出钢球。钢球带着风声，正打在那人头上，力量好大，扑的一声，将那人头颅击碎。可是那人却浑然不觉，继续走路。过了片刻，馆门自动关闭。

"木头人！"武杰惊叫起来。

"快走！"怪侠明白，木头人损坏，馆内必然察觉，若再停留，随时会有危险。因而，拉着徒弟闯出画春园。

回到驿馆，众侠义皆在恭候，问明经过，人人惊叹不止。

"唔呀，迷人馆非同小可，对于机关埋伏，咱们一窍不通，看来，只有等待高氏父子。"怪侠此行，虽然探得迷人馆，心中负担却更为沉重，"嘻，他们怎么还不回来？"

天近晌午，高通海先回来了："侠客爷，您一定急坏啦。因为有两乘小轿，走得太慢，我爹让我回来送信。"

"唔呀，见着纪有德吗？"

"见着了。"通海述罢详情，众人高兴起来。怪侠吩咐，准备酒席，迎接刘德太。又请银头皓首胜奎把解药预备妥当，刘小姐到达后，立刻医治镖伤。一切刚刚就绪，高恒等人便到达驿馆。

老英雄胜奎取来五福化毒散，为云芳小姐涂在伤口上，又令女儿玉环照料，他自己到后厅亲手裁处尹亮，以正门规。这些情节，不必一一细表。

单说前厅，怪侠欧阳德抱腕拱手："刘先生，吾昨夜曾去画春园，探过迷人馆，馆内机关玄妙，曾有一木头人向吾投枪，险些刺中。吾没敢深入，连夜返还……"

"大侠，"刘德太笑道，"说句难听的话，您误打误着，捡了条性命。昨夜晚间，在下把馆图看了一夜，又据恩师素日传授，基本掌握了迷人馆的奥秘。您碰上的是个机器人，他刺您一枪，转身就走。您即便跟他进馆，也没什么危险。若是别的门，那就不好说了。也许碰上乱箭，也许碰上毒气，更有甚者，若碰上铜牛铁马，口喷火焰，您想躲也躲不掉哇！"

"唔呀，好险！"怪侠有些后怕。

"吃过午饭，在下把馆图挂在客厅，我可以照图讲解，各位英雄只要记在心里，破迷人馆并不算难。"

"多谢刘先生。"

午饭过后，刘德太当众宣讲："各位英雄，若破迷人馆，先得懂得四句口诀：

> 位按日月辰，
> 才列天地人。
> 五行分生死，
> 八卦定君臣！

"迷人馆按三星、三才、五行、八卦，结合西洋机械科学摆成。这馆共有八门，只要进去，每个房间还有八个门，周而复始，无穷无尽。错走一门，死生难卜。八门按八卦形成，为乾、坎、艮、震、巽、离、坤、兑，又演化为休、伤、生、杜、警、死、惊、开。其中，休门、死门为绝门；开门、生门为活门；余下四门均为险门。只要按馆图出入，料无危险。除了地面，更有地下设施。迷人馆下，有脏坑、净坑、水坑、灰坑，有棕绳吊网，有转轮刀、绞轮刀，若一步踩空，则凶多吉少。"

"唔呀，这就难了。馆中处处是翻板，谁敢保证步步落在实处？"怪侠忧心忡忡。

"对，这确系难关！"刘德太摇了摇头，"侠客爷，请问，你们谁的轻功最高？"

"请刘先生直言。"

"由死门入馆，上门框有口大铡刀，东西墙洞又各发十只毒弩，屋子中间是块大翻板，下边则是绞轮刀。轻功高者，闪铡刀、躲毒弩、越翻板，连遭三险之后，便可进入里屋。里屋有口大柜，柜上落锁，柜中有数条棕缆，钩挂着各种埋伏。若将棕缆砍断，一切翻板完全报废，入馆如踏平地。只是，只是那三险难闯，若非武林奇才，必死无疑！"

众侠义听罢，目瞪口呆！

656

第十六回 西皇庄怪侠擒反叛 绍兴府钦差会豪杰

"唔呀，刘先生，除了破死门，闯三险，还有没有别的途径？"

"有。不过，那就费事了。按照八卦规律往里绕行，每次只能进一个人，还得万分小心。这样一来，会耽误很多时间。西皇庄人多势众，我们若想速战速决，最好的办法还是先破死门，斩断机关总弦……"

"好了，让吾老人家试试吧！"

"师父，那可太危险了！"武杰阻拦。

"唔呀，小王八羔子，你师父要没把握，敢随便说大话吗？"怪侠故作轻松。

赫连宝吉说道："师哥，你老人家是众人之首，帅不离位，死门应该让吾去闯。"

"师弟，你的轻功虽说不错，比起吾来还欠点火候。不必争了，继续听讲。今夜二更动手，按图破馆！"

刘德太喝了口茶，又讲起来。直到傍晚时分，才算讲解完毕。

诸侠义吃罢晚饭，分头准备。

第一路是怪侠欧阳德，主要任务是闯死门、破总机，为后路扫清障碍；

第二路是粉金刚徐胜、赛叔宝余华、金刀太岁吕胜、小蝎子武杰、海底蛟高通海。这五虎上将跟随铁胳膊刘德太破馆杀贼，主要任务是打仗交锋；

第三路是鱼眼高恒、银头皓首胜奎。两位老英雄随同白马将李七侯营救钦差彭公；

第四路是怪客赫连宝吉，他对西皇庄熟悉，任务只有一个：看守反王亚布力，防止他自杀或者逃跑；

第五路是女将胜玉环，留在驿馆，一面照应云芳小姐，一面看守钦差的圣旨、金印、冠袍带履等贵重物品；

第六路是钦差的总管彭安、彭定，他们带着皇帝御札，立刻赶赴江宁请两江总督富察布金连夜派出骑兵，包围西皇庄。

诸事完毕，纷纷行动。

单说怪侠欧阳德，来到迷人馆，直奔"死门"。死门朝向西北，在八卦中处于"乾"位。他不敢贸然行动，先用烟袋锅子一捅房门，房门自开。好怪侠，与此同时，脚尖碾地，如大雁展翅，似黄雀穿林，效蜻蜓点水之技，将身躯放平，头朝前，脚朝后，向屋中飞去。刚进屋门，顶上一口大铡刀便落了下来，只听咔嚓一声，将门槛铡得粉碎。怪侠欧阳德利用了"时间差"，若晚半步，性命休矣！门槛下边又布有机关，机关被铡刀一碰，立即启动，东西两墙便接连射出毒弩。欧阳德不敢稍停，连忙纵身而起，将内功运到双掌，用双掌吸住天花板，把身躯悬挂起来！这种招法称作"蝇爪吸盘"，如同苍蝇趴在顶篷上而不落下来，用新名词来说，这叫"仿生学"。这功夫极为高深，除了怪侠，会练者无几！

眼前一切，只在转瞬之间！

待毒弩射尽，欧阳德才落了下来，他的额角之上早已布满冷汗。

闯过两险，还有一险。怪侠用烟袋敲敲地板，下边发出空洞之声。他用手指轻轻一触，地板活动起来。根据馆图所述，这翻板中间横着一根大转轴，别人上去，翻板立刻掉转。这却难不住欧阳德，你看他凝神提气，飞身而上，翻板却纹丝不动！

欧阳德夜闯三险，跨出死门。他来到总机关室，果见墙角摆着一口大柜，忙从怀中掏出七寸匕首。这匕首虽非宝器，却也锋利无比，先砍落柜上铜锁，又揭开柜盖。柜中有许多棕缆交错，遵照馆图，欧阳德又将棕缆一一斩断。突然，馆中轰隆隆一阵巨响，响声过后，地下埋伏全部报废！

怪侠舒了一口长气："唔呀，裕王龟孙，你的心计白费了！"说罢，按原路退出。

第二路的五虎上将在铁胳膊刘德太率领之下，早已等候在馆门。他们得知总弦斩断，立刻由"生门"闯入。迷人馆地下设施虽废，地面却有馆兵、馆将并木人、木狗。五虎上将各操兵器，逢人便砍，刘德太专门破坏机关埋伏。一路厮杀，来到馆心。馆心是座八角大厅，钦差彭公、吹破天左逢春、老王哈朗均囚禁于此。彭公一见诸侠义，不由得惊喜万状。诸人见过钦差，不顾多说，忙将三人带出馆外。这时，第三路人马已经赶到。李七侯拜见彭公，又令胜奎、高恒背起彭公和老王哈朗，自己与左逢春前边开路，离开画春园，回归驿馆。

"七侯，"彭公惊魂未定，"欧阳侠客他们到哪里去了？"

"大人，根据事先安排，诸侠义已去王府捉拿反王。"

"据我所知，反王府中人多势众，只靠他们几个人，怕是难以取胜。"

"欧阳大侠已派彭安、彭定二位总管去江宁调兵，待官兵一到，立刻进攻。"

"他想得很周到。"

天色渐亮。彭公刚刚吃罢早饭，江宁总督帐下的参将马春便率领四百铁骑赶到驿馆。马春三十多岁，英俊骁勇："参见钦差大人。"

"将军免礼，你家总督可好？"

"钦差秘密出巡，我家总督并不知讯，金陵知府傅大人也未向上报告。昨晚，总督见到御札，十分着急，他派下官连夜赶来，听从钦差吩咐，总督大人随后赶到。"

"好吧。"彭公点头传令，"你立刻率兵包围西皇庄，一切行动，听从我的差官李七侯指挥。"

"是。"马春心想："这钦差胆大包天，西皇庄乃裕王官邸，看来事态严重了。"他稍有犹豫，却不敢多问，只得随同李七侯，率兵而去。

再说怪侠欧阳德，破罢迷人馆，又急忙赶向王府。来到院外，恰逢赫连宝吉。宝吉低声说道："师哥，吾已去后宅看过，反王似乎没有觉察，他仍在寻欢作乐。"

"唔呀，你在这里等候徐胜他们，吾老人家进去看看。"说罢，欧阳德奔往后宅。只见后宅戒备森严，三步一岗，五步一哨，处处有人把守。大厅之内灯火辉煌，时时传出叫喊之声。怪侠施展轻功，来到大厅房上。他俯耳倾听，但闻宋仕奎说道："王爷，咱们的身份已经暴露了，恐怕欧阳德一伙不会善罢甘休。"

"哼，据我所知，欧阳德他们只是彭朋的私人保镖，而并非官差，他们没有资格向朝廷奏本，更不能见到皇上。只要皇上不发话，谁敢碰本王一下？"

"王爷言之有理。不过，他们若是救出彭朋，后果就不堪设想了。依我之见，王爷应该早日下手，根除后患……"

"唉，宋先生所说极是，怎奈老王拼死保护彭朋，让我怎么办？总不能连老王一起杀害呀！"

"王爷注重孝道，令人敬佩。但是……"

"你等不必担心。本王将彭朋囚在迷人馆，谁也休想救他。"

"人无远虑，必有近忧。王爷，欧阳德若是请来摆馆之人呢？"

"不瞒宋先生，本王已派两路杀手……"

他们话音越来越低，接着传出一阵欢笑。

恰在这时，院外跑来几个人，边跑边喊："快快禀报千岁，大事不好了！"

"啊？"反王来到院中，惊道，"你们不在迷人馆把守，来此做甚？"

"王，王爷，迷人馆被人破了，钦差和老王皆被劫走！"

"什么？"反王变颜失色。

宋仕奎忙道："王爷，彭朋逃脱，如同放虎归山，依在下所见，咱们赶紧奔往广西吧，再晚一步，性命难保。"他话音刚落，门差又跑了进来："王，王爷千岁，门外来了许多人马，已将西皇庄包围！"

"他，他们要干什么？"

"为首者宣称，奉钦差之命，捉，捉拿反叛！"

"完了，全完了！"宋仕奎惊呼，"既然受了包围，看样是走不了啦！"

"别急，快随本王奔向花园，那里有条地道，直通庄外。"

"王爷真有远见。"宋仕奎又惊又喜。

怪侠欧阳德趴在房上，心中暗笑："唔呀，王八羔子们，有吾老人家在此，什么地道也不管用了！"想到此处，他先奔向花园。

单说反王亚布力拉着宋仕奎向花园跑去，刚进园门，欧阳德用大烟袋一捅，封闭了二人的穴位："王八羔子，吾老人家等候多时了。这次吾再不离开，省得像三杰村那样，你王八羔子再被人救走。"欧阳德说说笑笑，堵住花园大门，凡是进来的，一律点穴，片刻之间，被他定住十多个人。

前院早已厮杀起来。西皇庄慕宾馆聚集着一群强盗，他们知道赫连宝吉、徐胜等人武艺高强，又见大势已去，于是夺路而逃。至于庄丁，大部分被官兵俘获。

天将近午，钦差彭公在两江总督富察布金陪同之下，来到西皇庄。经过清查，唯独不见反王。彭公下令搜寻，才知反王已被怪侠擒住。

官军大胜，西皇庄改作钦差馆。彭公又令参将马春带人捉来傅国恩，连同反王一并押下。次日审讯，反王供认不讳，只求速死。彭钦差虽掌生杀大权，却不敢处置郡王。他只好写了奏折，连同供词，派马春以八百里加急送往北京。过了数日，马春请来万岁圣谕：裕郡王亚布力谋反叛乱，就地赐死。老王哈朗教子无方，理当处罪，念其保护钦差，功过相抵，取消封号，贬为平民。金陵知府傅国恩助纣为虐，斩首示众，工部尚书梁清标私入耶稣教，出卖国家机密，当斩，念其年迈，永禁天牢。欧阳德等侠义，于国有功，一并转为钦差侍卫，待平息叛首白起龙之后，按功封赠。

彭公接旨，一一照办。

诸事完毕，离开金陵。马春率领骑兵护送，前呼后拥，奔向浙江绍兴府。

穿太湖、过湖州，来到浙江境内，再往南走便是莫干山，越过莫干山，就离绍兴不远了。欧阳德心中高兴："再过几天，便能见到飞镖黄三太，那时，自己的担子就减轻了。"为此，他劝钦差加紧赶路，不到天黑，绝不住店。顾此失彼，这天黄昏时分，钻进莫干山，眼前一片荒芜，早已错过投宿的村镇，欧阳德有些后悔："钦差乃千金之躯，若是累病，谁敢担待。"恰在这时，西边的山环中跑出几匹坐马。为首者四十多岁，身穿短靠，外罩英雄氅，肋佩一口鬼头刀，背后斜挎弯弓。他一见欧阳德，高声叫道："前边可是欧阳大侠？数日未见，不料此处相逢。"

"唔呀，原来是褚老镖头，你一向可好？"

来者非是别人，乃河南陈州总镖头、铁臂熊褚彪。另外还有赛霸王杜清、勇金刚杜明及十几个趟子手。数日之前，这三人曾协助欧阳德大破璞球寨，夺取黄金印。为此，诸侠义与他们十分熟悉。相见之后，怪侠又将彭公做了介绍。三位镖头急忙下马："参拜钦差大人，草民不知钦差在此，未加回避，大人莫怪。"

"快快免礼。据欧阳侠客说，三位英雄曾大破璞球寨，为本官寻回金印，本官多谢了。"

"那都是怪侠的功劳，我等愧不敢当。"三人见钦差可亲，心中敬佩。

"三位英雄，莫非又去押镖吗？"

"不是，"褚彪禀道，"由此向东五里，有座金银山元宝岭三仙寨。寨中有三位首领，叫作金罗汉伍显、银罗汉伍芳、玉罗汉伍捷。他们乃同胞兄弟，号称'伍氏三雄'。论武艺还算不错，只是品德稍差，有时打家劫舍、拦路伤人。前些天，我本门师兄、金眼雕邱成路经三仙寨时，曾被伍氏三雄拦住去路。那邱成乃世外高手，武功绝伦，只用三招两式，便将三雄击败。三雄自愧不如，要拜邱成为师，弄得邱成左右为难。无奈，邱成提出："若想拜师，必须金盆洗手，永不再干抢劫之事。"三雄立刻应承，并愿对天盟誓。为了监督他们的日后行动，邱成备下绿林束，将他家大师哥、铁幡杆蔡庆及在下等人请往三仙寨，参加洗手仪式。不期山下遇到钦差，在下多有冒犯。"

"唔呀，"欧阳德暗喜，"褚镖头，吾们错过了村镇，正无处投宿呢。你与邱老英雄既是师兄弟，就让吾们也住在三仙寨吧。"

"钦差与大侠光临，求之不得。"褚彪急忙引路，奔往三仙寨。

天色渐晚，路途变黑。正往前行，忽见前方一片火光，杀声四起。褚彪惊道："哎呀，眼前就是三仙寨了，莫非发生了意外？"

果被褚彪猜中，三仙寨外，正在发生一场血战！

且说恶法师马道玄的胞弟、赤发灵官马道青为了替兄报仇，准备走遍天涯海角，寻访武杰。他在金陵府扔下活财神宋仕奎，独身一人继续南下。由于行无定所，因而进程缓慢，这天中午走进莫干山。莫干山起伏连绵，层峦叠嶂，其中有座峰头称作"剑峰山"。剑峰山下立着一块告白牌，上面写道：

剑峰山莲池寨总辖大寨主示：

此山此寨乃焦家所管之地，凡由此处经过者，须到山前班房注册挂号，并缴纳税金一两，写领执照方可过山。如无执照过山，拿获立斩！望众周知。

前文书交代过：赤发灵官马道青的品德并不太坏，为人也较正义。他看罢告白，不由得冷笑："嘿嘿，这纯属讹诈！平民百姓天天由此路过，每次一两银子，谁拿得起？也罢，贫道管点闲事，让你改改规矩！"说罢，抽出霹雳宝剑左右一挥，将告白牌砍得粉碎，然后又奔班房走去。班房中有十几个喽啰，头目名叫刘三，人称"快腿"。他一见马道青，吓了一跳。因为这位赤发灵官的面貌十分凶恶。刘三明知来者不善，笑脸相迎："道爷，您有事？"

"无量天尊。贫道远路而来，盘费用尽，想跟你们借几百两银子，快快拿来！"

"你开什么玩笑？我们哪有银子？"

"哈哈，一人一两，每天路过五百人，就是五百两。你敢说没钱？"

"噢，你是找碴儿的？请道爷稍候，待小人禀报寨主。"快腿刘三奔往莲池寨。

莲池寨老寨主名叫焦振远，外号人称"活阎王"。他膝下有五个儿子：赤发鬼焦仁、闪电鬼焦义、独角鬼焦礼、地理鬼焦智、机灵鬼焦信。这五兄弟号称"焦家五鬼"。他们父子六人带领三百名喽啰占据剑峰山，素日以种地捕鱼为业，从不骚扰黎民百姓。

话说在半月之前，莲池寨突然来了一人。这人举止狂妄，不通名姓，只将一封书信交付老寨主。老寨主拆信看罢，不由得大惊。原来，这封书信乃西路天王白起龙所写，信中说道：广西举事，洋教支持，不久即将夺取天下。为了配合广西行动，请老寨主在剑峰山下劫杀钦差彭朋。事成之后，封王拜相。若不答应，来日踏平莲池寨，杀你鸡犬不留！

书信语气严厉，老寨主岂能不惊？

焦振远外号活阎王，年轻的时候火气极盛。如今上了年纪，总想多一事不如少一事。他心中暗道："久闻白起龙谋反，势力浩大。又听说外国人支持他，下五门支持他，对于这种人，既沾不得，又惹不得。怎么办呢？"只有对来使笑道："请转告白天王，钦差若路经莲池寨时，在下一定遵命劫杀。不过，他们若不经莲池寨，我就无能为力了。"

"哼，你看着办，若是出卖我们，小心你的脑袋！"来使说罢，告辞而去。

焦振远传来五个儿子，"五鬼"听罢，怒冲牛斗："爹，您太老实了，应该把那来使剐了，看他还狂不狂！"

"你们懂得什么？白起龙的人马遍天下，咱爷儿几个可惹不起呀！"

"那怎么办？莫非真的劫杀钦差吗？"

"更不行。最好想个两全其美的办法，让钦差绕路而走，咱就可以推脱责任了。"

"爹，我有个主意。"机灵鬼焦信头脑聪明，一旁笑道，"咱在山下贴张告白，宣称此山有强盗，彭钦差一见，准得绕着走。"

"好办法。"老寨主点头，"不过，告白不能写得太露，以免弄巧成拙。"

父子六人几经商议，才贴出那张"买路"的告白。虽未明谈，含意自喻。不过，平民百姓仍旧照常通行，并不真正收费。

谁料，一张告白引来赤发灵官。

再说快腿刘三禀明老寨主，老寨主又是一惊："哎呀，唯恐弄巧成拙，偏偏弄巧成拙。看样得罪了绿林人，快把那位仙长请到大厅。"

马道青来到厅房，用左掌一扶桌案，只听咔嚓一声，桌案的四根粗腿全部断裂！焦振远变颜失色："请问仙长，不知您是哪路高手？"

"哈哈，老寨主家财万贯，应该买张结实桌子呀！贫道马道青，外号人称赤发灵官。"

"久仰。老朽未能远迎，仙长莫怪。"

"贫道云游天下，缺少盘费，请老寨主先给贫道凑足一千两。"

"我，我真的没钱……"

"凡路经贵山者，每人一两。老寨主竟说没钱？令人难以相信。"

"不瞒道爷，那告白是假的，老朽并未真正收费。"

"假的？哈哈，奇怪了。你又不是三岁顽童，图个什么呢？"

"这……"焦振远心想，白起龙之事关乎性命，绝不能说破，我只得骗他几句，"道爷，莲池寨内有一莲池，池中盛产鲑鱼，乃本山重要收入。距此不远，有座金银山三仙寨，三仙寨的首领常常派人到本山捕鱼，惹得本地山民大为不满。为了保护鱼源，我们才贴出那张告白，目的是警告三仙寨。而对来往行人，并不阻挡，随便出入……"

"原来如此。贫道看你诚恳，料你不会说谎。既然是假告白，我就不管闲事了。请问老寨主，三仙寨的首领是谁呀？"

"他们共有三位首领，号称'伍氏三雄'。即金罗汉伍显、银罗汉伍芳、玉罗汉伍捷……"

"什么？"马道青脸色一变，"你再说，三寨主叫什么？"

"玉罗汉伍捷。"焦振远大惑不解。

"哈哈，踏破铁鞋无觅处，得来全不费工夫！贫道总算访着你了。"

原来，恶法师马道玄临终之际，曾说凶手叫武杰。武杰究竟是谁？马道青并不知晓。今日阴差阳错，误将伍捷当成武杰。其实同音不同字，才闹出这段公案。

"老寨主，请你借给我五十名喽啰，并随贫道攻打三仙寨！"

"这……我与三仙寨素日无仇……"

"他们抢夺鱼源，这不是仇吗？"

"唉，又弄巧成拙了。"老寨主哑巴吃黄连——有苦说不出。若加解释，又怕露出白起龙之事。万般无奈，只好提调喽啰。

焦家"五鬼"心中不服："爹，三仙寨和咱很有交情，咱不能对不起朋友。干脆，灭掉老杂毛，岂不省事？"

"唉，马道青乃是著名的武林高手。咱爷六个一块，也走不过他三招。我随他去吧，听天由命。"

"让您自己去，我们不放心。还是一同前往，见机行事。"

爷六个调齐五十名喽啰，跟随马道青，来到三仙寨。

时近黄昏，三仙寨中正在摆酒。原来，金眼雕邱成的大师哥、铁幡杆蔡庆率领鳌头岭五魁首：红旗李玉、铁掌方飞、花驴儿贾亮、蓬头鬼黄顺、落马川刘珍等人已于今日中午赶到。贵客临门，伍氏三雄设宴款待。邱成笑道："师哥，咱弟兄分手数载，不期在此重逢。等褚彪他们到达之后，咱举行仪式。伍氏三雄金盆洗手，就算咱的门人了，您可要多加照顾。"

"老二，你只管放心吧。"

众人正在频频举杯，头目来报："寨主，山下来了一伙人马……"

"噢，一定是老三褚彪，快快迎接。"

"看样不像，"头目说道，"他们口口声声叫咱伍三爷出，出去送命……"

"什么？"玉罗汉伍捷一瞪眼，"来的是谁，我又没惹他，凭什么骂我？"

"出去看看吧。"邱成率众走出三仙寨。

赤发灵官马道青高声喝道："无量天尊，你们谁叫武杰，快来偿命！"

邱成答道："敢问仙长大名，你与伍捷何仇何恨？"

"贫道马道青，人称赤发灵官。你就是武杰吗？"

"看来你与伍捷并不相识。老朽邱成，乃伍捷的师父。请仙长直言，伍捷若犯大错，不必仙长动手，老朽自有门规处治。"

"我要问问武杰，为什么杀死我胞兄马道玄？"

"你是马道玄的兄弟吗？"邱成暗想："恶法师马道玄罪恶昭彰，早就该杀。若真死在伍捷之手，也算快事。不过，根据伍捷的本领，未必能杀死马道玄，内中定有奥妙。"

马道青点头："正是，贫道要替兄报仇！"

"老杂毛，满嘴胡说八道！"玉罗汉伍捷早已忍耐不住，抽刀上前，斜肩砍下。马道青稍稍一闪身，并未拉出宝剑，只用指尖点伍捷的腕子，伍捷的刀就飞了："哎呀，好厉害，好招法！"其实，马道玄不知他是谁，若知他是伍捷，玉罗汉的命就没了！

邱成大惊："师哥，这老道乃是高手。待我去会他。"

"多加小心。"蔡庆也紧张起来。

邱成手使一口鬼头刀，飞身而上。马道青见他身法非凡，不敢轻敌，连忙抽出霹雳宝剑举架相迎。刀剑相击，只听喇的一声，鬼头刀被宝剑削成两截。

"哎呀，宝家伙！"

"嘿嘿，霹雳宝剑削铁如泥！"马道青仙人指路，宝剑刺下。依仗金眼雕轻便灵活，若换成别人，早就废命。不过，老英雄躲得稍慢半步，左肩挂彩，血流不止。

蔡庆一摆手："大家齐上，以多胜少！"

"是。"众人蜂拥而起。

按说，"打群架"并不光彩。可是不这样做，谁能抵挡赤发灵官？

"哈哈，来得好，我让你们同归于尽！"马道青艺高胆大，挥舞宝剑，力战群雄。

天渐渐黑了，双方各举火把。三仙寨虽说人多，取胜却难。时间不长，刀尖枪头落了满地，并有三人受伤。

恰恰此时，欧阳德一伙赶到山前。

"唔呀，这是怎么回事？"怪侠命令徐胜与赫连宝吉站在彭公左右保护，自己上前搭话："唔呀，不要打了，吾老人家前来劝架呀。"

"欧阳大侠，您怎么来了？"蔡庆又惊又喜，"这恶道无故伤人，您快帮忙吧。"

"唔呀，吾老人家自有公断。道长，有事跟吾说吧。"

"你是欧阳德？"马道青从蔡庆口中，已知怪侠身份。对这类人物，他可不敢轻举妄动。只得实话实说，讲明来意。还没等怪侠搭言，小蝎子武杰大笑起来："唔呀，混账王八羔子、老杂种、老龟孙，你不知真佛在哪儿，乱烧香啊！吾小人家才叫武杰，杀死马道玄是吾干的，与别人无关。不但杀死马道玄，还要杀你，老杂毛，吃吾一棍！"说罢，铁棍砸下。

仇人见面，分外眼红。马道青闪开铁棍，举剑便刺。他怎么不削铁棍哪？因为铁棍太粗，一剑若削不断，怕被铁棍夹住。尽管马道青不用宝器，仍比武杰高出数倍。欧阳德叹道："唔呀，好招法，若走正路，必是豪杰。徒儿，你小人家快歇会儿吧，待吾老人家擒他！"说罢，举起大烟袋，向马道青扫去。

好位赤发灵官，面对怪侠，毫无惧色。二人闪展腾挪，蹿蹦跳跃，把观阵诸人的眼睛看直了。人人暗叹："武林之中，竟有这般高手！"

三十回合，难见上下。怪侠惦念钦差，不敢恶战，急忙发出一枚钢球，恰中马道青左肩之上。为什么不打致命处哇？由于怪侠怜悯他的武功，有意饶他性命。

"唔呀，"武杰高叫，"师父，快给老杂毛补一烟袋！"

"让他去吧。"欧阳德并不追赶。

马道青落荒而逃。他从此怀恨在心，恩将仇报，投靠了白起龙。结果越陷越深，沦为反叛。直到阳明山武杰朝师祖时，才算结果了他的性命。此是后话，暂且不提。

天已大黑，褚彪请彭钦差及怪侠等人上山。莲池寨老寨主焦振远也率领焦家五鬼上山谢罪。伍氏三雄设宴款待，直至天亮。他们又金盆洗手，拜见恩师。由于钦差出席，为仪式增添了无限光彩。

彭公笑道："本官不懂绿林规矩，伍氏英雄既然金盆洗手，本官理当祝贺。如今，国家有难，人手缺乏。诸侠义若肯为国立功，本官代表朝廷，一律欢迎。"

"唔呀，大人说得恳切，咱们一块干吧。"怪侠出面邀请。

一位钦差，一位大侠，他们的面子谁能驳回？众人纷纷点头，表示同意。

热闹了！蔡庆、褚彪、邱成、杜清、杜明、焦振远、鳌头岭五魁首、焦家五鬼、伍氏三雄，再加上原来的十几位豪杰，一共三十多人，尽是武林高手。次日清晨，扶保彭公奔往绍兴。

有话则长，无话则短，这日来到绍兴府。早有小蝎子武杰打前站，报告了黄三太。黄三太何等英雄？他在武林之中号召力极大，接罢圣旨，望诏谢恩，又将自己的人马引见给钦差。这些人马中有凤凰张茂隆、雨雪豹苏永禄、鱼鹰子何路通、神眼季全、八臂哪吒万君兆、三手将卢云龙、小雄信余光、朴刀李俊、泥金刚贾信、快斧子黑熊、滚马将右斌、赛毛遂杨香武，加上黄三太本人，共十三条好汉。

彭公大悦，屈指算来：黄三太手下十三人，欧阳德手下十一人，连同胜玉环、刘云芳两员女将，也是十三人。三仙寨一伙十九人，三方加在一起，共有四十五位豪杰！

"诸位，从今日起，兵合一处，将成一家，望诸君齐心协力，为国立功。本钦差传令，绍兴府歇兵三天，而后攻打青剑岭，活捉白起龙！"

第十七回　南霸天夜追三剑客
粉金刚日会九花娘

彭公传罢军令，群雄分头准备。

浙江省会设在杭州，巡抚是位旗人，名叫特尔恭额。他闻知钦差光临，忙率属员赶到绍兴拜见。官场礼节烦琐隆重，闹得人人疲倦，不得安宁。

三天过后，巡抚特派出二百人马，随同诸侠保护钦差，继续南下。

一路畅通无阻，过江西，穿湖南，这日来到广西境内。由于彭公是两广钦差，本地官员更加诚惶诚恐。当时的省会不在南宁而在桂林。二品巡抚名叫吴天奇，他乃翰林出身，原任礼部右侍郎，算是彭公的属下，为了迎接钦差、尊重老上级，吴巡抚出城四十里，路旁恭候。双方见面，相互寒暄已毕，一同来到金亭驿馆。钦差宣读圣旨，吴巡抚跪拜，然后又向彭公行施大礼。彭公连忙阻拦："吴大人，你乃一省抚院，行此大礼，本官愧不敢当。"

"您是老上司，理当拜见。"二人谦让一番，分宾主落座。

"贵抚，反叛白起龙现状如何？"

"唉，一言难尽。西林县在本省西陲，紧靠云贵二省，距桂林一千二百多里。下官鞭长莫及，只得坐观动静。据我所知，他们的势力越闹越大，已经占据了方圆三百里。这还不算，更为严重者，马德赖又以教会的名义，在附近几县建立了他们的政权，委派了他们的官吏。据说，这些官吏十分霸道，苦害黎民，当地百姓走死逃亡，下官又无力拯救。"

"自古以来邪不侵正，贵抚不必紧张。"彭公很有大将风度，临危不乱。由于他神色镇定，吴巡抚也稍感宽慰："钦差大人，您有什么要求，下官照办。"

"根据皇上的安排，要破青剑岭，还得依靠武林群雄。他们已随我到达，你应该见上一面。"

"是。"

"来呀，请侠义英雄。"彭公传令，黄三太、欧阳德等人来到客厅。

吴巡抚抬头观看，见这群豪杰衣分五色，面分五色，红的红如血，白的白如雪，蓝的蓝如靛，黑的黑如铁；高矮不一，胖瘦不等，高大的威风，瘦小的精神。堪称是：云集七长八短汉，站满三山五岳人！不由得心中暗道："我为官三十年，从未见过这种场面。各路好汉，龙腾虎跃，定能攻无不克，战无不胜。难怪钦差沉着冷静。眼前这些英雄即将为国立功，前途不可限量，我得尊重他们，别让人家挑理。"想到此处，含笑点头："诸位侠义聚集鄙省，实在难得。本巡抚当尽地主之谊。"说罢，回头对中军吩咐："你快去太白楼预订十桌上八珍酒席，为诸位英雄迎风洗尘。"

太白楼坐落在桂林城心，名扬全省。掌柜闻听巡抚宴请钦差，不由得紧张起来。他一面令灶上动手备菜，一面来到店堂，拱手笑道："各位客官，实在对不起。朝廷来了钦差，吴巡抚要在鄙酒楼请客。您各位不管吃完没吃完，全得挪动一下。酒钱菜钱全免啦，看在我的面子上，快请吧！"

"行，咱马上就走。"有些人胆小怕事，有些人冲老板的面子，纷纷起身离去。唯有最西头一张桌旁坐着二男一女，纹丝未动。这三人年龄都有六十多岁了，根据穿戴，很难判断他们的身份。掌柜点头哈腰："老三位，您可能没听清楚。钦差要来吃饭，您几位先到别处看看，今天我请客，您改日再来……"

"笑话！"一老叟说道，"钦差是人，我们也是人。他掏钱，我们也掏钱。凭什么撵我们走？应该有个先来后到！"

"这……话是这么说，老三位也得替我想想，"掌柜满脸热汗，"得罪了官面，我这买卖怎么开？钦差是什么身份？万一出错，我家祖坟得刨喽！三位是我活爷爷、活奶奶，难道让我下跪吗？"

"哼，钦差应该为民造福，不该这样霸道。"老叟不依不饶。旁边那妇人笑道："唉，掌柜也挺可怜的，别跟他怄气了，咱们走吧。"

"多谢姑奶奶。"掌柜急忙借坡下驴。

清扫店堂，换上餐具。中午时分，诸人光临。

杯盘罗列，肉山酒海，时近黄昏，方才散去。

彭钦差微皱双眉，虽然没说什么，面色却有几分不悦。那些巡抚、提督、按察使、盐运使、道台、知府、知州、知县等官员们轮番向诸侠义敬酒，都想一醉方休。唯独黄三太和欧阳德看出了彭公的神色，二人相互望了几眼，默默无言。

当晚二更天，黄三太、欧阳德来到钦差的卧室，拱手问道："大人，还没休息呀？"

"二位大侠快快请坐，我正想找你们呢。"

"唔呀，"怪侠笑道，"大人，今天您不太高兴，有什么心事吗？"

"唉，"彭公叹了口气说，"今日那种场面，太奢侈了。广西出现叛乱，闹得民不聊生，百姓处于水火，而官府却这样铺张，身为钦差，问心有愧。酒肉虽好，我咽不下去呀。"

"是有点过火了，"黄三太连连点头，"大人，廉洁奉公，克勤克俭，黄某十分赞同。您应该劝劝吴大人，不该这样做。"

"官府好办，我怕惹得群雄不满。他们会说：堂堂钦差，何必拘此小节。"

"唔呀，一些事情，往往会坏在小节上，"怪侠深有同感，"大人，吾见酒楼上没有饭客所以问过堂倌。据堂倌说，所有的饭客都被掌柜撵走了。吾们刚进广西，便得罪了百姓，人家会骂'兵匪一家'，以后有很多事情就不好办了。"

"是呀，得民心得天下，失民心失天下。我请二位大侠来，就要商量此事。"

"大人，侠义方面，由我俩去办。大家为国效力，谁也不会计较待遇。至于官府，还得请大人出头。"

"只要诸侠义谅解，官方不在话下。本钦差可以传令，不论路经何地，一律免除招待。各州城府县将招待费用上缴，暂由七侯保存。

待攻下青剑岭，用这笔银钱赈济灾民。

"唉，广西西部百姓被白起龙害苦了，这笔银钱虽说是杯水车薪，也算咱们的一点心意。"

"大人想得周到，我等敬佩。"二位大侠正陪钦差说话，忽听后窗有人喊道："哎呀，好清官！"

"啊！"黄三太吓了一跳，连忙吹灭灯光，对怪侠说道，"你保护大人，我去看看。"说罢，纵出屋外。

"唔呀，吾们栽了！人称吾二人是大侠，窗外有人，竟未听到动静。这是哪路高手，这样轻便？"欧阳德急得乱叫，却不敢离开。

单说南霸天黄三太，踏上房坡，四处观看，忽见北面三条黑影，正在消失。黄三太一哈腰，施展奇功"金蛇狂舞"，追了下来。他的跑功谁敢比？江湖路中堪称一绝。多快？用现代名词来说，能跑八十迈，与皇冠小轿车并驾齐驱！即使这么快，想追上黑影却比登天还难！

前边的三人不是在跑，而好像在散步。他们悠然自得，走走停停，一面指手画脚，一面说说笑笑，似乎后面无人追赶。可是黄三太紧跑慢跑，硬是追不上。跑出五十多里，大名鼎鼎的南霸天也泄气了。心想："人家这是耍我呢，我再追半年也白搭。不用问，这三位必是世外奇人。我也别追了，赶快求饶吧。"于是停下脚步，高声喊道："在下乃是黄三太，请三位高人留步！"

"哈哈，弄错了。我们以为是欧阳德呢，想跟他开个玩笑。原来是黄大侠，不该冒犯，请大侠莫怪。"

三人驻足，正是太白楼吃饭的那二男一女！

书中暗表：这三位老者乃师兄师妹，正宗正户峨眉派的三位副门长！

为首者复姓诸葛单名方，外号丐剑哈哈叟。另一人是他师弟，复姓皇甫单名松，外号圣手昆仑剑。那位老师妹复姓东门双名金婵，自称白衣道姑，人称"天下第一剑"。他们皆是四川峨眉派总门长红莲长老膝下弟子。当年，三人同期出师，又一道闯荡天下。由于他们都姓复姓，世称"复姓三剑客"，名震一时。年轻的时候，两位"男剑"都爱上了"女剑"，"女剑"对两位"男剑"又都有很深的感情。为了不让一剑伤心，东门金婵遁入空门，取号白衣道姑，一生不嫁。两位"男剑"感激她的深情，也都终身未娶。一晃四十余年，三剑客都成了老者。

前不久，白衣道姑心爱的女徒、魔侠女黄花来到广西百色府大楞山白衣院，见到恩师，要求出家为道。白衣道姑很纳闷，追问缘由，黄花无奈，说明怪侠欧阳德拒婚之事。女剑客又好笑，又伤心。好笑的是，黄花三十多岁了，已称侠客，还是这样天真无邪，伤心的是，自己早已辜负了青春，绝不能让徒儿再步后尘。于是笑道："出家大不必。那欧阳德乃你师伯诸葛方的门人，这事由他去说合。你暂住院中，随我学剑吧。"

"学剑？"黄花疑惑不解。

原来，东门金婵的刀术、剑术堪称双绝。她共有两名女徒，黄花居长，师妹桑玉薇，外号九花娘。当年姐妹练艺时，黄花学刀，玉薇学剑，姐妹各有所长，旗鼓相当。如今出师已近十年，恩师又令自己学剑，岂不意外？

白衣道姑叹道："唉，玉薇学坏了。据我所知，她跟随白起龙在青剑岭当了什么女寨主。将来，你要协助欧阳德攻山破寨，若不掌握剑术，恐怕胜不了你师妹。我这当师父的并非偏心眼儿，只是支持正义，反对邪恶。好在你对剑术很有基础，一点就通，安心学艺吧。"

"师父，师妹当寨主的事是真的吗？"

"咱这大楞山距青剑岭不足三百里，消息当然准确。"

"嗜，她太糊涂了，将来我要救她。"

说来凑巧，黄花到来不久，峨眉派便在湖南阳明山召开门庆大会。总门长红莲长老年事过高，已于今春病故。各路门人经过协商，选举阳明山天台寺主持天目长老为继任总门长，同时又选出十七位副门长，诸葛方、皇甫松、东门金婵皆被选中。

三剑客离开阳明山，女剑笑道："哈哈，咱们都熬成副门长了。往事如烟，二位师兄不会忘记吧？"

"老了，老了！"二剑一笑了之。

"有人又想步咱们的后尘哪。"女剑说明黄花之事。诸葛方叹道："我那徒儿就是怪，这本来是好事，他不该拒绝。"

皇甫松答道："师哥、师妹，咱何不成全这段姻缘。我有个徒儿叫赫连宝吉，外号怪客，听说他跟怪侠在一起，我也想去看看他。"

"既然如此，二位师哥随我去广西吧。"

三剑客主意拿定，西下桂林府。他们在太白楼吃饭时，被掌柜撵走，按他们的身份，本不该生气，可是又一想："这叫什么钦差？欺压平民百姓！我们的徒弟何必保他？"为此，三剑客夜入金亭驿馆，本想召回怪侠、怪客，岂料听到彭公的那翻言论，方知错怪了钦差。皇甫松一时忘我，喊了一声"好清官！"被南霸天黄三太追出五十里。

"哎呀！"黄三太问明三剑客身份，慌忙施礼，"原来是三位老前辈，从怪侠、怪客而论，我算子侄，老前辈在上，小侄有礼了。"

"不可，不可！黄大侠乃武林名人，我们不敢担待。"

"请三位老前辈到驿馆一叙。"

"不去了。你转告欧阳德与赫连宝吉，彭钦差是难得的清官，让他们尽力尽心。"

"是。"

"还有，"女剑客笑道，"我徒儿黄花对怪侠诚心诚意，欧阳德不要自大，将来遇到九花娘时，还得靠黄花出马！"

"这……这事我一概不知，请问前辈，黄小姐现在何处？"

"她在大楞山白衣院学剑。"

"记住了。"黄三太明白，三剑客不会轻易露面，自己也不必再邀请了。说罢，各奔东西。

回到驿馆，群雄都已惊醒了，里三层、外三层围住钦差的卧室。欧阳德问道："唔呀，黄大侠，追上那个王……"

"别骂！"黄三太说明经过。

"唔呀，吾老人家这张臭嘴，差点闯祸，原来是吾师父老人家呀。"

"还有吾师父呢。"赫连宝吉高兴起来。

东方发白，金鸡报晓。

彭公对群雄说道："本官出京以来，丢金印，陷囹圄，真是艰难险阻，历尽坎坷。昨夜又扰得大家不安，虽是一场虚惊，我们也该提高警惕。现今已入广西境内，越往西走，越是凶险。如何才能取胜，还靠大家献计献策。"

"依我看来，头等大事是钦差的安全。"

"没有钦差，群龙无首。"

"钦差若有危险，等于全军覆没！"

诸侠义皆把钦差放在首位。

黄三太说道："言之有理。咱们应该有个明确的分工，才能各尽其责。"

"唔呀，黄大侠说得很对。你来安排吧，吾们听从你的吩咐。"

"欧阳大侠一直跟随钦差，情况比我熟悉，人员状况也比我清楚，还是由你来安排吧。"

"好，吾就当仁不让了。吾们一共四十五个人，可以分成五路。第一路由多臂熊褚彪率领，包括杜清、杜明弟兄二人。他们是镖头出身，走南闯北很有经验。主要任务是查看地形，在青剑岭下为钦差大队安置营盘及食宿事宜。第二路由活阎王焦振远率领，包括焦家五鬼，他们的任务是传递信息，沟通各方情况。第三路由吾为主，并粉金刚徐胜、赛叔宝余华、金刀太岁吕胜、小蝎子武杰。吾们五人为钦差开路，尽量扫清途中的障碍，起到先锋作用。第四路由七侯贤弟负责，包括吾师弟赫连宝吉、赛毛遂杨香武，他们三人的任务是保护钦差，时刻不离彭公左右。最后一路由黄大侠率领，包括余下的十九位英雄。这路人马为主力军，负责处理一切事务。五路英雄在青剑岭会合，共同攻山破寨，捉拿匪首！"

"妙绝！"黄三太首先喝彩，"欧阳大侠安排得十分周到。只有一条，你的任务似乎过重。此去青剑岭，一千二百余里，途中肯定会碰上意外。先锋队只有五人，力量过于单薄，应该从第五路人马中再调去几位……"

"不必了。吾们几人轻便灵活，主要是小打小闹，出奇制胜。人多了太显眼，反而不利。如果碰上硬仗、大仗，吾们会等候主力军，绝不随便冒险。"

"谨慎行事。"黄三太与欧阳德虽然从小结盟，毕竟二十多年未曾见面。对怪侠的武功及人品都不太了解。这次重逢以来，方知拜弟武功绝伦，人品端正。今日他安排了五路人马，不仅细致周全，而且勇挑重任，令人敬佩。

诸事完毕，分头行动。

单说欧阳德等五人，辞别了彭公，顺路西行。他们每天只走一百五十里，一连七天，并未碰到意外。第八天一早，来到红水河畔，红水河河面不宽，却有许多渡船飘荡。每艘船上都挤满了人，根据穿戴分析，这些人多为农夫和渔民。他们各自背着香袋，袋中装满黄香、红烛，一个个神态虔诚，毕恭毕敬。

五侠义登上小舟，行船之时也不便扫问，直到小舟拢岸，他们随着众人一道而行。

河西是座村镇，景象繁华。镇中心有家茶馆，门外挂着招牌，上写"别墅山庄"四个大字。两边挂着茶牌子，写着雨前、毛尖、武夷、六安、碧螺春、铁观音等茶叶名称。粉金刚徐胜笑道："小小地面，怎么这样讲究？"

"唔呀，离青剑岭只有一百多里地了，咱们得细心察访，不可大意。进去喝杯茶吧，再打听一下情况。"说罢，五人走进屋中。

茶馆伙计二十多岁，身材瘦小，一双黄眼珠滴溜溜乱转："客爷，您喝什么茶？吩咐下来，小人准备。"他一边说话，一边仔细打量五人。欧阳德心中暗笑：这伙计肯定是个没有经验的小贼。他神情外露，面色疑虑，这种人瞒不过吾的眼睛，好啦，今天有戏唱了。吾老人家何不要要他，"伙计，青剑岭离这还有多远哪？"

"啊……这，这我可不知道。您打听青剑岭干什么？"

"白起龙那王八羔子欠吾老人家三万两银子，吾找他讨账啊！"

"白天王能欠你钱？"伙计说罢，自知失言，连忙又道："客爷，您喝什么茶呀？"

"你们这村镇叫什么名字？好繁华呀。"

"我们这叫鸡鸣驿，"伙计眼珠一转，"嘿嘿，要说繁华，全靠九圣娘娘保佑……"

"唔呀，什么九圣娘娘？"

"您几位是远路而来吧？"伙计平静下来，"过了红水河，便是鸡鸣驿。再往西三里，有座高楼山，山上有座圣母庙。先前的庙主叫贾玄贞，半年前坐化了。贾庙主的徒弟叫桑玉薇，她乃九圣娘娘转世，济困扶危，舍药治病。每逢初一、十五，远近村庄的善男信女都来烧香讨药，求财求子。今天正是九月初一，您几位去看看热闹吧，灵验极了。"

"唔呀，有点意思，吾正想去看看。"

"您还喝茶吗？"

"来五盏碧螺春吧。"

"是。"伙计转向后屋。

欧阳德顺着伙计的身影往后屋观看，角门敞着，只挂一块大半截的白布软帘。伙计进去不久，软帘欠开一条细缝儿。不用问，准是有人偷着往外看。又过了一会儿，伙计才端上茶来，"客爷，水刚烧开，晚了点儿，您别在意。"

"唔呀，吾老人家不在意，有人在意了。"怪侠一语双关。

他们喝茶已毕，付了茶资。来到街上，徐胜问道："侠客爷，咱去圣母庙吗？"

"当然得去。"武杰好奇心强。

"据吾猜想，这别墅山庄茶馆可能是家座探。伙计极力宣扬圣母庙，圣母庙一定是个险地，他想把咱们引向龙潭虎穴。至于九圣娘娘准是大有来头，绝非平常之辈。"

"这么说，不去为妙。"

"还得去。高楼山乃通往青剑岭的必由之路。咱五人是先锋队，不能把险情留给钦差。"

"唔呀，师父老人家，"武杰笑道，"吾小人家有个办法。咱们五人分成两路，吾与徐大叔在前，您与余大叔、吕大叔在后。吾们若逢意外，你们可以增援。省得咱们五人一块遇险哪。"

"好办法。"徐胜表示赞成。

"你们要多加小心。也许不会出事，咱有备无患。"

"知道了。"徐胜带领武杰先走，待他们走出半里多远，欧阳德三人方才动身。

单表前路二将，来到高楼山时已经近午。但见此山不高，山口处买卖成堆，甚是喧哗。南山坡上有座大庙，走进庙门，见正北是大殿，东西各有配殿三间。大殿中央供着佛龛，挂着黄云缎子幔帐，下边是供桌，香烟缭绕。供桌前边摆设一张莲花座，两边各站着四名女道童，年龄都在十四五岁，个头一般高，胖瘦差不多，一个个眉清目秀、齿白唇红。莲花座上端坐一名女道士，看样有二十五六岁，头戴珠冠，身披蓝绸道衫，下穿湖色宫裙。鬌发如云，眉弯似黛。眼凝秋水水涟涟，唇似樱桃红一点。面如梨花，鼻似玉柱。虽说只着淡妆，却胜浓抹万分！瑶池仙子降凡间，月里嫦娥不染尘，美貌标致，世上无双！就连徐胜、武杰这种人物也想多看她几眼。

莲花座下跪着许多男女，一个个口称"神仙"，求签讨药。

武杰小声说道："徐大叔，她分明是个大活人，怎么变成神仙了？"

"咱们只管观察，不必过问。"

这时，一个六十多岁的老妪拜道："娘娘，我儿媳身怀有孕，不知是男是女？"

"恭喜你……"九圣娘娘燕语莺声，刚要说话，偏殿中走出一名女道。她将一个托盘交与娘娘，盘中有一张字条。娘娘看罢，笑道："老妇人，本娘娘早知你要来，所以把签条准备好了，待我念给你听：东海麒麟降西方，大富大贵美名扬，来日京都去赶考，一举得中探花郎！听明白没有？不仅是个男孩，长大之后还是位探花老爷呢！"

"真的吗？"老妪眉开眼笑，连连磕头。

"唔呀，胡说八道！哈哈哈，她真会唱戏呀！"小蝎子武杰大笑不止。

"谁在笑？"娘娘秀眉微耸，顺声音望去。她见武杰、徐胜站在旁边，摇头叹道："唉，武杰呀武杰，你扰闹仙法，必定大祸临头！"

"唔呀，奇了，怪了！你真有点仙气呀，怎么会知道吾小人家的姓名？"

"你过来。"

"过来怎样？"武杰好奇，走近莲台。

"嘻嘻，仙法要惩罚你了！"娘娘从怀中掏出一块手帕，在武杰面前用力一抖。武杰摇三摇，晃三晃，扑通栽倒，不省人事！

"哈哈哈，罪有应得！徐胜，你也过来。"

"姑娘，我们与你无冤无仇，你因何暗箭伤人？"

"嗯？"九圣娘娘看了徐胜几眼，不由得粉面发红，俊眼含羞，"好吧，我对你另眼看待，不用暗器。"说罢，抽出宝剑，走下莲台！

第十八回　娇滴滴美女戏徐胜
羞答答奇男救武杰

　　且说善男信女们一见九圣娘娘要动武，吓得四处乱跑，躲躲藏藏。这时，后殿出来几个人，抬起武杰往外就闯。徐胜大怒，抽刀上前阻拦。娘娘一笑："徐胜，你别急呀。今天若能胜过我这口宝剑，我把武杰双手奉还。若胜不了我，哈哈，连你一同拿下！"

　　"这……丫头，咱把话说到明处，只准真杀实砍，不准抖你那手帕！"

　　"放心，"娘娘脸蛋又是一红，"我对你特殊照顾！"

　　"来吧！"徐胜擎刀以待。

　　"嘻嘻，你怎么等着挨宰呀？"

　　"哼，对待女流之辈，让你一招。"

　　"好哇，你还挺讲礼貌呢，看剑！"

　　"哎呀，好招法！"徐胜大惊失色。

　　行家一伸手，便知有没有，九圣娘娘的剑术太快了。只见剑尖颤抖，一而三，三而九，九锋剑尖一同刺向徐胜的面门，竟让人难辨真假！

　　"唔呀，九宫连环剑！"欧阳德、余华、吕胜此时赶到庙中。

　　单表徐胜，论功夫，比不了黄三太、欧阳德，却也算上乘高手。他连忙闪身，勉强躲过，顺水推舟，钢刀逢迎。九圣娘娘一笑："行，武艺还算说得过去，你再接我一剑！"说罢，仙人指路，剑锋刺下。

　　欧阳德旁观者清：徐胜在她面前，绝对走不过十招。奇怪呀，这女子似乎剑下留情，她招法虽快，却不碰致命之处。怎么办？吾不能再让徐胜冒险，得换下他来，"唔呀，徐贤弟，你先歇会儿，吾老人家会会这丫头。"说罢，将大烟袋一抡，闯入重围。

"哟，人不人，鬼不鬼，夏天穿皮袄，你可太怪啦！"

"吾老人家就是怪呀，说怪话，办怪事，称怪侠……"

"啊？你是欧阳德？"九圣娘娘一愣，忙往怀中伸手。

"欧阳大侠，快跑，危险！"徐胜拉住欧阳德往外就跑，余华、吕胜不知发生了什么事，也跟着跑了出来。气得九圣娘娘直跺脚："徐胜，你给我回来，咱俩还有事呢！"

"唔呀，怎么回事？"欧阳德跑下山坡，惊疑不止。

"嗐，别提啦。"徐胜讲罢经过。

"唔呀，吾徒儿遇险了？"

"正是，丫头那手帕厉害。我见她往怀中伸手，才拉怪侠逃出。"

"奇怪，她怎么对你不抖手帕？"

"这……我也说不清啊。"

"吾老人家明白了。粉金刚的小白脸起了作用！"

"怪侠……"

"你听吾说，那女子施展九宫连环剑，没有十年工夫，掌握不了。她却对你处处留情，不下狠手。唔呀，救吾徒儿武杰，全靠你了。"

"靠我？我也不是人家的对手哇。"

"吾老人家自有妙计。徐贤弟，第一步先得弄清那女子的身份。"

"对，怎样才能弄清呢？"

"据吾猜想，冲着你的面子，那女子暂时不会杀死武杰，咱们先找个地方住下，吾老人家再面授机宜。"

四人下山，夜宿鸡鸣驿。

原来，九圣娘娘正是青剑岭二寨主、九花娘桑玉薇。

桑玉薇出身贫寒，父母都是红水河上的渔户。老两口一共生了八个儿子，却盼不来一个女儿。老头爱说笑话，曾对人讲："哈哈，只要有个女儿，哪怕我们爷九个都淹死呢，也算值得！"这本是无稽之谈，谁料过了不久，果然生下玉薇。玉薇长到五六岁时，聪明美丽，父母爱如掌上明珠。天有不测风云，人有旦夕祸福，这年夏天，红水河泛滥，桑氏父子九人未及逃走，连同渔船全被洪峰吞没！

剩下孤儿寡母，叫天天不应，叫地地不语，母亲抱着玉薇，四处乞讨。谁料人们见到玉薇，全都远远躲避，说她是扫帚星下凡，让父亲与八位兄长全都应了誓言，丧身鱼腹！玉薇虽幼，心中也懂得了恨！她恨天、恨地、恨洪水、恨一切人，更恨自己！福不双降，祸不单行，当年深秋，母亲也撒手而去，留下玉薇奄奄一息。恰好，女剑客东门金婵从此路过，她见这七岁的女孩可怜，便将她带到大楞山白衣院。玉薇极为聪明，在白衣道姑教黄花练武时，她几乎一看就会。黄花长她九岁，看在眼里，对师父说道："这小姑娘太伶俐了，天生练武的材料，师父，您也收她当个徒弟吧，将来准比我有出息。"

"是呀，我早有此意。不过，这孩子进山半年，从来没笑过。冷面杀手，我怕她学会武功，不走正路哇。"

"师父过虑了。她才几岁？可能是父母兄长相继身亡，她伤心过度，才从来不笑。孩子如同小树，看您如何栽培呀。"

"也对，既然你喜欢她，你就先教她吧。"

"是。"黄花学艺已经六年，有了一些基础。从这日起，她教玉薇武艺。眨眼过了二年，黄花对师父又道："我再也不教玉薇了。"

"怎么了？"白衣道姑很感意外。

"唉，她现在已经超过我啦，我拿啥教人家呀？"

"噢？不可能吧。你把她叫来。"

玉薇已经十岁了，脸上虽然有了笑容，却十分腼腆。"院主，给您磕头了。"

"起来，快起来。哟，越长越俊啦。听你师姐说，你的武功练得不错。来，练几招让我看看。"

"我哪会武功，师姐净替我吹。"她虽然谦让，却不敢违命。先练了一套轻功，又耍了一阵刀。

白衣道姑十分惊奇："上山不满三年，竟出息成这样！过来，让我看看你的腰腿。"

经过查看，桑玉薇属于"雁骨"型。

武林中有几句俗语：

男惊人，属麒麟；

女取胜，属丹凤；

男练武，属老虎；

女交战，属大雁；

男荣耀，属花豹；

女出奇，属黄鹂。

　　桑玉薇的"雁骨"型属于第二等，虽说不如"凤骨"型，却也是几万女孩子中难选一个！喜得白衣道姑眉开眼笑，当时拍板，收为弟子。

　　桑玉薇从此练剑，一练八年。

　　此时，她已经是一个十八岁的大姑娘了，出落得亭亭玉立、娇媚动人。这年深秋，她正在山下的树林中练剑。师父传授的九宫连环剑堪称武林一绝，掌握之后，可以纵横天下。她练得正起劲，忽听身后有人叫道："好剑术，可惜呀，可惜！"

　　"啊？"玉薇回头一看，见身后站着一位女尼。这尼姑有六十多岁，风韵犹存。

　　"姑娘，"女尼笑道，"看你的剑术，一定是白衣道姑的门人。你叫什么名字？有外号吗？"

　　"你是谁？为什么喊出'可惜'二字？"

　　"老尼法号静圆，原名白慧贞，出家在下龙山大觉院，也算是武林中人，与你师父很有交情。"

　　"原来是白老前辈。我叫桑玉薇，尚无绰号。"

　　"我很喜欢你。你的剑术练了几年？"

　　"八年多了。不到之处，望您指教。"

　　"唉，一口宝剑竟练八年，所以我觉得可惜。姑娘，咱俩比试一下，我让你三招必败！"

　　"噢？"玉薇年轻，火气挺旺，心想："九宫连环剑天下无敌，岂能三招必败？这老尼姑太小瞧人了。"于是笑道："白老前辈，恕我不恭！"说罢，举剑刺下。

　　静圆不慌不忙，从怀中掏出一块手帕。她在玉薇面前一抖，姑娘立刻觉得两眼发黑，头脑发胀。"哎哟"一声，栽倒在地。静圆取出绳索，将玉薇双手绑上，然后又掏出解药，在她鼻息上一抹，过了片刻，玉薇醒来。

"哈哈，姑娘，只走一招，你就被擒了。"

"哼，老尼，这叫什么本事?"

"胜者王侯败者贼！姑娘，你练剑八年，却不如我手帕一抖。将来你师满下山，若碰上高手强敌，手帕会比剑术有用。"

"这……老前辈，你想如何?"

"我很喜欢你。只要你答应我三个条件，我就将手帕、解药一同赠你。"

"请，请讲吧。"桑玉薇利令智昏。

"其实，我早就知道你，只是缺少见面的机会。你有八位兄长，全部死在水中，你排行居九，我为你取个外号叫'九花娘'，这是第一条。"

"请您往下说。"

"我有个侄儿，名叫白起龙。由于他反对当朝皇帝，所以抗交官税，走私贩运，因而得罪了官府。他现在下黄山青剑岭占山为王，时刻身临险境。根据你的武功，若能辅佐他，他才会安然无恙，这是第二条。至于第三条，你若能成为起龙的压寨夫人，乃我白氏门中之大幸也！"

"我……我可以答应前两条，最后一条，还得容我三思。"

"也对，一位十七八岁的大姑娘，岂可轻许终身。不过，对于前两条，尤其是第二条，你必须对天盟誓。"

"盟誓?"玉薇想起父兄之死，不由得胆战心寒！可是她话已出口，又难收回，含泪誓道："苍天在上，若违誓言，死后不与父母相会！"

"哎哟，对于一个女孩，誓言可不轻。"女尼扶起玉薇，又从怀中掏出了手帕，继续说道，"这手帕称作七星迷魂香罗帕，乃七种麻醉草煨制而成，只要在人们面前一抖，可以立竿见影！"

"前辈，香罗帕能用多久?"

"半年有效。"

"半年之后呢?"

"我再送你一瓶粉末，称作'七星迷魂散'。每隔半年，你把香罗帕装进铁匣，再把七星迷魂散撒入少许，捂盖三天后，又可续用半年。"

"前辈，操作过程中，我若被熏倒呢？"

"哈哈，你的心真细呀。我当然要给你解药。"女尼说罢，掏出三个水晶瓶，一瓶是红色粉末，两瓶是白色粉末，红色的是七星迷魂散，白色的是解药。女尼嘱托再三，告辞而去。

书中交代：女尼静圆也是一位武林高手。当年曾与白衣道姑东门金婵结为姐妹。有一次她对金婵笑道："你那二位师兄诸葛方、皇甫松年轻有为，武功既高，容貌又美，咱姐俩一人分一个，岂不是恰好！"

"嘻嘻，"金婵笑道，"女大不可留，我替你问问，不敢保准哪。"

当时，二位"男剑"都钟情于金婵，对白慧贞婉言谢绝。白慧贞不怪二位"男剑"，反怪金婵不尽力，从此出家为尼，一直怀恨在心。四十年来，她总想寻机报复，可是武功不敌，难得机会。今日收服桑玉薇，她有两层目的：第一，为侄儿白起龙找到了帮手；第二，桑玉薇用七星迷魂帕伤人，肯定引起众怒。她是白衣道姑的门人，必损白衣道姑的名誉，也算为自己出气了。这些内情，玉薇哪里晓得。

单说桑玉薇，得到七星迷魂香罗帕后，对于练剑就放松了。黄花很觉纳闷："师妹，你身体不适吗？怎么几天来不见你练剑？"

"嘻嘻，我另有招法，胜过练剑十倍！"

"噢？"黄花笑了起来，"既然如此，我倒想跟你学学。"

"行啊。不过，你千万不能告诉师父。"

"死丫头，跟师父还保密？好吧，我保证瞒着她老人家。"

"你看——"玉薇回手抱过波斯猫，拿出迷魂帕往猫脸上一蹭，波斯猫立刻昏了过去。黄花大惊："师妹，你从哪里弄来的手帕？"

"您不必多问。师姐，这比练剑省事多了。只要用手一抖，稳操胜券！"

"嘻！"黄花秀眉紧锁，"玉薇呀，咱们练武之人要讲究武德，搞这种暗算，会破坏咱的名声！"

"哈哈，您别小题大做了。金镖、袖箭、飞蝗石、花装弩，嘿，暗算的多了!"

"那叫暗器,不叫暗算!要练暗器得费很多工夫,光明磊落。而暗算却属不劳而获,左道旁门,将被武林耻笑。"

"胜者王侯败者贼!"玉薇鹦鹉学舌。

"你!你把手帕给我!"

"干什么?"

"我替你毁掉!"

"嘻嘻,师姐别发火呀。这手帕得之不易,我绝不能让您毁掉。唉,我从小没娘,都靠师姐照管,您曾教我练艺三年,又把我推荐给师父。您对我恩重如山,我都记在心里。咱姐妹出师之后,将各自闯荡天下。也许您的亲友会碰上迷魂帕。为报答您的恩情,我把解药送您一瓶,不论您救谁,我都毫无怨言……"

"我不要!"黄花扭过头去。

"我非给不可!"玉薇将一瓶解药塞进师姐怀中。黄花暗想,看来她铁心了,这迷魂帕很可能闯祸。也罢,我且收下解药,有朝一日,替她挽回残局,省得师妹身败名裂。想到这步,再不言语。

"师姐,您可别告诉师父。"玉薇再次叮嘱。

"哼,你也知这是丑事?"

"消消火吧,小妹向师姐保证,将来闯荡天下时,以剑取胜。不到万不得已,绝不使用迷魂帕。"

"你呀!"黄花虽有"魔劲",品质却很忠厚,她果然没告诉师父,把此事压下。

又过一年,姐妹双双下山。

桑玉薇遵守誓言,来到青剑岭。白起龙早听姑母说过此事,忙将玉薇待为上宾,不仅封她为二寨主,而且处处体贴,事事照顾。话里话外,常常露出娶她之意。怎奈落花有意,流水无情,玉薇总是一笑了之。惹得白起龙心猿意马,又惧她手中剑,无可奈何。

山上诸寨主见她对白起龙无意,便争相谄媚,都想将这美女据为己有。玉薇洁身自好,表面有说有笑,却没把这群"山猫野兽"放在眼里。

眨眼又是七年,她已经二十六岁了,仍是独身,外观平静,心中对于婚事也很焦急。

　　近来，洋神甫马德赖鼓动造反，桑玉薇对此举并不太关心。暗想：“我出师七年了，如同笼中鸟，关在青剑岭上，这样下去，何年何月才能成名？洋人让我们造反，必有一场征杀。也好，这是成名的机会。”于是她主动请战，来到圣母庙假扮九圣娘娘，随机应变，骗取了人们的信任。在玉薇看来，不过是一场游戏而已。

　　陪侍她一道下山的共有四人，青毛狮子吴太山、金眼骆驼唐治古、黄毛吼李吉、小金刚苗顺，这四人皆是璞球山的败将。他们在鸡鸣驿以开茶馆为名，暗中保护九花娘。今日上午，苗顺等人发现了欧阳德一伙，不由得大惊，连忙赶到圣母庙，以送签条为由，把五侠义的姓名写在字条之上，报告了女寨主。为此，九花娘才辨认出武杰、徐胜，并将武杰熏倒，押下。

　　她怎么不捉徐胜啊？正如怪侠的猜测，徐胜外号粉金刚，既俊美无双，又有阳刚之气。九花娘一眼就相中了：这才是我要找之人！经过交手，她发现徐胜的功夫也不错，因而更加坚定了信念：今生今世，非他不嫁！

　　话归正传。再说怪侠一伙夜宿鸡鸣驿，徐胜问道：“欧阳大侠，不知你有何良策？”

　　“唔呀，要救武杰，全靠你了。”欧阳德说出自己的打算。

　　“嘻！”徐胜羞得满脸绯红，“不愧你叫怪侠，竟能想出这种怪主意！我不去。”

　　“唔呀，徐贤弟，这可是便宜差事，你并不吃亏呀。”

　　“哼，你拿我开玩笑吗？”

　　“贤弟，”欧阳德正颜说道，“武杰是吾徒儿，他自从出世以来，就跟你在一起。这孩子聪明伶俐、朴实端正，有许多可爱之处。他如今身处险境，你这当叔父的，难道说见死不救吗？”

　　“我……”

　　“你听我说。彭钦差为国家捉拿叛匪，很快就会到达此地。若是过不了高楼山，岂能捉拿白起龙？咱们五人是先锋队，为钦差扫平道路，钦差受阻，是咱们的失职。唔呀，吾派你此行，小处是为了武杰，大处是为了国家！”

"也罢，"徐胜迟疑地点了点头，"既然如此，我，我只好前往。"

"这就对了。不过，你可得真戏真唱，不能做比成样啊。一旦露出破绽，前功尽弃。"

"我，我怕唱不上来。"

"哈哈，到了一定的火候，你自然会唱。快吃晚饭吧，今夜一更天，准时动身。"

徐胜神态尴尬，余华、吕胜想笑又不敢笑。他俩连忙吩咐堂倌备饭，不必细表。

单说徐胜，回到房间打扮起来。欧阳德指手画脚，直到满意之后，才表示放行："徐贤弟，吾老人家祝你马到成功！"

徐胜离开鸡鸣驿，奔往高楼山。来到圣母庙外，见院墙只有四尺，并不算高，他纵身而跃，跳进院中。圣母庙的前院是大殿、配殿，后院又分东西两厢，东面是客厅、仓库一类，西面是寝室。这时，寝室之内还亮着灯光。徐胜跳下房来，在窗外用舌尖舐破窗纸，睁一目、眇一目往里观看。屋中灯烛辉煌，东墙山下有张木床，幔帐高挂。西边是张条案，条案旁坐着白日所见的那位娘娘。她此时的装束与白天又不一样。头上珠冠已经摘去，秀发如云，扎成一把松的大辫子。上身穿藕荷色的紧身小袄，银丝线绣成朵朵梅花。下穿湖蓝色百褶裙。脸上薄搽脂粉，如春花初绽。娘娘身边站个三十来岁的小老妈，满脸堆笑："娘娘，您劳累了一天，我给您沏杯茶吧。"

"不必了，我想早点休息。"

"是。吴寨主、唐寨主他们让我请示娘娘，白天捉的那个武杰怎么处置？是送回青剑岭，还是就地斩杀？"

"你转告他们，也不送，也不杀，留在圣母庙，我自有安排。"

"遵令。娘娘若无他事，我想告退。"

"你现在不能走，咱们窗户外边埋伏着一个强盗。你若出去，他可能暗中下手！"

"啊！"小老妈吓了一跳，"娘娘，您怎么吓唬我？"

"不是吓你，而是真情。你看看，窗户纸湿了一片，并有漏洞，证明有人偷着往屋里看呢。嘻嘻，是朋友，是杀手，请进来吧。莫非还让姑奶奶接你？"

"哈哈，你这丫头好眼力！不必迎接，某家自到。"

> 九花娘，细端详，只见一人走进房，素缎扎巾戴头上，红色绒球左鬓镶。穿短靠，紧身装，杀人钢刀背后藏。脸上看，闪红光，五官端正美无双。含杀气，露锋芒，俊俏之中透冰霜。正是徐胜屋中闯，人送外号粉金刚！

"哎哟，原来是你！"九花娘半惊半喜。

"丫头，"徐胜想起欧阳德的嘱托，要真戏真唱，只得装出笑脸，"怎么，莫非我不该来吗？"

"你，你是蝴蝶门弟子？"

"哈哈，这与门户有什么关系？"

"你必须说实话。不然，你可有来无回！"

"大丈夫光明磊落。你家徐老爷乃正宗武当派！"

"嘻嘻，你是谁的老爷？"九花娘闻知对方乃武当弟子，不由得笑了起来。这一笑，更加妩媚动人。徐胜满脸通红，连忙低头。九花娘更加大笑："嘿嘿，堂堂男儿，脸皮儿还挺薄呢！深更半夜，闯入姑娘闺宅，一个武当弟子，不怕为门户丢人吗？我看你没安好心……"

"你，你血口喷人！我，我……"事到临头，徐胜把怪侠的嘱托全忘了，他浑身冒热汗，手脚无处放。这些下意识动作，在九花娘眼里更觉可爱，她不由得心想："青剑岭那群'山猫野兽'处处对我讨好，却都是一身下贱相。这徐胜才称得起正人君子，我再撩他一番。""徐胜，白天相会时，你对姑奶奶贼眉鼠眼，看个没够，准是别有用意，居心不良。夜间，你又冒充上三门弟子，闯入我家，能骗别人却难骗我，你一定是蝴蝶门的，想来采花盗柳，寻欢作乐。可惜你找错了人，姑奶奶是好惹的吗？"

"气死我了！"徐胜暗中埋怨怪侠："你怎么出了这么个怪主意？还让我真戏真唱，我再也唱不下去了。干脆，明知山有虎，也向虎山行，尽管这丫头厉害，我也得与她拼命。"想到此处，手摸刀把。谁料九花娘一笑："得啦，在姑奶奶面前动刀，你还差点。快说实话，是不是来救武杰？"

"对！来救武杰，你又怎样？"

"武杰在庙后关押，我既没杀他，又没送走，给你留着呢。不用你费事，我可以让他随你一同下山。不过，你得答应我一个条件……"

"快说！"

"干吗这么横？若有志气，好好练练你那口刀。坐下吧，我的条件很简单，想让你陪我喝上几杯，不知你能否答应？"

"我……嘻，我真戏真唱！"

"你说什么？"

"嘿嘿，一着急，说漏了，"徐胜自觉哭笑不得，"丫头，告诉你实话也无妨碍，怪侠欧阳德派我来的，据他观察，你好像对我有意，他让我来找你，救出武杰。还说，还说对你要真戏真唱，可是我又唱不上来！"

"唉，"九花娘眼圈微红，"你这种诚实之人，天下少有。"

"你怎么啦？"徐胜被九花娘的神色所动，心中不安起来。

"王妈——"

"侍候娘娘，"小老妈哆哆嗦嗦，"您有啥吩咐？"

"弄点酒菜来，我陪徐英雄喝几杯。"

"是。"

"今夜之事，不准外传。若传出去，小心你的性命。"

"不敢传，不敢传。"小老妈端来酒菜。

徐胜既然真戏真唱，便为九花娘满上一杯酒："姑娘，请饮。"

"谢谢你。"九花娘眉目含情，一饮而尽。

"你的条件，光让我陪你饮酒吗？还有什么事，请讲在当面。"

"你忙什么？我既然答应释放武杰，一言九鼎。"说罢，又饮一杯，接连下去，九花娘便痛饮起来，她的酒量不大，没过一会儿，便有了醉意，"徐胜，你怎么不喝呀？"

"姑娘，你醉啦。"

"唉，人生能有几回醉？"九花娘粉面发烧，落下泪来。

"你，"徐胜手足无措，"姑娘，你有什么心事吧？"

"怎么说呢？我孤儿出身，落草为寇，身边都是些虎狼之辈，依仗手中宝剑，才保得白玉无瑕。我已经二十六岁了，却没有一位亲人。在那种地方，会有什么好下场……"

"姑娘，"徐胜对九花娘同情起来，"你高艺在身，可以走哇。"

"你不懂，我曾对天盟誓……嘻，不说了，说也没用。徐胜，我头昏得厉害，你扶我上床休息吧。"

"姑娘，男女授受不亲……"

"嘻嘻，亏你还是武林人。"九花娘起身关上房门，摇摇晃晃，行动不稳。徐胜怕她栽倒，上前搀扶。九花娘将满头秀发靠在徐胜肩上。这位粉金刚也是大活人，何况青春年少，此时此地，再难控制自己，正应了欧阳德那句话"到了一定火候，自会真戏真唱"，他回身熄灭烛光，陪同九花娘上床。二人恩爱之情，不必细表。

半夜，徐胜醒了，追悔莫及！自己重任在身，竟然如此儿女情长，这丫头是反叛，她的手帕将要伤人，为给钦差扫平道路，干脆，我杀了她，救武杰下山吧。想到此处，抽出钢刀，向九花娘咽喉刺去！

第十九回　赛毛遂盗帕遭不测
粉金刚求药动真情

　　"唉，我命好苦哇！"九花娘娇娇滴滴，发出了呻吟。

　　徐胜擎刀在手，无论如何也不忍下落。他自言自语："徐胜啊徐胜，你怎么会产生杀她的念头？这姑娘虽是敌手，毕竟与我做了一夜夫妻。她身陷苦海，难以自拔，我再雪上加霜，还算什么男儿汉、大丈夫！也罢，豁出我性命不要，也得在钦差面前替她求情。她若能知迷而返，我便三媒六证娶她为妻！"说罢，翻身而起，坐在床头，直到天明。

　　"徐胜，"九花娘睁开美目，"你起得好早哇。"

　　"快穿上衣服，我还有事问你。"

　　"什么事？"九花娘粉面羞红，穿衣而起，"为救武杰吗？我让他和你一道下山。"

　　"还有，你必须倒反青剑岭，走出死谷，弃暗投明。"

　　"谢谢你的劝告。不过，我有誓言在先，要终身遵守。唉，与你春风一度，我也知足了。你曾对我好言宽慰，视为知己，也算是情深意长。今生今世，我会永远记住你……"

　　"你说错了，我昨夜曾想杀你！"

　　"我知道，我全都知道！你为什么举刀不落？若杀死我，我也就解脱了。当时，我很高兴，等着死在你手。谁料你却将钢刀又收了回去，口中还责怪自己。你呀，侠骨柔肠，琴心剑胆，只是缺少一点'毒辣'！"

　　"别说了，你今后做何打算？"

"把武杰交还给你，算是报答你不杀不斩的恩情。"

"往后呢？"

"协助青剑岭，截杀彭钦差。哼，凭着我掌中宝剑和迷魂帕，让你们这些差官有来无还，横尸遍野！"

"我不许你这样做！"

"我必须遵守誓言！"

"什么誓言？武林中人，不讲这些！"

"你，你没有我的经历，你不懂啊！"九花娘想起父兄之死，泪如雨下，"徐胜，你领武杰走吧，我累了。"

"我要你和我一起走。"

"来人哪，把武杰交给这位英雄。咱们快些准备，本娘娘要升殿了！"说罢，奔向前院大殿。

早有人领来武杰，武杰一见徐胜，又惊又喜："唔呀，徐大叔，你从哪里来呀？那臭婆娘把吾小人家害苦了，吾要找她算账！"

"武杰，快跟我一道下山吧。你师父正惦记你呢。"说罢，拉起武杰重返鸡鸣驿。

欧阳德一见二人回来，满心欢喜："徐贤弟，吾老人家祝你旗开得胜，那九圣娘娘是何路人物？她一定投降归顺了吧？"

"谈何容易。"徐胜含羞带愧，述罢经过。

"唔呀，她有什么誓言，这样严重？"

"她不肯讲。话里话外，似乎与她父母之死有关。"

"糟了。九花娘的迷魂帕无人敢挡，她若扼守高楼山，吾们将难通过。徐贤弟，你还得辛苦一趟。"

"还让我去？"

"是呀，你还得去真戏真唱，弄清迷魂帕的下落。是偷，是骗，全凭你了！"

"嗐，怪侠，您怎么总出怪主意？其实，这招我也想到了。夜晚间，我曾试探着问过数次。怎奈九花娘将迷魂帕视为珍宝，藏得十分机密。她守口如瓶，笑而不答……"

"你再想想办法呀！"

"办法只有一条：请您亲自出马，捉拿九花娘。根据您的武功，也许能奏效。"徐胜这是气话，欧阳德点了点头："也对呀，先锋，先锋，遇成先行。逢山开路，过水桥成。为了让钦差大队顺利通过，吾老人家只好去试试。"

"这……"徐胜有点后悔，"欧阳大侠，我说的是气话，您不能去冒险哪。"

"见机行事吧。"欧阳德率众，二上高楼山。

高楼山圣母庙景色如故。今天是九月初二，不是庙会，所以善男信女不如昨天多。五位侠义直入大殿，殿内空空，九圣娘娘并未升殿。徐胜说道："欧阳大侠，若找九花娘，得到后院。您说还去吗？"

"你来引路。"怪侠主意已决。

来到后院，见院中有许多男男女女，尽是奴仆丫鬟打扮。其实，都是从青剑岭下来的喽啰。他们一见五人，忙报九花娘："二寨主，昨天闹殿的那几个人又来了！"

"噢？"九花娘正与吴太山、唐治古、李吉、苗顺议事，闻听此报，柳眉倒竖，杏眼圆睁："来得好，姑奶奶露脸的机会到了！"说罢，抽出宝剑，奔往庭院。吴太山等四贼紧紧相随。他们本想助阵，可是一见欧阳德，吓得不敢动了："二寨主，穿皮袄的就是怪侠，他太厉害，全看您的了。"

"嘻嘻，不胜几员高手，何日成名？姓欧阳的，你过来吧！"

"唔呀，好大的口气！"怪侠刚要上前，赛叔宝余华挺身而出："丫头，休出狂言，某家擒你。"说罢，钢刀落下。九花娘面带冷笑，也不问姓名，举剑相还。十几个回合，余华便渐渐不支。吕胜看得清楚，他唯恐师兄吃亏，连忙拔刀相助。两位大将共战一女，虽说不够仗义，却也不致败阵。九花娘心想："力拼二将，我怕体力不敌，何况还有怪侠等三人。此时应该连战速决，以快取胜。想到此处，她借转身之机，掏出七星迷魂帕，往二将面前一抖，余华、吕胜应声而倒，幸亏徐胜、武杰早有准备，连忙上前将二人抢回。

欧阳德大怒："唔呀，女龟孙，你会暗算，吾会暗器，比比咱俩谁高谁低？"说罢，将烟袋中的三枚钢球连续发出。好一位九花娘，急忙施展"三禽戏"：白鹤亮翅、鹞子翻身、云雀钻天，竟把三弹完全躲过！真险，她也吓出一身冷汗！

"唔呀，女中魁首，连躲三弹者，天下能有几人？"

"嘻嘻，"九花娘故作镇定，"老怪，你还有什么招法，姑奶奶等着呢！"

"唔，唔呀，吾还有棵大烟袋！"欧阳德飞身跃起，兵刃横扫对手。

九花娘不敢轻敌，再次掏出迷魂帕，反手抖去。若是别人，必被熏倒，欧阳德全凭着一个"快"字，眨眼纵出一丈多远，使迷魂帕药力难及。女子冷笑："嘿嘿，你敢过来？"

"哈哈，你收起那件破玩意儿，吾就敢过去。"

"嘿嘿，我要不收呢？"

"哈哈，吾就不过去！"

徐胜哭笑不得：这有什么意思呀？相持一百年，也难见胜负。于是叫道："欧阳大侠，咱们暂且下山吧，还得从长计议。"

"唔呀，只得如此了。"怪侠前头开路，徐胜和武杰背起余华、吕胜，闯下高楼山。九花娘只是冷笑，并不追赶。

来到山下店房，余华、吕胜昏迷不醒。一连两天水米未进，身体渐渐虚弱下来。第三天中午，彭钦差率众赶到鸡鸣驿，扎下营盘。

欧阳德深感内疚："大人，吾未能尽先锋之责，又伤两员大将，请大人处罚。"

"言重了。情况特殊，欧阳大侠有功无过。咱们还是商议下步行动吧。"

"据吾调查，若去青剑岭，必经高楼山，别无他路可走。但是高楼山上又有九花娘把守，吾们不惧她的武功，却惧她的迷魂帕。如果硬闯，她可能伤人，万一伤了钦差，则非同小可。为此，必须先擒九花娘，再过高楼山。"

黄三太点头赞成："欧阳大侠所说极是，绝不能让钦差再冒风险。"

"我去试试。"旁边站出一人。这人瘦小精神，一团灵气。他就是当年三盗九龙杯的赛毛遂杨香武。此人不仅轻功最好，更擅长一个"偷"字。曾在皇宫内苑偷过康熙的圣物，所以没把九花娘放在眼里。此时笑道："什么九花娘、八花娘的？我去一趟，把那条手帕拿来，万事大吉！"

"唔呀，"怪侠摇了摇头，"不那么容易呀。杨贤弟，九花娘曾经施展'三禽戏'，躲过吾三枚钢球，由此可见功夫之深。如今，钦差扎营鸡鸣驿，举动很大，那丫头必有防备。她现在全靠迷魂帕，当视为性命。你手段再高，恐怕也难盗出。"

"嘿嘿，我倒不信。她那圣母庙比皇宫内苑还森严吗？欧阳大侠，是成是败，我要去试试。"杨香武艺高胆大，当晚，奔往高楼山。黄三太唯恐杨香武有险，又派八臂哪吒万君兆和三手将卢云龙暗中保护。天到四更，三人都回来了。不过，杨香武是被人背回来的，他已昏昏沉沉，人事不省。

万君兆说道："杨壮士刚上房坡，屋中的女子就发觉了。我们还没看清是怎么回事呢，杨壮士便昏倒在地。我俩没敢动手，把他连忙抢回。幸亏那女子没有追赶，好险，好险！"

"啊！"黄三太大惊。

杨香武的轻功属于上流，行动起来，绝无声响。那女子在屋中竟能察觉，证明她的耳音极灵。由此一斑，可窥全豹。不怪欧阳德赞她，看来九花娘非同小可，何况还有迷魂帕！

黄三太是武林群雄崇拜的偶像，人们见他面带难色，便纷纷不安起来。白马将李七侯叹道："黄大侠与欧阳大侠是咱武林首领，您二位赶紧拿主意，我们听候吩咐。"

"唔呀，"赫连宝吉说道，"咱们行营还躺着三个人呢。他们不吃不喝，呼吸急促。吾已向他们发了一阵内功，暂时没有危险了。不过，阴七阳八，十天到家，吾可不敢保他们活命啊！"

彭公蹙眉："二位大侠，如何是好？"

"唔呀，办法只有一条，取解药，盗罗帕，除此而外，绝无良策！"欧阳德说罢，看了徐胜几眼。彭公若有所悟："徐壮士，你曾去圣母庙救过武杰，对九花娘比较熟悉，本钦差想听听你的高见。"

"我……"徐胜满面发红。

"徐壮士，为了国家，为了余华、吕胜、杨香武三条性命，本钦差请你再辛苦一趟，不知徐壮士意下如何？"

"钦差的委派，在下不敢不遵。可是，我去圣母庙又有何用？论武功，我非人家对手，若说偷盗迷魂帕，连赛毛遂杨香武都无能为力，我更是望洋兴叹，无可奈何……"

"唔呀，徐贤弟，在九花娘眼里，你是个特殊人物哇！"

"哼！"徐胜瞪了欧阳德一眼。

"徐壮士，欧阳大侠说的话也有道理。此时此刻，你确实可以起到特殊作用。即使你胜不过九花娘，盗不来迷魂帕，从她口中探听一点消息也是好的。"南霸天黄三太思虑片刻，又道，"比如：迷魂帕的来由；除九花娘本人之外，谁还能破迷魂帕？这些情况，我们都急需掌握。如果直接擒不住九花娘，还可以从间接上想办法。"

"彭钦差和黄大侠如此信任我，徐某搭上性命，也在所不惜。"

"唔呀，这可是件美差，据吾老人家估计，你绝无危险哪。"

"嘿嘿，"徐胜苦笑一声，"怪侠，这都是你的怪主意！"说罢，再上圣母庙。

单说高楼山距青剑岭只有百里，九花娘阻劫彭公之事，青剑岭已经闻讯了。白起龙和马德赖商议之后，决定再派四寨主龙大奎来高楼山协同作战。这位龙寨主不满三十岁，仪表堂堂，武功出众，人称外号"小湘子"。他对九花娘垂慕已久，素日备献殷勤。怎奈对方无意，冷冷淡淡，使小湘子深有难言之苦。这次派他来协助九花娘，真是个难得的机会。于是他极尽讨好之能事，阿谀奉承，想打动美女之心："二寨主，据青毛狮子吴太山他们说，您已经连伤清营四将，哈哈，不愧是位巾帼英雄。"

"你说错了，我只伤三将……"

"我正想请教二寨主，您为什么把武杰救醒，交还给徐胜？莫非二寨主另有韬略吗？"

"这不必你管。如果没事，我想休息了。"

"是，是。"小湘子口中应承，又舍不得离去。恰在此时，仆妇禀报："娘娘，那位姓徐的先生又来了，您见不见哪？"

"噢？"九花娘立刻眉开眼笑，换上一种神情，她急忙吩咐："快让他进来。"

"这是怎么回事？"小湘子大惑不解，"二寨主，双方是仇敌，您对徐胜怎么这样客气？"

"哈哈哈，公归公，私归私，四寨主哇，你怎么敢管姑奶奶的私事？"

"私事？我明白了！"龙大奎拍案而起，抽出钢刀，闯到院中。他正与徐胜走个对面，一见粉金刚的仪表，心中更加有数。气得他两眼发红，既是政敌，又是情敌，二话不说，举刀便砍。徐胜不由得一惊，连忙躲闪："你是何人？因何下此毒手？"

这时，九花娘桑玉薇也来到门外。她心里有底，龙大奎绝非徐胜对手。因而面含微笑，轻启朱唇："徐胜，你管他是谁呢？他既然砍你，你就快还手哇。不过，只能把他打跑，可不能伤他。若伤了他，姑奶奶也不好交代。"

"遵令！"徐胜也学会了讨好。一句话，引得九花娘笑了起来。

小湘子龙大奎武艺不低，战了二十个回合，终非徐胜敌手。他把脚一跺："二寨主，你等着吧，白天王不会饶你！"说罢，含恨而去。

"玉薇呀，"徐胜有目的而来，对九花娘也改变了称呼。九花娘先是一愣，人们称她二寨主，称她九花娘，称她娘娘，称她圣母，却从来没人称她"玉薇"。今天这二字出自情人口中，她顿觉亲切万分。羞得粉面娇红，把头低下："徐，徐郎……"

二人走入屋中，九花娘轻声问道："你怎么又来了？是钦差所派，还是自愿来看我？"

"二者兼有。"

"嗯，这是实话。你若单说自愿看我，我倒不信了。那么，二者之间，哪个为主？"

"这……我不敢骗你，乃钦差指派为主。"

"你很诚实，这也是你可贵之处。不过，你们钦差是白费心机的。我曾救醒过武杰，交还与你，已经成全了你的名望。你这次上山，将会一无所获。否则，就违背了我的誓言……"

"玉薇，又是誓言，快别提它！你待我情深如海，我应该报答。咱俩今天不谈公事，只谈私情，你看如何？"

"真的吗？"九花娘明知有假，却也高兴。

天色渐晚，摆上酒宴。一对少男少女，边饮边谈。徐胜为九花娘斟上一杯酒，问道："白天那人是谁呀？我与他并无冤仇，他怎么那样恨我？"

"这算公事，还算私情？"

"嘻嘻，你若不愿说明，我就不问。"

"那人名叫龙大奎，外号小湘子，他是我们青剑岭的四寨主，奉白天王派遣，协助我来阻截你们。既然双方是仇敌，他当然恨你。"

"不对吧，从他的神情中，我觉得另有原因。"

"哈哈，你也懂得吃醋？"

"嗯，心里觉得酸溜溜的。"徐胜把脸一抹，专说好听的。谁料九花娘长叹一声："徐郎，青剑岭上追求我的人很多，包括白起龙在内，可是我却偏偏爱上你这个敌人。我心里明白，咱俩只有暂时的缘分，绝不会成为夫妻。你不必看重我，更不该为我拈酸吃醋。将来钦差剿平青剑岭，你会当官，凭你的身份、武功、仪表，你会找到好姑娘，强我桑玉薇万倍。你要对我真的有情有义，将来我被正法之后，求你把我的尸体埋在红水河边。九泉之下，我会感激你的恩情……"

"你又醉了。"

"我没醉！"

"嘻，既然你谈起公事，我也就说上几句。玉薇呀，你明明知道官兵必胜，又何苦自寻灭亡？肯定又是那个什么'誓言'作怪。这到底是怎么回事？根据咱俩的情谊，你不该瞒我。"

"是呀，我不该瞒你。徐郎，小湘子龙大奎被你杀退，他必到青剑岭送信。据我猜想，明日清晨，白天王肯定会派人来。他们也许唤我回去，也许将我囚禁，总之一句话，你我再也见不到面了。我既然求你替我收尸，乘此最后机会，把心里话全对你讲。我信得过你，十分信得过你！"

"唉，红颜知己，玉薇，你说吧。"徐胜不再装腔作势，而是动了真情。

"徐郎，我是个孤儿，六岁丧去父兄，七岁又丧生母，你知道我父兄怎么死的吗？"

"你说吧。"

"他们虽然葬身鱼腹，却是因我而死！父母喜爱女孩，我却有八位兄长。父亲说过，若得女儿，爷儿九个淹死而无怨……"

"那一定是句笑谈，何必当真？"

"可是生我之后，父兄却应誓了！人们对我白眼，骂我是扫帚星下界，说我方死全家，我一个七岁幼女，有苦向谁倾诉？唯一愿望，我死之后能在阴曹问问父兄，是不是我方死了他们……"

"你，你过于天真。人死如灯灭，气化清风肉化泥，哪里有什么阴曹地府？"

"少年时代形成的概念，总是不会抹掉的。我随恩师练剑时，意外逢到迷魂帕。赠帕人让我扶保白起龙，并令我盟誓。我便说，若违背誓言，死后不得与父母相见。徐郎啊，不见他们，我心中的郁闷怎样解开？为此，我绝不能违背誓言，要在青剑岭坚持到死！"

"愚昧，愚昧！"徐胜又好气，又好笑。

"你骂我？"九花娘把徐胜视为亲人，出于完全信任，才讲出心声。她见徐胜不当回事，便万分伤心难过，点点滴滴落下热泪。徐胜悔恨不已，人家是个女孩，那特殊经历，打下深刻烙印。别人看来，"誓言"纯属海外奇谈，可是对她来说，却万分紧要。她连死后葬地都想到了，可见她初衷难改。想到这里，同情之心油然而生。抬头看看九花娘，见她泪流满面，好似一朵带雨的桃花，分外可怜、可爱。粉金刚英雄气短、儿女情长，一把将她拉了过来，紧紧地抱在怀中："玉薇，我并非骂你，而是心疼你，也是同情你的遭遇。"

九花娘粉面含羞，俊目带愧。她把桃腮杏脸贴在徐胜胸前，默默无言，一动不动，心中却觉得似有靠山，暗自想道："易求无价宝，难得有情郎，真是半点不假。叹只叹誓言在先，恨只恨相见太晚，今生今世，难成伉俪！"

相依相偎，沉浸良久。

"徐郎，春宵一刻值千金……"

"安歇了吧。"徐胜熄灭烛光。

荒山古刹，静得有些可怕。偶然听见几声秋虫鸣叫，音调近乎悲哀。徐胜与九花娘都是武林高手，他们曾面对千军万马不皱眉头，如今双双躺在床上，却相对唉声叹气。

徐胜心想："我奉钦差委派，来完成国家使命。可是九花娘那悲惨的身世，我能逼她吗？不忍哪，不忍！"

九花娘心想："徐郎定有他的难处，身为官差，空空而归，军法能饶他吗？我帮他一把吧，不行啊，不行！"

二人心想："我俩私逃吧，找一处深山老峪，隐姓埋名，男耕女织，了此一生！唉，差矣，怎么会有这个念头！"

翻来覆去，谁也难以入睡。

秋风乍起，雨打纱窗，淅淅沥沥，扰得二人心乱如麻。徐胜翻身而起，穿衣下床。

"徐郎，你去哪呀？"

"玉薇，你既把'誓言'看得那么重，我不忍让你违背。可是平息叛乱，拯救百姓逃出水火，又是我们侠义之责。如今，钦差被阻，余华、吕胜、杨香武危在旦夕，我不能只顾求欢，而忘却国家大事。我立刻下山在钦差面前请罪，让他另派高手，与你分个上下。"

"哼，除了你一人，就算黄三太、欧阳德一同来临，我也不放他们回去！"

"那我就不管了。交令之后，杀剐存留，任凭钦差！"说罢，徐胜要走。

"回来！"九花娘长叹一声，"我怎忍心看你去死！"

"啊？"徐胜惊喜万状，"你肯帮忙吗？"

"是呀，我要帮你。不过，我又得遵守誓言。"

"我不明白。"

"武林之中，只有两个人能破我的迷魂帕。你们只要能找到其中的一位，我自甘拜下风。为了你，我可实言奉告，至于能不能请来她们，全靠你们的本事了。"

"你快说是谁？"

第二十回　怪欧阳三请魔侠女
贤黄花两劝桑玉薇

　　九花娘容颜惨淡："一位是赠我迷魂帕之人，她乃白起龙的姑母，名叫白慧贞，法号静圆。另一位是待我恩重如山的大师姐，她叫黄花，外号魔侠女。你们若请第一位，估计不太容易。因为她与白起龙乃是至亲，岂能帮助你们打她侄儿？至于黄花，她与我分手已近十年，如今下落不明，全凭你们天涯海角四处寻找。十日内若能找到，算你们的福分。过了十日，杨香武等三人的性命就难保全了！"

　　"玉薇，你能不能先借给我一点解药，待找到黄花，加倍奉还。"

　　"笑话！堂堂粉金刚是疯是傻？若能借药，我何必让你请人？快回军营去吧。"

　　徐胜见她意志坚决，只得离开圣母庙，返回鸡鸣驿。

　　诸侠义都在静候消息。徐胜讲罢经过，欧阳德首先叫道："唔呀，早知黄花这么有用，当初不该放她走哇！"

　　徐胜冷笑："侠客爷，现在才知后悔，晚啦！您派我去找九花娘，我可没敢违令。如今要请黄女侠，全看您的了，您老人家可是个特殊人物！"

　　"唔呀，你这是报复吾老人家。吾老人家对你不错呀，让你上山找个媳妇儿……"

　　"我对您也不错，让您下山去找媳妇儿！"

　　黄三太连忙摆手："二位别争了。徐壮士能摸来线索，功劳不小。下一步要靠欧阳大侠，您必须尽快动身，将黄女侠请到军营。"

　　"唔呀，九花娘这丫头有点意思。她既与吾们为敌、伤吾们三将，却又让吾们请她的对手。真怪，比吾老人家还怪。所请之人偏偏又是黄花。那黄花让吾得罪苦了，一定对吾怀恨在心。吾老人家去请她，好难，好难哪！"

"师父，吾小人家跟您一道去请吾师娘吧，师娘若是生气，让她老人家骂吾、打吾都行。"武杰心疼师父，甘愿代师受过。粉金刚徐胜口中埋怨欧阳德，心中对怪侠很是敬佩，他也说道："黄大侠，我与女侠也比较熟悉，陪同欧阳大侠一块去吧，若有意外，也好商量。"

"徐大叔若是同去，那可太好了。从九花娘那儿论，您是吾师娘的妹夫呢！"

"哼，有其师必有其徒！"徐胜满脸通红。

黄三太说道："钦差初到桂林府时，我曾夜追三剑客。据白衣道姑说，黄花正在大楞山白衣院练剑。大楞山距此不足三百里，你们若加紧赶路，当天可以到达。祝你们一帆风顺，马到成功。"

"唔呀，请钦差与黄大侠放心。"欧阳德又叫过师弟赫连宝吉，说道："你每日早晚要向杨香武等三人发内功两次，尽力延长他们的寿命。吾们多则三天，少则两日，肯定回归。"

"师哥放心去吧，替吾向师嫂问好。"

欧阳德、徐胜、武杰辞别众人，连夜起身，南下大楞山。他们不走大路，专拣小道，为的是躲避行人，以便施展陆地飞腾术。若是怪侠自己，可施"金蛇狂舞"，一夜能跑五百里。他为了将就徐胜、武杰，只得放慢脚步。三人来到百色府时，天已微明。

武杰说道："师父，吾小人家跑了一夜，已经饿了。咱们在百色府吃顿早点吧，省得给师娘再添麻烦。"

"依你。"三人走进一家面条铺。这是一家小饭馆，堂店狭窄。店中只卖炸酱面、打卤面、鸡汤面、阳春面。堂倌笑脸相迎："三位客爷，您吃哪种面，请吩咐。"

"每人两碗鸡汤面，要快。"

"马上就到。"堂倌转身要走。恰在此时，店外走进一个老道："无量天尊，堂倌，有馒头、烧饼、蒸糕之类的食物吗？"

"道爷，真对不起，小店只卖面条，不卖蒸食。您也来碗鸡汤面吧。"

"胡说，出家人吃素，这点道理你都不懂吗？"

"小人该死。道爷，您来碗阳春面吧，清汤淡水，我给您多加点胡椒面儿，又辣又热。"

"不行，门外还有人等我。既然不卖蒸食，也就算了。"老道说罢，转身而去。

由于天色微明，店堂又狭窄，所以屋中光线很暗。老道只站在门口，并未进屋，堂倌又站在他的眼前，遮住他的视线，这样一来，老道似乎没看清欧阳德等人。可是欧阳德等人在暗处，却看清了老道。武杰低语："师父，您还认识这个老杂毛吗？"

"唔呀，他是恶法师马道玄的弟弟、赤发灵官马道青。这个混账王八羔子来干什么？"

"吾小人家去逗逗他。"

"别去了，请黄花要紧，不能因小失大。"徐胜阻拦。

"唔呀，你徐大叔言之有理。"欧阳德按住徒儿，心中却很纳闷："百色府地处边陲，马道青来干什么？这里距大楞山不远，恶道来临，是否与黄花有关？他还说门外有人等他，那个没露面的人物又是谁？看来，吾老人家得多加小心。"

三人吃罢早饭，奔往大楞山。大楞山在百色府西南三十里，眨眼便到。

这里属于亚热带风光，气候湿润，景色迷人。只见芭蕉带露，椰林含烟，奇花异草，开满山坡。越往前走，道路越是崎岖，偶然有几只金丝猴冲他们摇头摆尾。喜得武杰眉开眼笑，若不是公务在身，他必然玩个痛快。正往前走，眼前出现两股双阳岔道，一股通向西北，一股通向西南。三人停下脚步，不知哪股道通向白衣院。他们正在为难，对面走来一个樵夫，这樵夫挑着两捆干柴，神色有些慌乱。徐胜上前问道："樵哥，去白衣院怎么走哇？"

"往，往这条路走，不远就是。"樵夫手指西北小道，边说边去。

"唔呀，他神色不对呀。"怪侠说道。

"是呀，"徐胜点了点头，"我也觉得纳闷。不过，我观察这樵夫，手粗皮糙，口音也是本地人，他无缘无故不会骗咱们。大侠，快走吧。"说罢，三人奔向西北小道。又走了一里多路，眼前闪出一片橡胶林。时值仲秋，胶林枝叶繁茂。金风吹来，哗哗乱响。突然，林中有人笑道："无量天尊，你们果然受骗，走上死路一条。家兄亡灵有知，今日大仇可报了！"随着话音，林中走出一道一尼。那道人正是赤发灵官马道青！

书中交代，马道青为替胞兄报仇，走遍天涯，寻访武杰。他在金银山三仙寨错把伍捷当成武杰，曾经大闹了一场。多亏怪侠解围，将恶道战败。当时，怪侠怜悯他的武功，有意饶他性命。谁知马道青怀恨在心，恩将仇报。他想："要除武杰，必须先胜欧阳德。怎奈欧阳德乃世外高手，凭我一人，实难如愿。现今白起龙造反，聚集下五门高手，又有洋人支持，势力很大。我何不投靠于他，假他之手报我大仇。"主意拿定，奔广西而来。到了西林县，马道青又觉得为难，自己素日与下五门来往甚少，若投青剑岭，苦于无人介绍。有心去主动报号，又怕白起龙小瞧自己，从而不加重用。堂堂赤发灵官，霹雳宝剑横行天下，如今求人说小话，实在觉得拉不下脸来。万般无奈，他找到一家店房，暂且住下。当天夜里，马道青紧扎衣襟，准备去青剑岭探听虚实。如有机会，再露出两手，让白起龙知道自己的厉害，以便毛遂自荐。他刚从后窗户跳出，忽见对面客房走出一人，这人脚步很紧，似乎要去小解。马道青不愿被人撞见，所以躲进墙角。那人小解之毕，又往回走，马道青借着月色一看，觉得那人眼熟，稍加思考便想了起来，他乃剑峰山莲池寨老寨主，活阎王焦振远。

原来，焦老寨主奉了怪侠欧阳德之命，带领焦家五鬼负责传递信息。用现代词句来说：这爷儿六个是"间谍"，专搞侦探、情报工作。他们来到西林县已经两天了，发觉这座县城已经全部被敌占领。县里的临时主管是青剑岭的一位副寨主，人称玉面狐，姓李名家君。这个李家君刁钻狡猾，武功不高，坏水不少。他主政以来，敲诈勒索，软硬兼施，从百姓身上刮走许多财物，然后转运到山上，为此，很受白起龙的青睐。县里原有二百名地方军，已经全部当了俘虏。如今的武装全是喽啰，他们抢男霸女，奸淫烧杀，闹得西林县怨声载道。两天来，焦家父子把这些情况探明，正想回去向钦差报告，谁料焦老寨主夜逢马道青。

话归前言。马道青暗想："据我所知，焦氏父子已经投靠了彭朋。

我欲见白天王，正愁没有借口。干脆，拿他们当见面礼吧。"想到此处，飞身跃出："无量天尊，焦老寨主，你还认识贫道吗？"

"这……"焦振远一惊，"你可是赤发灵官马道爷？"

"正是贫道。焦老寨主，贫道恭喜你当了官差。此来西林县，莫非充当奸细吗？"

"我……"焦振远知他武艺高强，只好笑颜相对，"我是来此游玩的。"

"哈哈，西林早成险地，躲还躲不开呢，谁能到此游玩？"说罢，一掌击下。

"哎呀！"焦振远呼叫一声，栽倒在地。马道青将他背在身后，转身而走。这时，焦家五鬼听到老父的呼叫，全都跑了出来。他们见状大惊，为搭救父亲，一同追下。众人向西跑了十几里地，来到一片松林。马道青放下焦振远，用金砂掌在老寨主腿上一砍，老寨主的双腿立刻就废了，疼得他热汗直滚："马道青，你好狠毒，我与你无冤无仇，你竟下此毒手……"说罢，昏死过去。

此时，焦家五鬼也追了上来："恶道，快放我老父，否则让你性命难保！"

"嘿嘿，你们就是焦家五鬼吗？有趣，父亲叫活阎王，儿子叫五鬼，而贫道外号赤发灵官。今夜晚间，我这灵官要捉阎王，杀小鬼，你们谁不怕死，上前送命！"

"某家会你。"赤发鬼焦仁抽刀上前，搂头剁下。马道青举剑逢迎，他这霹雳剑乃无价之宝，立刻将焦仁的钢刀削成两半。然后顺水推舟，取下焦仁的首级。长兄废命，气坏了四鬼。闪电鬼焦义、独角鬼焦礼、地理鬼焦智、机灵鬼焦信一拥而上，将马道青团团围住。恶道毫无惧色，谈笑风生。宝剑左挥右挡，只七八个照面，焦义、焦礼、焦智便全部丧生剑下。机灵鬼焦信血贯瞳仁，拼死力敌。怎奈功力相差太大，他也堪堪不敌，危在旦夕。在此千钧一发紧要关头，忽然从树上跳下一个人来。这人口中念道："阿弥陀佛，跳出三界外，不在五行中。既然出家为道，就不该杀生害命。唉，你太过分了！"说毕，掏出一物在马道青面前一抖，马道青应声昏倒，不省人事。当他醒来时，已觉出双臂被绑。对面树墩上坐着一个六十上下的老尼姑，旁边是机灵鬼焦信。老尼问道："道长，你是何人？因何在此杀生害命？"

"哼，暗算伤人，我不服你！"马道青扭过脸去。

"女法师，"焦信哭道，"他叫马道青，外号赤发灵官。我们与他并无仇恨。他却伤我老父，杀我四兄长。望女法师替我报仇。"

"你又是谁？为何半夜在此厮杀？"

"我叫焦信，因为……"机灵鬼还算机灵，他想此处乃白起龙的天下，所以欲言又止。

"嘿嘿，你不说，我说！"马道青对女尼讲清一切。女尼沉思良久，上前解开恶道的绑绳。焦信大惊失色，转身逃跑。女尼拦住马道青："你已杀了他全家，让那孩子留条活命吧。"

"你，你是谁？为何放我？"

"我乃白起龙的姑母，本名白慧贞，法号静圆。唉，出家数十年，本不该再问红尘之事。怎奈白起龙是我侄儿，我又不能不管。道爷，你若上青剑岭，老尼可以推荐。"

"多谢法师。"

原来，白慧贞去看望侄儿，由此经过。见林中厮杀，便隐身于树上。她见马道青连伤四命，动了恻隐之心。本想帮助焦家，待弄清真相后，反把马道青引上青剑岭。

西路天王白起龙一见姑母，连忙请安问候。又将马道青待为上宾，热情款待。酒宴过后，他亲自审讯焦振远。老寨主双腿已废，又亲眼看见四子身亡，所以痛不欲生。他在聚义厅大骂白起龙，贼酋恼怒，刀斩老寨主。可叹焦氏父子五人，为国捐躯！

这天清晨，四寨主小湘子龙大奎跑回山寨："白天王，大事不妙，二寨主，二寨主意欲谋反！"

"什么，九花娘谋反了？"白起龙不信，"四寨主，快快详谈。"

"是。"龙大奎说明经过。

"这，这可是你亲眼所见？"

"半点不错。我与徐胜交手，败阵而逃。三更天时，又潜回圣母庙。由于降雨，二寨主又贪欢，她没发现我，我才跑回来报信。"

"可恼！"白起龙拍案而起。

"坐下，坐下，有话慢慢说。"女尼扶下侄儿。

"姑母，我要杀了她！"

"论武功，你比她高出数倍。论暗算，姑母我随身携带解药，你也不必怕她的迷魂帕。可是，你绝对不能杀她！"

"为什么？"

"据四寨主说，九花娘谋反。其实，她只爱徐胜，而并未谋反。唉，这丫头不易呀。侄儿，你并不懂得女人的心理，姑母我懂。为了爱，我恨过某人一辈子，直到晚年，还想毁坏某人的声誉。而玉薇那丫头呢，她把心、把童贞、把女人最宝贵的东西给了徐胜，却不给徐胜解药。由此可见，她绝无谋反之意。姑母我了解玉薇，她的内心是极为痛苦的。侄儿，留下她吧，她至死会为青剑岭卖力。我也知道你很爱她，听她跟了徐胜，难免恼火。可是捆绑难成夫妻。大敌当前，你要三思。"

"哼，姑母净替她说好话！"

"我说的是实话。玉薇的武艺那么高，又有迷魂帕，她替你挡住清兵，何乐而不为？"

"可是，"白起龙也消了怒火，"姑母，她让徐胜请出两个人，当然，您老人家不会帮助他们，万一要请出黄花怎么办？"

"奇怪，据我所知，黄花乃玉薇的师姐。可是在十年之前，我只把迷魂帕授给玉薇，并未授给黄花。她让徐胜去请黄花，又为什么？"

"嘻，明摆着呢！您老人家未授黄花，九花娘可以转授哇！"

"对，对，我有点老糊涂了。侄儿，这不要紧。我立刻去大楞山白衣院，向白衣道姑套问黄花的下落。然后在途中阻截，不让黄花走入清营。"

"您年事高迈，我派名寨主陪您同往。"

"不行，白衣院乃道门静地，闲杂人员不便入内。"

"无量天尊，"马道青笑道，"贫道上山，寸功未立。承蒙天王看重，愿随老法师一道前往。"

"也好，马道爷是出家之人，若以朝圣为由，白衣道姑不会怀疑。"老尼说罢，带领马道青同往大楞山。

二人走到百色府，马道青替老尼买饭时，已经发现了怪侠三人。

由于他知道怪侠艺高，所以故装未觉。他向老尼做了报告，又在山上买通樵夫，才将三人引到胶林。

书归正传。赤发灵官马道青手指怪侠："老法师，他就是欧阳德，今天全靠您了。"

"阿弥陀佛，久闻怪侠大名，老尼倒要会会高手。"说罢，双掌劈下，奇快无比！

行家一伸手，便知有没有。怪侠乃武林大师，他见老尼一发招，便知这人非同小可。对手虽然不用武器，欧阳德却不敢不用烟袋。他将烟袋一扫，拦腰而过。谁料眨眼之间，老尼却无踪影。只听背后笑道："阿弥陀佛，不愧称侠，功夫不错。"

"啊！"欧阳德闻风转身，已是稍迟了半步。老尼的右掌正在劈向他的左肩头。此时再想躲闪，根本来不及了。怪侠明白，这掌表面平常，暗中却含千钧力。男子用这掌法，称作"黑虎掌"，女子用这掌法，称作"白虎掌"，俗话说"黑白二虎，粉身碎骨"，只要击中，最轻也得半身瘫痪！好位怪侠，急中生智，立刻运用内功。老尼的白虎掌落下，他的左肩头只是稍有红肿，并未伤筋动骨。

"嘿嘿，擎我此掌者，你是第一人！"老尼冷笑起来。

徐胜、武杰眼睛发直，以怪侠之能，在老尼面前只走了一个照面，何况人家还是赤手空拳！

马道青惊喜万状："哎呀，人外有人，天外有天。老法师，欧阳德交给您了，我去收拾那两个人。尤其要杀武杰，替兄报仇！"他手提霹雳剑，向二人刺去。徐胜、武杰知他宝剑厉害，不敢用兵器招架，只能躲躲闪闪。若论武功，二人并肩力战，也能抵挡一阵。怎奈又要防人，又要防剑，则显得不敌。徐胜稍有不慎，钢刀被宝剑削断。只剩下武杰一人，危在旦夕！

此时，忽听山头上有人叫道："无量天尊，仙家静地，岂容在此厮杀？静圆师姐，别来无恙乎！"随着话音，那人从山头飞下。这山头足有四丈多高，那人如同一只雪白的仙鹤，轻飘飘，悠荡荡，落地无声。女尼收住招法，面含微笑："原来是师妹，多有打扰。"

来者正是女剑客、白衣道姑东门金婵！

清晨，东门女剑在山头练武，看清了山下的一切，心想："穿皮

708

妖者可能是我徒侄欧阳德，他武功不错，却难敌静圆，我得帮他一把。"为此，女剑客飞身而落："静圆师姐，以你的身份和年龄，似乎不该再管红尘之事了！"

"唉，是灰比土热，白起龙是我亲侄呀。"

"请师姐到院中一述。"

"不敢打扰。师妹，你那掌门弟子黄姑娘现在何处？"

"你找她？出家之人不敢说谎，黄花现在白衣院。"

"这……师妹，后会有期。"女尼向马道青一招手，二人下山。

"老法师，"马道青疑惑不解，"您怎么说走就走哇？"

"第一，我与女剑客交往四十年，不能轻易撕破脸面。第二，黄花在她师父身边，我又能如何？第三，白云道姑一门三剑客，我得罪不起呀！"

"那，那可怎么办？"

"速回青剑岭，我自有安排。"

不表女尼和马道青，再说欧阳德。他已知女剑客的身份，连忙大礼参拜："唔呀，师姑在上，小侄磕头了。"

"唔呀，老祖宗，吾小人家是你老人家的徒孙哪。名叫武杰，外号小蝎子。今天跟吾师父来请吾师娘。老祖宗，你老人家可得帮忙，不然的话，杨大叔他们就没命了。"

"起来，快起来。"女剑客扶起二人。

徐胜也施了半礼，并且说明原委。

女剑客眉峰稍皱："唉，玉薇竟然变成这样，上三门一贯磊落，最忌暗算，玉薇却偏偏违犯门规。据我所知，七星迷魂帕乃静圆独创，她何时传给玉薇，我竟毫无察觉，当师父的算是失职！不过，你们请黄花出头，她也无能为力呀。"

徐胜答道："老前辈，黄女侠能破迷魂帕，这是玉薇亲口所述。"

"噢？你怎么知道？"女剑客纳闷："这男子口称'玉薇'，语气亲切，内中定有来由。"欧阳德唯恐师姑多心，连忙解释清楚，并说："唔呀，徐胜也是上三门出身，他受钦差与黄大侠所遣，并非私自行动。他和玉薇师妹都很正派，绝无苟和之意，你老人家千万莫怪呀。"

"原来如此，"女剑客看看徐胜，见他仪表非俗，便笑了起来，心中倒有成全之意，"徐胜，玉薇是我徒弟，她身世悲惨，误入歧途。如蒙国家赦免，你可不要忘她。"

"前辈放心。"徐胜感激万分。

"欧阳德，"女剑客故作怒容，"你曾羞臊我徒儿黄花三次，今日还想请她吗？"

"唔，唔呀，吾愿负荆请罪呀。"

"黄花能否饶你，我可不敢做主。"女剑心中暗笑，两个徒弟都有了依靠，当师父的自然高兴。

四人来到白衣院，女剑客令他们稍候，自己去见黄花。过了片刻，小道童来报："哪位是徐老爷，我大师姐有请。"

"唔呀，奇怪呀，她怎么请你不请吾？"

"大侠，人家生你气呢！"徐胜含笑而去。又过了片刻，徐胜回来了："武杰，你师娘叫你，小心挨打！"

"唔呀，吾小人家甘心情愿哪。"武杰跟随道童而去。欧阳德心急："徐老弟，黄花怎么讲的呀？"

"她只问了玉薇之事。我请她出头，人家未加可否。"

"唔呀，麻烦了。"

这时，武杰带笑而归："嘻嘻，吾师娘真讲理呀，不但不打不骂，还鼓励吾小人家好好练艺，为国立功。"

"唔呀，小王八羔子，你还有心思笑呢，师父吾老人家都急死了。怎么样，该轮到吾去见她？"

"这……师娘没有命令，吾也不敢假传圣旨呀。"

"你们请她两次，吾早知道白搭。第三次必须由吾去请，她老人家才有面子。徒儿，把你腰带子解下来。"

"师父想上吊吗？"

"混账！快把吾的大烟袋替吾绑在背后，吾老人家负荆请罪，拉你师娘下山！"

"唔呀，有点意思！"武杰大笑不止，帮师父捆上烟袋，又与徐胜陪同怪侠，一道奔往后殿。

再说黄花，数日来随师学剑，本领大增。为国效力，义不容辞，只想难为怪侠，替自己找回脸面。此时见怪侠身背烟袋闯入，想笑又不便笑，连忙一扭头："侠客爷，您的烟袋乃是武器，怎么背在后边了？"

"唔呀，现找荆条来不及了，吾老人家背上烟袋拜见女侠。"

"哼，在你眼里，我哪够女侠？"

"唔呀，不是女侠，是夫人哪！"

"好没脸！"黄花粉面通红，笑了起来。武杰见机行事，连忙下跪："师娘老人家，吾师父大错特错，您要生气，就打吾小人家吧。"

"女侠当以国家为重，杨香武三人危在旦夕，请女侠息怒，尽快下山。"徐胜劝道。

白衣道姑一摆手："你们放心吧，黄花当然要去。"说罢，伸手从墙上摘下一口宝剑："徒儿，为师被人称作'天下第一剑'，这口闪电宝剑帮我立过大功。如今师父老了，又是出家之人，留此剑无用。我把它传授给你，它能切金断玉，削铁如泥。你佩此剑，如虎添翼，今后与怪侠在一起，闯荡天下，可英勇无敌。"

"这……师父，闪电宝剑价值连城，徒儿不敢接受。"

"快快拿去！"

"师父赠剑之恩，重如泰山。"黄花接剑，泪流不止。

事不宜迟，当天夜晚，欧阳德、黄花、徐胜、武杰辞别女剑客，急返军营。途中，徐胜说道："二侠，我与武杰不会'金蛇狂舞'，请二侠先行一步，我们随后赶到。"这话有双层用意：既能快些解救伤员，又让二侠单独说说贴心话。二侠应承，一路先行。

来到军营，钦差与众侠义亲自迎接。黄花取出解药，先为三名伤员治病。由于三人耽搁太久，直到中午才苏醒过来。尤其是余华、吕胜，已经中毒五天了，虽说苏醒，却十分虚弱，只有慢慢将养，暂且不提。

午后，徐胜、武杰也回来了，向钦差禀明经过。钦差点头："黄女侠，捉拿九花娘，全靠女侠奇功。"

"钦差大人，我想提个要求，恳请大人恩准。那九花娘乃我师妹，自幼情同手足。一旦落网，万望大人恕她死罪。她还年轻，关押几年，出来还能重新做人。"黄花眼圈发红，双膝跪倒。

"请起，请起。"彭公未加可否。

"大人，"徐胜也跪下了，"下差扶保大人以来，不敢称功，只算尽了一点辛苦。我甘愿不加官，不受赏，把我应得的一切转让桑玉薇，只求留她一条活命。"徐胜声音哽咽，长跪不起。

"言重了，言重了。"彭公仍未表态。

"唔呀，事关反叛，非同小可。吾想钦差也难做主。只求钦差在万岁面前多加美言，只要不斩首，哪怕永禁天牢，也算万幸。吾也替九花娘求情……"

"欧阳大侠不必多说，本官自有主张。笔帖主事何在？"

"下差侍候大人。"笔帖主事姓王，乃正六品，相当于钦差的机要秘书，负责文案工作。他连忙上前施礼："不知大人有何吩咐？"

"王主事，你在行军记录中，将高楼山受阻这件事一律删去，要不留任何痕迹。"

"是。"王主事乃彭公的心腹，办事十分周密，"大人，这几天的记录怎么写？"

"就写本官在高楼山患了急病，只得扎营休息。"

"下差照办，请大人放心。"

"唔呀，修改行军记录。九花娘可以无罪了，大人却担风险。黄花、徐胜，还不谢恩？"

"多谢大人。"黄花磕头，又向怪侠小声说道："还是你面子大！"一句话，引得众人笑了起来。

当晚二更，黄花不带兵刃，不带随从，独自一人奔向圣母庙。直到天亮时分，她才归来。徐胜最为关切，一夜未睡："女侠，怎么样？玉薇服输了吗？"

"她呀，不到黄河不死心。我好言相劝，说明利害，又说了钦差的恩情。她却装聋作哑，故意跟我打岔。不用问，准是那个什么'誓言'还在她心中作怪。我当时有点生气，告诉她说'如果不投降，我要擒她'。那丫头却很高兴。她说'在庙中比武，无人作证，今日中午，要在军营相会'。唉，本不想与她动手，看来非打不可了。"

怪侠有些担心："唔呀，你俩的武艺吾都领教过，高低相仿，若论细处，她还胜你一筹。黄花，你敢保取胜吗？一旦败阵，那丫头的反心会更坚定，她必遭国法制裁，谁也救不了她！"

"我又随恩师练剑数日，玉薇的招法，我已掌握，请大家放心。"

中午，九花娘面带冷笑，果来军营。

黄花率众出征，再次劝道："师妹，师父教你武艺，望你成才。谁料你执迷不悟，越陷越深，你对得起师父吗？"

"闯荡天下，路凭自己走！"

"要看是什么路！师妹，非得动手吗？"

"你快点亮刀吧，咱姐儿俩这次来点真的。"

"我已经不使刀了，你看看我这口宝剑。"

"哎呀，闪电剑！师父镇山之宝，怎么会落在你的手中？"

"师父赠剑，让我擒你。不过，请师妹放心。你既不用迷魂帕，我也不凭宝剑取胜。"黄花将闪电宝剑交给了欧阳德，又取来一口普通宝剑，与九花娘大战起来。

三十回合，难分上下。黄花心想："师父教我追魂三剑，此时该用了。"这三剑果然厉害，竟把九花娘打翻在地。这时，忽听有人冷笑："追魂三剑，天下无敌，我倒要请教一番！"

第二十一回　高楼山三僧会三剑
青剑岭洋鬼遇洋神

来者乃是老尼静圆，后面跟着赤发灵官马道青。

静圆在大楞山阻截欧阳德，不料被白衣道姑冲散。她深知白衣道姑的武艺，所以并未交锋，便带领马道青下山而去。马道青心中很是不服："老法师，凭您的功力，为什么不战而退？欧阳德若是请出黄花，九花娘必败无疑。这样一来，高楼山就得失守。"

"唉，落入是非内，便成是非人。为了我侄儿白起龙，老尼只好重陷苦海。马道爷，高楼山乃第一道重要防线，不到万不得已，绝不能放弃。据我估计，九花娘败局已定，不能再指望她了。我还得另想主意，力挽狂澜。"

"愿闻老法师高见。"

"武林中有两位奇人，一位叫金和尚华方，一位叫银和尚华盖，不知马道爷可听说过？"

"久闻大名，无缘相见。听说他们是武当门的两位副门长？"

"对呀。他们还是我师兄，也是白起龙的师父、师伯。自古来是亲三分向，我想把他二人请来，与我共同扼守高楼山。只要我们三人在此，想那彭朋插翅难越。"

"无量天尊，果真如此，可比九花娘胜强万倍。不过，二位长老浪迹天涯，又去何处寻找他们？"

"天然凑巧。前不久，峨眉门在湖南阳明山召开门庆大会，曾邀请上三门参加。二位长老身为武当门副门长，也到会祝贺。庆典过后，他们又来到广西游山玩水，并在凤凰山人臂岭绘制剑谱，准备聚集天下九剑客，共同磋商剑术。凤凰山人臂岭距此不足百里，我令起龙亲自去请，二位长老不会不来。"

"天助我也！"马道青心中大悦，只要战败欧阳德，自己就能生擒武杰，替兄报仇了。他跟随女尼回到青剑岭，向白起龙说明一切。白起龙奉姑母指示，亲往人臂岭去请二位长老，暂且不提。

女尼静圆担心九花娘有变，又带领马道青来到高楼山。正逢二女对剑，她才喝住黄花，救下九花娘。

黄花学艺期间，静圆与白衣道姑早已断绝了来往，所以彼此不相识，不由得问道："老前辈，请问大名？您能识破追魂三剑，肯定是位武林高手。不知今天有何指教？"

"哈哈，你很会说话。老尼法号静圆，本名白慧贞，我与你师父白衣道姑乃四十年老友，今日至此，专为玉薇之事……"

"唔呀，"欧阳德一旁叫道，"黄花，你别听她胡说八道。这母龟孙、老秃贼乃青剑岭的高手。你难胜她，吾老人家也难胜她，你与吾合在一起，也难胜她！"

"阿弥陀佛！"静圆万没料到，堂堂怪侠，竟然口出不逊。黄花也一皱眉，不理欧阳德，只向老尼问道："您想把玉薇如何？"

"我很喜欢她，她既然败在你手，我就不再难为她了。今天收回当年的'誓言'，放她去做自由人。此后一切行动，由她做主。"

"什么'誓言'？我是玉薇的师姐，怎么从未听说过？"

"此事与你无关。玉薇，还不快点谢我？"

"这……"桑玉薇二目发直。

徐胜明白一切，高兴地叫道："玉薇，她已收回'誓言'，你不必再烦恼了！"

"我……老人家，承蒙大恩，感激不尽。我想重返白衣院，再学剑术。我走之后，高楼山由谁把守？"

"哈哈，好孩子，一切后事，不必你再挂念。"静圆说罢，转向黄花："从现在起，我便是高楼山的主人。你们要想过山，除非胜我掌中剑！"说罢，从腰间一伸手，抽出一口软剑。这剑名叫"蓝叶锋"，剑片极薄，弹性最好，可以缠在腰间。黄花不敢轻敌，忙从怪侠手中换回闪电剑，转身刺向老尼。老尼的蓝叶锋虽好，却碰不得闪电剑。

只有躲躲闪闪，力战黄花。尽管如此，黄花仍有几次处于险境。怪侠见势不妙，忙向赫连宝吉一招手："师弟，请黄大侠保护钦差，咱俩一块上吧！"

"唔呀，正对劲哪！"怪客一晃大烟袋，飞身跃起，三侠战一尼，堪称惊心动魄！

但见：两根大烟袋夹着闪电剑，两团大皮袄护着魔侠女，三人齐心协力，拼挡蓝叶锋。这位老尼，面对峨眉三侠，毫无惧色。蓝叶锋上下翻飞，左推右砍，只杀得天昏地暗，征尘四起。直到傍晚时刻，难见高低。

黄三太保护钦差，不敢挪动半步："大人，来日方长，不必挑灯夜战了吧？"

"鸣锣收兵。"钦差令下，三侠收住招法，双方罢战，各回驻地。

黄花押上九花娘，交钦差审讯。彭公连连摆手："案情早定，无须复议。桑姑娘若肯留在军中，本官欢迎。若有去处，可自行方便。"

"啊？真的不杀，不抓吗？"九花娘有些不信。徐胜唯恐有变，连忙说道："军营无戏言，赶快谢过钦差。"

根据九花娘的意愿，她想重返大楞山，再学剑术。钦差并不挽留，委派徐胜送她。黄花又道："徐胜，你见到我师父，把老尼静圆之事告诉她老人家，并恳请她老人家下山协助。"

"记住了。"徐胜、九花娘辞别众人，奔往白衣院。

再说白衣院院主、女剑客东门金婵，她送走徒儿黄花之后，心情很不安宁。黄花能够收服桑玉薇吗？女尼静圆若是插手此事，必然出现大乱。唉，自己一世未嫁，无儿无女，却为两名徒弟操心。若有意外，又得坠入红尘。她正在思绪万千，小道童来报："师父，两位师伯来了，院外求见。"

"噢？待我亲自迎接。"白衣道姑来到大门之外，将两位师兄迎到客房。

来者正是丐剑哈哈叟诸葛方、圣手昆仑剑皇甫松。二人笑道："师妹，桂林府一别，看来你很轻松愉快。"

"恰恰相反，师妹并不轻松，更不愉快。"

"此话怎讲？"

"二位师兄，你们还记得白慧贞吗？"

"白慧贞？"二剑面面相觑，"记得。听说她削发为尼之后，潜心苦练剑术。如今已达炉火纯青的境界了。师妹，你因何提她？"

"哼！"女剑客半嗔半怒，"都怪你俩，白慧贞当年求亲，你俩谁也不应。她不恨你们，却似乎一直在恨我。"

"哈哈，小师妹，说话要有根据呀。"

"当然。请问二位师兄，武林之中，谁有七星迷魂帕？"

"那是左道旁门的玩意儿，乃白慧贞独创。我们拒婚，与此事也有关联。"

"可是，我二徒弟桑玉薇也有七星迷魂帕，肯定是白慧贞传授，以此破坏我的声誉。"

"可恨！小人之辈，当年拒婚拒对了。"

"还有呢……"女剑把九花娘占据圣母庙，白慧贞阻劫欧阳德之事一一讲明。

"糟了！"诸葛方叹道，"你我三人，恐怕也要卷入这场是非之中。不出三天，必有一场鏖战。"

"大师兄，听你话外有音哪！"女剑客疑惑不解。

"师妹，桂林府分手之后，咱们峨眉门新任总门长天目长老便将我二人传去。长老吩咐说：上三门总门长联席会议决定：峨眉、武当、少林各出三名剑客，三三见九，九名剑客在一起磋商剑术。名谓'磋商'，实际上是斗剑，胜者当列三门之首。按说，上三门不该干这种无聊之事，怎奈天目长老刚刚当选，他老人家好大喜功，想闯出点名堂来。我与皇甫师弟乃他晚辈，不便反驳。长老还说你我三人世称'复姓三剑客'，由我们出头论剑，并让我俩来通知你。"

"这……"女剑客眉峰微皱，"这不太好哇，二位师兄，那两门派谁参加？"

"后来听说，少林门门人一致反对此举，他们的总门长只得弃权。如今剩下峨眉、武当两门，武当门由金和尚华方、银和尚华盖、女尼静圆——也就是白慧贞三人出场。"

"哎呀，"女剑客惊道，"这三人名气好大，二虎相争，必有一伤。"

"是呀，我正想找武当三剑商议，取消此举。如果白慧贞扶保了反叛，这一战势在必行，非打不可了！"

皇甫松插话："师兄、师妹，我看这事不难。白起龙是他们的弟子；欧阳德、赫连宝吉、黄花是咱们的弟子。他们的弟子是反叛，咱们的弟子是官差。武当三剑若为门户而战，咱们就弃权；若为天下而战，咱们就奉陪到底！保卫国家，人人有责嘛。"

"言之有理。"女剑客赞同。

"只能如此了。"丐剑是大师兄，拍板定局。

小道童又报："师父，师伯，我二师姐来了，还有那位徐先生，他们要求见师父。"

"哼，"女剑对九花娘很生气，"传你二师姐跪在山门，请徐先生进来。"

"是。"道童将徐胜引进客房。经过介绍，徐胜对二位"男剑客"行了半师之礼，又将军营情况做了说明："三位前辈，昨日午后，三侠战一尼，直到天黑未分胜负。那老尼十分厉害，她若扼守高楼山，钦差将寸步难行。"

女剑客不解："徐胜，静圆力战三侠，是靠剑术，还是靠七星迷魂帕？"

"她全靠一条软剑，并未施展暗算。据我猜想，老尼曾将解药传给了桑姑娘，她那迷魂帕也就失去了效力，再用就不灵了。"

"嘿嘿，"诸葛方冷笑，"白慧贞能力战三侠，可见武功玄妙。既然如此，何必又练迷魂帕？幸亏她把解药传给玉薇，否则，咱那三个徒儿要吃大亏呀！"

徐胜赶忙顺口搭音，替九花娘说情："三位前辈，桑姑娘已有悔改之意，并愿重返白衣院，闭门思过，再度练剑。请前辈宽恕她吧。"

"童儿，先将你二师姐领到后院，容我慢慢处置。"女剑客传命，徐胜不敢再说，只得告辞。

"且慢，"圣手昆仑剑皇甫松一摆手，"徐胜，女尼不足惧，她身后还有两个和尚，这二人比女尼又高出数倍……"

"哎呀，"徐胜大惊，"一个静圆便挡住三侠，再来两位高手，谁敢交锋？"

"不必紧张，我三人随你一道下山。无论为公为私，全都理当助阵。"

"多谢三位前辈。"徐胜惊喜万状。

四人不敢耽搁，立即动身，奔往军营。

来到鸡鸣驿，天色已黑，徐胜进去禀报。过了片刻，钦差彭公率领众侠义亲自迎出辕门，并将三剑请入钦差大帐。欧阳德、赫连宝吉、黄花分别上前，跪行大礼，各自拜罢恩师。黄三太等人也上前见过。钦差命人看茶，盛情款待。三剑问道："大人，军营之中情绪低落，莫非发生了意外之事？"

"唔呀，师父老人家，别提了。钦差愁得一天没吃饭，吾们急得都想上吊哇！"

"噢？莫非女尼又来骚扰？"

"光她一人，还可抵挡。今天又来了两个和尚。吾们三十来人一块上前，竟非对手。幸喜那两个和尚不伤人命，否则，老人家就见不到徒弟了！"

"嘿嘿，他们果然光临！"

原来，西路天王白起龙奉了姑母白慧贞之命，亲往凤凰山人臂岭搬请二僧。二僧问明来由，连连摆手："徒儿，我们乃出家之人，不问红尘之事。你造反成功也罢，将来被诛也罢，一律与我们无关。我们只奉总门长天然长老之命，与峨眉三剑论剑，别的事情一概不问。"

"师父，"白起龙心生诡计，"清营中的武林头目叫欧阳德，他正是峨眉三剑的门人。据我所知，峨眉三剑要协助他徒弟，攻打我的青剑岭。他们扬言：要与师父沙场论剑！"

"真的吗？"

"这乃欧阳德亲口所述！"白起龙无中生有，编造是非。

"既然沙场论剑，理当奉陪。"二僧不辨真假，来到高楼山。

女尼静圆为了她侄儿，更是加油加醋。二僧大怒，日闯军营。以他们的武功，谁敢阻挡？清营人人烦恼，又无可奈何。

峨眉三剑听罢经过，只得叹道："三僧联袂，锐不可当。明日辰时，沙场论剑！"

次日，双方列阵，各显威风。

金和尚笑道："峨眉三剑，咱们武林之事，不该卷入政界。你们却要沙场论剑，未免小题大做了！"

"长老，你弄错了……"

"没错，没错。你身后就是官军，我错在哪里？请吧！"

"不恭了。"三剑心想："事到而今，解释不得。"只好各亮宝剑，飞身上前。

金和尚对诸葛方、银和尚对皇甫松、静圆对白衣道姑，四男二女，沙场论剑！

人们看呆了，就连黄三太、欧阳德也二目发直。这哪里是比剑，分明是仙佛斗法！只见六团白练闪动，偶有火花迸飞，却不见人影！

至中午时分，难见高低。

突然，有人喝道："阿弥陀佛！"声若洪钟，震动山谷，"快快住手，老僧来也！"

六剑罢战，举目望去。只见眼前站一高僧，高僧年届九旬，威风凛凛。六剑共同参拜："不知老人家大驾光临，未能远迎，多有冒犯。"

来者乃武当门总门长天然长老！

"师父"，二僧一尼又施大礼，"师父难得下山，定有要事指教。"

"哈哈哈，"高僧大笑，"俗话说'老小孩儿，老小孩儿'，人若老了，会变成小孩儿脾气。少林门总门长天空长老、峨眉门总门长天目长老，再加上我这天然长老，我们都是九十来岁了。一时心血来潮，竟要'三门论剑'。幸喜少林门门人反对，才让我们清醒过来。为此，三长老决定取消此举，不再论剑。我便到凤凰山人臂岭去找金和尚、银和尚，天目长老也去大楞山白衣院通知'复姓三剑客'。"

"些许小事，随便派个人就行了。何必二位总门长亲自通知？"

"你们都是什么人物？除了长老，谁敢指挥你们？我到人臂岭一问，才知二和尚来到高楼山，老僧急速追来，幸喜剑未血刃，否则会伤和气。你们——"老僧手指二僧一尼，"都跟我走吧，武当派也要召开门庆大会，很多事情需要商议。"

"谨遵师命。"二僧一尼唯唯诺诺。

"你们——"老僧手指三剑客，"赶紧回归白衣院，省得天目长老四处乱找。"

"是。"三剑客正合心意。

女尼静圆虽然惦记侄儿，却不敢违抗门规。

六剑散去！

彭公大喜："来呀，起营拔寨，西下青剑岭。"

过了高楼山，便是田林县。田林以西，皆为白起龙的天下。为此，田林变为要塞，国家派驻重兵，军事首脑乃广西提督萨布素。萨大帅是满洲正黄旗人，勇猛善战。他率领三万大兵，驻守田林。虽说暂时安定，他却日夜提心吊胆。今日盼，明日盼，总算盼来钦差。

双方见面，萨大帅拜见彭公。彭公又将诸侠义一一介绍。当介绍到余华、吕胜时，二将诚惶诚恐："大帅，一年之前，您派我二人进京，为索亲王奉献寿礼。下差无能，在皖鲁交界处丢失猫眼儿。因怕获罪，不敢再回广西。后被钦差收留，随队西下。今日相逢大帅，望大帅宽恕。"

"原来是你们。一年未归，我正觉得纳闷。哼，丢失寿礼，也该回禀本帅呀！"

"萨大人，"彭公笑道，"索亲王为官廉正，对寿礼并不看重。余、吕二将随我以来，屡屡立功。看在本官分儿上，饶恕他们吧。大帅若索猫眼儿，本官可以赔偿。"

"不敢当，不敢当。"萨布素职位虽高，比起钦差还低几级。此事只好罢论。

"萨大帅，西边事态如何？"

"禀钦差，近来还算平静。白起龙曾有几次小打小闹，并未大动干戈。据探马报告，他们正在加紧操练，几日之内，可能起兵。"

"奇怪，本官原先估计，此处早已大乱。为什么这样平静呢？"彭公百思不解。

花开两朵，各表一枝。田林县因何平静？还得从青剑岭说起。

两个多月以前，青剑岭来了一伙人马。其中有二百多名安南国人，还有五名西洋"教士"。最令人惊叹的是，这伙人的首领竟是一位青年女郎！女郎二十多岁，碧眼金发，皮肤白皙，姿容秀丽，性情放荡。她名叫金丝娃，父亲是个殖民主义者，又是一位著名的机械工程专家。金丝娃从小受父亲熏陶，她把殖民主义、机械工程这两件莫不相干的事情皆视为"神圣"，为此，她既大肆宣扬殖民主义，又潜心钻研机械工程。"精诚所至，金石为开"，她不仅在政治上颇有名望，同时还发明创造了多种机械，被一些好事之人捧为"月亮神"。这样一来，她更加张狂，扬言要闯闯世界。

马德赖来华之后，为了显示耶稣教的"诚意"，曾请求他的上司调拨西洋火器。那些殖民主义者立刻同意，凑了五十支"单打一"，七门老洋炮及一些子弹，打算派人送往中国。金丝娃闻讯之后，觉得这是"闯世界"的大好机会，于是主动请命，要求来华。西洋比中国"开放"，只重能力，不在乎男女，因而很快批准，并任命她为"援白火器运输队"队长；所谓"援白"，当然是援助白起龙。

火器装进海轮，经大西洋，绕印度洋，又穿过南海，到达安南国，经过陆运，送到西林县下黄山青剑岭。

白起龙见到火器，又见到西洋美人，不由得惊喜万分。马德赖更有吹的了，他指手画脚，嗷嗷乱叫："我们洋人最讲信誉，不但支援你火器，而且还派来专家。密斯金就是大专家，在西洋诸国名声极大！"

"OK！"金丝娃不懂汉语，全靠马德赖翻译。其实，他们二人从未见过面，只不过是相互闻名而已。

经过马德赖这番吹捧，在金丝娃面前，白起龙有些自惭形秽。他偷眼打量，见这洋美人高高大大，皮肤洁白如玉，光着玉腿，修长俊美，富有弹性。在中国哪见过这种打扮？他不由得二目发直，丑态百出，金丝娃并不在意，面含媚笑地向马德赖说了一通洋话。马德赖翻译道："白天王，金小姐告诉你，火器运来了，赶紧派人练习操作。"

"对，对！应该立刻派兵。金小姐想得周到，真是才貌双全。不知金小姐有没有……"他想说"婆家"二字，若是没婆家，自己则有希望开开"洋荤"，又一想这纯属异想天开，根本不可能，为此连忙改口："不知金小姐有没有外号？"

"嘻！"马德赖啼笑皆非。中国武林人物讲究外号，洋人哪懂这个？可是又不能不加翻译。谁料金丝娃听罢，大笑不止："我也有外号，叫'月亮神'！"

"妙绝，名副其实！"白起龙听罢翻译，兴高采烈。

从这日起，洋奸马德赖领着"洋神"金丝娃训练喽啰。每两名喽啰掌管一支"单打一"，每十名喽啰掌管一门"老洋炮"。这种火器很笨重，杀伤力也不很大。可是在当时，比刀枪剑戟却先进许多。

白起龙偶尔也来看看训练，他觉得很新奇，又觉得很失望："马神甫，这玩意儿叮咣乱炸，火苗挺凶，可是放一响之后，得马上装子儿。我们武林人身法极快，趁你装子儿的工夫，就冲上来了。面对面动手，火器不如烧火棍呢！"

"有道理。中国武功十分奇特，发明火器的人，肯定不会中国武功！"马德赖把白起龙这番话，转告了金丝娃。

金丝娃起初不信。她看了几位副寨主演武，才重视起来。又过了十天，她向马德赖笑道："OK，一切圆满，我让白天王稳操胜券！"

第二十二回　欧阳德火烧耶稣阵
高通海水淹神机营

金丝娃展开一幅图纸，示与众人。

原来，这位"月亮神"在半山坡上设计了一排木楼。她运用机械原理，在楼中安装了齿轮、皮带，从而使木楼能升能降。木楼下降时，可做火器发射点；木楼升起后，又变为掩体。真是精巧灵活，易守难攻。与此同时，她又在山沟深处设计了七辆"旋转车"，每辆车上安装一门"老洋炮"，随着车身旋转，"老洋炮"可以轰炸四方！

金丝娃解释道："木楼中隐藏'单打一'，由上往下扫射；山沟里暗设'老洋炮'，由下往上轰炸，上下夹击，清兵必败！"

白起龙仍不放心："金小姐，清营之中有许多武林奇才，他们若是近身快攻，屠杀射手呢？"

"白天王过虑了。不等他们上前，木楼便能自动升高。如同你们中国的古城墙，起到钢铁屏障的作用。"

"对呀！"白起龙若有所悟，"木楼升高后，射手们就有时间换枪子儿了。然后再放洋枪，稳稳当当！"

"正是这样，"金丝娃含笑点头，"这几天，我已察看了青剑岭地形，可将旋转车与老洋炮埋伏在南山沟下。那里是悬崖峭壁，无路可走。清兵若架软梯，山下炮火齐发，他们恰好送死！"

"高人，真是高人！"白起龙口服心服，"金小姐，难为你年纪轻轻，却这样深谋远虑。我们中国讲究'摆阵'，你摆的这叫什么阵呀？"

"哈哈哈，我哪懂摆阵？这都是耶稣的旨意。为了尊重你们中国的风俗，就管它叫'耶稣阵'吧！"

"好！金小姐神机妙算。山上的木楼就叫'耶稣阵'，山下的火炮，就叫'神机营'。有这一阵一营，何愁不夺天下？"

"白天王若是赞同，赶快派人造楼造车。"

"立即行动！"白起龙派出大批喽啰，采石伐木，在金丝娃的指导下，日夜操作起来。由于他们忙着营造工事，所以边界平静，减少许多征战。这些内情，彭公哪里知道？

再说广西提督萨布素，奉钦差命令，调齐三万人马并粮草给养，准备起身。这时，多臂熊褚彪与杜清、杜明也回来了。他们曾奉怪侠之命，勘察地势。三人经过一番周折，最后在青剑岭东南十二里找到一块地盘。这地盘名叫八达川，依山傍水，交通方便。与三人一道回营的还有机灵鬼焦信。焦信一见钦差，伏地痛哭。他将马道青剑杀父兄五人之事一一禀明。彭公听罢，十分惋惜。安慰了焦信，又令笔帖主事将五位烈士死因记上功劳簿。待还朝之后，由国家抚恤。这些细节，不必多说。

田林县扎兵三日，第四天清晨，大军西下。西边虽是青剑岭的地盘，占据者却多为乌合之众。天兵扫过，势如破竹。他们或死或逃，谁敢阻挡！七天过后，大队人马来到八达川。

八达川果然是块宝地，水源、柴源都十分充足，距离官道也不算太远。彭钦差心中满意，传令扎营。

但只见：刨土壕、堆土城，立营门安下中军帐。竖纛旗，挂吊斗，栽鹿角，摆丫杈，内分五行，外罩八卦。一切事毕，钦差点名过卯，诸侠义排列两行，威武精神，气势汹汹！

黄三太说道："钦差，八达川大本营距青剑岭还有十二里地。在大战之前，我想去察看一下，以便掌握敌情，增进了解。"

欧阳德说："唔呀，好主意，吾陪你一块去吧。"

"二位大侠多加谨慎。"彭公点头赞同。

黄三太、欧阳德离开军营，奔往青剑岭。此时已近傍晚，云淡风轻，落霞满天。他们来到岭前举目观望，但见千峰排戟，万仞开屏，藤缠老树，雀占高岩。山顶修有大寨，隐约约旗帜飘摆。虽然不见人影走动，却暗含一股杀气！黄三太摇头叹道："好个贼巢，果然森严壁垒，气势磅礴！"

"唔呀,黄大侠,你看那是何物?"欧阳德往山坡上一指,但见山坡上横着一排木楼,有圆有方,十分好看。

原来,"月亮神"金丝娃在建造木楼时,忽然心血来潮。她为了显示自己,竟模仿法、英、奥、德、葡、比、意、俄八个国家的建筑风格,盖起这排木楼。并美其名曰"西洋八景"。黄三太与欧阳德只是纵横国内,哪里见过这番景象?为此深感奇怪:"唔呀,这些木楼里也能住人吗?黄大侠,咱俩进去走走。"

"还是不去为妙。现在已近天黑,咱对地形又不熟,贸然进去,恐怕要吃亏。"

"那就不去了。"二人转了几圈,回归八达川,向钦差做了报告。

彭公疑惑起来:"二位大侠,半山坡上修木楼,又是奇形怪状,使本官想起了画春园迷人馆。唉,我在那里曾被困数日,知道它的厉害,那排木楼会不会也有机关?"

"唔呀,很难说呀。对于机关埋伏,吾与黄大侠一窍不通。请钦差传来刘德太,他是神手善人纪有德的徒弟,也许能说清楚。"

刘德太被传来到钦差寝帐。听罢叙述,摇头说道:"机关埋伏千变万化,只看外表,深浅莫测。待明日征杀时,我亲自察看,再加可否。"

次日清晨,彭钦差留下李七侯看守大本营,自己率队亲征。兵马来到山前半里,扎下队伍。刘德太请战:"大人,为察看木楼,我愿讨令出马,攻打头阵。"

"好,再让黄大侠、欧阳大侠为你派几名助手,共同前往。"彭公对侠义们十分敬重,从不直接指挥。黄三太与欧阳德商议之后,决定让伍氏三雄,金罗汉伍显、银罗汉伍芳、玉罗汉伍捷各率一百名官军随同刘德太讨敌骂阵。四位英雄各操兵刃,一个马上、三个步下,带领官军来到阵前:"呔,反叛听真,今有奉旨钦差彭大人率众擒敌。你们赶快投降,否则杀个鸡犬不留!"话音未落,只见那排木楼徐徐下降,顷刻响声大作,子弹从楼中飞出。可怜官军,毫无防备。他们平日只懂刀枪剑戟,哪里见过西洋火器?此时干等着挨打,死伤无数。伍氏三雄手足无措,全部中弹身亡。幸亏刘德太镫里藏身,战马受伤,总算生还。

彭公大惊："哎呀，果然有机关埋伏！"

"唔呀，这可能是洋枪。黄大侠，你掩护钦差撤离，吾上去看看。"

"不行，危险万分！"

"不要紧。现在枪声已经冷落，估计他们在装添弹药。乘此机会，吾老人家可以闯入木楼！"怪侠为国为民，不顾自身。他刚要往前飞跃，忽见木楼又渐渐升高，足有两丈。这种高度，谁也纵不上去，只能使用飞抓绒绳。可是你爬到半截，人家子弹又装好了，等于白白送死。彭公与黄三太岂能让他上前？

"欧阳大侠，快跟我一同撤退，这是本钦差的命令！"彭公只得施展"权威"。

人马刚刚移动，山沟下边的"老洋炮"又朝上射来，军营大乱！欧阳德忙命赫连宝吉背起钦差；自己与黄三太指挥队伍，火速下山。幸喜老洋炮只射七发，官军才得逃脱。

回到八达川，清点人马。兵丁死伤三百余名。除了伍氏三雄，又有小雄信余光、泥金刚贾信、红旗李玉、铁掌方飞四人被炮火炸死。群雄又惊又恨，青剑岭敌酋尚未露面，便死了七位豪杰！

"唔呀，混账王八羔子，贼龟孙子，此仇不报，吾老人家便不是怪侠！"

"哼，我黄三太豁出性命，也要踏平青剑岭！"

彭公劝道："二位大侠，你们是武林首领，此时此刻应该冷静。七位英雄为国捐躯，实属不幸。可是，自古胜败乃兵家常事，不能只看眼前，还要往长远打算！"

"大人高见，言之有理。"二侠沉思起来。

要破青剑岭，首先得弄清洋枪、洋炮的底细。可是这件事情又十分难办。火器封住了山口，让人近身不得。既难近身，又从何处下手？二侠客面面相觑，一筹莫展！

"唔呀，"怪侠叹道，"若能抓个活口来就好了。可是连个人影都见不到，让吾老人家去抓谁呀？"

鱼眼高恒抱腕拱手："二位大侠，我倒有个主意，一旦成功，可望奏效。"

"老英雄，快快讲来。"

"今日开战时，我发现青剑岭南山坡下有一条大河。河水由上而下，浪涛汹涌。据我观测，大河的源头在山顶某处。如果顺着河道逆水而游，也许能登上青剑岭。只要能上山，事情就好办了。即便捉不来活口，也可摸摸底细。"

"唔呀，主意很好，只能如此了。不过，高老英雄年迈体弱，逆水上山，力量难支呀。"

"老朽理当拼死效劳，只怕误了国家大事。还是让通海去吧，他的水性比我还高，且年富力强。一旦发生意外，算是为国家尽忠，死得其所！"高恒为破青剑岭，准备献出爱子的生命。海底蛟高通海更是义不容辞："钦差、二位大侠，请你们放心，不弄清真相，我誓死不归。"

彭钦差内心感动："高壮士，此乃壮举，你要万分小心。能探明底细当然最好，如有意外，速速返回。不论成败，本官都为你记下大功！"

"多谢钦差。"

当日傍晚，高通海换上水衣水衩，背后斜插单刀，辞别众人，奔往南山大河。

书中交代：这条大河名叫驮娘江，起源于下黄山主峰狼牙岭。江水由西向东，上游急喘，下游已趋于平稳。高通海来到江边，先测了测水温，虽非冰凉刺骨，也有几分微寒。此时顾不得许多了，他活动了几下腰腿，纵身跳入水中。逆水游泳比顺水游泳要累数倍，高通海依仗年轻力壮，水性又好，一头扎下去，竟游出二里多远。正往前游，忽然觉得水流旋转，出现了一股浪涡。高通海连忙浮出江面，四处观望。驮娘江两岸几乎都是峭壁，山石外露，杂草不多，只有几棵古树崖间挺立。在前进方向的右侧，闪出一孔山洞，洞口能有六尺方圆。江水钻入洞中，又拐了出来，为此形成漩涡。通海游到洞口往里细看，只见洞内水流滚动，隐隐约约映着月色。他心中暗想："这是什么地方？既然映入月色，肯定与外界相通。哼，不入虎穴，焉得虎子？我何不进去探个明白？"想到此处，便向洞内游去。这孔山洞十分奇特，尽头之处是死的，洞顶上部却有个二尺方圆的出口，月光便是从这里洒入。原来，这种山洞称作"阴阳洞"，天然形成，景色奇绝。江水流入洞中，只在下半截迂回，上半截岩石外露，长满青苔。高通海有些劳累，他手攀岩石，从天孔爬出，一来想休息片刻，二来也想看个究竟。来到洞外四处观瞧，忽见离此不远的山脚之下，闪着一片灯光，并断断续续传来人声。通海十分惊奇："怎么在山沟下边还藏有人马？这是一支什么队伍？莫非是白起龙的秘密据点吗？不对呀，白起龙应该在山上指挥，不能隐在山沟里。噢，明白了，一定是白起龙挖下的暗道，事败之后，他想从这里逃跑。这才叫踏破铁鞋无觅处，得来全不费工夫！替白起龙看守暗道者，必是他的心腹。也罢，凑巧让我看见，我就不用上山了。"想到此处，他连忙抽出钢刀，踏着山石和荆棘，奔往火光而来。

其实，高通海全猜错了。这里既非据点，又非暗道，而是"神机营"，也就是七门"老洋炮"的隐蔽之处。神机营的首领正是山上四寨主、小湘子龙大奎。前不久，龙大奎曾在高楼山追求九花娘，后被徐胜赶走。回山之后，他觉得颜面无光，便讨了这份差事，暂且躲避众家寨主。此时，龙大奎正面对孤灯长吁短叹："唉，不知在此隐蔽多久？荒山旷野，无人陪伴，更不知九花娘流落何方？美人哪美人，你怎么就看不上我呢？"他越想越愁，只得以酒解闷："来呀，拿酒来！"

"寨主爷，"随从劝道，"您已喝了不少，该休息啦。"

"浑蛋！咱俩谁是寨主？"

"您别生气，咱处在大山沟里，两边都是峭壁。若回山取酒，得绕出二十多里地。小人跑一个来回，天也亮啦。"

"放你妈的狗臭屁！谁让你回山取酒？神机营没带酒吗？"

"这……大寨主和马神甫有令，不准带酒，恐怕误事。您今晚喝的这坛酒，是小人偷着背来的，若被大寨主知道……"

"哼，他们在山上狂饮，还有洋娘儿们陪着，却让我当和尚！刘头目，快去弄酒，若弄不来，我先杀你人头！"

"是。"刘头目不敢多说，走出大帐。他自言自语："这位四寨主本事不大，挺难待候。深更半夜的，上哪儿弄酒去？得啦，挨个帐篷问问，也许有偷着带酒的，先把今夜混过去，明天找大寨主辞职！"他边说边走，来到野外。

"不准出声，快随我走！"高通海刀压头目脖颈，将他带到远处。

"好汉饶命。"

"我问你几件事，你若撒谎，立刻就杀！"

"小人不敢撒谎。"头目战战兢兢。

高通海唯恐耽搁，把该问的事情一一询问起来。幸喜这个头目多少有些身份，对山上的事情大致了解，因而做了回答。诸事完毕，英雄手起刀落，处死了头目，并将尸体抛入僻静山林。至于四寨主龙大奎不见头目归来，帐中大骂："这小子准是弄不到酒，怕我真的杀他，因而吓跑了。嘿嘿，明天再跟他算账！"说罢，倒头睡去。

再说高通海，照原路跑回"阴阳洞"。他爬上顶口，纵身水中，然后顺流而下。为什么不走旱路，仍走水路？原来他怕旱路不熟，再逢意外，这也算他的精明之处。拂晓时刻，回到八达川军营。钦差与诸侠义一夜未睡，静候消息。他们见通海回来，忙问经过。听罢叙述，人人惊呆！

黄三太双眉紧皱："大人，我们武林界不怕真杀实砍，对于西洋火器却无能为力，不得近身，如何交锋打仗？"

"唔呀，龟孙王八羔子，摆哪门子'耶稣阵''神机营'？让吾老人家有劲使不上啊！"怪侠沉思了片刻，突然问道："通海贤弟，他们那座耶稣阵全是木头的吗？"

"据头目说，洋女人所盖的全是木楼。"

"唔呀，有了！吾想起一个人来。"

"谁？"

"诸葛亮啊！"

"嘻！"

"要破贼兵，全靠火攻，别人不用，吾打冲锋！他们既是木楼，秋天风大，吾老人家烧他个龟孙！"

"不行啊，"黄三太摇头，"火器封锁山口，你怎样才能进去？"

"据吾观察，耶稣阵的火枪只能往下射，而不能往高射。吾想冒险施展绝艺——八步登空法！只要此招成功，便能闯入山口。"

诸侠义商面相观，均有不解："什么叫'八步登空法'，我们怎么从未听说过？"黄三太看出众人心意，连忙解释道："八步登空法乃武林奇功，就是平地纵起之后，用一只脚的脚尖再踩另一只脚的脚背，从而产生动力，二度拔高。周而复始，连续八次，可飞起三丈以上。这种奇功，会练者没有几人，就连黄某也望尘莫及！"

"哎呀，"群雄叫道，"这跟神仙驾云一样，欧阳大侠真的会练？"

"唔呀，"武杰急忙帮腔，"吾师父老人家不但会八步，还会十六步呢，跟孙大圣一样，眨眼就没影了！"

"混账王八羔子，哪有吹捧师父的？"怪侠笑了起来。

黄三太又道："欧阳大侠若是施展八步登空法，肯定能躲开火枪，靠近耶稣阵。但是，南山沟下隐藏着神机营，他们的火炮却是由低向高射，你的绝艺能躲上面的火枪，却难躲下面的火炮哇！"

"唔呀，糟透了！吾把神机营忘了！"怪侠把脚一跺，再不言语。

"嘻嘻，大侠别恼。"高通海笑道，"您用火，我用水，水火无情，神机营交给我了。"

"唔呀，你有什么好办法？"

"我上山探听消息时，发现了一个水洞。只要弄点火药，将水洞炸穿，驮娘江水便从洞底滚向南山沟。您想想，火炮被水一淹，全成哑巴，连那些喽啰、寨主一块淹死！"

"唔呀，好一个高通海，你功劳最大！"

"您可别夸我，我全凭撞大运。您那八步登空法才是真功夫呢！"

"唔呀，你的水性也不是假的。咱俩赶快准备吧。"

彭公大喜，立刻命令广西提督萨布素找来十斤上等火药。高通海将火药、导索、引物全都包进油布之中。里三层、外三层，严严实实，以免河水浸入。万事就绪，辞别诸人，又跳入驮娘江，奔往阴阳洞。

单说怪侠欧阳德，他把硫黄、焰硝装进竹筐，又用细绳绑在身后。今日一反常态，皮袄也脱了，眼镜也摘了，烟袋也收了，一身短衣巾、小打扮，显得干净利落，耀武扬威。

"师父，你好年轻，好漂亮啊！"武杰说着，看了黄花一眼。黄花收服九花娘后，本想告辞回山，可是彭钦差再三挽留，她只得应允。打仗的时候，有黄三太、欧阳德、赫连宝吉等人，根本用不着她动手。黄花无事可做，只得教授胜玉环、刘云芳二员女将练习剑术。二女都很年轻，心中敬佩黄花。闲暇时，玉环向她讲些胜氏镖法，云芳讲些机关埋伏。今日见怪侠孤身火烧耶稣阵，不由得提心吊胆。魔侠女终究与众不同，上前说道："侠客爷，你有武功，有胆量，有正气，这是侠客爷的长处，可是你嘻嘻哈哈、玩世不恭，这又是你的短处。你今日铤而走险，我佩服你，你可得小心点。活着回来，我是你的夫人，回不来，我为你守一辈子！去吧！"

"唔，唔呀，为了让你当夫人，吾老人家也得活着回来！"怪侠口中说笑，心中也觉得分外紧张。

黄三太一摆手，叫来轻功最好的杨香武，向他吩咐道："你立刻赶往南山头，只要山沟里见水，就向阵前去报告。千万要看准，大意不得！"

"放心好了。"杨香武领命而去。

黄三太又传来赫连宝吉，说道："军营之中，你的武功属于上乘，我与你师兄走后，钦差大人就交给你了，你切记不离钦差左右。"

"唔呀，一定照办。"

"徐胜，"黄三太又道，"你领着一百名军士，多带锣鼓，随同我们一道动身。"

"是。"徐胜不知用意，立刻执行。

三令传毕，黄三太亲自为怪侠送行。来到山口，他命金鼓齐鸣，却不闯山。这是一条计策，为勾引敌人放枪放炮。果然，耶稣阵火枪齐发，神机营洋炮轰鸣。又过了半个时辰，光剩枪响，洋炮却无声无息了。怪侠笑道："唔呀，高通海已经得手，该看吾的了。"

"不忙，等香武报信后，再闯耶稣阵。"黄三太沉着镇定，指挥有方。这时，只见杨香武如飞似箭，跑到山口："哈哈，漂亮透啦，南山沟成了南海洋，死尸漂起，火炮冲倒！"

"唔呀，胜败在此一举，吾去也！"

好怪侠，身躯猛纵，凌空飞起，足有八尺多高，又用左脚尖一踩右脚面，再跃五尺、四尺、三尺，到了第八步时，只升半尺，再往上就没力量了。他忙将身躯放平，头朝前，脚朝后，如海燕朝水，向耶稣阵飞去！

三百年前的"单打一"还十分落后，只能平射、下射，往上射却无力量。那些喽啰射手一见"空中飞人"也有点发蒙。急忙按动机关，将木楼升高，他们藏在下边，以为万无一失。谁料怪侠早将硫黄、焰硝撒出，又点燃火种。诸事完毕，再度施展"八步登空法"飞出山口。这一切动作，只在眨眼之间！

再看耶稣阵：天干物燥，烈火飞腾，风助火势，火借风威，呼啦啦金蛇狂舞，乒乒乓子弹乱炸，艳红红直冲霄汉，光冽冽难辨四方，好一场大火！

欧阳德两度施展"八步登空法"，虽在刹那之间，却累得满身热汗，摇晃晃站立不稳。黄三太忙命徐胜将他背起，一声令下得胜回营。

彭钦差早已闻报，率领群雄迎出门外。魔侠女黄花一见怪侠累成这样，又是心疼，又是替他高兴，急忙叫过赫连宝吉，说道："师弟，咱俩向他发内功，快快减轻你师兄的疲劳。"

"唔呀，还是师嫂疼师哥！"

二人坐在怪侠两侧，一同运用峨眉奇功，过了片刻，欧阳德轻松愉快："唔呀，吾老人家火烧耶稣阵，全凭众人帮忙。尤其是通海贤弟，他若不淹南山沟火炮，吾是不能成功啊。通海贤弟回来没有？"

"是呀，"彭公说道，"高壮士怎么还不回来？"

"不必替他担心，为欧阳大侠庆功吧。"鱼眼高恒说得轻松，心中却万分惦记爱子。

"不行，"彭公和黄三太齐声说道，"快派人去找通海，他也许遇到意外之事。"

高恒摆手："偌大山岭，到哪里去找？"

众人正在着急，高通海从营外归来，并且还押来一名青剑岭头目。

高恒舒了一口长气："儿啊，你怎么才回来？让钦差替你操心！"

"哈哈，别提了，"高通海笑逐颜开，"我奉钦差之命，重返阴阳洞。老天爷也偏向咱们，讨厌白起龙。"

"此话怎讲？"众人不解。

"阴阳洞外口，恰有一个半尺见方的窟窿，十斤火药往里一塞，不松不紧。这不是老天爷帮忙吗？要靠我凿洞，那得多费时间？我装好火药，又添了几块石头，拉出导索，在远处点着了。嘿，一声巨响，阴阳洞就崩漏啦。一开始，水流得挺慢，后来越流越急，赶上瀑布。我这个乐呀，乐着乐着又发愁了。阴阳洞已成瀑布，我再也钻不回去了。水路不能走，旱路又不认识，怎么回营交令？万般无奈，只得在山里绕来绕去。谁料歪打正着，捡个便宜货来。这个便宜货职位不高，身份却挺特殊。我已草草问过几句，还得请钦差详审。"

"好。"彭公笑道，"高壮士，你一探军情，二炸水洞，三抓俘虏，连立三项大功，本钦差要为你请赏……"

"大人，您快升堂吧，那便宜货对咱们极为有用，您一问便知分晓。"

"来呀，"彭公传令，"把那头目带到大帐！"

第二十三回　怪侠客石击马德赖
南霸天镖打白起龙

头目战战兢兢，扑通跪倒："小人给钦差磕头，望钦差饶命。"

"你叫何名？在青剑岭任何职务？"

"小人姓宋名瑞，外号二山神。我祖、父两辈都是下黄山的猎人，对山形地理了如指掌。为此，我爹在世时，得了个大山神外号，我便借光叫二山神了。白天王，不，白起龙占据青剑岭后，知我是个山里通，便调我上山，当他的亲随。任务只有一个，领他满山乱转，察看地形。后来，马神甫也上山了，我便成了马神甫的跟班。这位神甫与白天王不同，他不满山跑，却天天让我领他察看南山。一来二去，便在南山找到一条幽静小道。当时，马神甫兴高采烈，还要和我拥抱，吓得我连忙躲闪。他们洋人真绝，俩男的还讲拥抱……"

"快讲下去！"

"是。马神甫告诉我，这条小道是绝密，就连白天王也不准知道。"

"为什么呢？"

"有一次，马神甫喝醉了，他对我说，办事得留后路。这条小道可通安南国，青剑岭一旦事败，他便从这里出走。还说，将来带我去西洋溜溜，让我也开开眼。"

"糟了！"彭公大惊，"宋瑞，你今天干什么去了？莫非送马德赖出逃吗？他可曾跑掉？跑了多久？"

"马神甫没走，我送的是另外几个人。"二山神宋瑞讲了起来。

且说月亮神金丝娃摆下耶稣阵和神机营之后，自觉得身价倍增，不可一世。白起龙对这洋美人也大献殷勤，极力讨好。他把对九花娘的那股劲头全转移在金丝娃的身上。洋女人不讲妇德、妇贞，每逢酒热，常以半裸之躯呈现在白起龙眼前，急得白起龙心猿意马，眼红肉跳。一次，他实在按捺不住，便仗着酒胆动手动脚，谁料洋美人不但不恼，反一头扑进"天王"怀中。她说了一通洋话，见"天王"不懂，又主动将那仅存的几片遮羞布扒了下来。这回"天王"懂了，惊喜万状。青天白日，二人如鱼得水，共赴巫山。从这日起，白起龙对金丝娃低声下气，不敢稍加得罪。

今日上午，欧阳怪侠火烧耶稣阵，高通海水淹神机营，使白起龙又恨又惊："哼，什么洋枪洋炮，我早就说过，它们不如烧火棍！要想成大业，还得靠中国武功。你们那套洋玩意儿全是瞎胡闹！"

"你骂谁?"金丝娃碧眼圆睁！

"洋玩意儿损了我几百兵丁，全是你带来的祸害！"白起龙斥责洋情妇。

金丝娃终究是个青年女子，她在山上一直受宠，岂能容人嘲骂?于是把脚一跺："哼，我走，我走，我立刻回国！"

白起龙冷静下来，忙向马德赖求援。马德赖心想："二阵已破，大战即将爆发。金丝娃留在山上有险无益，不如让她早走。"于是劝住白起龙，又令二山神宋瑞秘密领着金丝娃及五名洋随从由南山小路出走。宋瑞将六名洋人送出南山，返回之时，恰被高通海活捉。

"唔呀，"欧阳德心中一动，"宋瑞，你是想活，还是想死?"

"想活，想活！"

"既然想活，你把吾老人家领向南山小路，只要堵住马德赖，你就可以将功赎罪。"

"行，我是个猎户，被逼跟了白天王。如能活命，还继续打猎。"宋瑞满口应承，被人暂且押下。

"大人，"欧阳德又道，"青剑岭共有两名首犯，一是白起龙，一是马德赖，对他们或抓或杀，却绝不能任其逃走。如今二阵已破，大战即将开始。如无意外，官军必胜。有黄大侠在此，捉拿白起龙足矣。吾去堵截马德赖，以免这洋奸外逃。"

"欧阳大侠言之有理。堵截马德赖乃是一件重任，请欧阳大侠多带些人马、武士……"

736

"不必，人多了反而容易暴露。只吾一人出马，更为有利。"

"不知大侠何时动身？"

"赶早不赶晚，吾立刻就走。"欧阳德带上吃食、饮水，在宋瑞的指引下，奔往南山。为什么还带吃喝呀？因为在攻下青剑岭之前，他必须坚守在小道，寸步不能移动，也许一天两天，也许三日五日。为此要做好充分准备。

来到南山，走山弯，过山环，越往前进树木越多。穿过一片原始森林，眼前又现出悬崖峭壁。峭壁后边，果然藏着一条幽静的小道。这条小道多年无人走动，乱草遮盖，荆棘遍地，崎岖宛转，坎坷不平。道两旁长满老树，枝权歪扭，落叶飘零。这时天色已黑，秋风又送来细雨，寒虫哀鸣，令人透骨生凉。

二山神宋瑞冻得浑身发抖："上差，我先拢把火，咱们暖和一会儿。"

"唔呀，你想暴露目标，给马德赖暗中送信吗？"

"小人不敢。可是太冷了。"

"吾老人家这件老羊皮袄可御风寒，你快穿上吧。"

"这，您不冷吗？"

"哈哈，吾老人家寒暑不侵，三九天敢光屁股哇。"怪侠将皮袄脱与宋瑞。宋瑞起初不信，后来佩服，最后惊讶："上差，您真的寒暑不侵哪？"

"别大声说话。你要饿了，现成的馒头、酱牛肉；你要困了，先自己睡去吧。"怪侠说罢，跳上一棵古松，向青剑岭方向望去。

一连两天，由于不敢拢火，只能吃凉馒头、酱牛肉、喝冷水，宋瑞几乎支持不住。他已经问明怪侠的身份，于是说道："侠客爷，马神甫还能来吗？"

"这要看你小子是否撒谎。如果你不撒谎，马德赖准来！"

"小人说的可都是实话。"

"唔呀，他来了。"怪侠惊喜异常！

果然，顺着小道，慌慌张张地跑来一人。这人碧眼金发，身着洋装，很容易辨认。他正是马德赖，一面跑，一面东张西望。欧阳德沉着镇定，准备等他跑到切近，再生擒活捉！

谁料二山神宋瑞却紧张万分，他没见过这种场面，吓得浑身发抖，这时，他正拿着个花瓷碗饮水，一时害怕，失手落碗，啪嚓一声，虽说响音不高，在寂静山林中，却如惊雷炸起！

马德赖似乎早有防备，他听见响动，拐弯就往西逃。欧阳德又恨又气，追了下来。智者千虑也有一失，怪侠一心想捉活口，所以身边没带武器。此时追得急迫，更顾不得去取大烟袋了。只好赤手空拳，穷追猛赶。

马德赖从小跟中国师父牛金成学艺练武，虽然不太用功，却也基础扎实。更主要者，山路坑坑洼洼，高低不平，怪侠难以施展"金蛇狂舞"，只能用飞行术追赶。虽比马德赖快出许多，一时也难追上。怪侠暗想：四周尽是山弯、山环，又有许多藤萝古树，很利于隐蔽。偌大山岭，藏起一个人来，让吾到哪里去找？吾得先用大话把他镇住，"唔呀，洋老道，外国杂毛，你跑不了哇。吾们大清差官布满了全山，不论你从哪条路走，都有人截你。若听吾劝告，赶快投降吧。看在你洋人分儿上，吾们皇上开恩，不千刀万剐，只砍你脑壳！"

"啊！"马德赖心惊胆战，继续逃跑。

距离越来越近，马德赖似乎明白了，哪里还有人马？分明只他一人，我上当了。早该藏起来，何必满山乱跑！想到此处，急忙寻找有利地形。他这心意，已被怪侠识破。怪侠埋怨自己：若带大烟袋，可发射钢球击他。怎奈双手空空，无能为力。为防止洋奸躲藏，欧阳德捡起数块山石，击向马德赖，迫使他无暇寻找蔽地。这招果然奏效，洋人只能赶路，旁顾不暇。跑来跑去，慌不择路，竟然跑到一座断壁之上。前进不能，后退不能，马德赖急得手足无措，大汗淋漓。恰在此时，欧阳德又有一块山石飞了过来，马德赖连忙躲闪。谁料一步登空，摔下山去！

"唔呀，活口捉不到了！"怪侠跑上峰顶，往下观看。只见马德赖四肢伸开、颅骨粉碎，一摊血液染满山崖。

这个罪恶昭著的西方殖民主义者，得到他应有的下场！

欧阳德原路返还，回到驻地。二山神宋瑞一动不敢动，还守在这里："侠客爷，我，我是吓坏了，可不是有意通风报信。"

"哼，混账王八羔子！你把装食品的麻袋快腾出来，跟随吾老人家去背死尸！"

"他，他死了？"宋瑞不敢多问，跟随怪侠走到山脚。二人把洋奸的尸体装入麻袋，宋瑞虽非情愿，也得将麻袋背起。欧阳德将大烟袋一晃，急急忙忙向青剑岭山口走去。

他为什么这样着急呢？据他事先估计：青剑岭早该攻下，马德赖早该逃跑。可是自己守了两天两夜，那洋奸才迟迟到达。由此可见，前山的战斗势必艰苦，从而延误了战期，怪侠想到这步，岂能不急？

果然被他猜中了，官匪之战，确实打得十分激烈！

再说黄三太送走欧阳德之后，转身说道："大人，事不宜迟，以在下之见，应该立刻发兵，讨伐白起龙。"

"军事行动，全凭黄大侠安排。"

"多谢大人信任，"黄三太义不容辞，立即排兵布阵，"三手将卢云龙、凤凰张茂隆、八臂哪吒万君兆听令。你们一位步下将，二位马上将，三将组成头路人马，负责首战。"

"遵令。"三将欲夺头功，面露喜色。

"赫连宝吉听令，从现在起，你要日夜守在钦差身边，钦差若有差错，拿你是问！"

"唔呀，黄大侠，吾也应该上阵哪。"

"保护钦差更为重要，不准多说！"

"唔呀，遵令啊。"

"胜奎、高恒、邱成三位老将守候在八达川大本营，注意看管粮草，防止火烧雨淋。"

"是。"三老将连忙应承。

"其余的侠义英雄随军上阵，临时听从调遣。"军令传毕，人马起程。来到青剑岭下，在山口外半里之处扎下军营。广西提督萨布素代表钦差首先上阵，高声宣读圣旨和劝降书，明知这是官样文章，也得走走过场。

青剑岭喽啰连忙报告白起龙。白起龙早有准备，点兵升帐，全力迎敌。

此山此寨果是藏龙卧虎之地。除了总辖大寨主、西路天王紫面达摩僧白起龙之外，另有九员马上，九员步下，一十八位副寨主，世上号称"十八路诸侯"！

不过，"十八路诸侯"此时已经不全了。二寨主九花娘桑玉薇被恩师带走；四寨主小湘子龙大奎被淹死在南山沟。"十八路"只剩下了"十六路"，其中以三寨主单峰驼黎军最为勇猛善战，余下的还有首席副寨主神机军师八卦仙人贾朝天、五寨主闪电神魔萧静、六寨主花斑豹楚北雄、七寨主五方太岁曹彪、八寨主无形鬼曹泰、九寨主镔铁塔孙宝元、十寨主铁笛仙柳敬、十一寨主碧眼金蟾石涛、十二寨主追云太保魏国安、十三寨主小白猿侯文彩、十四寨主琴剑书生高广智、十五寨主春秋刀金景龙、十六寨主牡丹仙子白丽梅、十七寨主桃花仙子白丽菊。白丽梅、白丽菊两员女将，乃白起龙的本家侄女。二人自幼跟随姑祖、女尼白慧贞学练武艺，两口鸳鸯剑各有春秋，一待双剑合璧，神鬼莫测。最后的十八寨主武功不高，却擅长使用熏香迷魂药，此人名叫陈温果，人送外号"一股烟"！

白起龙率领十六位副寨主，连同下五门客户：金眼骆驼唐治古、火眼狻猊杨治明、双麒麟吴铎、青毛狮子吴太山、雪中蛇关保、白脸狼马九、小温侯吕豹、小诸葛孔原以及赤发灵官马道青等，一共四十余人，耀武扬威，精神抖擞，浩浩荡荡，开出寨门。

官军方面原有四十五位豪杰，后来黄花加入，共有四十六将。不幸的是：活阎王焦振远、赤发鬼焦仁、闪电鬼焦义、独角鬼焦礼、地理鬼焦智、金罗汉伍显、银罗汉伍芳、玉罗汉伍捷、小雄信余光、泥金刚贾信、红旗李玉、铁掌方飞十二员战将已经阵亡，现剩三十四将。从人数而论，少于青剑岭。但是，却有南霸天飞镖黄三太、怪侠欧阳德、怪客赫连宝吉、魔侠女黄花、赛毛遂杨香武、粉金刚徐胜、小蝎子武杰、白马将李七侯、三手将卢云龙、朴刀李俊等武林著名高手，就功力而论，又超过青剑岭。用个现代名词：以质量对数量，各有优势。

两军对垒，正邪相遇，龙虎盛会，鹿死谁手？青剑岭下免不了有场恶战。

三手将卢云龙首先上阵，他在武林很有名气，惯用两把链子飞抓，抓头是五爪钢钩，能松能紧。除此而外，身后还背有弩筒，只要一低头，手按崩簧，便能发射枣核弩，为此人称"三手将"。他来到军前，高声断喝："呔，反叛听真，谁来送死！"

"某家会你！"七寨主曹彪挺身而出。他手使双刀，刀沉力大。十余回合，曹彪不敌，左肩头被链子飞抓抓得皮开肉绽。紧接着，八寨主曹泰举刀上前，三招两式，又被卢云龙的飞抓抓破面门。敌军连伤二将，官军威风大震。十寨主铁笛仙柳敬不由得大怒："休要逞强，某家来也！"这人手使一根铁笛，长有三尺，重有九斤。笛上共有八孔，称作"八仙笛"，既是兵刃，又是暗器。八孔之中藏有八颗"蜂尾钉"，只要按动崩簧，百发百中。他与卢云龙走行门，迈步眼，大战二十余回合，不见上下。柳敬心想："我何不发射蜂尾钉针，取他性命。"卢云龙也想："我何不发射枣核弩，将他打死！"两人想到一块去了。借转身之机，暗器齐发，只听他们"哎呀"一声，同时丧命身亡！

双方各派军卒，抢回尸体。

天色近晚，罢兵休战。

次日清晨，青剑岭三寨主，单峰驼黎君率先上阵。这人身材高大，体态魁梧。他出生于新疆塔克拉玛干大沙漠，并在那里长大。又因为稍有"罗锅"，人称"单峰驼"，跨下马掌中枪十分骁勇。卢云龙既死，该由凤凰张茂隆上阵。张茂隆手使一口门扇大刀，刀法精奇。二人你来我往，相争六十回合，张茂隆觉得渐渐不支，拨马欲败。黎君的坐骑乃是新疆良种马，取名"伊犁黑"，奇快无比，他马到枪到，将张茂隆挑死在军前。八臂哪吒万君兆怒冲牛斗，挺枪上阵。谁料黎君施展回马三枪，又伤了万君兆的性命。官军中的滚马将石斌、快斧子黑熊乃是万君兆的盟弟，二人报仇心切，未经黄三太允许，纵身双战单峰驼。怎奈武功差距太大，一并丧于对方枪下！

李七侯手颤银枪："黄大侠，待我会他！"

"七弟，这人连伤我四将，你要小心。"

"知道了。"说罢，跃马向前。

两员大将，两杆长枪交织在一处，杀得难分难解，天昏地暗。直到日落西山，仍不见胜败。双方鸣锣收兵，各回自营。

首战死了卢云龙，二战又死了张茂隆、万君兆、石斌、黑熊四员战将，官兵情绪不稳，人心慌乱。黄三太胸中有数："自己若胜黎君，绰绰有余。只是匪首白起龙尚未露面，本人身为主将，理应分外沉着。"他来到彭公寝帐，见怪客赫连宝吉在外间屋独自值班，于是低声问道："大人睡了吗？"

"刚回里屋，未必睡稳。我见大人长吁短叹，又不敢多问。"

"两日之内，连损五将，大人难免着急。"

"黄大侠，现在的战局对吾方不利。吾师哥欧阳德又去捉拿洋龟孙，不在军营。明日再战时，应该派吾上阵了。"

"赫连壮士，你若上阵，肯定能扭转局面。怎奈钦差身旁，必须留下一位高手。除你之外，留下别人我也不放心哪。"

"黄大侠，你是主将，白起龙出马之前，您不宜暴露。吾又留下保护钦差，你吾之外，谁能力战单峰驼？那龟孙连伤四将，才与李七爷战平。若是生力军，七爷必败。"

"我也看出来了，七侯不是他的对手。"

二人正在小声议论，彭公从内咔走出："黄大侠，你们不必为我担心。唉，前前后后，已有十七位英雄以身报国，本官于心不忍哪。既然赫连壮士能够取胜，明日就派他上阵。"

"大人，您被吵醒了？"

"我根本就没睡。你们的议论，我已全部听清，我身边就不必留人了。"

"您是千金之躯，国家的代表，我们丝毫不能大意。请您放心，自有能人会战胜黎君。"

"谁？"彭公急忙问道。

"魔侠女黄花。"

"唔呀，"赫连宝吉连连点头，"吾只想师兄，把师嫂忘了。她乃女中魁首，武林奇才。黄大侠，派她保护钦差，吾就能上阵了。"

"黄花虽勇，终是女子。日夜守护钦差，也不太方便。我想明日派她上阵。"

"也对。师嫂的武功，吾心里有数。她胜单峰驼黎君，不在话下。"

"噢？"彭公不懂武艺，更不知黄花有多大本领。既然黄三太、赫连宝吉两位高手这样信任她，想必她行。于是说道："本官只知欧阳大侠英勇无敌，却不知他那未婚夫人也是强手。黄花若能取胜，本官定将男女二侠之功详禀圣上，并请求圣上钦赐嘉奖！"

"吾替吾师哥、师嫂多谢钦差。"

此时天色渐亮，黄三太调齐兵马，三打青剑岭。

出人意料，青剑岭今日又换主将，上阵的不是三寨主单峰驼黎君，而是十八寨主一股烟陈温果。这人身材瘦小，穿一套黄色短靠，生了一脸黄毛，尖嘴撮腮，圆眼乱转。远处望去，活像一只"大马猴"。他在阵前蹿蹦跳跃、左顾右盼："吰，有不怕死的吗？快点过来！"

黄三太心想："不怪白起龙谋反，他手下确实很有人才。阵前这个'活猴'天生异相，人有异相，必有异功，我们还得多加小心。根据昨夜安排，黄花的主攻对象乃是黎君，黎君既未出马，黄花也不宜上阵。派谁去呢？"他正在犹豫不决，小蝎子武杰主动请战："黄大叔，吾去会会这个猴崽子，看看他是人是鬼！"

"且慢，"黄三太吸取前两天的教训，扭头对徐胜、杨香武吩咐道，"待武杰上阵后，你二人时刻做好准备，一旦发生不测，立刻上前援助。我们已经阵亡十七将，不能再有失误了。"

"记住了。"徐胜、杨香武走到队前。

武杰将铁棍一抢，冲向陈温果，口中笑道："唔呀，猴崽子，你刚从水帘洞出来吗？吾小人家就是如来佛！"

"嘻嘻，你是玉皇大帝我也不怕。"说罢，一举小单刀，劈了下来。

"唔呀，你跟谁学的功夫？"武杰纳闷："他这刀法根本没有门路，似乎不会武艺。"这一愣神，给一股烟陈温果留下空隙。陈温果往背后一伸手，只见他背后冒出一股白烟，直扑武杰面门，武杰大叫一声，摔倒在地。幸亏黄三太早有布置，徐胜、杨香武冲向阵前，将武杰抢回军营。

原来，陈温果武功极差，背后却有一个竹筒。筒中安有转轮，一按崩簧，转轮就将火石打着了。火石点燃熏香，必伤敌将。这虽属左道旁门，为武林不齿，却往往容易获胜。

武杰昏昏沉沉，不省人事。还是徐胜反应灵活，回身对黄花问道："女侠，九花娘的迷魂帕与此相似。不知她那解药能否管用？"

"七星迷魂帕乃熏香之祖，玉薇曾对我说，她的解药包治百毒，让我试试看。"黄花将解药抹在武杰鼻息。真灵，小爷立刻缓醒过来："唔呀，混账王八羔子，吾去跟他算账！"说罢，重到阵前。

陈温果一愣："你，你怎么又活了？"

"唔呀，吾是如来佛，跟你猴崽子闹着玩呢，龟孙，你那香烟儿气味不错，还有多少，都放出来！"他嘴里这么说，手下可不留情，铁棍一轮，将陈温果打了个脑浆迸裂！

敌军大惊。原以为"一股烟"能熏倒几个，谁料一阵未胜，自身先亡。三寨主单峰驼黎君跃马拧枪，直取武杰。黄三太传令收兵，另派魔侠女出阵。

"嘿嘿，"黎君冷笑，"清营没人了吗？怎么派上女将？"

"休走，看剑！"黄花闪电剑一晃，拦腰砍下！

"啊！好快的招法。"黎军再不敢轻敌，双手合枪，向外招架。他哪里知道，闪电宝剑切金断玉，削铁如泥！枪杆碰到剑峰，唰的一声，被斩为两段！黎君大惊失色，幸亏久经沙场，临危不乱，他急忙将枪杆当成大棍，搂头盖顶，狠狠砸下。好黄花，施展"缩小绵软巧"，五功齐发，立刻矮下多半截。黎君的枪杆太短，够不着她。女侠乘此机会，反手一剑，削向马腿。太快了，反应快，动作快，剑锋更快，"伊犁黑"的两条前腿，生被同时切断。战马疼痛难忍，咆哮而立，将主人甩下鞍鞯。女侠刻不容缓，一招"划地剑"，那凶神恶煞划成两半！

白起龙三声怪叫："快取冲天杵，本天王要与三寨主报仇雪恨！"

"是。"两名喽啰，抬过一条大杵。

这种冲天杵不在十八般兵刃之内。杵头三尺三寸，锋利无比，可做刀做枪，杵杆三尺三寸，又粗又重，可做棍做棒，杵柄三尺三寸，镶有八棱浑铁球，可做锤做斧。全长九尺九寸，净重九十九斤。一种兵器，多种用途，功夫不精、力量不足者难以驾驭！

白起龙单膀擎杵，欲战黄花。

南霸天飞镖黄三太微微冷笑："黄女侠，请回营休息，某家会他！"

"噢？如此说来，你就是清营主将黄三太吗？久闻大名，倒要看看你的本领！"他将大杵一抖，斜肩砸下。

黄三太虽有银龙宝刀，却不敢招架。因为杵杆太粗，夹住刀锋反而不利。于是躲闪身形，用刀面压住杵杆，顺水推舟，向前砍去。根据以往经验，凡是使用重兵器者，多以力量取胜，对于招法和身形并不太讲究。白起龙却大大不同，既有力量，招法又十分灵巧。你看他大杵带动狂风，上下翻飞，招招有眼，打得黄三太难以近身。武林群雄都是里手，一个个吃惊不已，暗中担忧：黄大侠若是不敌，谁能取胜？

黄三太真的不敌吗？非也！这位南霸天乃江湖路上头条豪杰，如果功力这般平常，岂能扬名四海？此时，他不过以逸待劳，观察动静。战了五十回合，黄三太心中佩服："这人若走正路，可以纵横天下。得了，普通刀法难以胜他，只有施展'绝命三刀'，才见功效。"想到此处，刀花突变。白起龙一惊："哎呀，好个南霸天！"

书中交代：所谓"绝命三刀"，乃黄三太独创。第一刀称作"蔷薇花落秋风起"，算作"开场式"；第二刀称作"天光云影共徘徊"，算作"主题歌"；第三刀称作"霜叶红于二月花"，算作"尾声"，暗含刀光见血之意。管你神魔妖鬼，难逃此刀！

谁料三刀过后，白起龙竟平安无恙！

"高人也！"黄三太早有两手准备，三支单龙头、双凤尾、寒光闪闪的紫金镖已握掌中。人称他飞镖，镖法由四句话概括：

> 位列上中下，
> 镖打天地人。
> 一镖定生死，
> 三镖论君臣！

不言自明，三支金镖，可定天下！

白起龙不愧武林奇才，他扭转脖项，躲开上路"天镖"，岔开档口，闪去下路"地镖"，天地二镖走空，中路"人镖"却不饶他，不偏不斜，恰射人心。颓金山，倒玉柱，白起龙偌大身躯，一头栽下，当场丧生！

马德赖早有准备，慌如丧家之犬，忙如漏网之鱼，转身逃向南山小道。他满以为只要奔往国外，不愁东山再起。哪知怪侠欧阳德以静制动，迫使洋奸自取灭亡！

主帅阵亡，敌军大乱。下五门群贼准备逃跑，各路"诸侯"又想负隅顽抗，你喊我叫，天昏地暗！

彭公传令："侠义英雄们，快快一鼓士气，为国立功，攻山破寨，擒拿余党！"

"遵令！"群雄一拥而上，争打青剑岭。双方混战，血影刀光。恰在此时，有一人手提宝剑，扑向钦差而来！

第二十四回　拜老祖古刹小相会
朝天子金殿大封官

来者正是赤发灵官马道青。

恶道为了替兄报仇，卖身投靠青剑岭，他原想借白起龙之手，杀死武杰等人。此时见大势已去，只得夺路逃脱。

两军阵前，兵对兵，将对将，正在激烈鏖战。杀得尸横遍野，血溅山崖。马道青这口霹雳剑与黄花那口闪电剑乃雌雄二刃，皆能切金断玉，削铁如泥。清兵的刀枪只要被剑碰上，均成两段，为此，无人拦他，恶道很快冲到了山上。他忽然发现了彭公，虽说不识，却从一品红顶、双眼花翎上辨出钦差身份，暗道："我把他杀了吧，钦差一死，武杰他们全得处罪！"主意拿定，举剑冲来。护兵大惊，刚要上前阻挡，只听钦差马后有人笑道："唔呀，吾老人家正愁没仗可打，混账王八羔子送上门了！杂毛龟孙，吃吾一烟袋！"怪客赫连宝吉身形一晃，跃到钦差马前。

"哎呀，欧阳德！贫道杀得眼花，竟然没发现他！"马道青错将怪客当成怪侠。赫连宝吉也不解释，抡起烟袋，横扫恶道。恶道见他招法精奇，怎敢再战？于是仓皇逃窜，跑出山口。怪客叫道："唔呀，哪里走！"他虚张声势，却不敢移动，眼睁睁让恶道逃走。

"好险，"彭公说道，"幸亏赫连壮士在此，否则，本官性命休矣。"

"这都是黄大侠的安排。"

这时，战斗已进入尾声，官军大获全胜。黄三太先到山寨察看了一遍，又将彭钦差请上青剑岭。傍晚时分，怪侠欧阳德也回来了。他把马德赖坠崖之事一一禀明，又将洋奸尸体呈上。钦差大悦，摆宴庆功。

一连十天，清查战果。青剑岭两名首犯均已身亡。人头割下，泡入水银缸内，准备将来带往京师。山上原有十八名副寨主，除了二寨主九花娘桑玉薇，余下的十七名皆被列为重要从犯。其中：三寨主单峰驼黎君、十寨主铁笛仙柳敬、十八寨主一股烟陈温果三人死于阵前；七寨主五方太岁曹彪、八寨主无形鬼曹泰、十二寨主迫云太保魏国安、十五寨主春秋刀金景龙四人死于乱军之中；五寨主闪电神魔萧静、六寨主花斑豹楚北雄、九寨主镔铁塔孙宝元、十一寨主碧眼金蟾石涛、十三寨主小白猿侯文彩、十四寨主琴剑书生高广智六人被生擒活捉；四寨主小湘子龙大奎被淹死在南山沟神机营；总数加在一起，共为十四人。只有首席副寨主神机军师八卦仙人贾朝天、十六副寨主牡丹仙子白丽梅、十七副寨主桃花仙子白丽菊三人逃跑，不知去向。对山中头目、喽啰的死伤人数，无法一一细查，交广西提督萨布素日后处理。至于下五门群寇，早已逃得无影无踪。他们的姓名不注花名册，自然无法通缉。

官军之中，又有金刀太岁吕胜、勇金刚杜其明、落马川刘珍三人死于乱军。彭钦差无限伤感，将三人载入功劳簿，来日奏与天子。

山上的财产、粮草、马匹、衣物登记造册，全部查封。这些细情不必多说。诸事完毕，钦差率领群雄起程还京。

六辆囚车木笼，押着六名副寨主，浩浩荡荡，朝东北方向开去。桂林府歇兵两日，又进湖南。这日来到陵零府，当地大小官员免不了参拜，招待。小蝎子武杰年轻好动，又厌烦官场规矩，他对徐胜笑道："唔呀，徐大叔，让他们热闹去，你陪吾小人家上街遛遛，吾小人家请你喝酒。"

"真怪，公馆里要啥有啥，怎么还上街喝酒？"徐胜跟武杰关系密切，历来有求必应。二人来到街头，向行人问道："借光，陵零府哪里最好玩？"

"二位往南走，过了潇水，便是回龙塔。那是我们陵零的宝地，好玩极了。"

"多谢。"他们走到回龙塔，景色果然壮观。这塔造于明朝嘉靖年间，高有十丈，外呈八角形，里边是空心，可拾级而上。塔上塔下游人众多，做买做卖，十分热闹。在回龙塔的东南方向，围着一伙人。中间坐着一个和尚，这和尚三十来岁，眉清目秀。他身边放着一堆大小不等的山石，有长有短，有圆有方。和尚笑道："众位施主，小僧奉命在此化缘，请您多加关照。您若能施舍，小僧不但感激，而且还回赠一份纪念品，茶余酒后，供您一笑。"

"和尚，"有人问道，"你给什么纪念品，拿出来让我看看。"

"您想要什么，我就给什么。"

"口气不小。"好事者掏出二百钱，扔进箩筐，又道："我想要这座回龙宝塔，你能给我吗？"

"容易。"和尚选出一块立石，又从怀里掏出了几把小刀，不言不语，低头抠了起来。只听唰唰声响，粉末飞扬，片刻之间，他竟把这块立石抠成一座小宝塔，形状跟真塔一模一样！然后双手捧起："施主，宝塔敬献，您满意吗？"

"我，我……"那人二目发直，"和尚，你可真行，抠石头比抠木头还容易！"

武杰一笑，心想："骗人的玩意儿！这山石用药水泡酥了，又软又脆，当然好抠。吾何不跟他开个玩笑？"主意拿定，取出半两银子，扔进箩筐："和尚，给吾小人家也抠一个，不过，吾得亲手选料。"

"随便，随便。"和尚并不在意。

武杰挑了几块山石，掂掂分量，又用力敲打了几下。山石都是纯正花岗岩，沉重坚硬，并无药水浸泡的痕迹。武杰心想：这和尚真狡猾，他怕被人识破，石头堆里半真半假。我拿这块真的给他抠，让他出点洋相，"和尚，就抠这块吧。"

"阿弥陀佛，这是一块圆石，很难抠成宝塔形，请施主换块立石吧。"

"别换，吾小人家不要宝塔，想要一尊人头像，就照吾的模样抠吧。"

"施主请坐在我的对面。"和尚看了看武杰，捧起圆石，抠了起来。这次更怪，他先不用刀，而用掌背砍平棱角。掌背好似铁锤，落在山石上，竟有火花爆出。武杰傻啦，连忙摇头："您不必抠了，请问，您每天能化多少钱？"

"小僧化缘，全凭赏赐，最多时能化五两纹银。"

"收摊吧，我给您十两银子。"

"多谢施主。"和尚并不推辞。

"请问，您在哪座高山出家？法号怎么称呼？以掌击石，功力深厚，您是怎么练的？"

"阿弥陀佛，施主好奇心强，小僧不敢隐瞒。由此往南三十里，便是阳明山天台寺。小僧在那里出家，法号留清。我的恩师松岩和尚，外号'铁掌僧'，以掌击石，为恩师所授。"

"您今日让吾大开眼界，想那松岩长老更是……"

"不，我师父不是长老，而是'首座'。"

"首座'？什么叫'首座'？"

"施主对寺院的规矩不太清楚吧？我们僧家寺院，品位分明。由上而下共分十九级。第一级称作'长老'，俗称'主持'。往下排列为：首座、维那、侍者、监寺、督导、知客、书记、提点、院主、藏文、阁主、浴主、化主、塔主、饭头、茶头、净头、菜头。其中，长老只有一位，乃德高望重的长者。我恩师是首座，排在二级。至于小僧，不过是个九级提点。"

"唔呀，闻所未闻哪。您这九级提点便能以掌击石，您那首座师父，想必抬脚踢山了！至于长老，恐怕是位活佛吧？"

"长老是我师祖，法号天目，"留清和尚很健谈，他见武杰给他十两银子，便滔滔不绝有问必答，"前不久，我师祖天目长老荣任峨眉派总门长。他老人家多少有点好大喜功，既任总门长，便想重修大殿，以示堂皇。可是，重修大殿费用很多，到哪里筹借？老人家说一不二，便派我们这些徒子徒孙四处化缘。我这人死要面子，白讨人家施舍，有点惭愧。为此才弄点小玩意儿，让您见笑了。"

"唔呀，您说得不对吧？据吾所知，峨眉派总门长是红莲长老，怎么变成你师爷天目长老了？"

"听您这话音，可能也是武林中人。您只知其一，不知其二。今年春天，红莲长老圆寂了。峨眉派在阳明山召开大会，选举天目长老继任总门长。他是红莲长老的亲师弟，今年九十高龄，乃峨眉派第五代正宗传人。"

"原来如此。照您的说法，丐剑哈哈叟诸葛方应为天目长老的徒侄？"

"正是。您认识诸葛剑客吗？"

"他是我师爷。我师父叫欧阳德，人称怪侠。照此排辈，我得管您叫师叔了。"

"不敢当，不敢当。你就是小蝎子武杰吗？"

"您怎么知道？"

"哈哈，我不但知道你，还知道一个叫徐胜的，可惜没有见过。"

"师叔，我徐大叔也来了。"武杰把徐胜叫过来，相互指引。其实，徐胜一直站在旁边，早已听清了他们的谈话，抱腕拱手："法师，在下正是徐胜。"

"哈哈，您可别叫我法师，还是叫我师兄吧。"

"此话怎讲？"徐胜疑惑起来。

"我有位叔伯师姑，本名东门金婵，道号白衣道姑，徐壮士一定认识吧？"

"认识，认识。还见过几面呢。"

"她老人家的二徒弟桑玉薇是我本家师妹，从玉薇而论，我不是你师兄吗？"

"您，您怎么知道此事？"徐胜脸面发红。

"别害羞哇。你们俗家之人，男婚女嫁乃是正理。徐壮士，你想见见玉薇吗？"

"她在哪儿？"徐胜心速加快。

"她就在天台寺。要想见她，请跟我去。"

"快走！"

"唔呀，"武杰笑道，"师叔，吾小人家也要去。前些日子，高楼山三剑会三僧，吾已见过师爷诸葛方。老祖红莲已经圆寂，吾再也见不到了。今日能见天目长老，也算拜拜老祖，不知他老人家能否接待。"

"天目长老白发童心，我们背后叫他'老小孩'。老人家最爱热闹，晚辈朝拜，他会乐得手舞足蹈。你只要多喊几声'老祖'，他便教你几手绝艺。"

"吾更得去了。"武杰连连催促。

三人离开回龙塔，南奔天台寺。途中，留清和尚边走边谈，讲述九花娘桑玉薇之事。

原来，天目长老荣任峨眉派总门长之后，曾经提出上三门"九剑客论剑"。后因少林派反对，撤销此举。为了通知诸葛方、皇甫松、东门金婵，天目长老曾亲往大楞山白衣院。当时，高楼山三剑会三僧刚刚结束，复姓三剑客返回白衣院，并将九花娘也传唤了出来。三剑客参见了总门长，又让九花娘跪拜师祖。高僧问过她的身世，摇头说道："这孩子年幼无知，你们千万不要难为她。"

"师叔放心，我只让她闭门思过。"

两天之后，高僧告辞。由于他是师叔，又是总门长，身份显贵。再加上九旬高龄，需人照料，为此，三剑客都要送他。高僧摆手："不必了，你们虽是晚辈，也都年过花甲，何况还是著名三剑客、峨眉派副门长，我岂肯让你们护送？如果不放心，就让那小徒孙女送我吧。这孩子身世好可怜，你们这些当师父、师伯的又过于严厉。还要搞什么'闭门思过'，用得着吗？让她跟我去阳明山天台寺吧，我教她几招武功，武功可以净化思想，她自然会痛改前非。过个三年二载，派她重新下山。那个徐胜若是有情等她，就成全他们两个。少男少女，儿女情长。你们三剑客已经耽误了青春，别让下一辈再学你们！"

"看您说的！"白衣道姑脸色发红，"老祖宗，人家都管您叫'老小孩'，您哪，总是宠着这帮徒子徒孙，让我们都不敢管徒弟了。"说罢，又对九花娘吩咐："玉薇，老祖宗满身绝艺，你若学来万分之一，这辈子就够用了。看来你福分不浅，还不磕头谢恩！"

"多谢师祖。"玉薇粉面含羞，眼圈发红。这日傍晚，她陪同师祖回到天台寺。

天目长老是个急性子。次日清晨，他便叫来徒孙女，开始传授剑术。"我峨眉剑术，共分三等。初等叫作'舞剑'，必须全神贯注，讲究'快、狠、猛、急'四大章法，掌握要领，便可杀敌。中等叫作'醉剑'，似乎酒醉，讲究'摇、摆、伸、缩'四大章法，外貌松松垮垮，路数尽在其中。一旦掌握，十战九胜。高等叫作'睡剑'，最为难练。讲究'安、宁、平、静'四大章法。好比人在梦中，以不变应万变，招法千奇百怪，无穷无尽。学会'睡剑'，可以纵横天下！"

"师祖所述，孙儿闻所未闻。"

"你师爷红莲长老有个毛病，他只重实际，而不重理论。代代相传，便形成你们那个支脉的风格。为了这件事，我们师兄弟没少吵嘴，怎奈他是师哥，我又不好深说。你师父号称'天下第一剑'，她的'醉剑'已达炉火纯青，可是'睡剑'却很难提高。为什么？就因为轻视理论！"天目长老是"老小孩"，说话不管不顾。桑玉薇听来，却感新奇："师祖，我练趟剑法，您看看是哪种？"说罢，练起剑来。才走了三五趟，长老笑道："停下吧，你剑法不错，属于初等'舞剑'。从现在起，我教你练习'醉剑'。至于'睡剑'，还得再等几年。"

"多谢师祖。"

"孩儿，'醉剑'共有一百单八套，最简单的叫作'醉八仙'，我练你看。"高僧接剑在手，银须飘散，袈裟飞扬：

> 醉八仙，剑法高，
> 铁拐先生有绝招。
> 洞宾架势玄中妙，
> 钟离仙翁把扇摇。
> 曹国舅，云板敲，
> 果老骑驴过小桥。
> 湘子神笛风韵好，
> 采和推篮献仙桃。
> 仙姑摆下八仙阵，
> 追魂夺命人难逃！

桑玉薇看得眼睛发直，寺中的徒子徒孙连声喝彩："老祖宗轻易不练剑，今天怎么啦？"

"你们还不知道哇？咱老祖宗要亲传小师妹剑术。"有个和尚专爱打听"小道消息"，他把九花娘的身世讲给诸人。从此，群僧对九花娘皆表同情，也都知道了徐胜的名字。

书归正传。留清和尚把徐胜、武杰领到阳明山天台寺，扭头吩咐："您二位在山门稍候，我去报告长老。"说罢，走进寺中。

"徐大叔，"武杰笑道，"从吾师娘那儿论，吾管九花娘叫姨，从您这儿论，吾得叫徐大婶，过一会儿她来了，吾怎么称呼？"

"你随便。"

二人正在说笑，忽听身旁有人喊道："无量天尊，冤家路窄，不料在此相遇，该为我兄长报仇了！"

"啊！"二人抬头一看，来者正是赤发灵官马道青！

恶道在青剑岭山口刺杀彭公时，被怪客赫连宝吉赶走。他贼心不死，总想寻杀武杰，替兄报仇。无巧不成书，今日游逛天台寺，恰与武杰相逢。仇人见面，分外眼红，拉出霹雳宝剑，狠狠落下。二人自知武功不敌，连忙躲闪。他们本想往寺里跑，可是恶道堵住寺门，左杀右砍，来势凶猛。在此紧要关头，忽听寺中喊道："马道青，休要无理，姑娘来也！"

"九花娘？你怎么会在天台寺？"恶道曾在高楼山协同九花娘作战，彼此熟悉，他先惊后喜，"快来帮我截杀仇人！"

"嘿嘿，是你的仇人，可不是我的仇人哪。"

"哼，水性杨花。也罢，看在你的分儿上，贫道不杀徐胜，只杀武杰。"

"有我在此，你谁也不能杀！"

"无量天尊，我就先杀你！"马道青心中有数：九花娘高于徐胜、武杰，却非自己对手。他挥动宝剑，扑面刺来。九花娘知道霹雳宝剑削铁如泥，不敢招架，忙将身躯晃晃摇摇，施展起刚刚学会的"醉八仙"，武杰惊叫："唔呀，吾徐大婶喝多了，徐大叔快去扶她！"

"嘻，这是怎么回事？"徐胜心急，便要上前。唯有马道青看出数路："无量天尊，莫非这是'醉剑'吗？贫道只是听说，从未见过。"

"听说就好。"九花娘继续摇晃。徐胜见她神志清楚，停刀止步，一旁观望。只见九花娘摇晃之中，剑招紧凑，招招逼向马道青。马道青虽手执宝刃，却碰不着人家，他节节败退，手忙脚乱。只打了五招，九花娘一剑"果老骑驴过小桥"，便将马道青右臂斩断。武杰不失时机，上前一棍，结果了恶道性命，又连忙摘下剑鞘，宝剑还匣：

"唔呀，徐大婶，这口宝剑削铜剁铁，您掌握之后，吾徐大叔更得服服帖帖了。"

"贫嘴！"九花娘接过霹雳剑，满心喜悦，暗想："师姐黄花有闪电剑，我有霹雳剑。将来二度下山，霹雳、闪电双剑联袂，势必称雄天下。"

"玉薇，"徐胜拱手，"多谢救命之恩，你再晚来一步恶道就得势了。"

"徐胜，老祖让我请你进去，走吧。"

"唔呀，徐大婶好偏心，只请徐大叔，吾小人家怎么办？"

"你要再叫大婶，我宰了你！"九花娘半嗔半怒，将二人领到禅堂。

天目长老见徐胜一表人才、谈吐文雅，心中极为高兴，又叮咛他不要错待九花娘，将来比翼齐飞，为国效力。徐胜一一记住。武杰遵照留清和尚的嘱托，老祖长、老祖短，叫个不停，喜得老祖眉开眼笑："小重孙子，你很懂礼节呀。"

"老祖，您可不懂礼节。吾徐大叔跟吾住在同屋，他夜夜长吁短叹，惦记吾徐大婶的安危。今天特意跑来会面，您却说个没完，不给人家留点机会。"

"哈哈，你小子机灵，老祖老糊涂了。玉薇呀，你把徐胜领下去吧，该说的话都交代清楚。我也别闲着，武杰，把你铁棍给我，老祖教你'丧门八棍'。"

单说九花娘把徐胜领到自己的闺房，二人情切切，意绵绵，相偎相依："徐郎，大破青剑岭，你功劳不小。来日当官，切莫忘我。"

"若忘贤妻，天诛地灭。玉薇，今日小相会，我不敢久留。不知老祖何日放你下山，我来接你。"

"估计也得三年两载。"

"时间太长了。我随彭公进京交旨，不论做官不做官，公事完毕，我立即返回。哪怕长跪老祖面前，也得请他开恩，让他允许咱们即刻完婚。"

"以后再说吧。"

前庭，天目长老指点武杰练习"丧门八棍"，怎奈时间仓促，只得画下草图，让他慢慢自学。天近傍晚，九花娘恋恋不舍，送二人下山。直到金殿封官，徐胜当了将军，重返天台寺，才算了结这段姻缘。后话暂且不提。

二人回到公馆，已近午夜。欧阳德、黄三太正在焦急，以为二人碰上意外，问明去向也倒欢喜。怪侠祝贺："唔呀，这才叫有始有终。吾一直惦记两件事：一是马道青在世，对吾徒儿总是有威胁；二是九花娘下落不明，吾这媒人内心有愧。如今好了，两件事情都有了结果，吾老人家心安理得。"

次日清晨，继续上路，平平安安，到达京都。彭公盛夏出京，盛夏返回，来往恰好一年。

金殿交旨，康熙皇帝圣颜大悦："彭爱卿，为国操劳，辛辛苦苦，朕心感激万分。你派快马送来的奏折及功劳簿，朕已连夜看过两遍。又与索亲王商议，应把武林侠义请到金殿，由朕钦加封赏。不知他们现在何处？"

"侠义英雄没有功名，不敢随便入朝，均在午门候旨，待臣去传他们上殿见驾。"彭公起身，将众侠义带到太和宝殿。

文武大臣列在两旁，他们见众侠义上殿，争相观看，果然人人威风，个个俊勇。当看到怪侠、怪客时，不由得暗笑："这二位六月穿皮袄，不怕热吗？"

众侠义跪倒一片，山呼万岁。

"平身。各位壮士为国除奸，功高如同日月。朕今日相见，分外高兴。自古以来，赏功罚过，普天同理。听朕宣旨：第一，白起龙、马德赖为罪魁祸首，虽死不赦。速将人头悬挂午门，以示天下。七日之后，焚灰掩埋。第二，青剑岭三寨主黎君、四寨主龙大奎、七寨主曹彪、八寨主曹泰、十寨主柳敬、十二寨主甜国安、十五寨主金景龙、十八寨主陈温果，这八人为重要从犯，念其已死，既往不咎。五寨主萧静、六寨主楚北雄、九寨主孙宝元、十一寨主石涛、十三寨主侯文彩、十四寨主高广智，六人为重要从犯，明日午时验明正身，开刀问斩。首席副寨主贾朝天、十六副寨主白丽梅、十七副寨主白丽菊，三人为重要从犯，随乱军逃走，立刻下达海捕公文，天下追缉。"康熙念到此处，稍稍迟疑，"彭爱卿，这里边怎么缺少第二副寨主哇?"

徐胜闻言颤抖，冒出一身冷汗。

"万岁，"彭公奏道，"按照花名册，青剑岭二寨主空缺。估计白起龙留给马德赖的，只是尚未填补。"

"原来如此。"康熙并不追究，他接着宣读，"礼部尚书彭朋晋升文华殿协理大学士，为候补阁员，兼管礼部。"

"谢主隆恩。"

"武林侠义焦振远、焦仁、焦义、焦礼、焦智、伍显、伍芳、伍捷、余光、贾信、李玉、方飞、卢云龙、张茂隆、万居兆、石斌、黑熊、吕胜、杜明、刘珍二十人为国捐躯，一律追赐为神武将军，享三品武职祭祀。若有后代，倍加抚恤，可来京袭职。"

"臣替死难烈士谢恩。"彭公再次跪拜。

"武林侠义高恒、杜奎、邱成、蔡庆、刘德太听旨。你五人年纪高迈，国家不忍再用。各赐黄金二十两，白银一千两，挂四品武职虚衔，回家颐养天年。"

五老正合心意，连忙谢恩。

"另有三员女将，不便在朝居官。黄花挂四品虚衔，胜玉环、刘云芳挂五品虚衔，赏赐同前。"

三女各自高兴，站立一旁。

"褚彪、杨香武、杜清、黄顺、焦信、贾亮、苏永禄、何路通、李俊、季全，该十人钦封五品守备，各赏银五百两；赫连宝吉、李七侯、高通海、余华、徐胜、武杰，该六人功高，钦封四品都司将军，各赏银千两；黄三太、欧阳德力擒二匪首，功劳最高。钦封三品游击将军，各赐白银两千两。诸爱卿更换官服，朕赐御宴庆功。钦此！"

欧阳德连忙拜见圣驾："万岁，吾游荡惯了，不会当官哪。请万岁开恩免职。"

"唔呀，吾年纪太小，也不会当官。还得跟师父、师娘重新学艺呢！"武杰随声附和。

康熙笑道："小壮士，谁是你师父、师娘？"

彭公连忙代奏。

"原来如此。男女二侠，由朕主婚。欧阳德辞职，照准。武杰挂职学艺，学成之后，殿前效力。钦赐男女二侠紫金牌两块，他们云游天下，各地官员必须盛情。引二侠发怒者，一律撤职。将来国家有事，尚望二侠听从召唤。来呀，速取宫绸十匹、御酒二十坛。再取两枝御制金花，朕与二侠亲自佩戴！"

这真是天大的殊荣，千古难逢！

有分教：

唯大英雄能本色，
独怪侠客任风流！

后 记

　　武侠小说《彭公案》形成于晚清同治、光绪年间，作者贪梦道人。全书300余回，描述了清初大吏彭鹏在众多豪侠的协助下，惩治贪官恶霸、草寇强贼的故事。

　　彭鹏（1635—1704），字奋斯，福建省莆田县人。康熙三十九年（1700），任广东巡抚，其为官清廉，秉公执法，被百姓誉为"彭青天"。小说《彭公案》只是借用了彭鹏的名号，书中的故事和人物多为虚构。

　　光绪年间，评书艺人把这部小说改编成评书。由于故事性强，悬念紧张，人物鲜明，一经搬上书台，立刻产生了广泛的影响。它与《施公案》《于公案》《刘公案》并称清末"四大公案"评书。

　　这部小说不仅被改编成评书，其中的某些章节，还被改编成戏曲。民国初年，京剧舞台上就有了描述黄三太与窦尔敦的《盗御马》及《杨香武三盗九龙杯》《怪侠欧阳德》等剧目。

　　我的老恩师王起仁先生是位著名说书家，他说书的特色是善于捕捉听众心理，把听众爱听的情节、听众喜欢的人物当作重点来说，所以深受听众的欢迎。1960年，我正式登台说书，师父曾对我说，他在说《彭公案》的时候，发现听众最喜欢的三个人物是黄三太、杨香武、欧阳德。这三个人物都是《彭公案》中的主角，黄三太是"书胆"，就是"男一号"的意思；杨香武是"书筋"，什么事他都跟着掺和，是个搞笑的人物；欧阳德则是"书脾"，起到免疫的作用。每当彭公遭遇困难时，只要他一出现，抡起手中的大烟袋，立刻就能消除病毒，化险为夷。

师父曾经设想，既然听众喜爱这三个人物，何不把这三个人物单独提炼出来，分别编成三部书，既相互牵连，又各自独立成章。这种创作手法，早有先例。如号称"王水浒"扬州评话大师王玉堂、王少堂父子，他们就把《水浒》中的几个主要人物单独提炼出来，每个人物十回书，编撰了以宋江为主的《宋十回》、以林冲为主的《林十回》、以武松为主的《武十回》等。这些"十回书"，很受听众喜爱。师父想效仿王氏父子，给黄三太、杨香武、欧阳德也编撰三部十回书。有了这个设想，他便开始策划提纲，提纲虽很简要，若一待成书，再经磨炼，也许会成气候。可是在当时，有关部门规定，凡是讲述清朝故事的书目都被称作"汉奸书"，一律禁演。把少数民族统治当成异国统治了，在这种大背景下，师父只好作罢，将提纲尘封起来。

如今，师父已经作古40年了，他老人家的书写的提纲也早就灰飞烟灭。我按照师父的最初设计，用了两年多的时间，编撰出三部评书。由于每部书不止十回，这三部书又都是描述康熙年间的故事，书名总称就叫《康熙三侠》，分称《镖侠黄三太》《盗侠杨香武》《怪侠欧阳德》。

这三部评书仍以《彭公案》为母体，书中的三位主要人物自不必说，其他的正面人物和反面人物也多出自原著。至于故事情节，和原著有了较大的改动。在原著中，众豪侠扶保彭公铲奸除恶，你中有我，我中有你，属于多主题。改编本要突出"三侠"的个人作为，主题就要集中。在这种前提下，我选择了三个历史事件为这三部书的主题。清朝初年，"朱三太子案""征讨噶尔丹""广西西林教案"都曾轰动一时，我以这三个历史事件为大背景，分别写出《镖侠黄三太》《盗侠杨香武》《怪侠欧阳德》。删除原著中与"三侠"无关的情节，参照有关资料，增写了这三个历史案件的始末，让"三侠"始终围绕着"三案"，展开真真假假故事。

郝　赫

2023年元旦于沈阳